यह पथ बन्धु था

(उपन्यास)

लोकभारती प्रकाशन

यह पथ बन्धु था

श्रीनरेश मेहता

लोकभारती प्रकाशन
पहली मंजिल, दरबारी बिल्डिंग, महात्मा गांधी मार्ग
इलाहाबाद-211 001
वेबसाइट : www.lokbhartiprakashan.com
ईमेल : info@lokbhartiprakashan.com
शाखाएँ : 1-बी, नेताजी सुभाष मार्ग, दरियागंज
नई दिल्ली-110 002
अशोक राजपथ, साइंस कॉलेज के सामने
पटना-800 006 (बिहार)
36-ए, शेक्सपियर सरणी
कोलकाता-700 017 (प. बंगाल)

मूल्य : ₹ 750

प्रथम संस्करण : 1962
छठवाँ संस्करण : 2011

इण्डियन प्रेस प्रा. लि.
इलाहाबाद द्वारा मुद्रित

YEH PATH BANDHU THA
by Shri Naresh Mehta

ISBN : 978-81-8031-627-2

मानुष-सत्य
श्री वाचस्पति पाठक को

यह पथ—
आनेवाले का साक्षी है
और जानेवाले का बन्धु।

ए पथरे ग्रामे प्रवेश हुअइ बधू
वितरि बुकुर ममता मुखर मधु
पुअ-झुअ नाती-नातुणी रे रखि
मशाणि ए पथे फेरे।
आशिबा जनर साक्षी ए पथ
फेरिबा जनर बन्धु।

—श्री विनोदचन्द्र नायक

सूत्र पथ

आज से दस वर्ष पूर्व, उस दिन भी कस्बे में काफी हलचल हुई थी जब श्रीधर बाबू द्वारा सम्पादित साप्ताहिक 'शंखनाद' काशी से आया था। उनके अज्ञातवास को तब पन्द्रह वर्ष हो चुके थे। लोक-स्मृति तो उन्हें प्रायः भुला ही चुकी थी। एक दिन सहसा एक पत्र-सम्पादक के रूप में श्रीधर बाबू का नाम, और वह भी 'कासीजी' के एक साप्ताहिक पर देखकर लोगों को अविश्वास ही हुआ। लेकिन जब प्रति सप्ताह 'शंखनाद' आने लगा तो निराधार अविश्वास, आश्चर्य में परिणत हो गया। कस्बे के जीवन में पिछले कुछ बरसों में आश्चर्यजनक बातें घटने लगी थीं। वर्ना रेल लाइन आने के पहले आश्चर्य की कौन कहे, साधारण घटनाएँ भी सहज नहीं थीं। रेल लाइन ने इस कस्बे में अवश्य ही क्रान्तिकारी परिवर्तन ला दिये थे। अब आये दिन लोग उज्जैन आने-जाने लगे थे। नहीं तो पहले 'मेलकाट' (मेल कार्ट-डाक ताँगा) में बैठकर उज्जैन जाने का मतलब बहुत बड़ी बात होती थी। बड़े-बड़े साहूकार, साहूकारी के लिए या फिर कोई जमींदार या अफसर ही सरकारी कोर्ट-कचहरी के काम से आया-जाया करते थे।

इस रेल लाइन की पहली आश्चर्यजनक घटना के बाद श्रीधर बाबू को उनकी इतिहास की पुस्तक पर स्वयं श्रीमन्त सरकार ने जो प्रशंसापत्र भेजा था वह इस कस्बे की दूसरी महान् आश्चर्यजनक घटना थी। और बरसों बाद उन्हीं श्रीधर बाबू ने काशी-जैसी तीर्थनगरी से पत्र का सम्पादन कर, कस्बेवालों को गौरवान्वित होने का मौका दिया। बस्ती के लोगों ने गर्व का अनुभव किया कि—चलो इस पठारी भूमि से भी एक ऐसा व्यक्ति तो निकला जिसका नाम अखबार में प्रति सप्ताह छपता है। पिता श्रीनाथ ठाकुर 'कीर्त्तनियाजी' का महत्त्व 'शंखनाद' से जितना बढ़ा उतना उनके शेष दोनों पुत्रों के सिरश्तेदार या घोड़ा-डाक्टर बन जाने से भी नहीं बढ़ा था। अब आये दिन श्रीधर बाबू का कब, कौन और कितना मित्र रहा इस पर बहसें होने लगीं। अपने कस्बे का समाचार भी छपे, इसके लिए गणेशोत्सव, सरस्वतीपूजा से लेकर थानेदार की बदली तक में सरगर्मी आ गयी। आये दिन 'शंखनाद' कार्यालय के पते पर उन सब लोगों की बातें, लाग-डाँट के साथ पहुँचायी जाने लगीं जिन्होंने श्रीधर बाबू के विरुद्ध उनके बड़े भाई सिरश्तेदार श्रीमोहन ठाकुर को प्रसन्न करने के लिए फैलायी थीं या उड़ायी थीं।

लोकमुख के आँखें नहीं होतीं, मात्र जिह्वा होती है। श्रीधर बाबू के जाने को जिन्होंने उस समय 'भागना' कहा था वे ही अब पन्द्रह साल बाद इस अज्ञातवास

को एक कर्मठ व्यक्ति का 'समाधिकाल' कहने लगे। भला सिरश्तेदार साहब की बात का विरोध कोई कर सकता था?

— हम तो कहें कि जब संसार चलाने का ढंग नहीं आता था, तो भाई! यह बाल-बच्चों का प्रपञ्च किया ही क्यों? क्या नाक चुई जा रही थी? भाई-भौजाई पर दो-दो लड़कियाँ; एक लड़के और पत्नी को छोड़ जाना कहाँ की भलमनसाहत है? और फिर भाई! तुम जानो, कै दिन? अपनी साँसत ही कोई कम है जो भला दूसरे की भी ओढ़ी जाये? ये तो बेचारे सिरश्तेदार साहब पर जिन्दगी-भर का बोझ हो गया।

पिता श्रीनाथ ठाकुर जिधर जाते लोग उनसे सहानुभूति जताते।

— अभी तो शृंगार में देरी है, आज राजभोग देर से होंगे। मण्डली हो गयी? खैनी तो खा जाओ कीर्त्तनियाजी!

चूना मिलाते हुए तर्जनी से तम्बाकू ही नहीं मली जाती बल्कि दुनिया-जहान की बातें भी मिलायी जातीं, फटकारी जातीं।

— तुम जानो कीर्त्तनियाजी! कैसी बुढ़ौती बिगड़ी तुम्हारी भी। तीन-तीन लड़के उछेरकर बड़े किये। ब्याह किया। काम-धन्धे से लगाया। बड़े और छोटे ने अपनी और कुल की इज्जत बढ़ायी। गाँव का भी नाम हुआ साहब, लेकिन इस सिरीधर ने कैसी किताब लिखी कि क्या बतायें। ठाकुरजी की सेवा करने के दिन तो तुम जानो अब आये थे। राम-राम इस सिरीधर ने कैसी करी। अपने तो ऊँचा मुँह किये जाने कहाँ गया लेकिन बच्चों और बहू की साँसत कर गया। अरे तुम और ठकुराइन माँ हैं तब तक तो गाड़ी खिंचेगी ही और क्या। लेकिन कीर्त्तनियाजी! उसके बाद क्या होगा? भाई-भौजाई कभी किसी के सगे हुए हैं जो इन्हीं के होंगे?

और खैनी मुँह में दाबे श्रीनाथ ठाकुर इस तरह दस बरस चुपचाप मन्दिर की ओर बढ़ जाया करते रहे हैं। रोज रात मण्डली की कथा बाँच, सब-कुछ समाप्त करके दुपट्टे में 'प्रसादजी' बाँध पीछे की गली से होते हुए जिस समय बाजार में पहुँचते, अधिकांश दुकानें बन्द हो गयी होतीं। दो-एक हलवाइयों तथा पनवाड़ियों की दुकानों के ही गैस या हण्डे जलते मिलते। इमलीवाले नुक्कड़ पर उनके बालमित्र वासुदेव दवे की पेड़े की प्रसिद्ध दुकान थी, जहाँ वे नित्य मन्दिर से लौटकर बैठते। मण्डली के बाद शतरंज की बाजी जमती और इस तरह रात बारह के पहले घर कभी न पहुँचते। वासुदेव की दुकान पर इस तरह वे पिछले पचास बरस से भी अधिक हो गया, बैठते रहे हैं। इस दुकान के सामने सेठ-साहूकारों की दुकानें चौक तक चली गयी थीं। जहाँ इस समय उनकी गद्दियों पर मलमल के ढक्कनों में रखी समइयाँ जल रही होतीं, उस दूध रंग के प्रकाश में दुकानों के बड़े-बड़े गाव-तकिये ऊँघते-से लगते। कभी-कभी भान होने लगता कि उन गाव-तकियों ने ही लाल पगड़ियाँ पहन रखी हैं और वे ही साहूकार हैं। दूर किले के कँगूरों पर सप्तर्षि देखकर ही समय का अन्दाजा किया जाता और श्रीनाथ ठाकुर

का दिन समाप्त होता। ऊँघती गलियों और औंघाते मकानों में अपने चलने की प्रतिध्वनि लिये वे घर पहुँचते।

लेकिन श्रीधर बाबू की माता के लिए तो ठाकुरजी के दर्शन करने जाना और करना दोनों ही मुश्किल हो जाते। न हुआ कोई तो जैन सेठानी माँ ही रास्ते में साथ हो लीं। उन्हें 'थानकजी' या 'केसरियाजी' के मन्दिर जाना होता ही था। भला श्रीधर बाबू की माँ से अच्छा और क्या साथ हो सकता था? मकान-गहनों से बात चलते-चलते श्रीधर बाबू पर अवश्य ही आती। तरस खाया जाता। सहानुभूति दिखलायी जाती। दोनों घूँघट निकाले बाजार पार करतीं और अस्पतालवाली गली पकड़तीं, जहाँ से दोनों के रास्ते अलग हो जाते। श्रीधर बाबू की माता इन बातों से बचने के ख्याल से 'मंगला' में न जाकर 'शृंगार' के दर्शनों को जातीं। लेकिन कुछ नहीं तो सुनारन माँ ही मिल जातीं।

— क्यों बहू! सिरीधर का पता लगा? अरे ऐसा भी क्या जाना।

उधर दर्शन होते, मुखियाजी दर्पण में ठाकुरजी को शृंगार दिखाते होते और इधर सारे कीर्त्तन को चीरते हुए सुनारन माँ 'गोविन्द-गोविन्द' की टेक के साथ सहानुभूति जताती होतीं। या कभी 'मंगला' के बाद 'शृंगार' के लिए फूलों की माला मन्दिर के चौक में बैठकर बनाते हुए बड़ी हवेलीवाली सासूमाँ ही खोद-खोदकर पूछतीं,

— बहू! सच्ची ही सिरीधर अपने से गया? मुझे तो लगे हैं कि बड़े की बहू ने जरूर ऊँच-नीच कह दिया होगा। अब तुम तो जानो ही हो, मरद की बात ठहरी। कोई बात लग गयी होगी। अरे नहीं तो उस-जैसा सुशील लड़का पास-पड़ोस ही नहीं दूर-दूर तक नहीं दिखेगा। इन औरतों के मारे ही घर का बण्टाढार होवे है। लेकिन बहिन! कीर्त्तनियाजी को थोड़ा कड़ा होना चाहिए, इतना सीधा भी मरद किस काम का!

भगवान् के दर्शन और अपना जीवन दोनों ही दुर्लभ हो गया दोनों का। मन्दिर के उस बड़े-से चौक में 'शयनारती' के बाद मण्डली रोज ही होती। जिधर कुआँ है उधर ही एक खम्भे पर लालटेन टिमटिमाती रहती। तुलसी क्यारे के उधर तोता 'जय श्रीकृष्ण' 'जय श्रीकृष्ण' चीखा करता। श्रीनाथ ठाकुर 'चौरासी वैष्णवन की वार्त्ता' सुनाते होते। दो कथाओं के अन्तराल में कोई-न-कोई परचूनी, गन्धी या मुनीम छेड़ बैठता,

— कुछ पता चला मँझले का? उज्जैन में तो तुम जानो वो है नहीं। अभी कल ही तो कुँवर दर्जी गया था। वहाँ होता तो सिद्धनाथ, हरिसिद्ध, गोपाल मन्दिर, देवास गेट कहीं-न-कहीं तो मिलता ही। तुम जानो मेरी समझ में तो वो खण्डवा पेले पार ही निकल गया होगा। इन्दौर-बम्बई में कोसिस की? आज-कल के छोरों को जरा-सा पढ़ा दो तो बस, सीधे बम्बई ही पहुँचते हैं। मैंने तो तुम जानो इसीलिए नरान को अभी से दुकान पर बिठाल दिया। खूँटे से बाँध दो फिर कहो—बच्चू कितना उछलोगे?

और फिर अगली कथा आरम्भ हो जाती। मन्दिर के जलघड़िया दामोदर ने जब 'शंखनाद' की प्रति देखी और आश्वस्त हुआ तब उसने उतनी ही तन्मयता से श्रीधर बाबू की स्तुति आरम्भ कर दी जितनी कि वह निन्दा किया करता था।

जिस दिन 'शंखनाद' की प्रति आयी थी उस रात देर तक बँगवई (कड़ेवाला झूला जो गुजराती घरों में प्रायः होता है) के कड़ों की आवाज में 'विष्णु सहस्रनाम' का पाठ करते हुए पिता श्रीनाथ ठाकुर आकुल बने रहे। रोज की तरह आज भी पास ही बैठी श्रीधर की माँ 'ॐ नमो भगवते वासुदेवाय' का जाप करतीं बाहर के दरवाजे पर टकटकी लगाये थीं कि कभी तो श्रीधर के पैरों की हल्की आहट सुनायी दे जाये। श्रीधर किस तरह दरवाजे की कल खोलता है, उसके पैरों की आहट कैसी है, वह किस तरह घर में आने पर सबसे पहले उनके पास आकर बैठता है न कि बड़े और छोटे बेटे की तरह अपने कमरे में जाकर बीबी से ही-ही करने सीधे पहुँच गये। हँसते में कैसे उसके दाँत सीपी-जैसे चमकते हैं। भले ही दस नहीं पचास बरस भी हो जायें वे दूर से पहचान सकती हैं कि हाँ वह श्रीधर ही है। श्रीधर क. पसीना 'इनकी' तरह नहीं बासता, नहीं तो शेष लोगों का तो— बस भगवान् बचाये।

दोपहर में 'शंखनाद' की प्रति लेकर वे अपने पूजाघर में जाकर कैसे फफक-फफककर रोती रही थीं कि जैसे श्रीधर ही हो। वह 'कासीजी' में है। इस अखबार को उसने खास तौर से अपनी माँ के लिए भेजा है। वे उस अखबार का एक-एक अक्षर बिना समझे पढ़ गयीं और रातभर नहीं सो सकीं।

'शंखनाद' की प्रति लेकर माँ, सरो के कमरे में पहुँचीं और उसे सीने से लगाकर फूट पड़ीं। उनके आँचल तक भर उठे थे जैसे श्रीधर सारे बरसों को चीरकर उनकी गोदी में आ गया है। श्रीधर है, 'कासीजी' में है, इस बात से उन्हें परम सन्तोष हो रहा था और इसका निश्चय वे बार-बार बहू के मुँह, पीठ, हाथ-पैर पर अपने हाथ फेरकर कर रही थीं। बहू, बेटा हो गयी थी। पिछले पन्द्रह बरस के बहू के सारे तन और मन के घाव वे आज छूकर एक बार में ही भर देना चाहती थीं। आज ही वह उन्हें सौभाग्यवती, विवाहिता, जाने क्या-क्या लग रही थी।

जैसे ही पति के आने की आहट हुई, ओसारे का दीया बढ़ाकर वे बिना पाठ किये ही करवट ले उदास हो लेट गयीं। दीवार पर अँधेराधुला उजाला बिछल आया था। वे चारों ओर से असम्पृक्त हो उस समय श्रीधर में ही बझी हुई थीं।

रह-रहकर घुटनां चलते श्रीधर से लेकर गोल इटालियन टोपी, चुन्नटी धोतीवाले मास्टर श्रीधर बाबू याद आ रहे थे। वे उस अनदेखी अनजान 'कासीजी' में अपने श्रीधर को ढूँढ़ती रहीं। तभी पति दरवाजे की कल लगा आँगन में आये। उनकी ओर पीठ होते हुए भी वे जान गयीं कि पति ने एक क्षण ठिठककर देखा है कि क्या वे सो गयीं? खूँटीवाली चट्टियाँ चटकाते जब वे बँगवई पर जाकर गाव-तकिये का सहारा लेकर पलथी मार बैठ गये और अन्य दिनों का अनायास 'विष्णु सहस्त्र-नाम' का पाठ आज सायास आरम्भ हुआ, तब भी वे वैसे ही बनी रहीं। वे सोच रही थीं कि अब तो मानता जरूरै पूरी करनी होगी। श्रीधर का पता लगने पर वे मन्दिर में एक सोने की झारी भेंट करेंगी तथा जाड़े भर अपरस में स्नान करेंगी—ये मानता वे अब जल्द ही पूरी करना चाह रही थीं।

भाद्रपद था। बादल घिर आये थे, जिनमें से चन्द्रमा कभी-कभी झलक उठता था। दृष्टि जैसे मुँडेरों झुक आयी थी। पाठ समाप्त कर पति तकिये के सहारे अधलेटे कुछ सोच रहे थे। श्रीधर की माता ने करवट बदली और ओसारे के झिझरे अँधेरे में देखा कि पति अर्द्धनिमीलित-से विचारमग्न हैं। 'इनका' मुख श्रीधर से कितना मिलता है? वह भी तो ऐसे ही सिर के नीचे हाथ रखकर सोता है। ठीक ऐसा ही आकार है उसका भी। बस, अन्तर है तो यही कि उसने रंग और कद अपनी माँ का प्राप्त किया है। तभी पति सचेष्ट हुए। दूर पुलिस लाइन के घण्टे ने बारह की गजर बजायी। सिरहाने रखी ताँबे की कलसी से उन्होंने जल पिया और वापस बँगवई को एक पैर से झूला देकर लेटे ही थे कि वे बोलीं,

— सुनो, श्रीधर सचमुच ही 'कासीजी' में है न?

— अरे, तुम अभी सोयी नहीं क्या?

— नींद नहीं आयी?

— नींद तो मुझे भी नहीं आयी। कैसा दुष्ट है तुम्हारा लड़का। पन्द्रह-बीस बरस हो गये, बेचारी बहू की भी कुछ चिन्ता नहीं उसे। कोई इस तरह भाग जाता है? कैसा नाम निकाला इसने।

— अब तुम तो उसके पीछे ही पड़ गये। मुहल्ले-टोलेवाले ही क्या कम थे? पता नहीं वह वहाँ किस तरह होगा। इसकी तो कुछ चिन्ता नहीं। अरे, उसने कितना बड़ा अखबार 'कासीजी' से निकाला कि वहाँ से यहाँ तक नाम हो गया। सब लोग किसी दूसरे की इतनी चर्चा करते हैं जितनी तुम्हारे श्रीधर की?

— हरि इच्छा!!

और श्रीनाथ ठाकुर लेटने के लिए करवट बदलने लगे।

— बात टालो नहीं। सुनो, क्या हम लोग 'कासीजी' चलकर उसे लिवा नहीं ला सकते? तीरथ भी हो जायेगा, गंगाजी भी नहा लेंगे और.......

— अब जब उसने अपने होने की खबर दी है तो वह आयेगा भी, बहू को भी ले जायेगा, हम भी चलेंगे। पहले उसे.....

— यही तो तुम्हारी बुरी आदत है कि पहले वह लिखे, आये, तब कहीं कुछ तुम करोगे। है न? आखिर लड़का ही है। हमें जैसे खबर लगी है उसे देखने..... तो फिर मुझसे क्या पूछ रही हो, करो अपने मन की।

— तुमसे तो बात करना भी कठिन है। ठीक है, फिर लड़ो तुम बेटे से लड़ाई। मैं तो अब एकादशी से ही मन्दिर में अपरस में नहाया करूँगी। मुखियाजी से कह देना।

— चौमासा तो हा जाने दो। श्राद्धपक्ष आ रहे हैं, मुझे नवदुर्गा में भागवतजी बाँचने नरसिंहगढ़ के यहाँ जाना होगा। कैसे क्या होगा जरा सोचो तो?

— सारी उमर तो यही सब विचारते-करते बीती। मैंने तो मानता मानी थी सो पूरी करनी होगी। अभी तो ठाकुरजी के लिए सोने की झारी भी बनवाने का प्रबन्ध करना है।

— लेकिन सोने की झारी के लिए पैसे आदि.....

— मेरे पास एक गलसरी अभी भी चार तोले की है। उसी से मेरा प्रण पूरा हो जायेगा। श्रीधर से ज्यादा गलसरी नहीं है।

— हरि इच्छा!!

और पति ने बँगवई को झुला दिया। कड़ों की आवाज होने लगी। बातों में बहुत रात बीत गयी थी, यह दोनों को ही पता नहीं चला। दूर कोई बहू पिसना पीसते चक्की के ंग गा रही थी।

लेकिन आज जबसे लोगों को मालूम हुआ कि स्वयं श्रीधर बाबू पूरे पचीस बरस बाद मालवा लौट रहे हैं, तब से कस्बे में बहुत बड़ी हलचल होनी स्वाभाविक ही थी।

देवीसिंह डाकिये ने जब डाक का थैला खोला और मुहल्लेवार चिट्ठियाँ लगायीं तभी उसने देखा कि एक ही लिखावट की अनेक चिट्ठियाँ हैं और जो कि छावनीवाले सेठ पूनमचन्दजी, रिटायर्ड ओवरसियर नारायण बाबू, बड़ी हवेलीवाले विट्ठलनाथजी, वामन माधव चितले वकील साहब, कांग्रेसी मन्त्री दुर्गादासजी नागर तथा श्रीनाथ ठाकुर कीर्त्तनियाजी के नाम लिखी गयी हैं। देवीसिंह ने मात्र उत्सुकतावश एक कार्ड अवश्य पढ़ लिया था। उसे सहसा विश्वास नहीं हुआ कि उसके 'गुरुजी' श्रीधर बाबू? जो बिना कुछ कहे-सुने एक दिन अनायास चले गये थे, कल आ रहे हैं। तो क्या उन्हें यह भी नहीं मालूम कि उनके पिता-माता का देहान्त हो गया है? 'कीर्त्तनियाजी' को पत्र लिखने का प्रयोजन? कदाचित् घर के लोगों को सूचित करने के लिए लिखा हो।

और देवीसिंह के सामने आज से पचीस बरस पूर्व के 'गुरुजी' मूर्त हो उठे।

पूर्व पथ

और देवीसिंह के सामने आज से पचीस बरस पूर्व के 'गुरुजी' अपनी उसी इटालियन गोल टोपी, बन्द गले का एडवर्ड कोट, चुन्नटी धोती, गले में दुपट्टा, पैरों में पम्प शू पहिने तेज चाल में दिखायी दिये। मुख पर सदा यह भाव कि किसी को नहीं पहचानते। आयु यही २५-२६ की रही होगी। आँखें, मँजे हुए ताँबे के पञ्चपात्र-सी चमकवाली किन्तु उनमें लाल बजरियों पर डोलती उदास दोपहरी की छाया का एकान्त भी सदा मुखर रहता। हल्की पतली मूँछें उनके लम्बे मुँह को सन्तुलित ही करती थीं। एक नासिका के लम्बेपन को छोड़कर उस मुख में कोई विशेषता गिनाना कठिन ही था। जो था, अति साधारण ही था। विशिष्ट या आचार के अतिरेक के नाम पर देवीसिंह को यही याद रहा कि वैष्णव होते हुए भी नित्य पार्थिव पूजन किया करते थे।

आज की भाँति न तो अंग्रेजी मिडिल स्कूल ही था और न स्कूल की यह वर्तमान इमारत ही थी। बल्कि उन दिनों तो हिन्दी फाइनल मिडिल स्कूल था और वह भी आजकल छावनी में जहाँ कोआपरेटिव बैंक है, वहाँ लगा करता था। स्कूल बनने के पहले वह फौजी डाकघर था। ऊँचे टीले पर बना स्कूल, किले की घाटी से ही दिखायी देता। उसका घण्टा तो तालाब पर नहानेवालों को दिनभर सुनायी पड़ता। स्कूल के आँगन में जहाँ घण्टे के पास बड़ा-सा आला था उसमें गाडगिल हेडमास्टर साहब को पीने का पानी रखा रहता था। पानी का जर्मन सिलवर का चमकता लोटा दूर से ही दिखलायी देता था। कोई उसे छू नहीं सकता था क्योंकि गाडगिल साहब कट्टर दक्षिणी ब्राह्मण थे। उनका बरारी ब्राह्मण नौकर जूते निकालकर ही पानी पिलाता था।

श्रीधर बाबू मिडिल कक्षा को हिन्दी, इतिहास तथा भूगोल पढ़ाया करते थे। स्कूल की दीवाल-घड़ी का 'बैलेन्स' आये दिन ड्राइंग मास्टर रघुराजसिंह कुर्सी पर चढ़े ठीक करते हुए देखे जाते। एक से लेकर बारह तक घड़ी बजाती फिर भी कभी ठीक नहीं चलती। अतएव पूरे स्कूल का टाइमटेबल श्रीधर बाबू की एकमात्र जेबघड़ी पर निर्भर रहता था, जो उनके कोट की

ऊपरी जेब में काले डोर से बँधी रखी रहती तथा जिसका काला डोरा गले में पड़ा रहता। घण्टा कब बजाना है इसके लिए चपरासी को हर बार उनके पास आना पड़ता था और वे पढ़ाते हुए हाथ की अँगुलियों से मिनिट बता दिया करते थे कि अभी कितना समय है। फलस्वरूप घण्टा प्रायः देर से ही बजा करता था। श्रीधर बाबू स्कूल से लौटते हुए तारघर से घड़ी मिलाना कभी नहीं भूलते थे। सबकी धारणा थी कि श्रीधर बाबू सीधे अवश्य हैं किन्तु अत्यन्त नीरस व्यक्ति हैं, जो राह चलते भूलकर भी सिर नहीं ऊँचा करते। प्रायः लोगों ने उन्हें चुप्पा ही देखा था। पढ़ाते हुए भी वे कभी ऊँचा नहीं बोलते थे। बल्कि हाजिरी भरते हुए भी वे लड़कों का नाम तक नहीं पुकारते थे। रजिस्टर खोला, चुपचाप लड़कों की ओर देखते चले गये और भर लिया कि कौन आया, कौन नहीं आया। श्रीधर बाबू नियमनिष्ठ थे बल्कि यह कहा जाये कि वे अपनी सीमाओं को भलीभाँति जाननेवाले व्यक्ति थे।

ऐसे श्रीधर बाबू ने '...........राज्य का गौरवमय इतिहास' नामक एक पुस्तक भी लिखी थी। इसलिए वे इतिहास लेखक भी थे। वह इतिहास जो न केवल मिडिल कक्षा के लिए ही उपयुक्त समझा गया बल्कि स्वयं श्रीमन्त सरकार ने इस पुस्तक पर एक प्रशंसापत्र उन्हें भेजा था। वह प्रशंसापत्र सुनहरी फ्रेम में मँढ़ा उनकी बैठकी में टँगा रहता था और जिसकी सुन्दर अक्षरों में एक प्रतिलिपि हेडमास्टर साहब के कमरे में भी टँगी रहती थी।

निष्ठावान् वैष्णव ब्राह्मणकुल में पण्डित श्रीधर बाबू का जन्म एक इतिहास लेखक के रूप में किस प्रकार हुआ, इस पर आश्चर्य करना व्यर्थ है क्योंकि नार्मल स्कूल के लिए, उन्होंने जो निबन्ध परीक्षा के समय लिखा था उसमें वे सारे आधारभूत तत्त्व मौजूद थे जो आगे चलकर उनसे इतिहास लिखवा ले गये। इतिहास का प्रणयन नहीं बल्कि उसका निरूपण आश्चर्य की बात थी। अपने राज्य को गौरवमय सिद्ध करने के लिए श्रीधर बाबू ने पाण्डवों के अज्ञातवास से लेकर मोगल सम्राटों की दक्षिण यात्राओं के सारे अभियानों का सम्बन्ध इस प्रदेश से जोड़ा। अपने यहाँ के कालिका के मन्दिर की प्रसिद्धि का ऐतिहासिक कारण वे यह मानते थे कि कालिदास ने इसकी स्थापना की थी और इसीलिए उनका नाम कालिदास प्रसिद्ध हुआ। भारतीय इतिहास की अधिकांश महत्त्वपूर्ण घटनाओं का सम्बन्ध किसी-न-किसी रूप में इस प्रदेश से या तो उनके आरम्भिक कारणों के साथ सम्बद्ध मिलेगा या फिर उनके प्रतिफल के साथ संयुक्त। इस प्रकार श्रीधर बाबू की यह ऐतिहासिक कृति न तो असत्य ही कही जा सकती थी और न ही प्रामाणिक भी। गौरवमय वह अवश्य और (सम्भवतः) लेखक का भी अभीष्ट मात्र इतना ही तो था।

लेकिन इस पुस्तक के कारण जो भी भौतिकता या यश उन्हें उपलब्ध हुआ उससे उनके व्यक्तित्व में कोई विकार नहीं आया। वे उन दिनों स्वामी विवेकानन्द

की पुस्तकें पढ़ा करते थे। वे कब इतिहास और भूगोल पढ़ाते-पढ़ाते साहित्य, और कब साहित्य पढ़ाते-पढ़ाते विवेकानन्द पर आ जायेंगे इस बारे में कोई निश्चित नहीं कह सकता था। वे चाहे अधिक लोकप्रिय न रहे हों किन्तु श्रद्धा के पात्र माने जाते थे।

इतिहास लेखक श्रीधर ठाकुर कुलीन तो नहीं ही थे लेकिन कुलशीलवाले अवश्य थे। शान्त एवं नीरस लगनेवाले इस व्यक्ति के बारे में सभी की धारणा थी कि कुछ भी हो श्रीधर बाबू शीलसम्पन्न, आज्ञाकारी हैं। लेकिन स्वयं के बारे में उनकी धारणा थी कि मैं यह सब हूँ नहीं, पर ऐसा आभास देता हूँ। कोई क्यों नहीं मानता कि मैं भी कभी विद्रोह कर सकता हूँ? पुस्तकों ने अनेक अव्यक्त दिशाओं को उनके निकट व्यक्त कर दिया था। स्कूल और कस्बे के पुस्तकालय की अधिकांश पुस्तकें वे पढ़ चुके थे। एक साथ अनेक विभिन्न विषय उन्हें मोहते थे। श्रीधर ठाकुर को कोई व्यसन नहीं था लेकिन कभी-कभी वे अपने दो मित्रों के यहाँ शतरंज खेलने पहुँच जाते। नारायण बाबू, जो कि अब ओवरसियरी से रिटायर्ड हो चुके हैं, उनके गहरे मित्र हैं। दूसरे उन दिनों एक बंगाली तारबाबू थे, पेमेन मजूमदार। सितार के बड़े शौकीन थे। पाँच बजे आफिस का काम पूराकर पेमेन बाबू सड़क के सामनेवाले बगीचे में मसनद और कुर्सियाँ डलवाकर एक टेबल पर ग्रामोफोन में रेकार्ड चढ़ा मित्रों की प्रतीक्षा में बैठ जाते। बड़े ही हँसमुख, मिलनसार पेमेन बाबू का सबसे बड़ा दुर्भाग्य यह था कि उनकी पत्नी पागल हो गयी थी। एकमात्र सन्तान के चले जाने से पेमेन बाबू का भी जीवन एकदम उदास हो गया था लेकिन किसी तरह संगीत तथा मित्र मण्डली में बैठकर उसे भूले रहते थे। पत्नी के लिए वह घटना अत्यन्त हानिकर हुई। वे एक कमरे में बन्द रहती थीं। देर रात तक सितार-शतरंज की मजलिस के साथ-साथ रामकृष्ण परमहंस, विवेकानन्द, रवीन्द्र से भी परिचय हुआ। लेकिन यह कभी-कभी ही होता था क्योंकि पेमेन बाबू के दरबार में और भी लोग आ जाते थे और वह सब श्रीधर बाबू को प्रिय नहीं होता था। प्रायः तो यही होता था कि स्कूल की छुट्टी के बाद शहर जानेवाली बड़ी सड़क पर दो-तीन मील रोज हवा खाने जाना और लौटकर बादशाही पुल प॰ बैठकर जल में गिरती किले के कँगूरों की परछाइयाँ देखते रहना। दूर सूर्यास्त का पीलापन चारों ओर जैसे लुटा पड़ता था। जंगल से लौटते पशुओं के रँभाने की आवाज, किले की ऊँची-ऊँची पत्थरोंवाली दीवारों से प्रतिध्वनित होकर जब लौटती उसमें एक अजीब-सी रहस्यात्मकता तब और भी आ जाती थी जब साँझ का पीलापन जल में झरने लगता। उस ऐकान्तिक सूर्यास्त को, पाखियों का शब्द तथा नदी का पत्थरों पर टकराना एक ऐसी दूरागत सिम्फनी बना देते थे कि अलौकिक। हल-बक्खर कन्धे पर उठाये जब हाली-मवाली कच्चे रास्तों से पक्की सड़क पर जाते तो 'राम-राम माराज' कहकर या तो पास से निकल जाते या फिर रास्ते की धूल को पोंछने के लिए नदी में धँस जाते। पत्थरों पर दौड़ता प्रसन्न सलिल अपने एकान्त भाव से असम्पृक्त बहता होता और पानी में

हाथों पैरों के छो-छोटे टूट जानेवाले कुण्डल बनने लगते। ढोरों की गलघण्टियाँ दूर तक सुनायी पड़तीं जैसे आकाश भी एक नीली गाय हो और उसकी गलघण्टियाँ बोल रही हों। घोषालों की हाँक सुनायी पड़ती। और तभी किसी अजान के स्वर के साथ ही श्रीधर बाबू अनामस्थ हो लौटते। लेकिन मन में अव्यक्त, ऐसा सदा ही कुछ शेष छूट जाता जिसे न वे, न सूर्यास्त, न आकाश की नीली गाय की गलघण्टियाँ कुछ भी तो नहीं पकड़ पाते थे। उस शेष को न तो असन्तोष, न दुःख, न वेदना, न परिताप कुछ भी तो नहीं कह सकते थे।

लौटते में रोज ही चितले वकील साहब से साक्षात् हो जाता। अधेड़ आयु के सुखी व्यक्ति के सारे चिह्न उनके अंग और भूषा में स्पष्ट थे। वे उस समय अपने बड़े-से चबूतरे पर आरामकुर्सी पर विश्राम करते होते। सामने बिछी हुई लाल जाजम और सफेद चाँदनी के एक सिरे पर, स्टूल पर बड़े हण्डेवाली लैम्प जलती होती तथा पेशकार मुवक्किलों से घिरा मिसलें लिखता होता। यह नहीं हो सकता था कि चितले साहब श्रीधर बाबू को देख लें तो वे बिना मिले, बिना कुछ देर बैठे चले जायें। चितले साहब की उस पेशवाई ढंग की प्राचीन लकड़ी की बड़ी हवेली में दरवाजे के ऊपर जहाँ आगे निकला लकड़ी का गवाक्ष था, जो कि प्रायः शहनाईवालों के बैठने के लिए बनाया जाता था, उस पर सदा चिकें पड़ी रहती थीं। वहाँ से संगीत के रियाज का स्वर आता रहता—'कैसी निकसी चाँदनी'—'उपवनि गात कोकिला'। किसी घर से रामायण की चौपाइयाँ सुनने में आ जातीं। घर के मोड़ पर फड़नवीस का बाड़ा पड़ता था, जहाँ सदाशिव राव रहा करते थे, जो सूबात में पेशकार थे लेकिन बड़े बैठकबाज। इसके साथ ही जब बैठक उठ जाती तब अपने चबूतरे पर टहलते हुए जोर-जोर से रुद्र पाठ किया करते थे। उनका श्लोक पाठ दूर तक सस्वर सुनायी पड़ता था। रास्ते में 'थानकजी' (स्थानक) के अँधेरे हाल में प्रार्थनाएँ गाते हुए जैन साधुओं की, जातियों (यतियों) की मुँहबँधी आवाजें सुनायी पड़तीं या फिर धर्मोपदेश चलता रहता। इस समय तक रात की लगभग शुरुआत ही होती थी पर म्युनिसिपैलिटी का लैम्पपोस्ट भभकता ही मिलता। नौ बजे रात तक जल सके—इतना तेल डालने का हुक्म होने पर भी पता नहीं क्यों, कभी तो समी-साँझ लैम्प बुझने लगती और नागनाथ की गली से लेकर अस्पताल तक एकदम अँधेरा घुप्प ही रहता। दिनभर घानी में पिलकर बैल बाहर बँधा हुआ खली खाता हुआ मिलता। खली की गन्ध दूर से ही आती जिसके साथ कच्चे तैल की भी चिपचिपाहट होती। घर के सामने कोने में बनी बड़ी-सी बावड़ी में कहीं दुबके कबूतरों की गुटरगूँ बहुत गहरे से आती लगती। बिना किसी खास उत्साह के श्रीधर बाबू घर पहुँचते रहे हैं। उनकी पत्नी तब रान्नीघर में या तो कुछ काज करती होती या फिर बर्तन माँजे जाते। अपने कमरे में जाने के पूर्व वे अवश्य ही माँ के पास पाँच-दस मिनट बैठना नहीं भूलते। जब उनकी पत्नी सामूमाँ के हाथ-पैर दबाने के लिए आती तब कहीं श्रीधर बाबू वहाँ से उठते। अपनी उस कोठरी में एक समई के प्रकाश में सोये बच्चों के मुख दूध धुले लगते।

इसी प्रकार के समरस जीवन में वे जन्मे थे, बड़े हुए थे और बीस वर्ष तक पहुँचते न पहुँचते वे पति बन गये थे। वैवाहिक जीवन के गत पाँच-छह वर्षों में वे नियमानुसार दो पुत्रियों और एक पुत्र के पिता भी बन गये थे। इस प्रकार पचीस-छब्बीस वर्ष की आयु तक कोई व्यतिक्रम नहीं हुआ था। जहाँ तक स्मरणीय घटना का सवाल था उसमें दो ही बातें महत्त्वपूर्ण मानी जा सकती थीं, एक तो नार्मल स्कूल के लिए बाहर पढ़ने जाना तथा दूसरे इतिहास लिखकर अनायास प्रशंसा की प्राप्ति। इन दो छोटी-छोटी उपलब्धियों के बल पर श्रीधर बाबू कितने दिन तक परिवार तथा दूसरों की दृष्टि में महत्त्वपूर्ण बने रह सकते थे? जबकि उनके दोनों भाइयों ने न केवल प्रगति ही की बल्कि अपनी प्रगति का परिचय भी पत्नियों के आभूषणों द्वारा अवसरों पर दिया करते थे। श्रीधर बाबू का ध्यान कभी इस ओर नहीं गया। यह कोई अस्वाभाविक भी नहीं माना जा सकता, लेकिन पत्नी सरस्वती देवी ने कभी उलाहने के रूप में एक क्षण को भी अपने इतिहास लेखक पति से जेठानी तथा देवरानी की इस 'प्रगति' पर कोई असन्तोष प्रकट नहीं किया। जब पत्नी ही वीतरागी हो जाये तब भला कौन पति चाहेगा कि ओखली में सिर दे? कदाचित् इसका कारण यही था कि सरस्वती देवी अपने माता-पिता की एकमात्र सन्तान थी। इसलिए सन्तोषी माता-पिता अपनी सन्तान में वे सब 'सद्‌गुण' सहज उपलब्ध न कर सके जो परिवारों की 'चतुराइयों' के कारण बच्चों को सहज प्राप्त हो जाते हैं। दूसरे शायद यह भी कारण था कि सरस्वती मालवा की नहीं थी। उसका मायका सौरों में था। पिता अंग्रेजी के अध्यापक थे तथा अपेक्षाकृत अधिक आधुनिक। पुत्री को थोड़ी-बहुत अंग्रेजी, संस्कृत तथा हिन्दी से परिचित करा रखा था। इस कारण सरस्वती में वे सब 'सद्‌गुण' नहीं थे जो एक भरे-पूरे परिवार की बहुओं में होने चाहिए—दो कि चार किस प्रकार की जाती है, बड़ियों का मसाला पूछने के बहाने दूसरे की गतिविधि से स्वयं को किस प्रकार अवगत रखा जाता है तथा दूसरों को किस प्रकार उससे अवगत कराया जाता है। ये ही तो 'ज्ञान' के वे सोपान हैं जिनके माध्यम से बहुएँ प्रगति एवं उन्नति करते हुए एक दिन सास के परमपद को सुशोभित करती हैं। सवेरे से देर रात तक काम तो महरी भी करती है; 'श्रीधर की बहू' ने किया तो क्या लाल लग गये? किसी पर उपकार किया क्या? और भले ही सासूमाँ पर उपकार हो लेकिन जेठानी या देवरानी पर नहीं। जब सासूमाँ को मन्दिर से ही फुर्सत नहीं मिल पाती तब भला घर कौन सम्हाले? क्या बिना उनके घर नहीं चलेगा? ऐसी हालत में बड़ी बहू ही न सम्हालेंगी? घर सम्हालना कोई आसान काम है? इतने लोग। इतने बच्चे। इतने आने-जानेवाले। कभी यह चीज, कभी वह चीज। कोई एक मुसीबत है? क्या यह सब काम नहीं हैं?—रही 'डाक्टर की बहू', तो बेचारी अभी तो दो बरस हुए ब्याहकर आयी है। खेलने-खाने के यही तो दिन होते हैं। अरे, आगे-पीछे चूल्हे-चक्की में तो बेचारी को खटना ही है। और सच्ची बात तुम जानो तो यह भी है कि डाक्टर का कभी भी तबादला हो सकता है। मान लो हो ही गया, तब घर का काम-काज कौन

देखे-भालेगा? मँझली बहू ही को न करना पड़ेगा? अरी बहना, अपने-अपने बच्चों का तो सभी करे ही हैं। बड़ी के तो सारे बच्चे बड़े हो गये। छोटी के अभी हैं ही नहीं। और इस प्रकार मँझली बहू श्रीमती सरस्वती देवी 'अपने बच्चों' का काम-काज करते-धरते आधी रात फुर्सत पातीं। लेकिन न तो कभी श्रीधर बाबू ने ही पूछा और न सरस्वती देवी ने ही कभी भूलकर 'काँख-कूँखकर' ही जताया कि गृहस्थी किस तरह चल रही है। दोनों पति-पत्नी अपने-अपने ढंग से उदास, अव्यक्त, सांसारिक पारिवारिक जन थे।

लेकिन उन दिनों भी उन्हें कुछ लोग असाधारण तो मानते ही थे। विशेषकर पेमेन मजूमदार। भले ही उन्हें असाधारण न भी माना जाये, कुछ विशिष्ट जरूर माना जा सकता था। इस मानने में उनकी सफलताओं से अधिक उनकी असफलताओं का ही महत्त्व होगा। उनके बड़े भाई श्रीमोहन ठाकुर ने बन्दोबस्त के दिनों में पूरे राज्य की पैमाइश की थी। जिस जरीब से उन्होंने यह ऐतिहासिक कार्य सम्पन्न किया था वह आज भी उनकी पत्नी की खास हिफाजत में है। पति उस जरीब को पकड़कर सूबात में सिरश्तेदारी तक पहुँच गये थे और पत्नी ने उसी जरीब से पूरा मुहल्ला-टोला नाप डाला था। छोटा भाई श्रीवल्लभ ठाकुर घोड़ा-डाक्टर हो गया था। जिसके लिए यह जनश्रुति थी कि यह महाशय यदि आदमियों के भी डाक्टर होते तब भी जानवरोंवाली सुई का ही प्रयोग करते। पिता श्रीनाथ ठाकुर आजन्म वैष्णव मन्दिर में 'कीर्त्तनियाजी' रहे तथा ब्रजभूमि तक रासमण्डली ले जाया करते थे। अतिरिक्त इसके वे नवदुर्गा में भागवत आदि बाँचने, पास-पड़ोस के राजा-महाराजाओं के यहाँ जाया करते थे। वे बड़े ही पण्डित तथा भागवत व्यक्ति माने जाते थे। पूरे भारत में दो ही स्थानों पर कंस दशमी का उत्सव मनाया जाता है—या तो मथुरा में या फिर यहाँ। लोग राक्षस-पूतना आदि बनते हैं कंस-चौरे पर कंस की एक विशाल मूर्ति बनायी जाती है। कृष्ण आते हैं और तब कंस-दहन होता है। श्रीनाथ ठाकुर जितने अच्छे राक्षस बना करते थे वैसा फिर दूसरा कोई नहीं बन सका। वे विशालकाय, गौर वर्णवाले पूरे कद्दावर व्यक्ति थे।

ऐसी लौह देह का व्यक्ति यदि विद्रोह करता तब भी सबकी समझ में आता लेकिन वे तो आजीवन शान्त सन्तोषी ब्राह्मण ही बने रहे। किस प्रकार श्रीनाथ ठाकुर को उनकी सौतेली माँ ने परेशान किया यह क्या कस्बे के लोग नहीं जानते? लेकिन 'हरि इच्छा' कहकर जिस सन्तोष तथा धैर्य का परिचय उन्होंने दिया उसे यह 'कल का श्रीधर' भला क्या समझ सकता है। जरा-जरा-सी बात पर यदि आदमी नौकरी छोड़कर घर से भाग निकले तो फिर यह संसार जाने कब का डूब ही गया होता।

एकदम निरीह 'अल्ला की गाय' लगनेवाले श्रीधर बाबू ने जब सहसा विद्रोह किया तब किसी को कैसे विश्वास आता? स्वयं गाडगिल साहब भी आश्चर्य में आ गये जब श्रीधर बाबू ने दृढ़ता से अस्वीकार दिया। बात कितनी साधारण थी लेकिन कौन कहे? एक दिन चलती क्लास से श्रीधर बाबू को गाडगिल साहब ने बुलवाया और शिक्षा विभाग के इन्स्पेक्टर का पत्र सामने कर दिया। लिखा था कि श्रीधर बाबू ने अपने इतिहास में श्रीमन्त सरकार तथा उनके पुण्य स्मरणीय पितामहों का बारम्बार उल्लेख करते हुए उचित राजकीय सम्बोधनों एवं पदवियों का प्रयोग नहीं किया इस कारण राज्य में बड़ा असन्तोष फैल गया है। लेखक इस भूल को तत्काल सुधारे तथा एक क्षमा-पत्र श्रीमन्त की सेवा में विभाग के मार्फत लिखकर अविलम्ब भेजे।—श्रीधर बाबू ने बीसियों उदाहरण देकर बताया कि इस प्रकार के विशेषण इतिहासों में नहीं लगाये जाते इसलिए क्षमा-पत्र का प्रश्न ही नहीं उठता। हेडमास्टर साहब ने लाख समझाने की चेष्टा की लेकिन श्रीधर बाबू और भी तेज होते गये। बल्कि इस प्रश्न को उन्होंने अपने स्वत्व का प्रश्न बना लिया? हेडमास्टर साहब तो जमाना देखे आदमी थे। उन्होंने पहले तो श्रीधर बाबू के मित्रों से कहा जब उनसे भी कुछ न हुआ तो बड़े भाई श्रीमोहन ठाकुर से कहा। पति की बात सुनकर श्रीमोहन को पत्नी ने ऐसा बरजा कि उनकी हिम्मत न हुई,

— तुम्हें क्या करना है? जाने कैसी किताब लिखी। न लिखते समय, न सरकार की चिट्ठी आयी उस समय, जब हमसे कुछ पूछा ही नहीं, तब अब हम बीच में क्यों पड़ें? सरकारी मामला है। तुम बीच में मत पड़ना। अपनी नौकरी और बाल-बच्चे भी तो देखने हैं। अरे देवरजी की नौकरी ही क्या है, मास्टरी की न? न होगा दूसरी कर लेंगे। और मान लो न करें कुछ, हमें किसी से क्या? मैं तो रोज ही कहती हूँ कि अभी मौका है। ये सामनेवाला हलवाई का मकान बिकाऊ है। जल्दी से इस कीचड़ से अलग हो जायें तो भर पाये। दिनभर दूसरों के लिए खटो और.......

और श्रीमोहन का फिर साहस नहीं हुआ कि अपने छोटे भाई से कुछ भी चर्चा करते। गाडगिल साहब ने पूछा तो टाल गये। बात आखिर में श्रीनाथ ठाकुर से होती हुई श्रीधर बाबू की माँ और सबसे अन्त में पत्नी तक पहुँची।

नित्य की तरह उस रात भी जब श्रीधर बाबू घर पहुँचे, देखा माँ अपनी माला फेर रही हैं। कुछ देर बैठने के बाद वहाँ से चलने को हुए ही थे कि माँ ने आँखों

से आदेश किया कि तनिक रुको। माँ ने माला समाप्त कर दोनों आँखों से छुलाकर पूजा समेटी और पूछा,

— आज सवेरे गाडगिल साहब तुम्हारे बापू के पास आये थे।

— मुझे मालूम है।

— तूने ऐसा किताब में क्या लिख दिया रे?

— कुछ नहीं माँ। तुम नहीं समझ पाओगी।

— कुछ समझा भी तो?

— बस माँ! कुछ नहीं। ये लोग तो ऐसे ही.......

— सरकार के दादा-बाबा के नाम के आगे कुछ नहीं जोड़ेगा तो वे नाराज नहीं होंगे? सच ही तो कह रहे हैं।

— जो बात तुम नहीं जानती उसे भला क्या समझाऊँ?

— मान लो मैं नहीं समझती तो आज अपने बापू को समझाना। सवेरे तुझे पुछवाया था लेकिन तू जा चुका था। वे आते ही होंगे। अरे बेटा, जमाना और हैसियत देख के बात करनी चाहिए।

वितृष्ण होकर श्रीधर बाबू उठने को हुए। वे जानते थे कि उनकी माँ सबसे अधिक उनके लिए ही चिन्तित रहती हैं। दुनिया की ऊँच-नीच सदा समझाने में लगी रहती हैं। माँ के निकट जो इतना महत्त्वपूर्ण था वह उनके निकट कितना नगण्य था इसे वे लाख चाहने पर भी न तो कह पाते थे और यदि कभी कह देते थे तो माँ को नहीं समझा पाते थे। माँ दबे-छुपे कभी-कभी संकेत भी कर देती थीं कि श्रीमोहन अलग होने की सोच रहा है। डाक्टर का कुछ भरोसा नहीं किया जा सकता। क्योंकि उसकी पत्नी अपने माता-पिता की अकेली सन्तान है इसलिए उसे किसी बात की कमी होगी नहीं। अब केवल रह गया श्रीधर जिस पर सारा घर-गृहस्थी का बोझ आ जाता है। चार पैसे नहीं जोड़ेगा तो यह बाप-दादों का जीर्ण मकान कै दिन चलेगा? तुम लोगों के बापू ने कभी कोई संसार का काम किया जो यह घर बनवाने का काम ही करेंगे? श्रीमोहन और डाक्टर क्यों इस घर में पैसा लगायें? वे जानते हैं न कि इस मकान में तीन भाई अँट नहीं सकते। श्रीधर विवश होकर कुछ करेगा ही और तब वे लोग इस घर में भी हिस्सा माँगने खड़े हो जायेंगे। और किसे पता, पहले ही हिस्सा माँगकर उसे बेच दें। श्रीधर को यह सब भी सोचना होगा। लेकिन.....लेकिन श्रीधर बाबू कुछ नहीं सोचते। जो सोचते हैं वह सब इतना हवाई, काल्पनिक, असांसारिक होता है कि बेचारी माँ सदा भरी आँखें लिये उठ जाती रही हैं।

— तो तू अपने बापू से बात तो कर ले।

— माँ! यह बात ऐसी है कि इसे तुम या बापू कोई नहीं समझ सकते। जो बात लोग चाहते हैं वह मैं अपनी किताब में कर नहीं सकता। इन लोगों में से एक भी नहीं जानता कि दुनिया कितनी बड़ी है। कितने बड़े-बड़े लोग हुए हैं। ये लोग सब कूपमण्डूक हैं जो इन छोटी-छोटी बातों में उलझे हुए हैं। ये जानते

नहीं कि इतिहास क्या होता है लेकिन अपना इतिहास भी लिखवाना चाहते हैं। मैं तुमसे कहे देता हूँ कि विभाग मुझे बाहर ही निकाल दे लेकिन मैं एक अक्षर भी अपनी पुस्तक में से नहीं काटूँगा।

और माँ हतप्रभ-सी, जाते हुए श्रीधर को देखने लगीं। क्या यह वही श्रीधर है जो अपने संकोच, अबोलेपन के लिए ही जाना जाता है? सहसा एक क्षण को माँ को लगा कि या, इसने पुस्तक में से नहीं काटा तो उनके पुत्र पर कहीं कोई आपत्ति तो नहीं आ जायेगी?

साँझ वर्षा हुई थी। कच्चे आँगन में नेवती के पानी गिरने से जगह-जगह मिट्टी निकल आयी थी। आँगन की दीवार के दीवट में रखी चिमनी जल रही थी जिसकी छाया दीवार पर पलकों-सी बिछलती लग रही थी। श्रीधर बाबू ने परेण्डी से पानी लिया और हाथ-पैर धोये, कुल्ला किया और अपने कमरेवाला जीना चढ़ने लगे। कच्चा जीना भी जगह-जगह से गीला-उखड़ा था। चारों ओर भीगेपन की एक अजीब गन्ध आ रही थी। कमरे में पहुँचते ही उन्हें ही सरस्वती के होने की आशा थी, लेकिन दूर पीछे रान्नीघर से बर्तनों के माँजने की आवाज आ रही थी। बच्चे दीवट के आलोक में सो रहे थे। उन्होंने कपड़े बदले और खाने के लिए रान्नीघर पहुँचे।

पता नहीं क्यों, पिता ने श्रीधर से इस बारे में बात करना ठीक ही नहीं समझा। खाना खाकर लौटते हुए जब श्रीधर बाबू ने देखा कि पिता बँगवई पर लेटे हुए 'विष्णु सहस्रनाम' का पाठ कर रहे हैं तो एक क्षण रुककर उन्होंने अपना वही निर्णय पिता को भी सुना दिया जो कि माँ को सुनाया था। पिता एक क्षण को हतप्रभ अवश्य हुए लेकिन वे पुनः पाठ में लग गये।

कमरे में पहुच श्रीधर बाबू कुछ क्षण तो उस नीची छतवाले कमरे में पीछे हाथ बाँधे टहलते रहे। दीवट की रोशनी में उनकी छाया गोबर लिपी दीवारों पर डोल रही थी। अन्दर बड़ा घुटा-घुटा-सा लग रहा था। शायद मेघ घिर रहे थे। अतः वे अपने आगेवाले कमरे में निकल आये थे, जो कभी छत था, लेकिन अब लकड़ी की दीवारों से तथा खिड़कियों से कमरा बना दिया गया था। वह कमरा ही श्रीधर बाबू की बैठक था। छत बहुत ऊँची नहीं थी। लेकिन फिर भी सरस्वती ने सफेदी पोतकर टाट लगा दिया था और उसमें लाल-हरे कागज के फूल चिपका दिये थे। अपने मँझले बेटे की बैठक सजाने के लिए माँ नीचे की बैठक से शीशों

पर बने हुए राधा-कृष्ण, शिव-पार्वती के चित्र ले आयी थीं। मराठी परिवेश के रवि वर्मा के भी दो-चार चित्र थे। एक बड़ी-सी लेकिन पुरानी लाल जाजम जिस पर एक गद्दा और चादर तथा एक गाव-तकिया। कोने में एक आलमारी जिसमें श्रीधर बाबू की अपनी पुस्तकें।

प्राय: वे आकर इस वेला पढ़ते हैं लेकिन आज किसी बात में मन नहीं लग रहा था। वे गाव-तकिये के सहारे अधलेटे-से अँधेरे में ही बैठे रहे। बिजली की कौंध से खिड़की की राह आस-पास के मकान एकदम झलक उठते, या फिर मेघ गर्जन में दीवारें तक काँप उठतीं। आज तीन दिन से धाराधर हो रहा था। आकाश खुलने का नाम ही नहीं लेता था। इस समय भी खूब वर्षा हो रही थी। टिन की छतों पर पानी इतनी जोरों से गिर रहा था कि दूसरी कोई आवाज नहीं सुनायी पड़ती थी वैसे भी रात काफी-कुछ जा चुकी थी। पता नहीं वे अर्द्धनिमीलित-से कब झिंप गये।

सरस्वती जब ऊपर आयी और उसने बैठक में आज रोशनी नहीं देखी तथा बिस्तरे पर भी पति को नहीं देखा तो उसे हल्का आश्चर्य हुआ। खिड़की की राह आते हुए घुटे प्रकाश में देखा कि पति तकिये के सहारे लेटे हैं। उसने बैठक की लैम्प जलायी। देखा, हाथों पर सिर रखे सो गये हैं। उसने श्रीधर बाबू का सिर छुआ कि कहीं तबीयत तो खराब नहीं है? हाथ के स्पर्श से श्रीधर बाबू की झपकी टूटी। सम्हलते हुए बोले,

— अरे, कब आयीं तुम?

— आज आप पढ़ नहीं रहे हैं। तबीयत तो ठीक है न?

— सब ठीक है।

और वे खिड़की की राह बरसते पानी को देखने लगे।

— आज आप चिन्तित लग रहे हैं, क्या बात है?

— नहीं तो, खास तो कुछ नहीं। सहेजना-समेटना हो गया?

बात टालते हुए बोली,

— बच्चे जागे तो नहीं थे।

— नहीं तो।

दोनों को ही प्रति-एकान्त खल रहा था। दोनों को ही लगने लगा कि अगर अधिक देर तक साथ रहे तो बहुत-सी बातें जो घिरी हुई हैं ठीक आज के धाराधर-सी बरस पड़ेंगी। क्योंकि ऐसे अवसर बहुत ही कम या बिल्कुल ही नहीं आये हैं जबकि दोनों साथ-साथ बैठकर कभी सहज हुए हों। दोनों के जीवन के दो वृत्त थे जो छूते थे लेकिन काटते नहीं थे। आज सहसा इस प्रकार प्रति-निकट देख दोनों अजीब ठण्डापन अनुभव करने लगे। जैसे कोई अज्ञात भय रोम-रोम में समाहित हो गया हो। सरस्वती ने अधलेटे पति का सिर दाबना शुरू किया। श्रीधर बाबू वैसे कभी इस प्रकार की सेवाएँ कराने के पक्षपाती नहीं हैं। अन्य दिन यदि ऐसा होता तो निश्चय ही बरज भी देते किन्तु आज वैसा नहीं कर सके। देर तक

पानी में काम करते रहने के कारण सरस्वती का हाथ काफी ठण्डा था किन्तु फिर भी इस समय बहुत अच्छा लग रहा था। उन्हें वह दिन याद हो आया जब यही हाथ प्रथम दिन उन्होंने थामा था, तब यह कितना कोमल था। लेकिन आज वही हाथ किञ्चित् कड़ा हो गया था। सिर दाबते हाथ की चूड़ियाँ कान के पास आज प्रथम बार इस तरह बोल रही थीं। श्रीधर बाबू ने अपने हाथ से सरस्वती का सिर दाबता हाथ दाब दिया, जैसे कुछ कहना चाहते हों, जैसे यह बात उन्हें बहुत पहले ही कहनी चाहिए थी। लेकिन कौन-सी बात?

— सरो!

— जी।

— तुम क्या सोचती हो?

— किस बारे में? क्या इतिहास के बारे में?

— हाँ।

— न बदलने के पीछे कुछ कारण होंगे ही, तभी न आप ऐसा कर रहे हैं।

— मेरे इस निर्णय पर तुम्हें सन्तोष है?

— यदि आपको हो तो।

— मुझ पर इतना निर्भर मत रहो सरो। सबका अपना व्यक्तित्व, स्वत्व होता है।

— मेरा तो स्वत्व, व्यक्तित्व, लोक, परलोक सब उसी दिन आपमें लीन हो गया।

तभी दूसरे कमरे से एक बच्चे के दाँत किटकिटाने की आवाज आयी।

— अभी तक छोटी के पेट के कीड़े साफ नहीं हुए।

— क्या वही दाँत किटकिटा रही है?

— हाँ, अब चलो।

और सरस्वती उठ गयी।

दूसरे दिन।

गाडगिल साहब को अपने निश्चय की सूचना देकर स्कूल समाप्त होने पर श्रीधर बाबू, अपने मित्र नारायण बाबू से मिलने छावनी की ओर चल दिये। नारायण बाबू वैसे आयु में बड़े ही थे लेकिन मिलनसार स्वभाव होने के कारण श्रीधर बाबू उनके साथ मैत्री का ही व्यवहार करते थे। नारायण बाबू घर के बड़े आदमी थे। कई पुश्तों से हुण्डियों के लेन-देन का व्यापार होता था। नारायण बाबू के पिता रायबहादुर गोकुलनाथ तो छोटे-मोटे राजा ही माने जाते थे। फौज में उनकी बड़ी धाक थी। गोरों की इस छावनी में रायबहादुर की यह पहली कोठी थी जहाँ किसी 'काला आदमी' को घुसने दिया गया था। आज भी नारायण बाबू के बड़े भाई गोवर्धननाथ उसी अपनी गद्दी पर बैठकर व्यापार करते थे। गोवर्धननाथ को फूल की बीमारी थी। आगे चलकर भरी जवानी में उन्हें पैरों में लकवा मार गया। उन्होंने फिर आजन्म विवाह न करने का निश्चय किया। नारायण बाबू को अपना भाई ही नहीं बल्कि पुत्र मानकर सन्तोष कर लिया। नारायण बाबू ने भी तथा उनके परिवार ने भी वही सौजन्य निभाया। गोवर्धननाथ को कहीं घर से बाहर जाना होता तो वह पालकी पर चढ़कर जाते थे। उनका नियम था कि सवेरे गिरिवरवाले बगीचे की ओर निकल गये। वहीं सन्ध्या-वन्दन करके 'शृंगार' के दर्शन करते हुए छावनी लौट आना। शाम को फिर पहाड़वाली कालिकाजी के दर्शन के लिए पालकी पर निकल जाना। इस प्रकार दिनभर पालकी और कहार ड्योढ़ी पर तैनात रहते थे। रायबहादुर गोकुलनाथ के समय में तो कर्नल वगैरा तक दुकान पर आते थे। रायसाहब तो बहुत् बड़े कमाण्डिग आफिसर से मिलने चले गये। लेकिन अब क्रमशः स्थिति दिनोंदिन बदलती जा रही थी। अब धीरे-धीरे छावनी की ताकत भी कम की जा रही थी। गोवर्धननाथ को भी अब कभी इस कर्नल, कभी उस कप्तान के पास किसी-न-किसी मामले के लिए दौड़ना पड़ता था। बेचारे अपंग होते हुए भी कभी नारायण बाबू से नहीं कहते थे कि तुम भी व्यापार में हाथ लगाओ।

जिस समय श्रीधर बाबू, नारायण बाबू के यहाँ पहुँचे वे अपने फिटन से उतरकर बड़े भाई से बातें कर रहे थे जो कि काली मन्दिर जाने के लिए नौकरों का सहारा लेकर खुली पालकी में चढ़ रहे थे।

— कहिये श्रीधर बाबू! बहुत दिनों पर दिखायी दिये। सब कुशल है न?

गोवर्धननाथ बोले।

— आपकी कृपा है।

— नारायण कह रहा था कि आपकी किताब को लेकर सरकार की तरफ से कोई चिट्ठी आयी है।

— जी हाँ।

— कुछ बदलने को कह रहे हैं, तो बदल क्यों नहीं देते!

— वो जो चाहते हैं वह किसी इतिहास में नहीं होता। महारानी विक्टोरिया या पंचम जार्ज से तो ये लोग बड़े नहीं हैं न? क्या इंग्लैण्ड के इतिहास में बार-बार उन्हें राजरानी या सम्राट् आदि लिखा जाता है?

— अरे भाई, तुम लोगों की सब बातें हम पुराने लोगों की समझ में तो आने से रहीं। हम तो यही जानते हैं कि जल में रहकर मगर से वैर कैसे पाला जा सकता है?

नारायण बाबू ने देखा कि श्रीधर बाबू को व्यावहारिकता पर लाकर कहा जा रहा है, बोले,

— भाई साहब! यह सिद्धान्त की बात है। और मैं समझता हूँ कि श्रीधर बाबू इस मामले में सही हैं। मुझसे भी गाडगिल सहब ने कहा कि श्रीधर बाबू को समझाओ। मैंने कहा कि श्रीधर बाबू सिद्धान्तवादी आदमी हैं। यदि बदलना उचित होता तो वे शुरू में ही कभी ऐसा नहीं लिखते।

पालकी कहारों ने कन्धे पर उठा ली थी और वह बाँसों पर टिकी थी।

— भैया, ऐसा काम करना जिसमें सबको सुख हो। बेचारे कीर्त्तनियाजी का यह चौथा काल है। उन्हें सहारे की जरूरत है। और साफ बता दूँ, वे तुम पर ही अधिक निर्भर हैं।

और पालकी चल पड़ी।

— आओ श्रीधर! दो मिनिट बैठो, मैं अभी आया।

कहकर नारायण बाबू भीतर चले गये। और श्रीधर बाबू दालानवाली बैठक की चौकी पर बैठ गये।

आज कई दिनों बाद श्रीधर बाबू से नारायण बाबू की भेट हुई थी। छावनी का यह पूर्वी भाग था। छावनी कस्बे से लगभग मीलभर दूर पहाड़ी पर थी। लाल पत्थरों की यह पहाड़ी पूरब से पश्चिम मीलों फैली हुई थी। अशोक और आम के बीसियों गाछ तथा वन यहाँ-से-वहाँ तक फैले हुए थे। लेकिन सबसे अधिक पेड़ तो बरगद के थे। छावनी के लिए पता नहीं कब अंग्रेजों ने इसे चुना था लेकिन प्रसिद्ध यही था कि काली मन्दिरवाले पहाड़ के सामनेवाले मैदान में १८५७ के समय लक्ष्मीबाई के साथ अंग्रेजों की मुठभेड़ हुई थी। सम्भव है उसके आसपास ही गोरों ने यहाँ छावनी बनायी हो। लेकिन चारों ओर झील-जैसे बड़े-बड़े तालाबों से घिरे इस पठार पर दिन-रात बहुत अच्छी हवाएँ चला करती थीं।

नारायण बाबू की यह कोठी छावनी की दूसरी इमारतों की ही भाँति बनी थी। बात यह थी कि रायबहादुर गोकुलनाथ को जिस कर्नल ने छावनी में मकान बनवाने की आज्ञा दिलवायी थी उसीने इस मकान का नकशा बनाया था। इसलिए यह कोठी फ्रेञ्च शेटू ढंग की थी। चारों ओर ऊँचे-ऊँचे अशोक के गाछ गोलाई में

लगवाये गये थे। इस मकान के बाद ही पहाड़ एकदम समाप्त होता था और दूर तक एक घाटी-सीं चली गयी थी जहाँ छावनी का पोलो ग्राउण्ड था। सामने की पहाड़ी पर काली का मन्दिर बना था।

तीसरे पहर बादल बरसकर इस समय छँट गये थे। श्रावण का सन्ध्या आकाश एकदम नीला हो आया था। नारायण बाबू और श्रीधर बाबू पहले तो प्रायः बैजनाथ महादेव के मन्दिर की ओर जाया करते थे। यह मन्दिर उत्तर की तरफ कोई दो मील दूर था। नारायण बाबू ने आते ही पूछा,

— क्यों श्रीधर! कई दिनों से बैजनाथ नहीं गये हैं क्या इरादा है?

— मैं भी सोचता तो यही था।

— यदि वर्षा हुई तो?

— अभिषेक हो जायेगा, और क्या?

और दोनों हँसते हुए निकल पड़े। फिटन नये फौजी डाकघर की सड़क की ओर बढ़ी। परेड ग्राउण्ड पर कुछ फौजी कवायद कर रहे थे। दो-दो चार-चार के झुण्ड में फौजी अफसर अवकाश का समय बिताने के लिए क्लब की ओर जा रहे थे। फौजी नहानघर के सामने नहानेवालों की भीड़ ज्यादा नहीं थी। सामने के बड़े-से कुएँ का पानी निकालने के लिए ऊँट मोट चला रहा था। कुछ कर्नल और कैप्टन रैंक के फौजी या तो घोड़ों पर सवार या फिर पत्नियों के साथ, कुत्तों की जंजीर पकड़े हवाखोरी को निकले हुए थे। तीसरे पहर की वर्षा में भीगे गाछों से रह-रहकर बूँदें टपक रही थीं। पहाड़ी इलाका था इसलिए वर्षा के बाद कीचड़ नहीं थी। लाल बजरियोंवाली साफ-सुथरी सड़क पर फिटन के पहिये किरकिराते दौड़ रहे थे। किसी-किसी बँगले के लान में माली निराई करने में व्यस्त थे। बैजनाथ के रास्ते पर दोनों ओर घने सागौन के पेड़ों की कतार मीलों चली गयी थी। यह उतार का रास्ता था। आगे नाले के पास एक दूसरी सड़क और मिलती थी जो कस्बे की ओर जाती थी। इसी रास्ते से गाय-भैंसें दिनभर जंगलों से चरकर लौटा करती थीं। नाला पूर पर था। डूबते सूर्य की छाँह में नारायण बाबू की फिटन बैजनाथ पहुँची।

बरगद, इमली, आम और यूकेलिप्टिस के सघन जंगल में एक छोटी-सी नदी बहती है। जिसका जल एक पक्के कुण्ड में एकत्रित कर लिया जाता रहा है। जिसमें सभी रंग के कमल खिले रहते थे। जिस समय वे दोनों पहुँचे, उस वन में केवल मोरों के बोलने की आवाज आ रही थी। उसके एक सिरे पर बैजनाथ महादेव का विशाल मन्दिर है तथा उसके दूसरे सिरे पर एक पक्का आश्रम बना हुआ है, जो कि एकदम निर्जन था। केवल आश्रम के आँगन में एक चौकी तथा उसके ऊपर एक शीतलपाटी बिछी थी। एक खम्भे पर पिंजरे में एक तोता रह-रहकर चीख रहा था। नाले पर बना एकमात्र पक्का घाट था जिसकी सीढ़ियों को

भिगोता हुआ पानी खलखल करता बह रहा था। ऊपर थोड़ी ऊँचाई पर एक बड़ी धर्मशाला थी, जहाँ इस समय कोई यात्री न था। थोड़ा आगे वह विशाल वन था जहाँ शिवरात्रि पर तथा कार्तिक की जात्राएँ लगती थीं।

साँझ हो चुकी थी। निर्जन, जैसे सहस्त्रमुखी होकर घिरने लगा था। दोनों ने नाले में जाकर हाथ-मुँह धोया और उपरान्त दर्शन किये। शिवलिंग पर सन्ध्या-आरती के ताजे फूल तथा बिल्वपत्र चढ़े हुए थे। एक बड़े-से दीपाधार में इक्कीस बत्तियाँ जल रही थीं। शिवलिंग के सामने के हवन-मण्डप की रेलिंग थामकर दोनों खड़े हो गये। छतनारे पेड़ों से झँवराते आकाश के टुकड़े दिख रहे थे। रास्तेभर तो श्रीधर बाबू लगभग चुप ही रहे जबकि नारायण बाबू ने दुनिया-जहान की खबरें सुना डाली थीं। उस समय कस्बे में एकमात्र नारायण बाबू के यहाँ ही 'टाइम्स आफ इण्डिया' आता था। उनकी रुचि धीरे-धीरे कांग्रेस की ओर बढ़ रही थी जिसे उनके बड़े भाई गोवर्धननाथ जानते थे कि इससे उनके व्यापार पर हानि होने की सम्भावना है लेकिन वे यह भी जानते थे कि नारायण बाबू कोई बच्चे नहीं हैं।

— क्यों श्रीधर! हम लोग भी अपने यहाँ कांग्रेस की शाखा खोल लें तो कैसा रहे?

— सरकारी नौकरी करते हुए यह कैसे कर सकते हैं?

— लेकिन भाईजान! हमने सरकारी नौकरी करने का कोई पट्टा तो लिखा नहीं है।

और वे बड़े जोर से हँस दिये।

—हाँ यह तो ठीक है। मैं भी सरकारी नौकरी को बाधा ही पाता हूँ।

— तो उस झगड़े का आखिर हुआ क्या?

— वह इतिहासवाला? मैंने गाडगिल साहब से साफ इनकार कर दिया।

— यह तो मैं जानता ही था कि तुम नहीं मानोगे लेकिन—

— लेकिन-वेकिन कुछ नहीं नारायण बाबू! बहुत होगा तो यह नौकरी छोड़ दूँगा।

— उसके बाद?

— उसके बाद ये दो पाँव हैं और पूरी पृथ्वी है। विवेकानन्द की भाँति परिक्रमा पर निकल जाऊँगा।

— तो लगता है तुम सारे परिणामों पर पहुँच चुके हो। लेकिन बहू-बच्चों को लेकर...

— यही तो एक बाधा लग रही है।

— श्रीधर! अपने भाइयों को तो तुम जानते ही हो। जहाँ तक पिताजी का सवाल है वे बेचारे तो अब....

— नारायण बाबू! सब बातों की सीमा होती है। निश्चय ही इन बाधाओं की भी सीमा होगी ही। और हमें किसी-न-किसी प्रकार उस सीमा तक चलकर पहुँचना ही होगा यदि हम कुछ करना चाहते हैं। जीवन तो महाप्रस्थान का पथ

है। जहाँ के हिम में प्रत्येक सम्बन्ध, जो कि बाधा होता है, गल जाता है। और नारायण बाबू! सब-कुछ हम ही सोचकर व्यवस्थित कर ले जायेंगे इस बुद्धिवादी स्वाँग की क्या आवश्यकता है? कम-से-कम मुझे तो नहीं ही है।

श्रीधर बाबू की बात नहीं, किन्तु खिंचा मुख धोये अँधेरे में अस्पष्ट लग रहा था। सामनेवाले आश्रम में कोई लौट आया था। वहाँ अब एक दीप जल चुका था। पक्के फर्श पर उस कोई की लकड़ी की चट्टियाँ खट्-खट् बोल रही थीं। तोता बड़े जोरों से चीख रहा था। कदाचित् यह वह पुराना तोता नहीं था जो प्रत्येक आगन्तुक से 'ॐ नमः शिवाय' कहता था। सामने के कुण्ड में कभी किसी मछली के कारण पानी गहरा हिल जाता था और तब आकाश और तारों की प्रतिच्छाया खो जाती थी।

— आओ अब चला जाये।

नारायण बाबू ने कहा। दोनों फिटन की ओर बढ़े। तभी आश्रम से कोई बोला,

— कौन है भाई? छावनीवाले नारायण बाबू हैं क्या?

— हाँ ब्रह्मचारीजी!

— फिटन से ही मैं समझ गया था। क्या चल दिये? आज बहुत दिनों पर आये।

— हाँ महाराज!

— सत्संग नहीं होगा?

— आज जरा जल्दी है। फिर आयेंगे।

— और कौन है साथ में?

— श्रीधर बाबू।

— अच्छा जय शंकर।

और फिटन पर दोनों चल दिये। रास्ते भर दोनों चुप ही रहे।

रोज की तरह श्रीधर बाबू भी घर पहुँचे। माँ माला फेर रही थीं। चिमनी, आले में वैसे ही जल रही थी। पिता अभी मन्दिर से नहीं लौटे थे। वो हाथ-मुँह धोकर जा ही रहे थे कि माँ बोली,

— कहाँ रह गया था?

— बैजनाथ चला गया था। छावनीवाले नारायण बाबू मिल गये थे।

— आज श्रीमोहन कुछ बकझक कर रहा था उनसे।

— कोई नयी बात है क्या?

— तेरे लिये तो जैसी पुरानी, वैसी नयी। तुझे तो विधाता ने जैसे दुनियादारी के अलावा सब दिया है। पता नहीं तुझे ये सब क्यों नहीं समझ में आती?

सिर से माला छुआकर गोमुखी की तह करते हुए एक गहरे निःश्वास के साथ बोली।

— माँ! दादा के पास बहुत पैसा हो गया है। वे बेचारे भाभी के लिए घर बनवाना चाहते हैं। तो तुम क्यों रोकती हो?

— कभी ऐसा हुआ है रे? अभी तो घर का मालिक बैठा है।

— यही तुम भूलती हो माँ! जिसके पास पैसा होता है वही घर का मालिक होता है। सुनो, क्या वो हिस्सा माँगते हैं अपना?

— जब तक हम बैठे हैं तब तक इस घर के टुकड़े तो होने से रहे। भले ही वह अलग से अपना मकान बना ले।

— तो इससे क्या हुआ? तुम जो कुल की प्रतिष्ठा के लिए सब समेटे रहना चाहती हो ताकि चार लोग हँसें नहीं, उससे तुम कैसे बच सकोगी?

— नहीं, अभी तो वह नहीं कहता कि हिस्सा हो, लेकिन अलग रहना चाहता है। मकान छोड़ सब बातों का हिस्सा करने को कहता है।

— तो कर दो, इसमें क्या मुश्किल है? सब अपना-अपना सम्हालें। ठीक तो है।

— बड़ा आया कहनेवाला कि कर दो हिस्सा। कुछ जानता भी है? बड़े के पास तो रिश्वत का पैसा आ गया। डाक्टर को उसकी ससुराल से मिल गया। लेकिन तेरा क्या?

— क्यों, मेरा जेवर गहना तो तुम हो ही।

और श्रीधर बाबू बड़े जोरों से हँस दिये।

श्रावण घिर रहा था। बादलों की गड़गड़ाहट जैसे दीवालों में भर गयी थी। हल्की ठण्डी हवा चलने लगी थी। माँ बोलीं,

— जा अब भोजन कर ले।

जाते हुए श्रीधर को देखकर, माँ अत्यन्त चिन्तित थीं कि इसका क्या होगा? जैसा वह वैसी इसकी बहू। उसे भी जरा दुनियादारी नहीं आती। अरे मरदों में तो ऐसी बेफिक्री होती ही है और फिर श्रीधर-जैसा आदमी, जो कि जाने कौन-कौन-सी किताबें पढ़ता रहता है और दिमाग खराब किये हुए है, लेकिन आदमी को चूल्हे-चक्की से बाँधे रखना तो औरत का ही न काम है?

खाना खाकर श्रीधर बाबू जब रान्नीघर से लौटे तो देखा कि पिता अपनी बँगवई पर अधलेटे हो पाठ कर रहे हैं। माँ रील पर 'चौरासी वैष्णवन की वार्त्ता' रखे पढ़ रही हैं। जाते हुए श्रीधर को पुकारते हुए बोलीं,

— सुना, तूने किताब में बदलने से मना कर दिया है?

तब तक पिता श्रीनाथ ठाकुर ने पाठ के बीच ही कहा।

— आज गाडगिल साहब आये थे मन्दिर। बेचारे बड़े दुःखी थे, लेकिन क्या करते?

माँ फिर बोलीं,

— अब क्या होगा?

— होगा क्या? सरकारी मामला है। निकाल दिये जायेंगे बाबू साहब।

पिता की आवाज में किञ्चित् रोष, दुःख सभी कुछ था। भीगे जीने पर सिर नीचा किये श्रीधर बाबू सारी बात समझ रहे थे। माता-पिता की चिन्ता भी वे सहज समझते थे। क्षणभर में सारी वास्तविकता आँखों के आगे कौंध गयी। इतना बड़ा परिवार, जिसके कि वे सदस्य हैं, इस टूटे घर की तरह ही भीगा-टपक रहा था। रान्नीघर में इतनी रात बरतन मलती सरस्वती की विवशता भी वे बूझ रहे थे तथा यह भी कि भाभी अपने कमरे में क्यों छप्पर पलँग पर बैठी दाल-चावल का हिसाब लिखती रहती हैं, और वे परेशानी का नाटक आये दिन करती रहती हैं। फिर भी न पति, न सास, न ससुर, किसी की हिम्मत क्यों नहीं पड़ती यह कहने की, कि अकेली सरस्वती सवेरे से देर रात तक खटती रहती है और तुम भी बहू हो, लेकिन तालियों का गुच्छा हिलाते रहने के अलावा और क्या करती हो? क्यों श्रीधर बाबू के बच्चे फटे कपड़े पहने घूमते रहते हैं और दादा-भाभी के बच्चे... और वे लगभग चीख पड़े।

— माँ! मेरी चिन्ता न करो। अपना-अपना भाग्य।

कहते हुए श्रीधर बाबू अपने कमरे की ओर बढ़ गये। बड़ी लड़की गुणवन्ती अभी तक जाग रही थी।

— बाबा! आज बहुत देर कर दी।

— हाँ बेटा! बैजनाथ चला गया था।

श्रीधर बाबू बिना कुछ बोले-चाले अपने कमरे में पहुँच जाना चाहते थे लेकिन गुणवन्ती जैसे आज बाबा से बातें करने के लिए ही जाग रही हो।

— बाबा! आज सिर में बहुत दर्द है।

पास बैठते हुए श्रीधर बाबू ने कहा,

— शायद इसीलिए नींद नहीं आ रही है न? अच्छा लाओ मैं दाबे देता हूँ। अच्छे बच्चे जल्दी सो जाते हैं।

गुणवन्ती को सुलाते हुए श्रीधर बाबू अपने में जैसे खोये हुए थे। कब सरस्वती आयी और पानी की कलशी आगे कर खड़ी हो गयी उन्हें पता न चला।

वह बोली,

— लीजिये, पानी पी लीजिये।

— अरे!!

और चौंककर उन्होंने सरस्वती की ओर देखा, जैसे रिताया बादल देख लिया हो। दीप के मन्द मीठे आलोक में कञ्चना सरस्वती, पीली कनेर-सी लग रही थी। पहले का भरा बदन झिटकने लगा था। इसलिए वह कुछ लम्बी लग रही थी। खिंचे-बँधे बालों में सूनी माँग चौड़ी लग रही थी। बिना किनारे की सादी धोती में वह भोर के गोरे होते हुए आकाश-सी लग रही थी। मुख पर कोई भाव नहीं था बल्कि एक अव्यक्त उदासी रँगी हुई थी। सवेरे की काजल-अँजी आँखें इतनी रात तक कैसे कजरी रह सकती थीं? जाने कितनी बार उनमें धुआँ लगा होगा। योंही अनेक बार गीले ठण्डे हाथ लगे होंगे। जाने कैसी भरी-भरी आँखें पोंछी गयी होंगी। अब भला इतने सबके बाद आँखों में काजर कहाँ तक बैठा रह सकता था? पलकें खुली नहीं लग रही थीं बल्कि जैसे पलकों के बाल चिपके हुए हों। पानी देकर सरस्वती आँचल से चूड़ियाँ पोंछती खड़ी रही ताकि कलशी ले सके।

— आज गुणवन्ती के सिर में दर्द क्यों हो रहा था सरो?

— बहुत मना किया कि बरसात का पानी होगा तालाब न जाओ लेकिन चाची की रम्भा और दूसरी सहेलियों के साथ सवेरे से गयी थी तो तीसरे पहर होने पर जब बुलवाया गया तब आयीं ये लोग। सिर नहीं दुखेगा तो क्या होगा?

— तुम्हें मना कर देना चाहिए था।

— मुझसे भला इस घर में कभी कोई बात पूछी जाती है?

सरस्वती ने बात बहुत कहनी चाही थी लेकिन समाप्त करते न करते वह स्वयं भी अचकचा गयी कि वह क्या कह गयी। बात सुन श्रीधर बाबू को आश्चर्य नहीं किन्तु ठेस लगी कि क्या उनकी पत्नी इतनी निरीह है कि स्वयं के बच्चे तक कोई बात पूछने की आवश्यकता नहीं समझते? उन्हें क्रोध आना चाहिए था लेकिन उन्हें खेद हुआ। चुनौती अनुभव करने पर ही तो क्रोध आता है? और श्रीधर बाबू कभी क्रोध नहीं करते क्योंकि प्रायः चुनौती नहीं अनुभव करते। शायद इसीलिए वे क्रोध की जगह खेद ही अनुभव करते हैं।

पत्नी बात कहकर वस्तुस्थिति टालने के विचार में थी अतः दिनभर की काम-काजवाली धोती भी बदलने के लिए अलगनी से चुन्नट की हुई धोती उठाकर पति की बैठक में चली गयी। श्रीधर बाबू गुणवन्ती के सिर पर हाथ रखे जाने क्या सोचते रहे। लेकिन वे जो भी सोच रहे थे, वह बहुत टूटा-फूटा-सा था।

बैजनाथ महादेव का वह लम्बा निर्जन रास्ता याद हो आया। भीगते पेड़ों की टपकती बूँदें। धोती ऊँची किये देहातिनें जंगल से गीली लकड़ियों का भारा बनाये लौटतीं।......कहीं पर दूर उत्तर में जरा-सा नीला आकाश खुला ही था कि ढेर-सारे बादल उसे ढँकने को जैसे दौड़ रहे हों। विवेकानन्द किस चट्टान पर बैठकर रामेश्वरम् के हिल्लोलते सागर को देखते होंगे? एक अनन्त वक्ष:स्थल आलोड़ित होता हुआ सूर्योदय से सूर्यास्त में बदल जाता है। इतिहास राजाओं का ही होता है, क्यों? साधारण जनों का क्या कोई इतिहास नहीं होता? पानीपत की लड़ाई थी लेकिन सरो जो शस्त्रहीन एक लड़ाई लड़ रही है उसका क्या कोई महत्त्व नहीं?

सरो समई के पास बैठकर रामायण पढ़ने का उपक्रम करने लगी। लेकिन वह वास्तव में पढ़ने के बजाय चाह रही थी कि कुछ बातें हों।

— सरो!

— जी।

श्रीधर बाबू सहसा बोले थे। कोई प्रयोजन नहीं था। सरो ने अब 'जी' कहा तो वे समझ न सके कि क्या कहें।

— थक गयी होगी। अब आराम करो।

— आप नहीं लेटिएगा?

— सुना, दादा अलग होने की सोच रहे हैं।

— मुझे तो मालूम नहीं।

— भाभी ने कुछ भी नहीं कहा?

— मुझसे?

— हाँ, क्यों?

— मैं भला उनकी दृष्टि में कौन होती हूँ?

— सरो! तुम इतनी निस्पृह क्यों हो?

— निस्पृह तो नहीं हूँ लेकिन....

— लेकिन क्या?

— लेकिन मुझे केवल दु:ख है। अपने लिये नहीं। इन लोगों की समझ पर। ये जिन बातों से डरते हैं कि कल से कुछ हो-हुआ जाये तो हम लोग उन पर कहीं बोझ न बन जायें।

— सचमुच दादा-भाभी ऐसा ही सोचते हैं?

— और दूसरा भला क्या कारण हो सकता है?

— अच्छा मान लो कल से मेरी नौकरी छूट ही जाये तो क्या होगा?

— यह सोचना आपका काम है।

— लेकिन तुम्हें भी तो सोचना चाहिए।

— आपके रहते मुझे यह सब सोचने का अधिकार नहीं है।

— लेकिन कल से मान लो....

— क्या यही सब कहने के लिए आज बरसों बाद बातें करने बैठे हैं?
सरस्वती हल्की रुआँसी हो आयी। अनेक दिनों से वह घर में तरह-तरह की बातें सुनती आ रही थी। किन्तु अलत सवेरे खारा-मीठा पानी लाने, चूल्हे के पास हँसुए से तरकारी काटने से लेकर दाल बीनने, अदहन रखने तक तथा सब लोगों को खिला-पिलाकर तीसरे पहर बर्तन साफ करने तक बझी रहती है। उसके बाद अनाज फटकना, कभी अचार बनाना, बड़ियाँ चूँटना, कितने ही ऐसे काम होते कि संझा होने तक खटती रहती। और उसके बाद तो फिर रात का खाना है ही। घर में आये-गये कुल मिलाकर न सही तो पन्द्रह-बीस आदमियों का रोज खाना दोनों जून बनाना। इसमें सरस्वती को केवल यही याद पड़ता कि वह अपने कमरे से जब आयी थी तब शुक्र डूब रहा होता और जब चौका-बासन, ढँकना-मेलना पूरा होता तब सप्तर्षि उग आये होते। कभी बच्चों को बाहर घूमता हुआ देख लिया, नहीं तो सोता हुआ छोड़कर जाती और प्राय: सोता हुआ ही देखती। गुणवन्ती तो जागती ही मिलती। कभी छोटी सुशीला भी जागती होती लेकिन रोग, माँदेपन के अलावा देवव्रत तो सदा सोता ही मिलता। इतने बरस हो गये सरस्वती ने घर में जो देखा या जो सुना वह काम करते हुए, सिर झुकाये ही। वह विवाह के आठ दिन बाद ही जेठानी के रुख से समझ गयी कि इस घर को एक दासी की आवश्यकता थी और वही सरस्वती इस इतने बड़े परिवार में हो सकती है। बिना पति को कुछ बताये सरस्वती ने अपने इस 'अहोभाग्य' को स्वीकार लिया।

सहसा सरस्वती के मन में यह घिर आया कि उसने इतना सब क्या यही बात सुनने के लिए स्वीकारा था? झेला था? और वह भर उठी। वैसे तो वह रोज ही भर उठती है, विवशता से। लेकिन इस वेला अपने स्वामी की इस बात से, जो कि उसके जीवन के लिए घोर अपशकुन है, जिसके बिना उसकी क्या दुर्गति हो सकती है इसे वह भली-भाँति बूझती है—इतने बड़े अपशकुन को ये कितने सहज ढंग से कहे डाल रहे हैं। ये कहते हैं, कल से मान लो....मान लो की भली चलायी। और अपने ही पक्ष में क्यों मानते हैं? क्या ऐसा मान लो, मेरे पक्ष में नहीं हो सकता? हो सकने की बात ही क्या है, उसे तो कभी का ही हो जाना चाहिए था। अंग-अंग जैसे पिरा रहा था। इन हड्डियों में अब क्या रह गया है? बाँसी की तरह खोखली हो गयी है। इन्हें क्या मालूम? ब्याह के बाद से घड़ीभर भी कभी चैन नहीं मिला। कोई कहाँ तक खट सकता है?

और आज सहसा वह सहज हो आयी। रोज की भाँति नहीं कि बड़ी-से-बड़ी बात, चाहे वह ताना विष का बुझा हुआ ही क्यों न हो, मात्र हँसकर झेल गयी हो या अबोले रहकर ही भूल स्वीकार ली हो। पहले सीने के पास जैसे बहुत-कुछ फूल आया हो और फिर देखते-देखते जैसे गला फँसा-फँसा-सा होने लगा। सरस्वती स्वयं नहीं बूझ पा रही थी कि वह क्या है जो बड़े बुलबुले-सा गोल-गोल घिरता हुआ गले के बाद नाक और आँखों में भर जाने को घिर आया है।

श्रीधर बाबू ने देखा कि देवव्रत को सटा सरस्वती हठात् रोने लगी है। वे आपाद सिहर उठे। बाहर श्रावण बरस रहा था और सरो आषाढ़ बनी हुई थी। बाहर श्रावण में घर के पीछे कुम्हड़े तथा तुरई की बेले भीग रही होंगी और यहाँ अनजाने ही श्रीधर बाबू का परिवार भीग रहा था। बैठक से आती हुई श्रावण भीगी तेज हवा में समई की बाती चिलबिला रही थी। इस चिलबिलाने से दीवारों पर जैसे सोनाली रोशनी भी बड़ी-बड़ी हिल रही थी। सूनी सेरियों में पानी तेज सपाटे मारता झिरझिरा रहा था। आज कई दिनों से तेज धूप नहीं निकली थी इसलिए कपड़े, दीवारें, सभी चीजें सिला गयी थीं। बच्चे बिस्तरों की हल्की गर्मी में कुनमुना रहे थे। धाराधर अँधेरी श्रावण रात में श्रीधर बाबू न शब्द, न संकेत कुछ नहीं पकड़ पा रहे थे जिसके द्वारा सरस्वती को सान्त्वना दे सकें। सरस्वती आज पहली बार फूट आयी थी। सरस्वती को भी दुःख है, उस दुःख को भले ही उसने न कहा हो या न कहे लेकिन वह आँसू बन चुका है यह श्रीधर बाबू को पता न था। उनके निकट सरो सहिष्णुता की मूर्ति थी। जिसे कोई बात, ताना, परिस्थिति नहीं व्यापती। इसलिए सरो का वह आदर करते थे। वही सरस्वती आज मानुषी बनी रो रही थी। श्रीधर बाबू इन आँसुओं में जन्म-जन्म के श्रावण नहा गये। वे गले-गले हो आये ताकि चीख सकें। आज दोनों ही रोज के पति-पत्नी नहीं लग रहे थे जिन्हें किताबें और बड़ियाँ चूँटना सन्तोष दे दिया करते थे।

बच्चों को ठीक तरह से ओढ़ाकर सरस्वती का हाथ पकड़ श्रीधर बाबू बैठक में निकल आये। खिड़की खुली थी। झींसी की फुहारें आ रही थीं। घुटा हुआ प्रकाश था। सरो उठी और कम्बल ले आयी। दोनों कम्बल ओढ़कर अबोले ही बरसते श्रावण मेघ देखते रहे।

— सरो! तुम्हें इस घर में बिल्कुल सुख नहीं मिल सका न?

बिजली की कौंध तथा गड़गड़ाहट से पुश्तैनी मकान की दीवारें एकदम काँप उठीं। सरो भला पति की इस बात का क्या उत्तर देती? वह एकदम पति से सट गयी और उनके सीने पर सिर रख एक छोटे जलभरे बादल-सी फूट पड़ी। श्रीधर बाबू ने सरो को बाहुओं में कस लिया। वह कभी खिड़की की राह तथा कभी बैठक के अँधेरे में निर्णय और निष्कृति खोजने लगे। बाहुओं में बँधी सरो, आज उन्हें पहली बार लग कि अभी तो यह मुश्किल से युवती हुई ही है। कितना छोटा-सा सिर है। कैसे चिकने-चिकने बाल हैं। धोये गये सिर में से आँवले की गन्ध अभी तक आ रही थी। कैसी समर्पिता बनी रोज चार बजे पीसना और पानी लाने के लिए इसे उठ जाना पड़ता है। पहले खारा पानी आता है सबके नहाने के लिए और फिर मीठा पानी कुएँ से लाना होता है। जबकि दूसरे सब सोते रहते हैं। बच्चों को स्कूल जाने से पहले खाना भी देना होता है। दादा के कचहरी जाने के पूर्व खाना मिलना ही चाहिए और वह भी उतरती हुई रोटियाँ। पिताजी मन्दिर से बारह-एक तक लौटते तथा इसी समय के लगभग छोटा भाई डाक्टर भी लौटता है उन्हें भी गरम खाना मिलना ही चाहिए। रात भी यही हाल होता है। और घर की यह सारी

नियम-व्यवस्था केवल सरो को ही सम्हालनी होती है। जबकि श्रीधर बाबू ने कभी यह नहीं कहा होगा कि उन्हें सर्दियों में नहाने के लिए गरम पानी मिलना ही चाहिए या तवे की उतरी रोटी ही चाहिए। लेकिन इससे क्या? सब लोग तो ऐसे होते नहीं। सरो को प्रायः तीसरे या चौथे दिन तालाब भी तीसरे पहर कपड़े लेकर जाना ही पड़ता था, अपने बच्चों के कपड़ों के लिए। खारे पानी में जब रोज के कपड़े तक कलास जाते हैं तब बच्चों की कमीजें, पजामें भला कैसे साफ रह सकते हैं? और जब आप तालाब जा रही हों तो भला जहाँ चार कपड़े वहाँ छह कपड़े। और इस प्रकार जेठानी के बच्चों के भी कपड़े ले ही जाने पड़ते। वैसे तो धोबी आता है लेकिन मर्दों के ही कपड़े दिये जाते हैं और वह भी खास-खास कपड़े ही। इस प्रकार सरो को बाकी के कपड़े लेकर तालाब तीसरे पहर जाना ही होता। साथ में गुणवन्ती या छोटी, कोई-न-कोई रहती। उस दिन सरो को झाड़ने-फटकने से अवश्य छुट्टी मिल पाती। लेकिन यह भी था कि बिना सरो के घर में अँधेरा पड़ा रहता। लौटने पर दीया-बत्ती का तेल-पानी करके तब कहीं चूल्हे के पास जाना पड़ता।

श्रीधर बाबू को अपनी सरो की इस दिनचर्या को सोचते-सोचते न केवल थकान बल्कि हाथों में दर्द अनुभव होने लगा। रोज-रोज वही सवेरे से देर रात तक। उन्होंने उसका मुँह दोनों हाथों में भरकर बैठक के उस मटमैले प्रकाश में देखना चाहा कि उस दिन अग्नि के सामने बैठे हुए मन्त्रोच्चार करते हुए जिसे इतना सुन्दर देखा था वह आज भी वैसा ही है, या नहीं? आँसुओं से भीगा सरो का मुख उन्हें अपनी सबसे बड़ी पराजय लगा। जाने कब श्रावण थम गया था लेकिन बिजली और गड़गड़ाहट अवशेष थी। पुलिस लाइन के घण्टे में बारह की गजर बज रही थी। कहीं किसी के खाँसने की आवाज आ रही थी।

—सरो! चलो अब सोओ। बारह बज गया।

—हाँ, देर रात हो गयी।

और दोनों अपने बिस्तरों पर आकर लेट गये। सरस्वती ने समई बढ़ा दी। कमरे में घोर अन्धकार हो गया। कदाचित् श्रीधर बाबू तो सो गये लेकिन सरस्वती उस रात न सो पायी।

दूसरे दिन रविवार था। तालाब नहानेवालों की भीड़ थी। तीन ओर पहाड़ों से घिरा तलहटीवाला यह तालाब किसी झील से कम नहीं था। मनुष्य से अधिक प्रकृति ने इसे सजा रखा था। जिस ओर कोई पहाड़ नहीं था, एक बड़ा भारी बाँध था। जिसका निर्माण कहते हैं शाहजहाँ ने अपनी दक्षिण यात्रा के समय किया था। बाँध की पुश्त तथा चौड़ाई और घाट आदि से भलीभाँति इस किंवदन्ती को सत्य माना जा सकता था। इस तालाब के बीच में एक छोटी छतरी बनी हुई थी जहाँ लोग तैरकर जाया करते थे। शौकीन गोठ के लिए नाव से भी जाया करते थे। दूर पर तीनों ओर से पहाड़ों से टकराती पूर्वा या पछुआ दिन-रात इतनी तेज चलती थीं कि लोग अपनी धोतियाँ एक तरफ से अकेले पकड़कर आसानी से सुखाया करते। तालाब में बड़ी ऊँची-ऊँची लहरें दिनभर उठा करती थीं। बाँध में जगह-जगह अन्दर की तरफ तालाब में ऊँचे-ऊँचे बुर्ज बने हुए थे जहाँ से लोग नहाने के लिए कूदा करते थे। यह तालाब इस कस्बे का पिता माना जाता था इसलिए लोग नदी के बजाय यहीं नहाने रोज आया करते। लेकिन रविवार या किसी छुट्टी के दिन नहान-पूर्व का-सा दृश्य रहता। बाँध के सिरे पर उत्तर में एक मराठा सरदार बाला साहब की किले-जैसी कोठी बनी हुई थी, जिसकी पत्थरों की दीवार से तालाब सदा लहराता रहता। ठीक उसी पर कोठी का खुला बारजा बना हुआ था जहाँ सामन्त-युग के स्वर्ण युग में, खुला दरबार लगा करता था। या फिर, कभी किसी राजा-महाराजा की सवारी आती थी तो यहीं बैठकर तालाब में जलक्रीड़ा की जाती। गुम्बदोंवाली इस कोठी का वैभव अब केवल इतिहास हो गया था। चारों ओर घनी अमराई भी अब जीर्ण हो आयी थी। अमराई का परकोटा गिर चुका था और वहाँ दलदल हो गया था। इस किनारे पर धोबियों ने अपने पत्थर रख लिये थे और दिनभर 'छीयो-छीयो' किया करते थे। बाला साहब की कोठी की हरे पल्लोंवाली खिड़कियाँ, अपने में बड़ी-सी कोठी समेटे बन्द रहा करती थीं। पिताजी कहा करते थे कि बाला साहब ने इसी दाहिने हाथ के बुर्ज से कूदकर आत्महत्या की थी तब से यह कोठी अपशकुन समझ, सब लोग यहाँ से हमेशा के लिए चले गये। बाला साहब ने क्यों आत्महत्या की इस पर नाना प्रकार के मत हैं। कुछ लोग कहते हैं कि उनकी तीसरी पत्नी अत्यन्त सुन्दरी थीं और श्रीमन्त सरकार की दृष्टि उन पर पड़ गयी अतएव श्रीमन्त उन्हें ले गये। कुछ का कहना था कि वे स्वयं गयीं क्योंकि वे स्वयं एक बड़े राजघराने से आयी थीं और बाला साहब एक छोटे-मोटे मात्र सामन्त थे। भला वे वैभवहीन कैसे रह सकती थीं? अत: लोक-लाज से बचने के लिए एक दिन अपने इसी बारजे के बुर्ज पर से छलाँग मारकर तालाब में कूद पड़े। बाला साहब की कोठी के वहाँ बड़ी-बड़ी चट्टानें हैं और वहीं पर वे

परलोकवासी हुए। उसके बाद यह कोठी ऐसी बन्द हुई कि आज तक इसमें फिर कोई नहीं आया।

लेकिन जब तक बाला साहब जीवित रहे इस कस्बे में राजधानी की-सी चमक-दमक रहती थी। बाला साहब के दरवाजे पर चार हाथी सदा बँधे रहते थे। छोटी-मोटी फौज सदा लैस रहती थी। दशहरे-दीवाली पर न केवल दरबार ही होता था बल्कि संवारी भी निकला करती थी। बाला साहब ब्राह्मण सरदार थे। सदा पालकी पर चढ़कर बस्ती के बीचवाले महादेव मन्दिर में नित्य जाया करते थे। इस मन्दिर का जीर्णोद्धार भी उन्होंने करवाया था। वे बड़े उदार तथा पण्डित व्यक्ति थे। बुढ़ापे में तीसरा विवाह कर बाला साहब ने अपने जीवन की सबसे बड़ी भूल की थी। इतने लोकप्रिय तथा यशवान् व्यक्ति के लिए आत्महत्या के अतिरिक्त और कोई मार्ग शेष ही नहीं रह गया था।

बाला साहब इस प्रदेश के लोकश्रुत व्यक्ति हो गये थे। उनकी वीरता तथा दानशीलता की अनेक सत्यासत्य कहानियाँ फैली हुई थीं। कहते हैं उनके पूर्वज पेशवाई के पतन के बाद अनेक ऐतिहासिक जय-पराजय देखते हुए मालव के इस अञ्चल में आ बसे थे। जो हो, उनके पूर्वजों ने कब कौन-सी लड़ाई लड़ी, इसका प्रमाण ऐतिहासिक रूप से चाहे हमारे पास न हो लेकिन बाला साहब स्वयं प्रथम विश्वयुद्ध में गये थे और उन्हें विक्टोरिया क्रास तक मिला था। श्रीधर बाबू को इन सब बातों की बहुत धुँधली स्मृति है। लेकिन कस्बे के जीवन में इस राजकीय सम्मान की प्राप्ति के अवसर पर जैसा महोत्सव हुआ वैसा न कभी हुआ था और न होगा ही। बाला साहब के वैभव का वह चरम क्षण था। पूरी कोठी दीपों से सज्जित की गयी थी। हाथियों को अल्पित किया गया था। चाँदी के हौदे उस दिन विशेष रूप से चमकाये गये थे। साँड़नियों पर नौबत का प्रबन्ध किया गया था तथा उनके घुटनों में घुँघरू बाँधे गये थे। फौजफाटे और लावलश्कर का ठाठ देखकर अंग्रेजी छावनी के सारे फिरंगी अफसर चकित रह गये थे। डंका-निशान, फाल्गुन की सोनाली धूप में छोटे-छोटे सूर्यों और पुच्छल तारे-से चमक रहे थे। आस-पास के सारे मराठे और राजपूत सामन्त उस महोत्सव में सम्मिलित हुए थे। इसी गोपाल चौक के सामनेवाले मैदान में कनातें तानकर भट्ठियाँ खोदी गयी थीं। आस-पास के गाँवों तक के लोगों के लिए तीन दिन तक खीर-मालपुआ का प्रबन्ध किया गया था। काशी, उज्जैन और बड़ौदा से शहनाईवाले बुलाये गये थे, जो नगरकोट के प्रत्येक दरवाजे पर चौबीसों घण्टे शहनाई बजाते रहते। लखनऊ और बनारस की रण्डियाँ बुलवायी गयी थीं। तालाब के पास जो 'केवड़ा स्वामी' का वन है उसमें तम्बू डालकर उन्हें ठहराया गया था। लगता था जैसे पूरा कस्बा वधू का घर हो। तीन दिन के लिए क्या मीना-बाजार, प्रदर्शनी, नाच, राग-रंग, नौटंकियाँ, नट, सभी कुछ तो लोगों को उपलब्ध थे। कहते हैं बाला साहब के पिता अप्पा साहब ने सामन्ती सम्हालने पर ऐसा ही उत्सव मनाया था, लेकिन बाला साहब का यह महोत्सव तो लोकगीतों, लोकगाथाओं का विषय बन गया था। तालाब की यह बीच

की छतरी इस महोत्सव के पहले बिल्कुल ही जीर्ण हो गयी थी। इसे वर्तमान रूप में सुन्दर, बाला साहब ने किया था। वे शैव थे, किन्तु उदार धार्मिक थे, इसलिए वैष्णव मन्दिर भी प्रायः जाया करते थे। उन तीन दिनों, कस्बे का प्रत्येक घर, मन्दिर नगर-कोट तक आलोकित किया गया था। जाने कितनी कुँआरी ब्राह्मण कन्याओं तथा गरीब कन्याओं का सामूहिक विवाह उन्होंने उन तीन दिनों में करवाया था। लोग चकित थे कि बाला साहब क्यों इतना रुपया फूँक रहे हैं। वे विशिष्ट महाराष्ट्री ब्राह्मण की भूषा में सज्जित एक व्यास आसन पर स्वस्थ बैठे सबका स्वागत हँसकर कर रहे थे। उनके निकट उस महोत्सव के लिए एक ही तर्क था कि भाई! यह सब सम्पत्ति मेरे पूर्वजों ने कहाँ से अर्जित की? क्या अपने साथ लाये थे भगवान् के यहाँ से? अरे आपने ही दी थी और यह इतना बड़ा कर्ज आपका मनोरंजन कर आपको ही, इस कस्बे को ही लौटा रहा हूँ। और फिर पता नहीं कब आप सबसे इस प्रकार मिल सकूँ। अच्छा है आपके आशीष लिये ही यहाँ से विदा होऊँ।

बाबा साहब के पितामहों पर दूर-दूर तक के सेठों का बड़ा रुपया निकलता था। लेकिन बाला साहब पाई-पाई चुकाकर रहे। लोगों ने देखा कि उस महोत्सव के बाद कोठी बरसे मेघों-सी रिता गयी। शायद इस महोत्सव के बाद ही उनकी तीसरी पत्नीवाली दुर्घटना हुई। बाला साहब तब, पैंसठ वर्ष के हो चुके थे, और उनकी पत्नी सम्भवतः पचीस वर्ष की थीं। वे अत्यन्त सुन्दर महिला थीं। उनके विवाह को दस वर्ष हो चुके थे। जिन दस वर्षों में पाँच वर्ष तो बाला साहब जर्मन की लड़ाई में यूरोप चले गये थे। इस बीच लोग जो बताते हैं वह यह कि श्रीमन्त की सवारी इस कस्बे में कम-से-कम दो बार आयी थी और बाला साहब की पत्नी भी अपने माय्रके में ही प्रायः रहीं। लोगों का शक है कि वे मायके में न रहकर श्रीमन्त सरकार के साथ पहाड़ों या समुद्र-तटों की सैर करती रहीं। जो भी हो, इस महोत्सव के पूर्व बाला साहब और उनकी पत्नी में कुछ बातों को लेकर झगड़ा हुआ। बाला साहब अपनी सारी जायदाद का बराबर हिस्सा अपने एक लड़के, एक लड़की और इस नयी पत्नी के बीच कर देना चाहते थे। बाला साहब की पहली पत्नी से लड़की इन्दु थी जो महाराष्ट्र में किसी सामन्त से ब्याही गयी थी लेकिन ब्याह के थोड़े ही दिनों बाद विधवा हो गयी थी। उसके बाद वे काशीवास करने के लिए सदा के लिए बनारस चली गयी थीं। दूसरी पत्नी से वामनराव थे, जो अजमेर 'मेयो कालेज' में पढ़े थे। पढ़ाई के बाद घर आ जाना चाहिए था लेकिन नयी माँ के रंग-ढंग देखकर वे फौज में भरती होकर क्वेटा की छावनी में ही रहते थे। बहुत कम लोगों ने वामनराव को देखा था। इसका एक प्रमुख कारण यह भी था कि उन्होंने किसी अंग्रेज महिला से विवाह कर लिया था जो बाला साहब के लिए असहनीय था। बाला साहब अपने इस वैभव में अत्यन्त दयनीय मनःस्थिति में रह रहे थे। नयी पत्नी सीमा से बाहर खर्च करती थी तथा प्रायः बाला साहब को उनके साथ कभी बम्बई, कभी नैनीताल, कभी दिल्ली जाना पड़ता था। बाला साहब

अपनी भूल अनुभव कर रहे थे, लेकिन अब हो ही क्या सकता था? इस पत्नी के लिए बम्बई में मालाबार पर एक कोठी बनवानी पड़ी थी, जिसमें लाखों का खर्च हो गया था। इसलिए वे चाहते थे कि अपने सामने इन्दु और वामनराव के हिस्से अलग कर दें। पत्नी इन्दु को जायदाद में से कुछ भी देने की पक्षपाती नहीं थी। साथ ही वह अपना हिस्सा आधा चाहती थी। यदि इन्दु को कुछ दिया ही जाना है तो वह वामनराव के आधे हिस्से में से ही दिया जाये। इसलिए हुआ यह कि उन्होंने अपनी पत्नी की कोई बात नहीं मानी और जायदाद के चार हिस्से कर दिये। अपने हिस्से में से उन्होंने यह इतना बड़ा महोत्सव सम्पन्न किया था। जहाँ अनेक सामन्तों ने तथा जनता ने हार्दिक योग दिया था, वहाँ पत्नी ने कोई योग नहीं दिया, बल्कि वे बम्बई चली गयीं। वामनराव के आने का प्रश्न ही नहीं उठता था। इन्दु अवश्य आयी थी। लेकिन वह पर्दे के बाहर कभी नहीं आयी। बाला साहब ने इस सारे महोत्सव का भार इन्दु पर छोड़ दिया था। सम्भवतः बाला साहब और इन्दु दोनों में से किसी को पता नहीं था कि इस सबमें कितना व्यय हुआ। लेकिन इन्दु ने अपने पिता के मन को परख लिया था कि पिता अपने अन्तिम दिनों में कोई स्मरणीय काम कर जाना चाहते हैं, और उनकी पुत्री होने के नाते उसे पूरा सहयोग देना है। चूँकि पत्नी ने अपनी असहमति ही नहीं, वीतरागिता जतला दी थी, एकमात्र पुत्र को इस प्रकार के सामन्ती, धार्मिक अपव्ययता में कोई रुचि नहीं हो सकती थी, बाला साहब की इस ऐकान्तिकता को पुत्री ने भलीभाँति समझ लिया था और वह अपने पिता की साध को जितना स्मरणीय बना सकती थी उतना संकल्पित होकर जुट गयी।

इस महोत्सव के बाद बाला साहब इन्दु को छोड़ने काशी तक गये। इन्दु ने चलते समय अपनी ओर से एक सौ एक ब्राह्मणों को शास्त्रोक्त दान-दक्षिणा दी तथा कस्बे में एक संस्कृत पाठशाला का प्रबन्ध कर गयीं। बाला साहब कुछ दिनों काशीवास कर बम्बई गये और अपनी पत्नी के साथ कस्बे में लौटे। उसके साल-छह महीने बाद ही बाला साहब की कोठी का गोपुर जो सबके लिए सदा खुला रहता था अब वह बन्द रहने लगा। दक्षिणवाली खिड़की के बुर्जी के पास एक आरामकुर्सी पर बाला साहब अपने उसी पीताम्बर, बगलबन्दी तथा त्रिपुण्ड में दिखते। लेकिन जो वर्ण और तेज चर्चा का विषय था वह अब नहीं था। बल्कि अब वे अत्यन्त वृद्ध लगते। श्रीधर बाबू के पिता कीर्त्तनियाजी को बाला साहब बहुत मानते थे, इसलिए कभी-कभी वे ही उनके पास आया-जाया करते थे। बाकी के लोगों को उनके दीवानजी मिलने ही नहीं देते थे। क्रमशः उस कोठी की खिड़कियाँ बन्द होती गयीं और एक दिन माघ के दिनों की बात है, माघ नहाने के लिए कुछ लोग सवेरे-सवेरे तालाब की ओर जा रहे थे, उन्होंने देखा कि बुर्जी में एक बड़ी-सी लैम्प जल रही है। बाला साहब उसी अपनी आरामकुर्सी पर बैठे हुए हैं। और एकदम उन्होंने अपनी दुशाला फेंका तथा वहीं से छलाँग लगायी। देखनेवाले एक क्षण को तो सन्नाटे में आ गये। क्षणभर में ही हलचल मच गयी।

देखते-देखते कस्बा जाग गया और हजारों की संख्या में सब उस अमराई और बाँध पर एकत्र हो गये। अजीब दुःख, क्रोध, परिताप लोगों के चेहरों पर खिंचा हुआ था। इस घटना को लेकर कानाफूसी तक करने का किसी को साहस नहीं हो रहा था। पुलिस आयी। छावनी की फौजी पुलिस भी आयी। कानूनी रिपोर्ट के बाद क्वेटा और काशी खबर कर दी गयी। शवदाह, रोकने की बात उठी ताकि कोई आ जाये। लेकिन गाँववालों ने इसे उचित नहीं बताया और ब्राह्मणों ने ही अर्थी उठाने से लेकर शवदाह तक का कार्य सम्पन्न किया।

आज कई रविवार के बाद श्रीधर बाबू तालाब नहाने आये थे। छतरी पर इस समय सारस का एक जोड़ा कहीं से उड़कर धूप खा रहा था। दिन खुल आया था। पिछले दिनों भारी वर्षा हुई थी इस कारण तालाब में पानी बढ़ गया था। बड़ी ऊँची-ऊँची लहरें उठ रही थीं। बाला साहब की कोठी के गुम्बदों की परछाईं लहरों में टूट पड़ रही थीं। अनेक दिनों के बाद श्रीधर बाबू को बाला साहब की याद हो आयी। यह तो ठीक नहीं बता सकते कि कब वे पहली बार वहाँ गये लेकिन वे अपनी बचपन की स्मृति में से इस कोठी को अलग नहीं कर सकते थे। अपने पिता के साथ बहुत बचपन में वे इस कोठी में जाया करते थे। और उसके बाद तो वे इतनी बार गये हैं कि यह कोठी जैसे उनके जीवन का अविभाज्य अंग हो।

सिर उठाकर उन्होंने चारों ओर देखा। तालाब के पूर्वी सिरे पर उज्जैन के एक बोहरे सेठ का बगीचा पहाड़ की तलहटी में बसा था जहाँ से मोरों का चीखना आ रहा था।

अभी नहानेवालों की भीड़ की शुरुआत ही थी। थोड़ी ही देर में सारे घाट भर जायेंगे। बचपन से वे इसी तरह की भीड़ यहाँ देखते आये हैं। जब वे बच्चे थे तब कभी-कभी पिताजी के साथ या दादा के साथ आते थे। कैसे एक-एक दिन सरकता गया। कितने पुराने लोग जो यहाँ नहाने आते थे वे इसी श्मशान घाट पर आकर दाहित होकर चले गये। सहसा दाहित होने की बात, दूर से 'राम नाम सत्य है' की आवाज से याद हो आयी। आज फिर कोई अन्तिम बार नहाकर सदा के लिए चला जायेगा। श्मशान का टिनशेड रोज की तरह आज भी उजाड़ खाली-खाली-सा खड़ा था। अर्थी अब बाँध पर दिखायी दे रही थी। किसी महिला की थी। उन्होंने अपने कपड़े निकाले और तालाब में कूद पड़े। पानी एकदम ठण्डा था। पहले तो वे घबड़ाये लेकिन अब तैरते हुए सुख लग रहा था। बाँहों से लहरें काटते एक अजीब तुष्टि मिल रही थी। चारों ओर कितना जल फैला हुआ था, जिसे उनकी बाँहें और सीना ठेल रहे थे। तट पीछे छूटता जा रहा था। तट पर आनेवालों की तथा नहानेवालों की रंग-बिरंगी भीड़ थी। छतरी दूर से जितनी छोटी लगती थी उतनी छोटी वह थी नहीं। तालाब का पानी गहरा होता जा रहा था। करीब एक मील वे तैर आये थे। अभी भी छतरी एक मील से कम दूर नहीं थी। उन्होंने तैरना रोककर एक बार तट की ओर देखा। तट पर लोग रेंगते हुए दिख रहे थे। लोगों के बोलने की, डाकने की आवाज पानी पर उड़ती हुई आ रही थी। सूखती हुई धोतियाँ, कागज की पट्टियाँ लग रही थीं। बाला साहब की कोठी, खिड़कियाँ और गुम्बद श्रावण की धुली धूप में बहुत अच्छे लग रहे थे। अमराईवाला परकोटा गिर गया था जिसके भग्नावशेष दिख रहे थे। इस अमराई के

साथ उनकी कितनी स्मृति थी। इन्दु दीदी याद हो आयीं।

श्रीधर बाबू से कोई दस वर्ष आयु में बड़ी इन्दु को वे दीदी कहते थे। चूँकि वामनराव तो अजमेर 'मेयो कालेज' में पढ़ते थे घर में कोई दूसरा था नहीं। पिता के साथ कभी-कभी छोटे श्रीधर बाबू घर में आया करते थे। इनसे पर्दे का प्रश्न ही नहीं उठता था। इन्दु कब श्रीधर बाबू की अभिभाविका बन गयीं यह दोनों को ही पता नहीं। अब आये दिन श्रीधर बाबू के लिए कोठी से बुलावा आने लगा। स्कूल से प्राय: वे सीधे कोठी ही पहुँच जाते। स्कूल का बस्ता कन्धे पर टाँगे जब वे कोठी में प्रवेशते होते तब बाला साहब या तो अपनी बग्घी में कहीं जाने को होते या फिर वे अपने बड़े हाल में बैठे हुए कुछ लिखते-पढ़ते होते। इन्दु को सारी शिक्षा वे अपनी देख-रेख में ही करवाया करते थे। स्वयं बाला साहब को घुड़सवारी, संगीत, इतिहास और गणित में बहुत रुचि थी। उन्होंने अपने यहाँ जाने कितने भारतभर के प्रसिद्ध संगीतज्ञों को कई बार बुलवाया और कुछ को आश्रय भी दिया। उन्हें वीणा प्रिय थी जिसे उन्होंने एक कर्नाटक वादक से विशेष रूप से सीखा था। वे अपने जीवन-काल में भारतीय राग-रागिनियों पर एक विशाल ग्रन्थ तैयार कर रहे थे। उनका यह संगीत-प्रेम इन्दु में मूर्तित हुआ था। इन्दु को सिखाने के लिए प्राय: उस्ताद लोग देवास, इन्दौर और बड़ौदा से आते थे, तथा महीनों कोठी में रहा करते थे। स्कूली बस्ता कन्धे पर टाँगे श्रीधर को देखकर इन्दु ताली बजाकर हँसते हुए स्वागत करती। दौड़कर बस्ता कन्धे से उतार पास की टेबल पर रख, दोनों आपस में हाथ गहे, इन्दु के कमरे की ओर बढ़ जाते। सबसे पहले नाश्ता करवाया जाता। उसके बाद या तो एक घोड़ेवाली फिटन में बैठकर वे लोग घूमने चले जाते या फिर कमरे में सामनेवाली छत पर खड़े होकर तालाब कितना गहरा है, कौन पक्षी कितना ऊँचा उड़ सकता है, जलकर मर जाने में सुख है या गाड़े जाने में—ऐसी जाने कितनी ही बातें इन्दु करती और श्रीधर एक अच्छे आज्ञाकारी श्रोता के रूप में सुनता। इसके बाद इन्दु के उस्ताद संगीत सिखाने आ जाते और श्रीधर अपने घर चला जाता।

तैरते हुए वे छतरी के एकदम पास आ गये। छतरी के गुम्बद में किसी पाखी ने घोंसला बना रखा था। सम्भवत: कबूतर का हो। वे काफी थक गये थे। छतरी पर चढ़कर वे हाँफने लगे। आकाश में बादल घिरे थे। हवा एकदम थम चुकी थी। दूर धोबियों की 'छीयो छीयो' या किसी की भूली-भटकी डाक का स्वर सुनायी पड़ जाता। पूरब की ओर मेघ घने झुक आये थे। यहाँ तक कि कुछ बादल तो पहाड़ के शिखर पर भी उतर आये थे। तेजी से बादल धुएँ-से बरसते इधर आने लगे। आती हुई बूँदें तालाब पर झरती हुई आवाज कर रही थीं। हलका शान्त जल इस झिरझिराहट से भर उठा। और देखते-देखते पानी तेज हो गया। वे छतरी में जाकर सिमटकर बैठ गये। तट पर लोगों में भाग-दौड़ मची हुई थी। कुछ ही देर में तट पर कोई नहीं रहा। या तो लोग झुण्ड बनाकर किसी सघन छतनारे गाछ के

नीचे सिमट आये थे, या देवस्थानों में छिप गये थे या फिर श्मशानवाले टिनशेड में खड़े थे। थोड़ी देर पहले जो अर्थी आयी थी अब वह चिता बनकर जल रही थी। बरसते पानी के घटाटोप में सारे किनारे छुप गये थे। केवल बरसता जल तेजी से बरसता जा रहा था। वे छतरी के एक खम्भे की आड़ में खड़े हो हल्के भीग रहे थे। सहसा उन्हें याद आया कि वे अपने सूखे कपड़े तो घाट पर खुले ही छोड़ आये थे। बूँदें और तेज हो गयी थीं जो उनके शरीर पर, मुँह पर तेजी से बौछार कर रही थीं। वे जान रहे थे कि आज वे जरूर ही सर्दी खा जायेंगे लेकिन इससे क्या, और अब क्या हो सकता है। पानी नीली तेज फुहारों में झिर रहा था।

आज इस तरह वे वर्षों बाद भीग रहे थे। सम्भवतः पहली बार इस तरह वे इन्दु के साथ भीगे थे। तब वे दस वर्ष के रहे होंगे और इन्दु बीस वर्ष की पूर्ण युवती हो चुकी थी। उन दिनों रेल बन रही थी। मीलों तक लोग रेल की पटरियाँ डालने का काम दिन-रात किया करते। ट्रालियों पर सुपरवाइजर बाबू लोग लाल-लाल झण्डियाँ फहराते हुए पटरियों की समानान्तरता जाँचा करते। इस रेल के लाने में बाला साहब का भी बहुत बड़ा हाथ था। छावनी और तालाब के बीच मीलों तक बाला साहब के खेत फैले थे। उन्हीं में से जमीन की लम्बी पट्टी उन्होंने रेल के लिए दी थी। प्रायः वे किसी ट्राली पर बैठकर घूमने चले जाया करते थे।

एक दिन श्रीधर को लेकर इन्दु भी एक ट्राली पर घूमने गयी थी। दो कुली ट्राली को दौड़ाते, और फिर पीछे बैठ जाते। इन्दु और श्रीधर काफी दूर तक निकल आये। यही आषाढ़-श्रावण के दिन थे। लौटते में पानी ने घेर लिया और उसके बाद तो रास्तेभर वे तरबतर हो आये। साँझ पड़े देर भी हो गयी थी और फिर बादलों के कारण बाकी का शेष प्रकाश भी डूब चुका था। तेज बौछारों में भागती इन्दु बार-बार स्वयं भी काँप रही थी। और काँपते श्रीधर को अपने से सटाये थी। दोनों ही सटे-से एक-दूसरे के तन की गर्मी अनुभव कर रहे थे। तेज बौछारों को एक हाथ से पोंछते हुए उस वर्षा-संझा में श्रीधर ने देखा कि इन्दु पुरइन का सबसे बड़ा पात लग रही थी। वह खूब खिलखिलाकर हँस रही थी। मराठी साड़ी का एक पल्लू अपनी जरीदार गोलाई में श्रीधर को समेटे हुए था। कुलियों को इस भीगती 'रानी बिटिया' की बहुत चिन्ता हो रही थी इसलिए वे सपाटे में ट्राली दौड़ा रहे थे उसके बाद गैस-रोशनी में बनते स्टेशन का प्रकाश दिखलायी देने लगा। इन्दु पता नहीं किस राग में, लेकिन वह गुनगुनाती जा रही थी—निसिदिन बरसत नयन हमारे—दौड़ती हुई ट्राली के साथ जैसे वर्षा भी भाग रही थी, पेड़ भाग रहे थे और पहली बार इन्दु के पास सटे बैठकर श्रीधर का मन भी न जाने कहाँ भाग रहा था, जैसे एकाकी सारस सहसा खुले आकाश में वर्षा से घिर जाये और तब वह अपने पंखों को अनजान दिशा में चपेटे सहता हुआ चलाने लगे। चारों ओर भीगती दिशाएँ हों। कोसों कोई गाछ न हो। और तब उस नील वर्षा के झरते रहस्य को चीरकर कोई गाता हो। बस, कोई एक गान!! जिसे केवल वह एकान्त सारस ही सुन रहा हो। वे वैसे ही भीगते स्टेशन पहुँचे थे जहाँ

फिटनवाला बहुत परेशान दिखायी दिया।

आज वह इन्दु दीदी पता नहीं कहाँ हैं। काशी में हैं। विधवा हैं। काशीवास कर रही हैं। आज इस सारी बात को भी लगभग पन्द्रह बरस हो गये। कदाचित् उसी वर्ष जाड़ों में इन्दु ब्याह दी गयी थी।

ध्यान टूटा। वर्षा अभी भी हो रही थी। वे उसी वर्षा में छतरी से कूदे। वैसे ही मुँह पर बौछारें लग रही थीं। अन्तर था तो यही कि इस समय वे अनन्त जल से घिरे, संगीतहीन एकान्त से घिरे हैं, वर्षा का एक नीलाशोर उनके चारों ओर बरस रहा था और वे बाँहों से पानी काटते बढ़ रहे थे।

दो दिनों तक श्रीधर बाबू स्कूल न जा सके। उस दिन का भीगना कई दृष्टियों से उनके लिए ठीक रहा। वे वर्षों से कभी घर में शान्त होकर नहीं बैठे थे। इन दो दिनों में, दिन और रात की सभी वेलाओं में घर कैसे लगता है, इसे देख सके। उन्हें याद आया कि जब वे बचपन में इन्दु के साथ भीगे थे तो करीब सात रोज तक तेज बुखार में पड़े रहे थे। उनकी माँ रात-रातभर उनके सिरहाने बैठी रहती थीं। बाद में लोगों ने बताया था कि उन्हें हल्का सन्निपात का भी दौरा हो गया था। बेचारी इन्दु भी प्रायः दिन में घण्टे-दो-घण्टे को आ जाती थी। सन्निपात में श्रीधर जाने क्या-क्या और कौन-कौन-सी असम्बद्ध बातें बकते थे कि माँ को पागलपन का शक होने लगा था। इसलिए ओझा आदि भी बुलाये गये थे। लेकिन उन सबसे कुछ नहीं हुआ था। श्रीधर बराबर सन्निपात में सारस, संगीत और श्रावण की एक साँझ जिसमें दिशाएँ तक नीली फुहारों में डूबी हों, भागते पेड़ों की लम्बी कतार, हँसते धुले दाँत, आकाश में गोरी धूप बनकर फैल जाते हैं—ऐसी ही बातें बकते। पूरे सात दिन के बाद जब बुखार उतरा तब कहीं माँ ने कथा की अपनी मनौती का असर देखा। ज्वर की गर्मी में श्रीधर को दूर-दूर तक रेल की पटरियाँ इतनी दूर इतनी दूर तक बिछी दिखतीं कि जैसे दिशाओं में रेल की पटरियाँ-ही-पटरियाँ बिछी हों। अनेक बार इस तरह बड़बड़ाते देखकर इन्दु भय से पीली पड़ जाती थी। लेकिन जिस दिन श्रीधर का बुखार कम हुआ और उसका बड़बड़ाना कम हुआ उसने सन्तोष की साँस ली।

आज वर्षों बाद साधारण-सा ताप और सिर दर्द था लेकिन एक तो पत्नी ने नहीं जाने दिया और दूसरे वे भी बहुत-कुछ उस अतीत को पहली बार मोह की दृष्टि से देख रहे थे जिसे उन्होंने मात्र एक घटना समझकर छोड़ रखा था! जैसे आज तक और भी बहुत-सी बातें, साधारण बातें उनके जीवन में हुई थीं वैसे ही इन्दुवाली भी वे मानते रहे। वैसे वह साधारण ही मानी जानी चाहिए, जैसे कि आज तक मानी जाती रही है। लेकिन आज उसे वे मात्र साधारण नहीं समझ सकते।

वे उनके शैशव के दिन थे। आज जैसे ही वे, तब भी शान्त एवं असम्पृक्त व्यक्ति थे। तब भले ही व्यक्ति न होकर बालक रहे हों, लेकिन चंचल वे कभी न थे। आज वे उन विगत घटनाओं में एक ऐसा नैकट्य, सम्बन्ध और मोह देख रहे थे, जो उन्हें पहले कभी नहीं लगा था। इन्दु उनके लिए एक ऐसा नाम बन गया था जिसके द्वारा एक ऐसी गाथा के पृष्ठ खुल जाते जो उनकी अपनी नहीं है। और यदि

है तो वह कम-से-कम इस जन्म की गाथा तो नहीं ही है। श्रीधर गम्भीर थे जबकि इन्दु में गाम्भीर्य के साथ आवेश, आवेग, भावुकता सभी-कुछ थे। वह राग और विराग समान उद्वेग के साथ करती थी। इन्दु की सारी बातें श्रीधर अत्यन्त गम्भीरता से सुनते लेकिन साथ ही वह कहीं और खोये भी रहते। प्राय: बाला साहब के पुस्तकालय से इन्दु कोई पुस्तक लाकर श्रीधर को सुनाती। जिसे वह कितना कुछ समझ पाते थे यह बात दूसरी थी लेकिन जिस शान्तभाव से श्रीधर सुनते उसका प्रभाव इन्दु पर गहरा पड़ता था। दो-एक बार ही ऐसा हुआ होगा लेकिन हुआ जरूर कि बीच में हण्डेवाली लालटेन रखकर इन्दु ने कभी रागों की उत्पत्ति के बारे में, उनके स्वर-विस्तार की व्यवस्थित नियोजना के बारे में कई किताबों में से पढ़कर सुनाया था। या फिर इतिहास की पुस्तकें। आर्य कौन थे। वह ध्रुव प्रदेश कहाँ है जहाँ से आर्य जाति चलकर मध्य एशिया के पठारों, काकेशिया की घाटियों को लाँघती आर्याणाम (अर्थात् ईरान) बसाती किस प्रकार हिमालय के अञ्चल तक पहुँची। आर्यों की यह सभ्यता की यात्रा श्रीधर को उस लैम्प की रोशनी में बड़ी रहस्यमय लगती। खिड़कियों के खुले पल्लों से फाल्गुन की शीतोष्ण हवाएँ झिरझिर आती होतीं। खुला फाल्गुनी आकाश तारों में झिलमिलाता रहता। इन्दु के कमरे में कुछ तैलचित्र लगे हुए थे। एक छवि उसकी माँ की भी थी। जरी के पाट की महाराष्ट्रीय साड़ी में वह नथवाली महिला अप्रतिम सौन्दर्य की प्रतिमा कही जा सकती थी। अपनी माँ की छवि के सम्मुख इन्दु नित्य एक दीपक बालती, जो प्राय: रातभर जलता रहता। दो-चार समुद्र-तट की छवियाँ भी फ्रेमित थीं।

इन्दु जाने क्या-क्या पढ़कर श्रीधर को सुनाती होती। श्रीधर को आज विशेष तो स्मरण नहीं रहा कि वे कौन पुस्तकें थीं लेकिन कल्पना में उस 'नात्रेदमके कुबड़े' द्वारा गिरजे के घण्टे का बजाया जाना वे अनेक बार सुन चुके थे। जब कभी आज भी छावनी में वे गिरजे के घण्टे की आवाज सुनते हैं उन्हें लगता है कि प्रत्येक गिरजे में घण्टे बजाने का काम कुबड़ा ही करता है। बचपन में तो वे नींद में भी जैसे देखते कि सैकड़ों घण्टे लटक रहे हैं और एक कुबड़ा उन्हें अपने पैरों से बजाये चला जा रहा है, बजाये चला जा रहा है। इतना शोर, इतना शोर कि वे चीख पड़ते। आज वे घण्टे, समय के साथ दूर-से-दूरतर होते गये हैं। उसी प्रकार उनका शोर भी अत्यन्त क्षीणतर हो गया है। सृष्टि जो पहले एक नील रहस्य के गुम्बद-सी लगती थी, अब खुल आयी है। वह गुम्बद भी नीचा हो गया है। अब भी साँझ तारा उगता है लेकिन वह मृत-प्रियव्यक्ति का प्रतीक नहीं लगता। दुनिया, जो कि पहले दादी की कहानी के राजकुमारों और सोने के हंसों से भरी लगती थी—कोई मूँगे का एक टापू है जहाँ प्रत्येक साहसी जाता है और नागों से सुरक्षित तोते की गर्दन मरोड़कर झील के उस दरवाजे पर पहुँच जाता है जो कि उस नीलम परी का उपवन है और बस फिर तो उस नीलम पंखवाली से ब्याह करना ही शेष रह जाता है। ऐसी काल्पनिक यात्राएँ कोठी के बारजे पर खड़े-खड़े इन्दु के साथ अनेक बार की थीं। सामने का तालाब साँझ की धूप में केसरिया हो जाता है। इन्दु

जाने किस मनोलोक में होती। श्रीधर को भी उत्साह होता लेकिन वह फिर भी, न खुली आँखों, न बन्द आँखों, सामने के तालाब और शिखरों को जैसे लाँघ नहीं पाता। हवाएँ अमराई में घूमती होतीं। फुनगियों पर पंख फड़फड़ाते पाखी बैठने का यत्न करते होते। तालाब के बीच में छतरी के ऊपर कबूतरों के झुण्ड किल्लोलते, सन्तरित होते। पहाड़ों के पीछे जाती रेल के इंजन का धुआँ पहाड़ों के ऊपर रेंगता-सा लम्बा होता चला जाता और दूर कहीं सूर्यास्त होता।

आज आकाश मेघाच्छन्न नहीं था। धूप एकदम बरसी पड़ रही थी। गुणवन्ती और सुशीला दोनों स्कूल गयी थीं। देवव्रत नीचे अपनी दादी के पास खेल रहा था। सरो अभी-अभी उनके कपड़े बदलकर गरम पानी से हाथ-मुँह धुला वापस रान्नीघर पथ्य के लिए चली गयी थी। आज उनके चारों ओर जैसे समय बिखरा पड़ा था। पूरा दिन अपनी सारी वेलाओं के साथ। ढेर-सी धूप और अनन्त गहरा नीलाकाश। खिड़की की चौखट पर तकिये टिकाकर श्रीधर बाबू बाहर गली में देखने लगे। लोग गली की कीचड़ से बचते हुए आ-जा रहे थे। सामने का मकान चाचा का था। चाची का जोर-जोर से बोलना दीवारों को चीरकर आ रहा था। बाकी चारों ओर अन्दर-बाहर निर्जन लग रहा था। वातावरण में खाने की विविध गन्ध मिली हुई थी। खिड़की में आती धूप का टुकड़ा फर्श पर खामोश बिल्ली की तरह बैठा हुआ दीवारों को जैसे देख रहा था और दीवारें प्रतिआलोकित थीं। बैठक की तरफ का दरवाजा खुला था। बैठक की छत में टँके कागज के फूल अपने-अपने रंगों में चमक रहे थे।

एक अव्यक्त आशंका उन्हें घेरे थी। यदि विभाग उन्हें इतिहास में फेर बदल न करने के कारण निकाल दे तो क्या होगा? इस प्रश्न का उत्तर उन्हें नहीं मिल पा रहा था। यहाँ रहकर वे कुछ नहीं कर सकते, लेकिन क्या कर सकते हैं सिवाय पढ़ने-पढ़ाने के? वे और क्या कर सकते हैं? सम्भव है उन्हें सजा देने के विचार से प्राइमरी स्कूल में भेज दें और साथ ही तबादला भी कर दें। बहरहाल ऐसी किसी भी स्थिति में वे अध्यापकी नहीं करेंगे। तब परिवार का क्या होगा। कुटुम्ब की वास्तविकता तो स्पष्ट ही थी। पिता स्वयं ही वृद्ध हो चले हैं। भला ऐसी स्थिति में सरो, गुणवन्ती, सुशीला और देवव्रत का क्या होगा? लेकिन यह भी तो सम्भव है कि श्रीमन्त सरकार, श्रीधर बाबू के इस निर्णय को उचित ही मान लें और कुछ भी न हो।

तभी सरो पथ्य लेकर आयी। भरे आलोक में कई दिनों बाद श्रीधर बाबू ने सरो को देखा। पहले गाल जो निकले पड़ते थे अब उनकी जगह गालों की हड्डियाँ हल्की दिखलायी दे रही थीं। ठोढ़ी की हरी गुदने की बिन्दी सरो के गौर वर्ण में खूब खिल आयी थी। बिना किनारे की सादी धोती में लौहीन आँच-सी सरो पास आकर खड़ी हो गयी।

— आप उठिए नहीं। मैं यहीं पथ्य के लिए पाट वगैरा ले आती हूँ।

और पथ्य के लिए उठने को तत्पर श्रीधर बाबू सरो के लिए कृतज्ञता से भर उठे, जो उनकी छोटी-सी-छोटी सुविधा का ध्यान रखती है और जबकि वे उसके लिए क्या कर सके हैं?

एक पाट पर पथ्य रखकर वह श्रीधर बाबू के हाथ धुलाने लगी।

— सब लोग खा-पी चुके?
— अभी कहाँ?
— स्कूल से कोई डाक दे गया?
— नहीं तो।
— सरो! तुमने पूछा नहीं कि मैं क्यों भीगता रहा?
— भला यह भी कोई पूछने की बात है? छतरी तक तैरने गये और वहीं पानी ने घेर लिया। क्या इतनी मोटी बात भी आपकी सरो नहीं समझेगी?
— नहीं, यह बात नहीं है।
— तो फिर कौन-सी बात है? तो क्या छतरी पर नहीं भीगे?
— नहीं, भीगा तो छतरी पर ही था।
— तब क्या?
— तब, बड़ी जोर से पानी आया।
— और आप भीग गये हैं न? लेकिन आप पानी से भीगे यह नहीं मालूम था।

और सरो बड़ी जोरों से हँस दी। श्रीधर बाबू थोड़ी देर बाद समझ सके कि इस नारी ने तर्क द्वारा सिद्ध कर दिया कि मैं वह बात बताना नहीं चाहता हूँ इसलिए पानी से भीगनेवाली बात पर ही मजाक कर बात टाल दी गयी थी।

— सुनिए, क्या इतिहास में न बदलने की बात पर आप इतने चिन्तित रहे हैं कि आपको यह तक ध्यान नहीं रहा कि आप बरसात में तालाब नहाने गये और फिर बरसों बाद छतरी तक अकेले तैरकर जाना पड़ा। उसके बाद वहाँ इतनी देर बैठे रहे कि खिली धूप कब चली गयी, बादल कब घिर आये और कब वृष्टि आरम्भ हुई, किसी बात का ध्यान ही नहीं रहा? क्या आप बहुत चिन्तित हैं? कहीं मेरे या बच्चों के लिए इतनी चिन्ता तो नहीं कर रहे हैं कि अपना भी ध्यान रखना भूल जाते हों?

एक साथ सरो इतनी सतर्क एवं सटीक बोली कि श्रीधर बाबू के निकट अपना व्यवहार जो बिल्कुल स्पष्ट नहीं था, स्पष्ट हो गया। सच ही इन दिनों तालाब में बरसाती पानी होता है और कोई भी अधिक देर नहीं नहाता। दूसरे, वे बरसों बाद छतरी तक तैरकर गये थे, जिसकी कोई आवश्यकता नहीं थी। उनकी अवचेतन-चिन्ता की सरो इतने सहज रूप से बता देगी इसकी कल्पना उन्हें नहीं थी। वे सरो को अत्यन्त सीधी नारी मानते रहे हैं जिसे लोकजीवन का मिथ्याचार नहीं आता, जो किसी पर क्रोध नहीं कर सकती, उस पर कोई कितना ही लाद दे वह कभी भार के वहन से नहीं टूटेगी। इसलिए अनेक गृहस्थियों का भार उस अकेली नारी पर है। जबकि दूसरी बहुओं ने अपने कुल और पति की कमाई पर दम्भ किया था। वह चाहती तो स्वयं भी अपने ज्ञान का दम्भ कर सकती थी। पिता भी अच्छे विद्वान् पुरुष हैं। लेकिन दूसरों के दम्भ को उसने नतमस्तक होकर वास्तविक मानकर अपने को हेठा हो जाने दिया। ऐसी चुप रहनेवाली नारी किस प्रकार

विभिन्न घटनाओं को जोड़कर सही निर्णय पर आ जाती है इसका प्रमाण श्रीधर बाबू को मिल गया।

श्रीधर बाबू खा चुके थे। बर्तन समेट, पीढ़ा उठा सरो ने हाथ धोये। पति को सौंफ-सुपारी देकर नीचे चली गयी। श्रीधर बाबू अपनी वर्तमान अनिश्चय की स्थिति का कोई मार्ग जानने को उत्सुक हो उठे। नीचे दरवाजे की कल खोलने की आवाज हुई। पिताजी थे। देवव्रत को खेलते देखकर उन्होंने उसी को पुकारा,

— देबू! अरे भैया अकेला क्या कर रहा है? कहाँ गये सब?

— सब सो रहे हैं।

देवव्रत के इस सीधे-से उत्तर को सुनकर श्रीनाथ ठाकुर को हँसी आ गयी।

— भरी दोपहर में भी कोई सोता है।

और उन्होंने फिर श्रीमोहन की बेटी कान्ता को पुकारा। पिता श्रीनाथ ठाकुर की यह आदत है कि वे घर में घुसते ही किसी बच्चे को पहले पुकारेंगे। जिसका अर्थ यह होता है कि यदि बहुओं में या और कोई ऐसे-वैसे बैठा हो तो सावधान हो जाये। बहू-बेटीवाले घर में हमेशा या तो खाँसकर या पुकारकर ही प्रवेशना चाहिए। यह पिता श्रीनाथ ठाकुर का तर्क है और जिसे कुटुम्ब का प्रत्येक सदस्य जानता है। पिता का नियम इतना सधा हुआ है कि उनके वस्त्रों से आप पहचान सकते हैं कि वे घर में हैं तो कहाँ हैं? घर से बाहर हैं तो कहाँ गये हैं? कड़ों की आवाज से ही पहचाना जाता है कि वे या तो बाहर से लौटे हैं या फिर भोजन के बाद विश्राम कर रहे हैं।

पिता मन्दिर से लौटे थे। तब तक माँ की आवाज सुनायी दी। पिता माँ से श्रीधर बाबू की तबीयत का हाल पूछ रहे थे। झूले के कड़ों की आवाज आ रही थी।

— सुना श्रीवल्लभ ने अपने तबादले की अर्जी दी है।

पिता ने माँ को समाचार देते हुए कहा।

— मुझसे तो कह रहा था कि उसे बड़ी जगह भेजा जा रहा है।

माँ ने अपनी सदा की निश्छलता से कहा।

— तुम भी कैसी हो। तुम अपने लड़कों को ही नहीं समझती?

— अब दुनिया भर के ये सब छल-प्रपञ्च मेरी तो समझ में नहीं आते। होगा, जिसे रहना हो रहे। नाक-भौं सिकोड़कर भाई, किसी को रहने की जरूरत नहीं। जहाँ सींग समायें वहीं जायें। किसी को यह घर पसन्द नहीं, किसी को यहाँ देहात-जैसा लगता है। एक महरानीजी को बिना नौकरों के नहीं चलता, तो दूसरी को कुछ चाहिए। ठीक है भाई, जब तक हमसे बन पड़ा, किया। अब सब अपना-अपना सम्हालो। अकेली बेचारी मँझली बहू कहाँ तक खटती रहे? इस घर में लोगों के मिजाज ही नहीं मिलते। लोग यहाँ रहते क्या हैं जैसे हम पर उपकार कर रहे हों। ना भाई, उपकार करने की कोई जरूरत नहीं, जिसको जाना हो जाये। हम किसी के सहारे नहीं हैं।

तब तक शायद सरो ने दरवाजे की कुण्डी खटकायी। श्वसुर या किसी बड़े को बुलाने का यह संकेत था।

— चलो अब भोजन तैयार है।

माँ ने पिता को आदेश दिया।

— लेकिन तुम इतनी-सी बात पर इतना क्यों बिगड़ रही हो?

पिता ने घड़े में से पानी लेकर कुल्ला करते हुए कहा।

— बिगड़ने की बात नहीं है, लेकिन कुटुम्ब-परिवार में कैसे रहा जाता है यह भी लोगों को मालूम होना चाहिए। एक खटता रहे लेकिन दूसरे को अपने आराम से ही फुरसत नहीं। मँझली बहू! तुमसे कह दिया न तुम जाकर उसके पास बैठो। उसकी तबीयत खराब है तब भी तुम चूल्हे-चौके में बझी हुई हो?

शायद पिता भोजन करने चले गये और माँ भी उनके साथ ही। नीचे एकदम शान्ति हो गयी। पता नहीं माँ आज क्यों इतना बिगड़ रही थीं। वर्ना वे कभी नहीं बिगड़तीं। सम्भव है माँ ने भाभी से या डाक्टर की बहू से चूल्हे का काम सम्हालने के लिए कहा हो क्योंकि काम करते हुए सरो पति की तीमारदारी ठीक से नहीं कर सकती और उन दोनों में कोई बहाना बना दिया हो। अपनी अवहेलना देखकर उन्हें क्रोध आ गया हो। सहज है। अभी श्रीधर बाबू यही सब सोच ही रहे थे कि सरो ने प्रवेश किया। उसकी आँखें एकदम लाल थीं। वह धोती में मुँह छुपाये तेजी से बैठक की ओर चली गयी। श्रीधर बाबू सहसा समझ नहीं सके कि पिता अभी तो रान्नीघर गये हैं भोजन करने और सरो वहाँ से आ गयी।

— क्यों, तुम चली क्यों आयी?

कोई उत्तर नहीं।

— सरो! क्या बात है?

कोई उत्तर नहीं। कुछ झुँझलाकर श्रीधर बाबू ने फिर पूछा,

— सरो, मैं तुमसे कुछ पूछ रहा हूँ।

एक हल्की क्षीण सुबुक सुनायी दी। तो क्या सरो रो रही है? लेकिन अभी माँ सरो पर तो नहीं बिगड़ रही थीं। फिर क्या बात हुई?

— सुनो, यहाँ आओ, क्या बात हुई?

केवल सुबुक। कोई उत्तर नहीं।

श्रीधर बाबू चिन्ता में उठे। आशंका तो नहीं थी लेकिन एक विचार तो आया ही कि कहीं सरो ने माँ या पिताजी को कोई ऐसा-वैसा उत्तर तो नहीं दे दिया? और माँ तब बिगड़ी हों और सरो तब यहाँ चली आयी हो।

श्रीधर बाबू ने देखा कि सरो गाव-तकिये में सिर दबाये सुबुक रही है। वे उसके पास पहुँचे। सुबुक के कारण काँपती पीठ पर श्रीधर बाबू ने हाथ रखा।

—क्या बात हुई सरो? बात तो बताओ।

—कुछ नहीं।

वैसे ही मुँह दाबे भरी-भरी आवाज में उत्तर दिया।

— यह नहीं हो सकता। बात कुछ जरूर है। क्या माँ ने कुछ कहा या तुमने उन्हें कुछ कह दिया?

तब तक उस कमरे से इधर आती हुई पैरों की आहट आ रही थी। सरो भी सम्हली। दरवाजे पर माँ खड़ी थीं।

— मँझली ने मुझे कुछ नहीं कहा श्रीधर! बल्कि मैंने ही इससे कहा कि जब श्रीधर की तबीयत खराब है तो चूल्हे-चौके का काम छोड़कर चली क्यों नहीं जाती? जब महारानियों को फुर्सत होगी खा लेंगी और सम्हालेंगी चौका-चूल्हा। और एक दिन चौका-चूल्हा सम्हाल ही लिया तो कौन रूप घिस जायेगा रानियों का? बस इस पर बड़ी अपने कमरे से निकली और ससुर का लिहाज न सास का। लगी फूटी हाँड़ी-सी बड़बड़ाने इस पर। यह बेचारी गाय। आज तक किसी को जवाब दिया जो इन्हीं जेठानी महारानी को देती? मैंने तो कह दिया कि या तो सब अपना-अपना काम बाँट लो नहीं तो कोई किसी की ठकुराई कहाँ तक सह सकता है? अब मैंने इससे कहा कि चलो— तुम खा लो पहले। जिसको खाना होगा खा लेगा।

श्रीधर सकते में आ गये। दोपहर ढल चुकी थी। भाभी और बहू को अभी तक खाने की फुर्सत नहीं? बिना घरभर को खिलाये भला बनानेवाली कैसे खा सकती है? रोज ही ऐसे भूखे रहकर सरो खटती है? ठीक है यह बात उन्हें मालूम थी, लेकिन इससे क्या, वे चीख पड़ते यदि माँ सामने न होतीं। सरो सवेरे से देर रात ऐसे ही, बस ऐसे ही रिताती रहती है? उस पर भी किसी को दर्द नहीं? दिनभर पलँग पर बैठकर पान खाते हुए, हुकुम चलाते हुए भाभी को यह दर्द नहीं कि अब तो तीसरा पहर हो गया। खुद तो जाने क्या-क्या दवाइयों के नाम खा-पी लेती हैं तो भूख नहीं लगती। लेकिन इस बेटके की चाकर को तो भूख लग सकती है न? उन्हें हल्का-सा चक्कर आ गया। माँ ने दौड़कर श्रीधर को सम्हाल लिया।

बात जैसे आयी-गयी-सी हो गयी। सब भूल गये कि श्रीधर बाबू के इतिहास पर शिक्षा विभाग ने कभी जवाब तलब किया था। वही रोज की तरह श्रीधर बाबू स्कूल जाते। बस कहीं खरोंच थी तो यही कि वे सरस्वती के लिए कोई विशेष सुविधा उपलब्ध नहीं कर सके। छोटे भाई डाक्टर श्रीवल्लभ ठाकुर ने अपना तबादला करवा लिया था और इस बहाने वह अपने को इस कौटुम्बिकता के जंजाल से मुक्त कर सके थे। अब श्रीमोहन-पत्नी सावित्री के लिए घर में सामाजिक होने के लिए कोई व्यक्ति उपलब्ध नहीं था इसलिए प्रायः पास-पड़ोस में वे अधिक रहने लगीं, लेकिन सरस्वती के प्रति कटु व्यवहार में कोई अन्तर नहीं आया। श्रीधर बाबू के पास सदा काफी समय रहता ही था ताकि लिखने-पढ़ने का काम किया करें। इस बीच उन्हें इन्दु दीदी के बारे में जानने की काफी इच्छा रही, लेकिन वे जो कुछ मालूम कर सके वह यही कि वे निरन्तर तीर्थयात्रा करती रहती हैं और एक प्रकार से सारे सम्बन्धों से अपने को विरक्त कर चुकी हैं।

श्रीधर बाबू को पता नहीं आजकल क्यों अतीत घेरता है। लगता कि वे कोई महत्त्वपूर्ण सूत्र अनजाने ही पीछे छोड़ आये हैं, जिसे उनका अवचेतन पाना चाहता है। लेकिन आज वे जहाँ खड़े हुए थे वहाँ से अतीत शृंखलाबद्ध विगत की तरह नहीं लगता था.... जिसे आसानी से यदि न पा सकें तो कम-से-कम सोच तो सकते ही हैं। उन्होंने सचेत होकर देखा कि सामने छावनी का पोलो ग्राउण्ड दूर तक चला गया है। जिससे सटे खेत सुदूर दिशाओं तक कथरी के पेबन्दों से चले गये हैं। सूर्यास्त हो रहा था। लेकिन जाड़े की शाम और अँधेरा सूर्य डूबने की भी प्रतीक्षा नहीं करते। हल्का कुहरा झुक आया था। कस्बे की तरफ धुआँ, चादर और पतली तहों में थिर था। इन सबके ऊपर एक अजीब सुहाना ठण्डापन जो आँखों को, हाथों को तथा पूरे तन को नहला रहा था। काली मन्दिरवाली पहाड़ी की तलहटी में जाने कितनी अमराइयाँ, अमरूद के बगीचे, शरीफे के जंगल-के-जंगल फैले हुए थे। नारायण बाबू और पेमेन बाबू दोनों ही दुर्गापाठ करने के लिए मन्दिर में रुक गये थे। कल से नवरात्र आरम्भ हो रहा था। काली मन्दिर में विशेष आयोजन प्रतिवर्ष की भाँति किया जा रहा था। काली मन्दिर के इस शिखर से चारों तरफ का दृश्य दूर-दूर तक दिखलायी देता है। दिन में ट्रेन का धुआँ साँप के आकार में बीसियों मील दूर से दिखलायी पड़ता है। जाड़ों की दुपहर में तालाब एक नीले फर्श-सा लगता है। शहर जानेवाली सड़क, किला और बादशाही पुल यहाँ से साफ नहीं दिखते क्योंकि वे एकदम तलहटी में पड़ते हैं।

श्रीधर बाबू को शैशव के वे दिन याद हो आये जब वे कभी-कभी घर से भागकर यहाँ, इसी छत की तरह निकली बड़ी-सी चट्टान पर आकर धूप में लेट

जाया करते थे और मन में सोचते थे कि तिब्बत को दुनिया की छत कहा जाता है और वे दुनिया की छत पर लेटे हुए हैं। प्रायः नारायण बाबू इस तरह की साहसिकताओं में साथी रहे हैं। सच्चाई तो यह है कि नारायण बाबू का साथ वे देते थे। कच्चे अमरूद और शरीफों से गिलहरियों तथा गिरगिटों का निशाना लगाया जाता। किसका पत्थर कितनी दूर पानी पर या कितना ऊँचा जाता है इसकी शर्त होती। लेकिन इस तरह की साहसिकताओं की अधिक स्मृति श्रीधर बाबू के पास नहीं थी। सम्भव था कि इन्दु दीदी न मिली होतीं तो वे कुछ दूसरे भी हो सकते थे।

आज जब श्रीधर बाबू इन्दु दीदी के साथ के वे दिन स्मरण करते हैं तो वे स्पष्ट नहीं कह सकते कि दोनों के बीच क्या समानता थी। किसी भी बात की समानता नहीं कही जा सकती थी। आयु, पद, प्रतिष्ठा, कुल कुछ भी तो नहीं। वे ठीक से नहीं कह सकते कि इन्दु दीदी से पहले-पहल कब भेंट हुईं। लेकिन जो याद पड़ता है वह यही कि कभी-कभी किसी पूजा-पर्व पर एक छोटी सुन्दर-सी पालकी में हल्की शरारतभरी आँखों की एक लड़की मराठी पोलका और पेटीकोट में दिखती। बाला साहब की राजकुमारी-सी कन्या को भला कौन नहीं जानता था।

एक दिन शायद वे अपने पिता के पास बैठे हुए थे। श्रावण के अधिक मास के दिन थे। ठाकुरजी की वनयात्रा की तैयारी थी। इन्दु उनके पास आकर चुप बैठ गयी। कोई पद चल रहा था। उनके हाथों में करताल थी। करताल से ध्यान हटाकर तिरछे-से वे उस लड़की की ओर बार-बार देखने लगे। पता नहीं कब वे बेताल होकर करताल बजाने लगे। पिता ने वैसे ही पद गाते हुए दो-एक बार घूरा भी। उसके बाद कुहनी से उन्होंने करताल रोक दी तब कहीं तन्द्रा टूटी। इन्दु करतालवाली मूर्खता समझ गयी थी। जैसे ही वे मन्दिर से बाहर आये इन्दु ने सहसा पीछे से कमीज खींचते हुए कहा,—क्यों करताल भी नहीं आती? कीर्त्तनियाजी के लड़के को ताल का भी ज्ञान नहीं? और वह जोर से हँस दी। हतप्रभ-से वे खिसिया गये। क्योंकि दूर खड़ा दामोदर जलघड़िया खीसें निपोरकर चिढ़ा रहा था। इन्दु पालकी पर चढ़ते हुए स्वल्प टेढ़ा मुँह बनाकर चिढ़ाते हुए बोली,

—बुद्धू! ताल का भी ज्ञान नहीं।

श्रीधर बाबू को इसके पूर्व की घटना याद नहीं पड़ती। सम्भव है कोई हो ही। आज तो जो याद है वह यही है। इसके बाद शायद फिर कई दिनों तक नहीं देखा। दूसरी बार का मिलना उन्हें ठीक तरह से याद है।

श्राद्धपक्ष के दिन थे।

बाला साहब के यहाँ श्राद्ध था। बड़ा भारी ब्रह्मभोज दिया गया था। सभी दक्षिणी और दूसरे ब्राह्मण आमन्त्रित थे। बचपन में जिस कोठी को दूर से देखा था आज

उस कोठी में पहली बार आया गया था। श्रीधर ने इसके पूर्व कभी इतना वैभव नहीं देखा था। बाला साहब के पुस्तकालय में सब लोग बैठे हुए थे। आमन्त्रितों में बड़े-छोटे सभी थे। सम्भवतः आनेवालों में सभी कोठी के अन्दर बहुत कम आते रहे होंगे। दीवारों पर टँगे तैलचित्रों को लोग ध्यान से देख रहे थे। खिड़कियों और दरवाजों के ऊपर हरिण और बारहसिंघों के सिर व सींग लगे हुए थे। कमरे के बीचोबीच एक बड़ी-सी अण्डाकार टेबल थी। तालाब की ओर की बड़ी खिड़की की तरफ एक बारजा था जहाँ सुन्दर-सी एक चौकी रखी थी, जिस पर गद्दी-तकिये लगे हुए थे, तथा बाघम्बर बिछा था। बायें हाथ एक बड़ा-सा पर्दा पड़ा था जिसे उठाकर बाला साहब ने प्रवेश किया। सबने उन्हें प्रणाम किया। प्रतिनमस्कार कर वे उस चौकी पर बैठ गये। थोड़ी देर बाद एक नौकर आया और श्रीधर को अन्दर लिवा ले गया।

नौकर आगे-आगे चलता रहा। कई कमरे और दालान पारकर जब वे कोठी के उत्तरी अन्तिम सिरे पर पहुँचे तब श्रीधर ने देखा कि सामने वही लड़की खड़ी है जिसने करताल ठीक से न बजा सकने पर चलती वेला 'बुद्धू' कहा था।

आज वही लड़की उस दिन की अपेक्षा कहीं अधिक बड़ी लग रही थी। लड़की ने मराठी ढंग से जूड़ा तथा परिधान धारे थे। क्षणभर को श्रीधर साश्चर्य खड़े रहे। वह उसी तरह खिलखिला पड़ी,

—बुद्धू!!

और श्रीधर भी इस बार हँस दिये।

—लेकिन तुम क्या हो?

श्रीधर के इस प्रश्न पर इन्दु ने बढ़कर उसका हाथ पकड़ लिया और लगभग घसीटते हुए बोली,

—दीदी!!

और उतरते भाद्रपद की धूप कमरे की खिड़कियों से खूब सारी आ रही थी। यह कमरा लगभग एकान्त में ही था। इसकी खिड़कियों से तालाब पूरा दिखता था तथा अमराई का भी बहुत-सा भाग। अहाते की पक्की दीवार एक खिड़की से दिखती थी जिस पर कि एक बड़ा-सा वटवृक्ष अपनी विशाल शाखें फैलाये इस समय मौन खड़ा था। कमरे में एक सुन्दर-सा पलँग था जिसकी मसहरी ऊपर की हुई थी। कोने में तानपूरा रखा था। खिड़कियों के पास एक नक्काशित टेबल और वैसी ही एक कुर्सी। टेबल पर कुछ किताबें, कलमदान तथा हण्डेवाली लालटेन। बीच में बैठक के लिए एक बड़ी-सी चौकी जिस पर गाव-तकिये और कालीन बिछा था। कमरे में लाल जाजम बिछी थी। दीवारों पर सिर्फ सींग लगे हुए थे तथा कुछ फोटो।

बीच की चौकी पर लगभग ठेलते हुए बिठलाकर इन्दु कमरे से चली गयी। श्रीधर की समझ में कुछ नहीं आया। तभी इन्दु लौटी और उसकी गोदी में एक

खरगोश था। खरगोश को गोदी में बिठलाकर वह हाथ फेरते हुए श्रीधर की ओर जैसे सप्रश्न हुई,

— तुम्हारा नाम श्रीधर है न?

— जी हाँ।

— जी हाँ नहीं, सिर्फ हाँ। तुम बिल्कुल बुद्धू ही हो। कोई बड़ी बहन से जी हाँ कहता है?

— नहीं।

— तो फिर?

— हाँ!!

और वैसे तो दोनों हँस दिये थे लेकिन इन्दु अधिक जोरों से।

— तुम पढ़ने जाते हो न?

— हाँ।

— किस क्लास में हो?

— छठे में।

— सच?

— नहीं तो क्या झूठ?

— इत्ता पिद्दी-सा लड़का भी भला छठे में हो सकता है?

— मैं सात बरस का हूँ, जानती हैं? डबल परीक्षाएँ दी हैं।

— तभी, नहीं तो अभी पहली में ही होना चाहिए था।

और वह फिर हँस पड़ी। श्रीधर इस हँसी का मतलब बिल्कुल ही नहीं समझ पाया था।

उसके बाद एक बड़े-से कमरे में ब्रह्मभोज हुआ था। किस प्रकार रंगोलियाँ डालकर पंक्तियाँ बनायी गयी थीं। धुली हुई केलों की पत्रावलियों पर भोजन परसा गया था। अगरबत्तियाँ मिट्टी के गोलों में प्रत्येक के सामने जलायी गयी थीं। और भोजन आरम्भने के पूर्व बाला साहब ने किस प्रकार श्रद्धा के साथ प्रत्येक ब्राह्मण और बटुक दोनों को ही सोने की चेन से गन्ध लगाया था और पान तथा दक्षिणा की थाल उठानेवाले की थाल से पान और दक्षिणा रखी थी। वैसे महाराष्ट्रियों में पर्दा नहीं होता लेकिन शील तो होता ही है। इन्दु इस बीच दो-एक बार दिखलायी दी लेकिन विनत ही।

सहसा पेमेन बाबू का अट्टहास सुनायी दिया। नारायण बाबू जोर-जोर से कोई बात सुना रहे थे और पेमेन बाबू की हँसी रुक ही नहीं रही थी।

— क्या बात है नारायण बाबू! पेमेन बाबू क्यों हँस रहे हैं इस तरह?

नारायण बाबू इस तरह सीधे बने हुए थे जैसे कुछ जानते ही नहीं,

— अब मुझे क्या मालूम? मैंने तो सिर्फ इन्हें अपना वही किस्सा सुनाया कि किस प्रकार हम लोग यहाँ बचपन में आया करते थे। वो याद है न श्रीधर! कि यह मन्दिर पहले कितना ऊबड़-खाबड़ पड़ा हुआ था। एक दिन पास के गाँव का एक बनिया बहुत-सारी मिठाई लेकर यहाँ आया था। हम लोग इस चट्टान की आड़ से देखते रहे थे। लेकिन जब वह बहुत देर तक नहीं गया तो मुझसे रहा नहीं गया और मूर्ति के पीछे जो खोह थी उसमें धीरे से जाकर मैंने इस तरह चीखना शुरू किया था कि वह बनिया मालमत्ता छोड़कर बेचारा जान लेकर भागा। हम लोगों ने खूब मिठाई खायी थी। असल में उस बनिये बेचारे को दुर्गापाठ करने में देरी हुई थी। आज हम लोगों को भी जब काफी देर हुई तो दुर्गापाठ करते हुए मुझे वही बात याद आ गयी। इन पेमेन बाबू को जब सुनायी तो ये तभी से हँस रहे हैं।

पेमेन अभी तक हँस रहे थे।

सच ही नारायण बाबू काफी शरीफ रहे हैं। इस कारण श्रीधर-जैसे सीधे लड़के को भी कई बार शैतानी करनी पड़ती थी। श्रीधर बाबू यह घटना बिल्कुल भूल ही गये थे। लेकिन इसके बाद की बात नारायण बाबू भूल रहे थे।

— नारायण बाबू! वो तो आप भूल ही गये, जो उसके बाद हुआ।

और इस बार नारायण बाबू बड़ी जोरों से हँस पड़े। नारायण बाबू बहुत जोर से हँसनेवालों में से थे। आज अमावस्या थी। दूर-दूर तक घना अन्धकार ही था। बीच-बीच में कहीं एकाध आग की लपक दिख जाती और बस। शहरवाली सड़क पर कोई मोटर आ रही थी जिसकी लाइट कभी छिप जाती और कभी दिखती। आगे की घटना श्रीधर बाबू ने उठते हुए शुरू की।

— काफी दिनों के बाद यही किस्सा बैठे हुए नारायण बाबू अपने भाई साहब को सुना रहे थे। भाई साहब कई लोगों से घिरे बैठे हुए थे। जब ये किस्सा पूरा हो गया तो एक साहब उसमें से एकदम लाल-पीले होकर बोले—तो साहब! आप ही थे उस दिन वहाँ?.... और एकदम उस आदमी का चेहरा भय से पीला पड़ गया। नारायण बाबू ने पहचाना कि हाँ यह वही व्यक्ति है। और इसके बाद जो ठहाका पड़ा कि बस। वह बेचारा सेठ कहने लगा कि साहब मेरी पाँच सेर मिठाई तो खराब हुई ही लेकिन जान भी जाती।

तीनों हँसते हुए काली मन्दिरवाली पहाड़ी, अँधेरे में उतर रहे थे। चारों ओर निर्जन था। तीनों दम साधे उतर रहे थे। वैसे रास्ता अब ठीक कर दिया गया था लेकिन पेमेन बाबू के लिए फिर भी काफी कठिनाई हो रही थी।

पेमेन बाबू ही एकमात्र बंगाली इस कस्बे में थे। वे कब, कहाँ से और कैसे यहाँ आये कोई नहीं जानता। लोग इतना ही जानते हैं कि तारबाबू नौकरी करते हुए यहाँ आ पहुँचे। यह तो ठीक है कि वे नौकरी के सिलसिले में ही यहाँ आये थे

और अब तो करीब-करीब दस बरस से यहीं हैं। लेकिन पेमेन बाबू के पिता निशानाथ मजूमदार यहाँ छावनी में ठेकेदार के रूप में बहुत पहले एक बार रह चुके थे। उन्हें यह जगह बहुत पसन्द थी। अपने ठेके के सिलसिले में ही उन्हें महू चला जाना पड़ा और कुछ ऐसा दुर्भाग्य रहा कि वे एक दुर्घटना के शिकार हो गये। पेमेन बाबू तब मुश्किल से दस बरस के रहे होंगे। इस अनजान प्रदेश में वे भला किस तरह रह पाते? लोगों ने सलाह दी कि अपनी एक रिश्तेदार बुआ के पास कलकत्ता चले जायें। किसी तरह पेमेन बाबू कलकत्ता पहुँचे भी लेकिन दुर्भाग्य कि बुआ तब तक काशीवास करने जा चुकी थीं। मालव प्रदेश में उत्पन्न पेमेन बाबू को कलकत्ता किसी भी दृष्टि से रुचा नहीं अतः वापस लौट आये। अब क्या करते? थोड़े दिनों तक तो पेमेन बाबू ने महू में ही अपने पिता की साख पर कुछ ठेके का काम करना चाहा लेकिन वह सम्भव नहीं था। पेमेन बाबू ने एक बार भाग्य आजमाने के ख्याल से उनकी मैत्री का हवाला देकर कुछ सहायता चाही। निशानाथ बाबू और गोवर्धननाथ में काफी अच्छी मेल-मुलाकात थी। पेमेन बाबू किसी प्रकार मैट्रिक तक पढ़ना चाहते थे। कुल दो बरस की बात थी। इसके बाद तो तार-मास्टरी सीखकर अपने पैरों पर खड़े हो जायेंगे। जहाँ तक पैसों के चुकाने का सम्बन्ध है इसका आश्वासन वे यही दे सकते हैं कि वे अपने पिता निशानाथ बाबू के नाम पर कोई कलंक न आने देंगे। गोवर्धननाथ ने यह बात सिर्फ नारायण बाबू के अलावा किसी को नहीं बतायी थी। पेमेन ने उज्जैन से मैट्रिक पास किया और इन्दौर जाकर तार-मास्टरी की ट्रेनिंग पास कर तारबाबू हो गये। लेकिन पेमेन बाबू एक दिन को भी गोवर्धननाथजी के इस उपकार को नहीं भूले थे। उन्होंने समय पर सारा पैसा लौटा दिया। इस बात को अब श्रीधर भी जान गये हैं। पेमेन बाबू भी नारायण बाबू के परिवार को एक तरह से अपना ही कुटुम्ब मानते हैं। पेमेन बाबू का कितना बड़ा दुर्भाग्य रहा कि विवाह के दो-तीन बरस बाद ही एकमात्र सन्तान के चले जाने से बेचारे हमेशा के लिए उदास हो गये। तब वे नीमच छावनी में थे। नौकरी की शुरुआत वहीं से की थी। नीमच उन्हें पसन्द भी काफी था लेकिन इस दुर्घटना से ऐसा दिल उचटा कि उन्होंने अपना तबादला भोपाल करवा लिया। भोपाल में दो बरस तक तो किसी तरह ठीक चलता रहा। लेकिन आये दिन पत्नी को पागलपन का दौरा होने लगा। पेमेन बाबू वैसे ही जीवन में काफी मार खाये हुए थे। कुछ सूझ नहीं पड़ रहा था कि क्या किया जाये। नारायण बाबू को अपनी परेशानियाँ लिख भेजीं। उन्होंने कहा कि हजरत, यहाँ तबादला क्यों नहीं करवा लेते? सब ठीक हो जायेगा। और उसके बाद से पेमेन बाबू एक तरह से अपने घर ही जैसे लौट आये हैं। जब कभी ज्यादा कुछ होता है तो कभी छावनी से कोई उनके घर चला जाता है या फिर पिछले दिनों से श्रीधर बाबू के परिवार से भी घनिष्ठता हो गयी है। श्रीधर बाबू की माँ कभी आ जाती हैं या पेमेन बाबू की पत्नी ही वहाँ चली जाती हैं। पेमेन बाबू चाहते यही हैं कि अब यहाँ से कहीं जाना न पड़े। वैसे नौकरी है, कुछ कहा नहीं जा सकता। पेमेन बाबू

काफी हँसमुख, मिलनसार और संगीत-प्रेमी व्यक्ति हैं। फिर भी कहीं-न-कहीं कुछ सालता है और जिसे वे दूर नहीं कर पाते।

अब वे लोग गाड़ीवाले कच्चे रास्ते पर आ गये थे। बड़ी धूल थी। एक गाड़ी निकल जाती तो सिर से पैर तक धूल-ही-धूल हो जाती। पहाड़ी की अपेक्षा यहाँ कुछ सुहाना लग रहा था। काफी ठण्डक थी। पेमेन बोले,

— नारायण बाबू! कल सवेरे पूजन का समारम्भ होगा, मूर्ति की प्राण-प्रतिष्ठा होगी, आइयेगा न?

— भाई तुम हर बरस पूजन करते हो फिर भी तुम्हारा पेट नहीं भरता?

और वे हँस दिये।

— चाहे मेरा नहीं लेकिन आपके पेट भरने का प्रबन्ध जरूर हो जायेगा।

— श्रीधर को पकड़ो तब तो बात जमेगी वर्ना हम लोग पूजन करते हैं और ये साहब नींद के मजे लें, सो नहीं होने का।

— तो श्रीधर बाबू को भला कौन छोड़ता है?

— तो बस ठीक। हजरत! चार बजे सवेरे तैयार मिलना। यह नहीं कि मैं घण्टी ही बजाता रहूँ, मैं और घोड़ा बाहर ठण्डक में ठिठुरायें और आप साहब कहला दें कि सो रहे हैं।

और तीनों बड़ी जोरों से हँस दिये।

घर में घुसते ही माँ ने टोका,

— अभी कुछ ही दिन हुए हैं तबीयत ठीक हुए, फिर देर रात का घूमना शुरू हो गया।

हँसते हुए श्रीधर बाबू माँ के पास जा बैठे।

— क्यों रे, इत्ती रात तक ठण्ड में कहाँ घूमा जाता है?

— तुम भी माँ कमाल करती हो। अभी ठण्ड कहाँ?

— लो सुनो इसकी बात। मैं तो अंगा पहनकर भी काँप रही हूँ और यह कहता है कि ठण्ड कहाँ है।

— अब तुम वृद्ध जो हो चलीं। और माँ! अभी तो दीवाली दूर है। जाड़ा तो तभी से शुरू होगा।

— अच्छा-अच्छा, लेकिन इत्ती-इत्ती रात तक घूमना, बरसात में तालाब नहाना इतनी सारी अच्छी आदतें कहाँ से सीखीं?

माँ भी व्यंग्य कर सकती हैं यह जानकर श्रीधर बाबू को बड़ी प्रसन्नता हुई।

— तुम्हें तो व्यंग्य करना भी आता है।

— व्यंग्य क्या?

— अरे व्यंग्य करती हो और व्यंग्य नहीं समझतीं?

— मैं कोई तेरी तरह मास्टर हूँ कि शब्दों के अर्थ भी जानूँ?

आज माँ बहुत खुश थीं। श्रीधर बाबू को जब परिवार में कोई हँसता-बोलता दिखलायी देता है तो उन्हें गम्भीर रहकर भी अत्यन्त सुख होता है। उन्होंने हमेशा सबको हँसते देखना चाहा है लेकिन पता नहीं क्यों, न वे अपने बड़े भाई-भाभी और न छोटे भाई तथा उसकी बहू किसी को भी सन्तुष्ट न कर सके। अनेक बार वे अत्यन्त सहज होकर अपने भाइयों के पास जाकर बैठे हैं ताकि नसों का तनाव कम हो सके पर बड़े भाई तथा भाभी ने सदा वातावरण को अधिक सन्दिग्ध ही बनाया। बड़े भाई कभी किसी से सहज नहीं हुए। पिता तक से सिवाय लेन-देन के और कोई बात ही नहीं करते। भाभी को तो जैसे हुकुम चलाने के इस घर से और कोई सरोकार ही नहीं। लेकिन श्रीधर बाबू सदा तरह देते जाते रहे हैं। वे जानते हैं कि भाई लोग इसे विवशता मानते हैं। विवशता सम्भवत: आर्थिक है चूँकि इन दोनों की आर्थिक स्थिति श्रीधर बाबू से कहीं अच्छी है इसलिए इस बात का प्रभाव इन दोनों की पत्नियों के व्यवहार में भी दिखलायी देता है। उनकी पत्नी को तो रोज सवेरे से साँझ इस बात का सामना करना ही पड़ता है लेकिन कभी-कभी माँ तक से भाभी अपमानजनक व्यवहार कर बैठती हैं। अजीब परिस्थिति है कि कोई कुछ

विशेष नहीं कह पाता है। माँ को श्रीधर बाबू ने अनेक बार समझाया। पर सभी के लिए सन्तान उसकी सबसे बड़ी कमजोरी होती है। माँ अपनी सन्तान को तटस्थ होकर देख ही नहीं पाती इसलिए वह शक्तिभर अपनी प्रजा को समेटे रहना चाहती है।

— क्या बात है, आज तुम बड़ी खुश हो माँ!

श्रीधर बाबू ने बँगवई का गाव-तकिया गोद में ले झूलते हुए पूछा।

— तुझे नहीं मालूम?

— भला कोई बतायेगा नहीं तो कैसे मालूम होगा?

— कान्ता की सगाई पक्की हो गयी।

माँ ने अत्यन्त प्रसन्न होकर समाचार दिया।

कान्ता बड़े भाई श्रीमोहन ठाकुर की बड़ी लड़की थी जो प्राय: अपने ननिहाल ही रखी जाती थी। लड़कियों की पढ़ाई का यहाँ विशेष प्रबन्ध न होने के कारण भाभी ने उसे अपने मायके में ही भेज रखा था। ऐसा करते समय श्रीमोहन ठाकुर ने पिता और माँ से परामर्श करने की आवश्यकता भी नहीं समझी थी। कान्ता के मामा, जो कि उज्जैन में डाक्टर थे, जब कान्ता को लिवाने आये तो मात्र पिता को सूचित कर दिया गया कि कान्ता को उसके मामा ले जाना चाहते हैं। कुछ दिन रहकर चली आयेगी सोचकर पिता ने भी स्वीकृति दे दी थी। सच बात तो यह थी कि पिता स्वीकृति देते न तो क्या करते? महीने-दो-महीने बाद ऐसे ही चलताऊ ढंग से बता दिया गया कि कान्ता अब वहीं पढ़ेगी। माँ ने इस बात पर आपत्ति करनी चाही, बल्कि की भी थी, लेकिन भाभी ने ऐसा मुँह बनाया कि माँ की फिर हिम्मत न हुई कि दुबारा कुछ कह सकें।

—लेकिन कब? कहाँ? किसने पक्की की?

श्रीधर बाबू के इतने प्रश्नों के उत्तर तो माँ को भी नहीं मालूम थे। बड़ी बहू ने कान पर बात डाल दी थी कि कान्ता की सगाई उसके बड़े मामा ने अपने छोटे साले के साथ पक्की कर दी है। और यह बात भी बड़ी बहू ने सीधे माँ को थोड़े ही बतायी थी। वह तो उस कमरे में मसालेवाले भण्डारे की ताली माँगने गयी थीं। बड़ी बहू नाइन से तैल मलवा रही थीं और हँस-हँसकर सगाईवाली बात बता रही थीं। जब माँ ने सुन ही लिया था तो,

— माँ! रात 'वे' बता रहे थे कि कान्ता के बड़े मामा ने उसकी सगाई की बात पक्की कर दी।

नाइन के सामने बड़ी बहू ने जिस तरह कहा उससे उनकी क्या गरिमा रह गयी? यह नाइन भी क्या सोचेगी कि एक यह सास हैं जिन्हें अपने बेटे-बेटियों की सगाई तक की बात तभी मालूम होती है जब बाहरवालों को बतायी जाती है और रात को जब श्रीमोहन ने बहू को बताया तो क्या वह अपने बापू और माँ को नहीं बता सकता था? लेकिन मूलधन से ब्याज अधिक प्यारा होता है। कान्ता की सगाई हो गयी। इस तथ्य मात्र से दादीमाँ को सन्तोष हो गया। उन्होंने आगे पूछा ही नहीं

बल्कि याद ही नहीं रहा या इस डर से कि इस बहू का क्या ठीक, कब कौन-सी बात कह दे। यह, यह भी कह सकती है कि कान्ता का तो विवाह भी उसके मामाओं ने कर दिया। वे भण्डारे की चाभी माँगे बिना ही लौट आयीं। उन्हें श्रीमोहन का ऐसा व्यवहार अखरा लेकिन वे कैसे नाराज हों? क्या कान्ता को यहाँ से भेजने की बात श्रीमोहन और उसकी बहू ने पहले से ही तय नहीं की होगी? क्या दूसरे लोगों से पूछा? जब गलसरी तुड़ाकर लाकेट बनवाया था तो किसी से पूछा? जब बहू के गले में एक दिन लाकेट देखा तो पूछने पर कह दिया कि 'ये' उज्जैन गये थे बाबूजी नहीं माने उन्होंने गलसरी तुड़ाकर लाकेट बनवा दिया। लाकेट पूछकर बनवाया जाता तो हम नहीं बनवाने देते? बहू के नाम बीमा करवाया, किसी को खबर तक नहीं। वह तो एक दिन डाकिया बहू के नाम चिट्ठी दे गया तो गुणवन्ती ने बताया कि यह तो बीमे की रसीद है, चिट्ठी नहीं। श्रीमोहन से पूछा तो उसने टालते हुए कहा, पता नहीं माँ! उसके बाबूजी ने करवा दिया होगा। सब जानते हैं बहू के बाबूजी को। वे कितना कुछ करनेवाले हैं। दस तोला सोना तक तो दिया नहीं गया और बेटी का बीमा करवा देंगे। अरे, घरवालों से झूठ बोलकर क्या होगा? क्या घरवाले हिस्सा बाँट लेंगे।

लेकिन बड़ी बहू ने सासूमाँ को कभी अपने कामों के बारे में बताने की जरूरत ही नहीं समझी।

— हाँ, कान्ता के बड़े मामा ने बात पक्की की है। अब चिट्ठी आये तब पता चले। माँ ने अवस्थिति को टालते हुए कहा। श्रीधर बाबू थोड़ा ऊँचा हँस दिये। माँ किञ्चित् अवाक् हुईं, लेकिन झेंप भी गयीं। इन मामलों में आनेवाली चिट्ठी आ चुकी होती है और न आनेवाली की चिट्ठी तो क्या, हवा तक नहीं आती।

— तो कान्ता का ब्याह कब हो रहा है?

माँ चुप ही रहीं।

— माँ! पता नहीं तुम्हें किस तरह समझाया जाये। मैं जानता हूँ कि इस बारे में तुम्हें कुछ नहीं बताया गया है। बल्कि बताने की आवश्यकता ही नहीं है। तब तुम क्यों अपना सिर खपाती हो? मैं नहीं जानता कि तुम्हें इन सब में कौन-सा सुख मिलता है। हर बार तुम्हारा अपमान किया जाता है और हर बार तुम फिर उसी फटे में पाँव डालती हो।

माँ कुछ क्षण तो आसन्न रहीं। फिर उठते हुए बोलीं,

— अरे, अब तुम लोग गलती करो तो हमें उसकी गाँठ बाँधकर बैठना चाहिए?

— लेकिन सामनेवाला इसे गलती मानता हो तब न तुम क्षमा करोगी?

— तब तू क्या चाहता है कि मैं कह दूँ श्रीमोहन से और उसकी बहू से कि वे निकल जायें इस घर से?

— पहली बात तो यह कि मैं तुम्हें अपने बेटे से अलग होने के लिए कहनेवाला कौन होता हूँ। दूसरी बात यह कि इतने अपमान के बाद भी यदि दादा या भाभी न सही दूसरों के साथ, कम-से-कम तुम और बापू के साथ भला व्यवहार करें, तब भी कोई बात है।

— देख श्रीधर! हमारे जमाने में तो भाई, यह सब भेदभाव नहीं था। न अपने घर देखा और न मैंने ही किसी के साथ क़िया। अपने चाचा से जाकर पूछ देख। अगर हम लोग ऐसा करतीं तो दो दिन तेरी चाची इस घर में न ठहर पातीं। फिर तेरे ये चाचा कोई सगे भी नहीं थे। जब उनकी मर्जी हुई अलग हो गये। मैंने तो एक दिन नहीं कहा तेरी चाची से, कि बहू यह काम क्यों नहीं किया? आज रसोई मुझसे नहीं होगी। और न तुम्हारे बापू ने चाचा से कभी कहा कि भाई घर में भी कुछ दिया करो। पटवारी से गिरदावर हो गये। इतना पैसा कमाते हो, कुछ तो घर में दो। न तेरे चाचा ने एक पैसा दिया और न हमने माँगा। जो ठाकुरजी की कृपा से बन सका उलटे मदद ही की। अब किसी को मलाल हो तो क्या किया जाये? मैंने तो तीनों बहुओं को बराबर ही समझा। अब वे दोनों अपने को जो समझती हों, समझें। जहाँ तक होगा पेट के पूत की बात तो सहनी ही होगी। तू जो कहता है वह भी ठीक है। श्रीमोहन जो करता है वह भी ठीक। डाक्टर चला गया उसकी मर्जी। अब तुम लोग हम लोगों को जैसे रखोगे वैसे ही रहेंगे?

और माँ की डबडबायी आँखों से आँसू निकलने लगे। श्रीधर बाबू माँ पर वितृष्ण होने जा ही रहे थे कि कल खोलने की आवाज हुई। पिताजी मन्दिर से लौटे थे। ढिबरी के मन्द आलोक में पहले तो उन्हें पता नहीं चला कि पत्नी रो रही हैं लेकिन जिस ढंग से वे बैठी थीं तथा सिसकी ली, उन्हें मालूम हो गया। एक क्षण को उन्होंने श्रीधर की ओर देखा लेकिन वे बात पूछना टाल गये। वे कपड़े उतारने लगे। श्रीधर चलने को हुआ। तभी उन्होंने पूछा,

—क्या बात थी श्रीधर?

—कोई खास बात तो नहीं। हाँ, कान्ता की सगाई पक्की हो गयी।

पिता, माता की अपेक्षा वस्तुस्थिति को समझने में अधिक पटु रहे हैं।

— अच्छा? चलो अच्छा हुआ।

पिता के इस असम्पृक्त सन्तोष को सहसा श्रीधर समझ नहीं सके कि श्रीमोहन के इस व्यवहार से वे भी आहत हुए हैं अथवा वे सच ही सन्तोष अनुभव करते हैं।

— मामा लोग बड़े कुशल और चतुर हैं। पढ़ा-लिखाकर ब्याह भी तय कर दिया। तो अब ब्याह का प्रबन्ध कौन तुम कर रही हो?

बात पत्नी से कही थी, जिसमें स्पष्ट आहत होने की ध्वनि थी।

— बहुत दिनों से कहती रहती थीं कि किसी के ब्याह में नहीं गये। बोलो कब बिस्तर बाँध रही हो?

श्रीधर बाबू को लगा कि जैसे पिता कान्ता की इस सगाई के इस प्रकार तय हो जाने का सारा दोष माँ पर ही डाल रहे हैं। बेचारी माँ!

— तुम्हें तो हर बात के लिए एक मैं ही दिखती हूँ। अपने बेटे से तो कहते नहीं बनता।

और माँ ने शेष आँसू जो कि पलकों में रह गये थे आँचल से पोंछते हुए कहा। आखिरी बात में जैसे स्वत्व को चुनौती थी।

— अच्छा है अपना-अपना सम्हाल रहे हैं इसमें प्रसन्न होना चाहिए कि नाराज? पिता जो प्रायः बातों पर चुप्पी लगा जाया करते हैं आज सहसा इतने मुखर हो जायेंगे यह श्रीधर बाबू को नहीं मालूम था।

— क्या श्रीमोहन अन्दर है?

— क्यों?

— अरे भाई, घर में कौन है, कौन नहीं है यह तो हम लोगों को मालूम रहना ही चाहिए।

— घर की इतनी चिन्ता करनेवाले कब से हो गये? पहले से की होती तो यह नौबत तो नहीं आती? वह थोड़ी देर पहले खाना खाकर कहीं बाहर गया है।

— क्या सुनार के यहाँ गया है?

— यह तुम्हें क्या हो गया है? सुनार के यहाँ क्यों जायेगा इत्ती रात में?.....ओह, मैं समझी, तुम्हारा मतलब वह कान्ता के लिए गहने........

— चलो अच्छा हुआ तुमने समझना शुरू कर दिया।

— क्या वह सचमुच सुनार के यहाँ गया है?

हँसते हुए श्रीनाथ ठाकुर ने जवाब दिया,

— मुझे क्या मालूम? मैंने तो पूछा सिर्फ।

तभी श्रीमोहन दरवाजा खोलकर आये। वे रोज तो पिता-माता को बैठा देखकर बिना बोले निकल जाते रहे हैं लेकिन आज श्रीधर को भी खड़ा देखा तो उन्हें लगा कि जैसे अभी-अभी बहुत-सारी बातें हुई हों और बोलनेवाले अभी सहसा चुप हो गये हों। वे समझ गये कि बिना बोले नहीं जाया जा सकता। वे सहज होने के ख्याल से माँ की दरी पर ही जाकर बैठते हुए बोले,

— अरे श्रीधर! कहाँ रहते हो तुम? दिखते ही नहीं।

बात किसी को भी सहज नहीं लगी, सम्भवतः श्रीमोहन को भी नहीं।

— माँ! तुम्हारा पानदान कहाँ है? बापू! वो कंस चबूतरेवाला मामला तो फिर उठेगा। बनियों ने अर्जी दी है कि यह चबूतरा तो उनकी धर्मशाला का ही एक हिस्सा है। सनद की एक नकल भी पेश की है।

लेकिन इस बात से भी अवांछित मौन नहीं टूटा। श्रीधर बाबू मन-ही-मन हँस रहे थे। सब जान रहे थे कि कौन-सी बात टालने के लिए दूसरी-दूसरी बातें की जा रही हैं।

— क्यों श्रीधर! फिर कुछ इन्स्पेक्टर के यहाँ से आया?

— अभी तो नहीं।

किञ्चित् हँसते हुए श्रीधर बाबू ने जवाब दिया।

— अरे, उस सब में कुछ दम नहीं था। मैंने तो पहले ही गाडगिल साहब से कहा था कि इसमें कुछ दम नहीं है।

सहसा श्रीनाथ ठाकुर बोले,

— तुमने कहा था?

श्रीमोहन बाबू समझ नहीं पाये कि पिता क्या कहना और कहलवाना चाहते हैं।

— अरे उसमें किसी से क्या कहना था बापू? ये तो सरकारी मामले हैं। इन्हें ज्यादा नहीं ओढ़ना चाहिए।

— तुम्हारे लिये तो घर के मामले भी सरकारी ही हैं।

माँ ने बात सीधे-सीधे करने के ख्याल से कही।

—माँ! मैंने तुम्हारे लिये उज्जैन से तम्बाकू मँगवायी है।

श्रीधर बाबू अब अपनी हँसी न रोक सके। श्रीमोहन एक क्षण तो हतप्रभ हुए लेकिन वे समझ गये कि अब बात अपनी तरफ से सीधे-सीधे कर दी जाये तो ठीक होगा।

— अरे हाँ, कल रात देर से आया और सवेरे भी जल्दी चला जाना पड़ा। मैं तो बताना ही भूल गया माँ! कान्ता की सगाई उसके बड़े मामा ने अपने छोटे साले से कर दी है। बापू! अब आप ही जवाब दे दें।

तभी माँ तमककर बोलीं,

— ये कोई जवाब नहीं देंगे। जब तेरा सारा काम तेरी ससुरालवाले ही करते हैं तो इसमें अब इनको क्यों सानता है? क्या इनसे पूछकर लड़की को तूने यहाँ से भेजा था पढ़ने? लड़की का ब्याह तय करने को उसके मामा ही बचे हैं?

श्रीमोहन सारी बात समझ गये। वे जानते भी थे कि कभी इस प्रकार से सामना करना पड़ सकता है। लेकिन उन्हें यह भी विश्वास रहा है कि ऐसे गाढ़े समय उनकी पत्नी दूर खड़ी आड़ से जवाब देकर उनकी सहायता करेगी।

— अब माँ! हमें भी किसी को खबर नहीं थी।

— लेकिन तुझे तो खबर कल ही हो गयी थी। आज जो तू बताने बैठा है, तो तेरे बापू से पहले तो नाइन, धोबिन, पूरा मुहल्ला-टोला जान गया है।

तभी सामने के किवाड़ की आड़ से बड़ी बहू ने जवाब दिया,

— पूरा मुहल्ला-टोला तो नहीं था सासूमाँ! नाइन आयी थी। बात मुँह से निकल गयी। मैं तो आपको बताने ही वाली थी। मैं समझी बापू को 'इन्होंने' बता ही दी होगी।

श्रीमोहन बात को अधिक नहीं बढ़ाना चाहते थे। क्योंकि तब बीसियों बातें और भी सामने आतीं और वे श्रीधर या किसी और के सामने हेठे नहीं पड़ना चाहते थे।

— चलो ठीक है, बापू से मैंने कह दिया है। बाबूजी को कल जवाब दे दिया जायेगा। और श्रीमोहन उठने को हुए।

— ये जवाब नहीं देंगे। तुम जानो और तुम्हारे साले जानें। अपनी लड़की की भलाई-बुराई तुम लोग खूब समझते हो।

— लेकिन बड़े भैया और बाबूजी से बातें तो बापू ही करेंगे।

वहीं से बड़ी बहू ने कहा।

— एक तो तुम्हारे बापू को किसी ने लिखा नहीं। दूसरे कान्ता अगर हमारी लड़की है तो हम सगाई लगायेंगे, वो कौन होते हैं?

— हाँ ऽ ऽ, वो कौन होते हैं?

कहकर बड़ी बहू ने रोना शुरू कर दिया।

श्रीमोहन ने एक बार घूरकर श्रीधर की ओर देखा। जैसे तौल रहे हों कि माँ और बापू के इस रूप के लिए कहीं तुम तो उत्तरदायी नहीं हो? श्रीधर बाबू सिर झुकाये सीढ़ियाँ चढ़ने लगे। श्रीमोहन बिना श्रीधर की उपस्थिति के पिता-माता का सामना बचाने के ख्याल से तेजी से चल दिये।

माँ ने घूरकर जाते हुए श्रीमोहन को देखा जैसे कि—बड़ा आया है अब दिलजोई करने पिता-माता की।

पिता श्रीनाथ ठाकुर ने बँगवई पर बैठकर झूला लिया और 'हरि इच्छा' कहकर 'विष्णु सहस्रनाम' का पाठ शुरू किया।

बाहर फिटन की घण्टी टुनटुना रही थी।

श्रीधर बाबू तेजी से उठे। पति को इतने सवेरे जागते देखकर सरस्वती को आश्चर्य हुआ। बोली,

— क्या बात है? इतनी जल्दी कैसे जाग पड़े?

— अरे फिटन की घण्टी नहीं सुन रही हो?

— नारायण बाबू हैं क्या?

— और क्या?

— कहीं जा रहे हैं आप लोग?

— हाँ, मैं बताना भूल ही गया था तुम्हें। पेमेन बाबू के घर आज देवी की प्रतिष्ठा है न, बुलाया है। चलोगी?

— पहले तो बताया नहीं। और मैं भला कैसे जा सकती हूँ?

— क्यों, माँ से कह दो। बस!!

— बड़े बसवाले आये। अरे माँ तो जरूर चाहेंगी कि चली जाऊँ, लेकिन काम-काज कौन आपकी भाभीजी सम्हालेंगी?

— अच्छा तो मैं चला।

तेजी से जीना उतरे और दरवाजा खोला ही था कि माँ ने टोका,

— इत्ती भिनसारे कहाँ चला रे?

— माँ! वो पेमेन बाबू के घर प्रतिष्ठा है न? नारायण बाबू भी जा रहे हैं।

— तो ये घण्टी उनकी फिटन की है?

और वे दरवाजा बन्द करने के लिए बढ़ीं। खुले दरवाजे से देखा कि हल्के कुहरे में गरम कपड़े और गुलूबन्द लपेटे नारायण बाबू प्रतीक्षा कर रहे हैं। बोलीं,

— अरे नारायण बाबू! भीतर नहीं आये?

— कौन माँ? प्रणाम।

— जुग-जुग जियो बेटा, भीतर क्यों नहीं आ गये?

— दो-दो घोड़ों को भीतर कैसे लाता माँ!

और सब हँस पड़े।

— यह तो हो सकता है कि एक घोड़ा, दो घोड़ों को घसीट सके। अरे श्रीधर! अब खड़े-खड़े क्या मुँह ताक रहे हो?

और श्रीधर बाबू भी पास जाकर बैठ गये।

माँ ने सहसा टोकते हुए पूछा,

— गुलूबन्द नहीं लिया रे?

— कोई जरूरत नहीं है माँ! तुम अब जाओ।

— माँ! अब ये मुझे गुलूबन्द थोड़े ही लगाने देगा। अच्छा भाई, तुम्हीं ले लो।

तीनों हँस दिये। माँ ने सोचा नारायण कितना अच्छा है। ना, ना करते श्रीधर बाबू को नारायण बाबू ने अपना मफलर थमा दिया।

माँ ने दरवाजा बन्द कर लिया।

फिटन चल पड़ी।

आश्विन की भिनसार हल्के कुहरे में सेरियों, सड़कों और मकानों पर फैली हुई थी। कहीं-कहीं मेहतर सड़कें साफ करने में लगे थे। किसी-किसी घर से वृद्ध लोगों के या तो खाँसने या भगवद्भजन का स्वर सुनायी पड़ जाता। घोसिनें टोकरियों में दूध की चमकती कलसियाँ लिये मुँह पर अँगुलियों से लुगड़ा लगाये चली जा रही थीं। भिनसार की हवा फिटन में तेज लग रही थी। कठघाव-जैसा तो जाड़ा नहीं लग रहा था लेकिन फिर भी ठण्ड तो थी ही। पुराने जमाने के बादशाही दरवाजों में से गुजरते हुए घोड़े की नालें और पहियों की आवाजें गूँज उठती थीं। बारोंमास गंगा नहानेवाली धार्मिक बुढ़ियाएँ तालाब की ओर बगल में धोती दबाये नंगे पैरों चली जा रही थीं।

— बहुत देर हो गयी न? बेचारा पेमेन भी रास्ता देखते-देखते थक गया होगा।

— ऐसी खास देर तो हुई नहीं।

श्रीधर बाबू ने मात्र सान्त्वना के ख्याल से कहा। यद्यपि जानते थे कि देर हो गयी है।

— अरे, उस बेचारे धार्मिक से पूछो कि देर-सवेर क्या होती है। हम लोगों की तरह आलसी थोड़े ही है कि धूप में बैठकर माला फेर रहे हैं। सवेरे चार बजे उठता है।

— लेकिन पेमेन बाबू हैं संस्कारी व्यक्ति।

— अरे, उसके पिता निशानाथ बाबू तो लाखों में एक आदमी थे। भाई साहब से एक बार इतनी भारी भूल हुई थी कि बस। सारी साख चौपट हो जाती। व्यापार डूबता सो अलग। बँधे-बँधे फिरते। लेकिन निशानाथ बाबू ने सगे भाई से भी बढ़कर साथ दिया था। पेमेन भी बड़ा सीधा आदमी है। पर बिचारा पत्नी के मामले में अभागा ही रहा।

— आगरा क्यों नहीं भेज देते? कुछ दवाई-दारू हो जाये तो शायद ठीक हो जायें।

— असल में लड़के के मर जाने का सदमा है। लेकिन पेमेन भी खूब सेवा करता है भाई!

और नारायण बाबू ने देखा कि सड़क के किनारे घोंसले-जैसे तारघर के सामने पेमेन खड़ा राह देख रहा था। अभी सूर्योदय में काफी देरी थी लेकिन आलोक बुकनी-जैसा फैल आया था। शहर जानेवाली सड़क पुलिया की बाँहों में सटी दूर तक खाल बिछी थी। तार के खम्भे आज्ञाकारी लड़कों की तरह कतार बाँधकर सड़क के साथ-साथ इसी तरह शहर तक चले गये हैं। पेमेन अपने उसी ढीले धोती-कुरते और शाल में खड़ा हँस रहा था।

— वाह जनाब! ये चार बज रहे हैं आपके?

— भाई, मैं तो तीन बजे ही श्रीधर के घर के सामने मय सवारी के मौजूद था। नवाब साहब जाने क्यों बिस्तरे से बाहर ही नहीं आ रहे थे। वो तो बेचारी माँ ने जब डाँटा तो ये हजरत बीबी का मोह छोड़कर आये।

— क्यों नारायण बाबू! सवेरे-सवेरे झूठ बोल रहे हैं?

और सब हँस दिये।

— मैं तो भाई, झूठ सवेरे-सवेरे ही बोल लेता हूँ ताकि कोई सुने नहीं। क्योंकि झूठ बोलने का भी तो कोटा होता है। उसे कहीं-न-कहीं पूरा करना ही होता है।

और तीनों हँसते हुए अन्दर चल दिये।

पेमेन बाबू प्रतिवर्ष अपने हाथों दुर्गा की मूर्ति बनाते हैं और सुन्दर भी बना लेते हैं। उनमें अत्यन्त श्रद्धा एवं निष्ठा है। पेमेन बाबू का यह क्वार्टर जिसे वे बासा कहते हैं, तारघर भी है और घर भी। चार कमरे का यह क्वार्टर शहर के बिल्कुल सिरे पर है। अच्छा होगा यदि यह कहा जाये कि नदी की कगार पर है। इसके ठीक पीछे से नदी बहती है। पत्थरों की कगारें बिल्कुल नंगी हैं। वैसे देखने-सुनने में यह मकान काफी सुन्दर बना है लेकिन किसी गाछ की छाँह नहीं है। बड़ी मुश्किल से मिट्टी डाल-डालकर हरियाली यहाँ तक लायी गयी थी। बड़ा पेड़ एक भी नहीं था। प्रयास हर वर्ष किये जाते हैं। पेमेन बाबू ने अमलतास और गुलमुहर लगाये हैं। अभी तो छोटे ही हैं लेकिन कह नहीं सकते कि बड़े हो पायेंगे कि नहीं। आँगन में लाल बजरी डालकर रास्ता साफ कर लिया गया था। दूब भी लगी हुई थी जो कि इस समय हल्की ओस में भीगी गीली लग रही थी। राख रंग का लकड़ी का फाटक और उस पर बेगमबेलिया की लतर भोर की मन्दर हवा में हिल रही थी। दाहिने हाथवाले कमरे में तारघर है, जहाँ से बराबर 'किट किरकिट' की आवाज आती रहती थी। बीचवाले बड़े कमरे को पेमेन बाबू ने बैठक बना रखा था। बायें हाथवाला कमरा प्रायः 'गेस्टरूम' की तरह काम आता। आये दिन कोई-न-कोई अफसर आता ही रहता था। पीछे एक कमरा और था जहाँ उनका सारा सामान था तथा पागल पत्नी बन्द रहा करती थी। उस पीछे के कमरे से नदी की चट्टानभरी नंगी कगारें दिखतीं। गर्मियों में जब पानी लगभग सूख जाता तो चट्टानें

और भी निकल आतीं और दिनभर धूप में चिलचिलाती रहतीं। नदी की तलहटी के पत्थरों की बजरी दिनभर गरम होती हुई चमचमाती रहती। तब प्राय: लू के गरम झोंके उधर से आते हैं। बरसात के दिनों में तारघर बहुत सुन्दर हो उठता। पीछे के कमरे की खिड़कियों से पूर नदी बड़ी सुन्दर लगती। झुके या बरसते मेघ सुदूर पहाड़ियों तक दौड़ते या झरते बड़े अच्छे लगते। दिन-रात बाढ़वाली नदी की गुर्राहट, पत्थरों पर फन पटकती सुनायी देती। प्राय: नारायण बाबू के साथ श्रीधर बाबू पेमेन बाबू को लेकर माघ-पौष कीं सवेरे-सवेरे नदी नहाने आते रहते हैं। यहाँ नदी के बीच में पत्थरों का एक दूह-सा है, जहाँ तैरकर तीनों चले जाते रहे हैं। उस पर बैठकर नदी के बीच प्रवाह में ऐसा लगता है जैसे स्वयं बहते हुए, नदी के साथ यात्रा कर रहे हैं। वैसे नदी यहाँ उथली नहीं है लेकिन खास गहरी भी नहीं है जैसी कि किले-घाट पर है। गर्मियों तक में यहाँ पानी रहता है। नारायण बाबू का कहना है कि अगर उनके पास कोई राजशक्ति आ जाये तो वे यहाँ पर एक ऐसा बाँध बनवायें ताकि नदी कभी सूखे ही नहीं। नदी की कगारें आगे चलकर छावनी के पास सिर्फ चट्टानों की ही नहीं रहती हैं। वहाँ तो नदी-तट पर खूब बड़े-बड़े वटवृक्ष, इमलियाँ, आम, महुआ और जाने किस-किस चीज के पेड़ खड़े हैं। छावनीवाला पठार ही इधर के भूभाग में सबसे ऊँचा होते हुए भी खूब हरा-भरा था। नदी, छावनी और किले को छूकर उत्तर ओर निकल जाती है जहाँ यह पार्वती में विलीन होती है, जो कि चम्बल में मिलकर अगत्या यमुना बन जाती है।

चूँकि बैठक खाली की गयी थी इसलिए उसका कुछ सामान जैसे कुर्सियाँ, टेबल आदि दालान में रखे थे। बैठक में घुसते ही सामने सुन्दर-सी दुर्गा प्रतिमा प्रतिष्ठित थी। दीपक जल रहे थे। अगरु-धूम से वातावरण सुवासित था। केले के पत्तों से शोभाखम्भ बनाये गये थे। कोने में सितार, तानपूरा और तबले रखे हुए थे। प्रतिमा के सामने पेमेन बाबू की पत्नी नहाये हुए, बाल फैलाये पलथी मारे प्रणामित हाथ गोदी में रखे हल्के-हल्के कुछ गा रही थीं। उनकी आँखें बन्द थीं। वे आज बहुत अच्छी लग रही थीं। नारायण बाबू और श्रीधर बाबू ने प्रणाम किया और बैठ गये। कमरे में हल्का अँधेरा था। यद्यपि बाहर आलोक से ज्यादा कहीं दिन फूट आया था। देहरी लाँघकर दिन जैसे पूछ-पूछकर अन्दर आने का यत्न कर रहा हो। पेमेन बाबू ने तानपूरा सम्हाला और नारायण बाबू की ओर तबले बढ़ा दिये। नारायण बाबू को तबले की दो-चार तालें मालूम थीं। पेमेन बाबू ने दुर्गा-स्तवन आरम्भ किया। श्रीधर बाबू ने पास ही रखी मञ्जीरें ले लीं और क्रमश: स्तवन चल निकला।

या देवी सर्वभूतेषु शक्तिरूपेण संस्थिता।
नमस्तस्यै नमस्तस्यै नमस्तस्यै नमो नमः।।

स्तवन-कीर्त्तन कितनी देर चला पता नहीं। लेकिन धूप काफी आ चुकी थी। यहाँ बस्ती की अपेक्षा दिन पहले ही उगता है। धूप कमरे में पूरी तरह चारों ओर से आ रही थी। भोर जो वातावरण हल्के कुहरे में लिपटा था इस समय उजला गया था। सवेरेवाली ट्रेन के जाने का समय था। बार-बार इंजिन की सीटी सुनायी पड़ रही थी। पेमेन बाबू ने जैसे ही कीर्त्तन समाप्त किया उनकी पत्नी तेजी से उठीं और 'गीत-गोविन्द' के पद जोर-जोर से गाते हुए नृत्य करने लगीं। एक क्षण को सभी आश्चर्य में आ गये। अभी कोई कुछ कहे इसके पहले ही वे पेमेन बाबू को घूरने लगीं। उन्होंने अपने दोनों हाथ ऊँचे कर लिये और चीखने लगीं,

— आमी दुग्गा।

— आमी चण्डी।

— आमी लक्खी।

— आमी जगत् नारिणी।

और वे घूम-घूमकर नाचने लगीं।

पेमेन बाबू ने झपटकर पत्नी का हाथ पकड़ा।

— एक की होच्चो?

— एक की करच्चो तुमि?

और वे हाथ पकड़कर पत्नी को घसीटने लगे। जाने किस बल से पेमेन बाबू की पत्नी ने अपना हाथ छुड़ा लिया और उन्होंने नारायण बाबू तथा श्रीधर बाबू को घूरते हुए फिर चिल्लाना शुरू किया,

— आमी दुग्गा।

— आमी चण्डी।

पेमेन बाबू के लिए पत्नी का यह प्रलाप असह्य हो उठा। उन्होंने बढ़कर फिर हाथ पकड़ लिया। वे जूझती जा रही थीं और नाच रही थीं। पेमेन बाबू ने तब झल्लाकर पत्नी का हाथ जोर से मोड़ दिया। वे चीख उठीं,

— माँ गो!

नारायण बाबू और श्रीधर बाबू हतप्रभ-से उठकर बाहर चले आये। अन्दर से पेमेन बाबू की पत्नी का आर्त 'माँ गो' आ रहा था। सम्भवतः पेमेन बाबू ने पत्नी को कमरे में बन्द कर दिया था। वे दरवाजा पीटे जा रही थीं और चीखे जा रही थीं। पेमेन शायद डाँट रहे थे। दोनों अन्यमनस्क-से बाहर दालान में खड़े बात करना चाहने पर भी कोई बात न कर पा रहे थे। दोनों को ही पेमेन बाबू पर तरस आ रहा था। सम्भवतः पेमेन बाबू की पत्नी पर भी कि जब वे पागल न हुई होंगी तब निश्चित ही, बहुत अच्छे स्वभाव की रही होंगी। तभी पेमेन बाबू उदास-से लौटे। वे कुछ कहें, इसके पूर्व ही नारायण बाबू बोले,

— कोई बात नहीं पेमेन! सब ठीक हो जायेगा।

पेमेन बाबू कुछ भर आये थे। उन्हें अवश्य ही सान्त्वना चाहिए थी।

— तो शाम को आओ न छावनी की तरफ? तुम्हारी भाभी कह रही थीं कि तुम्हें कई दिनों से देखा नहीं। बहू को ला सको तो लेते आना।

— हाँ, जरूर आऊँगा।

और प्रणाम करते पेमेन बाबू इतने सुन्दर लग रहे थे मानो स्नानित सवेरा, पृथ्वी को प्रणाम कर रहा हो।

दशहरा बीत चुका था। दीवाली की लिपाई-पुताई की तैयारियाँ हो रही थीं। घरभर का सामान झाड़-पोंछकर साफ किया जा रहा था। इस सब में बच्चों और स्त्रियों का मन बहुत लगता है। नये चूने के पोते जाने की गन्ध आ रही थी। छतों, खिड़कियों, दरवाजों, खम्भों की लकड़ियों पर तैल-पानी किया जा रहा था। जो लकड़ियाँ भूरी हो गयी थीं वे तैल भीजी कलासी हो आयी थीं। श्रीधर बाबू की किताबों की आलमारियाँ भी सफाई के लिए खाली की गयी थीं। सरो और श्रीधर बाबू इतनी रात में भी किताबें झाड़-पोंछ रहे थे। बहुत-कुछ किताबें उन्हें बाला साहब ने दी थीं। वे बहुत पुरानी हो गयी थीं इतनी कि असावधानी से पन्ना छूते ही टुकड़े-टुकड़े हो जाता। प्राय: उन किताबों पर मोड़ी लिपि में बाला साहब का नाम था (मराठी लोगों में पहले कभी मोड़ी लिपि व्यवहार में आती थी)। उन किताबों में इतिहास, दर्शन, ज्योतिष, खगोल आदि की अनेक महत्त्वपूर्ण पुस्तकें थीं। इन्दु के सम्पर्क से जो अंग्रेजी सीखी थी उसे उन्होंने अपने अध्यवसाय से बढ़ाया था। इन्दु ने ही उन्हें अनेक विदेशी उपन्यास दिये ताकि वे आगे चलकर पढ़ें। एक प्रकार से इन्दु ने उन्हें अनेक बातों से परिचित कराया जिन्हें वे बिना इन्दु के कभी जीवनभर न जान पाते।

और उनके हाथों में 'हैमलेट' थी।

उन्हें ठीक से याद है कि कब इसे पहली बार इन्दु ने सुनायी थी।

सम्भवत: इन्दु के विवाह में कुछ महीने ही शेष थे। पिछले कुछ दिनों से इन्दु में श्रीधर को लेकर उत्साह कम नहीं हुआ था लेकिन जो सहज खुलापन था दूसरी बातों के प्रति, वह नहीं रह गया था। इन्दु अब श्रीधर को सच ही अपने से बड़ी, बहुत बड़ी लगने लगी थी। जैसे इन्दु सामने के क्षितिज पर एक विशाल-सी उग आयी है और श्रीधर से इतनी दूर, इतनी ऊँची है कि कभी वह उसे छू नहीं सकेगा। जाने कहाँ से इन्दु के शरीर में से ही हाथ-पाँव और सभी-कुछ बढ़ आये थे। जबकि श्रीधर अभी वही १०-१२ वर्ष का ही पिद्दी-सा 'बुद्धू' ही लगता था। प्राय: शामवेला ही होती जब श्रीधर वहाँ जाता। पहले की तरह पेट में गुदगुदी चलाकर अब हँसने-हँसाने की कोई बात नहीं होती थी। पहले जब कभी वह कहानी कहती होती या सुनती होती तो लगता था कि वह आँखों से, मुँह से, नाक से, ओंठों से सबसे सुना रही है। आँखें फैल जातीं। गालों में खून दौड़ जाता। ढेर-सी चम्मचों के शोर-सा हँसा जाता। एक-दूसरे के कन्धे पकड़ लिये जाते। और पैर झुला-झुलाकर कहानी के दूर द्वीप में कहीं झाँकते हुए दोनों होते। तारों पर झगड़ा होता कि बड़े तारे बड़े के होते हैं और छोटे तारे छोटे के। इन्दु अपने

बड़े तारों के रंग वर्णन करती कि वहाँ मिठाइयाँ पेड़ों पर लगती हैं, सबके खूब चमकदार पंख होते हैं, वहाँ यहाँ की तरह गर्मी और पानी नहीं होता, बल्कि खूब ढेर-सारी बरफ होती है, जिस पर धूप में खूब उड़ना पड़ता है और वहाँ सिर्फ बच्चे ही जा सकते हैं। और देखना एक दिन इन्दु, श्रीधर को लेकर बिना किसी को बताये जायेगी।

— चलोगे श्रीधर?

— हाँ, लेकिन वहाँ तक जायेंगे कैसे?

— तुम्हें इससे क्या? मैं ले चलूँगी। बुद्धू! इतना भी नहीं समझता।

— दीदी! तुम्हें तो अपने तारे के बारे में सब मालूम है पर मुझे अपने तारों के बारे में कुछ भी नहीं मालूम।

— अरे तारे रोज रात को नींद में आते हैं। तुम्हारे तारे छोटे हैं न? तुम कसकर आँखें बन्द कर लिया करो छोटे तारे पकड़ाई में कैसे आयेंगे? तब तुम अपने तारे से पूछ लेना।

और रोज रात को श्रीधर सोते समय कसकर आँखें बन्द करते हुए समझता कि आज मैंने अपने तारों को पकड़ लिया है। दूसरे दिन दीदी के पूछने पर बहुत सोच-सोचकर कहने लगता,

—दीदी! रात सिर्फ एक ही तारा आया। वह तितली-जैसा हल्का-सा था। वैसे कई तितलियाँ दिखीं जरूर पर एक ही उड़ती हुई आयी। वह तितली कुछ बोली नहीं। बस, फिर उड़ गयी।

और इन्दु जोरों से हँस देती।

इन्दु तब चित्रोंवाली पोथी खोलकर पढ़कर सुनाती। रंग-बिरंगे चित्रोंवाली पोथी में बराबर इस बात पर बहस हो जाती कि जब पंखोवाला घोड़ा एक ही था और उसे जब राजकुमार ने ले लिया तब भला कोई दूसरा जाये तो उसे घोड़ा कैसे मिल सकता है? इन्दु का तर्क होता कि अरे बुद्धू! यह तो एक ही समुद्र का घोड़ा राजकुमार को मिला है जबकि समुद्र तो सात हैं। अभी पंखोंवाले छह घोड़े और छह राजकुमारियाँ भी हैं। श्रीधर की समझ में विशेष कुछ आ नहीं पाता था और वह इसी बात से प्रायः सन्तोष कर लिया करता था कि वह कोई राजकुमार तो है नहीं और बिना राजकुमार हुए किसी को भी न तो पंखोंवाला घोड़ा ही मिल सकता है और न राजकुमारी ही।

श्रीधर अभी और कुछ समय तक इन पंखोंवाले घोड़ों के चक्कर में रहना चाहता था लेकिन इन्दु ने अब जल्दी-जल्दी कुछ बड़ी पुस्तकें शुरू कर दी थीं। पृथ्वी गोल है। इस पृथ्वी पर तीन-चौथाई पानी है और एक-चौथाई धरती। और वह घूमती है। यह पृथ्वी भी दूसरे तारों की तरह एक तारा ही है। श्रीधर की समझ में कुछ खास आ नहीं पाता। तारे तो आकाश में हैं। आकाश ऊपर होता है। फिर

भला हम तारे कैसे हुए? तारे चमकते हैं। पृथ्वी घूमती है। दीदी कहती हैं कि हमारा सिर हमेशा आकाश में लटका रहता है। श्रीधर इस लटकनेवाली बात पर इतने जोरों से हँस पड़ता था कि पास में सोयी हुई माँ समझतीं कि सोते-सोते चौंक गया है या फिर नींद में हँस रहा है।

— श्रीधर! नींद में क्यों हँस रहा है? पानी पीना है? करवट ले ले।

और श्रीधर माँ की मूर्खता पर हँसते हुए कहता,

— नहीं माँ! दीदी कहती हैं कि हम आकाश में लटके हुए हैं और पैर हमारे धरती पर चिपके हुए हैं क्योंकि धरती में आकर्षण शक्ति है।

— यह सब क्या बक रहा है, इत्ती रात में? चल सो जा। ऐसी उल्टी-उल्टी बातें सोचता रहता है तभी तो नींद में बड़बड़ाता है—हम आकाश में लटके हुए हैं। बड़ी आयी तेरी इन्दु दीदी।

और झिड़की खा श्रीधर सो जाता।

लेकिन दीदी का अविश्वास भी कैसे जाये? वो तो पढ़कर सुनाती हैं। किताबों में तो कभी गलत बात हो नहीं सकती। न जाने ये किताबें कहाँ से आयीं। किताबें सिर्फ बाला साहब के यहाँ ही हैं इतनी। वे जाने क्या पढ़ते रहते हैं।

और एक दीदी बोली,

— श्रीधर! जानते हो नाटक क्या होता है?

— जरूर किसी फल का नाम है।

— तुम मूर्ख हो। नाटक किसी फल का नाम होता है? यह भी नहीं जानते?

— तब मुझे क्या मालूम। क्या कोई पक्षी पाला है तुमने?

और दीदी गुस्से में हाथ की किताब बिस्तरे पर फेंकते हुए बोली,

— तुम्हें इस जनम में कभी कुछ नहीं आयेगा। नाटक को जो लड़का फल और पक्षी का नाम बताता है उसे क्या कहा जाये? कविता, कहानी की तरह जो बोल-चाल के ढंग पर लिखा जाता है उसे नाटक कहते हैं, तुम्हें यह भी नहीं मालूम? तुम स्कूल जाते हो? खाक पढ़ते हो!

और श्रीधर की आँखें भर आयीं।

— रोने से काम नहीं चलेगा। बताओ नाटक किसे कहते हैं? कोई नाटक पढ़ा है? श्रीधर ने बिना बोले सिर हिलाकर बता दिया कि नहीं पढ़ा। इस बार सचमुच ही श्रीधर रो पड़ा। एक क्षण तो इन्दु की समझ में नहीं आया कि क्या किया जाये। इस रोते हुए लड़के पर खीझ गयी। एक तो नाटक का मतलब नहीं जानता और पूछने पर लड़कियों की तरह रोने लगा।

इन्दु उठी और रोते हुए श्रीधर को पहले हाथ-मुँह धो आने का आदेश दिया और यह भी कि उसे हर हालत में आज नाटक के बारे में जानना ही होगा। कितनी बुरी बात है कि इतना बड़ा लड़का नाटक के बारे में नहीं जानता।

श्रीधर काफी-कुछ डर गया था उस शाम, कि जिसके न जानने पर दीदी ने उसे इस बुरी तरह डाँटा-फटकारा था कि जैसे उसने जाने क्या कर दिया हो। जब उसी

की स्कूल की किताब में से 'वीर अभिमन्यु' का पाठ दीदी ने पढ़कर सुनाया और कहा कि यही नाटक होता है।

— तो दीदी! नाटक, अभिमन्यु होता है।

— फिर वही? नाटकों में भी कहानियाँ होती हैं लेकिन उसमें बातचीत रहती है समझे?

खैर, श्रीधर ने और अधिक डाँट खाने के भय से स्वीकार लिया।

और थोड़े दिनों बाद जब कई नाटकों के बाद वे अंग्रेजी का एक नाटक लायीं तो बोलीं,

— देखो आज एक राजकुमार का नाटक पढ़ेंगे। इसका नाम है 'बच्चों का हैमलेट'। इसे जानते हो किसने लिखा है? शेक्सपीयर ने।

श्रीधर पिछली डाँट अभी भूला नहीं था। उसने यही उचित समझा कि दीदी को बिना टोके हुए यह नाटक पढ़ने दे। खूब-सारे चित्र थे। वे खूब जोर-जोर से पढ़तीं और पढ़ते समय कभी खड़ी हो जातीं, कभी टहलने लगतीं, कभी हाथ ऊँचे कर कभी बारीक आवाज में, कभी मोटी आवाज में, कभी क्रोध से, कभी गम्भीर होकर पढ़तीं। जब कभी वे बीच में अर्थ बताते हुए भूल जातीं तो वे दौड़कर बाला साहब से पूछ आतीं। दीदी को बराबर देखते रहने से श्रीधर की गर्दन दर्द करने लगती। किंकर्त्तव्यविमूढ़-सा बैठा श्रीधर समझने की चेष्टा छोड़कर देखने लगता कि दीदी कितनी सुन्दर लगती हैं। जब वे बाल खोलकर कहतीं,

— ओ हैमलेट! हैमलेट!!

उनकी आँखें फटी-की-फटी रह जातीं। खिड़कियों से दूर सूर्यास्त की अन्तिम लाली आकाश में बुझती-सी दिखायी देती। नौकर जलती लैम्प लाकर रखता। तब कहीं श्रीधर के घर जाने का समय होता। दीदी का नौकर रोज श्रीधर को घर छोड़ने जाता है। उस दिन पहली बार श्रीधर को लगा कि दीदी कितना अच्छा पढ़ती हैं जैसे नाटक की घटनाएँ दीदी के सामने हुई हों। वह उस दिन पूछना चाहता ही रहा कि क्या दीदी उस समय वहाँ थीं जब ओफीलिया-हैमलेट मिले थे? वे हैमलेट को कैसे जानती हैं? वह तो विलायत में राजकुमार था न? और यह भी कि, यह नाटक उनके पास किसने भेजा? अनेक बातें श्रीधर के मन में थीं लेकिन वह पूछ न सका। जिस समय वह चलने को हुआ दीदी ने उसे अपने से सटा लिया। बहुत देर तक उसके गाल को अपने गाल से सटाये रहीं। जब दूसरे कमरे में नौकर की आहट हुई उन्होंने जल्दी से उसे चूम लिया और वे हथेलियों में मुँह छुपा बिस्तरे पर औंधी लेट गयीं।

श्रीधर की समझ में कुछ नहीं आया। लेकिन दीदी का गाल कितना गरम और नरम था। उसे चूमते समय उन्होंने अपनी बड़ी-बड़ी आँखें कैसे मूँद ली थीं। और उसके बाद एक क्षण को कैसी सूखी मुस्कान आ गयी थी। उनका मुँह कैसा चमचमा आया था जैसे वे बहुत देर से एक ही साँस ले रही हों और फिर भी वह पूरी तरह न ले पा रही हों। लैम्प की हल्की पीली रोशनी उनके दाहिने गाल पर गिर रही

थी। कैसे उजले गोरे लाल गाल हैं दीदी के। दीदी बहुत सुन्दर हैं न? जब वे बाल खोलकर बोल रही थीं उस समय उनके बाल पीठ से भी नीचे कैसे काले-काले लहरा रहे थे। दीदी की आँखें पहले तो उसे देखती थीं लेकिन अब उसकी ओर देखते हुए भी लगता है कुछ और देख रही हैं। कई बार वे कैसे जल्दी-जल्दी उसे देखती हैं तब आँखें फैल आती हैं, चमक आ जाती है, उस समय वे नहीं भी बोलती हैं पर लगता है जैसे वे देखने से अधिक बोल रही हों। इतनी बड़ी आँखें दीदी की हैं कि जैसे मुख पर सिर्फ आँखें ही हैं। कई बार उसने दीदी की आँखें चूम लेना चाहा लेकिन कहीं दीदी नाराज न हो जायें इसलिए अपने को देखते रहने दिया है उन आँखों के द्वारा, ताकि वे आँखें देर तक उसे देखते हुए उसके समीप रहें। उसके निकट निश्चय ही दीदी का बड़ा भारी मोह है। यदि उसे मालूम हो जाये कि उसके बीमार रहने पर दीदी उसके पास रहेंगी तो जीवनभर बीमार रहने को तैयार था। कभी-कभी वह दाँतों से, अँगुलियों से, पलकों की बरौनियों से बल्कि सम्पूर्ण शरीर से दीदी को उसी तरह छू लेना चाहता है जैसा कि वह मीठी लगनेवाली धूप को छूता है या गर्मियों में जैसे कि ठण्डे जल को छूकर तृप्ति होती है। जैसे वह धूप, वह जल आपमें आ गया हो। क्या वह दीदी को वैसे किसी दिन छू सकता है? दीदी ने जब छुआ तो वह धूप और जल दोनों से कुछ और अधिक अच्छा लगा था। गालों में अभी तक कोई भरा-भरा गाल, मीठी धूप और ठण्डे जल दोनों से कहीं अधिक अच्छा लग रहा था। वह स्वाद तक बता सकता है क्योंकि वह उस समय बार-बार घूँट उतार रहा था। उसे लग रहा था जैसे उसके गाल में एक गोरा गाल और निकल आया है। उसके मुँह पर अब तक दीदी की जैसे आँखें ही जड़ी हुई थीं और अब दीदी का एक गाल भी।

लेकिन दीदी हथेलियों में मुँह दाबकर क्यों लेट गयी थीं! क्या उसे एकदम नहीं, चला आना चाहिए था? दीदी थककर ऐसे तो कभी नहीं लेटतीं। वह सचमुच यह कहना चाहता था कि दीदी! तुम जब देखती हो तो जैसे, पता नहीं कैसा लगता है, लेकिन दीदी! बहुत अच्छा लगता है, बहुत ही अच्छा लगता है। ऐसे ही देखो न एक बार? ये देखो तुमने जहाँ छुआ था न, वहाँ, वहाँ कैसा नरम-नरम-सा, जाने कैसा लग रहा था। दीदी! मुझे वैसे ही छू दो जैसे कि धूप छूती है, जल छूता है। भीतर तक जैसे छुअन भर जाती है, उसी तरह।

खाना खाकर वह लेट गया और उसके बाद नींद में वह धूप और जल में दीदी को लेकर नहाता रहा। अनेक रातों वह सपनों में देखता कि दूर-दूर की पहाड़ियों पर रंग-बिरंगी धूप छितरी है। वह रंगीन धूप धीरे-धीरे पहाड़ी से उतरती है और झील के जल में थोड़ी देर के लिए गायब हो जाती है। वह झील के जल में अन्दर

तैरती हुई धूप को देखता है। कैसी गोरी-गोरी धूप झील में तैरती हुई उसकी तरफ आती है। धूप तब बहुत नजदीक आ जाती है। उसमें अनेक तारों की जैसी आँखें निकल आती हैं। जो हँसती हुई उसे संकेत करती हैं। पास बुलाती हैं। वह जैसे ही हँसती हुई आँखोंवाली उस धूप की तरफ बढ़ता है, वह और दूर, और दूर सरकती जाती है और धूप फिर वापस झील में कूद पड़ती है। धूप वापस तैरकर झील के उस किनारे निकलकर बड़ी तेजी से पहाड़ियों पर चढ़ जाती है। तारे वापस आकाश में चले जाते हैं। धूप भी धीमे-धीमे तब आकाश चढ़ जाती है। वह हर बार धूप को छूते-छूते रह भर जाता है।

कभी धाराधर पानी बरस रहा होता है। सहसा एक कोने में धूप का एक टुकड़ा बादलों में एक गोल छेद बनाकर उसकी ओर बढ़ता होता है। चारों ओर पानी बरस रहा है लेकिन वह धूप का टुकड़ा हँसता हुआ उस पर से तेजी से निकल जाता है। वह उस धूप के टुकड़े को पकड़ने को बढ़ता है। दूर-दूर तक बरसते मेघ में वह धूप का टुकड़ा भीगता इस क्षितिज से उस क्षितिज तक दौड़ता है लेकिन वह धूप का टुकड़ा और वहाँ, और वहाँ बनकर हाथ नहीं आता है। सहसा वह टुकड़ा ऊपर फिर बादलों में चढ़ने लगता है। बादल का वह छेद फिर मुँद उठता है। बस, केवल बरसते मेघ रह जाते हैं।

पूरे बाढ़ में नदी बह रही होती है। काली-काली चट्टानों पर सामने का गाँव मधुमक्खी के छत्ते-सा दिखता है। वहीं पर एक घर में एक दीपक जल रहा होता है। तट पर एक नाव होती है जिसकी तरफ वह बढ़ता है। दूर पर अस्पष्ट-सी लोगों की आवाजें सुनायी पड़ती हैं। जैसे ही वह नाव तक पहुँचता है, नाव बहने लगती है। वह किनारे-किनारे चलते हुए नाव का पीछा करता है। तभी उसे प्रपात का शोर सुनायी देता है। प्रपात में पहुँचकर नाव टूट जायेगी इस भय से किसी तरह किनारे से कूद पड़ता है और बहती हुई नाव को पकड़ लेता है। नदी के वेग में एक टूटी पतवार लेकर वह तेजी से बहते हुए उस पार पहुँचना चाहता है। उस पार का दीप अब जैसे नदी की तरफ बढ़ता-सा लगता है। दीप निकट होने लगता है। लगता है दीप बहुत पास आ गया है। वह चिल्लाकर उसे पकड़ना चाहता है तभी वह और उसकी नाव प्रपात के मुख पर होते हैं और वह अतल में गिरता जा रहा है, गिरता जा रहा है।

और वह चीखकर नींद से चौंक उठता है। प्रायः उसने अपने इन सपनों को जाने क्या सोचकर किसी से नहीं कहा। दीदी तक से नहीं। उसे ऐसे सपने बराबर आते रहे हैं।

वैसे तो हर बरस ही गणेशोत्सव मनाया जाता था लेकिन उस साल बाला साहब ने बहुत अच्छा गणेशोत्सव सम्पन्न करवाया था। किले के बड़े-से मैदान में शामियाना डालकर झाँकी सजायी गयी थी। पहली बार महाराष्ट्रीय और अमहाराष्ट्रीय सम्मिलित होकर सम्पन्न कर रहे थे। वर्ना और बरस तो प्राय: महाराष्ट्रीय किसी को नहीं बुलाते। कई दिन पहले से खेल-कूद का आयोजन, संगीत सम्मेलन, नाटक-नाच आदि का प्रबन्ध किया गया था। उस समय श्रीधर कोई आठ वर्ष का रहा होगा। पूरे कस्बे में जैसे उत्साह छा गया था। कस्बेभर में उत्सव-पूजन के लिए चन्दा आदि किया था लेकिन बाला साहब का इसमें बड़ा हाथ था। किले का बड़ा दरवाजा, बुर्जियाँ और सामने की दीवार आलोकित की गयी थी। इस उत्सव को देखने आसपास के कई गाँवों के लोग भी आये थे।

किले के उस मैदान में गाँव के लड़के डण्डों का खेल खेल रहे थे। इसके लिए विशेष रूप से रंगीन डण्डे बनवाये गये थे जिनमें हल्के घुँघरू लगे हुए थे। इस खेल को खेलते हुए सभी लड़के मराठी की ये पंक्तियाँ गाते जा रहे थे और खेलते जा रहे थे—

एक टिपरी घे
दूसरी मार गे,
तिसरी घेउन
चौथी बदल।

और इसी क्रम पर डण्डों की आवाज एक लय-ताल में आ रही थी। साथ ही छोटे-छोटे घुँघरू अजीब संकोच-स्वर में जैसे उठ रहे थे। रात को वीरान हो जानेवाले उस किले की पत्थरों की प्राचीन प्राचीरों से ये आवाजें दुहरित होकर आ रही थीं। किले के दक्षिणी सिरे पर सामने ही बड़ी-सी लकड़ी की हवेलीवाली कचहरी अपने पेशवाई स्थापत्य में रात के उस गहन अन्धकार में खड़ी थी। कचहरी के खजानेवाले हिस्से में से रोशनी आ रही थी। बाहर निकली लकड़ी की बुर्ज में पहरे का घण्टा टँगा था, जिसे पहरेदार बालू की घड़ी देखकर हर घण्टे पर बजाता। श्रीधर भी, जहाँ छोटे बच्चे डण्डे खेल रहे थे, खेल रहा था। तभी इन्दु दौड़ती हुई आयी।

— चलो, तुमसे एक काम है।

— मैं अभी खेल रहा हूँ।

— फिर खेलना। जरूरी काम है।

और अनिच्छा के साथ खेल छोड़कर श्रीधर साथ हो लिया।

शामियाना भी पीछे छूट गया। उत्सव की आवाजें न दूर, न निकट, अजीब, लेकिन प्रतिध्वनि में आ रही थीं। श्रीधर समझ न सका कि दीदी उसे कौन-से काम के

लिए कहाँ ले जा रही हैं। रात अभी शुरू ही हुई थी। कचहरी की प्रमुख इमारत से लगी दूसरी छोटी इमारतों में, इस समय जो कि खाली थीं, प्रतिध्वनियाँ भरी हुई थीं।

— लेकिन इधर कहाँ चल रही हो दीदी?

— चलो तो सही।

और वे किले की दीवार पर चढ़नेवाली सीढ़ियाँ चढ़ने लगे। ऊपर बुर्जी पर जाने के लिए गोल मीनार में सीढ़ियाँ थीं जहाँ बड़ी अजीब गन्ध आ रही थी। छोटी आबाबीलें अपने घोंसलों में चीं-चीं कर रही थीं। पैरों की आहट पर पहले तो कबूतर गुटरगूँ करते रहे लेकिन पदाहट को एकदम पास सुनकर एक कबूतर भयभीत होकर पंख फड़फड़ाता मीनार के एक गवाक्ष से होता हुआ उड़ गया। उसके परों की फड़फड़ाहट दीवार के बाहर की तरफ टकरा रही थी और लग रहा था नदी का शान्त सोया हुआ जल भी उस फड़फड़ाहट से प्रतिध्वनित हो रहा हो।

दोनों बुर्जी पर पहुँचे। भाद्रपद किसी कोने में दूर आकाश के एक प्रदेश में झुका घिरा था। चतुर्थी का चन्द्रमा नदी पार के सघन छतनार गाछों के ऊपर टिका था। नदी में कहीं चन्द्रमा का आलोक आभास दे रहा था।

दीवार के एक कँगूरे पर झुकते हुए इन्दु बोली,

— नीचे देखो, नदी कितनी नीची है। और बहाव भी एकदम थिर है न? श्रीधर पार किसी सघन से आते हुए दीपालोक को देख रहा था। उसे यहाँ ऐसे चला आना सुहाया नहीं।

— हाँ! नदी यहाँ सबसे गहरी है। कहते हैं हाथी-डूब पानी है यहाँ।

उत्सव की आवाज यहाँ तक आ रही थी, लेकिन अस्पष्ट। पूरब की तरफ किले की दीवार पर एक विशाल पीपल झुका हुआ बाहर झाँक रहा था। कहीं-कहीं इसकी जड़ें दीवार में भी अजीब लिपटी हुई बाहर पसलियों-जैसी दिखती थीं। सहसा एक मोर दो-तीन बार बोला जिसका उत्तर सामने के सघन से किसी दूसरे मोर ने दिया और यह मोर अपनी बड़ी-सी पूँछ झुलाये, एक बड़ी-सी फड़फड़ाहट करता हुआ उड़ने लगा। आँधार-आलोक की इस झलफलिया में, नदी में मोर की मद्धिम प्रतिच्छाया गिर रही थी। सहसा फड़फड़ाहट पर श्रीधर किञ्चित् डर गया था और तभी इन्दु ने उसे अपने से सटाकर उसे बाँह में लेकर कहा,

— डर गये थे न?

जबकि सच में वह स्वयं ही डर गयी थी। एक क्षण को अनेक बातें उसके दिमाग में घूम गयीं। इस प्रकार की सुनसान जगहों में, पुरानी इमारतों में, किलों में साँप या एसे ही विषैले जीव-जन्तु निकलते सुने गये हैं। मान लो सहसा कोई निकल ही आये तो?

और तभी उसने श्रीधर को अपने से खींचकर सटा लिया था।

— मैं डरता नहीं दीदी! चौंक गया था।

— हाँ, डरने की क्या बात है इसमें? जानते हो तुम्हें क्यों लायी थी?

— यहाँ बैठने को।

वह श्रीधर के इस सीधे-से उत्तर पर हँस पड़ी।

— तो अब यहाँ बैठकर क्या करोगे?

हँसते हुए बोली।

— जो तुम कहोगी।

— मैं न कहूँ तो तुम क्या करना चाहोगे यहाँ?

— कंकड़ियाँ लेकर पानी में फेंकते हुए सोचता रहूँगा कि दीदी जब चलने को कहेंगी तब चल दूँगा।

— तुम्हारा मन यहाँ नहीं लग रहा है न? क्या चलें?

— अभी तुम और बैठना चाह रही हो।

— सच श्रीधर! चतुर्थी का चन्द्रास्त देखकर चलेंगे। वो देखो, हल्का-हल्का उदासी मठ दिख रहा है।

दूर सोमनाथ घाटवाले मन्दिर का घण्टा नीचे कहीं टुनटुना रहा था। मन्द प्रकाश में नदी की खाली तलहटी में बालू बिछी हुई धुँधली दिख रही थी। किले के पास से ही नदी काफी घुमाव लेकर पहाड़ के तल में होकर बहती हुई निकल जाती है। इसी घुमाव के एकदम सिरे पर उदासी मठ के परकोटे हैं, जहाँ एक घाट है। उसके महन्त अपनी एक पाठशाला चलाते हैं। वे भी बड़े अजीब आदमी हैं। एक तो वे अपना मठ छोड़कर कहीं नहीं जाते दूसरे वे सिर से पैर तक धोती ही लपेटे रहते हैं और एक चौकी पर दिन-रात बैठे रहते हैं। लोग उनके बारे में क्या सोचते हैं इसकी चिन्ता वे नहीं करते। उनकी एक शिष्या वेश्या है, जिसे वे नियम से संगीत तथा सितार सिखाते हैं। शाम को वे बढ़ई के औजार लेकर जाने क्या-क्या चीजें बनाया करते हैं। उन्होंने एक ऐसा चरखा बनाया था जिसमें कई तार निकलते थे और पैरों से चलता था। लोग वैसे तो उनकी बुराई किया करते थे लेकिन उनकी पाठशाला फिर भी कितने ही बरसों से चल रही थी। उस निर्लिप्त उदासी के बारे में लोग अधिक नहीं जानते थे लेकिन वह बहुत दबंग व्यक्ति थे। जब श्रीमन्त इस कस्बे में एक बार आये थे और जब वे नहीं आये तो खबर दी गयी कि याद किया गया है। लेकिन उदासी ने साफ कहलवा दिया कि मुझे तो सिर्फ एक ही बुलावा आना है, ऊपर से और वहीं जाऊँगा। जिसे आना हो वह यहाँ आये।

— कभी तुम उदासी मठ गये हो?

— कई बार।

— उदासीजी से कितनी बार कहलवाया कि वे मुझे सितार सिखा दें लेकिन उनकी वही शर्त कि वे कहीं नहीं जाते। और बाला साहब उनके वहाँ भेजने के पक्ष में नहीं।—देखो, चन्द्रास्त हो रहा है। गाछों की तिरस्करिणियाँ कैसी झलझला रही हैं।

श्रीधर बिना समझे चन्द्रास्त देख रहा था।

— जानते हो कैसा लगता है?

— कुछ खास नहीं।

— तुम कुछ नहीं समझते। चलो, उठो अब।

किञ्चित् रोष लियें इन्दु उठी। वह किले की दीवार की ओर बढ़ी जो कि काफी चौड़ी थी जिस पर चार आदमी साथ-साथ चल सकते थे। कँगूरे भी काफी ऊँचे थे। दो कँगूरों के बीच की फाँक से नदी झलक जाती थी। एक कँगूरे से बाहर झाँकते हुए बोली,

— अगर मैं कूद पड़ूँ तो क्या हो?

— तुम क्यों कूदोगी?

— सवाल क्यों कूदोगी का नहीं बल्कि कूद पड़ूँ तो क्या हो सकता है?

— मैं कूदने ही नहीं दूँगा।

— तुम मुझे पकड़ लोगे?

— नहीं।

— तब?

— जोर-जोर से चिल्लाऊँगा।

— तुम अपनी दीदी को रोकोगे नहीं?

— क्यों नहीं रोकूँगा?

— ऐसे ही?

— नहीं एक बार कहूँगा कि दीदी यहाँ से गम्पू पहलवान ही कूद सकता है, जो नदी में गण्ठा लगाता है। तुम यहाँ से कूदोगी तो मर जाओगी।

— मैं मर जाऊँगी तो तुम्हें क्या?

— मुझे तुम्हारी याद आयेगी।

— सचमुच याद आयेगी।

— क्यों, रोज जब घर जाता हूँ तो मुझे रातभर तुम्हारी याद आती है। सपने देखता हूँ।

इन्दु हँस पड़ी। उसे सटा लिया।

— सपने में अपनी दीदी को देखते हो? लेकिन पहले तो कभी नहीं कहा?

— कह देने से फिर तुम सपने में आतीं थोड़े ही।

— अच्छा बताओ क्या देखते हो सपने में।

— नहीं, मैं नहीं बताऊँगा।

— बताओ।

और श्रीधर ने इन्दु को जैसे झकझोरते हुए कहा,

— मैंने कह दिया नहीं बताऊँगा, जाओ। जो मुझे हमेशा छोड़ जाने की धमकी देता है उसे भला अपने सपने की बातें क्यों बताऊँ? मैं तुम्हें खोजता हुआ पहाड़ों के शिखरों पर, झील के द्वीप में, नदी की काली चट्टानों पर भटकता रहता हूँ और एक तुम हो कि......

और श्रीधर हल्के से रुआँसित हो उठा।

— तुम मुझे खोजते हो?
— कभी धूप का टुकड़ा होता है, कभी दीप होता है।
— तो वह मैं हूँ?
— मैंने कब कहा?
— पागल!
और इन्दु ने उसे अपने में कस लिया।
दोनों को ही लगा कि वर्षा-हवा थोड़ी-थोड़ी चल रही थी, ठण्डी भीगी लग रही थी। अब दोनों को ही हल्की गरमी अच्छी लग रही थी। श्रीधर, इन्दु के सीने में मुँह छुपाये खरगोश की तरह चुप था। इन्दु, नदी पार चन्द्रास्त हो चुके आकाश को देख रही थी। बार-बार उसके मन में यही घिर रहा था—मैं तो पहाड़ों के शिखरों पर, झील के द्वीप में, नदी की काली चट्टानों पर खोजता भटकता हूँ और एक तुम हो कि—

एक आयु के बाद सब किसी-न-किसी की खोज में निकल पड़ते हैं। उस खोज में मन होता है, सुदूर का सम्भ्रम होता है और अयाचिता यात्रा होती है। उसे ओफीलिया याद हो आयी। नीचे सोयी नदी में जैसे गुनगुनाती कोई लाश जा रही हो, ओफीलिया ही जैसे हो किले के पत्थरों से टकराता वह अन्तिम मृत्यु-संगीत, जैसे नदी जल के तल से ऊपर उठता हुआ उस तक आ रहा है, आ रहा है। नदी बहती जा रही है। संगीत का गायक अज्ञात में चला गया है जिसे जाते हुए भाद्रपद के कुछ तारों ने सम्भवतः देखा हो।
और पता नहीं वह क्यों फूट पड़ी।
श्रीधर चौंका,
— दीदी, क्या हुआ? रो रही हो? मैंने तो वैसे ही कह दिया था।
— श्रीधर! नदी पर अभी कोई गाता हुआ गया, तुमने सुना?
— नहीं तो।
— गहरी निःश्वास छोड़ते हुए बोली,
— अच्छा, अब चलो।
— दीदी!
— क्या बात है?
— तुम मेरी सगी दीदी होतीं तो कितना अच्छा होता।
— सगा-सौतेला क्या होता है?
— नहीं, संगी होतीं तो तुम हमारे घर ही रहतीं। फिर हम लोग खिड़कियों के पास अपने बिस्तरों पर लेटे बहुत देर तक बातें करते रहते। कितना अच्छा होता न दीदी?
इन्दु ने फिर श्रीधर को समेट लिया।

जिस दिन नौटंकी हो रही थी उस दिन काफी भीड़ थी। मंच के पास पहली पंक्ति में बैठे हुए इन्दु और श्रीधर भी 'राणा अमरसिंह' देख रहे थे। किनारे पर एक नगाड़ेवाला 'किड़किड़ धाम', 'किड़किड़ धाम' की आवाज में पीटे जा रहा था। उसका एक साथी एक कान पर हाथ रखकर बड़ी जोर से आवाज ऊँची कर गा रहा था,

कलकत्ते की कालिका
और परवत पर किलकाय।
अब आते हैं साथियो!
अमरसिंहजी राय।
और—

'किड़किड़, किड़किड़ किड़ीड़ी कड़ीड़ी किट, किड़ किड़ धाम, किड़ किड़ धाम धाम, धाम!!'

और नगाड़ा तभी थमता जब पर्दा उठता और राणा अमरसिंह तलवार कसे जामा और पजामा पहने पाउडर मले कड़कते हुए पैर पटकते पार्श्व से आते। तभी वे कव्वालों की तर्ज में पढ़ने लगते। इन्दु और श्रीधर कितनी तन्मयता से वह नौटंकी देखते होते। जब तक नौटंकी चलती रही श्रीधर, अमरसिंह में खोया रहा। राणा किस प्रकार वेश्याओं के नाच के समय हँसता हुआ मूँछें उमेठ रहा था कि तभी नाचती हुई एक वेश्या का मोजा मंच की दरी में पता नहीं कैसे उलझ गया। वह धड़ाम से गिर पड़ी। अमरसिंह झटके से उठा ताकि उस वेश्या को सम्हाले लेकिन झटके के कारण अमरसिंह की मूँछें निकलकर अलग जा गिरीं और वेश्या के सिर के बाल अलग जा गिरे और इन्दु और श्रीधर तब खूब हँसे जब वह वेश्या लड़का निकली। लौटते में रास्तेभर गाड़ी में इन्दु और श्रीधर हँसते रहे।

थोड़े दिनों बाद से ही प्रायः रविवार या छुट्टी के दिन खाने के लिए इन्दु के द्वारा बुलवा लिया जाता था। सम्भवतः उसी दिन इन्दु, बाला साहब के साथ भोजन नहीं करती अन्यथा रोज ही वे साथ खाते थे। एक दिन श्रीधर जब पहुँचा तो जनवरी की धूप में सामनेवाली छत पर एक शीतलपाटी बिछाये इन्दु पीठ किये बाल सुखा रही थी। सामने के तालाब पर धूप, जल भीगी छितरी हुई थी। आसपास के गाछ के पत्ते जाड़े से जल गये थे। पतझड़ शुरू हो रहा था। कहीं-

कहीं किसी-किसी पेड़ ने अपेक्षाकृत जल्दी पत्ते झरा दिये थे। तालाब के इस तट पर ढेर-सारे पत्ते गिरे हुए थे। तेज हवा थी। इन दिनों वृष्टि होती है इसलिए दिन प्रायः कम ही खुले रहते हैं। जिन दिनों पानी गिरता है उन दिनों ठण्ड बहुत बढ़ जाया करती है। अभी कल तक ऐसा ही मौसम था। ऐसे मावठे में प्रायः घरों में लोग मिट्टी की सिगड़ियाँ या लोहे की अँगीठियाँ जलाकर तापा करते हैं। आज कई दिनों बाद दिन खुला था। तड़का, अब घाम-जैसा फैल आया था लेकिन सुहावना लग रहा था।

इन्दु के कन्धे हल्की बादामी रंग की शाल में ढँके हुए थे। बाल चूँकि फैले सूख रहे थे उनमें धूप कहीं-कहीं आड़ी-तिरछी गिरती हुई इन्द्रधनुष की छोटी-छोटी चमेली के फूल-सी चमक रही थी। गाव-तकिये पर कुहनी टिकाये वह कोई किताब या अखबार देख रही थी। श्रीधर दबे पाँव बढ़ा। रेलिंगों के पास इन्दु का खरगोश फुदक रहा था। वह बहुत हौले से पहुँचा और बालों के दोनों ओर से हाथ बढ़ाकर झट से इन्दु की आँखें मूँद दीं। एक क्षण तो वह चौंकी। धूप के कारण हल्की गरम हुई आँखों पर ठण्डे हाथ बड़े अच्छे लगे।

— कौन है?

उसने ऐसे कहा जैसे उसने नहीं पहचाना।

श्रीधर अपनी हँसी ओंठों में दाबे चुप, झुका था।

इन्दु ने अपने नहाये गोरे हाथों की लाल हथेलियों से श्रीधर के हाथ ढँक लिये। उसकी आँखों में दबाव के कारण तारे चल रहे थे। वैसे ही ढाँपे रही और वह खिलखिला पड़ी,

— अच्छा, अब छोड़ो।

— पहचानो पहले।

— अरे मूर्ख, जब तुम बोल ही पड़े तब क्या पहचानना?

और दोनों हँसने लगे।

— किस जोर से आँखें बन्द कीं तुमने।

सामने बैठते हुए श्रीधर ने पूछा,

— यह क्या पढ़ रही हो?

— यह कालिदास का मेघदूत है। तीन दिन में पढ़कर इस पर एक निबन्ध लिखकर बाला साहब को दिखाना है।

— यह संस्कृत है?

— हाँ।

— मुझे नहीं आती।

— ब्राह्मण होकर संस्कृत नहीं आती?

— तुम्हें जो आती है।

— मुझे आने से तुम्हें आ जायेगी?

— तुम पढ़कर सुना ही दोगी।

— अच्छा तो मैं तुम्हारी नौकरानी हूँ।

— नहीं, दीदी।

— तो क्या दीदी हमेशा ही तुम्हारे साथ रहेगी?

— क्यों, कहाँ जाओगी?

— तुम्हारे-जैसे मूर्ख के साथ रहने से ज्यादा अच्छा होगा कि कहीं चली ही जाऊँ। और देखना एक दिन चली ही जाऊँगी। मूर्ख के साथ कब तक रहा जा सकता है।

इन्दु खिलखिला आयी।

श्रीधर गम्भीर हो आया। उसने आज दीदी को पहली बार नहाने के बाद इस तरह खुले बालों में देखा था। उसे लगा कि दीदी खुले बालों में ही बहुत अच्छी लगती हैं। हल्के गरम होते हुए बालों में धूप, झाँईं बनकर सिर में छितरी हुई थी। वह दीदी के बालों को छूना चाहने लगा। दीदी का अण्डाकार मुख चन्दन के वर्ण में हल्का आरक्तित हो रहा था। नहायी हुई गीली पलकें अभी भी एक-दूसरे से चिपकी थीं। ठोढ़ी कैसी उजला आयी थी। आँखों का काजल धुल गया था, इसलिए किञ्चित् निरीह-सी लग रही थीं जैसे बरज रही हों कि बिना काजल के हमें ऐसे न देखो, बहुत बड़ी लग रही हैं न? काजर हमें साधे रहता है।

दीदी ने बिना आँखें उठाये ही पूछा,

— क्या देख रहे हो श्रीधर?

— तुम्हें।

इन्दु को श्रीधर से इतने सीधे उत्तर की आशा नहीं थी। सिर उठा किताब बन्द कर बोली,

— मुझे क्या देख रहे हो?—ओह, बाल अभी सूखे नहीं हैं।

और इन्दु बालों में अँगुलियाँ चलाने लगीं।

— दीदी! तुम बाल गीले ही रखा करो।

— क्यों, जड़ा नहीं जाऊँगी? जुकाम जो हो जायेगा।

— इससे क्या, लेकिन तुम बहुत सुन्दर लगती हो।

— अरे वाह, अब तो तुम सौन्दर्य भी पहचानने लगे?

और वह बहुत लुभावनी हँस उठी।

— मुझे पहले नहीं मालूम था कि तुम इतनी सुन्दर हो।

— वर्ना क्या करते?

— हँसते हुए पूछा।

— वर्ना क्लास में ताजमहल पर निबन्ध लिखते हुए लिखता कि मुमताज इतनी सुन्दर थी जितनी कि मेरी इन्दु दीदी और इसीलिए शाहजहाँ ताजमहल भी बनवा सका।

— अच्छा, बहुत बकवास न करो। आज कुछ पढ़ना-वढ़ना नहीं है?

— पढ़ना है, लेकिन एक शर्त।

— अच्छा जी।

— और वह यह कि यहीं बैठकर ऐसे ही खुले बालों में बैठकर पढ़ाओगी तो पढ़ूँगा।

— नहीं तो?

— नहीं तो, नहीं तो.....हैमलेट की तरह वैसे ही डाँटूँगा जैसे उसने ओफीलिया को डाँटा था।

इन्दु बहुत गम्भीर हो आयी। उसने मेघदूत उठाया और बिना बोले चल दी। श्रीधर अवाक् देखता ही रह गया। कुछ समझ में नहीं आया कि दीदी सहसा क्यों चली गयीं। क्या नाराज हो गयीं? क्या उसने कोई गलत बात कह दी? दीदी के पीछे-पीछे खरगोश भी फुदकता जा रहा था। उसे एकदम उलझन अनुभव हुई। उसे लगा कि उसने डाँटनेवाली बात जो कही, वह नहीं कहनी चाहिए थी। आखिर दीदी बड़ी हैं। भला वह उन्हें कैसे डाँट सकता है?

वह स्वयं ही खिझाया-सा रेलिंग थाम तालाब देखने लगा। बीच में बड़ी-बड़ी लहरें उठ रही थीं। कुछ लोग तैर रहे थे। नहानेवालों की कतार आ-जा रही थी। आकाश गहरा हरा नीले शिखरों के ऊपर बहुत ऊँचा लग रहा था। कुछ चीलें मँडराने लगी थीं। वह शायद काफी देर तक ऐसे ही खड़ा-खड़ा देखता रहा। तभी नौकर ने आवाज दी कि खाना लगा दिया गया है। बुला रहे हैं।

खानेवाले कमरे में रोज की तरह वैसे ही पाट लगे थे। अगरबत्ती जल रही थी। रँगोली की सज्जा भी वैसी ही थी। पानी के लोटे-गिलास एकदम धुले चमक रहे थे। थालियाँ लगी हुई थीं। दीदी देखना बचाने के ख्याल से ऐसे व्यस्त हो रही थीं कि जैसे खाना ठण्डा हुआ जा रहा है; चलो, चलो जल्दी करो। बातें बाद में हो जायेंगी, इस समय तो एकदम खाना शुरू कर ही दिया जाना चाहिए। श्रीधर वस्तुस्थिति की गम्भीरता समझ सिर नवा बैठने को ही था कि दीदी ने नौकर को आदेश दिया,

— हाथ नहीं धुलाये आज दामोदर?

और श्रीधर को लगा कि दीदी को बिना देखे भी मालूम है कि उसने हाथ नहीं धोये और दामोदर के माध्यम से वास्तव में बात तो श्रीधर से ही कही गयी थी।

दोनों ने चुपचाप खाना खाया और कमरे लौटे।

अब श्रीधर के सामने अधिक दुविधा थी कि वह दीदी से क्या बोले? क्या कहकर क्षमा माँगे? और किस बात की? ओफीलिया को हैमलेट ने डाँटा ही तो था, तो?

इन्दु चौकी पर सिर नवाकर कोई पुरानी मराठी की पत्रिका पढ़ने लगी। सामने कुर्सी पर श्रीधर काफी देर तक छत ताकता रहा। कितनी ऊँची छत है, यह तो पहले कभी ध्यान गया ही नहीं था। छत में बीचोबीच एक बड़ा-सा कमल, रंगों में बना था जिसमें से एक झाड़फानूस झूल रहा था। शीशे के इस फानूस में शीशे के रंग-बिरंगे प्रिज्म लटक रहे थे। जब वह छत पूरी तरह देख चुका बल्कि कमल में इक्कीस पंखुरियाँ हैं और यह भी वह कई बार गिन चुका तथा उसकी गर्दन में दर्द होने लगा तो उसने एक बार दबी दृष्टि से देखा कि दीदी क्या कर रही हैं? दीदी तो गाव-तकिये में कुहनी गड़ा, ठोढ़ी मुट्ठी पर टिकाये आराम से पत्रिका पढ़ रही थीं। उसे लगा कि दीदी को किसी बात की चिन्ता ही नहीं है। लेकिन यह श्रीधर से बोल क्यों नहीं रही हैं? वह दो-एक बार हल्के से खाँसा भी ताकि दीदी उसकी ओर देखें। ऐसे उजबकों की तरह बैठे रहना उसे बड़ा अजीब लग रहा था। उसने दीवार पर लगे बारहसिंघे की सींगों के घुमाव गिनते हुए फिर खाँसा।

— खाँसी आ रही है तो पानी मँगवाकर पी लो।

— दीदी ने उसी तरह पत्रिका पढ़ते हुए कहा। उसने देखा कि दीदी के झुके मुख पर गाल कुछ वैसे ही हल्के उभर आये हैं जैसे कि हँसते समय हो जाया करते हैं। उसे कुछ ढाढ़स बँधा कि दीदी का क्रोध कुछ कम हुआ। अब वह और जोर-जोर से खाँसने लगा तथा हरिणों के सींगों में कितने कटाव हैं इसे गिनने लगा।

— एक, दो, तीन....।

इन्दु ने वैसे ही दामोदर को आवाज दी कि एक गिलास पानी ले आये।

दामोदर पानी दे गया। श्रीधर ने पानी पी लिया। नौकर चला गया। अब श्रीधर अपनी ओर ध्यान आकर्षित करने के लिए कोई दूसरी तरकीब सोचने लगा और सहसा वह जोर-जोर से कहने लगा,

— पानीपत की तीसरी लड़ाई इब्राहीम लोदी और बाबर में हुई थी। लोदी मारा गया। बाबर भारतवर्ष का बादशाह बना। उसने भारत में मुगलवंश की नींव डाली। इस मुगलवंश में हुमायूँ, अकबर, जहाँगीर, औरंगजेब आदि प्रसिद्ध सम्राट् हुए। आखिरी बादशाह बहादुर शाह को अंग्रेजों ने रंगून में बन्दी बनाकर रखा था। वह कवि भी था।

इन्दु एकदम तेजी से उठी और हाथ की पत्रिका पटकते हुए बोली,

— आखिर तुम चुपचाप नहीं बैठ सकते?

— मुझसे तुम नाराज क्यों हो?

— मैं किसी से नाराज नहीं हूँ।

— फिर बोलती क्यों नहीं?

— मुझे फिजूल की बकवास नहीं आती। तुम्हारी तरह इतिहास लेकर ही चिल्लाना मुझे नहीं आता।

— मैं जानता हूँ जिस बात पर तुम मुझसे नाराज हो।

— नहीं, मैं किसी बात पर नाराज नहीं हूँ।

— नहीं, तुम हो। मुझे वह डाँटनेवाली बात नहीं कहनी चाहिए थी। मैं छोटा हूँ। मुझे क्षमा कर दो दीदी! आगे कभी मैं ऐसा नहीं करूँगा।

इन्दु ने एकदम दौड़कर श्रीधर को अपने से चिपका लिया। उसका सिर अपनी ठोढ़ी में दबाते हुए वह स्वयं ही बुदबुदा रही थी।

— नहीं, नहीं श्रीधर! सच ही मैं तुमसे कभी नाराज हो ही नहीं सकती। तुम्हारी वह बात मुझे बहुत अच्छी लगी थी, सच मानो, बहुत ही अच्छी लगी थी। और गाल से गाल सटा वह फूट पड़ी। जैसे अनेक दिनों उपरान्त उसे श्रीधर मिला हो वह फिर बुदबुदा रही थी,

— श्रीधर! तुम नहीं समझ पाओगे। कभी नहीं समझ पाओगे। पता नहीं जब तुम इस सबको कुछ समझोगे तब क्या समझोगे। और तब पता नहीं मैं कहाँ हूँगी। आज का यह दिन जब बहुत धुँधला विगत हो जायेगा तब आज का श्रीधर ऐसे समीप थोड़े ही होगा? जाने कहाँ सब व्यतीत जायेगा? जाने कहाँ??

पता नहीं दीदी क्या-क्या बुदबुदा रही थीं। उन्होंने अपनी दोनों हथेलियों में श्रीधर का मुख भर लिया और देखने लगीं।

दीदी की आँखों में छलछलाहट थी। वे आँखों में झाँकते हुए भी सुदूर आत्मस्थ-सी देख रही थीं। वह तन्मय होकर देख रहा था।

— दीदी।

— हूँ।

वे उसी तरह डूबी हुई थीं।

— बाल खोल दूँ?

— उनकी आँखें अजीब तृष्णा से तृप्त लबालब भरी झीलों-सी हो आयी थीं। आँखों से ही बरौनियाँ उठाकर जता दिया कि खोल लो। बाल फिर घिर आये थे। कमरे के आलोक में हल्का उजला ठण्डापन था। घिरे बाल दीदी के मुख पर झाँईं दे रहे थे। श्रीधर की आँखों में दीदी का मुख ही मुख भर आया था। उनके ओंठों में जैसे कोई श्रेष्ठगान दबा हुआ था। यदि वे बोल पड़े तो वह गान आज का सबसे श्रेष्ठगान होगा। कहते हैं श्रेष्ठगान सुनने के लिए आकाश में देवता और किन्नर आते हैं। दीदी के गोरे-लाल गाल चमक रहे थे। वह दीदी के पास खड़ा है। एक दिन वह दीदी से कहेगा कि दीदी जैसे धूप और जल की छुअन अन्दर तक पैठ जाती है वैसे ही तुम्हें छूना चाहता हूँ। क्योंकि धूप और जल के अतिरिक्त यदि कोई व्यक्ति पवित्र है तो वह तुम हो। दीदी, तुम सबसे पवित्र हो। सम्भवतः धूप और जल से भी अधिक।

एक बार होली पर दीदी के भाई वामन राव अजमेर से आ गये थे। वामन राव वैसे तो श्रीधर से दो-एक बरस ही बड़े रहे होंगे लेकिन उनमें अपेक्षाकृत बड़प्पन अधिक था। वे सिर्फ बाला साहब से ही दबते थे। बाकी इन्दु तक से सीधे मुँह बात नहीं करते थे। नौकरों को बात-बात में मार बैठना उनके लिए सहज था। वे जब कभी आते तो घरभर में लोगों पर दहशत छा जाती थी। इन्दु भी वामन राव से अधिक बात नहीं करती थी। लेकिन फिर भी बाला साहब और इन्दु के लिए वामन राव का आना उत्सव का कारण हो जाता था। काफी-कुछ नाच-गान, खान-पान होता था। वामन राव सवेरे से ही घोड़े पर घूमने के लिए बैजनाथ निकल जाते। या फिर छावनी के कुछ अफसरों के लड़कों से मैत्री थी उनके साथ कभी शिकार पर निकल गये। वैसे तालाब में मछलियों का शिकार मना था लेकिन वामन राव जरूर ही मछलियों का शिकार करते थे। उनको इससे वितृष्णा थी कि उनकी बड़ी बहन एक साधारण लड़के को सगे भाई की तरह स्नेह करती हैं। इसलिए प्राय: वे जब कभी आते तो हर बार श्रीधर को पहली बार देखने पर पूछते,

— कौन है ये?

— अरे, भूल गये? श्रीधर है।

— अच्छा, अच्छा।

और अत्यन्त उपेक्षा से वे कमरे से निकल जाते।

उस दिन होली थी। एक दिन पहले तक प्रतीक्षा के बाद भी वामन राव नहीं आये तो यह कार्यक्रम बना कि सवेरे रंग खेला जायेगा उसके बाद साँझ को सब लोग गोठ के लिए बैजनाथ जायेंगे। उसमें श्रीधर के परिवार के लोग, बाला साहब के कुछ सम्बन्धी, इष्ट-मित्र सभी सम्मिलित किये गये थे। ऐन होली के दिन वामन राव आ गये। सबको बहुत प्रसन्नता हुई।

शायद इन्दु ने खूब रंग का प्रबन्ध कर रखा था। नीचे मैदान में बड़े-बड़े हौज रंग के भरवा रखे थे।

कस्बे के लोग आते जा रहे थे और रंग खेलते जा रहे थे। बाला साहब और इन्दु भी खूब रंग खेल रहे थे। बारम्बार वामन राव को रंग खेलने के लिए बुलाया गया लेकिन वे नहीं आये। क्योंकि रंग खेलने को वे हिन्दुस्तानी बर्बरता समझते हैं। बाला साहब तथा इन्दु को सुनकर बुरा लगा लेकिन वे चुप ही रहे। उसके बाद गोठ के लिए वे लोग चले। इन्दु जानती थी कि यदि गोठ के लिए वह बुलाने

जायेगी तो अवश्य ही वामन इन्कार कर देगा। इसलिए बाला साहब ने ही उसे बुलाया और वह आ गया। एक ही फिटन में वामन राव, इन्दु और श्रीधर। इन्दु को अनुभव हो रहा था कि वामन राव को अनुभव हो रहा था कि वामन राव को श्रीधर का ऐसा साथ बैठना सुहा नही रहा है। वह बीच में बैठी थी। वामन कहीं कुछ बकबका न दे इसलिए वामन राव से उसी के बारे में बातें करती जा रही थी,

— तो, तुम्हें तो यहाँ अच्छा क्या लगता होगा?

— यहाँ दीदी! क्या रखा है? सिर्फ मूर्ख बसते हैं। देखती नहीं हो कितने छोटे लोग रहते हैं चारों ओर। मेरा तो दम घुटता है। पता नहीं तुम लोग यहाँ कैसे इन लोगों से घुलमिल लेते हो? वहाँ तो बस पूछो नहीं। जाने कहाँ-कहाँ के राजकुमार पढ़ते हैं। प्रिन्सिपल से लेकर प्रोफेसर तक अंग्रेज हैं। दीदी! कभी तुम एक दिन भी वहाँ पढ़ लेतीं तो एक तो इन हिन्दू देवी-देवताओं के चक्कर से छूट जातीं दूसरे ऊँची सोसाइटी में कैसे उठना-बैठना चाहिए, रहना चाहिए सब आ जाता। मैं तो यहाँ कभी नहीं रह सकता।

और इन्दु देखती ही रह गयी कि यह उसका भाई है जो अभी सिर्फ मेयो कालेज अजमेर तक ही गया है। अगर कहीं यह विलायत चला जाये तो अपने घर क्या इस देश में ही कभी न लौटे। अपने अतिरिक्त दूसरों को 'छोटे लोग' सुनते-सुनते उसे वितृष्णा हो गयी। जब यह दूसरों के बारे में बातें करता है तो कैसे मुँह बनाकर बातें करता है जैसे दुर्गन्ध आ रही हो। अपने को किसी अंग्रेज से कम समझता है।

जब वे लोग बैजनाथ पहुँचे तीसरा प्रहर था। जात्रा (मेला) वाले मैदान में नौकर और रसोइये पहले से ही भोजन-पानी में लगे हुए थे। दो-एक छोलदारियाँ भी लगी हुई थीं। चारों ओर की शान्त अमराई तथा एकान्त वन इतने आदमियों के आ जाने से जैसे आवाजों में जाग उठा हो। इन्दु, श्रीधर और वामन राव के अलावा करीब पाँच-छह लड़के-लड़कियाँ और थे, जिनमें श्रीधर के भाई श्रीमोहन और श्रीवल्लभ भी थे। भोजन में अभी काफी देर थी इसलिए सबको नाश्ता करवा दिया गया। नाश्ते के बाद सारे बच्चे सामने की छोटी-छोटी पहाड़ियों पर दौड़ गये। इन पहाड़ियों पर शरीफों के पेड़ बहुत थे लेकिन फाल्गुन था इसलिए शरीफे नहीं थे। वामन राव श्रीमोहन को साथ लेकर अपनी गिलोल और छर्रेवाली बन्दूक से चिड़ियों के शिकार के लिए पहाड़ी के उस पार निकल गये। दूसरे भी अपनी-अपनी टोलियाँ बनाकर या तो गुल्ली-डण्डा या गुलाम-डण्डा खेलने के लिए मैदानों में दौड़ रहे थे या किसी गाछ पर चढ़कर कूद-फाँद रहे थे।

चारों ओर ऊँट की कूबड़ों की तरह दूर-दूर तक पहाड़ियाँ उठती-गिरती चली गयी थीं, जैसे बड़ी-बड़ी हरी लहरें क्षितिज में भरी हों। बैजनाथ का नाला इन्हीं पहाड़ियों में लुकता-छिपता कहीं दूर चला जाता है। इन्दु और श्रीधर उसी पहाड़ी

नाले के साथ-साथ चले जा रहे थे। चट्टानों की परतें धूप में हल्की चमक रही थीं जैसे उन्हें किसी ने अबरक में से अभी निकाला हो। नाले के उस पार एक पगडण्डी भी थी ज़ो उनके साथ-साथ चल रही था। जिस पर कभी कोई भीलनी जंगली लकड़ियों का भारा बनाये अपना घाघरा खोंसे कूल्हे हिलाती निकल जाती। नाले का पानी खल-खल करता बह रहा था। उसके मन्द या तेज बहाव में वही अन्दाज था जैसे कि कोई बड़ी भारी नदी हो और वह भी किसी भारी समुद्र-संगम की यात्रा पर निकला हो। नाले में एक जगह पार जाने के लिए पत्थर रखे हुए थे। वे पत्थरों पर छलाँगते उस पर पहुँच गये। यह पहाड़ी अपेक्षाकृत ऊँची थी।

— श्रीधर! चलो इस पर चढ़कर वहाँ किसी चट्टान पर बैठेंगे।

— चलो।

और वे एक पहाड़ी पगवट पर फिसलते-चढ़ते चढ़ने लगे। इन्दु को पता नहीं था कि पहाड़ जितने ऊँचे लगते हैं, उनसे अधिक ऊँचे वे अपनी गोल-गोल चढ़ाई के कारण और भी हो जाते हैं। इन्दु सच ही हाँफ गयी। हालाँकि उसने अपनी साड़ी कस ली थी फिर भी डालों में कभी-कभी उलझ ही जाती थी। श्रीधर काफी ऊँचे पहुँच गया। वहीं से अदेखे इन्दु को आवाज दी। वह किसी सघन झुरमुट की छाया में सुस्ता रही थी।

— दीऽऽदी-ई-ई............

श्रीधर की चिल्लाहट इन्दु ने सुनी।

— श्रीधर !!

दीदी के पुकारने को श्रीधर नीचे किसी झुरमुट में व्यवस्थित कर लेना चाहता था।

— कहाँ हो?

— यहाँ नीचे।

— आती क्यों नहीं?

— तुम चलो। थोड़ा सुस्ता लूँ।

श्रीधर समझ गया कि दीदी थक गयी हैं। वह जमीन पर बैठ-बैठकर हाथ टिकाये नीचे उतरा और दीदी के पास पहुँचा। वे अजीब ढंग से मुस्करा रही थीं। श्रीधर को वह मुस्कराहट भा गयी। वह देखता ही रहा। दीदी चट्टान का तकिया बनाकर पीठ टिकाये आराम से सुस्ता रही थीं। झुरमुट में धूप छनकर आ रही थी। सवेरे के खेले गये रंग की हल्की-हल्की झाँईं अभी भी थी। गालों में जैसे हल्की तिड़कन आ गयी थी। खूब नहा लिया गया फिर भी बालों की जड़ें स्वल्प रंजिता थीं। दीदी बराबर मुस्करा रही थीं। पास की चट्टान की ओर संकेत करते हुए बोलीं,

— बैठो चलते हैं।

श्रीधर के मन में कहीं यह लोभ भी था कि यदि वह पास में बैठ जायेगा तो वह दीदी को ठीक तरह से देख नहीं पायेगा।

— अरे, बैठो न ?

— नहीं, तुम आराम कर लो। मैं खड़ा हूँ।

— तो, तुम मुझे आराम नहीं करने दोगे? सच, मैं तो थक गयी।

और वे उठने लगीं।

— दीदी! शपथ तुम्हें। ऐसे ही बैठी रहो।

— क्यों? चलना नहीं ऊपर?

— चलना तो है, लेकिन थोड़ी देर ऐसे ही बैठी रहो?

वे बहुत मीठा हँसते हुए बोलीं जैसे उन्हें सब मालूम है कि क्यों कहा जा रहा है।

— लालची कहीं का। धत् !!

और वे उठकर दौड़कर चढ़ने लगीं। श्रीधर ऐसे सहसा भागने पर हठात् हो आया। वह भी पीछे-पीछे चढ़ने लगा। जब वे पहाड़ी के सिरे पर पहुँचे तीसरा प्रहर सम्पूर्ण होने को था। चारों ओर क्रमिक नीचा, बहुत नीचा होता हुआ दृश्य दिख रहा था। वो अमराई जहाँ खाना बन रहा था कैसी गहराई में नीचे छोटी-सी दिख रही थी जैसे मधुमक्खी का हरा छत्ता हो। उसमें से उठता धुआँ कैसे दूर-दूर तक छितराता हुआ बहुत ऊपर उठने की चेष्टा में पूरब ओर ऊँचा मुँह किये जैसे बढ़ रहा था बैजनाथ का मन्दिर, नाला कैसे खिलौने के मन्दिर और नाले-जैसे लग रहे थे।

श्रीधर पहाड़ी के उस दूसरी तरफ एक चट्टान पर खड़ा देख रहा था। वहीं से चिल्लाया—

— दीदी ! देखो वोऽऽरही पार्वती नद्दी।

— कहाँ?

और अब दोनों चट्टान पर खड़े सामने के क्षितिज में चाँदी की चमकती पगड़ी-सी पार्वती की रेखा देख रहे थे। इधर एक भी पहाड़ी नहीं थी। सब खेत-ही-खेत थे। जैसे रंग-बिरंगे कपड़ों की कन्था हो। कभी किसी बकरी की में-में सुनायी पड़ जाती या फिर गोरुओं की घास चरते हुए गलघण्टियाँ। हल्के कहीं से किसी चरवाहे की फूहड़ बाँशी-स्वर, जैसे पहाड़ों को पुकार रही हो। गलघण्टियाँ, फूहड़ बाँशी और अपरिचित असीम बिस्तार-जैसे मोहती हुई बड़ी-सी आँख, आमन्त्रण भरी।

— कितना अच्छा लगता है न यहाँ श्रीधर?

— बहुत अच्छा।

इन्दु जैसे इतने उन्मुक्त, बहुत अच्छेपन में दुःखी हो आयी। किसी याद की टीस में।

— क्या यहाँ ऐसे ही, ऐसे ही, हमेशा-हमेशा के लिए हम-तुम नहीं बैठे रह सकते?

— क्यों नहीं।

— मूर्ख !!

और इन्दु ने श्रीधर का एक हाथ अपने दोनों हाथों में ले लिया।

— क्यों?

श्रीधर ने बिल्कुल सरल भाव से कहा।

— अरे मूर्ख कोई क्यों, क्या, किसलिए आदि लगाकर होता है?

और इन्दु जैसे सहसा फूट आयी। वह बहुत सुखी लग रही थी।

— मेरा मतलब क्यों से यह नहीं था कि मैं मूर्ख क्यों हूँ बल्कि हम क्यों नहीं यहाँ ऐसे ही बैठे रह सकते हैं?

— इसलिए कि थोड़ी देर में ही सूर्यास्त हो जायेगा। फिर अँधेरा हो जायेगा। तब जंगली जानवर निकलेंगे और हमें यहाँ ऐसे बैठे देखकर खा नहीं जायेंगे?

— हाँ, यह तो है।

— यह क्या है?

— कि वे हमें खा जायेंगे।

— और यह भी पण्डित श्रीधर ठाकुर ! कि हमें-तुम्हें लोग खोजते हुए लाठियाँ और लालटेन लेकर निकलेंगे और जब मूर्खों की तरह यहाँ बैठे देखेंगे तो कान उमेठे जायेंगे ऐसे....

और हँसते हुए इन्दु ने किञ्चित् जोर से श्रीधर के कान उमेठ दिये।

— आह, बड़ी जोर से कान उमेठ दिया तुमने दीदी !

— और यह भी कि धूप जब चली जायेगी न तब सब इतना सुहावनापन समेटकर सूर्य अपने साथ जाने कहाँ ले जायेगा। तब यही अन्धकार जंगली सूअर की तरह अपनी काली भयावनी थूँथ फुफकारता हुआ दौड़ेगा। उस समय तब इतने निश्चिन्त होकर बैठ सकोगे?

— क्यों, चाँदनी रात में अच्छा नहीं लगता होगा?

— चाँदनी रात में जरूर अच्छा लगता है लेकिन व्यापक एकान्त सब किसी के बस में थोड़े ही होता है, कि उसे आनन्द मान सके।

— यह तो बुरी बात है।

दीदी की बात न समझते हुए उसने कहा,

— बुरी बात तो है ही कि हम व्यापक सौन्दर्य में अपने को अरक्षित पाते हैं। क्योंकि उस व्यापकता में जब कोई भी अपनी बात नहीं सोचता—न नदी, न पहाड़, न क्षितिज, न दिशाएँ, न तारे, न आकाश—केवल मनुष्य ही अपनी रक्षा भी चाहता है और व्यापकता से एकाकार भी। लेकिन श्रीधर! मनुष्य को अपनी इस क्षुद्रता का दण्ड भी भुगतना पड़ता है। वह जाने कहाँ-कहाँ भटकता है। जाने किन-किन इच्छाओं के लिए वह लम्बी-लम्बी यात्राएँ करता है। उसे क्या मिलता है? और एक दिन वह इस व्यापकता में अनाम ऐसे ही चू पड़ता है जैसे कोई फल। आकाश, तारे, नदी, पहाड़, सूर्यास्त, चन्द्रोदय किसी को पता नही चलता कि हम चू पड़े हैं। एक दिन ऐसे ही हम भी चू पड़ेंगे। उस चू पड़ने के पहले ही श्रीधर! तुम्हारी यह दीदी चली जानेवाली है।

एकलव्य की भाँति बैठा हुआ श्रीधर अपनी दीदी के मुख को, कभी बन्द, कभी खुली आँखों को देखते हुए केवल सुन रहा था। दीदी गहरी निःश्वास लेते हुए

बहुत आवेश में वैसे ही बोल रही थीं जैसे कि वे हैमलेट पढ़ते हुए बोलती हैं। श्रीधर मन्त्रमुग्ध कुछ समझने के प्रयास में मौन था कि— दीदी चली जानेवाली हैं— इस बात से उसे ठेस लगी।

— कहाँ? दीदी! कहाँ जानेवाली हो?

और उसने आवेश में दीदी के हाथ को झकझोरते हुए कहा। दीदी उस समय दूर कहीं देख रही थीं। उसके बाद उन्होंने उसी झुरमुटवाली मुसकान के साथ श्रीधर को देखा। दीदी का मुख, जूड़ा, सभी-कुछ श्रीधर को आकाश में उभरा, टँका लग रहा था। आज उसे दीदी जैसे बहुत बड़ी, बहुत बड़ी लग रही थीं। सम्भवतः पूर्ण युवती ।

दीदी ने उसे अपने से चिपटाते हुए कहा,

— क्यों, तेरी दीदी को कहीं किसी के यहाँ जाना नहीं है क्या?

— कहाँ जाना है?

— तेरी दीदी को ब्याहकर कोई ले नहीं जायेगा रे?

— कौन ले जायेगा?

— जो दीदी को ब्याहेगा?

श्रीधर कुछ समझ नही पा रहा था।

— लेकिन कोई क्यों ब्याहेगा?

— तू कुछ नहीं समझता श्रीधर!

— मुझे छलो नहीं दीदी!

— सच, मेरा ब्याह होनेवाला है।

— किसके साथ।

— किसी जमींदार के साथ।

— कहाँ है वह?

— पूना के पास।

— यहाँ क्यों नहीं ब्याह कर लेतीं?

— ब्याह करते नहीं हैं रे पगले, वह तो हुआ रहता है। जनम-जनम से।

— यह सब झलने की बातें हैं। ब्याह कोई जरूरी नहीं है। मिठाई खाने का शौक हो मिठाई खा लो, बाजे बजवा लो लेकिन किसी के साथ कहीं जाने से क्या होगा?

— और, तुम चली भी जाओगी?

— जाना तो होता ही है श्रीधर!

— बाला साहब ने जाने को कह दिया?

— वे तो भेज ही रहे हैं।

— अच्छा, तो यह बात है।

— क्या बात है?

— बाला साहब भी तुम्हें प्यार नहीं करते इसलिए ब्याह करवाये दे रहे हैं।

इन्दु निश्छलता पर हँस पड़ी।

— ठीक है, तुम भी बड़ी हो गयी तभी न ब्याह कर रही हो। सब बड़े हो जाने पर यही करते हैं। बड़े लोगों को यही मुसीबत है। देखना, मैं कभी बड़ा ही नहीं होऊँगा और कभी इन पहाड़ियों को, मैदानों को, तारे, नदी, आकाश, क्षितिज, दिशा, किसी को भी कभी, कभी नहीं छोड़कर जाऊँगा। मैं तुम्हारे ब्याह में भी नहीं आऊँगा। तुम मुझे ऐसे छोड़कर जाओगी तो देखना मैं कभी तुमसे नहीं मिलने आऊँगा। ब्याह कोई ऐसी जरूरी बात है जिसे तुम न करो तो काम नहीं चल सकता? तुम क्यों ब्याह करना चाहती हो? तुम्हें खुद ब्याह करना अच्छा लगता है तभी न हँस रही हो? ठीक है। जाओ। मैं अब कभी नहीं आऊँगा।

और श्रीधर आवेश में चट्टान से कूदकर तेज चलने को हुआ।

— सुनो।

— क्या है?

— अगर तुम मुझे यहाँ छोड़कर चले जाओगे तो जानते हो मुझे बाघ उठाकर ले जायेगा।

— ठीक है तुम्हें बाघ ले जाये चाहे तुम्हारा दूल्हा। मुझे क्या?

इन्दु हँसती हुई दौड़ी और श्रीधर का हाथ पकड़ लिया।

— अरे मूर्ख! दीदी का ब्याह होता है तो भाई यह कहता है?

— अच्छा कहो कि ब्याह नहीं करोगी।

— पागल हुए हो?

— हाँ पागल ही सही। लेकिन तुम ब्याह नहीं करोगी। तुम्हें कोई ले जाये यह मैं नहीं देख सकता। तुम्हें मेरे ही साथ रहना है।

इन्दु सहसा गम्भीर हो गयी। उसे लगा कि विवाह की बात से सचमुच ही श्रीधर को बड़ी ठेस पहुँची। वह भर आयी। श्रीधर को एकदम अपने से सटा रखना चाहती थी। कैसा है यह? दस बरस का हो गया और बिल्कुल नहीं समझता। कैसी जिद करता है। कोई सुने तो क्या कहे? इन्दु की नारी सहसा जाग उठी। सम्भव होता तो वह उसे बाँहों में समेट अपने सीने से सटा लेती। वह जानती है कि अपने पूरे परिवार में भी यह कितना अकेलापन अनुभव करता है। इस आयु तक जितनी बातें आ जानी चाहिए उनसे सर्वथा अनभिज्ञ है। एकदम दीदी के आँचल से बँधा हुआ बोलता खरगोश है। इसी ने शैशव और कैशोर के इन दिनों की रूपता दी, वर्ना क्या था? माँ बहुत पहले ही जा चुकीं। दूसरी माँ भी आयीं और गयीं। दूसरी माँ का वामन अपने ननिहाल में बड़ा हुआ अब अजमेर में पढ़ता है। उससे इन्दु की जरा भी नहीं बनती। बाला साहब ने उसे स्नेह तथा ज्ञान दोनों ही दिये। लेकिन मन के सूनेपन को, एकान्त को तो इस अपरिचित छोटे भाई ने

आकर कैसा दीपित कर दिया। एक-एक कोना इसकी पदाहटों, रीझ-खीझ सभी से ध्वनित है। अब और कितने दिन यह सब रहेगा? ब्याह के बाद, क्या बहुत-कुछ नहीं बदल जायेगा। श्रीधर, यह कस्बा, बाला साहब, घर, ये पहाड़ियाँ, सूर्यास्त, ये दूर-दूर के सुपरिचित एकान्त वन कहाँ होंगे? पता नहीं मैं कहाँ हूँगी। श्रीधर याद आयेगा। इसे भी निश्चय ही मैं याद आऊँगी।

— श्रीधर!

— क्या?

— तू मुझे याद करेगा रे?

— मैं तुम्हें कभी नहीं याद करूँगा। जहाँ जाना है, जाओ।

दोनों की आँखें छलछला आयीं।

— तू कभी सम्भव है, हम लोगों की विवशता समझे, नाराज न हो श्रीधर!

तभी कुछ पैरों की आहट सुनायी दी। दोनों सतर्क हो गये। सूर्यास्त होने को ही था। लोगों के पुकारने की आवाजें आ रही थीं। इन्दु ने देखा कि वामन और श्रीमोहन हँसते हुए आ रहे हैं।

— अरे दीदी! तुम यहाँ क्या कर रही हो?

वामन ने यह कहकर घूरते हुए श्रीधर को देखा।

— यह मेरा छोटा भाई है भैया साहब!

श्रीमोहन ने वामन राव से कहा।

— बड़ी लड़कियों-जैसी शकल है इसकी।

और वामन तथा श्रीमोहन दोनों ने हँस दिये।

श्रीधर अबोले चुप खड़ा था। इन्दु कुछ समझ नही पा रही थी।

— श्रीमोहन! हमारी दीदी ने दो खरगोश पाले हैं। एक फुदकन्तू और दूसरा बोलन्तू।

और वामन ने हाथ की गिलोल में एक पत्थर रखकर झरबेरी पर बैठी फुलचुक्की पर निशाना लगाया। चिड़िया वार बचा गयी और घबराकर उड़ गयी। श्रीमोहन को वामन की बात पर बहुत मजा आ रहा था। वह स्वयं इस बात पर बहुत जलता था कि यह श्रीधर इन्दु के इतने निकट है। कहीं उसे आत्मसन्तोष भी हो रहा था।

— दीदी! बोलन्तू खरगोश को लेकर पहाड़ों पर घूमने न आया करो। किसी दिन कोई बिल्ली देख लेगी तो गला पकड़कर टें कर देगी।

और वामन ने हाथ से गला ऐंठ देने की क्रिया जतला दी। श्रीमोहन और वामन दोनों हँस रहे थे। श्रीधर मन-ही-मन घुमड़ रहा था।

— वामन ! यह सब क्या बदतमीजी लगा रखी है तुमने?

— किसी दिन देख लेना दीदी! एक छर्रे से खरगोश की आँख न निकाल ली तो मेरा नाम वामन नहीं।

श्रीधर एकदम तेजी से आगे बढ़ा और वामन के हाथ की गिलोल छीनकर दूर फेंक दी। वामन एक क्षण के लिए अवाक् हो गया। उसे श्रीधर से ऐसी आशा नहीं थी, क्योंकि गिलोल फेंक देने के बाद वह उसी तरह अबोले गुस्से में भरा वामन की ओर देखता रहा।

— गिलोल क्यों फ़ेंकी बे?

वामन लड़ने के ख्याल से आगे बढ़ा। इन्दु ने श्रीधर का हाथ पकड़कर वामन से कहा,

— खबरदार वामन! जो लड़ाई-झगड़ा किया तो।

और इन्दु श्रीधर का हाथ पकड़कर घसीटते हुए बढ़ी।

वामन और श्रीमोहन थोड़ी देर वहीं खड़े रहे। पीछे से वामन की आवाज आती रही 'देखना छर्रे से एक दिन बोलन्तू खरगोश की आँख न निकाली तो मेरा नाम वामन नहीं।'

इन्दु तेजी से श्रीधर का हाथ पकड़े अँधेरे पड़ते पहाड़ से उतर रही थी। वामन के प्रति इन्दु का मन एकदम खट्टा हो गया था।

— वामन अगर हाथ छोड़ बैठता तो तुम क्या करते?

— मैं मार नहीं खाता बस।

— तुम नहीं मारते?

— नहीं।

— क्यों?

— क्योंकि वह दीदी के छोटे भाई हैं।

दोनों घूमने आये थे। कभी-कभी इन्दु फिटन पर बैठकर शहर जानेवाली सड़क पर घूमने आती थी। होलीवाली घटना को काफी दिन हो गये थे। वैशाख लगनेवाला था। दिनभर काफी तपा था। लेकिन इस समय हल्की ठण्डी हवा चल रही थी। पुलिया पर दोनों बैठे हुए थे। फिटन थोड़ी दूर पर खड़ी हुई थी।

आओ दीदी! तुम्हें एक नयी बात बताऊँ।

— क्या?

— आओ तो सही।

और वह तार के खम्भे के पास दीदी को ले गया।

— लो जरा खम्भे में कान लगाकर तो सुनो।

एक अजीब संगीतात्मक सन्नाहट खम्भे में बहती-सी लग रही थी। दीदी के पास ही सामने की तरफ श्रीधर भी कान लगाये सुन रहा था।

— देखा दीदी! इन खम्भों में मशीन बोलती है।

— धत्, इतनी-सी बात नहीं मालूम? तारों पर जो हवा टकराती है न वही यहाँ सुनायी देती है।

फिर भी दोनों कुछ देर सुनते रहे। तभी इन्दु सचेत हुई,

— चलो, ऐसे अच्छा नहीं लगता। कोई देखे तो क्या कहे?

— इत्ते जंगल में कौन देखेगा?

— इत्ती बड़ी सड़क है। नहीं-नहीं चलो श्रीधर!

और दोनों फिर पुलिया पर आकर बैठ गये।

गर्मियों की सन्ध्या सांगोपांग सम्पन्न होती हैं। जाड़ों की तरह हड़बड़ाकर नहीं कि अभी अपराह्न मुश्किल से हुआ और साँझ हुई न हुई कि रात हो गयी। जाड़ों में तो बस रात ही अधिक होती है जबकि गर्मियों में दिन भी आधी रात तक मुश्किल से धीमे-धीमे रात बनता है। गर्मियों का दिन बड़ा यशस्वी दिन होता है। खूब सारा निकलता भी है और खूब देर तक रहता भी है। साँझ कब शुरू होती है, कब आभास देती है, कैसे झुकने लगती है, कब 'साँझ पड़ी' लगती है फिर गोधूली होती है तब कहीं जाकर सूर्य डूबे के आखिरी रंग आकाशों में समाप्त होते हैं।

इस समय भी आकाश और जंगल काफ़ी दिन-धुले लग रहे थे। एक अजीब सन्नाटा था। धूल-धक्कड़ भी काफी था। कभी जानवरों की कोई रेवड़ गुजर जाती

तो थोड़ी देर को थक्के में गाड़ीवाली बाट पर धूल-ही-धूल छा जाती। साँझ-पाखियों की तेजी पूरे आकाश में दिखती।

अगले महीने इन्दु का ब्याह था।

लगता था इन्दु यहाँ से जाने के पूर्व जैसे कस्बे को, यहाँ की साँझों को, बाटों को, सबको पूरी तरह जी लेना चाहती है। वह प्राय: शहर जाती रही है। शहर भी उसे प्रिय रहे हैं। वह शिमला, नैनीताल भी गयी थी। बम्बई भी। लेकिन सदा अपने इस कस्बे में लौटकर उसे यही लगा कि वह पूरे आकाश की यात्रा कर आयी लेकिन घोंसला तो यहीं है, जहाँ थकान मिटती है; भूख-प्यास मिटती है, नींद आती है, सपने आते हैं, जहाँ वह स्वयं होती है। उसे सुहाता सब-कुछ है किन्तु मन अपने उसी कमरे में, उसी छत पर खड़े होकर तालाब को देखते रहने में तथा श्रीधर के साथ बैठकर किताबें पढ़ते रहने में और बातें करते रहने में ही लगता है।

लेकिन अब सब छूट जायेगा। यहाँ की हर चीज, व्यक्ति कुछ भी तो साथ नहीं जा पायेगा। जो इतने दिन कैसा आत्मीय-सा लगता था अब वह सहसा छूट जायेगा। कोई कहीं है जिसका स्मरण पुस्तकें तो कहती हैं कि मीठा होता है। लेकिन पुस्तकें चाहे वह हैमलेट हो, शकुन्तला हो, मेघदूत हो या कोई उपन्यास हो ये सब-कुछ और भी कहते हैं और वह 'और' ही तो इन्दु के मन में सबसे अधिक घिरता है। कभी उसे आफीलिया झरने में बहती हुई दिखती है, कभी शकुन्तला का विवश मुख घिरता-सा लगता है। कभी अग्नि में बैठी हुई जाज्वल्य सीता का परिताप दिखता है।

आषाढ़ घिरता है। संशय घेरता है कि कहीं उसे भी सन्देशों की प्रतीक्षा न करनी पड़े। जब कभी उस्ताद उसे ठुमरी या पक्के रागों के बोल कहलवाते और वह गाती होती—मोरे मन्दिर अजहूँ नहीं आये—तो उसका मन इतने संगीत, लय, ताल में भी केले के पत्ते-सा काँप जाता। उसे पता नहीं अज्ञात आशंका घेरे रहती। जब श्रीधर चला जाता और वह संगीत पाठ के बाद लैम्प जलाकर अपने कमरे में अकेली होती—उसे पता नहीं, बचपन से ही जाने कैसे-कैसे सपने आते थे। पहले तो एक दूर की बुआ थीं लेकिन जब से वे नहीं रहीं तब से उसे अकेले ही सोना पड़ता। वैसे उन दिनों भी वह कहने-सुनने के लिए बड़ी हो गयी थी। लेकिन दस बरस की आयु होती ही क्या है?

लैम्प की रोशनी में वह किताबों में जाने किन-किन कोठियों के वर्णन, समुद्र-तटों के वर्णन पढ़ती। विलायती नायिकाओं के लम्बे-लम्बे गाउनों के वर्णन पढ़ती और खो जाती। लेकिन जब उनके साथ दुर्घटनाएँ घटतीं तो वह चौंक उठती। कई बार

तकिये में सिर छुपा रोती रहती। अधिकतर रोते-रोते ही सो जाती थी। जलती लैम्प भी दामोदर बुझा जाता और सम्भवतः उसे ओढ़ा भी जाता। क्यों सदा दुर्घटनाएँ ही लोगों के साथ घटती हैं? और जब कोई किसी को प्रेम करता है तब उसके प्रति ऐसा कठोर, निर्मम किस प्रकार हुआ जाता है? यह कभी उसकी समझ में नहीं आता। और इस प्रकार वह अनिर्णीत ही बड़ी होती चली गयी।

अनेक उपन्यासों में नायिका का रहन-सहन उसे अपने-जैसा ही लगता और जब उन्हीं के साथ आगे चलकर दुर्घटनाएँ होतीं तो वह चौंक उठती। इन बातों ने इन्दु के मन पर एक अमिट छाप छोड़ दी थी कि जब कभी वह एकान्त में होती उसे आफीलिया झरने में बहती हुई दिखती। इसीलिए वह एकान्त से बचती।

विवाह हो रहा है।

स्थिति कुछ साफ नहीं थी। विवाह क्यों जरूरी है। विवाह किसी अज्ञात से ही क्यों होता है? और फिर इस सबका प्रयोजन क्या होता है? उसने काफी-कुछ पढ़ा था। बाला साहब ने उसे विदुषी बनाने का अपना संकल्प पूरा किया था। इन्दु के लिए उन्होंने सभी तरह के श्रेष्ठ ग्रन्थ उपलब्ध कर दिये थे। उन्होंने स्वयं इन्दु को पढ़ाया था। उसे अंग्रेजी, मराठी, संस्कृत और हिन्दी से पूर्ण भिज्ञ करा दिया था। किन्तु इस ज्ञान ने उसके मन में जो रहस्य, भय, आशंका, संशय उत्पन्न कर दिये थे उसका निवारण नहीं हो सका था। प्रेम में निवेदन करते नायक-नायिका उसने पढ़े थे लेकिन हृदय स्वतः निवेदन कैसे करने लगता है यह पता नहीं था। अपने अन्दर क्रमशः अकुलाहट थी लेकिन वह निवेदन और इस अकुलाहट के अन्तर, सीमा-रेखा को स्पष्ट नहीं समझ पाती थी। वह कौन-सा मुहूर्त्त होता है जब चारों ओर किसी को देखकर दसों दिशाओं में दूरागत घण्टियाँ सुनायी पड़ती हैं। बहुत-कुछ तो श्रीधर को अपने से सटाने पर भी होता है। तब वह अन्तर क्या है? और फिर? उसके बाद क्या होता है? उसने समर्पण की बात पढ़ी है। कहीं देह और आत्मा के प्रसंग में इस समर्पण को भी कहा गया है। इसके आगे इन्दु की पहुँच, मात्र शास्त्रीय पोथियाँ थीं। पुस्तकों ने जो रहस्य उसमें जाग्रत किया था केवल उतनी भर उत्कण्ठा थी। उसके आगे तो वह जानती थी कि —सम्भवतः समुद्र का अथाह जल है या फिर झरने का ओफीलिया को लेकर बहते जाना ही है।

— क्या सोच में पड़ गयीं दीदी?

इन्दु चौंकी। सच ही वह अन्तर में ही सोच और देख रही थी।

— कुछ नहीं।

उसने सचेत होकर देखा कि गोधूली कभी की हो चुकी थी।

— दीदी! विवाह के बाद क्या कभी यहाँ नहीं आओगी?

— क्यों? आऊँगी क्यों नहीं?

—- क्या पूना बहुत दूर है?

— हाँ, है तो। क्या तुम आओगे?

— नहीं। मैं क्यों आऊँगा भला?—चलो अच्छा है तुम्हारा ब्याह हो जाये तो फिर छुट्टी हो।

यह वाक्य श्रीधर ने कुछ इस लहजे में कहा जिस प्रकार लड़की के ब्याह की अक्सर चिन्ता बड़े लोग किया करते हैं। इन्दु हँस पड़ी।

— क्या तुम मुझसे छुट्टी लेना चाहते हो?

— हाँ, और क्या। जब जाने का तुमने तय ही कर लिया तो फिर जल्दी जाओ।

— तुम मुझे चिट्ठी तो लिखा करोगे कि नहीं?

— देखो, फुर्सत मिली तो लिखूँगा।

इन्दु श्रीधर के इस सहसा बड़प्पन पर रीझ आयी। कैसा इसने मन-ही-मन समझौता कर लिया है कि दीदी जायेगी ही। मान भी किया था। लेकिन कितनी देर ऐसा मान चल सकता था भला? और अब सहज गम्भीर पुरुष हल्के झलकने लगा है। इन्दु को बड़ा अच्छा लगा। पता नहीं उसके जाने के बाद श्रीधर को कोई ठीक से देखे-भालेगा। ठीक है इसके परिवार के सभी तो हैं। लेकिन इससे क्या? स्वयं श्रीधर मन में क्या उसे सबसे अधिक नहीं मानता है? क्या श्रीधर के लिए वह बहुत-कुछ नहीं रही है? क्या एक दिन उसे ये सारी बातें नहीं स्मरण आयेंगी। जब सब बीत जायेगा तो क्या दूरागत होता हुआ विगत हमें उतनी ही तेजी से नहीं बाँधेगा? मान लो कोई दुर्घटना उसके साथ घट जाये तो क्या श्रीधर को मर्मान्तक पीड़ा नहीं होगी? आज तो पुलिया पर दोनों बैठे हैं लेकिन दस-बीस बरस बाद दोनों दो विभिन्न परिस्थितियों में इसे स्मरण करते हुए, आज की साँझ की यह ऐकान्तिकता, ये भूरे-पीले पठार, यह लम्बी सड़क, ये तार के खम्भे, ये ठण्ढा होता हुआ तपा आकाश, दिशाओं तक खुला हुआ आलोक, यह काली-कृष्णा माटी-क्या ये कभी वैसे ही नहीं याद आयेंगें जैसे अभी कल ही बीते हों?

इन्दु विह्वल हो आयी। इतनी तेजी से पैरों के नीचे से बहा जा रहा हो तो क्या उसे हम एक क्षण को भी अपने लिये नहीं रख सकते? हम सब बीत जायेंगे। कभी यह भी तो सम्भव है कि यहाँ इनमें से कोई न रहे और केवल इन्दु या श्रीधर ही रह जायें। तब उसे कैसा-कैसा-सा लगेगा? अपने अन्दर तो एक पूरा जीवन घटता होता है जबकि बाहर ऐसा हाहाकारी शून्य बिराजा होता है कि आदमी चीत्कार कर उठे कि नहीं मुझे वहीं रहने दो जहाँ मुझमें अनेक बिराजे हुए हैं। इस आज को मिटा दो। मुझे वर्तमान नहीं स्वीकार्य क्योंकि इसमें हाहाकार है। इन्दु सोचते-सोचते घबरा उठी। उसने घबराकर श्रीधर की ओर देखा। कैसा भरा-भरा गोल

मुँह है। एकदम तलहटी की भीगी सीपी-जैसी निश्छल आँखें। यही तो श्रीधर है। ममता उमड़ आयी। क्या यह उन्हीं बड़े होते हुए आज के नन्हें-से जीवन के मार्ग पर चलेगा? पता नहीं क्या-क्या देखे? और उस एकान्त की दुःखवेला में कौन होगा इसके साथ? कौन इस श्रीधर को सम्हालेगा? यह स्वयं तो जैसा है, वह श्रीधर की माँ से अधिक इन्दु जानती है।

क्या एक माह के बाद ऐसे ही श्रीधर को लेकर फिर कभी ट्राली में भीग सकेगी? पहाड़ पर चढ़ सकेगी? आज की तरह घूमने आ सकेगी? इनमें से बहुत-कुछ हो सकता है लेकिन क्या वह स्वयं नहीं बदली हुई होगी? आज तो कहीं कोई नहीं है। अन्तर के किसी कोने में सिवाय इस छोटे भाई श्रीधर के। जिसने जाने कैसे आकर अपना तन्तु तान दिया। लेकिन कल से कोई और ही आनेवाला है। सारी किताबें कहती हैं, शास्त्र कहते हैं कि नारी के लिए वही परमपुरुष होता है। वही स्वप्न है। वही जागरण है। वही प्रणय है। वही निवेदन है। वही स्वामी है। उसी परमपुरुष में ही सारी नारी-सत्ता के समर्पण की अन्तिम गति है।

और वही परमपुरुष आफीलिया को झरने में बहा देता है। शकुन्तला की भाँति लाञ्छित करता है और सीता के स्वर्ण को अग्नि में से प्राप्त करना चाहता है। वही परमपुरुष किस चेष्टा, निष्ठा से कल अन्तर में होगा यही उसके लिए रहस्य था। उसको उत्कण्ठा नहीं थी, बल्कि आशंका अधिक थी।

इन्दु दीदी का विवाह था।

एक महीने पहले से ही जाने कहाँ-कहाँ से नाते-रिश्तेदार आ गये। बाला साहब की कोठी में तिल धरने की जगह न रही। नित्य की तरह श्रीधर रोज कोठी जाता रहा है। दीदी को अब वह अकेले न पा सक रहा है, जिस तरह पहले होता था। बार-बार किसी इस या किसी उससे उसका परिचय दीदी करवाती रही हैं। प्रायः लोगों ने उपेक्षा से ही उसके परिचय को लिया है। मुश्किल से दीदी अपने कमरे में बैठी होती कि कभी दर्जी, कभी सुनार, कभी कपड़ेवाला या इसी तरह की व्यस्तता में उन्हें चला जाना पड़ता।

— तुम यह पढ़ो, मैं अभी आयी।

और कभी वाल्मीकि रामायण का कोई प्रसंग थमाकर इन्दु तेजी से चली जाती। वह दीदी की बातों की पीठिका में रामायण पढ़ता होता है। दीदी का तर्क था कि पश्चिमी सभ्यता, नगर-सभ्यता है और भारतीय सभ्यता, आरण्यक-सभ्यता है। पश्चिम के लिए जीवन भोग है लेकिन भारत के लिए त्याग है। तभी तो शासन चाहे किसी राजा या सम्राट् ने किया हो लेकिन धर्म और संस्कृति का नियामक तो मुनि ही रहा है। बड़े-से-बड़े राजा को चुनौती सदा किसी भिक्षुक ने ही दी है। यह निस्पृहता ही हमारे धर्म, समाज, संस्कृति तथा साहित्य का मूलाधार रही है। वाल्मीकि ने लंका-दहन तक इस भ्रम में लोगों को रखा कि सीता का शत्रु रावण था लेकिन उसके बाद सीता को जो मर्मान्तक पीड़ा राम ने दी उसकी तुलना में रावण का कार्य नगण्य हो जाता है। कथा के इस मोड़ का प्रयोजन भी वही निस्पृहता है। स्वयं वाल्मीकि को अपने चरित्रों के प्रति कोई मोह नहीं है। इसीलिए प्रत्येक चरित्र अपनी कथात्मकता से ऊपर हो जाते हैं। जहाँ दूसरे देशों की कथाएँ, कथात्मकताओं से युक्त होती हैं वहाँ क्या वेदव्यास, क्या वाल्मीकि कोई भी कथात्मकता में रुचि नहीं रखते। और तो और महाभारत युद्ध के प्रणेता, विजेता पाण्डव तक अपनी प्रयोजन-सिद्धि के बाद निस्पृह होकर राज्य, श्री, लक्ष्मी, जय सबका परित्याग कर उसी आरण्यकता की ओर लौट जाते हैं जहाँ से भारतीय सभ्यता जन्मती है। राम, सीता को प्राप्त करने के लिए अग्नि का माध्यम चुनते हैं और रावण अशोकवन का बन्दीगृह, लेकिन सीता न राम ही प्राप्त कर पाते हैं न रावण ही। सीता के परिताप तथा अग्नि-स्नान में राम की विजय और रावण की पराजय दोनों ही कितनी मिथ्या हो जाती है।

और श्रीधर दीदी के मुँह से यह विवेचन सुनते हुए आश्चर्य से देखता होता कि दीदी को आखिरकार यह सब कब, कैसे मालूम हुआ? जिसके निकट न राम, न कृष्ण, न पाण्डव, कोई आदर्श नहीं है, बल्कि इसके निस्पृह प्रणेता वाल्मीकि और

वेदव्यास ही महान् हैं जो कि किसी अरण्य के एकान्त निभृत कोने में बैठे हुए असंग प्रजापति की भाँति अपने चरित्रों की सारी प्रजा को अपने निर्मम, निस्पृह सनातन प्रयोजन के सम्मुख या तो अग्नि-स्नान में स्वाहा कर देते हैं या फिर हिमालय की बर्फ में गल जाने देते हैं। कोई मोह इन्हें नहीं होता कि ऐसा कर देने पर लंका का महान् युद्ध या महाभारत-जैसी महान् घटना कितनी हाहाकारमयी हो जायेगी। क्योंकि उनके लिए आनन्द, भोग-जैसा कोई मोह था ही नहीं। वे स्वयं ही मानवेतर अरण्यों में रहते थे और इसीलिए वे अपने चरित्र की नागरिकताओं के मिथ्यात्व को निस्पृह होकर या तो दाह हो जाने देते थे या फिर गल जाने देते थे। सम्भवतः इसीलिए हमारा आज का नागरिक मन इस प्राचीन आरण्यकता को नहीं समझ पाता। वह मिथ्या धार्मिक आदर्शवाद लगता है।

और इस बीच उसी सुपरिचित अनिन्द्य मुस्कान के साथ दीदी कमरे में होतीं। अब दीदी के मुख पर परिवर्तन आ गया था। एक तो यही कि वे अब बहुत बड़ी लगती थीं और फिर आजकल जबकि उन्हें हल्दी लगायी जा रही है। श्रीधर इस परिवर्तन को समझता जरूर है लेकिन बूझ नहीं पाता। परिवर्तन विशेष नहीं था फिर भी श्रीधर के मन में जैसे कौंध जाता था। जो दीदी पहले कभी जेवर नहीं पहनती थीं। अब वे लदी रहने लगी थीं। बाला साहब इस विवाह से बड़े प्रसन्न थे। लेकिन श्रीधर पता नहीं क्यों दीदी की आँखों में बराबर एक अजीब उदासीनता पाता।

— क्या बात है दीदी?

— और पास बैठी हुई इन्दु चौंक उठती।

— कहाँ? कुछ नहीं, थोड़ा थक गयी हूँ न? इसीलिए।

और दीदी फीकी-फीकी हँसती होती, जैसे ज्येष्ठ सन्ध्या।

एक दिन, सम्भवतः उसी दिन सवेरे, बारात आ चुकी थी। गोधूली के लग्न थे। लग्नवाली वेदी पर अल्पना स्वयं श्रीधर ने बनायी थी और उसके मन में खूब प्रसन्नता थी कि उसने दीदी के विवाह की वेदी अल्पित की थी। वहीं से वह दीदी के द्वारा बुलवाया गया था। दीदी अपने कमरे में सजी बैठी थीं। उस सज्जा में दीदी कितनी अप्रतिम सुन्दर लग रही थीं कि वह ठगा-सा देहरी पर ही खड़ा रह गया।

— क्यों, आज क्या भीतर नहीं आओगे?

दीदी के वेष से उसे लगा कि क्या यह वही दीदी हैं? लेकिन यह तो दीदी नहीं—बल्कि जैसे औरतें लगती हैं, वैसी लग रही हैं। तो अब दीदी भी दूसरों की भाँति औरत लगेंगी?

— क्या सोच रहा है श्रीधर?

श्रीधर चौंका। उसे जाने कैसा लगा कि वह दीदी से, जो कि औरत लग रही हैं, बात नहीं कर पायेगा। उसे एकदम अपने से, दीदी से सभी से चिढ़ हो आयी। एक क्षण को लगा कि ब्याह के बाद ये चली जायेंगी और फिर?.....इस घर से उसका क्या नाता रहेगा? यहाँ वह फिर क्यों आयेगा? दीदी भी यहाँ फिर कभी-कभी ही मेहमान बनकर आया करेंगी। बहुत होगा कभी बुलवाकर मिल लिया जायेगा। और आज के बाद दीदी भी पत्नी बन जायेंगी। जाने कहाँ चली जायेंगी। बस, दो-एक दिन बाद से वह एकदम अकेला पड़ जायेगा। ठीक है, जायें, उससे क्या मतलब है?

— क्या हो गया तुझे श्रीधर? बोल क्यों नहीं रहा है?

और इन्दु पलँग से उठी तथा श्रीधर की बाँह हिलाते बोली।

श्रीधर का मन तो हुआ कि बाँह झकझोर दे और चीख पड़े कि—जाओ, श्रीधर तुम्हारा कौन होता है? मैं वेदी बना आया हूँ। शौक से वहाँ जाकर बैठो और मन्त्र पढ़कर किसी की पत्नी बन जाओ, मुझे तंग न करो—लेकिन वह कुछ न बोल सका।

इन्दु ने पहले तो श्रीधर को ध्यान से देखा और फिर अपने में समेटते हुए बोली,

— जानती हूँ श्रीधर! तू अपनी दीदी के जाने से नाराज है। सच मानना, मैं स्वयं जाना नहीं चाहती श्रीधर! आज नहीं तो कल तू जानेगा कि हमारी यही विवशता होती है। नारी बिना जाये रह नहीं सकती। उसे रहने ही नहीं दिया जायेगा श्रीधर! पता नहीं रे कि अब तेरी दीदी कहाँ-कहाँ जाये। तू अपनी दीदी से नाराज न हो श्रीधर!

और श्रीधर ने देखा कि हलदवती बनी उसकी दीदी अपने स्वर्णालंकारों में सजी वर्षा अपराह्ण की भीगी धूप-सी हो रही थीं।

— आज साँझ सब हो जायेगा श्रीधर!

— क्या सब हो जायेगा दीदी?

— आज मैं पूर्ण नारी बन जाऊँगी। समझा कुछ?

— नहीं तो। पूर्ण नारी क्या?

— मैंने भी तो पढ़ा भर है रे, जानती थोड़े ही हूँ कि क्या होगा।

और बड़े मीठे से वे हँस दीं।

दूरी पर शहनाई बज रही थी। तभी कोई महिला भागती हुई आयी।

— अरे तुम यहाँ हो। चलो, चलो। दूल्हा मण्डप में आ गया और तुम....

और महिलाएँ दीदी को लेकर चल दीं। श्रीधर ने देखा कि दीदी के पैरों में महावर रँगी हुई है। पैरों में झाँझनें हौले बोल रही थीं। पैरों में सहसा ही मन्थरता थी। लाल-लाल एड़ियाँ फर्श पर उठती हुई दूर होती जा रही थीं।

वह मण्डप से बहुत जल्दी ही उठ आया था। वह अन्यमनस्कता के साथ बहुत देर तक देखता रहा कि किस प्रकार दीदी का हाथ दीदी के पति ने लिया। जाने कितने मन्त्र पढ़े गये। सम्बन्धियों ने दीदी तथा उनके पति पर चावल और खीलें बिखेरीं। वह खिन्न होकर दीदी के कमरे में आकर बैठ गया। उसे दीदी का बराबर झुका मुख याद आ रहा था। धुएँ के कारण उनकी आँखें हल्की लाल हो आयी थीं। कदाचित् हल्के से दीदी ने उसकी ओर देखा भी था। गाती हुई औरतों के अजीब लय-तालयुक्त बेसुरेपन पर वह चिढ़ता हुआ बैठा रहा था। दीदी के पति निश्चय ही काफी बड़ी आयु के व्यक्ति लग रहे थे। उसके कान के पास ही कोई आपस में फुसफुसा रहे थे।

— वर तो बहुत बड़ा है।

— द्विजवर है, दूसरा ब्याह है।

और श्रीधर ने इन फुसफुसानेवालों को घूरकर देखा। क्या मतलब? क्या दीदी के पति का यह दूसरा ब्याह है? और वह वहाँ खड़ा न रह सका। उसके दिमाग में बिच्छू के डंक की भाँति यह वाक्य 'दूसरा ब्याह है' गूँज रहा था। दीदी का कमरा सुनसान पड़ा था। मण्डप और नीचे के तल्ले को छोड़कर बाकी सब खाली पड़ा था। नीचे से लोगों की गडमड आवाजें आ रही थीं। शहनाईवाला दूर बजा रहा था। औरतों का गाना-बजाना भी आ रहा था। वह किसी से इस 'दूसरे ब्याह' का अर्थ जानना चाहता था। लेकिन किससे? दीदी ने तो नहीं बताया कि उसके होनेवाले पति का यह दूसरा विवाह है। वह इसी उधेड़बुन में बैठा हुआ ऊँघ गया। जब उसे किसी ने छुआ तो वह चौंक उठा।

— क्या सो गये थे? सिर में दर्द है क्या?

इन्दु ने उसके माथे को छू रखा था।

— नहीं तो।

और वह दीदी को देखने लगा। सिवाय थकान के उसे उस मुख में कोई विशेष बात नहीं लगी।

— तुम बहुत थक गयी होंगी दीदी!

— हाँ, कुछ तो थक ही गयी।

— क्या बज रहा है?

— दो बजे होंगे।

— दो?

और यह कहकर श्रीधर चौंक पड़ा।

— क्यों? अच्छा, सो जाओ। कुछ खाया कि नहीं?

— कहाँ? मैं तो तुम्हारी ही राह देखता रहा।

— अब आज से श्रीधर! तुम्हें अपना ध्यान खुद रखना पड़ेगा।

— दीदी का ब्याह जो हो गया इसलिए, है न?

— अच्छा, तुम रुको मैं दामोदर के हाथ कुछ मँगवाती हूँ।
— इतनी रात में मेरे लिये कुछ न मँगवाओ।
— लेकिन तेरी दीदी भी तो अभी भूखी ही है।
और वे चली गयीं।

फाल्गुन की रात थी। तीसरे प्रहर की रात और फाल्गुन का दसमी का चन्द्रमा सूनी आँख-सा क्षितिज पर झुका हुआ था। खिड़की से जाती हुई चाँदनी आ रही थी। चारों ओर अपेक्षाकृत शान्ति थी। दीदी लौट आयीं। श्रीधर के कारण इन्दु भी श्रीधर के पिता को 'बापू' ही कहती थी।
— बापू पूछ रहे थे कि श्रीधर क्या घर गया? मैंने कहा कि नहीं वह ऊपर सो रहा है। उसे यहीं रहने दें।
सामने की चौकी पर गाव-तकिये के सहारे सिर टिका इन्दु विश्रामने लगी। तभी दामोदर कुछ खयका लेकर आया।
— बुआजी ने कहा कि आप नीचे ही पूजन करके खायेंगी।
— अच्छा तू चल, मैं अभी आती हूँ।
और दामोदार चला गया।
— तुम जल्दी से खा लो तो फिर मैं भी खा आऊँ।
— तुम जाओ, मैं खा लूँगा। मेरी चिन्ता न करो।
— कोई बात नहीं श्रीधर! आज भर और चिन्ता कर लेने दो फिर तो चली ही जाऊँगी।
अबोले ही श्रीधर खाता रहा। उसके बाद थाली समेट इन्दु नीचे चली गयी। श्रीधर चुपचाप तकिये के सहारे लेट गया। रात भीग रही थी। हल्की ठण्डक थी। वह चादर ओढ़ कब सो गया पता न चला।

और विवाह के बाद श्रीधर ने देखा कि दीदी चली जाने को हैं। उस दिन पूरा स्टेशन मण्डप की भाँति सजाया गया। श्रीधर अपने को आखिर तक बहुत रोके रहा। पूरा कस्बा उमड़ा पड़ रहा था। प्लेटफार्म पर लोग-ही-लोग थे। पुलिस का बैण्ड पूरे जोर-शोर से बज रहा था। डिब्बे के सामने औरतों की भीड़ थी। खिड़की के पास सिमटी-सी दीदी बैठी हुई थीं। भीड़ में कहीं श्रीधर भी था। वह जान-बूझकर दीदी के पास नहीं जा रहा था। सम्भवतः क्रोध और आँसू में वह कुछ भी समझ नहीं पा रहा था। कई लोग उज्जैन तक जा रहे थे। बाला साहब ने एक बार श्रीधर को भी कहा था लेकिन वह अनुत्तर ही बना रहा। इन्दु ने बिल्कुल ही नहीं कहा कि वह क्यों नहीं उज्जैन तक चलता है क्योंकि वह जान रही थी कि

श्रीधर के लिए इतना ही अधिक हो रहा है। इन्दु ने भीड़ में खड़े श्रीधर को बुला लाने के लिए किसी से कहा। श्रीधर ने दीदी का संकेत देख लिया और वह वहाँ से भाग खड़ा हुआ।

वह बेतहाशा पटरी-पटरी भागते हुए दूर एक पुलिया पर जाकर बैठ गया। धूप ढेर-सारी खिली हुई थी। ऊँचे-ऊँचे पठारों पर पीली-पीली घास कपड़ों-सी बिछी हुई थी। दूरी पर बैण्ड की आवाज तथा इंजन की सीटी सुनायी पड़ रही थी। तभी उसे लगा कि ट्रेन चल पड़ी। वह पुलिया के पास ऐसी जगह खड़ा हो गया जहाँ से वह ठीक तरह से अपनी दीदी को देख सकता था। ट्रेन आ रही थी। दीदीवाला डिब्बा फूलमालाओं से लदा था। वह ध्यान से डिब्बे के सामने आने की प्रतीक्षा में सतर्क खड़ा था। तभी उसने देखा कि उसकी दीदी मुँह खोले खिड़की से झाँक रही हैं। उसने एक हाथ उठाकर चिल्लाया।

— दीऽऽदी!!

और उसने देखा कि उन्होंने चौंककर देखा। हल्की मुस्कान आयी और फिर धाराधर बरस पड़ीं। उनका भी एक हाथ उठ गया।

ट्रेन तब तक आगे के पठारों में बिछी पटरियों पर बढ़ गयी। उसके बाद वह शाम तक उन पठारों की पीली घासों में छुपा हुआ रोता रहा।

जिस समय वह घर पहुँचा दीया-बत्ती की वेला हो आयी थी। जब दिनभर श्रीधर घर नहीं पहुंचा तो माता-पिता ने मान लिया कि वह भी इन्दु को विदा देने साथ ही उज्जैन चला गया। हालाँकि श्रीमोहन ने कहा कि श्रीधर ट्रेन में नहीं था। बल्कि उसने उसे प्लेटफार्म से भागते हुए देखा था। पिता ने श्रीमोहन की बात को झूठ समझा था क्योंकि वे जानते थे कि श्रीमोहन, श्रीधर के बारे में हमेशा उल्टी-सीधी बातें करने का आदी है। लेकिन जब वह शाम को चोरों की तरह चुपचाप घुसकर ऊपरवाले अपने कमरे के लिए जैसे ही जीना चढ़ रहा था कि श्रीमोहन ने देख लिया और वह चिल्लाया,

— माँ! देख, श्रीधर आ गया। मैंने कहा न था कि वह उज्जैन नहीं गया।

और माँ ने सच ही देखा कि श्रीधर जीने पर सिर झुकाये अपराधी की भाँति खड़ा है। तब तक और लोग भी निकल आये।

— क्यों रे, कहाँ था दिनभर से?

— माँ ने आगे बढ़ते हुए पूछा।

— कहीं नहीं।

— उन्होंने उसकी बाँह पकड़ी और अपनी ओर समेटते हुए कहा,

— वाह रे तेरा कहीं नहीं? ये आँखें क्यों लाल हैं?

— श्रीधर गुस्से में भरा अपनी बाँह छुड़ाकर हाफपैण्ट से निकली कमीज ठीक करने लगा।

— अरे अपनी दीदी का बचा हुआ सामान ठीक कर रहा होगा-बोलता खरगोश।

श्रीधर श्रीमोहन की बात से एकदम फुँक उठा। वह आँखें तरेरकर श्रीमोहन को घूरने लगा।

— बोलता क्यों नहीं रे, कहाँ था?

माँ ने उसके हाथ को झटकते हुए पूछा।

वह बिना बोले हुए जीने की तरफ बढ़ा।

— बहुत रोया है माँ! जाने दो बेचारे को।

और श्रीमोहन ठहाका मारकर हँस पड़ा।

— माँ! दादा को समझा लो, मुझसे ज्यादा बात न करें।

— नहीं तो क्या मारेगा मुझे?

और श्रीमोहन जीने पर खड़े श्रीधर की ओर बढ़ा।

तुझे क्या करना है श्रीमोहन?

माँ ने श्रीमोहन को फटकारते हुए कहा।

— अच्छा, अब चल खाना खा ले। जानता है, दिनभर से तेरी राह देखते-देखते अभी तक मैंने नहीं खाया है। चल, जल्दी से हाथ-मुँह धो ले तो।

— नहीं माँ! मुझे भूख नहीं है।

— उसका तो रोने से पेट भर गया है माँ!

श्रीमोहन ने चिढ़ाते हुए कहा।

लेकिन बिना कुछ जवाब दिये श्रीधर जीना चढ़ गया। सचमुच रोने से उसका पेट भर गया था। वह दिन भर सोचता रहा कि दीदी ने अब उज्जैन से बड़ी ट्रेन पकड़ी होगी। और दूर, बहुत दूर चली गयी होंगी। श्रीधर के सोचने का यह तार कि वह चली गयीं, बहुत दूर पर जाकर अटक जाया करता रहा। कल से वह क्या करेगा? दीदी के बिना उसने अपने घर, परिवार, कस्बे किसी की कल्पना भी नहीं की थी। आज वह सहसा रिता गया। आज के पहले इस निपट अकेलेपन की कल्पना भी उसने नहीं की थी। उसे लगने लगा कि आज ट्रेन जाने के बाद से तो जैसे चारों ओर के सारे दरवाजे खट्-खट् बन्द होते जा रहे हैं। आज तक वह जैसे एक बड़े भारी कमरे में था, जिसमें दरवाजे-ही-दरवाजे थे। जिनसे धूप-ही-धूप, हवा-ही-हवा, गन्ध-ही-गन्ध, आवाजें-ही-आवाजें आती थीं और आज सवेरे से वह जिधर जाता है उधर के दरवाजे, पहुँचने के पहले ही बन्द हो जाते हैं। और वह इस समय एक घने अँधेरे बन्द कमरे में घिरा हुआ है। सिर्फ ऊपर कहीं एक गवाक्ष है जिससे ऐसा प्रकाश आ रहा है जिसे आप देख नहीं सकते बल्कि मात्र अनुभव कर सकते हैं। जिससे सिर्फ स्मृति आती है कि कल तक यहाँ सब-कुछ था। कल की धूप, हवा, गन्ध, आवाजें आज दूर कहीं पर हैं। अब इस कमरे में केवल आपकी आहट तथा दरवाजे पीटने की आवाजों के अतिरिक्त शेष कुछ नहीं। वह दिनभर पठारों पर दौड़ता रहा। पीली घासों को जूतों से कुचलता रहा। बकरियों की नकल में मिमियाता रहा। लेकिन दीदी का उठा हुआ हाथ, हल्की मुस्कान और फिर

धाराधर बरसती आँखें, वह भूल नहीं सका। वह दीदी के बिना जी नहीं सकेगा। वह वहाँ तक दौड़ जाना चाहने लगा जहाँ दीदी गयी हुई हैं। दाँतों में दबी घास वह थूकता रहा। वह ब्याह का यह अर्थ कभी नहीं जानता था कि दीदी अब हमेशा के लिए चली जायेंगी। और वह भी खासकर उस बुड्ढे-जैसे आदमी के साथ। लेकिन क्यों गयीं। क्या, क्या दीदी मेरे साथ नहीं जा सकती थीं? और, और अगर बिना ब्याह के वे नहीं जाना चाहती थीं तो क्या मुझसे ब्याह नहीं कर सकती थीं? मन्त्र पढ़ने में क्या लगता है? ब्याह के मन्त्र पढ़ाने के लिए इतनी दूर से आदमी बुलाने की क्या आवश्यकता थी? लेकिन इससे कुछ नहीं होता। अबकी बार दीदी आयेगी तो वह कह देगा कि वहाँ अब जाने की क्या आवश्यकता है? हो गया, एक बार हो आयीं। और न हो तो उस बुड्ढे खूसट ने जिस तरह दूसरा ब्याह किया तुम भी दूसरा ब्याह कर डालो। और मैं उसके लिए तैयार हूँ। लेकिन इसके बाद भी वह दिनभर मारा-मारा फिरता रहा। परेड ग्राउण्ड में घोड़ों की लीद ठोकरों से मारता हुआ यहाँ-वहाँ डोलता रहा। एक क्षण को भी दीदी को वह भुला नहीं पा रहा था। वह घर, अँधेरे में ही पहुँचना चाह रहा था क्योंकि वह किसी से बात नहीं कर पाता। और सम्भव था कि ज्यादा पूछने पर जोरों से रो पड़ता। आज वह सच ही पहली बार अपने को हमेशा के लिए अनाथ अनुभव करने लगा। कल तक वह रेलिंग थामे तालाब देखते रहने को या दीदी के साथ हैमलेट पढ़ते रहने को मानता था कि ऐस्पा तो वह रोज ही करता रहेगा। लेकिन आज उसे लगा कि नहीं, अब वह सब फिर कभी नहीं होगा। लैम्प की रोशनी में दीदी का पीला गाल, सुडौल नाक, उजले दाँत, अब वह फिर कभी, फिर कभी नहीं देख पायेगा। और यही बात उसे विकल किये थी। यह कैसे सम्भव है कि दीदी के साथ वह फिर वैसे ही नहीं बैठेगा, रहेगा, पढ़ेगा? नहीं, यह नहीं होगा। दीदी को हर हालत में लौटना होगा। और वह पागलपन में कुछ दूर रेल की पटरियों के सहारे दौड़ा भी था। इन्हीं पटरियों की सीध में वह अपनी दीदी को पा सकता है।

माँ जिस समय खाने के लिए बुलाने आयीं श्रीधर अँधेरे कमरे में वैसे ही बैठा था।

— श्रीधर!

और माँ ने देखा कि खिड़की के धुँधले प्रकाश में श्रीधर बिना कपड़े बदले बैठा है।

— चल बेटा! देख, मैं अभी तक भूखी हूँ तेरे लिये। जानता है, कहाँ-कहाँ आदमी नहीं दौड़ाया तेरे लिये? चल तो।

— नहीं माँ, मुझे भूख नहीं है।

— अरे तो अब न खाने से तेरी दीदी वापस आ जायेगी? ब्याह के बाद लड़की तो बेटा, दूसरे के घर जाती ही है।

— नहीं माँ! दीदी को तब ब्याह नहीं करना चाहिए था।

और वह लपककर माँ से चिमटकर रो पड़ा।

उसके बाद तो श्रीधर दिनोंदिन चुप्पा ही होता चला गया। घर में वैसे भी उससे कोई अधिक बात करता ही नहीं था। माँ ने अपने श्रीधर की व्यथा को कुछ-कुछ समझ लिया था और खासकर श्रीमोहन को बरज दिया था कि वह श्रीधर से कुछ न कहेगा। स्कूल वह सवेरे ही पहुँच जाता। स्कूल के बाद वह तालाब चला जाता। घाट पर घण्टों बैठकर बाला साहब की दूर दिखती कोठी के दीदीवाले कमरे की ओर देखता रहता। उसे कभी-कभी भ्रम हो जाता कि रेलिंग थामे दीदी और वह खड़ा है। वह उन सभी जगहों पर गया जहाँ वह कभी दीदी के साथ गया था। उस चट्टान पर खड़े होकर उसने सूर्यास्त वेला में पार्वती भी देखी थी। गलघण्टियों की आवाज भी सुनी थी। सूर्यास्त भी था। आकाश का नील चँदोवा भी था, साँझ तारा भी अपनी ऐकान्तिकता में उगा हुआ था। झाड़ियों में लुकती-छिपती पगडण्डियाँ चली गयी थीं। चरवाहे की निर्जनी बाँशी भी थी, सब था। दूर-दूर तक वैसा ही था। केवल एक दीदी भर नहीं थी और जो कि सब-कुछ थी। वह अप्राप्या कैसे प्राप्त हो?

उस दिन वह एकदम ही टूट गया जब उसे मालूम हुआ कि ब्याह के आठ-दस दिन बाद दीदी जो आनेवाली थीं अब वे यहाँ न आयेंगी क्योंकि बाला साहब काफी दिनों के लिए स्वयं बम्बई जा रहे हैं और दीदी वहीं जायेंगी। उसने मन-ही-मन समझौता कर लिया कि अब पिछला सब बीत चुका है। एक ऐसा सपना था, जो भोर का था और अब वह शेषा गया है। अब वह लाख आँखें मूँदे पुनः नहीं देख पायेगा। विगत, आकाश हो जाता है जिसकी नीलिमा को हम अपने हाथों में देखना चाहते हैं, गहना चाहते हैं लेकिन वह नीलिमा हमारे चारों ओर तक दूर-दूर तक फैली होने पर भी, हमें घेरे होने पर भी हमारी नहीं होती। बस श्रीधर की दीदी वही हो गयी थी। वह कक्षा में पीछे बैठा हुआ जाने कितनी चिट्ठियाँ दीदी को लिखता। लेकिन हर बार यह प्रश्न आ जाता कि क्या लिखे? क्योंकि 'उसे याद आती है'—में वह अपने को अभिव्यक्त नहीं कर पाता था। दूसरे अब वह यह नहीं कहना चाहता कि 'दीदी के बिना वह जी नहीं सकता।' इसलिए कभी वह तालाब का वर्णन करने लगता, उस दिन स्टेशन कैसा लग रहा था, दीदी के डिब्बे की फूलमालाएँ हवा में कैसी उड़ रही थीं, तथा धूप में मालाओं के गेंदे कैसे खिले लग रहे थे। लेकिन वह यह कभी नहीं लिख पाता था कि वह उन सब जगहों पर गया है जहाँ दीदी गयी थीं उसके साथ। उसे दीदी से मान था। कहीं यह भी कि उसे दीदी से प्रेम है लेकिन दीदी को नहीं। तभी तो ऐसी कोई विवशता तो नहीं ही थी कि वे चली ज़ातीं—और हर बार पत्र अधूरा या फिजूल की बातों के बाद अधूरा रह जाता। झल्लाकर वह पत्र में नीचे मोटी-मोटी लकीरों से चूहे, बिल्ली बनाकर फाड़ देता। या हाशिये में किताब से फूल ट्रेस करके बनाया जाता। फिर

व्यर्थ का पत्र लिखा जाता उपरान्त उन सब पत्रों की गोलियाँ बना ली जातीं। स्कूल के बस्ते में ऐसी बीसियों गोलियाँ होतीं जिन्हें वह शाम को तालाब में घाट पर पैर झुलाते हुए एक-एक कर बहाने लगता। जब एक गोली लहरों के हिचकोलों पर उठती-गिरती दूर हो जाती तब फिर दूसरी छोड़ी जाती। गोलियों की स्याही से पानी पहले हल्का नीला हो जाता और फिर गोलियाँ दूर होने लगतीं। इस प्रकार तालाब में दीदी के पत्रों की गोलियाँ-ही-गोलियाँ होतीं। और कभी वह सोचता कि ये गोलियाँ दीप हैं जिन्हें श्रीधर ने दीदी के लिए तालाब में बहा दिये हैं। कभी कोई दमयन्ती का हंस आयेगा और इनमें से किसी एक को ले जाकर दीदी की मुँडेर पर दीदी के उदासमुख के सामने रख देगा कि—लो, यह रहा तुम्हारे श्रीधर का पत्र। लेकिन वह स्वयं ही तब अपनी मूर्खता पर हँस पड़ता कि कहीं ऐसा भी होता है?

रात को वह किताब लेकर बैठता और किताब की लकीरें झरना बन जातीं जिसमें आफीलिया के बजाय दीदी दिखतीं। वह झल्ला जाता कि क्यों वह दीदी के लिए ऐसे अपशकुन की बात सोच रहा है? तब वह जोर-जोर से पढ़ने लगता कि—सूर्यग्रहण दो प्रकार का होता है। एक पूर्ण और दूसरा आंशिक। पूर्ण ग्रहण को खग्रास भी कहते हैं—और वह फिर खो जाता। वह देखना चाहता था कि किस प्रकार सूर्य और पृथ्वी के बीच चन्द्रमा आ जाता है उसे चन्द्रमा से चिढ़ हो जाती। उसे अपने और दीदी के बीच भी ग्रहण, बल्कि खग्रास-ग्रहण लगता। दीदी का पति ही चन्द्रमा है जिसकी छाया दीदी पर गिर रही है। सूर्य को मुक्ति दिलाने के लिए लोग स्नान करते हैं, दान करते हैं लेकिन दीदी को मुक्त करने के लिए वह क्या करे? और प्राय: ऐसे मौके पर कोई-न-कोई आ जाता जो पूछ बैठता कि वह पढ़ रहा है या ऊँघ रहा है? अगर पूछनेवाला श्रीमोहन हुआ तो वह ऐसे घूरकर देखता कि कच्चा ही चबा जायेगा लेकिन यदि माँ होतीं तो वह जोर-जोर से पढ़ता कि कितने अक्षांश पर सूर्य होता है तब ग्रहण होता है। और परीक्षा पास आती जा रही थी। बाला साहब भी जा चुके थे। आखिर उसने अपने विद्रोह को अपने अन्दर ही फूट जाने दिया। अब वह हर चीज से डरनेवाला होता जा रहा था। या वह बोलता ही नहीं था लेकिन बोलता था तो बस बुदबुदाकर रह जाता। जैसे अनुनय कर रहा हो। वह किसी के साथ अधिकार भाव से बात ही नहीं कर सकता था। वह कभी घर में किसी के साथ नहीं बैठ पाता था। कहाँ देर रात तक घर से बाहर रहता था लेकिन अब अपने कमरे के एक कोने में किताब लिये बैठा रहता। वह जैसे स्वयं को स्वयं की उपस्थिति तक का भान नहीं होने देना चाहता था। दिन-पर-दिन बीत रहे थे। फाल्गुन के दिन अब खुलते जा रहे थे और धूप भी चैत्र के साथ बढ़ती जा रही थी। फाल्गुनी हवा जेठिया बगूले बनने के लिए पेड़ों में सरसराने लगी थी और यही खुला-खुलापन ही तो पुकार-पुकारकर कहने लगता है कि परीक्षाएँ आ रही हैं। इन दिनों दिन बहुत फैल जाता है। कोई कोना-कूचा धूप या आलोक से बच नहीं पाता है। आकाश-जैसे ढेर-सी अनावश्यक धूप से भर गया हो। और वह कामना करने लगा कि ऐसे ही किसी दिन कोई डाकिया

दीदी का एक पत्र उसके नाम से पुकारकर दे जायेगा। जिसे वह ले लेगा लेकिन पढ़ेगा नहीं। दीदी के लिए यही दण्ड होगा कि वह उनका पत्र न पढ़े। बस, वह पत्र अपने साथ स्कूल ले जायेगा। किताब में रखेगा। कभी कापी में। सम्भव है कभी हाफपैण्ट की जेब में भी रख ले लेकिन पढ़ेगा नहीं—क्योंकि जो चला गया उसका पत्र पढ़ना स्वयं को फिर मोह में डालना है।

और एक दिन पिता ने पुकारकर उसके नाम आया दीदी का पत्र सचमुच ही दिया, जिसे लेकर वह दौड़कर जीना चढ़ते हुए अपने कमरे में पहुँचा और एक ही साँस में पढ़ गया। बराबर पढ़ता ही रहा—

पूना, ४ मार्च, १९९०

श्रीधर! तुम्हारी याद इतनी आती है कि सम्भव होता तो मैं वैसे ही बनी रहती। हम और तुम वैसे ही रेलिंग थामे तालाब देखते रहते। चट्टान पर खड़े पार्वती देखते रहते। साँझ तारे को जन्म-जन्मान्तर तक देखते रहते। मैं कभी श्रीधर विलग न होती। लेकिन भैया रे, हमें जन्म ही दूसरे देते हैं इसीलिए तो हमारा जीवन भी अपने लिये नहीं होता। उसे कोई दूसरा ले ले इसीलिए तो हम यहाँ हैं। अपना कुछ भी नहीं होता। अभी तुम छोटे हो। कल तुम भी सब समझ जाओगे। तब तुम्हारी दीदी की विवशताएँ समझ सकोगे। सब-कुछ है। अच्छा घर है। सुख-साधन भी है। तुम्हारे जीजा की, मैं कहने के लिए दूसरी पत्नी हूँ बाकी वे शौकीन राजा साहब हैं। मुझे इस सबकी हल्की भनक थी, लेकिन श्रीधर! तू आज हमारी या हम सबकी विपन्नता थोड़े ही समझ सकेगा। अभी तेरे आँखों के आगे नीलिमा है। सब कितना सुहावना लगता है न? लेकिन दिन चढ़ आने पर सब तपने लगता है और तो और विनयी पृथ्वी तक तप उठती है। वे किताबें, वह कमरा, हम लोगों का पढ़ना, बाला साहब का एक-एक श्लोक का अर्थ करना और तुझे समझाना कितना, कितना याद है श्रीधर! लेकिन कितने जल्द सब शेषा गया। कभी तुम यहाँ होते तो देखते कि तुम्हारी दीदी सचमुच ही बदल गयी है। मेरा यहाँ क्या प्रयोजन है यही समझ में नहीं आता। जाने दे अभी तू नहीं समझेगा। और अच्छा भी है तू अभी न जाने यह सब। क्योंकि यह सब जान जाने के बाद अजीब वितृष्णा का तुरापन जीभ पर हमेशा-हमेशा के लिए बस जाता है। बाला साहब के घर से कहीं ज्यादा वैभव है तेरे जीजा के पास श्रीधर! और मैं उसकी मालकिन हूँ। समझा कुछ? मालकिन किसे कहते हैं यह नहीं मालूम? अरे, यही बातें जानने को तो हम रोज बढ़ते हैं। बढ़ते जाते हैं। बढ़ते जाते हैं और एक दिन इसे जान लेने के बाद घटने लगते हैं, घटने लगते हैं और फिर तो घटते ही जाते हैं। तो, अब तेरी दीदी इसी को जान रही है आजकल। और एक दिन तू सुनेगा कि तेरी दीदी घटने लगी है। बस यही जीवन होता है। चढ़ते जाओ, चढ़ते जाओ और शिखर पर पहुँचकर उसके नुकीलेपन को छूकर फिर उतरने लगो। शिखर पर कोई हमेशा के लिए बैठ नहीं पाता है। शिखर एक दंश है श्रीधर! जिसमें पता नहीं लोग कैसे लिप्त रहते हैं? उस दंश को लोग भोग कहते हैं और उसमें डूबे रहते हैं। यह न समझना कि

तेरी दीदी इस भोग और दंश से पृथक् है। नहीं, आकण्ठ डूबी हुई हूँ। तन का तो कोई भाग इस लिप्सा से नहीं बचा होगा। रहा मन, तो उसे कौन जान सका है? मन तो एक कल्पना है श्रीधर! जाने दे, मैं भी क्या पचड़ा ले बैठी। तू मुझे याद करता है इसमें मुझे कभी संशय न था और न होगा। तू ही मुझे सचमुच याद करता है। और यही तो एकमात्र तेरी दीदी की उपलब्धि है। अच्छा छोड़। खूब पढ़ना। देख, आज मैं दूसरे जलों में, समुद्रों में हूँ। केवल तुझे वहाँ से पुकारकर ही कह सकती हूँ कि साहस कभी न खोना। जो जा चुका है उसके लिए प्रलापना व्यर्थ होता है क्योंकि वह जाने के लिए ही बना था। तुझे यहाँ आने को कैसे लिखूँ। मैं भी यहाँ कितनी कुछ हूँ इसे आज कैसे बताऊँ? तू मेरा छोटा भाई है और छोटे को लाख संकेतों में समझाओ भला वह कैसे समझ पायेगा, है न? तेरे जीजाजी तुझे जानते हैं यह कैसे कहूँ? जबकि मुझे ही वे कितना जानते हैं यह स्वयं मुझे ही नहीं मालूम। अच्छा, तो खूब पढ़ना। एक दिन जब तू बड़ा आदमी बन जायेगा, परिवारवाला हो जायेगा तब मैं जरूर ही जाऊँगी अपने श्रीधर के बच्चों को देखने के लिए—

—तेरी असीम, दीदी।

श्रीधर इस पत्र को जाने कितनी बार पढ़ गया। लेकिन उसकी समझ में बहुत कम आया। पर वह यह जरूर समझ सका कि उसकी दीदी सुखी नहीं हैं। और वह उस रात फिर बहुत देर तक रोता रहा। बारम्बार अन्दर से बाहर कुछ आना चाहता रहा। लेकिन क्या? यह वह नहीं समझ सका।

दीदी के बिना भी दिन बीतते चले गये। एक और छोटा-सा पत्र बम्बई से आया था। श्रीधर को बुलाया गया था कि क्यों नहीं वह कुछ दिनों के लिए आ जाता? दीदी का मन भी बहल जायेगा। वैसे पत्र में कोई खास बात नहीं थी बल्कि अधिक तो यही था कि कैसे वह समुद्र-तट घूमने जाती है। दूर समुद्र में विदा होता हुआ सूर्यास्त श्रीधर की याद करा जाता है। लगता है समुद्र में रोज सूर्य, दिनभर की गाथा के पन्ने रखने शाम को जाता है और जिस दिन सारा समुद्र गाथा के पन्नों में भर जायेगा उस दिन प्रलय होगा। सबका इतिहास समुद्र के तल में रखा जाता है ताकि हम बाद में मुकर न जायें कि नहीं हमने ऐसा नहीं किया। ताड़ और नारियल के गाछ समुद्री तेज हवा में खूब सारे हिलते होते हैं। श्रीधर की दीदी बम्बई के कोलाहलपूर्ण समुद्री तट के बजाय किसी एकान्त तट पर ही अधिक आती-जाती हैं। किन्तु यह कम ही हो पाता है क्योंकि प्रायः बाला साहब या और कोई साथ में होता है। उसे अब एकान्त मिलता ही कहाँ है श्रीधर? अब तो उसका सदा ही एक सामाजिक पक्ष है। वह एक बड़े आदमी की पत्नी है जिसके नाते-रिश्तेदार इस बम्बई में काफी हैं। और कभी यहाँ, कभी वहाँ तुम्हारी दीदी को जाना पड़ता है। जानते हो श्रीधर! बम्बई बहुत ही बड़ा नगर है। जहाँ समुद्र है,

जहाज आते-जाते हैं, ऊँचे-ऊँचे मकान हैं, बड़ी लम्बी-चौड़ी सड़कें हैं, बड़े-बड़े पार्क हैं जिनमें ढेर सारे फूल-ही-फूल हैं। भड़कीली पोशाकोंवाले लोग हैं। बड़े-बड़े होटल हैं। होटल किसे कहते हैं जानते हो? नहीं न, तो तुम यहाँ कुछ दिनों के लिए क्यों नहीं चले आते? होटलों में लोग खाने-पीने, नाचने, शराब वगैरा के लिए जाते हैं। बग्घियाँ हैं, मोटरें हैं। श्रीधर! इस बम्बई में क्या नहीं है?? हाँ, यहाँ तुम, तुम्हारी दीदी, वह तालाब, वे पुस्तकें, वे सपने, वह शैशव, वह खुलापन नहीं है। और सम्भवतः वह सदा के लिए बीत गया रे! तू अभी कुछ नहीं समझ सकेगा। पिछले दिनों कुछ समय के लिए जीजा आये थे। उनके साथ तेरी दीदी भी बड़े-बड़े होटलों में गयी थी। वे सब-कुछ खाते-पीते हैं। पैसा उनके लिए पानी भी नहीं है। वे अपने वृद्ध शरीर को किसी भी सांसारिक सुख, भोग से वंचित नहीं रखते हैं। तेरी दीदी को उन्होंने जेवरों से लाद रखा है। जानते हो जेवर पहनकर जब मैं उनके साथ बग्घी पर सवार होकर लकदक निकलती हूँ तब साधारण नर-नारी तेरी दीदी की ओर, गहनों की ओर देखते ही रह जाते हैं। अपना तन जब सोने में मढ़ा हुआ हो तो लगता है कि पूरी पृथ्वी ही सोने से मढ़ी हुई है—अरे हाँ, अभी किसी से कहना मत, लेकिन बाला साहब हम लोगों के लिए एक नयी माँ लाना चाहते हैं। सम्भवतः जल्द ही।

और दीदी का उसके बाद कोई पत्र नहीं आया। कुछ महीनों बाद कस्बे में सभी को सूचना आयी कि बाला साहब ने वहीं बम्बई में तीसरा विवाह कर लिया। अब श्रीधर के लिए दीदी भी क्रमशः दूरागत ध्वनि होती जा रही थीं। दीदी ही उसके लिए घटना थीं और वह निश्चय ही घटनाहीन था। उसके अपने परिवार में श्रीमोहन के विवाह की चर्चा थी जिसमें उसकी रुचि नहीं थी। वह मिडिल कक्षा में था। इसके बाद वह नार्मल पास करेगा।

परीक्षा के बाद गर्मियों में श्रीमोहन का विवाह हो गया। बरसों से श्रीधर कहीं बाहर नहीं गया था। भाई के विवाह में वह पहली बार बैलगाड़ी में बैठकर यात्रा पर गया था। वह यात्रा उसे आज तक यांद है। एक अजीब बुझा हुआ उत्साह था उसमें। बीस कोस की गाड़ी की यात्रा थी। बहुत ही भिनसारे वे लोग चल दिये थे। पठारी नदियाँ गर्मियों में सूखी-अधसूखी थीं। कैसे बैलों के खुर और गाड़ियों के पहिये 'किचिर-किचिर' करते नदियों के सूखे पथरीले थलों को पार करते। जंगलों में अजीब सुनसानपन मिलता। गरवट, पेड़, भूरे-सूखे पठार सब अजीब नीरवता में डूबे रहते जिसे बैलों की गलघण्टियाँ या गाड़ीवानों की 'किचकिच' ही तोड़ते। उसका भाई श्रीमोहन घोड़े पर सवार था। एक गाड़ी में रण्डियाँ थीं, तबलची थे, साजिन्दे थे। एक गाड़ी में बाजेवाले थे तथा आठ गाड़ियों में बराती। दो दिन की यात्रा के बाद वे लोग वधूवालों के घर पहुँचे थे। जहाँ बारात सात दिन रुकी। किस प्रकार नाच-गान, खान-पान चलता रहा सब उसे ठीक-ठीक आज तक याद है। रण्डियों का नाच देखने किस प्रकार आस-पास के देहाती रात-रातभर बैठे रहते थे। गर्मियों की खूब खुली रात में वे तीनों वेश्याएँ बड़े हावभाव से उस बड़े तम्बू में नाचतीं। गैस की रोशनी में बैठे हुए लोग तन्मय हुए रहते। जब कोई रण्डी किसी के पास जाकर बैठकर हावभाव करती, दर्शकों में से आवाजें आने लगतीं जिसे देख-सुनकर उसके मन में जाने कैसा होने लगता। जब कोई उसकी ओर देखकर आँख मटका देती तो वह एकदम लाज में लाल हो जाता। तभी पास में बैठे हुए कोई साहब बड़े मगन मन से उसकी पीठ पर धौल जमाकर हो-होकर हँस पड़ते।

— जाओ, बुला रही है तुम्हें।

और इस बोली पर सभी हँस पड़ते।

वह घबराया-सा वहाँ से उठ खड़ा होता। तम्बू, बाग और अहाते से निकलकर वह गर्मियों के उजले आकाश में खिले तारों के नीचे अपनी अनेक अधूरी साँसें पूरी करता। वह तीन दिन में ही घबरा गया था। जब पिता ने उसे बताया कि बारात अभी चार दिन और रुकेगी तो वह रुआँसा हो आया। वह देखता कि दूसरे सारे बाराती सवेरे-सवेरे खूब नाश्ता कर मालिश करवाते, फिर नहाने किसी बावड़ी पर चले जाते। तब खाना आता। उसके बाद अमराई की गहरी छाया में पड़े अपने-अपने तम्बुओं में चौथे पहर तक सोते रहते। और फिर भंग-ठण्ढाई छनती। उपरान्त नहाया जाता। नाश्ता किया जाता। उसे लगा यहाँ से जाने की किसी को चिन्ता नहीं थी। सभी आनन्द मना रहे थे। केवल वही जाने क्यों अजीब अकेलापन अनुभव करता रहा।

जब वह बारात से लौटा तब उसे मालूम हुआ कि वह मिडिल पास हो गया है, बल्कि अच्छे नम्बरों से। वह आगे पढ़ने जाने की तैयारी में लग गया। उसे नार्मल स्कूल के लिए सरकारी वृत्ति मिल सकती है जानकर वह फूला न समाया क्योंकि पिता आगे पढ़ाने को तैयार नहीं थे।

और यह यात्रा ही वास्तविक पहली यात्रा थी जबकि वह पहली बार कायदे से रेल पर चढ़ा था और फिर कैसे डरते-डरते वह ग्वालियर के नार्मल स्कूल पहुँचा था। घर से पहली बार नितान्त स्वतः होकर रहना अपने में बहुत बड़ा अनुभव था जो उसके व्यक्तित्व के तल तक में रस-बस गया। जैसे वह अनुभव खाद था और इसी के लिए तो वह प्रतीक्षित था। सवेरे से शाम तक अध्ययन, प्रशिक्षण आदि में बझे रहकर वह अन्य किताबें भी खूब पढ़ने लगा। स्वत्वपूर्ण एकान्त में उसे दीदी के साथ का सहजीवन स्पष्ट होने लगा। यहीं पर उसे मालूम हुआ कि दीदी विधवा हो गयीं। अब वह विवाह, वैधव्य आदि को उनके समस्त अर्थों में समझने लगा था। उसने दीदी को एक पत्र भी लिखा ठीक उसी तरह जैसे कोई बड़ा अपने छोटे को लिखता है। उसे दीदी के वैधव्य से अत्यन्त खेद हुआ था। वह जान रहा था कि दीदी-जैसे व्यक्ति के लिए उनके पति-जैसा न वह व्यक्ति, न उसका वैधव्य और न उसका वातावरण कुछ भी तो समीचीन न था। जो व्यक्ति उससे आयु में इतना बड़ा था भला दीदी का पति कैसे बन सकता था।
लेकिन इसके बाद भी अनेक बातों की अभिव्यंजना अभी उसे नहीं आती थी। और ऐसे ही समय पिता ने एक पत्र लिखकर सूचना दी कि इसी पौष में उसका विवाह तय कर दिया गया है, छुट्टियाँ लेकर चला आये। वह अस्वीकार करना चाहता था कि नार्मल पास कर ले तब विवाह करेगा लेकिन वह ऐसा सब-कुछ लिख न सका और एक दिन अनायास ही घर भी पहुँच गया और सौरों तक यात्रा कर विवाहित भी हो गया।

इस महत्त्वपूर्ण घटना के बाद उसे जो याद पड़ता है वह यही कि वह नार्मल पास कर अपने इसी स्कूल में मास्टर हो गया और आज तक वह यहीं है। इस बीच गुणवन्ती, सुशीला और देवव्रत का जन्म हुआ। वे इस सब में निर्लिप्त थे, यह कहना मिथ्या होगा लेकिन आसक्त भी नहीं कहे जा सकते। इस बीच श्रीमोहन का परिवार बढ़ा। छोटे भाई श्रीवल्लभ का भी विवाह हुआ। घर की समस्याएँ सब बाहरी प्राणियों ने आकर बढ़ायी ही। माँ कैसे उदासीन होती चली गयीं और भाभी ने किस प्रकार दादा के कान भरने शुरू किये। सरो कैसे खटती चली गयी। इस बीच उदासीन पिता और अधिक ठाकुरजी की सेवा में रहने लगे तथा स्वयं श्रीधर बाबू निष्काम भाव से गम्भीर ही होते चले गये। वे अपने चारों ओर उसी तरह

देख पाते थे जैसे कोई नदी के जल में से अपने चारों ओर को देखता है—कुछ भी साफ नहीं दिखता। जो दिखता है वह बड़ा ही स्थूल उजेला, फैला-फैला-सा आकारहीन विस्तार। बस यही श्रीधर बाबू का देखना था अपने परिवारवालों के बारे में। आज भी उनकी संवेदनाएँ किसी विगत में थीं जहाँ सोचते हुए होने पर उन्हें अजीब तृप्ति होती थी। बाकी जो सामने यथार्थ था वह अजीब ओछा, वितृष्ण करनेवाला लगता। इस बीच बाला साहब की आत्महत्या के समय श्रीधर बाबू सारो गये हुए थे। और उस अवसर पर दीदी अवश्य आयी थीं लेकिन तब श्रीधर बाबू न थे और इस प्रकार विवाह के बाद से ही दीदी को कभी देखने का अवसर ही नहीं मिला। केवल यही मालूम हो सका कि अब वे असांसारिक होकर काशीवास कर रही हैं। इससे अधिक का व्यवहार उनके बीच रह ही नहीं गया था।

समय बीतता चला गया। श्रीधर बाबू अधिकाधिक उदासीन होते चले गये। बल्कि नीरस-से भी लगने लगे थे। केवल पेमेन मजूमदार और नारायण बाबू को छोड़ उनका कोई वैयक्तिक मित्र था ही नहीं। इस बीच उन्होंने इतिहास लिखा। और वे अपने विभाग की प्रतिक्रिया के लिए चिन्तित थे। यद्यपि लोगों का ख्याल था कि बात आयी-गयी हो गयी है। लेकिन श्रीधर बाबू का ख्याल था कि बात ऐसी ही आयी-गयी नहीं होगी।

आजकल दीवाली की आठ दिन की छुट्टियाँ थीं। श्रीधर बाबू ने इस बीच अपने सारे कागज-पत्तर सहेजकर रखे। पुरानों की धूल झाड़ी। नये-नये बस्ते बनाकर पुरानी किताबों को सहेजा। पुरानी बातों को नोट किया और उन्हें ठीक से लेबिल लगाकर रखा गया। दीदी की तथा बाला साहब की दी हुई प्रत्येक पुस्तक को पढ़ा गया और उनके साथ की स्मृति में डूबा गया। सब में जैसे कोई अज्ञात प्रतीक्षा थी और जिसे वे अज्ञात रूप से जिये चले जा रहे थे।

और अगत्या विभाग की ओर से दीवाली की छुट्टियों के ठीक बाद सूचना आयी कि यदि श्रीधर ठाकुर इतिहास में परिवर्तन नहीं करते तो उन्हें नौकरी से त्यागपत्र देने को कह दिया जाये। गाडगिल साहब ने विभाग का पत्र दिखाया और फिर समझाया कि अभी भी मौका है। लेकिन अत्यन्त निस्पृह भाव से श्रीधर बाबू ने पत्र पढ़कर पूछा,

— तो त्यागपत्र कब दे दूँ? आज ही?

और स्कूल में बात फैल गयी कि श्रीधर बाबू त्यागपत्र दे रहे हैं। बात-की-बात में हेडमास्टर साहब के कमरे के सामने विद्यार्थियों की भीड़ जमा हो गयी। लड़के चारों ओर से ताकझाँक कर रहे थे। बरामदे में अजीब घुटा-घुटा, दबा-दबा-सा शोर हो रहा था। गाडगिल साहब अपने कमरे से बाहर आये और उन्हें देखकर लड़के गिरते-पड़ते भागने लगे। इतने में दूसरे अध्यापक भी आ गये। कमरे में एक अजीब सन्नाटा-सा था। विभाग का पत्र टेबल पर पड़ा हुआ था जिसे बारी-बारी से सब लोग पढ़कर रख देते थे और सिर नीचा कर लेते शायद कोई भी पूरी साँस नहीं ले पा रहा था।

— श्रीधर बाबू! आप जानते ही हैं कि आपको मैं पुत्र की तरह स्नेह करता हूँ? मैं आपको परामर्श दूँगा कि ऐसी जिद नहीं करनी चाहिए। बात छोटी-सी है, झुक जाना चाहिए।

गाडगिल साहब की बात पर फर्स्ट मास्टर मुन्शी राम इकबाल सहाय बोले, जो कि करीब सत्तर वर्ष के होंगे। जिन्होंने उर्दू में स्वर्गीय श्रीमन्त महाराज की शान में कभी गजल लिखी थी।

— जी हाँ साहब! जमाना देखके काम करना चाहिए। अब श्रीधर बाबू तो खुद काफी जेहनवाले और समझदार सख्श हैं। इसमें क्या रखा है बड़े-बड़े शायरों को अपने कलामों और दीवानों में से अशआर तक काटने और बदलने पड़े हैं। जमाने की चाल ही दूसरी होती है जनाब!

और दूसरे सभी अध्यापकों ने 'जी हाँ, इसमें क्या शक है' की टीप लगायी।

— तो, आप जब कहें मैं अपना त्यागपत्र दे दूँ।

और श्रीधर बाबू को उठता देखकर सब सकपका गये।

तो क्या सच ही श्रीधर बाबू त्यागपत्र दे ही देंगे?

— जैसी आपकी मर्जी। जिस दिन देना चाहें दे दीजिये।

और सब खिन्न मन से उठ गये।

किसी का साहस श्रीधर बाबू से बातें करने को न हुआ। सही तो यह था कि वे स्वयं ही से न बात कर रहे थे न सोच रहे थे। केवल यही लग रहा था कि कल

जब वे त्यागपत्र दे देंगे उसके बाद क्या होगा? कौन जाने? वे स्वयं अनिर्णीत थे मन के किसी अतल में। और वे उसे भरसक उभरने न देना चाहते थे। आज वे घर तब पहुँचना चाहते थे जब सभी सो जायें ताकि किसी से सामना न हो। अच्छा हो कि सरो भी सो गयी हो। मान लो वह जाग भी रही हो तो कम-से-कम माँ और पिताजी अवश्य ही सोते मिलें। और वे स्कूल से सीधे पेमेन बाबू के यहाँ पहुँचे।

पेमेन बाबू नित्य की भाँति अपने उसी लान में कुर्सियाँ बिछाये बैठे थे। नवम्बर की सन्ध्या थी। न अधिक गरम, न अधिक ठण्डी। श्रीधर बाबू को देखकर वे खिल उठे,

— आइये श्रीधर बाबू! बड़े दिनों में दिखायी दिये। दीवाली भर नहीं दिखे, कहाँ थे?

— असल में घर पर ही सालभर की सफाई-धराई रहती है न?

— नारायण बाबू लौट आये?

— क्यों, कहीं गये थे क्या?

— आपको नहीं मालूम? आप भी अजीब हैं।

— असल में पेमेन बाबू बात यह है कि मैं शूकरवृत्ति का आदमी हूँ न।

और वे हँस दिये।

— क्या मतलब आपका?

— शूकरवृत्ति नहीं जानते आप? अरे नाक की सीध में काम करने का आदी हूँ, बस जहाँ लग गया फिर दूसरा कुछ याद ही नहीं रहता।

— ओह, यह बात है?

और दोनों हँस पड़े।

— यह तो ज्ञानियों का लक्ष्य है श्रीधर बाबू!

— लेकिन ज्ञानी नहीं हूँ यह निश्चय समझें। तो नारायण बाबू.....

— हाँ, वे मदन के लिए उज्जैन जानेवाले थे दशहरे पर ही।

— क्यों उनके मदन को क्या हुआ?

— हुआ कुछ नहीं, वह आगे पढ़ने के लिए विलायत जाने के लिए कहता है।

— यह तो बहुत अच्छा है। तो, नारायण बाबू को क्या आपत्ति है?

— लेकिन बड़े भाई साहब कहते हैं कि समुद्र पार जाने से धर्मभ्रष्ट हो जायेगा। तभी दूरी पर नारायण बाबू की फिटन दिखलायी दी।

— लो, वह भी आ गये।

श्रीधर बाबू की बात सुनकर पेमेन ने देखा कि नारायण बाबू आ रहे हैं।

— अरे वो इतिहासवाला झमेला तो दूर हो गया न।

पेमेन बाबू बात कहते हुए फिटन की ओर देख रहे थे।

— कहाँ, आज फिर पत्र आया है?

— क्या?

और तभी फिटन आकर रुकी। आते ही बोले,

— अरे तुम यहाँ हो? मैं तो तुम्हारे यहाँ गया था।

— क्यों?

— लो, इससे पूछो कि मैं क्यों गया था इसके यहाँ।

और कुर्सी पर बैठते हुए बोले।

— मुझे तो लगता है कि एक-न-एक चिन्ता बनी ही रहेगी। मदन का कुछ तय करके आज ही उज्जैन से आया कि मालूम हुआ कि ये हजरत त्यागपत्र दे रहे हैं।

— क्यों श्रीधर बाबू! आप नौकरी छोड़ रहे हैं?

पेमेन ने साश्चर्य पूछा।

— और क्या करूँ?

श्रीधर ने बिल्कुल निरीह भाव से कहा।

— देखो श्रीधर! मैंने उस समय तुम पर जोर देना ठीक नहीं समझा लेकिन अब सोचता हूँ कि नौकरी छोड़ दोगे तो पुश्तैनी मन्दिरों की पूजा से मैं नहीं समझता कि तुम्हारा पेट भर सकेगा। व्यापार तुम करने से रहे। दूसरी सरकारी नौकरी मिलने से रही। तब क्या करोगे?

नारायण बाबू बहुत गम्भीर होकर बोल रहे थे।

— मैं स्वयं भी नहीं जानता कि क्या होगा।

— अपने भाइयों को देख ही रहे हो। श्रीवल्लभ चला ही गया। श्रीमोहन तो अब अलग मकान भी लेने की सोच रहे हैं। फिर तुम्हारा क्या होगा?

— मैं कहाँ कहता हूँ कि मेरा कुछ होगा ही।

— यह सब बकवास है तुम्हारी। न जाने तुम कौन-कौन-सी किताब पढ़ते रहते हो दिन-रात कि तुम्हारा दिमाग पता नहीं क्यों व्यावहारिक बातें नहीं सोच पाता? बेचारी बहू और बच्चों का क्या होगा?

नारायण बाबू किञ्चित् आवेश में आ गये।

— सच श्रीधर बाबू! बात तो बहुत गम्भीर है।

पेमेन उठकर अन्दर जाते हुए बोले। जब वे अन्दर चले गये तो नारायण बाबू बोले,

— श्रीधर! कोई चिन्ता नहीं अगर तुम सच ही छोड़ना चाहते हो लेकिन यह मान लो कि तुम सरकार की आँखों में हमेशा के लिए चुभ जाओगे। कोई साथ नहीं देगा। अपने घर की स्थिति देखो। मैं पूछता हूँ कब तुम्हें समझदारी आयेगी? यह आदर्शवाद तुम्हें कब से लग गया श्रीधर? वो तुम्हारी दीदी ने जब तुम्हें इतना कुछ सिखाया-पढ़ाया था तो कुछ दुनियादारी भी सिखा गयी

होती। हाँ ऽ ऽ ाँ, वो भला क्या सिखाती? बड़े आदमी की लड़की थी। उसका भी आदर्शवाद उसे जाने क्या-क्या सिखा रहा है।

तब तक पेमेन लौट आये।

और सहसा श्रीधर उठे। नारायण बाबू भी पेमेन के साथ कुछ चकित अवश्य हुए लेकिन वे आश्वस्त ही रहे। पेमेन बोले,

— अरे, कहाँ चल दिये?

— घर जाना चाहता हूँ।

— लेकिन चाय आ रही है।

— नहीं, जाऊँगा। चाय के लिए क्षमा करें।

— क्यों, मेरी बात का बुरा मान गये श्रीधर?

नारायण बाबू ने कुछ खिन्न होकर पूछा।

— नहीं नारायण बाबू! आपकी बात का बुरा इस जन्म में तो नहीं मान सकता।

— तो फिर श्रीधर को जाने दो पेमेन! मैं चाहता हूँ कि श्रीधर सोचे और तब कोई व्यावहारिक कदम उठाये। क्या गाड़ी भेजूँ?

— नहीं।

और श्रीधर दूर तक दिखती सड़क पर साँझ के धुँधले में दूर-दूर तक दिखता रहा।

— क्या बात थी नारायण बाबू?

नौकर तब तक चाय ले आया।

— पेमेन! बाला साहब की लड़की इन्दु को जानते हो न?

— हाँ हाँ, श्रीधर बाबू तो उन्हें दीदी मानते रहे हैं।

— हाँ, उसी की बात आ गयी। उसी ने इस व्यक्ति को स्वप्नशील बना दिया। ये सारे आदर्श, सिद्धान्त भला जब इन्दु की सहायता नहीं कर पाये तब भला इस बेचारे श्रीधर की क्या हालत करेंगें इसे यह नहीं समझता है। ताल्सताय, विवेकानन्द से नीचे बात ही नहीं करता है मेरा शेर। शेक्सपीयर के नाटकों के वाक्य बोलता है और पूछिए, तो हजरत मास्टरी करते फिरते हैं। मैं, आलोचना नहीं कर रहा हूँ पेमेन! लेकिन मुझे यह अपना छोटा भाई-सा लगता है। इसके लिए मुझे दर्द है पेमेन! लेकिन अभी यह नहीं समझता कि कल क्या करेगा। तीन बच्चों का बाप बन गया लेकिन अभी खुद एकदम बच्चों की तरह व्यवहार करता है। पुश्तैनी मन्दिरों की पूजा की जो माफी की जमीन है उसे सिरश्तेदार साहब श्रीमोहन बाबू ने हड़प रखी है। मकान की हालत जैसी है हम-आप देख ही रहे हैं, उसमें भी तीन हिस्से होंगे और दोनों भाई अपना-अपना हिस्सा बेचकर अलग मकान खड़े कर लेंगे। जरा इन साहजादे से पूछो कि कल से तुम्हारी बीबी और बच्चे क्या खायेंगे? मान लो माता-पिता अभी तो बेचारे कुछ कमाते-धमाते हैं, कल से उनका क्या होगा?

दोनों भाई कटे पर पेशाब कर दें तो मेरा नाम पलट देना। और ये चले हैं नौकरी छोड़ने।

— नारायण बाबू सच ही बहुत तैश में थे।

नारायण बाबू तथा पेमेन से अलग होकर श्रीधर बाबू तालाब की ओर निकल आये। साँझ कभी की ढल चुकी थी। स्वयं उनके मन में हल्के-हल्के अनेक शंका-कुशंकाएँ घिरने लगी थीं। अब तक घर-भर के लोग जान गये होंगे कि मैं त्यागपत्र दे रहा हूँ। माँ ने क्या सोचा होगा? सरो ने इस समाचार को सुना होगा कि नहीं? अवश्य ही भाभी ने आँगन में खड़े होकर खूब रस ले-लेकर बातें सुनायी होंगी। पिताजी तो अभी मन्दिर में ही होंगे। वहाँ किसी ने अवश्य ही यह खबर सुना दी होगी। दादा ने माँ को यह समाचार अवश्य ही यह कहकर सुनाया होगा कि मैं तो पहले ही जानता था इसीलिए इस झगड़े में कभी पड़ा ही नहीं। वे इसी उधेड़बुन में घाट पर बैठे रहे। तालाब के जल में सँवलाया आकाश प्रतिच्छायित था। सामने के शिखर पर सन्ध्यातारा उग आया था। दूर मन्दिरों के शंख-घड़ियाल बोल रहे थे। दूर-दूर तक घाट सुनसान थे। वातावरण में हल्की खुनकी थी। तालाब के चारों ओर के गाछों से अँधेरा धीरे-धीरे घिर रहा था। अबाबीलें पानी पर उड़ रही थीं। लौटे हुए पक्षी घोंसलों में पंख फड़फड़ाते बैठ रहे थे। चिमगादड़ें तेजी से मँडराने लगी थीं। हवा एकदम शान्त थी। बीचवाली छतरी मद्धिम पड़ती जा रही थी। पानी में कहीं-कहीं कम्पन भर थी, बाकी सब थिर था। एक अजीब सन्नाटे में श्रीधर बाबू बैठे। बाहर का यह निर्जन जैसे अपने अन्दर भी धँसता जा रहा था। जिसे सोचने के लिए वे यहाँ आये थे वह सोचना ही जैसे खो गया था। वह स्वयं जैसे इस निर्जन एकाकीपन के एक सूने खण्ड भर हों। इस समस्त वीरानेपन को जो भी कहीं कोई सोच रहा हो, सोचे, कम-से-कम श्रीधर बाबू नहीं सोच रहे थे। बल्कि वे इतने विराट् निर्जन में कभी नहीं सोच सकते थे। वे एक खाली बर्तन की तरह लग रहे थे जिसे कोई दिशाओं के पार भले ही बजा रहा हो, वे चाहे बज रहे हों लेकिन उन तक न अन्दर, न बाहर, कोई स्वर नहीं आ रहा था।

जब सब लौट जाते हैं तब भी यहाँ बहुत-कुछ पीछे छूट जाता है। इतना सारा पूरा-का-पूरा दृश्य यथावत् रहता है। इन्हें कहीं नहीं जाना होता है। कैसा सम्बन्धहीन सम्बन्ध इस पूरे व्यापार में है। एक हम हैं कि प्रत्येक पल में एक-एक बूँद रिसते हैं। हम स्मृतियों का फर्श अपने आगे बिछाते चलते हैं और उस पर रख चलते हैं। नया, नया और नया—हमारे पैरों के नीचे जाने कहाँ से खिंचता हुआ चला आता है और बिछता जाता है। हम अनेक बार ऐसे अपरिचित या अवज्ञ नूतन के साथ नहीं चलना चाहते हैं लेकिन यह सम्भव नहीं होता। यहाँ दुहराता कुछ नहीं है हमें सदा आभास होता है। हमसे प्रत्येक क्षण हमारा स्वत्व ही

जाने कहाँ, किसलिए, किसके लिए टूट रहा होता है। कौन जाने कल क्या हो। कल त्यागपत्र देने के बाद कौन जानता है क्या होगा? सम्भव है यहाँ रहना न हो। तब क्या होगा? क्या कहीं बाहर जाया जायेगा? क्या पता? सरो, गुणवन्ती, सुशीला, देवव्रत का क्या होगा? नहीं यह नहीं हो सकता कि ये लोग अनाथ हो जायें। लेकिन माँ हैं ही। पिता चाहे अनासक्त हों लेकिन माँ उन्हें अभी भी सम्बन्धों से घेरे हुए हैं। इस विषमता से कैसे निकला जायेगा? या तो यहीं टूटकर रह जाना होगा या फिर 'विपुलाश्च पृथ्वी' को एक बार देखा तो जाये। क्या होगा? मैं स्वयं के लिए कभी चिन्तित नहीं हो सकता। रही सरो और बच्चों की बात—तो, क्या ये लोग कुछ दिन भी मेरे बिना नहीं रह सकते? क्या, कोई, कुछ लोगों के लिए इतना आवश्यक होता है? —नहीं तो, बिना सिद्धार्थ के जब राजवंश, राज्य, यशोधरा, राहुल, परिवार सभी रह सके तो श्रीधर तो कोई ऐसी सत्ता नहीं है। और फिर कुछ दिनों में जब सब ठीक हो जायेगा तब ये लोग भी आ सकेंगे। लेकिन आरम्भ में ही सब-कुछ बता देने पर कब किसने किसको जाने दिया है? मोह के बन्धन तो स्मृतियों में सालते हैं तब भला खुली आँखों कोई किसी को जाने दे सकता है?—तो फिर किसी को नहीं बताया जाये? क्या यह??— कि मैं यहाँ से अपने पुरुषार्थ और भाग्य दोनों की परीक्षा के लिए जा रहा हूँ? कहाँ? भला अभी से इसका निर्णय कैसे किया जा सकता है—तो, तो, सरो या माँ—किसी को भी नहीं कहा जायेगा?

और तभी उन्होंने देखा कि आकाश में एकदम ठण्डे तारे-ही-तारे भर गये हैं, सर्दियाँ शुरू हो गयी थीं। दूर-दूर तक न शब्द, न स्वर, न गन्ध, न रूप, कुछ नहीं था। जैसे सब ठण्डे अँधेरे में जम गये हों। जेब से घड़ी निकालकर देखने की कोशिश की लेकिन वे कुछ पता न चला सके। सम्भवतः दस बजे रहे होंगे। वे सहसा यह भूले हुए थे कि कुछ देर पहले उन्होंने जीवन का महत्त्वपूर्ण निर्णय लिया था। जो सच ही यदि पूरा हो जाता है तो स्वयं वे ही नहीं जानते कि कल क्या होगा। और यह भी कि कल उनका, उनके परिवार का भी क्या होगा। बस, लौटते में उन्हें यही लग रहा था कि अँधेरा उन्हें चारों ओर से धकेलता घर की ओर ले जा रहा था। कहीं वे भी उस सबमें हैं यह विशेष न जानते हुए भी वे चल रहे थे।

ठण्डा कथीर मालवी वायरा चल रहा था। जाड़ों की भिनसार। आकाश में तारे ठराये लग रहे हैं। अँधेरा छँटने में काफी देर थी। रेल की पटरियों से लगी सड़क भी इस वेला सुनसान थी। श्रीधर बाबू इस सुनसान वेला अकेले चले जा रहे थे। कल रात तालब पर निर्णय लिया था कि वे बिना और कुछ बात का विचार किये यह नौकरी छोड़ देंगे। सरो को कैसे और कितना कुछ बताया जायेगा इस बारे में तब वे स्पष्ट नहीं थे। लेकिन तालाब के बाद जब वे घर पहुँचे लगभग सभी सो चुके थे। दरवाजे की कल की थोड़ी आवाज होते ही माँ ने पूछा,

— कौन? सिरीधर?

— हाँ, तुम सोयी नहीं अभी?

— अब सोना किसके भाग में रहा रे!

और श्रीधर बाबू, माँ की इस वीतरागिता का कारण फौरन ही समझ गये। वे इस क्षण को, इस विषय को टाल जाना चाहते थे क्योंकि लगता था माँ जैसे भरी बैठी थीं। वे जान गये कि यदि बातचीत शुरू कर दी तो फिर उसके वेग में उनके निर्णय बह जायेंगे। माँ के इस वाक्य के पीछे जो दर्द, जो आरम्भ छिपा हुआ था उसका सामना श्रीधर बाबू किसी भी कीमत पर नहीं करना चाहते थे। उधर माँ ने भी प्रतीक्षा की कि रोज की भाँति लड़का पास आकर बैठेगा। वे धीरे-धीरे पूछेंगी कि क्यों रे, इस्तीफा तो दे देगा लेकिन कल से ही क्या होगा? हमारी चिन्ता जाने भी दे लेकिन तेरे ही बाल-बच्चों का क्या होगा? तू कहीं यह सोचता हो कि पूजा की माफीवाली जमीन में से कुछ मिल सकेगा तो बच्चू, बहुत भूल में हो। जब श्रीमोहन अपनी सगी माँ को उस जमीन की पैदावार की एक सेर जुआर लाकर नहीं देता है, वह भला उसमें से भाइयों को हिस्सा देगा? अरे तुम लोगों की कौन कहे इसने दूसरे भाईबन्दों की भी जमीन हड़प रखी है। सिरश्तेदार क्या हुआ जैसे नादिरशाह हो गया। श्रीवल्लभ को थोड़ा मिला रखा है बस, बाकी तुझे या दूसरों को वह क्या समझता है। देख बेटा, जल्दबाजी में कोई नादानी न कर बैठना।.....और समीसाँझ से माँ श्रीधर की प्रतीक्षा करती रहीं कि वह आये तो पूछें कि क्या सच ही वह त्यागपत्र दे रहा है? क्योंकि कहीं उन्हें विश्वास था कि श्रीधर ऐसा सब-कुछ करने के पूर्व कम-से-कम अपनी माँ से जरूर पूछेगा।

साँझ से रात पड़ी। रात से देर रात भी हुई लेकिन श्रीधर न आया। रोज की भाँति घर के सारे लोग लौट-लौटकर आ गये। खाना खा लिया गया। रोज की कहा-सुनी भी कहीं हो गयी। पति उसी निश्चिन्त भाव से बँगवई पर बैठकर पाठ करते रहे। बदलाव यही था कि रोज की भाँति घर के दूसरे लोग, खासकर

श्रीमोहन और उसकी बहू दोनों आज अपने कमरे में ही रहे। श्रीमोहन का खाना भी आज उसकी बहू कमरे में ही ले गयी। कोई किसी से नहीं बोला और खासकर श्रीधर की बहू से तो श्रीमोहन के बच्चे तक दूर से ताक-झाँक करते रहे लेकिन बोले नहीं। आज बच्चों ने काकीमाँ से खाना नहीं माँगा बल्कि उनकी माँ ने ही आकर बिना सरो से कुछ कहे बच्चों की थालियाँ लगा दीं और अपने सामने ही उन्हें खिला दिया गया। चूल्हे के पास सरो अपनी धोती में सारे अंगों को छुपाये सिर झुकाये बैठी रही। वह यह भी नहीं सोच पा रही थी कि आज यह अनहोनी कैसे और क्यों हो रही है? माँ के साथ ही आज बड़ी बहू ने खाना खा लिया, लेकिन न सास, न बहू दोनों आपस में कोई किसी से नहीं बोला। केवल बर्तनों के ढँकने तथा खोलने का पीतली स्वर या कड़छुल-चम्मच का भरा-भरा स्वर ही होता रहा। सास और जेठानी के खाने के बाद ढाँकादूँकी कर सरो बर्तन माँजकर अपने कमरे लौट आयी। वह जान चुकी थी कि पति ने त्यागपत्र दे दिया होगा। उसे बताने की कोई आवश्यकता भी उन्हें नहीं होगी। वह अस्पष्ट हो रामायण खोल पति की प्रतीक्षा करती रही।

माँ ने देखा कि श्रीधर, आज रोज की भाँति बैठना नहीं चाह रहा है। वे इसी असमञ्जस में रहीं कि श्रीधर से कहें कि बैठ जा, कुछ बातें करें। लेकिन वे यही सोचती रहीं कि आज नहीं, कल सवेरे बातें कर लेंगे। सम्भव है आज थक गया होगा, परेशान भी होगा। बहू ने भी अभी नहीं खाया है।

— जा, खाना खा ले। इत्ती देर-देर में तुम लोग आते हो। कभी यह नहीं सोचते कि तुम्हारे कारण किसी दूसरे को भी भूखों रहना पड़ता है।

— मैंने तो हजार बार कह दिया कि मेरे लिये कोई भूखा न बैठे।

— अरे, तो तुम लोगों ने कह दिया और हम लोगों ने मान लिया, है न? बड़ा आया है। यही तो है। तुम लोग कभी हम लोगों को नहीं समझ सकते।

और श्रीधर बाबू अपने कमरे पहुँचे।

देखा, पत्नी रामायण पढ़ते हुए रोती जा रही थी। श्रीधर बाबू चौंके।

— क्या हुआ सरो?

सहसा पति को ड्योढ़ी पर खड़ा देख सरो ने आँसू पोंछ डाले और खड़ी हो गयी।

— कुछ नहीं।

और बढ़कर उनका कोट लेकर खूँटी पर टाँगने लगी। श्रीधर बाबू जाकर मोरी पर हाथ-मुँह धोने लगे। उन्होंने इस बीच वह स्थल देख लिया जिसे पढ़कर सरो रो रही थी। सीता के आभूषणों को दिखा-दिखाकर राम लक्ष्मण से पूछ रहे थे कि क्या ये सीता के ही हैं? और लक्ष्मण केवल पदाभूषणों को ही पहचान पाते हैं क्योंकि रोज प्रणाम करने के लिए वे उनके पैरों को ही देखते थे। इस स्थल को लेकर सरो जाने कितनी बार, शायद प्रत्येक बार रोयी है। श्रीधर बाबू सरो की इस भावुकता को कभी नहीं समझ पाये हैं। वे उससे इस बारे में कभी बहस नहीं कर पाते हैं। वह राम या सीता के किसी प्रसंग पर कोई अन्य मत मानने को तैयार ही

नहीं थी। रामायण को वह आद्यन्त न जाने कितनी बार पढ़ चुकी थी। लेकिन वह हर बार पूछने पर प्रत्येक स्थल के नये-नये सन्दर्भ अर्थ खोजा करती थी। अनेक बार उसका मत या तर्क इतना हास्यास्पद हुआ करता था कि बस। जैसे यही कि प्रत्येक धर्मज्ञ के जीवन में वनवास, यातना, प्रिय-विरह आदि होते ही हैं। इस प्रकार प्रत्येक के जीवन में रामायण अपने तरीके से नित्य सम्पन्न होती है। अन्य दिन तो श्रीधर बाबू हँस दिया करते थे लेकिन आज वे हँस न सके। आज प्रिया की बातें जैसे दूर से आती हुई पुनः सुनायी पड़ रही थीं। और यह भी कि क्या मैं सच नहीं कहती थी कि प्रत्येक धर्मज्ञ के जीवन में रामायण का वनवास, प्रिया-विरह होता ही है? वाल्मीकि और तुलसी-जैसे सन्त क्या झूठ लिख गये हैं? इन्हीं दिनों के लिए तो ये ग्रन्थ लिखे गये हैं।—श्रीधर बाबू चौंक उठे। सरो कभी की नीचे रान्नीघर जा चुकी थी। सम्भवतः थाली लगाकर प्रतीक्षा भी कर रही होगी।

खाते समय भी सरो यह तौलती रही कि उसने जो सुना है क्या वह उतना ही गम्भीर है? क्या ये उसके बारे में उसे कुछ बताना उचित नहीं समझते?—जबकि श्रीधर बाबू सोचते रहे कि क्या पता अब इस घर में इस प्रकार कब ऐसे ही बैठकर भोजन हो। सरो हो सकती है, वे हो सकते हैं, भोजन भी हो सकता है लेकिन क्या यह घर भी हो सकता है? आज दिन सन्दर्भों में वे इत्ती रात में खाना खा रहे हैं सम्भवतः यह सब-कुछ दुहराया नहीं जा सकता। कल या हो, यह स्वयं श्रीधर बाबू ही कितना जानते हैं?

पति के खाने के बाद सरो ने केवल मुँह जूठा करने के लिए ही दो-एक गस्से पानी के साथ किसी तरह उतारे और उठ गयी। आज अंग-अंग दुख रहा था। सवेरे से घर का सारा काम-काज तो था ही उसके बाद दालें धोयी गयी थीं। पूरा दिन अकेले यह सब करते-धरते वह इस समय चूर हो गयी थी। साथ ही मन में जाने कैसी बेचैनी थी। रह-रहकर वह चौंक उठती थी। जैसे सुदूर में किसी के पैरों के भारी चलने की आहट हो और कोई बैठा-बैठा रो रहा हो। बचपन में वह अपने पिता के साथ सौरों से एक बार आगरा-फतेहपुर-सीकरी आदि देखने गयी थी। उन ऊँचे गुम्बदों में लेटी हुई मजारें जिनके सिरहाने जलती हुई मोमबत्तियाँ उसे बड़ी अजीब लगी थीं। जाने कितनी बार दोपहरी में वह काम करते-करते चौंक-चौंक जाती और वे मजारवाली मोमबत्तियाँ जैसे उन मजारों की आँखें बन जातीं। वे जलती आँखें, ऊपर के गुम्बद, चारों ओर की दीवार, सबको जैसे काँप-काँपकर देखती होतीं। एक अजीब सन्नाटे में अबोलती हुई आँखें सरो को जैसे जलते हुए प्रायः घेर लेतीं। आज भी वे ही आँखें, उस मजार से निकलकर उन ऊँचे गुम्बदों में जाने कहाँ भारी कदमों को रखती हुई, अँधेरी-अँधेरी चल रही थीं।

सरो ने रान्नीघर की झँझरी बन्द की। कमरे आयी तो देखा कि पति बच्चों के बीच में लेटे हुए उन पर हाथ फेरते हुए मौन छत ताक रहे हैं। उसका हृदय जोर-जोर से धड़कने लगा। आज पति निश्चय ही अजीब-से लगे। भला वह पतिमुख को विकृत कैसे कहे? कठोर ही सोच सकती थी। बल्कि ऐसा कठोर जिससे भय लगता है। जब असम्पृक्त का भाव, किसी दृढ़ संकल्प के साथ किसी मुख पर आ जाये, तो मुख हमारे मोहों को विकृत ही लगता है।

— क्या बात है? बहुत थक गये? लाइये पैर दाब दूँ।

और अपशकुनी मौन तोड़ते हुए वह पति के पैरों के पास बैठ गयी। पल्लू से ठण्डे हाथ पोंछकर उसने पैर दबाने के लिए हाथ बढ़ाया।

— सरो, तुम जानती हो मुझे यह पैर दबवाना सुहाता नहीं है। तुम स्वयं बहुत थकी हो। मैं जानता हूँ तुम कितनी अच्छी हो। नारी पृथ्वी होती है क्योंकि वह प्रजनन की पीड़ा को अन्दर से लेकर वहन के वार को बाहर तक आद्यन्त सहती है। सरो, तुम पृथ्वी हो।

और सरो ने देखा कि पति जो प्रायः कम ही बोला करते रहे हैं, आज बोलने को हो आये हैं। कम बोलते हैं, लेकिन कैसा मीठा, कैसा समझा हुआ बोलते हैं जैसे सुननेवाले का ही बोलना बोल रहे हों। आज सहसा उसे पति की देह से मोह हो आया। इस मुख को, देह को, कितने पास से तथा अपने अन्दर भी अनुभव किया है।

दीप का ठण्डा आलोक दीवारों पर सोनाला लिपा हुआ था। बीच-बीच में बच्चे लिहाफों में कुनमुना उठते थे। उसे पति के तन में उनकी आँखें सदा सुहायी हैं। वे सदा ऐसे देखती हैं जैसे.....कुछ नहीं देखतीं। उनके लिए कहीं कुछ नहीं है। सब पारदर्शी हैं।

— सरो! सीता को सबसे ज्यादा पीड़ा रावण ने दी या राम ने?

— देखिये आप जानते हैं कि मैं रामायण के प्रति तर्क नहीं करती। वह मेरी श्रद्धा है।

— मैं समझता हूँ सरो! कि राम ने सीता को जो पीड़ा दी या अपमान किया उसके कारण ही वे पृथ्वी में समा गयीं।

— यदि अग्नि-परीक्षा की बात कर रहे हैं तो यह उनकी आपसी बात थी। पत्नी पर पति का अधिकार होता ही है। और फिर यह परीक्षा तो प्रत्येक पत्नी को अपने-अपने तरीके से देनी ही होती है।

— तो तुम मानती हो कि पति अपनी पत्नी को अग्नि परीक्षित करता ही है?

— पत्नी अपने पति और बच्चों के लिए क्या नहीं कर सकती? बाबा, मैं आपसे बहस नहीं करती और वह भी इत्ती रात में।

— सच ही बहुत रात हो गयी। अच्छा अब सो जाओ। वो—त्यागपत्र दे रहा हूँ।

— मुझे मालूम है।

— तुम्हें कुछ नहीं कहना?

— मैं क्या आपसे अलग हूँ?

— इतना किसी पर भी निर्भर नहीं होना चाहिए सरो! सबकी अपनी सत्ता होती है। इसलिए नियति भी अलग-अलग होती है। एक सीमा के बाद सब नितान्त एकाकी होते हैं सरो!

— आप अपने को एकाकी मानते हैं, मानें। मैं भला अपने चारों ओर को कैसे ये बड़ी-बड़ी बातें कहकर अस्वीकार सकती हूँ। मेरे लिये तो यह सब भी उतने ही मेरे हैं जितनी कि मैं अपनी। मैं आपकी बातें कभी नहीं समझ पातीं। मेरे कारण यदि आपको चिन्ता या दुविधा हो कि त्यागपत्र दूँ या न दूँ तो आप कुछ न सोचें। जैसा आपको सुहाये वैसा ही कीजिये। नौकरी ही तो है, भाग्य तो नहीं है न?

— हाँ सुनो! बहुत सवेरे ही मैं बैजनाथ चला जाऊँगा, नारायण बाबू भी जा रहे हैं।

और वे उठकर अपनी बैठक में निकल आये। दो-एक चिट्ठियाँ लिखीं। और फिर दबे पैरों उठकर अपने थैले में दो-एक जरूरी चीजें रख लीं। उपरान्त आकर सो गये।

सम्भवतः रात के दो बजे होंगे कि वे उठ गये। कोने के आले में चिमनी बहुत ही मन्दी जल रही थी। वे हौले से उठे। तीनों बच्चों के साथ सरो गहरी नींद में सो रही थी। सिर के नीचे हाथ दबा हुआ था। गालों की हड्डियाँ असमय ही दिखने लगी थीं। विवाह की पहली रात यही मुख कितना कोमल, चिकना तथा निरीह था। वर्ण भी तपे हुए सोने का था। प्यार में शुरू-शुरू के दिनों वे उसे 'कंचन' भी कहा करते थे। बायें गाल पर गुदने की एक हरी बिन्दी थी जो उस सोते मुख पर उस समय सोयी लग रही थी। मन में विकल्प घिरता जा रहा था। भोर होते-होते तक वे इस पत्नीमुख तथा बच्चों के सोये हुए मुखों से जाने कितनी दूर और कब तक के लिए चले जायेंगे—कौन जानता है भिनसार में सोये हुए ये निरीह मुख सवेरे हाहाकार से भर जायेंगे। सरो का क्या होगा? क्या ये हरहराते जल में टूटी कगार-से अनाथ न हो जायेंगे? सवेरे तड़के ही इस घर का वातावरण बिल्कुल बदल जायेगा। जितने मुँह उतनी ही बातें। और यह सब सरो को सुना-सुनाकर कहा जायेगा। उनके पैर जम गये। वे सरो से लिपटकर रो देने को हुए। जैसे रोम-रोम कसमसाने लगा। नहीं, वे सरो को अपने से पृथक् नहीं कर सकते। वे उसे अपने साथ ही ले जायेंगे। लेकिन...कहाँ?? और वे टूट उठनेवाली शाखावत् झुकने को हो आये। सम्भवतः वे झुक ही जाते लेकिन तभी सरो ने करवट ली। वे सहम गये और झोला उठाकर वे धीरे से जीना उतरने लगे। आँधार घुटा भिनसार का आलोक आँगन में बिछा था। वे यदि जल्दी नहीं करते हैं तो किसी भी क्षण पिता या माता

जग सकते हैं। बँगवई पर पिता लेटे हुए थे। उनकी नाक बज रही थी। माँ जमीन पर ही बिस्तरा किये रोज जैसे ही लेटी हुई थीं। वे दबे पैरों बढ़े और पिता-माता के चरण छूकर दरवाजा खोल बाहर निकल आये।

सेरी में घर की अपेक्षा अधिक धुला आलोक था। फिर भी अँधेरा घरों के बारजों, बन्द दरवाजों पर पोस्टरों-सा चिपका था। खपरैलों पर अँधेरा आलोक फैला था। पतली-पतली बासी गलियों में आँधार-आलोक का मटमैला जल भरा हुआ था। गोबर लिपे चबूतरे ठण्ढाये हुए ऊँघ रहे थे। इतनी सवेरे अपना ही मुहल्ला अनजान लग रहा था। सड़कें, कोट की खाली बाँहों-सी फैली हुई थीं। जैसे सड़कें लम्बी नालियाँ हों और वे एक भूले-भटके स्वर हों। वे किस राग के अन्तिम या प्रथम स्वर हैं, यह न तो स्वयं को और न इन नालियों को ही, किसी को पता नहीं, और वे बिल्कुल अप्रत्याशित से बजते भर चले गये यहाँ से वहाँ तक। बिना किसी राग की पूर्ति किये। सम्भव है अनजाने में उनके द्वारा आज के दिन का राग आरम्भ हुआ हो। किन्तु प्रथम स्वर तथा आरम्भिक स्वरों में इतना व्यवधान था कि किसी को पता नहीं चला। और तो और, सड़कोंवाली नालियों को भी नहीं। श्रीधर बाबू की इस एकान्त यात्रा का स्वागत करने कुत्ते तक न तो जागे ही और न भौंके ही। क्योंकि वे भी जानते हैं कि इस वेला का एकान्त यात्री, और कुछ हो सकता है, चोर तो नहीं ही। श्रीधर बाबू को उनके अपने कस्बे ने आँखें बन्द किये ही विदा दी। कितनी भव्य विदा थी। अभी थोड़ी देर में ये भट्ठियाँ सुलग उठेंगी, दूकानें हनुमान की तरह छाती खोलकर चीजों रूपी सीता-राम का प्रदर्शन दिनभर करेंगी। रोज इन्हीं गिट्टियोंवाली सड़कों से चलकर सुख-दुःख प्रत्येक घर में अतिथि बनते हैं। प्रत्येक आबादी, एक देह होती है। हम उसकी शिरा-उपशिरा होते हैं। जब हम उस देह के योग्य नहीं रहते तब अनजान नियति हमें वहाँ से हटा देती है। कुछ देर बाद हमारा स्थान घाव की भाँति भर जाता है। थोड़े दिनों बाद न उस कस्बे को और न हमें ही कभी यह अनुभव ही होता है कि हम उसके आवश्यक अंग थे। सचमुच ही हम उस देह में गाँठ ही थे जिसे काटकर अलग कर फेंक दिया गया।

ठण्ढा-कथीर मालवी वायरा चल रहा था। वे पक्की सड़क छोड़कर पगडण्डी के रास्ते हो लिये। सड़क से चलना खतरे से खाली न था। वे जानते थे कि उज्जैन तक का चालीस मील का रास्ता पैदल ही चलना होगा। क्योंकि रेल या और कुछ वाहन पकड़ना ठीक नहीं होगा। निश्चय ही लोग उन्हें पहचान जायेंगे। और वे ऐसा नहीं चाहते थे। उज्जैन-जैसे शहर में उन्हें खोज पाना आसान न होगा। दिन चढ़ते-चढ़ते तक वे आठ मील से भी ज्यादा निकल आये। घड़ी निकालकर उन्होंने

अन्दाज लगाया कि दस मील पहुँचते-पहुँचते रेल का क्रासिंग होगा। और हुआ भी यही कि साढ़े दस बजे दूर इंजन की सीटी सुनायी दी। पठारों में लुकती-छिपती रेल आ रही थी। श्रीधर बाबू समझ गये कि इस हिसाब से तो वे शाम तक अवश्य ही उज्जैन पहुँच जायेंगे। भूख लग आयी थी। रास्ते के एक गाँव से कुछ खरीदा और बावड़ी पर बैठकर खा-पीकर सुस्ताने लगे। जाड़े के दिन भी छोटे होते हैं। जरा से चढ़े नहीं कि झुकने-झुकने को हो जाते हैं। दो बजते-बजते अभी आधा ही रास्ता तय हो सका। उन्हें चिन्ता हुई कि यदि वे साँझ पड़ते तक नहीं पहुँचते हैं तो उस अजनबी शहर में क्या करेंगे? कहाँ जायेंगे?

जिस समय उन्हें उज्जैन की बत्तियाँ दिखलायी दीं, रात के नौ बज रहे थे। और वे थककर चूर हो गये थे। अँधेरे में मिलों की बत्तियाँ जुगनुओं-सी लग रही थीं। साँझ पड़ने पर वे पक्की सड़कवाले रास्ते पर आ चुके थे। एक-एक पैर चलना भारी लग रहा था। अगली पुलिया पर बैठा जायेगा—यही प्रलोभन देते हुए वे बढ़ते रहे। मिलों का सिलसिला शुरू हो गया था। सड़क के दोनों ओर मिलों का गन्दा पानी भरा हुआ था जिसमें से अजीब कड़वी तथा सड़ी गन्ध आ रही थी। उन्होंने सुन रखा था कि स्टेशन के पास ही कोई सरकारी धर्मशाला है और जब तक कोई आदमी न मिला तब तक उनके पैर सड़क से ही उस धर्मशाला का पता तथा दिशा पूछते हुए दोनों ओर की मिलों के सुनसान अहाते पार करते आगे बढ़ते रहे।

उत्तर पथ

अभी वे अपने कमरे में सो ही रहे थे कि धर्मशाला के चपरासी ने आकर जोर-जोर से दरवांजा खटखटाना शुरू किया। चौंककर उठे। एक क्षण तो समझ नहीं पाये कि कहाँ हैं? चेत आते ही उठे और दरवाजा खोला। हल्की झल्लाहट भी हुई कि कौन सवेरे-सवेरे दरवाजा खटखटा रहा है।

— क्या बात है?

— मनीजर साहब बुला रहे हैं।

— क्यों?

— मालूम नहीं।

और चपरासी चला गया। सवेरे-सवेरे इस प्रकार का व्यवहार खला, फिर भी वे मैनेजर के पास गये।

— कहिये, क्या बात है?

— क्या आप परिवार के साथ हैं?

— नहीं?

— तो आपको कमरा नहीं मिल सकता। आल्मारी दे दी जायेगी। रामेसर! आल्मारी नम्बर बीस दे दो।....हाँ साहब! आप लोग कहाँ से आ रहे हैं?

— लेकिन जाड़ों की रात में कहाँ सोया जायेगा?

— दालान में लोग सोते ही हैं?

— लेकिन मैं तो दालान में नहीं सो सकता।

— हमारे यहाँ कमरे सिर्फ फेमिलीवालों को ही दिये जाते हैं। और आप यहाँ क्या करने आये हैं? तीर्थयात्रा?

— नहीं।

— तब तो आप इस धर्मशाला में ठहर ही नहीं सकते। रामेसर!

— लेकिन आप मुझे....

— देखिये साहब, सवेरे-सवेरे भीड़ न लगाइये। मैं कह चुका हूँ आप यहाँ नहीं ठहर सकते।

धर्मशाला के बड़े फाटक से अनेक ताँगे आ-जा रहे थे, जिनमें तीर्थयात्री भरे हुए थे। लोग मैनेजर को घेरे खड़े थे। श्रीधर बाबू बहस करने की स्थिति में नहीं

थे। वे चुपचाप सिर झुकाये कमरे की तरफ बढ़े। अब वे धर्मशाला के फाटक के बाहर थे। सामान था ही कितना? धर्मशाला के सामने ही सड़क पर रेल की अनेक पटरियाँ बिछी हुई थीं। कोई इंजिन माल के डिब्बों की शण्टिंग करवा रहा था। सबसे पहला प्रश्न उनके सामने था कि अब क्या किया जाये? कहाँ जाया जाये? वे इस शहर से अधिक परिचित तो नहीं थे लेकिन यहाँ अनेक रिश्तेदार थे जिनसे वे बचना चाहते थे।

श्रीधर बाबू महाकाल मन्दिर की तरफ निकल आये।

जिस समय वे वहाँ पहुँचे लोगों की भीड़ नहीं थी। वे बहुत छुटपन में एक बार यहाँ आये थे। मन्दिर के जलाशय में पवित्र होकर वे दर्शनों के लिए भीतर गये। दर्शन के बाद वे प्राचीन महाकाल मन्दिर के पीछे की तरफ निकल आये जहाँ कभी विशाल तालाब था लेकिन अब सूख चुका था। सूखे तालाब के उस पार हरसिद्धि का मन्दिर था जिसके श्वेत दीपाधार इस समय स्पष्ट दिख रहे थे।

बेल के पेड़ के नीचे बैठकर श्रीधर बाबू सुस्ताने लगे। पहली बात जो उन्हें इस समय सताने लगी कि अब क्या होगा? आज का दिन भी अभी उन्हें शुरू करना था। नहाना, धोना, खाना और उसके बाद इस शहर में क्या किया जाये? वहाँ घर पर पीछे से क्या हुआ होगा? वे लोग किसी को यहाँ अवश्य ही ढूँढ़ने भेज सकते हैं। और यदि वे देख लिये गये तो फिर घर गये बिना गति नहीं है। और घर जाने का अर्थ, यहाँ तक का निष्क्रमण व्यर्थ। नहीं, यह नहीं हो सकता। वे एक बार निर्णय ले चुके। वे अब बिना किसी निष्कृति के घर लौट ही नहीं सकते। ठीक है, सरो को, माँ को, पिता को लौट जाने से क्षणिक शान्ति, सन्तोष हो जाये लेकिन मैंने पुरुषार्थ में एक निर्णय लिया है बिल्कुल स्वतः होकर। इसके शुभ-अशुभ दोनों का ही भागीदार मात्र मैं हूँ। यह उन लोगों का सहज मोह होगा कि मुझे खोजकर लौटाल ले जायें। ज्यादा अच्छा होगा कि मैं ही मोह की खोजों की परिसीमाओं को लाँघ जाऊँ। यहीं से भी आगे, कहीं दूर जाना होगा। लेकिन कहाँ?

तभी वे सचेत हुए। देखा कि वे बेल की तिरस्करिणी छाया के नीचे एक पत्थर पर बैठे हुए हैं। जाड़े की धूप दूर-दूर तक खिली हुई थी। हरसिद्धी के पार क्षिप्रा थी। वे उधर ही बढ़े।

घाट इस समय सुनसान थे। दो-चार नहानेवाले यहाँ-वहाँ फैले हुए थे। बाकी सारा वातावरण शान्त था। पेड़ों की सम्पन्न छायाएँ घाटों पर बिछी हुई थीं। क्षिप्रा का मन्द जल भी छायित प्रवाहित था। उस पार के पेड़ों पर धूप खिली हुई थी। सामने के दत्त अखाड़े पर लगी बड़ी-सी झण्डी हवा में फहरा रही थी। कुछ साधू कगार के रास्ते पर आ-जा रहे थे। दूर दाहिने हाथ छिप्रा पर बने सड़क के पुल से पानी बह रहा था। कभी कोई लारी या मोटर गुजरती तो पानी उछलने लगता। क्षिप्रा में

दूध-फूल चढ़ाने के लिए कुछ माली फूल आदि लिये बैठे थे। पण्डों की छतरियाँ इस समय खाली थीं। घाटों पर आवारा गायें तथा साँड़ घूम रहे थे। दो-एक देहाती, नाइयों से बाल घुटवा रहे थे। बाकी घाटों पर धूप एकदम कोरी फैली हुई थी। स्त्रियों का एक झुण्ड गाता हुआ आ रहा था। रंगीन ओढ़नियों से वे मारवाड़िनें लग रही थीं। श्रीधर बाबू जिस घाट पर बैठे हुए थे वह एकान्त में था। क्षिप्रा यहाँ पर हल्के घुमाव के साथ बह रही थी। घर से मात्र चालीस मील दूर पर ही कितना वैसा परदेश-सा लग रहा था। तभी एक कनफटे साधू ने पीछे से बड़ी जोर से 'बम शंकर' कहकर उनका ध्यान तोड़ा। खूँटियोंवाली खड़ाऊँ चटकाते हुए वह साधू श्रीधर बाबू के पास आकर घूरते हुए देखने लगा।

— बच्चा! साधू की सेवा करेगा?

श्रीधर बाबू अबोले ही देखते रहे।

— परदेसी मालूम होता है?

— हाँ महाराज!

— किधर अस्थान है बच्चा का?

— यहाँ से उत्तर में।

— गुरो भ्रम्मा, गुरो बिस्नू, गुरो देव महेसुरा।
गुरो साक्सात परो भ्रम्म तसै सिरी गुरै नमो नमा।
ओम बम शंकर!!
सेवा करेगा बच्चा?

और उन्होंने कमण्डल से अपनी दूसरी लँगोटी निकालकर घाट पर रखी। इसके बाद कमण्डल माँजते हुए फिर बोले,

— लड़के! साधू का अपमान करता है? गुरु की सेवा से मेवा मिलता है। समझे?

श्रीधर बाबू को बड़ा आश्चर्य हो रहा था कि कोई उन्हें लड़का समझ रहा है। कहीं इस बात से वे किञ्चित् अपमानित भी अनुभव कर रहे थे। साधू बोलता ही जा रहा था,

— घर से लड़कर आया है, क्यों?

— नहीं महाराज।

— गुरु से झूठ बोलता है? घरवाली पसन्द नहीं है क्यों?—बम शंकर!! और कनफटा क्षिप्रा में कमर तक धँसकर हाथों से पानी फैलाते हुए डुबकियाँ मारने लगा। इसके बाद वह कमर की लँगोटी खोलकर मल-मलकर धोने लगा। क्षिप्रा के काँपते हुए जल में से कनफटे साधु की दोनों टाँगें और कमर का सारा भाग दिख रहा था। गीली लँगोटी कन्धे पर डालकर अब हाथों से रगड़-रगड़कर जाँघें कमर आदि धोने लगा। तब तक कुछ औरतें नहाने के लिए आ पहुँची थीं। 'माइयों' को देखकर साधु का ध्यान अब उनकी ओर हो गया था। वह खूब मल-मलकर नहाते हुए 'बम-शंकर' चिल्लाता जा रहा था। वह वहीं से बोला,

— कमण्डल देना बच्चा!

लेकिन 'बच्चा' नहीं उठा। श्रीधर बाबू वितृष्ण हो उठे।

— नास्तिक लगता है। लड़के! तेरी कौन जात है?

श्रीधर बाबू उठने को हुए। साधू ने एक 'माई' को सम्बोधित करते हुए कहा,

— देखा माई! कलयुग में सब भृष्ट हो जायेगा। तुलसी बाबा ने कहा नहीं है? लड़के की हिम्मत देख रही हो? जरा कमण्डल थमाना माई!

और माई ने क्षिप्रा के जल में कमर तक प्रविष्ट होकर कमण्डल साधु को थमाया। कनफटा लँगोटी बाँधने के पूर्व एक बार फिर सफाई करते हुए बोला,

— लौंडा घर से फरार लगता है। चाहूँ तो अभी पुलिस को खबर कर बच्चे की सारी हेकड़ी निकाल दूँ। साधू का अपमान करता है। माई! तुम साधू की सेवा करोगी?

— भला साधू महाराज की सेवा नहीं करेंगे तो किसकी करेंगे?

— बम शंकर!! दिला दे सेरभर पूड़ी और आधा सेर रबड़ी साधू को।

और साधू ने सामने लटकायी हुई लँगोटी आकर घाट पर सार्वजनिक रूप में 'माइयों' से धर्म-चर्चा करते हुए बदली। श्रीधर बाबू दूसरे घाट की तलाश में सीढ़ियाँ चढ़ गये। अंग-अंग में काफी थकान लग रही थी। नहा-धोकर जीवन में पहली बार हलवाई के यहाँ से पूड़ियाँ लेकर जिस समय खायीं, नींद सताने लगी। वे घाट की ओर फिर निकल आये। एक छत्री में धूप भरी हुई थी। थैले से धोती निकालकर बिछायी और लेट गये। गरम-ऊनी धूप में लेटते हुए नींद आ गयी।

तीसरे पहर और शाम को चक्कर काटते-काटते वे पूरी तरह थक गये। कुछ समझ में नहीं आ रहा था कि क्या किया जाये या क्या किया जा सकता है? इस समय रात के दस बज रहे थे और वे रेलवे स्टेशन के पास से म्युनिसिपल पार्क में बैठे हुए सोच रहे थे कि क्या करें और कहाँ जायें? ठण्ड बढ़ गयी थी। पार्क की दूब गहरी ठण्ढी हो चली थी। अभी दो घण्टे पूर्व तक पार्क में थोड़ी चहल-पहल थी लेकिन इस समय नितान्त निर्जन। पश्चिम के कोने में जो लता-मण्डप था उसकी महराब पर सोनजुही की लता इस समय की मन्द हवा में हल्की हिल रही थी। पार्क के बीच में बनी किसी देवता की मूर्ति वैसे ही आँधार-आलोक में आभासित थी लेकिन जब कभी मोटर या लारी गुजरती वह मूर्ति दिपा जाती। रेलिंगों की भागती छायाएँ दूबों पर खिंच जातीं। क्यारियों में जाड़े के फूल नाच उठते। यह सब एक क्षणभर में ही हो जाता और सब उजले अँधेरे में डूब जाते, ताँगों-घोड़ों की आवाजें भर जातीं। सड़क पार देवास गेट की हलवाइयों, दूधवालों की देर रात

तक खुली रहनेवाली दूकानों से जोर-जोर की गडमड आवाजें आ रही थीं। उनके कस्बे तक जानेवाली छोटी रेलवे लाइन की पटरियाँ सड़क को काटती बिछी थीं। तभी पुलिसवाले ने उन्हें सहसा देखा और वह उनकी ओर बढ़ा।

— क्यों क्या बात है? यहाँ क्यों बैठे हो?

— कुछ नहीं ऐसे ही।

— दस बजे के बाद पार्क में नहीं बैठ सकते। जाओ घर जाओ।

— मैं परदेसी हूँ।

— तो फिर जाओ किसी धर्मशाला में।

— यहाँ के बारे में कुछ नहीं जानता।

— भागो यहाँ से। खोजो कोई सराय-वराय।

और पुलिसवाला यह कहता हुआ लता-मण्डप की तरफ बढ़ गया। उसका इस तरह बोलना बड़ा अजीब लगा लेकिन वे क्या कर सकते थे? और वे रेलवे स्टेशन की तरफ बढ़े। दिनभर काफी भटके थे इसलिए इस समय एक पैर चलना भी भारी हो रहा था। सड़कें एकदम ही सूनी सपाट हो गयी थीं। घरों की खिड़कियाँ तक बन्द थीं। स्टेशन के अहाते में कहीं-कहीं अलाव जलाये दो-दो चार-चार कुली झुण्ड बनाये आग ताप रहे थे। थर्ड क्लास वेटिंग-हाल में तिल धरने की जगह नहीं थी। यात्रियों के कारण इधर-से-उधर निकल पाना कठिन था। कपड़ों और देहों की इतनी अधिक दुर्गन्ध उठ रही थी कि नाक फटी जा रही थी। लोग दुहरे पड़े थे। इस घुटे वातावरण से ज्यादा अच्छा था कि खुले प्लेटफार्म पर किसी बेञ्च पर जाकर ही कब्जा जमाया जाये और सम्भव हो तो सोने की चेष्टा की जाये। कोई गाड़ी नहीं जानेवाली थी इसलिए न पूड़ीवाले, न मिठाईवाले, न पान-बीड़ीवाले कोई नहीं थे। ओवर-ब्रिज पार टीन की छतवाले सहन में उघड़ा प्लेटफार्म तेज ठण्ढी हवाओं में काफी सियरा गया था। गिनती की तीन बेञ्चें थीं। एकाध पर कम्बल से ढँका कोई लेटा हुआ था और लगता था काफी गहरी नींद में था, जिसके तेज खुर्राटे भरने की आवाज आ रही थी। ठण्ढी बेञ्च पर वे एक दोहर ओढ़कर पीठ टिकाकर सुस्ताने लगे लेकिन ठण्ड इतनी थी कि वे ठिठुरे जा रहे थे। खाली प्लेटफार्म, वीरान ओवर-ब्रिज और दूर के आकाशों में टँकी सिगनल की लाल-हरी बत्तियाँ तेज ठण्ढी हवा में तथा हल्के कुहरे में अजीब रहस्यमय लग रही थीं। सी-सूँ करता हुआ एकाध इंजिन, डिब्बों को इधर-उधर करने में लगा हुआ था। डिब्बों का आपस में कभी-कभी धमाके के साथ टकराना अजीब तरह से सारा वातावरण कँपा जाता था। वे यह भी भूल गये कि कल तक इस तरह के अपरिचित निर्जन वातावरण एवं व्यापार के वे अंग नहीं थे। कभी इतने छोटे नगण्य व्यक्ति नहीं थे। इस इतने बड़े शहर से उनका कभी कोई सम्बन्ध नहीं था। ठण्ढी हवा में जैसे सोचना भी पथरा गया था। ऐसे में हमारा सोचना, स्थिति सब सम्बन्धहीन हो जाते हैं। पूर्वापर सम्बन्ध, सन्दर्भ सब मिट जाते हैं। न हम देखते हैं, न सोचते हैं, बस, केवल देखते हैं, सोचते हैं। वह भी अपना नहीं जैसे किसी

दूसरे का हो जिसमें हम कहीं नहीं हैं। एक इन्द्रियगत स्वीकृति होती है जिसे हमसे पूछे बिना ही स्वीकार लिया गया है। हमें इसकी कुछ भी चेतना नहीं है। ऐसी व्यवस्थित स्वप्नाविष्टता व्यक्ति को साधक बना देती है। हल्की भूख पेट में कहीं खुरची पड़ रही थी और आँखों में कँकरी चलने लगती थी। देह ने कपड़ों को गरमा दिया था लेकिन जड़ाये अंगों को कपड़े नहीं गरमा पा रहे थे। करवट ले उकड़ूँ होकर दोहर को सिर पर भी ओढ़ लिया और घुटनों में मुँह छुपा लिया ताकि कुछ झपक ही सकें।

पता नहीं इस तरह अर्द्धनिद्रित-से वे कब तक सोते रहे लेकिन पिछली रात में किसी सवारी-गाड़ी के कारण वे हड़बड़ाकर उठ गये। नींद नहीं आ पायी थी इसलिए मन में, दिमाग में, अजीब बोझ-सा था। देखते-देखते सारी गाड़ी खाली हो गयी। तभी यह ख्याल आया कि कस्बा छोड़ने के बाद से वे इसी प्रकार से घूम रहे हैं। और नहीं जानते कि कब तक घूमना होगा। इस विचार ने ही उन्हें चौंका दिया।

वे क्यों घर छोड़कर आ गये? सरो का क्या हुआ होगा? माता-पिता ने क्या सोचा होगा? जरूर ही किसी को भेजा होगा और वह भेजा जानेवाला व्यक्ति और कोई नहीं हो सकता—केवल नारायण बाबू। और नारायण बाबू का नाम आते ही उन्होंने चौंककर अपने चारों ओर देखा कि निश्चय ही वे आज उज्जैन में हैं और उन्हें खोजने में व्यस्त हैं। सम्भव है उन्होंने थर्ड क्लास वेटिंग हाल में, पार्क में, घाटों पर सभी जगह खोजा होगा। अवश्य ही नारायण बाबू कल सूर्यास्त के पहले-पहले उन्हें खोज निकालेंगे। और फिर उसके बाद कोई गति नहीं। नारायण बाबू के सामने वे क्या मुँह लेकर खड़े हो सकते हैं। और वे बिना लिवाये जा नहीं सकते।

श्रीधर बाबू को लगा कि यदि वे भिनसार के पहले ही उज्जैन नहीं छोड़ देते तो वे किसी भी तरह नारायण बाबू की खोज से बच नहीं सकेंगे।

वे उठे और ट्रेन के एक डिब्बे में घुसने लगे। एक रेल कर्मचारी जो धोने-पोंछने के लिए आया हुआ था, बोला,

—अरे बाबू, अभी तो गाड़ी जाने में दो घण्टे की देरी है। डिब्बा धो-पोंछ लेने दो, तब बैठना। वे भला उसे क्या बताते कि अगर वे डिब्बे में जाकर नहीं छुप जाते तो जो उन्हें खोज रहा है वह अवश्य ही खोज लेगा।

और उन्होंने ऊपर की सीट पर दोहर ओढ़कर नींद लेते हुए इन्दौर की यात्रा की। जब टिकट चेकर ने जगाया तब वे जागे। एक बार सशंक होकर डिब्बे में वहीं से झाँका। कोई परिचित नहीं था। डिब्बे में खूब सारा दिन भर आया था। जुर्माना देकर टिकट बनवाया और एक खिड़की के पास बैठकर उन्होंने बाहर झाँका। जाड़ों की खूब ऊनी-ऊनी-सी धूप बिखरी पड़ी थी। उनके जड़ाये अंगों को बड़ा सुख मिल रहा था। तभी एक छोटा स्टेशन आया। उन्होंने चायवाले को बुलाकर

चाय पी। जीवन में पहली बार इस प्रकार बिल्कुल ही अनश्रीधरीय ढंग से चाय पीना इतना अच्छा लगा कि वे स्वयं के लिए ही एकदम अपरिचित हो उठे।

जिस समय वे इन्दौर पहुँचे सवेरे के दस बज रहे थे। और वे अपने घर से करीब अस्सी मील दूर थे। जब वे 'नसिया' सराय पहुँचे, रात की भूख पेट में ऐंठ रही थी। उन्होंने बिल्कुल उसी ढंग से पूड़ियाँ लेकर खायीं जिस प्रकार चाय पी थी। खाकर वे 'नसिया' वाले कमरे में आकर लेट गये। खिड़की की राह तीसरे पहर की धूप, सोते हुए श्रीधर बाबू पर पत्नी की भाँति झुकी हुई गरमाती रही। बार-बार वे उठने की चेष्टा करते, लेकिन अजीब तृष्णा थी कि नींद टूट ही नहीं पा रही थी। तभी अजीब गाने-चिल्लाने की आवाज से उनकी नींद टूटी। वे आँख मलकर उठ बैठे और शोर की टोह लेने लगे। कदाचित् सड़क पर कुछ लोग गाते जा रहे थे और बीच-बीच में कोई जयकार गूँज उठता था। खिड़की से झाँककर उन्होंने देखा कि एक छोटा-सा जुलूस कुछ गाता जा रहा है। वे कुछ समझ नहीं पा रहे थे कि यह कैसा जुलूस है। आज तक उन्होंने एकाध बार किसी धार्मिक जुलूस को ही देखा था, लेकिन यह तो वैसा नहीं था। तब?? और जिज्ञासा में खिंचे हुए वे नीचे सराय के मुख्य दरवाजे के पास आये, जहाँ दर्शकों की खासी भीड़ लगी हुई थी। जुलूसवाले भी वहाँ रुककर गा रहे थे। वे क्या गा रहे थे श्रीधर बाबू न इसे समझ सके और न जयकार ही। तभी भीड़ में किसी ने किसी को बताया,

— सुराजी हैं ये लोग।

— सुराजी क्या?

— ये लोग अंग्रेजों से सुराज माँगते हैं। पिछले एक महीने से ये लोग 'बिस्कोपार्क' में सभा करते हैं, गाने गाते हैं, भाषण होते हैं।

— लेकिन अपने यहाँ तो अंग्रेज का राज नहीं है।

— अरे तो पूरे देश पर तो है न? और ये राजा-महाराजा तो इन्हीं अंग्रेजों के ही तो कहने पर चलते हैं।

यह वाक्य कहनेवाला अपेक्षाकृत कोई नवयुवक था। जिसे घूरकर सराय के दरबान और मैनेजर ने ऐसे देखा कि अगर यह सराय में ठहरा होता तो अभी सामान फिंकवा दिया जाता।

श्रीधर बाबू अनायास ही जुलूस के साथ हो लिये। जिस राष्ट्रीयता, स्वराज्य आदि के बारे में उन्होंने अपने कस्बे के पुस्तकालय की एकाध पुस्तकों में पढ़ा था उससे इस जुलूस का सम्बन्ध जोड़ते उन्हें देर न लगी। जुलूस जिस तरफ से जा रहा था उधर के सारे-के-सारे लोग काम-धन्धा छोड़ देखने के लिए खड़े हो जाते। रेलवे स्टेशन के सामने से होता हुआ जुलूस 'रीगल' थिएटर के चौराहे पर ठहर गया।

गाये जानेवाले गीत की पंक्तियाँ अब वे ठीक से समझ पा रहे थे।

— विजयी विश्व तिरंगा प्यारा
झण्डा ऊँचा रहे हमारा।

और उसके बाद 'वन्देऽ, मातरम्' की जयकार।

रास्ते का सारा ट्रैफिक, थिएटर के बाहर खड़े लोग जुलूस के चारों ओर जमा थे। तभी किसी ने लोगों को सम्बोधित करते हुए कहा कि आप लोगों को 'बिस्कोपार्क' की सभा में चलकर आजादी की बात को सुनना और समझना चाहिए। जुलूस गाता हुआ बिस्कोपार्क की तरफ बढ़ गया।

जाड़े की शाम होती ही कितनी है। 'बिस्कोपार्क' के बड़े उद्यान में फूलों की सुषमा बिखरी पड़ी थी। इक्के-दुक्के प्रेमी युगल पार्क की बेञ्चों पर बैठे हुए बड़े अच्छे लग रहे थे। पार्क के पश्चिमी भाग में एक बड़ा-सा फौवारा चल रहा था। उसी के पास यूकेलिप्टिस के पेड़ों की कतार, जहाँ जाकर जुलूस सभा में परिवर्तित हो गया। संख्या अधिक नहीं थी। पेड़ों की कतार के पास एक बेञ्च पर चश्मेवाला एक युवक खड़ा हो गया और वह बोलने लगा। श्रीधर बाबू के लिए यह सब बिल्कुल ही नया अनुभव था। परसों तक वे जो कुछ थे, जहाँ थे, वहाँ से आज का यह सब कितना विभिन्न था। वक्ता स्वराज्य के बारे में बता रहा था। किसी लोकमान्य तिलक का एक वाक्य उसने पुकारा और उपस्थित जनता ने उसे दुहराया,

— स्वतन्त्रता हमारा जन्म सिद्ध अधिकार है!!

अनायास ही श्रीधर बाबू के भी मुँह से वाक्य दुहरा उठा। वे सचेत हुए। वक्ता कह रहा था कि आज देश को ऐसे लोगों की आवश्यकता है जो अपना तन-मन-धन तीनों देश के लिए होम कर सकें।

'भारत माता की जय!!' के तीन जयकारों के साथ सभा विसर्जित हुई।

अँधेरा घिर ही आया था। हवा ठण्ढी और तेज होने लगी थी। पार्क की पीली-पीली बत्तियाँ हिलते गाछों में लुकती-छुपती जल रही थीं। अधिकांश जा चुके थे। वे फिर एकान्त हो उठे। ऐसे कैसे चलेगा? और कितने दिनों तक चलेगा? फिर किस प्रयोजन के लिए? नौकरी की जाये। लेकिन सिवाय अध्यापकी के उन्हें तो कुछ भी दूसरा काम आता नहीं है। घर छोड़कर क्या उन्होंने अच्छा नहीं किया? —और वे विह्वल हो उठे—घर, नाम के साथ ही एक पूरा इतिहास वैसे ही बज उठा जैसे किसी विशाल मन्दिर के अनेक घण्टे क्रमशः बजने लग जायें। इन्दु, सरो, गुणवन्ती, सुशीला, देवव्रत, पिता, माता, स्कूल, मानपत्र, त्यागपत्र, दुर्गापूजा में बाल खोले पेमेन बाबू की पत्नी, नारायण बाबू, इन्दु दीदी की ट्रेनवाला फूलमाला सज्जित डिब्बा, लहराती घासें, लहरों-भरी तालाब की छतरी—सब, और भी जाने

क्या-क्या उन्हें अनेक देर तक घेरे रहे। चेत आने पर देखा कि पार्क की दूब तक भीगी एकान्त लग रही थी। जब वे पार्क से बाहर आये 'रीगल' थिएटर के पिछले हिस्से में एक बल्ब की रोशनी में बरामदे में पुराने बड़े-बड़े पोस्टर, मैले-फटे पड़े थे। थिएटर की बिल्डिंग से चीखने-चिल्लाने की आवाज आ रही थी। हाल के सामने एक-दो कारें भी खड़ी चमक रही थीं। चौराहे की चारों सड़कें एकदम चुप-मौन दूर-दूर तक आलोकित बिछी थीं। बल्ब की रोशनी में कभी आगे, कभी पीछे अपनी छाया लिये वे सराय की तरफ बढ़े।

दूसरे दिन सवेरे नहा-धोकर पूछताछ करने पर मालूम किया कि इन सुराजियों का नेता कौन है। श्री पुस्तके साहब एक वकील हैं और वे ही नेता हैं। पूछते-पाछते श्रीधर बाबू पुस्तके साहब के घर जूनी-इन्दौर पहुँचे। एक ऊँचे टीले पर ऊँची पुश्त पर पुराने ढंग का पेशवाई दुमंजिला मकान था। लकड़ी का एक बड़ा-सा जीना था जिस पर लकड़ी की ही रेलिंगें भी थीं। मकान की बाहरी दालान में एक बड़ी-सी लाल जाजम बिछी थी जिस पर एक गद्दा और गाव-तकिया पड़ा था। एक कोने में फर्शी-मेज थी। एक साधारण गद्दी-तकिया भी लगा था। एक पेशकार तथा कुछ मुवक्किल बैठे बातें कर रहे थे। लकड़ी की रेलिंगोंवाला बरामदा था। श्रीधर बाबू ने उस पेशकार से पूछा,

— क्या पुस्तके साहब घर पर हैं?

— हैं तो, लेकिन इस वक्त कोर्ट जानेवाले हैं। वहीं मिलेंगे।

और वह पेशकार फिर मुवक्किलों से बातें करने लग गया।

— थोड़ा-सा उनसे काम था।

पूरा साहस बटोरकर श्रीधर बाबू अन्दर आकर पेशकार से बोले।

— कौन-सा मुकदमा है आपका?

— मेरा कोई मुकदमा नहीं है।

— तब आप क्या चाहते हैं?

— वो जो सुराजियों का काम करते हैं न? उसी बारे में कुछ काम था।

और पेशकार ने चश्मे के पीछे से एक बार ऊपर से नीचे और दुबारा नीचे से ऊपर घूरा और कुछ कहने ही जा रहा था कि चिक पड़े, सिरेवाले दरवाजे से एक मँझले कद का गेहुँए वर्ण का व्यक्ति प्रविष्ट हुआ। धोती, लम्बा कोट, त्रिपुण्ड और पूनेशाही पगड़ी तथा गले में आँट देकर लम्बा गिरा दुपट्टा—यह वेशभूषा थी पुस्तके साहब की।

— हे कोण आहे माधवराव?

पेशकार ने खड़े होकर मराठी में बताया कि ये आपसे मिलने आये हैं। पुस्तके साहब ने विनम्र ढंग से पूछा,

— कहिये, क्या काम है?

— वो देश की आजादी के लिए आप लोग जो काम कर रहे हैं न उसमें मैं भी हिस्सा लेना चाहता हूँ।

— ठीक है, बड़ी अच्छी बात है।—क्या आप इन्दौर ही के ही रहनेवाले हैं?

— जी नहीं, उज्जैन के पास का।

— ठीक है, आप प्रजामण्डल के दफ्तर चले जाइये और बिशन बाबू से मिल लीजिये।

— माधवराव! चलायचे का?

— हो साहेब!

और पुस्तके साहब के पीछे-पीछे पेशकार और मुवक्किल जुलूस बनाकर जीना उतरने लगे। नीचे उनकी बग्घी खड़ी थी। श्रीधर बाबू की समझ में नहीं आया कि अब क्या किया जाये।

जिस समय वे प्रजामण्डल के कार्यालय पहुँचे, ताला लटका हुआ था। किसी ने बताया कि बिशन बाबू काँजी-हाउस गाय छुड़ाने गये हैं। श्रीधर बाबू यह नहीं समझ पा रहे थे कि यहाँ बैठकर बिशन बाबू की प्रतीक्षा की जाये अथवा फिर आया जाये। तभी सामने से बिशन बाबू तथा तीन-चार और आदमी आते दिखायी दिये। किसी ने उन्हें बताया कि यही चश्मेवाले बिशन बाबू हैं। कार्यालय का ताला खोलकर बिशन बाबू के साथ आगन्तुक भी भीतर चले गये। एक कमरे का वह कार्यालय-बैठक कहा जा सकता था। दीवार पर तीन-चार सुभाषित हाथ के लिखे टँगे थे जैसे—'जननी जन्मभूमिश्च स्वर्गादपि गरीयसी', 'संघे शक्तिः कलौयुगे', 'वन्दे मातरम्'—आदि।

एक कोने में टेबल थी तथा एक कुर्सी, जिस पर कुछ रसीद बुकें थीं। कमरे के बीचोंबीच एक गद्दा तथा गाव-तकिया पड़ा था, जहाँ इस समय बिशन बाबू तथा आगन्तुक बैठे हुए थे। कमरे में श्रीधर बाबू को देखते ही बिशन बाबू ने पूछा,

— कहिये, किससे मिलना है?

— मैं पुस्तके साहब से मिलने गया था। उन्होंने आपसे मिलने के लिए कहा।

— हाँ, हाँ, तो बात क्या है?

— मैं भी आपके आन्दोलन में भाग लेना चाहता हूँ।

— बहुत अच्छी बात है। आपका शुभ नाम?

— श्रीधर ठाकुर।

— श्रीधर बाबू! आप क्या करते हैं? आप खड़े क्यों है? बैठिये न?

— धन्यवाद। बिशन बाबू! बात यह है कि मैं अध्यापक था।

— था?? —तो आजकल आप क्या करते हैं?

— आजकल तो यही किया है पिछले तीन दिनों से चलते-चलते आपके पास आया हूँ। आगे की नहीं जानता।

— कहाँ से आते हैं आप?

— मैं उज्जैन के पास एक कस्बा है, वहाँ से आता हूँ।

— लेकिन आप कस्बे के जैसे तो नहीं लगते। खैर, तो आप क्या कस्बे में स्वराज्य आन्दोलन का काम करते थे?

— जी नहीं, इस बारे में थोड़ा पढ़ा है। कल आपका जुलूस और भाषण दोनों ही देखा, सुना। उसी प्रेरणा से इस आन्दोलन में आना चाहता हूँ।

— यहाँ आप कब आये?

— जी, कल ही।

— कहाँ रुके हैं?

— 'नसिया' सराय में।

— क्या आप पहली बार यहाँ आ रहे हैं?

— इन्दौर न? जी हाँ पहली बार ही।

— आपने नौकरी क्यों छोड़ दी?

— ज्यादा अच्छा यह नहीं होगा कि इस बारे में विस्तार से फिर कभी बताऊँ?

— आपने ठीक कहा। श्रीधर बाबू! आप आराम से बैठें। मैं जरा इन लोगों का एक झगड़ा निपटा दूँ तब आपसे बात करूँगा।

और बिशन बाबू काँजी-हाउस जिस गाय के लिए गये थे वह इन आगन्तुकों की थी और बिशन बाबू उस बात में इतने बझ गये कि श्रीधर बाबू उनकी प्रतीक्षा में बैठे हैं यह भी भूल गये।

खासी दोपहर हो गयी थी। श्रीधर बाबू को लेकर बिशन बाबू अपने ढाबे पहुँचे। बिशन बाबू खासे फक्कड़ किस्म के आदमी थे। हाथ-पैर धोकर जिस समय वे खाने के लिए तैयार हुए, बोले,

— तो क्या आप नहीं खाइयेगा?

— नहीं, आप खायें।

— तो क्या मैं आपको अपनी अर्दली में लाया हूँ?

और हो-हो करके वे बड़ी जोरों से हँस दिये। वे फिर बोले,

— चलिये, चलिये साहब! आप-जैसे शरीफों को पता नहीं क्यों घरवाले अकेले कहीं भेज देते हैं।

और श्रीधर को लगा कि यह व्यक्ति निश्छल है। मित्र बन सकता है। व्यक्ति है। बिशन बाबू ने कुछ इस लहजे में ऊपर की बात कही थी कि उस मारवाड़ी ढाबे में खाते हुए, प्रतीक्षित सभी ने एक बार उन्हें देखा, जिन्हें घरवालों ने गलती से अकेला भेज दिया था। श्रीधर बाबू ने वैसे तो ढाबे में पहुँचने पर ही समझ लिया था कि इस व्यक्ति को सब सादर ही लेते तथा देखते हैं। खाना खाकर दोनों ढाबे से बाहर आये। बड़े ही सन्तुष्ट भाव से बिशन बाबू ने कहा,

— आत्मा के लिए जिस प्रकार मुक्ति चरम उद्देश्य है वैसे ही शरीर के लिए भोजन और फिर वही ठहाका। जाड़े की दोपहरी गलियों में धूपित थी। फिर भी गलियों का ठण्ढापन स्पष्ट था।

— आप तो भले आदमी होंगे।

बिशन बाबू का प्रश्न सहसा ही था और श्रीधर बाबू उसे समझ न पाये।

— जी?

किञ्चित् हँसते हुए बिशन बाबू बोले,

— मेरा मतलब है आप गृहस्थ होंगे।

— जी हाँ, गृहस्थ को आप भला आदमी मानते हैं?

— न मानें तो जल में रहकर मगर से वैर कैसे पाला जा सकता है?

और तब तक पानवाले की दुकान आ गयी। फिर बोले,

— लगता है आप आदर्श पति रहे हैं।

— क्या मतलब?

— पान भी नहीं खाते होंगे। मैं पान ही तो खाता हूँ भोजन तो कर लेता हूँ। गिरधारी! पान देना भाई!

और उन्होंने जेब से पान की डिबिया आगे बढ़ायी। डिबिया की ओर संकेत करते हुए कहा,

— श्रीधर बाबू! सन्दूक के नाम पर यही अपनी पूँजी है। इसमें कभी गिरधारी ने इतनी जगह ही नहीं छोड़ी कि पान और कपड़े दोनों एक साथ रखे जा सकें।

और फिर जोर से हँस दिये। तब तक तीन-चार लोगों से बिशन बाबू बात करने लग गये। बिशन बाबू के प्रति उनके मन में एक अजीब प्रतिक्रिया थी। तभी पान मुँह में दबाने के पूर्व वे बोले,

— श्रीधर बाबू! आप शायद आदर्श रूप से आदर्शवादी बनने की चेष्टा में हैं, लेकिन आपको जानकर सुख होगा कि मैं पूर्ण आदर्श रूप से अनादर्शवादी हूँ। जरा मैनपुरी बढ़ाना गिरधारी!

और वे श्रीधर बाबू को लेकर तोपखाना रोड पर बढ़े। एक चौराहे पर किञ्चित् आश्वस्त होकर वे बोले,

— अब बताइये क्या इरादा है?

— कैसा इरादा?

— यही कि 'नसिया' में कितने दिन ठहरने का इरादा है?

— हाँ, आपके साथ इतनी देर में ही ऐसा खो गया कि यह याद ही नहीं रहा कि आज सवेरे ही आपसे भेंट हुई है और मैंने आपसे आन्दोलन में शामिल होने की बात कही थी।

— कही थी? तो क्या आप सचमुच उस बात के प्रति गम्भीर नहीं हैं?

नाक पर सरक आये चश्मे को पीछे की तरफ धकेलते हुए बोले,

— यह आप कैसे कह सकते हैं कि मैं उसके प्रति गम्भीर नहीं हूँ?

— मैं भी तो आपको सिवाय गम्भीर के अतिरिक्त और कुछ मान ही नहीं सकता।

— नहीं, मेरा मतलब था कि आन्दोलन सम्बन्धी कोई काम-काज मिल जाता तो व्यवस्थित होने में आसानी होती।

हल्के हँसते हुए बिशन बाबू बोले,

— लेकिन श्रीधर बाबू! आन्दोलन तो व्यवस्था के विरुद्ध किया जा रहा है।

— यह व्यवस्था तो शासन की व्यवस्था है न, व्यक्ति की तो नहीं है।

— तो क्या आप समझते हैं कि व्यवस्थित व्यक्ति शासन की व्यवस्था को बदलना चाहेंगे?

— क्यों? इन दोनों में तो कोई मेल नहीं है। परदेसी की शासन-व्यवस्था से तात्पर्य है न कि सभी प्रकार की शासन-व्यवस्था से।

— मुझे लगता है श्रीधर बाबू! कि व्यवस्था, सीमा है। अवनति, दुर्गुण का कारण यह सीमा ही है।

— सम्भव है आप सही हों। तो क्या इसीलिए अव्यवस्थी बने घूमते हैं आप?

बिशन बाबू ने सहसा बात बदलते हुए कहा,

— श्रीधर बाबू! चलिये आपका व्यवस्था में विश्वास है इसलिए कुछ तो करना ही होगा। आपका सामान लेकर छावनी चलते हैं, वहीं मैं रहता हूँ। असुविधा आपको हो सकती है लेकिन फिलहाल के लिए बुरा नहीं होगा। उसके बाद देखा जायेगा। आप तो भगवान् मानते ही होंगे इसलिए आपको विशेष चिन्ता नहीं करनी पड़ेगी। मुश्किल तो हम नास्तिकों की है, समझ लीजिये चिड़िया की हाथी से लड़ाई है।

और हँसते हुए एक ताँगेवाले को पुकारा।

ताँगे से सामान उतारते हुए बिशन बाबू बोले,

— श्रीधर बाबू! मकान मालकिन एक पारसी महिला है। आपने अक्सर किरायेदारों को कहते पाया होगा कि अरे साहब, किरायेदार शरीफ होते हैं, और ये मकान मालिक ही नामाकूल होते हैं। आप सच मानें यहाँ बात उल्टी है। भूलकर भी उससे आजादी आदि के बारे में बातें मत करियेगा।

तब तक वह पारसी महिला मकान के बड़े फाटक के पास कुछ बुनती दिखायी दी। बोली,

— बिशन! ए माणस कोण छे?

— हमारा दोस्त है मिसेस एलची!

— ए भाई भी आझादी नी लड़त मां काम करे छे?

— ना ना मिसेस एलची! ए भाई तो स्कूल मा मास्टर छे। इन्दौर घूमने आये हैं।

— एम!!

और वह जाते हुए सामान और जाते हुए बिशन बाबू तथा श्रीधर बाबू को देखती रही।

मकान क्या, एक काटेज थी। छावनी में नदी का जो पुल है, ठीक उसी के किनारे पर। नदी के उस पार के आम-जामुनों के झुण्ड तीसरे पहर की धूप में नहा रहे थे। पुल में नदी का जल रोकने के लिए तख्ते लगे हुए थे। पानी रोक लिया गया था। खूब सारा पानी जमा था। मिसेस एलचीवाली काटेज इस जलभरी कगार के ऊपर थी। नदी की तरफ काटेज का पिछवाड़ा था। दुमञ्जिली काटेज के पिछले हिस्से में बिशन बाबू रहते थे। उनके पास दो कमरे थे तथा नहान घर। सामने आधा ढँका बरामदा, जो कि छत बन जाता था। रेलिंगों घिरी छत पर अशोक का एक गाछ नीचे की मंजिल में अपना तना आदि छोड़कर इस छत पर खूब ही प्रशस्त हो आया था। कमरे काफी अच्छे थे। बल्कि श्रीधर बाबू आज के पूर्व कभी ऐसे अच्छे कमरों में नहीं रहे। वे छत की रेलिंग थामे नदी देख रहे थे। इस धूप-भरी अपराह्न वेला में लड़के जल में तैर रहे थे। कुछ महिलाएँ कपड़े फींच रही थीं। नदी के उस पार एक छोटी लेन बड़ी साफ-सुथरी-सी किनारे-किनारे चली गयी थी। सामने वहाँ अनेक छोटी खुशनुमा काटेजें बनी थीं। ठीक सामनेवाली काटेज में एक पारसी वृद्ध दम्पति आरामकुर्सियों पर बैठे बड़े अच्छे लग रहे थे। कोई बेकरीवाला काटेजों के सामने साइकिल खड़ी कर घण्टी बजाता बढ़ रहा था। तभी बिशन बाबू ने पीछे से आकर कन्धे पर हाथ धरकर कहा,

— जगह पसन्द आयी?

— यह तो पूरा एक स्वप्न है।

— आप बहुत भावुक व्यक्ति हैं।—अच्छा, यह बताइये चाय वगैरह पियेंगे?

— जी, मैं चाय नहीं पीता।

श्रीधर बाबू की इस बात पर बिशन बाबू बड़ी जोर से हँस दिये। श्रीधर बाबू अन्यमनस्क हो आये, बोले,

— क्या मैंने कोई अनुचित बात कह दी?

— और नहीं तो क्या?

और वे फिर शरारत-भरी हँसी हँस उठे।

— क्या?

— यही कि आप चाय नहीं पीते।—सच श्रीधर बाबू! आपसे ईर्षा करने को मन करता है।

यह बात कुछ ऐसी आत्मीयता से बिशन बाबू ने की कि श्रीधर बाबू को वे बहुत अच्छे लगे। उन्होंने पहली बार उस व्यक्ति के मुख तथा आँखों को निहारा। हल्के घुँघराले बाल जो पीछे की तरफ किये हुए थे। सुँता हुआ मुँह। तेज नाक-नक्शा।

आँखों के पास नीचे की तरफ काली झाँईं। भूरी पुतलियाँ। सटे पतले ओंठ। दो दिनों की बढ़ी दाढ़ी। खद्दर का कुरता-पाजामा। कुरते में सामने सीने पर ढक्कनदार दो जेबें। बम्बई स्टाइल का जेबवाला गुजराती पाजामा। हड्डियों-भरा पैर, चप्पलों में। इकहरे बदन के इस बिशन बाबू में लाख बाहरी प्रसन्नता हो पर वह श्रीधर बाबू को लौकिक ही लगी। कहीं इस मुखोश के पीछे दूसरा ही बिशन है, जो न तो राजनीतिज्ञ है, न सुराजी है, न फक्कड़ है बल्कि वह है जिसे बिशन बाबू ने किसी को न तो सौंपा ही और न देखने ही दिया होगा। एक अजीब जलधुली तुष्ट मुस्कान के साथ बिशन बाबू ने पूछा,

— श्रीधर बाबू! इतने तन्मय होकर किसी महिला ने देखा होता तो...

और फिर खुलकर हँस दिये।

— तो क्या?

और इस बार, पहली बार प्रसन्न मन होकर श्रीधर बाबू बोले।

— तो....तो अपना यह कुरता उसे पुरस्कार में दे देता। बात यह है कि और तो कुछ अपनी पूँजी है नहीं और न ही आप-जैसा भावुक गम्भीर आदमी हूँ कि जो कहता उस महिला से कि लो तुम्हें सारे तारे पुरस्कार में देता हूँ।

— लेकिन बिशन बाबू! कभी ऐसा अवसर आने पर कम-से-कम धुला हुआ कुरता उस बेचारी को पुरस्कार में दीजियेगा।

— क्यों बेकार में धुलाई पर पैसा खर्च किया जाये? कुरता तो उसे पहनना है नहीं तब जैसा धुला वैसा गन्दा।

और दोनों इस बार साथ-साथ खुलकर हँस रहे थे।

— मैं तो आपको बहुत गम्भीर मानता था कि आप कभी हँस ही नहीं सकते।

— राजनीतिज्ञों को इतने जल्द लोगों के बारे में अन्तिम राय नहीं बनानी चाहिए।

— चलिये, आप पहले व्यक्ति हैं जिसने मुझे भी राजनीतिज्ञ समझा।

— आप राजनीतिज्ञ नहीं?

— जीवन में किसी प्रकार का भी जब राज हो तभी न आदमी नीतिज्ञ होगा? गले में कफनी टाँगकर, ढाबे में पेट भरकर अधिक-से-अधिक देशभक्त बनने की कामना ही कोई कर सकता है। राजनीतिज्ञ के लिए शुरू से ही आपके पास इतना बड़ा पद तथा मर्यादा होनी चाहिए कि राज या स्वराज्य आ जाने पर आप उसके उपयुक्त लगें।

श्रीधर बाबू को लगा निश्चय ही यह व्यक्ति गहरे अन्तस्तल में झकझोरित है, बोले,

— बिशन बाबू! आज मीटिंग नहीं है?

— मीटिंग??

और मीटिंग शब्द इतने चौंकते हुए कहा जैसे अभी कुछ देर के लिए कहीं चले गये थे।

— श्रीधर बाबू! आप घर से क्यों चले आये?

श्रीधर बाबू सहसा फिर गम्भीर हो गये। नदी पर शाम काफी झुक आयी थी। आम-जामुनों के झुण्ड पर चिड़ियाँ शोर करने लगी थीं।

— नौकरी छूट गयी, या यों कहिये छोड़नी पड़ी। तब भला वहाँ क्या करता?

— घर-परिवार तो है न?

— परिवार यही क्या, पूरा कुटुम्ब तक है।

— तो फिर?

— क्या यही बात मैं आपसे नहीं पूछ सकता कि आपने यह जोगिया क्यों पहन रखा है?

— तो इसका मतलब यह हुआ कि हम दोनों को ही एक-दूसरे के बारे में बहुत-कुछ पूछना है।

और दोनों ही प्रतिदेखते हुए मुस्करा रहे थे। बिशन बाबू बोले,

— क्या हाथ-मुँह नहीं धोइयेगा?

— मामूली-सा।

— तो फिर मामूली-से ही छुट्टी लेकर जल्दी चलिये।—अगर आप बिना मीटिंग के शाम काटने के आदी नहीं होंगे तो उसका भी प्रबन्ध हो ही जायेगा।

और हँसते हुए दोनों ही अन्दर चले गये।

— मान लो हूँ, तो? क्या धर्मभ्रष्ट हो गया ब्राह्मण का?

— ब्राह्मण तो अपने संसर्ग में आनेवाले को पवित्र बनाता है या अपने धर्म का बना लेता है, जैसे अग्नि।

— तब तो आप असली ब्राह्मण नहीं मालूम देते। ब्राह्मण वह, जिसका धर्म या पवित्रता, हर बात पर भ्रष्ट हो जाये।

और वे अपनी परिचित हँसी में हँसे। बोले,

— मुझे गिरजाघर जाना इसलिए अच्छा लगता है कि लोग धुले-धुले-से वहाँ आते हैं। चर्च के प्रार्थना-हाल में बड़े ही व्यवस्थित रूप से संगीत होता है—बस। उसके बाद वो पादरियों की बकवास मुझे कभी अच्छी नहीं लगती। पता नहीं लोगों ने मानव को उदात्त बनाने में कला और संगीत का प्रश्रय क्यों नहीं लिया? कभी आप चलना चाहेंगे?

— कोई आपत्ति तो नहीं है मुझे।

श्रीधर बाबू ने देखा कि आम और जामुनों की गझिनता के पीछे लाल शिखर का एक गिरजाघर भी है जो इस समय चर्च घण्टियों के कारण वातावरण में सहज खोयेपन से उभर आया था। नदी के बाँध पर ईसाई परिवार रंगीन फ्राकें तथा पतलूनें पहने जा रहे थे। स्त्रियों ने सिर पर रूमाल बाँध रखे थे। गिरजाघर के प्रशस्त लान में काफी लोग थे। श्रीधर बाबू को बड़ा अजीब-सा लग रहा था। वे आज के पहले कभी किसी गिरजाघर नहीं गये थे। हालाँकि उनके छावनीवाले

स्कूल के पास ही एक ऐसा ही लाल गिरजाघर था जो अंग्रेज-छावनी के दिनों में कभी खुलता रहा होगा लेकिन उन्होंने उसे कभी खुला नहीं देखा। उनके मन में सदा जिज्ञासा रही कि आखिर इन उपासना घरों में क्या होता है? कहीं उनके मन में एक धारणा यह भी थी कि ये गिरजाघर सिर्फ अंग्रेजों के होते हैं लेकिन आज सारे इतने ईसाई देखे फिर भी दो-चार नाममात्र के ही उनमें अंग्रेज थे, बाकी तो अधिकांश हिन्दुस्तानी थे और वह भी एकदम काले बदसूरत।

गिरजाघर के प्रमुख द्वार पर हिन्दी में लिखा था।

— 'यह प्रभु का घर है, जो चाहे सो आवे।'

सबसे पीछे की बेञ्च पर वह और बिशन बाबू बैठ गये। उन्होंने प्रवचन, पाठ तथा संगीत सभी कुछ ध्यान से सुना। मन पर सिवाय संगीत के और किसी बात का प्रभाव नहीं पड़ा। हाँ, जो उन्हें अत्यन्त अभिभूत कर सके वह थे प्रार्थना-हाल के शिल्प, वातावरण तथा उपस्थितों की शान्ति। श्रीधर बाबू को प्रचार नाम की चीज से आरम्भ से ही चिढ़ थी। इसीलिए अपने घर में भी या कस्बे में भी होनेवाली धार्मिक कथाओं या 'सप्ताहजी' में वे कभी रुचि न रख सके। क्योंकि वे धर्म को व्यक्ति की निष्ठा मानते रहे हैं। चौराहों पर इस निष्ठा का प्रदर्शन या भीड़ में बैठकर धर्म के तत्त्व पर प्रवचन सुनना उन्हें बहुत ही भोंड़ा लगता रहा है। गिरजाघर में उपस्थितों की शान्ति तो उन्हें प्रिय लगी लेकिन वे विश्वस्त थे कि कोई भी धर्म के मर्म पर न सोचकर घर-धन्धे की ही सोच रहा है। धर्म के प्रदर्शन के इस मिथ्यात्व पर तथा बीच-बीच में जिस नाटकीयता का सहारा लिया जा रहा था, बड़ी ही वितृष्णा हुई। धर्म, नियम है व्यक्ति का, सामाजिक प्रवचन नहीं।

लौटते में बिशन बाबू ने पूछा,

— कहिये कैसा लगा?

— लोग नहाने लग रहे थे, पादरी नहाये हुए थे और क्या??

— जनाब! उपासना हाल तक पूरा झड़ा-पुँछा था, मालूम है कुछ?

और वे ठहाके के साथ हँस पड़े। उपस्थित ईसाई जनता ने फौरन ही पहचान लिया कि ये दोनों गैर ईसाई हैं और वे विदा के चुम्बन लेते-देते समय काफी घूर-घूरकर दोनों को देख रहे थे।

— आइये, पार्क में एक छोटी-सी झील है, जहाँ मैं कभी-कभी आकर दोपहरी में सोया करता हूँ। चलियेगा?

— आपके साथ गिरजाघर जा सकता हूँ, झील पर जा सकता हूँ, कहिये तो मस्जिद भी जा सकता हूँ।

— मस्जिद मेरी सौन्दर्यप्रियता को कभी नहीं जमती। मैं तो कलात्मक धर्म का कायल हूँ।

— जनाब! मैं तो आपका कायल हूँ। न धर्म, न कला किसी से मेरा कोई मतलब नहीं।

श्रीधर बाबू के इस सहज बोलने पर दोनों ही हँस पड़े।

जाड़ों की सुबह का हल्का कुहरा और धूप पार्क की दूब तथा चारों ओर के सघन ऊँचे पेड़ों पर मोहक रूप से फैले हुए थे। झील में दो-चार छोटी-छोटी नौकाएँ थीं जो चर्च की ही थीं। चर्च के सदस्य प्राय: सुहाने दिनों में या छुट्टियाँ मनाने के लिए नौका-विहार करने आ जाते हैं। झील का पानी एकदम निर्मल प्रसन्न था। हल्की हवा में छोटी-छोटी लहरें शैतानी से उठती-गिरती आ-जा रही थीं। सरपत और झाऊ की झाड़ियाँ जल में खड़ी भीग रही थीं। कहीं-कहीं दो-चार बलाकाएँ, जलमुर्गाबियाँ पानी में खड़ी या तैरती हुई उन्मुक्तता अनुभव कर रही थीं। थोड़ी देर में ही झील के किनारों पर शिकार के शौकीन बन्सियाँ लिये हुए आ जायेंगे और फिर उसके बाद बंसी पानी में डाल वे चित लेट, हैट मुँह पर रख धूप खाते शिकार और धूप-स्नान का आनन्द लेते हुए पूरा रविवार अपनी तरफ से उत्सव बना देंगे।

पत्थरों के ढूह पर वे लोग बैठ गये। झील का नीला जल काले पत्थरों को बारम्बार भिगो जाता और धूप भी उतनी ही तेजी के साथ पत्थरों को सुखाने में लग जाती। पत्थरों में कहीं-कहीं पीले बनफूल, छोटे-छोटे पंख खोले हवा में सिहर रहे थे। मछलियाँ गहरे जल से ऊपर आकर फिर नीचे तैर जातीं। वातावरण में बाहर और जल के भीतर बड़ी ईर्ष्या योग्य शान्ति लग रही थी। दूर पूर्वी सिरे पर मेडिकल स्कूल का हास्टल दिख रहा था।

बिशन बाबू बोले,

— कभी आपको ऐसा लगता है कि अगर मैं यह न होकर वह होता या वह न होकर कुछ और होता तो क्या कुछ न बन सकता था?

— मैं समझता हूँ कि व्यक्ति ऐसा तभी सोचता है जबकि उसे तुलना करना आता हो या वह दूसरा कुछ बनने का महत्त्वाकांक्षी हो। चूँकि मैं आज तक अपने को इस तरह से रखकर देख ही नहीं सका कि मैं अपने अलावा यदि दूसरा कुछ होता तो कैसा होता या क्या हो सकता था। क्योंकि कहीं-न-कहीं मैं यही मानता हूँ कि भला मैं दूसरा कुछ कैसे हो सकता था? तब फिर मेरा मैं कौन होता? चूँकि अपना मैं स्वयं ही हो सकता हूँ इसलिए दूसरे की अपेक्षा तुलना करना या तो आया ही नहीं या फिर आया भी तो दु:ख नहीं हुआ, परिताप नहीं हुआ।

— आप तो सच ही बहुत गम्भीर व्यक्ति निकले।

श्रीधर बाबू ने आशा की थी कि बिशन बाबू इस प्रकार की बातों के बाद जो अट्टहास दिया करते हैं, वही होगा लेकिन वे गम्भीर ही बने रहे। ढूह के एक पत्थर को एड़ी से पीटते हुए बोले,

— बात यह है श्रीधर बाबू! कि जब आपके स्वत्व को बारम्बार ठेस लगे तो निश्चय ही मनुष्य ऐसा सोचता है। और मुश्किल यह हो गयी कि आपने इस सहज मानवीय आचरण को जिस नैतिक धरातल पर खड़ा कर दिया वहाँ से देखने पर तो यही लगता है कि मनुष्य का यह कितना छोटापन है जो वह दूसरों के साथ अपनी तुलना करते हुए स्वयं को श्रेष्ठ मान रहा है।

— लेकिन मैंने तो यह नहीं कहा कि ऐसा सोचना छोटापन है।

— कहा नहीं जरूर, लेकिन ध्वनि यही है। अच्छा अगर मैं पूछूँ कि आप आज जहाँ खड़े हैं वहाँ क्या आपको होना चाहिए?

— क्या मतलब?

श्रीधर बाबू ने काफी चौंकते हुए पूछा।

— मतलब यह कि आज जीवन-संघर्ष के जिस दौर से आप गुजर रहे हैं, और ऐसे अनेक सम्पन्न लोग हैं, जो हर बात में आपसे गये बीते होंगे, वे क्यों नहीं ऐसे संघर्ष से गुजरते? क्या इसलिए कि वे साधनसम्पन्न हैं? सिर्फ इसीलिए?

श्रीधर बाबू ने सम्भवत: आज के पूर्व लोगों को उनकी सम्पन्नताओं तथा विपन्नताओं के प्रतिफल के रूप में देखा ही नहीं था। आज तक वे जिस नैतिक स्तर पर रहे थे या धार्मिक वातावरण में जन्मे-बढ़े थे वहाँ व्यक्ति, संघर्ष, सम्पन्नता आदि के संयोग, योगफल आदि की पद्धति से देखने का कोई रिवाज ही नहीं था। एक कस्बे के ब्राह्मण कुल का निष्ठावान् युवक, सफल अध्यापक बनकर जी रहा था। ज्ञान के अमूर्त रूप ने कुछ आदर्शवादी बना दिया था। भला व्यक्ति, व्यक्ति के सम्बन्धों से भी जीवन नियोजित, प्रभावित या दूषित हो सकता है यह उन्हें पता ही नहीं था। बड़े मोटे रूप में मानवीय सम्बन्धों का आदर्शीकरण किया जा सकता था। राम का विरह सर्वव्यापी था। महाभारत का युद्ध धर्म संस्थापनार्थाय हुआ था। शकुन्तला बनदेवी थी जिस पर दुष्यन्त की कालिमा पड़ी लेकिन सत्य, अँगूठी की भाँति मछली के पेट से भी प्रकट होकर रहा। भीष्म आत्मोत्सर्ग के मूर्तरूप थे। यह सब था। जीवन के उदात्त होने की प्रेरणा जरूर मिली थी लेकिन बिशन बाबू जिस बात को कह रहे हैं वह उनके गले नहीं उतर रही थी हालाँकि वे उसे 'थू' करके फेंक भी नहीं दे रहे थे। तर्क से बात युक्तिसंगत अवश्य थी। सोचा, सम्भव है, अनुभवजन्य सत्य भी हो।

— आप चुप क्यों हो गये?

बिशन बाबू ने एक ढूह को सिरहाना बनाकर आकाश ताकना शुरू कर दिया था।

— चुप हूँ इसलिए कि अभी इतने गहरे तैरा नहीं हूँ।

श्रीधर बाबू ने मिथ्या विनम्रता के कारण ऐसा नहीं कहा था, लेकिन बिशन बाबू को लगा कि श्रीधर बाबू का दर्प और दर्द दोनों ही काफी गहरे हैं और जिसे उन्होंने विनम्र होकर अस्वीकार न भी सही पर टाला जरूर।

— आप जानते हैं श्रीधर बाबू कि मैं कौन हूँ?

— तो क्या आप बिशन बाबू नहीं हैं?

श्रीधर बाबू का यह प्रश्न इतनी हास्यात्मक सादगी से भरा था कि बिशन बाबू काफी जोर से हँस पड़े और बैठ गये। एक बड़ा-सा ढेला झील के पानी को जैसे मारते हुए बोले,

— श्रीधर बाबू! मैं अभी भी आपको सलाह दूँगा कि आप अपने घर लौट जायें। इतनी नैतिकता, इतनी सिधाई से आप कितनी दूर चल पाइयेगा? और क्या लोग आपको चलने देंगे? लोग परोपकार से अधिक परचिन्ता में इतने रत रहते हैं कि आप अगर पूरे शीशे के बने होते ताकि आपने क्या खाया है और अब वह किस स्थिति तथा स्थान पर है, इतना जान लेने के बाद भी सन्तुष्ट न होते। जबकि हर व्यक्ति स्वयं लोहे की भाँति अभेद्य होना चाहता है और सामनेवाले को वह पारदर्शी शीशे से कम बिल्कुल नहीं चाहता।

— लगता है आप गहरे जल में न केवल तैरे भर हैं बल्कि उसके भीतर की चट्टानों में कहाँ काई, कहाँ घोंघे, कहाँ शंख-सीपियाँ हैं यह भी सब देखे-भाले बैठे हैं।

— यही तो मुश्किल है श्रीधर बाबू! चारों ओर का दबाव या गतिमयता किसी को एक स्थान पर टिकने कहाँ देती है? हम जब भी पैर टिकाकर खड़े होने की चेष्टा करते हैं तो भूमि नहीं मिलती केवल जल होता है और हम धँसते जाते हैं। जीवन, परिवार, गृहस्थी, कुटुम्ब के ऐसे बने-बनाये साँचे होते हैं श्रीधर बाबू! कि उनमें बँधे रहकर मूर्खों की पीढ़ियाँ-दर-पीढ़ियाँ रहती आती हैं और सामाजिकता भी बनाये रखती हैं। लेकिन आपने एक बार भी उन साँचों से बाहर पैर निकाला तो बस फिर पैरों के सामने, नीचे चारों ओर जल-ही-जल होता है। कोई आपको नहीं स्वीकारता। जहाँ आपको लगता है कि आपके पैर टिके, सम्भवत: भूमि आपको मिल गयी लेकिन वह या तो किसी जलजन्तु की कड़ी पीठ होती है या मोटी सेवार का जाल। और ये दोनों ही भ्रम होते हैं— श्रीधर बाबू! कभी आपने प्रेम किया है?

श्रीधर बाबू सहसा प्रश्न की संगति न बैठाल सके।

— जी नहीं, मैं इस बारे में नहीं जानता।

— लेकिन मैं जानता हूँ कि इस सब में क्या होता है, फिर भी प्रेम करना चाहता हूँ।

— तो क्या प्रेम भी सोचकर किया जाता है?

— आवश्यकता पड़ने पर। मैं इस बार किसी ईसाई लड़की से प्रेम करना चाहता हूँ।

— इस बार?

— हाँऽऽ-लेकिन मुश्किल यह है कि ईसाई दिखते बड़े उन्मुक्त हैं परन्तु बड़े दकियानूस होते हैं। वो आपने देखा था कि अभी चर्च में हम लोग जिस बेञ्च पर बैठे थे उसके सामने ही एक लड़की पीला रूमाल बाँधे बैठी थी?

— मैंने ख्याल नहीं किया।

— उसे रोजी सेक्सन कहते हैं। मैं उसकी ओर आकृष्ट हुआ था। उसी के कारण मैं चर्च आता था। एक दिन वह किसी से कह रही थी कि मैं नहीं समझ पाती कि कोई बाइबिल, ईसा के अलावा कैसे किसी दूसरे को प्रेम कर सकता है? मुझे घृणा हो गयी।—मैं आज काफी दिनों बाद यहाँ आया।

जाड़ों की धूप निश्चिन्त चर्च के क्रास के पीछे आकाश में प्रलम्बित फैली हुई थी। दो-एक साहब और साहबनुमा लोग बन्सियाँ लिये-दिये पहुँच रहे थे। तभी आदमी-औरतों का एक छोटा झुण्ड रंग-बिरंगे उजले कपड़ों में हँसता हुआ आता दिखायी दिया। उस झुण्ड के आगे-आगे एक नवविवाहित ईसाई दम्पति चल रहा था। वधू अपनी उसी ईसाई वधूवेश में थी। साथ ही चलनेवालों में एक लड़का माउथ-आरगन बजाता आ रहा था। एक चश्मेवाले अधेड़ के पास बक्से में बन्द वायलिन भी था। तभी सहसा बिशन बाबू उझककर बैठ गये और फुसफुसाकर बोले,

— श्रीधर बाबू! वह पीले रूमालवाली लड़की देखते हैं?

और श्रीधर बाबू को समझते देर न लगी कि वही रोजी सेक्सन है जिससे बिशन बाबू को घृणा हो गयी थी।

— वही रोजी है क्या?

— हाँऽऽ।

बिशन बाबू उन आगन्तुकों की भीड़ को देखने में लगे थे। वह छोटा-सा झुण्ड व्यर्थ में हँसता जा रहा था जैसे सच ही बहुत प्रसन्न हो।

— ये लोग कौन हैं बिशन बाबू?

— ईसाई हैं। ये जो सफेद झक लम्बी-सी भूषा पहने लड़की है न, वह वधू है। लगता है अभी विवाह करके चर्च से आ रहे हैं।

श्रीधर बाबू को समझते देर न लगी कि यह ईसाई विवाह का जुलूस है। इस बीच वर-वधू को झुण्ड ने एक नौका पर चढ़ा दिया था। चश्मेवाले अधेड़ ने अपने वायलिन पर गत बजानी शुरू कर दी थी। माउथ-आरगनवाला लड़का भी अब वायलिन का साथ दे रहा था। नौका तट छोड़कर बीच झील में बढ़ती जा रही थी। लोगों की हँसियाँ, हिलते हाथ तथा संगीत भी क्रमशः ऊँचे होते जा रहे थे। डाँड़ चलाते अपने वर के सामने बैठी वधू तटवालों को बड़े प्रसन्न विश्वास के साथ हाथ हिलाती विदा दे रही थी। सारा वातावरण रंगीन तथा संगीतमय हो उठा था। तभी बिशन बाबू सहसा उठे और बिना कुछ बोले-कहे-सुने उस झुण्ड की ओर लपके। श्रीधर बाबू हठात् समझ न पाये। उन्होंने देखा कि बिशन बाबू को आते देख पीले रुमालवाली रोजी सेक्सन, लौटते हुए झुण्ड के पीछे रह गयी। सम्भवतः वह रोजी की वृद्धा माता रही होगी जिसने रोजी को उसके ठहर जाने पर कुछ कहा, रोजी ने भी कुछ कहा और वह लपकते आते बिशन को घूरते हुए धीमे-धीमे चलने लगी।

रोजी सफेद-बुर्राक सुन्दर-सी साड़ी पहने थी। बालों की एक लट उसके कपोलों पर हल्की झूल आयी थी। गेहुँए वर्ण की रोजी धुली चमक रही थी। लगान की हरी पृष्ठभूमि में रोजी की उड़ती हुई साड़ी टाँगों के पास पंखिल लग रही थी। बिशन तथा रोजी दोनों ही हँस-हँसकर बातें कर रहे थे—श्रीधर बाबू को ऐसा तो नहीं ही लगा कि बिशन को सचमुच ही रोजी से घृणा हो गयी है। नौका पर बैठा नवविवाहित युगल डाँड़ चलाता हुआ झील में दूर निकल गया था। केवल पानी में कम्पन तिर रहा था तथा अनेक चीजों की पृष्ठभूमि में वधू की उजली वेश-भूषा तथा खेता हुआ वर आभासित थे।

सहसा श्रीधर बाबू को यह सारा व्यापार बड़ा अजीब लगने लगा। यह सब बड़ा पुस्तकीय-सा लग रहा था। एकदम ही नूतन था फिर भी अविश्वसनीय नहीं। कहीं किसी अन्तर में परितोष देनेवाला भी। जाने कैसे अज्ञात में फूट उठा कि वे भी ऐसे ही किसी रोजी से आलाप करें। ऐसे ही आलापते जाड़ों की ऊनी-ऊनी धूप उन्हें भी घेरकर घिर उठे। वे भी एक माउथ-आरगन लेकर बच्चे की तरह इस पूरे लान पर, हरी लान पर बस राग बजाते-बजाते लोट जायें। कोई स्मृति न हो, कोई न हो। बल्कि ऐसा हो कि स्वयं भी न हों। तभी बिशन आते दिखे। रोजी जा रही थी। जाने के पूर्व उसने श्रीधर को भी एक बार देखा था। पहली बार श्रीधर बाबू ने देखा कि वस्त्रों के माध्यम से भी नारी-देह आभास देती है। और इस बात से उनके कान तक झनझना उठे। लौटे बिशन बाबू प्रसन्न लग रहे थे। बिशन बाबू ने आशा की कि श्रीधर बाबू कुछ कहेंगे, पूछेंगे लेकिन वे चुप ही बने रहे। उन्हें चुप देखकर बिशन बाबू उसी सुपरिचित ठहाके के बाद बोले,

— तो अब चला जाये?

— जरूर।

— लेकिन कहाँ?

— जहाँ कहिये।

— मुझ पर अपनी गति का भार छोड़ियेगा तो धोखा खा जाइयेगा।

और बिशन बाबू मुस्करा रहे थे।

— धोखा देनेवाला कहता नहीं है।

— सच??

— और दोनों ही प्रसन्न ढाबे की ओर बढ़े।

रास्तेभर मौन रहा। बिशन बाबू मन में रोजी से हुए अपने वार्त्तालाप की जुगाली कर रहे थे और श्रीधर बाबू चार दिन पहले के सूत्र को आज से गाँठ बाँधकर जोड़ने में लगे थे।

रविवार भी अजीब निष्क्रिय खाली-खाली-सा दिन होता है कि पूरा होने पर ही नहीं आता। रविवार का दिन जैसे एक शेव बढ़ा मुख हो। सब होता है, फिर भी जैसे कुछ नहीं होता है। और जाड़ों का रविवासर तो पिकनिक के टिफिन कैरियर-सा, बस होता है। हरी दूबोंवाले लानों को आप कुचलते रहिये, धूप पीली-पीली तितलियों की भाँति आपके चारों ओर दिनभर रविवार मनाती उड़ती रहेगी। लताएँ संकेतवती होंगी। सूनी माँग-सी सड़कों पर आप भारी-भारी पैर रखते हुए चलते चले जाइये, मोड़ आये तो मुड़ जाइये। बँगले और मकान असम्पृक्त-से आपको देखते भर रहेंगे। कोई अपना दरवाजा आपके लिए नहीं खोलेगा। कुछ फुलचुक्कियाँ गौरैया या पीली चोंचोंवाली कुछ चिड़ियाँ तथा छितराता हुआ कुहरिल फौवारे का जल ही आपका साथ देते लगेंगे। रविवार के दिन भी लोग होते हैं लेकिन वैसे ही जैसे लाण्ड्री की आलमारी में रखी तह की हुई सफेद कमीजें-मौन धुली कमीजें।

ढाबे के बाद पान खाकर बिशन बाबू को सहसा याद आया कि आज प्रजामण्डल की कार्यकारिणी की बैठक पुस्तके साहब के घर पर है और वे शाम को बासे पर मिलेंगे, कहकर चल दिये। पूरा अपराह्ण तथा पूरी सन्ध्या श्रीधर बाबू के सामने निष्क्रिय विस्तार-सी फैल आयी। तोपखाना रोड पर सिख-मन्दिर पलकें मींचे मुख-सा मौन था। हाईकोर्ट के गुम्बद में कबूतर ऊँचे-ऊँचे उड़ रहे थे। अस्पताल के बरामदों में कभी कोई नर्स गुजर जाती। रामचन्द्र फोटोग्राफर की प्रसिद्ध दूकान झँझरियों में वैसी बन्द लग रही थी जैसे फैली अँगुलियों में किसी ने मुँह छुपा रखा हो। झँझरियों से अन्दर के बड़े-बड़े चित्र-फोटो दिख-से रहे थे। दूकान के सामने एक बग्घी खड़ी थी। शायद छावनी के किसी अंग्रेज की होगी जो कि फोटोग्राफर को लेने आयी होगी। सोडावाटरवाले की दूकान में कुछ लोग झाग-भरा सोडा पी रहे थे। दूसरों को झागभरा सोडा पीते देख कई बार आपकी अपनी नाक झनझना जाती है। सोडावाटरवाले के बगल में नाले के पास जो तिकोनी खाली जगह है उसमें धोबियों ने कपड़े उलटी बतखों-से रस्सियों में टाँग रखे थे। श्रीधर बाबू टाउनहाल के पार्क में निकल आये।

निर्जनता भी अनेक बार खल जाती है। हम चाहते हैं कि कोई हो और हमें वैसे ही बजा जाय जैसे वाद्य के पर्दे, लेकिन कोई नहीं होता है कहीं। और हम खिझा उठते हैं। व्यर्थ में दूबों पर एड़ी दाबकर चलने लगते हैं जैसे हम सारी-की-सारी दूब को कुचल ही तो देंगे। तब एड़ियाँ भी दर्द कर उठती हैं। दूब, दूब ही रहती है—विनम्र लेकिन अपराजित। श्रीधर बाबू एकान्त, थकान, निष्क्रियता सबसे एकदम ही थक गये थे। अगर वे इस टाउनहाल से नहीं चल देते तो वे इतनी फिजूल की बात तक पर चिढ़ने-चिढ़ने को हो आये थे कि लोगों को इतनी भी

तमीज नहीं कि लान पर इस तरह और इतना तो न चलें कि जगह-जगह पगडण्डियाँ आड़ी-तिरछी बन जायें और लान असुन्दर लगने लगे।

जब वे अपने कस्बे में थे तब इतने रिताये हुए थोड़े ही थे? चार दिन पूर्व तक वे एक गम्भीर अध्यापक थे। उनका परिवार था, स्कूल था, रोज का क्रम नियम था, विद्यार्थी थे और सबसे बड़ी बात तो यह कि वे स्वयं थे। यह खालीपन, निष्क्रियता, रविवारीयता तो उन्हें एकदम ही खोखला बना देगी। कुछ दिन यदि वे ऐसे ही रहे तो स्वयं को नहीं पहचान पायेंगे। उन्हें कुछ करना ही होगा और यह भी कि घर से मात्र अस्सी मील दूर कोई कितने दिन अज्ञात रह सकता है?

घर याद हो आया, साथ ही घबराहट भी होने लगी।

रविवार के दिन प्राय: सरो इस वेला तालाब पर घरभर के कपड़े लेकर धोने जाया करती है। दूर आकाश के नीले जल में सरो कपड़ों को धोती दिखायी दी। वे साँस रोककर सरो का कपड़ा धोना देखते रहे। सरो ने कपड़े पानी में डुबाये, फींचे और जल में कम्पनें फैलने लगीं। जाने क्यों उन्हें लगा कि सरो गीले कपड़े तेज हवा में सुखा रही है और दोनों हाथों में पकड़े-पकड़े सूखते न सूखते छोड़ दिया जाता है। दूर आकाशों में सरो द्वारा छोड़ दिये गये कपड़े भर उठे हैं और अपना हरा गुदना लिये सरोमुख खिलखिलाकर आँचल की ओट हँस रहा है, हँस रहा है और तभी सरोमुख की सिसकियाँ हौले से सुनायी पड़ती हैं। श्रीधर बाबू झटके से आकाश ताकना छोड़ खड़े हो गये और जाने कहाँ वे कपड़े, वह सरोमुख तिरोहित हो गया।

वे वैसी ही हड़बड़ाहट में तेज कदम रखते रेलवे क्रासिंग पारकर 'रीगल' थिएटर की बगलवाली सड़क पर निकल आये जहाँ उस दिन पहली बार 'बिस्कोपार्क' की मीटिंग में गये थे। बड़ी साफ-सुथरी पतली सड़क थी। एक ओर यूकेलिप्टिस के पेड़ अपराह्न की धूप में अपनी पत्तियाँ चमकाते हिल रहे थे। जाड़ों की जल्द झुक आनेवाली सूर्यधूप पेड़ों की छायाओं को लम्बा बनाती बिछी थी। जगह-जगह क्यारियों में कदलियों के अनेकवर्णी बड़े-बड़े फूल हवा में हिलते सुखी लग रहे थे। लानों को पानी दिया जा रहा था। फ़ौवारे के कुहरिल जल से खेलते अंग्रेज बच्चे बड़े प्यारे लग रहे थे। बच्चों की माताएँ चहलकदमी कर रही थीं। आयाएँ प्राम और छोटे बच्चों की देखभाल कर रही थीं। नीले आकाश की पृष्ठभूमि में सारा वातावरण तैलचित्र लग रहा था। कोई ट्रेन आ रही थी। तेज सीटी तथा पहिये की गड़गड़ाहट से वातावरण गूँज उठा। दूर मिलों की चिमनियों से अजगर-जैसा धुआँ सर्दियों के सुन्दर आकाश में रेंग रहा था।

सारे वातावरण में समन्वय तथा शान्ति थी—लेकिन श्रीधर बाबू जिस निश्चिन्तता के लिए टाउनहाल या 'बिस्कोपार्क' में भटकते रहे वह उन्हें नहीं मिल रही थी, क्योंकि अन्तर में सिसकता सरोमुख, परिवार की स्मृति, विदा की रात में सोते हुए बच्चों की निद्रित पलकों ढँकी आँखें, भिनसारवाला अपना ही अपरिचित

कस्बा-सब हाहाकारते बिराजे थे। वे जिधर मुँह करते, हरे लान पर अन्तस् मन का वह क्लासरूम सामने आ जाता। पेमेन बाबू का वह घोंसले-जैसा बँगला आ जाता। भाभी का दर्पमुख, माँ का माला फेरते हुए सब-कुछ देखना, पिता का कीर्त्तन-सब उस लान पर ऐसे घिरने लगते कि श्रीधर बाबू को लगा कि बिशन बाबू के बिना ये स्मृतियाँ उन्हें ही घेरती रहेंगी जैसे बचपन में 'कंसदशमी' के राक्षस और पूतना उन्हें नींद में सताया करते थे।

बिशन बाबू से कहकर कोई काम दो-एक दिन में ही खोज लेना चाहिए नहीं तो इस प्रकार निष्क्रिय अधिक दिन क्या, कल तक भी नहीं रहा जा सकता। और, और यह भी क्या जरूरी है कि यहीं काम खोजा जायें? क्यों नहीं कहीं दूसरी जगह चला जाया जाये? ज्यादा अच्छा तो यही होगा कि यहाँ से भी दूर चला जाया जाये—लेकिन कहाँ? कहीं भी!! जब उस दिन 'विपुलाश्च पृथ्वी' देखने का निर्णय किया था तब किसी स्थान-विशेष के लिए थोड़े ही सोचा था? जहाँ भी सींग समाये, जाना ही होगा-क्या पुस्तके साहब प्रजामण्डल का ही कोई काम नहीं दिलवा सकते?

इस बात से श्रीधर बाबू को लगा कि निर्णय से मन हल्का होता है क्योंकि अनिर्णीत मनःस्थिति में दिशाभास लगता है। मन का काठिन्य जैसे छँट गया हो। घड़ी निकालकर देखा, पाँच बज रहे थे। बिशन बाबू सात बजे तक तो अवश्य ही बासे पर आ जायेंगे। वे उठे। वातावरण, जाती धूप के साथ तेजी से ठण्ढाने लगा था। 'रीगल' थिएटर के पिछले दालान में पेण्टर पोस्टर बनाने में लगा था। अभी पोस्टर में सिर्फ नायिका की नाक तथा एक आँख के खोखल का ही रंगाभास दिया जा सका था। वह आँखहीन आँख बड़ी अजीब लग रही थी। किसी सीमा तक बदसूरत थी। सम्भवतः प्रत्येक रचना-प्रक्रिया ऐसी असुन्दर होती है—प्रणेता और दर्शक दोनों के लिए। लेकिन इससे क्या? देह और मन की सृष्टि और सृजन से कोई भला मुक्त कैसे हो सकता है? देह, देह चाहती है और मन, मन। हम न भी चाहें तब भी प्रत्येक क्षण हममें से, हमारी अँगुलियों के माध्यम से समस्त इन्द्रियों के द्वारा कुछ जन्मता है, उगता है, प्रस्फुटित होता है। प्रत्येक क्षण सब में से इस सारे वृहद् व्यापार में से अनन्त देहें, मन उग रहे होते हैं—सजीव या अफलक पर। प्रत्येक ऐसी सृष्टि हमारे ही सुन्दर, असुन्दर का प्रतिफल है। हमारे अस्वीकारने से क्या होता है।

वे एक मैदान के पास से गुजरे। फुटबाल का मैच हो रहा था शायद। तेज सीटी तथा 'किक' खाकर ऊँची उठी फुटबाल उनका ध्यान आकर्षित कर लेती। आज के पहले कभी उन्हें इतने लोग और वह भी इतने विभिन्न सन्दर्भों, स्थानों तथा परिस्थितियों में नहीं मिले थे। कहीं यह भी लगा कि वे अपने कस्बे में स्वयं को जितना आयु में बड़ा समझते थे वे हैं नहीं। उन्हें आज पहली बार लगा कि बरसों

बाद उन्होंने अपना वह लम्बा कोट नहीं पहना है। वह कोट जैसे कस्बा था जिसे वे धारे हुए थे। एक गहरी साँस लेकर अपने चारों ओर देखा, तो सामने सड़क, पेड़ों के नीचे-नीचे दूर वहाँ तक चली गयी थी जहाँ आकाश का काला पड़ता हुआ नीलापन शुरू होता है। हल्की ठण्ड तथा नीली सन्ध्या में आज पहली बार उन्हें बड़ा ही सहज लग रह था—सब, विगत से हीन वर्तमान में नितान्त व्यक्ति, जिसके पास कोटहीन देह है और जिसे ठण्डी हवा छू रही है। अजीब उन्मुक्ता लगी-जैसे वस्त्रहीन अपने को देख लिया जाये तो लगे कि-अरे, हमारे भी तो देह है, कैसे चिकनी-चिकनी त्वचामण्डित देह। जिसे हम आज तक न केवल दूसरों से बल्कि स्वयं से ही छुपाये हुए थे। लेकिन क्यों?—और सहसा मन यह करने लगे कि हमारी यह देह-ही-देह खूब दूर-दूर तक हो और खूब जलभरी हवा ऊनी-ऊनी धूप इसे ताजा कर दे। लेकिन ऐसे ही 'केथालिसिटी' के क्षण में किसी अन्य के आशंकित आगमन पर घबराकर अधोवस्त्र के स्थान पर उपवस्त्र ही पहनने लग जायें। मात्र इस सन्तोष के लिए ही कि हमने वस्त्र पहनना शुरू तो कर दिया है। श्रीधर बाबू का चौंकना, वस्त्र पहनने के समान ही था।

जिस समय वे बासे पहुँचे, भूख और थकान दोनों से भरे थे। उन्होंने यह नहीं देखा कि मिसेस एलची ने इस 'माणस' को एक बार घूरकर देखा और भीतर जाकर तेजी से अपने वृद्ध पति को बुला लायी।

बिशन बाबू जिस समय कमरे में आये श्रीधर बाबू सो रहे थे। बिशन बाबू ने जगाया और जब मालूम हुआ कि श्रीधर बाबू प्रतीक्षा करते बिना खाये-पीये ही सो गये थे तो बिशन बाबू को बड़ी उलझन हुई।

— देखिये जनाब! इस तरह यदि प्रतीक्षा वगैरह की जायेगी तो हम लोग तो खाली पेट बिना मौत मर जायेंगे। और साहब! मैं खाली पेट नहीं मरना चाहता। जब मरूँ तो पेट खूब पकवानों से भरा हो।—अरे तो आप जाकर खाना क्यों नहीं खा आये?

— मैं तो सीधे बिस्कोपार्क से यहीं आ गया।

— जानते हैं क्या बज रहा है?

— क्या बहुत रात हो गयी?

— और नहीं तो क्या? दस बज गया?

— तो, आप तो खाकर आये न?

— खाया तो मैंने भी नहीं है।—अच्छा, तो चलिये उठिये। यहीं किसी हलवाई की दुकान पर ही कुछ जुगाड़ लगायी जाये।

और दोनों हलवाई की दुकान की तरफ चले। छावनी एकदम सुनसान थी। हलवाइयों और पानवालों की दुकानों तथा आते-जाते ताँगों के सिवाय और कहीं कोई हलचल न थी।

रास्ते में बिशन बाबू ने बताया कि गाँधीबाबा कोई सत्याग्रह छेड़ना चाहते हैं उसी के बारे में आज पुस्तके साहब बता रहे थे।

— मैं कहता हूँ श्रीधर बाबू! मुझे गाँधीबाबा का रास्ता कुछ पसन्द नहीं। एक नया प्रयोग किया जानेवाला है—सत्याग्रह!!

— सत्याग्रह क्या?

— आप तो समझदार व्यक्ति हैं, सत्याग्रह का अर्थ नहीं जानते?

— बिशन बाबू? आपको मेरे बारे में काफी भ्रम है।

— कैसा भ्रम?

— यही कि मैं गम्भीर हूँ, समझदार हूँ, आदर्शवादी हूँ......

— तो यह सब आप नहीं हैं?—चलिये छुट्टी हुई।

और बिशन बाबू की बात के लहजे ने श्रीधर बाबू को मोह लिया। हलवाई की दुकान आ गयी थी। दूध पीकर वे लौटे। रात काफी हो गयी थी। कुहरा होने लगा था। माघ की दशमी का चन्द्रमा स्पष्ट फूट आया था। आकाश बड़ा ठण्ढा लग रहा था। घर पहुँचने के पूर्व श्रीधर बाबू बोले,

— क्या बहुत थक गये हैं बिशन बाबू?

— क्यों?

— सोचा कि थोड़ी देर चलकर पुल के बाँध पर ही बैठा जाये।

— वाह, इससे अच्छी और क्या बात हो सकती है? मुझे तो कोई ऐसा व्यक्ति आज तक नहीं मिला जो रातभर मेरे साथ रतजगा करते घूमे। श्रीधर बाबू! रात में प्रकृति सजीव होती है। न जाने कितनी अँधेरी रातें तथा चाँदनियाँ इस नदी के किनारे-किनारे घूमते हुए बितायी हैं। आगे चलकर इस नदी पर बाँसों का एक छोटा-सा उपवन किसी शौकीन अंग्रेज ने कभी लगवाया था। आप सोच नहीं सकते श्रीधर बाबू! कि चाँदनी रात में कितना अच्छा लगता है।

वे बाँध पर पहुँच चुके थे। नदी का जल छोटी-छोटी उर्मियों में टूट-टूटकर बह रहा था। बाँध के दूसरी तरफ पानी था। उसी तरफ पेड़ों का झुरमुट काफी गझिन था। वहाँ जल में बहाव नहीं बल्कि ठहराव था। पेड़ों की तिरस्करिणी में चाँदनी, जाल-सी बिछी थी। हल्का कुहरा नदी पर रेंग रहा था। बाँध की तरफ दोनों ओर पारसियों की छोटी-छोटी काटेजें बनी हुई थीं। जो कि इस समय बन्द आँखों की तरह चुप, चाँदनी में खड़ी थीं। बाँध के दूसरी तरफ चाँदनी, सलवटहीन चादर की भाँति फैली हुई थी। बाँध पर जो एकमात्र घाट बना था वह अपनी बुर्जियों तथा सीढ़ियों में चित्र लग रहा था।

— बिशन बाबू! आपको गाना आता है?

बिशन बाबू ने बड़ी जोर का ठहाका लगाया। चारों ओर का फैला हुआ विस्तृत मौन चौंककर इस ठहाके से गुंजित हो गया। पेड़ों पर के सोते हुए कौवे और दूसरे पक्षी चौंक उठे। पंखों की फड़फड़ाहट भी हुई।

— क्यों? आप इतने जोरों से क्यों हँसे?

— इसलिए कि कहीं दर्द हुआ।

— बिशन बाबू! आप बड़े रहस्यात्मक व्यक्ति हैं।

— मेरा ख्याल है कि हम लोग अपने बीच से यह आप-वाप का सम्बन्ध हटा लें। बड़ी कठिनाई होती है।

— मुझे कोई आपत्ति नहीं है।

— अब ठीक है।

और बिशन बाबू नदी के तल पर कभी-कभी ऊब-चूबकर उठनेवाली बड़ी मछली को ताकने लगे।

— क्या सोच रहे हैं?

— कौन मैं? कुछ भी नहीं। असल में श्रीधर! प्रत्येक बार जब व्यक्ति को पराजित होना पड़े तो क्या करे?

— प्रयास करे।

— लेकिन कब तक?

— जब तक विजयी न हो जाये।

— विजयी होना क्या उपलब्धि है?

— यदि विजयी होना उपलब्धि नहीं है तो पराजित होने पर परिताप क्यों?

— तुम्हारा तर्क ठीक है, लेकिन श्रीधर! बताओ मैं क्या करूँ?

— किस बारे में?

— यह पुस्तके ढोंगी व्यक्ति है। हरिजन-फण्ड, खादी-फण्ड, महिला-फण्ड-जाने किन-किन फण्डों का चन्दा खाये बैठा है और जब काम पड़ता है तो चन्दे का सारा हिसाब-किताब गलत बताया जाता है। हर बार मुझे अपना मुँह बन्द रखने को बाध्य होना पड़ता है।

— लेकिन क्यों?

क्यों क्या? पुस्तके साहब नामांकित वकील हैं। एक बड़ी पुश्तैनी सामाजिकता है। राजनीति के कर्णधारों में गिनती होती है इसलिए उन्हें पूर्ण अधिकार है कि वे छोटे राजनीतिज्ञों का शोषण करें। कभी तुम सोच सकते हो कि मैं अवैतनिक काम करता हूँ? अपनी जीविका चलाने के लिए मुझे 'वीर अर्जुन' में या 'व्यंकटेश्वर समाचार' में लेख वगैरा लिखकर दस-पाँच रुपये कमाने पड़ते हैं? और उस पर तुर्रा यह कि मैं शाम को 'खद्दर भण्डार' में बैठकर क्यों नहीं खादी बेचता?

— तो तुम और काम क्यों नहीं करते?

बिशन बाबू फिर हँसे लेकिन पीड़ित।

— इसलिए कि मुझमें कहीं आग है कि देश को आजाद करवाया जाये। मैं भी एक आदर्श के कारण राजनीति में आया। दुःख या परिताप इस बात का है श्रीधर! कि अंग्रेज के शोषण को तो शोषण कहकर सब उसके विरुद्ध

सत्याग्रह करेंगे लेकिन इन पुस्तके साहब-जैसे लोगों के शोषण को आप त्याग, तपस्या, देशसेवा आदि कहने के लिए बाध्य हैं। आज पाँच बरस से घुट रहा हूँ, कोई उत्तर नहीं मिलता। मैंने अपने जर्मन पादरी से भी पूछा इस बारे में, वह भी हँस देता है।

— कौन जर्मन पादरी?

— अरे हाँ, मैंने तुम्हें, बताया नहीं। मैं सोम और बृहस्पति को एक जर्मन पादरी को हिन्दी पढ़ाने जाता हूँ शाम को एक घण्टे के लिए। फादर फ्रेडरिक नाम है उनका। कभी तुम मेरे साथ चलना, बहुत पसन्द करोगे।

— लेकिन तुम इतनी चिन्ताओं में भी कैसे इतने सुखी दिखते हो?

— तो क्या करूँ? व्यक्ति कितने दिन रोये? और फिर हर किसी के सामने क्यों रोये? क्या लाभ?—उन लोगों को अपनी वास्तविकता दिखाऊँ जो मेरे बारे में झूठी-झूठी अफवाहें फैलाते हैं? मैं कहीं का दासीपुत्र राजकुमार हूँ, या वह साधू हूँ जो भागकर देशसेवक का बाना ओढ़े है। श्रीधर! यह दुनिया है जिस पर मैं दिन-रात पान की पीक थूका करता हूँ। मुझे घृणा है इन सबसे। तुम स्वयं एक दिन देखोगे कि ये सब चरखा कातते हुए भेड़िये हैं जिन्होंने अपने खूनी नख, गोमुखी में छुपा रखे हैं।

श्रीधर बाबू ने देखा कि बिशन बाबू के मुख पर खिंचाव-ही-खिंचाव तन उठे हैं। सिकोड़ी हुई भवों से वे दूर, अन्धकार, चाँदनी, आकाश मकानों की दोनों ओर की लेन, नदी को चीरकर घूर रहे हैं।

— अच्छा श्रीधर! चलो अब। न तो आज रात स्वराज्य ही आनेवाला है और न पुस्तके साहब-जैसे लोग ही समाप्त होनेवाले हैं। बेचारी नींद को क्यों खराब किया जाये? हाँ, सुनो कौन-सा काम करना पसन्द करोगे? क्योंकि स्वराज्य की लड़ाई स्वयं अपने में कोई काम नहीं है? काँग्रेसियों के लिए, वह तो शौक है। जितने बड़े आदमी बनकर इसमें आओगे—उतने बड़े देशसेवक कहलाओगे।

— हाँ बिशन! मैं भी सोच रहा था कि कुछ काम-धाम किया जाये। लेकिन कुछ समझ में नहीं आता कि क्या किया जाये यहाँ?

— मैं भी फिलहाल कुछ नहीं सोच पा रहा हूँ। अच्छा, खैर देखा जायेगा। अगर राजनीति ही चुनना चाहोगे तब उसका भी रास्ता है।

— कौन-सा?

— आज नहीं क्योंकि वह रास्ता नहीं है श्रीधर! उत्सर्ग है। उस पर चलकर फिर और कुछ नहीं रह जाता। और मैं उस मार्ग या उत्सर्ग का परामर्श नहीं दूँगा।

बिस्तरे पर सोते ही बिशन बाबू तो सो गये लेकिन श्रीधर कभी सोते हुए बिशन के निश्चिन्त मुख को देखते और कभी खिड़की के शीशों के पल्लों से दिखती बाहर की चाँदनी, हल्का धुँधला दृश्य देखते। न नींद आँखों के बाहर ही थी और न पलकों के भीतर ही, नींद तो बिशन बाबू के पास थी।

पिछले एक महीने से श्रीधर बाबू का यह नियम रहा है कि वे सवेरे चार बजे उठकर घूमने जाते। दिन में कोई काम-काज ढूँढ़ा जाता। महाराजबाड़ा तरफ निकल जाते और वहाँ के पुस्तकालय में बैठकर पढ़ा जाता। इस बीच काम चलाने के लिए हरिजनों के लिए खोली गयी रात्रि पाठशाला के लिए वे मालवामिलवाली मजदूर बस्ती चले जाते। वहाँ से लौटते दस बज जाते और खाना खाकर जब डेरे पर पहुँचते तब प्रायः छावनी की पुलिस लाइन के घण्टे के ग्यारह या तो रास्ते में बजते या फिर डेरे की सीढ़ियों पर। कभी बिशन बाबू सोते मिलते या फिर जागते हुए श्रीधर बाबू की प्रतीक्षा करते होते।

पिछले तीन दिनों से बिशन बाबू नागपुर गये हुए हैं। न तो उन्होंने ही बताया और न इन्होंने पूछा ही कि क्यों जा रहे हो? आज जब वे रात्रि पाठशाला पहुँचे तो उसे बन्द पाया। रोज तो उस झंझरियोंवाली पाठशाला के बरामदे में उनके पहुँचने के पूर्व ही आठ-दस लड़कों की वह कक्षा बीच में लालटेन जलाये जोर-जोर से पाठ पढ़ती मिलती। उनके पहुँचने के बाद कुछ मजदूर भी आते। लेकिन आज न तो कोई लड़का ही वहाँ था और न ही वह पाठशाला खुली हुई थी। लगता था जैसे आज कोई आया ही नहीं। कुछ देर तक वे सामने के पीपल के पास खड़े होकर सोचते हुए टोह लेने लगे कि कोई उधर से आये तो पूछें कि क्या बात है, आज कोई क्यों नहीं आया? लेकिन देर होती जा रही थी, फिर भी, कोई न तो आया ही और न दिखायी ही दिया। मजदूर बस्ती असल में सामने के मैदान तथा पोखर के पार थी। न इधर बिजली थी और न पक्की सड़क। वे बस्ती जानेवाले कच्चे रास्ते पर निकल आये। मैदान में खूब ठण्ढ थी। जाड़ों का काला आकाश आज निरभ्र था इसलिए बहुत ऊँचा लग रहा था। मजदूर बस्ती की झोपड़ियों से कभी-कभी किसी चूल्हे की आग की लपक दिख जाती। इस पोखर से मिल का गन्दा पानी सड़ाँध मार रहा था। सिवाय शण्टिग करते इंजिन की आवाज तथा मजदूर बस्ती में कभी किसी के जोर से पुकारने के, और कोई शब्द नहीं था। मिल के पानी की सड़ाँध रात में इस समय खूब जोरों पर आ रही थी। वे बस्ती में घुस ही रहे थे कि तभी सिरेवाली झोपड़ी से एक औरत चीखती हुई बाहर निकली और उसके पीछे-पीछे उतनी ही तेजी से गालियाँ बकता एक आदमी निकला। उसने झपटकर औरत को वहीं गिरा दिया और उसे मारना शुरू किया। आस-पास की झोपड़ियों ने जैसे अपने मुँह खोल दिये हों और आदमी-औरतें जमा होने लगे। दो-एक लालटेनें भी थीं। लोग पिटती पत्नी और पीटते पति को मात्र दर्शक भाव से देख रहे थे। आदमी, औरत की छाती पर बैठा उसका गला दाब रहा था और

गालियाँ बक रहा था। दो-एक मजदूरों ने श्रीधर बाबू को पहचाना और फुसफुसाया। श्रीधर बाबू को यहाँ सभी 'गुरुजी' कहकर पुकारते थे। मजदूरों ने घेरा ढीला कर दिया और 'गुरुजी' को दृश्य देखने दिया!

— अरे यह तो रघुनाथ है।

— क्यों रघुनाथ! क्या बात है ये?

रघुनाथ ने जो इस समय ताड़ी के नशे में चूर लग रहा था, टोकनेवाले की ओर एक बार लाल-लाल आँखें उठायीं और हल्के से घूरा और बिसूरती हुई औरत का टेंटुआ पुनः जोर से दाबा तो वह चीख उठी। रघुनाथ ने श्रीधर बाबू की ओर उसी तरह देखा और हँसते हुए बोला,

— गुरुजी! यह मेरी औरत है इसलिए मार रहा हूँ।

— शराब पीकर घरवाली पर हाथ उठाते शरम नहीं आती?

— इसे छिनाला करते शरम नहीं आती तो मुझे इसे मारने में क्यों शरम आयेगी?

— छोड़ो उसे।

— आज मैं इसको नहीं छोड़ सकता गुरुजी! आज मैंने इसको इसके चहेते के साथ देख लिया है। आज मैं मजदूर हो गया हूँ तो क्या हुआ, अपने गाँव का मैं पहलवान हूँ समझे? ये साली पहलवान की बीबी होकर उस डाइंग सेक्सन के बाबू से फँसेगी? खून पी जाऊँगा इसका। यह समझती क्या है?

और रघुनाथ ने उसी झोंक में अपनी घरवाली को एक चाँटा जड़ दिया। उसकी घरवाली ने अब बिसूरना भी छोड़ दिया था। वह इस समय एकदम काठ हो गयी थी। गुरुजी की उपस्थिति का फायदा उठाकर दो-एक दूसरे मजदूर आगे बढ़कर रघुनाथ को पकड़कर घरवाली की छाती पर से उठाने में लगे थे और रघुनाथ जोरों से उन मजदूरों को ही गालियाँ देता जा रहा था। श्रीधर बाबू को लगा कि इस घटना को कोई भी गम्भीरता से नहीं ले रहा था जबकि उन्हें अजीब ग्लानि, वितृष्णा हो रही थी। बिशन बाबू की बातें याद आ रही थीं कि—श्रीधर! जीवन के प्रत्येक स्तर पर केवल दुःख-ही-दुःख है। सारे दुःख एक-से होते हैं। उनकी किस्में अलग-अलग हो सकती हैं लेकिन दुःख तो एक-जैसे ही होते हैं क्योंकि उसकी पहचान ही एक है और वह यह कि वह आपको दुःख देता है चाहे आप भले हों, भरपेट हों, स्वस्थ हों, रोगी हों, नर हों, नारी हों—और तो और श्रीधर! आप पशु भी हो जायें तो भी इस दुःख से मुक्त नहीं हो सकते। सबसे बड़ा सुख भी दुःख हो सकता है, लेकिन छोटे-से-छोटा दुःख भी सुख नहीं बन सकता। श्रीधर! बुद्ध ने जिन आठ दुःखों को गिनाया था न, उनकी अब अनेक सन्तानें हो गयी हैं। हालाँकि बिशन बाबू इस बात के बाद भी हँस दिये थे। लेकिन सच तो यह है कि कभी यह पता ही नहीं चलता कि कब कौन-सी बात बिशन ने एकदम ही गम्भीर होकर कही है और अब यों ही। वह हमेशा अपनी गहरी-सी गहराई को भी इतने सादे से प्रस्तुत करते कि लगता कि अरे, बस घुटनों-घुटनों ही जल है?

रात्रि पाठशाला का सारा भार बिशन ने रामसिंह को दिया था। रामसिंह स्पिनिंग सेक्शन में काम करता था। वह अपेक्षाकृत थोड़ा पढ़ा था। रामसिंह को

तब तक एक मजदूर जाकर बुला लाया कि गुरुजी आये हैं। आते ही रामसिंह ने बताया कि आज मिल की छुट्टी होने पर जब मजदूर बस्ती लौट रहे थे तो रेल की पटरियाँ पार करते हुए मातादीन शण्टिंग करते हुए इंजिन की चपेट में आ गया और कट गया। आज बस्ती में इसीलिए उदासी है। मातादीन की औरत तो जैसे पागल हो उठी है। आपको खबर देने एक लड़के को भेजा तो था कि आज पढ़ाई नहीं होगी लेकिन आपसे पुस्तकालय में भी मुलाकात नहीं हो पायी।

जिस समय रामसिंह के साथ श्रीधर बाबू मातादीन के घर पहुँचे उसकी विधवा अपने एकमात्र गोदवाले बच्चे को गोद में लिये पथरायी आँखों से अँधेरा घूरती सूने घर में पागलों-सी बैठी थी। उसके कपड़े अस्त-व्यस्त थे। तीन-चार लालटेनों तथा इतने आदमियों की भीड़ देखकर आसपास की झोपड़ियों से लोग निकल आये। वे समझे जाँच-पड़ताल के लिए पुलिस आयी है। एक औरत ने लपककर मातादीन की विधवा के कपड़े ठीक किये लेकिन वह जैसे कुछ नहीं देख रही थी। रामसिंह ने हाथ की लालटेन विधवा रामकली के सामने रखी और घुटनों पर बैठते हुए उससे बोला,

— रामकली! देख गुरुजी आये हैं। अब उठ, इस तरह से कितने दिन चलेगा?
रामकली थोड़ी देर तक तो निर्विकार बनी रही और फिर उसने घूरकर पहले रामसिंह को देखा और फिर गुरुजी को देखने के लिए उसने गर्दन तथा आँखें ऊँचे उठायीं।

श्रीधर बाबू ने बड़ी हिम्मत कर उससे कहा,

— रामकली, सुख-दुःख तो आते ही हैं लेकिन उनको सहना ही होता है। इसके आगे वे क्या बोलें? कुछ समझ नहीं पा रहे थे। साथ ही उन्हें लगा कि रामकली जैसे उन्हें देख ही नहीं रही है बल्कि जैसे वह मजबूत मुट्ठियों में खड़ा चाकू पकड़े उन्हें ऊपर से नीचे उधेड़ रही है। वे सहम गये। एकमात्र कोट से जितनी ठण्ढ वे नहीं बचा पा रहे थे वह सारी-की-सारी ठण्ड उनकी नसों में, गर्दन के पास मांस में, पीठ के पास रीढ़ में जैसे काटे जा रही है। वे और भी कुछ कहने ही वाले थे कि रामकली सहसा चीत्कार और धाड़ें मारकर रो पड़ी। तभी वह बिजली की तेजी से उठी, बच्चा सीने से सटाये भीड़ को अदम्य शक्ति के साथ ठेलती हुई झोपड़ियों के सामने फैली हुई रेल की पटरियों की तरफ भागी। उपस्थित एक क्षण तो कुछ भी नहीं समझ पाये लेकिन तभी कुछ लोग रामकली को पकड़ने के लिए दौड़े। अजमेर से आनेवाली खण्डवा एक्सप्रेस धड़धड़ाती आ रही थी। इंजिन बड़ी तेज लाइट के साथ-साथ तेज सीटी भी दे रहा था। लोगों ने उस तेज रोशनी में देखा कि रामकली के बाल खुल आये हैं, जैसे वह ऊपर आँखें बन्द किये ताक रही है। सीने से बच्चे को दोनों हाथों से सटाये इंजिन के द्वारा रौंदे जाने की अन्तिम प्रतीक्षा में खड़ी है। लोग लपके भी लेकिन तभी इंजिन रामकली और उसके बच्चे के ऊपर से होकर धीमे होने की चेष्टा से गुजर गया।

रात काफी देर से बासे पर लौटे। खाने को मन ही नहीं किया इसलिए वे ढाबे की ओर गये ही नहीं। आज पूरे रास्तेभर और जब बिस्तरे पर लेटे थे तब भी सरो की याद आती रही। बार-बार वे करवटें बदलते लेकिन इंजिन के प्रकाश में फैली हुई रेल-पटरियाँ चमचमाती दिखतीं और उन्हें लगता कि ठीक ऐसे ही रामकली के स्थान पर सरो, देवव्रत को सीने से सटाये धड़धड़ाते आते इंजिन के सामने खड़ी है। जाने कितनी बार वे करवट बदलते और उतनी ही बार इंजिन, सरो और देवव्रत को वैसे ही कुचल जाता। हर बार वे दिमाग में बोले उस वाक्य में 'मान लो' और जोड़ देते जिसमें कि वे अपनी इस शंका का निराधार होने का कारण प्रस्तुत करते। अगर केवल दादा, भाभी ही होते तो सरो ऐसा कर सकती थी और भला वे ही तब सरो और बच्चों को ऐसे कैसे छोड़ आ सकते थे? —माँ और बापू कभी भी सरो को ऐसा नहीं करने देंगे।—लेकिन क्या रामसिंह ने, दूसरों ने तथा स्वयं उन्होंने यह चेष्टा नहीं की थी कि रामकली ऐसा न करे? लेकिन उसने सबकी उपस्थिति में भी कर ही तो लिया। निराशा में कोई भी कुछ कर सकता है।—और यही सब सोचते हुए घबराते, रात बिताने का प्रयास कर रहे थे। क्योंकि अपना ही वाक्य कि-मान लो सरो ने ऐसा कर लिया हो तो?..... तो?......तब क्या होगा? वे कैसे जान पायेंगे?

इसी बीच कब आँख झपक गयी पता ही नहीं चला। लेकिन जब नींद टूटी तो खिड़की के शीशों से जाड़ों की सवेरे की गुनगुनी धूप उनके कम्बल पर गिर रही थी। रातभर के जड़ाये अंगों को धूप बड़ी मीठी लग रही थी। नीचे श्रीमती एलची का नल बड़े जोरों पर खुला हुआ था। उनकी महरी रगड़-रगड़कर बर्तन बजाती माँज रही थी। वातावरण में आमलेट की गन्ध भरी थी। पहली बार इस जी मितलानेवाली अजीब गन्ध के बारे में जब बिशन बाबू से पूछा था तो बिलकुल शैतान बच्चे की तरह मुर्गे को बोली बोलकर हाथ से अण्डा बनाकर बताया था। खिड़की की राह नदी, बाँध और काटेजें इस समय बड़े सुहाने लग रहे थे। जीवन में सम्भवत: पहली बार श्रीधर बाबू सूर्योदय के बाद जागे थे। और किसी दिन यदि ऐसा हो गया होता तो मन आत्मग्लानि से भर उठता या प्रायश्चित्त में कम-से-कम गायत्री-मन्त्र की पाँच मालाएँ और फेरी जातीं तथा दिनभर निर्जल ही रहा जाता। उन्होंने अपने को इतने वर्षों में 'नियमों के लिए' बना लिया था। लेकिन आज धूपभरी खिड़की की चौखट पर तकिया रखकर कुहनी टिका अशोक की झिंझरी पत्तियों से नीला प्रसन्न आकाश देखना बड़ा सुहा रहा था। पीतलवर्णी धूप, सिन्धरंगी आकाश, शंखवर्णी मेघ तथा नानरंगी काँपती नदी-छाँहों को, वे जैसे स्वयं को सम्पूर्ण मन से समर्पित कर रहे थे। लगा कि यहाँ इस समय सरो होती तो इस

छत पर एक तार बँधा होता जिस पर सवेरे धोयी गयी सरो की साड़ी सूखती होती। वे सहसा कल्पना करने लगे कि हँसी से भरा स्वस्थ बारम्बार बोलता हुआ सरोमुख इस छत की धूप में कैसा लगता? इस समय गुणवन्ती और सुशीला अपने स्कूल जाने की तैयारी का शोर करती होतीं। मान लो इस खिड़की में ठीक सामने मेरी ही तरह सरो भी कुहनी पर मुँह टिकाये आकाश ताकती तो हम लोग कहाँ तक आकाश में देख पाते? —और वे सचमुच दूर-दूर का आकाश ताक रहे थे। सामने छत की मुँडेर पर बिल्ली धूप में फूली हुई पंजे सिकोड़े गरमा रही थी। अशोक की डालियों में गिलहरियाँ चीं-चीं बोलते हुए शैतानी कर रही थीं। कभी-कभी बिल्ली खिझाकर गिलहरियों की शैतानी को अर्द्धनिमीलित दृष्टि से देख लेती और अगले पंजों पर सिर रख धूप-स्नान में आँखें बन्द कर लेती।

वे कहीं अवचेतन में रामकलीवाली दुर्घटना बराबर दुहरा रहे थे लेकिन वे चेतन स्तर पर उस बारे में तब तक नहीं सोचना चाह रहे थे जब तक कि बिशन बाबू न आ जायें। भूख पेट में हल्की खुरची पड़ रही थी। वे सवेरे घूमने न जा सके तो इसका मतलब यह तो नहीं कि आगे के सारे काम यथावत् न किये जायें। लेकिन आज बस अपने ही विरुद्ध काम करने को मन कर रहा था। उन्हें पुस्तके साहब ने बुलवाया है शाम को, लेकिन वे किसी भी पुस्तके साहब या दावात साहब, कोई हों, किसी के भी यहाँ नहीं जायेंगे। आज वे बस इस धूपभरे आकाश, अज्ञात में इतना जल बहा ले जानेवाली दर्पणी नदी, गरमाती हुई बिल्ली, फुदकती गिलहरियों को कम-से-कम दस बजे तक देखेंगे-लेकिन, भूख भी तो लग रही है।

वे चाहते जरूर थे कि ऐसा करें कि भरी धूप में बैठे हुए आज के दिन को रविवार बना डालें लेकिन तीसरे पहर तक किताबें पढ़ते रहने के बाद उठे और बिल्कुल ही इच्छा न होते हुए भी पुस्तके साहब के घर की ओर चल पड़े। वे दिनभर जिस तरह से आचरण करते रहे उससे स्वयं को ही आश्चर्य होने लगता। इसीलिए वे कभी-कभी स्वयं को छू लेते कि कहीं अपने को छोड़ तो नहीं आये हैं या स्वत: तो कहीं नहीं छूट गये हैं?

एक जगह गन्ना पेरा जा रहा था। वे गन्ने का रस पी रहे थे। सामने नदी के उस पार 'जूनी-इन्दौर' के पुराने ढंग के लकड़ी के पेशवाई मकान दुमंजिले, तिमंजिले खड़े हुए थे। पहाड़ी पर बसा यह पुराना इन्दौर अठारहवीं-उन्नीसवीं शती के युग की याद दिलाता है जबकि इतिहास, आक्रमणकारियों और लुटेरों की तलवारों की नोकें लिखती थीं। नदी के पुल के ठीक सामने उस पार हरसिद्धि का मन्दिर लकड़ी की महराबों में धूप खा रहा था। इमलियों के गझिन कद्दावर पेड़ असम्पृक्त-से शारदीय नीलाकाश में अपना मटमैला हरापन छितराये ऊँघ रहे थे। गरीब मराठी तथा दक्षिणी महिलाएँ नदी के घाट पर कपड़े धो रही थीं या किसी 'कुण्डी' (कुआँ) की जगत पर खड़ी घड़े के गले में रस्सी बाँध रहट से पानी

खींचने में लगी थीं। दाहिने हाथ दूरी पर कृष्णपुरे का पुल तना हुआ था जिस पर कभी-कभार कोई मोटर भी गुजर जाती लेकिन अधिकतर या तो घोड़े, ताँगे या फिर बग्घियाँ ही ज्यादा निकलती होतीं। वैसे अब बीसवीं शती के दूसरे दशक में पालकियों की प्रथा दैनिक व्यवहार में काफी कम हो चली थी। पहले तो पुरुष भी पालकियों पर चढ़कर ही सारा काम-काज किया करते थे। श्रीमन्त वर्ग शिविकाओं पर चढ़ता था। लेकिन अब या तो बड़े-बड़े पण्डितों, पुजारियों, कथावाचकों या वृद्धों-अपंगों के, पुरुषों में और कोई पालकी या शिविका नहीं चढ़ता है। श्रीमन्त वर्ग घोड़ों, बग्घियों और मोटर-ताँगों की ओर झुकता जा रहा है। हाँ, बड़े भद्रघरों की नारियाँ अभी भी पालकी या शिविका ही चढ़ती हैं। चाहे किसी के यहाँ वे जा रही हों या पूजन-व्रत समापन करने जा रही हों, नारियों का एकमात्र वाहन यही है। छोटे घरों की स्त्रियाँ 'छेड़ा' (घूँघट) निकाले पैदल ही कहीं भी आती-जाती हैं। मारवाड़ियों में पालकी या शिविका का प्रचलन नहीं है। बहुत हुआ तो 'सेठानीजी' बग्घी में पँचरंगी दुकूल का 'छेड़ा' एक आँख के पास दो अँगुलियों से थामे, आगे-पीछे खड़े नौकरों से घिरी निकल जाती रही हैं। इस समय भी पुल पर तीन-चार पालकियाँ, कहार, दुलकी में लिये चले आ रहे थे। जूनी-इन्दौर से नयी-इन्दौर के इस पुराने पुल पर अधिकांश दक्षिणी लोगों का, पूनेशाही पगड़ियाँ चमकाते ताँता बँधा हुआ था।

उस बार श्रीधर बाबू पुस्तके साहब के घर गये थे लेकिन कुछ भी याद नहीं था कि किस रास्ते से गये थे लेकिन आज वे इस शारदीय अपराह्ण में सारा दृश्य अपनी आँखों में लिये चले जा रहे थे। आज वे मन से भी आश्वस्त थे इसलिए निश्चिन्त थे। पुस्तके साहब की दालान में वैसी ही जाजम बिछी थी और उस दिन की भाँति आज भी माधवराव मुवक्किलों से बझा हुआ था। जीना चढ़कर जैसे ही श्रीधर बाबू बरामदे में पहुँचे माधवराव ने एक बार सिर ऊँचा कर चश्मे के पीछे अपनी काली टोपी ऊँची करते हुए देखा और अत्यन्त अविनम्र तर्ज में कोने में रखी कुर्सी पर बैठने को कहा नहीं बल्कि आदेश दिया। जिसका स्पष्ट मतलब था कि फुर्सत मिलने पर 'साहेब' को सूचना कर दी जायेगी कि—'आये हैं, और तब जैसा होगा वैसा किया जायेगा। अन्दर जानेवाले दरवाजे पर एक चिक पड़ी हुई थी, जिसके पीछे से औरतों-बच्चों का बोलना-चीखना मराठी में आ रहा था। रह-रहकर कभी किसी तोते की चिल्लाहट भी सुनायी पड़ जाती। वातावरण में खाने की भी गन्ध थी। लग रहा था इस घर में बड़े सांगोपांग तरीके से सन्ध्या हो रही थी। मकान जहाँ तथा जिस ढंग से था उससे लग रहा था कि पुस्तके साहब पुश्तैनी श्रीमन्त हैं। मकान के चारों ओर काफी खुली जगह थी जिसमें छोटा-मोटा बगीचा लगा हुआ था। एकदम पीछे सिरे पर, जो सम्भवतः पिछवाड़ा होगा, केले का एक झुण्ड खड़ा हुआ था। शायद उसी तरफ सईसखाना भी होगा क्योंकि हवा में लीद

की हल्की बू भी आ रही थी। श्रीधर बाबू ने अपनी कुर्सी के हत्थे पर और भी झुककर देखा रेलिंग के सहारे नीचे—अरे, गायें भी हैं? तभी माधवराव को बुलाने कोई बरारी नौकरानी आयी। एकदम उछलते हुए ढंग पर माधवराव चिक उठाये खड़ी बरारिन की ओर बढ़े तथा चिक की ओर वह नौकरानी के साथ गायब हो गये।

दीयाबत्ती की वेला हो चली थी। नीचे बगीचे के मैदान में वही बरारी नौकरानी हण्डेवाली लालटेनों से लेकर छोटी-छोटी चिमनियों तक को बड़े ही विशद रूप से फैलाये कालिख पोंछ रही थी, तैल भर रही थी। दो-एक बच्चे केले के झुण्ड के पास खड़े फूल तोड़ने में लगे थे। उन्होंने देखा कि बरामदे में सिर पर हाथ धरे कुछ मुवक्किल थके-माँदे बैठे थे। कुछ धीरे-धीरे बतिया रहे थे। तभी चिक के अन्दर से कोई महिला 'माधवराव' माधवराव कह-कहकर माधवराव को डाँट रही थी। श्रीधर बाबू को सारा वातावरण तो अच्छा लग रहा था कि कितना शान्त है, साफ-सुथरा भी है लेकिन जाने क्यों इसके ठीक विपरीत यहाँ के लोग लग रहे थे। तभी माधवराव चिक उठाकर बाहर आये। एक मुवक्किल से बोले,

— रामनाथ! फीस के बाकी रुपये अभी ही देने होंगे।

— लेकिन बड़े बाबू! इस बार जुआर की फसल आने दो, पाई-पाई दे दूँगा।

— वो तो ठीक है, लेकिन वकील साहेब तो पूरी फीस मिल जाने पर ही अब पैरवी करेंगे।

— हाँ साहेब, आपको भीतर बुलाया है।

वाक्य का अन्तिम अंश बड़े ही चलताऊ ढंग से श्रीधर बाबू से कहा गया था जैसे मुँडेर पर रखे किसी गमले से कुछ कहा गया हो। अभी वे इस पशोपेश में थे कि किस प्रकार अन्दर जायें तभी वही बरारी नौकरानी चिक उठाकर बोली,

— तुमाला साहेब बोलवते।

और श्रीधर बाबू चल पड़े। घर काफी प्रशस्त तथा वैभवपूर्ण था। दालानोंवाले तीन बड़े कमरे पारकर वह बरारिन उन्हें एक गलियारे से होकर ले चली। गलियारे में अण्डाकार खिड़कियों में दो-एक बच्चे खिड़की को बीचवाली रेलिंग के डण्डे पर ठोढ़ी टिकाये नवागन्तुक को उत्सुकता से देख रहे थे।

लड़की ने लड़के से पूछा,

— हे कोण आहे बाल?

और लड़का मुँह से भरी मिश्री के डले को जीभ की नोक पर रखे जीभ निकाल देख रहा था। लड़का अपेक्षाकृत छोटा था। पता नहीं उस 'बाल' ने पूछनेवाली लड़की को क्या कहा। बरारिन एक जीने के पास खड़ी थी। उसने आँखों से ऊपर की ओर संकेत करते हुए कहा,

— वर्ती आहे।

और काला मंगलसूत्र पहने वह बरारिन बिना उत्तर या जिज्ञासा की प्रतीक्षा के चली गयी। गलियारा इस जीने के पास आकर खुली छत बन गया था। जहाँ कोने में

एक अनार का बड़ा-सा गाछ खड़ा था। अनार लगे हुए थे जिन्हें टीन के डिब्बों से रक्षित किया गया था। बायें हाथ एक बड़ा-सा पक्का तुलसी क्यारा बना हुआ था। तुलसी की गन्ध भी आ रही थी। एक लता बायें हाथ सामने के कमरे पर ऊपर चली गयी थी। श्रीधर बाबू जीना चढ़ने लगे। एक क्षण को इस अच्छे लगनेवाले सम्पन्न घर से जाने क्यों उलटे पैरों लौट जाने को मन हो आया।

एक बड़ी-सी चौकी पर सफेद चाँदनी बिछी हुई थी और कई गाव-तकिये रखे हुए थे। वे जिस समय कमरे में पहुँचे एक बड़ी-सी हण्डेवाली लालटेन बीचोंबीच जल रही थी। उन्हें आशा थी कि पुस्तके साहब कमरे में होंगे लेकिन कमरे में वे उस समय नहीं थे। कमरे की बाहर की दीवार में चार खिड़कियाँ उसी तरह की थीं जिस प्रकार की अभी गलियारे में देखी थीं। इसके बाद उन्हें लगा कि कमरे में इतना सारा सामान है कि वे कभी याद नहीं रख सकते। चारों खिड़कियों के ऊपर तीन बड़े तैलचित्र लगे हुए थे। बीच में होलकर महाराज का था तथा उसके दोनों ओर पंचमजार्ज और रानी विक्टोरिया के तैलचित्र थे। बायें हाथवाली दीवार में लोकमान्य तिलक का चित्र था तथा दाहिने हाथवाली दीवार पर रानी अहिल्याबाई का। कुछ छोटे चित्र धार्मिक लीलाओं तथा गाथाओं के भी थे तथा रवि वर्मा के भी कुछ प्रसिद्ध चित्र थे। छत में सफेद चाँदनी तनी हुई थी तथा उसमें गुलाबी कागज के फूल तथा शीशे के हण्डे और एक छोटा-सा फानूस बीच में लटका हुआ था। घुसनेवाले दरवाजे के ऊपर एक दीवाल घड़ी टिकटिक कर रही थी। आलमारियों में किताबें थीं। चौकी पर एक तरफ लकड़ी का एक बक्सा था जिस पर पीतल का काम किया हुआ था। उसके पास ही कुछ कानूनी किताबें, डायरी, चश्मा तथा कलमदान और बालू की एक सुराखोंवाली पीतल की डिब्बी। एक पानदान भी स्टूल पर रखा हुआ था। फर्श पर बाहर दालान-जैसी लाल जाजम यहाँ भी बिछी हुई थी। कमरे में अगरबत्ती की सुगन्ध आ रही थी। सम्भवत: पुस्तके साहब का यह अध्ययन-कक्ष था। कमरे में दो-एक कुर्सियाँ भी थीं। वे दरवाजे के पास पड़नेवाली कुर्सी पर बैठने की अभी सोच ही रहे कि दीवार के पार बगल में खड़ाऊँ सुनायी दी। उधर की दिशा में ही उन्होंने देखा कि एक पर्दा गिरा हुआ है जो कि निश्चय ही उधर के कमरे में जाने के लिए होगा। तभी किसी नारी कण्ठ का मराठी में कुछ आदेश सुनायी दिया और उत्तर में पुस्तके साहब का मात्र 'बऽऽर' सुनायी दिया और पुस्तके साहब कमरे में आये। श्रीधर बाबू उन्हें देख खड़े हो गये और उन्होंने उपेक्षात्मक सौजन्यभाव से कहा,

— बैठिये, बैठिये।

और आकर वे चौकी पर गाव-तकिये के सहारे आसित हुए। वे इस समय धोती, कमीज पहने थे तथा कमीज पर काश्मीरी शाल ओढ़े हुए थे। इकहरे बदन का व्यक्ति व्यक्तित्वपूर्ण था। माथे पर त्रिपुण्ड था तथा चोटी के यहाँ बालों का घेरा छोड़कर शेष सिर मुण्डित ही था। आते ही उन्होंने एक डकार ली फिर पान बनाया गया तथा तम्बाकू खायी गयी। पहली पीक उगालदान में जब वे फेंक चुके तब

चश्मा लगाकर कानून की एक किताब में से कुछ सोचते हुए पढ़ा गया। इस बीच श्रीधर बाबू को बड़ी ही उलझन होने लगी थी कि वे क्या इसी तरह बैठने के लिए बुलवाये गये हैं? क्योंकि प्रवेशने के बाद डकारने से लेकर पढ़ने तक कहीं यह नहीं लग रहा था कि इस कमरे में कोई और भी बैठा हुआ वह व्यक्ति है जिसे मिलने के लिए बुलवाया गया है। अगत्या किताब बन्द कर चश्मा रखते हुए वे बोले,

— तो आजकल आप क्या कर रहे हैं?

— कुछ खास तो नहीं।

उत्तर सुनकर पुस्तके साहब ने एक क्षण को उन्हें घूरा जिसका स्पष्ट अर्थ था कि क्या मुझे इस तरह का उत्तर दिया जाना चाहिए?

— हूँ!!

और इस लम्बे 'हूँ' के बाद वे गाव-तकिये पर नीचे खिसक आये और दोनों हथेलियों को सिर के ऊपर ले जाकर गूँथते हुए बोले,

— आपको कहीं काम-काज मिल गया?

— जी अभी नहीं।

इस उत्तर पर वे काफी देर तक चुप बने मुँह का पान घुलाते रहे।

— मुझसे कहा था....शायद बिशन बाबू ने ही, कि आपको कोई काम-काज चाहिए।

— जी।

— अब भाई, आप तो जानते ही हैं कि देश-सेवा तो पूरा जान-लेवा काम है।

— जी हाँ, यह तो है।

— आपने किसी स्कूल में काम खोजा?

— जी। कहीं जगह नहीं है।

— यही तो है। तुम्हारे हिन्दी स्कूलों में यही गड़बड़ी है। अभी तुम लोगों में शिक्षा का प्रसार नहीं है। अब अगर आप महाराष्ट्रीय होते तो किसी शाला में जरूर हो जाता।.....हाँ, किसी के यहाँ न हो, घण्टे-दो-घण्टे के लिए अर्जीनवीसी ही कर लो। 'खादी-भण्डार' में जरूरत तो थी एक आदमी की। पता नहीं क्या हुआ उसका। एक आदमी आया तो था। पता लगाना। असल में मैं तो इन मुकदमों और 'देशीराज्य परिषद्' के काम-काज से ही फुर्सत नहीं पाता हूँ।

— जी हाँ।

— कहाँ रह रहे हैं?

— बिशन बाबू के यहाँ।

— हाँ, ये बिशन बाबू तो कहीं गये हुए हैं न?

— जी हाँ।

— ये बिशन बाबू भी खूब हैं। कभी यहाँ, कभी वहाँ। कोई काम जमकर नहीं करते।....अच्छा कोई काम हो तो बताइयेगा। अभी तो मुझे लालबाग श्रीमन्त सरकार से मिलने जाना है।

— अच्छा।

और श्रीधर बाबू बिना कुछ समझे उठ खड़े हुए। उन्होंने देखा कि बड़े ही निर्विकार हो पुस्तके साहब तद्वत् फिर कानूनी किताब देखने में लग गये। चलते हुए श्रीधर बाबू ने नमस्कार किया तो उन्हें किताब पढ़ते पुस्तके साहब का वाक्य पीठ पर सुनायी दिया,

— कभी-कभी मिलते रहिये।

जूनी-इन्दौर के अँधेरे रास्तों को म्युनिसिपैलिटी की टिमटिमाती लालटेनें और भी अँधेरा कर रही थीं। जब वे उसी पुल पर पहुँचे तब कहीं लोगों की आवाजें सुनायी दीं। वर्ना तो उस चन्द्रभागा मुहल्ले में जैसे आधी रात हो गयी थी।

जिस समय श्रीधर बाबू बासे पर लौटे तो बड़ा आश्चर्य हुआ। बिशन बाबू लौट आये थे। वे कम्बल ताने सो रहे थे। थके जान जगाना ठीक नहीं समझा। बहुत सावधानी से कपड़े बदल, हाथ-मुँह धोकर श्रीधर बाबू बिस्तरे पर स्वस्थ हो किताब पढ़ने लगे। पड़ोस के ईसाई घरों से पियानो और जोर-जोर से गाने की आवाजें आ रही थीं। तभी सहसा हँसते हुए कम्बल से मुँह निकालते हुए बिशन बाबू बोले,

— वाह हजरत, बिना मुझे जगाये आप चुपचाप सो जानेवाले थे?

— और नहीं तो क्या सोते को जगाता?

— लेकिन, भले आदमी यहाँ सो कौन रहा था।

— कम्बल ओढ़े आप जागते हैं यह मुझे कैसे मालूम?

— बड़े बेमुरौवत आदमी हो यार! खैर।

— तो आप बराबर जाग ही रहे थे?

— नहीं तो, बराबर नहीं जाग रहा था, अनवरत जाग रहा था।

और दोनों अट्टहास कर उठे।

— तो कब आये बिशन?

— यही शामवाली गाड़ी से।

— नागपुर से?

— नहीं तो, बम्बई गया था।

— लेकिन तुम तो नागपुर कह रहे थे।

— हाँऽऽऽ, सबसे यही कहा था और यही कहना है हमें और तुम्हें दोनों को।

— क्या मतलब?

— किस बात का मतलब? नागपुर का या इस झूठ का?

— इस झूठ का।

— यही कि सच बताना अभी खतरे से खाली नहीं है।.....खैर भाई, इस समय तो फिलहाल खाना मिल नहीं सकता कहीं। साथ में कुछ है वही खाना चाहूँगा बशर्ते कि श्रीधर ठाकुर उठकर ला दें वर्ना नाहक ही मुझे उठना होगा।

बिशन बाबू ने कुछ इस नाटकीयता के साथ यह सब कहा कि श्रीधर बाबू उठे और चीजें ले आये। लाख मना करने पर भी श्रीधर बाबू को कुछ खाना पड़ा।

— श्रीधर! यार, इस समय चलकर रेलवे स्टेशन पर चाय पीनी चाहिए।

— काफी रात हो गयी है।

— रही-सही बाकी रात भी क्यों न हो जाये, हम तो साहब, इस समय चाय जरूर ही पियेंगे।

श्रीधर काफी-कुछ थके थे लेकिन अस्वीकार न कर सके जबकि इतनी रात में उन्हें चाय नहीं पीनी थी और यह बात बिशन बाबू भी जानते थे।

छावनी के सभी ताँगेवाले बिशन बाबू को बहुत अच्छी तरह से जानते थे। चौराहे से एक ताँगा लिया और स्टेशन पहुँचे। अजमेर जानेवाली गाड़ी तैयार खड़ी थी। प्लेटफार्म पर खासी रौनक थी। आधी रात शुरू हो चुकी थी, बल्कि हो ही रही थी। घड़ी में ११:२० हो रहा था। कुहरे में प्लेटफार्म की बत्तियाँ मन्दी लग रही थीं। हवा रोज की अपेक्षा किञ्चित् तेज थी। चाय पीते हुए श्रीधर बाबू बोले,

— आप भी कमाल के आदमी हैं साहब!

— एक तो आपको जबरन चाय पिला रहा हूँ उस पर आप मुझे गालियाँ दें। अपना-अपना भाग्य।

— अभी बम्बई से चलकर आ रहे हैं और जरा भी आराम किये बिना स्टेशन तक चाय पीने इतनी रात में आना......

— श्रीधर बाबू! अपने जीवन में और तो कुछ याद करने को रहेगा नहीं। कुछ इस जैसी ही दो-चार बातें होंगी तो जेल की अँधेरी कोठरियों में बैठकर सोचते हुए चैन से कट जायेगी वर्ना साहब, मुश्किल है।

बिशन बाबू सहसा गम्भीर हो गये। कुहरे और तेज हवा में दूर-दूर का दृश्य डूबा हुआ उड़ रहा था। सवारियाँ सब बैठ चुकी थीं। गार्ड बारम्बार सीटी दे रहा था तथा हरी बत्ती झुला रहा था। पता नहीं इंजिन ड्राइवर लोग हमेशा क्यों ऐसा ही करते हैं। अब शायद ड्राइवर ने कहीं देखा और इंजिन बड़े जोर से चीखा। पोर्टर और कुली दूर खड़े थे। इतनी रात में खिड़कियों के पास विदा देनेवाले गिनती के ही थे। सामने नीले कुहरे में तथा अँधेरे में ट्रेन पीछे की लाल बत्ती चमकाती धँसती चली गयी। सिगनल उठे और फिर गिरे। लाइनें खट्-खटाक उठीं और फिर मिलीं। लोगों के हाथ विदा में हिलते-हिलते झूल आये और ट्रेन की दिशा में चलते पैर निवेश-द्वार की ओर बढ़े। यह तमाशा बड़ी जल्दी समाप्त हो गया। स्टेशन मास्टर ने घण्टी खटकाकर आगे-पीछे के स्टेशनों पर सूचना कर कल सवेरे तक की छुट्टी की गहरी साँस ली। यह आज की अन्तिम गाड़ी थी। दूर पर माल के डिब्बे खटाँग्-खटाँग् करते इस पटरी पर से उस पटरी पर आ-जा रहे थे। ट्रेन जाने के बाद प्लेटफार्म जैसे और खुल आया था। ठिठुरता हुआ कोई कुत्ता बेञ्चों और दीवारों के पास जगह खोजता घूम रहा था। चायवाला इन लोगों को घूरने लगा था, क्योंकि वह भी अब घर जाने के लिए उत्सुक था।

— क्यों भाई, कप चाहिए न?

— हाँ साब!

और शेष सारी चाय का एक घूँट बनाते हुए कप खतम किया और वे उठ खड़े हुए।

— क्या बहुत थके हो श्रीधर?

— नहीं तो।

— सुनसान रातों में ठण्ढ खाते घूमते रहना और घूम-घूमकर शहरभर की चाय की दूकानों पर चाय पीते रहना मुझे संसार की सबसे बड़ी नियामत लगती रही है।

— तो क्या अब फिर चाय पीने का इरादा है?

— क्यों, घबरा गये?

और स्टेशन के सामनेवाले मैदान में बिशन बाबू का अट्टहास कुहरे पर उड़ता लगा।

— चाय नहीं पियेंगे श्रीधर! बस इस तेज ठण्ढी हवा में नाक ठण्ढाते घूमेंगे, चलो।

काठ की बन्द गुमटियों को अब वे लोग पीछे छोड़ आये थे। पता नहीं कौन-सी तिथि थी लेकिन चन्द्रमा उगने की तैयारी आकाश में लग रही थी। अलत सवेरे चल पड़नेवाले ट्रक माल से लादे जा चुके थे। दोनों चुपचाप चले जा रहे थे। अब वे बम्बई-आगरा सड़क पर निकल आये। माल लादे बैलगाड़ियाँ जा रही थीं। गाड़ीवान ओढ़े-दुबके पड़े थे और बैल गलघण्टियाँ बजाते रास्ते-रास्ते चले जा रहे थे। रात बहुत सुनसान थी। इधर बँगले भी बड़े अन्दर की तरफ बने हुए थे।

— क्यों श्रीधर! कभी जाड़ों का कुहरा लिपटा चन्द्रोदय देखा है?

— नहीं।

— पता नहीं किस देहात से आ रहे हो तुम।

— क्यों?

— न चन्द्रोदय देखा, न प्रेम किया, न चाय पी, न रातों घूमते हुए किसी पुलिया पर ही बैठे, तब जन्म क्यों लिया? अच्छा आओ इस पुलिया पर बैठकर चन्द्रोदय देखा जाये। बस अब होने ही वाला है।

एक अजीब सन्नाटा आकाश, पेड़ों की फुनगियों, बम्बई-आगरा रोड की लम्बी रेखा पर छाया हुआ था। कुहरे में से सिर्फ या तो गलघण्टियाँ या फिर किसी सियार की हुआँ-हुआँ सुनायी पड़ जाती। पुलियावाले नाले के उत्तर में बाँस का एक खासा बड़ा झुरमुट उपवन की तरह खड़ा हुआ था। बाकी मैदान अँधेरे-उजेले में प्रशस्त था। आकाश में बड़े विशद रूप से, नीली मलमल के पर्दों के पीछे चन्द्रोदय की तैयारी सम्पूर्ण लग रही थी। जैसे वैष्णव मन्दिर में ठाकुरजी का शृंगार सम्पूर्ण लग रहा हो और अब पट खुलने ही वाले हों—और तभी बिना 'टिकोरे' की आवाज के मुखियाजी ने पट खोले। न 'बोल गिरिराज धरन की जय' ही हुई और न कीर्त्तन। केवल अत्यन्त शान्त एवं भव्य तरीके पर भगवान् मन्दिर के अँधेरे में विराजित दिखे। वैष्णव मन्दिरों की तरह का आकाश और श्रीनाथजी की मूर्ति की तरह चन्द्रमा, दिशाएँ आलोकित हो उठीं। आकाश में जैसे वैष्णवी 'चित्रसेवा' हो रही हो। कुहरे में चन्द्रमायनी भीगी गीली नील मलमल लग रही थी।

किशन बाबू उस चन्द्रोदय को अत्यन्त तन्मय होकर देख रहे थे। बोले,

— श्रीधर! इतना सारा प्रसाधन और वह भी इतने विभिन्न रंगों-वर्णों में-वहाँ दूऽऽर उस आकाश में अनुखन कौन करता है? और किस प्रयोजन के लिए? श्रीधर! कभी हममें इतना सौन्दर्य क्यों नहीं साजता?

बिशन बाबू बोलते हुए आकाश ही देख रहे थे, श्रीधर बाबू को नहीं। श्रीधर बाबू को लगा यह व्यक्ति अन्दर से किसी बात की प्रतीक्षा, उत्कण्ठा में है। यह भी कितना निर्मल है, निरभ्र है जैसे इस समय का दक्षिण का वह मँजा नीले आकाश का कोना, जहाँ केवल दो तारे अपने एकान्त प्रकाश में कहीं किसी अन्तरिक्ष के अक्षांश पर सूर्य को देख रहे होंगे। बोले,

— बिशन बाबू! आपकी बात सुनकर मुझे इन्दु दीदी की याद आ गयी।

— श्रीधर! जानते हो मैं बम्बई क्यों गया था?

— नहीं।

— असल में पुस्तके साहब की सबसे छोटी लड़की कमल बम्बई में है। वहाँ उसके मामा रहते हैं। वह वहीं पढ़ती है और जे० जे० स्कूल में चित्रकारी भी सीखती है।

— तो इस सबसे आपको क्या मतलब? क्या पुस्तके साहब ने भेजा था?

— नहीं तो।

— तभी तो। मैं तो आज ही मिला था। उन्हें तो तुम्हारे जाने के बारे में भी ठीक से नहीं मालूम था।

— आज तुम गये थे?

— हाँ, मुझे बुलवाया था।

और श्रीधर ने पुस्तके साहब से हुई सारी बात बता दी तथा यह भी कि मजदूर बस्ती में क्या हुआ। बिशन बाबू गम्भीर होकर सुन रहे थे। नींद के मारे दोनों की आँखें झपकी पड़ रही थीं। इतनी देर बैठे रहने से बैठने की जगह गरम लग रही थी। पैर चलने का नाम ही नहीं ले रहे थे। घर जैसे बहुत दूर लग रहा था यद्यपि मुश्किल से आधा मील होगा।

— श्रीधर! चलोगे नहीं अब?

— जैसी इच्छा।

— तुम्हारी कोई इच्छा नहीं है क्या?

— नहीं, मैंने सोचा कि जब चलना होगा तब तुम स्वतः ही कहोगे कि अब चला जाये।

— चलो अब। किसी दूसरे दिन तुम्हारी दीदी की गाथा सुननी ही होगी।

— सुननी ही होगी, भला ऐसा क्यों?

— दीदियाँ हमेशा अपने भाइयों को ऐसा ही बना जाती हैं।

— कैसा बना जाती हैं?

— अपने-जैसे....निरीह। जैसा कि श्रीधर है।

और वे अपनी हँसी में हँस उठे। रास्ते में लगभग वे लोग चुप ही रहे। दरवाजे पर पहुँचे ही होंगे कि बिशन बोले,

— तो तुम्हारी दीदी....

बात काटते हुए श्रीधर बाबू इस डर से बोले कि कहीं बिशन कुछ ऐसा-वैसा इन्दु दीदी के बारे में न कह जायें।

— बिशन! असल में वे मेरी सगी दीदी नहीं थीं बल्कि....

— तभी तो श्रीधर! ऐसी दीदियाँ ही जीवनभर सालती हैं।

— क्या मतलब?

— यही कि ऐसी दीदियाँ हमारे अनजाने में ही एक ऐसे अभाव की पूर्ति कर जाती हैं कि फिर वैसा कुछ जब नहीं होता, नहीं मिलता तो वे दीदियाँ घिरती हैं हमारी स्मृतियों के आकाश में।

जिस समय वे लोग सोये, देह और मन दोनों एकदम ही थके थे।

आज पन्द्रह दिनों से राजनीतिक जीवन में काफी हलचल आ गयी है। बिशन बाबू सवेरे छह बजे निकल जाते हैं और आगामी सत्याग्रह की तैयारी के लिए स्वयंसेवक, चन्दा, प्रभातफेरियाँ-सभाओं आदि के प्रबन्ध में बझे रहते हैं। श्रीधर बाबू भी आजकल प्रजामण्डल के कार्यालय की देखभाल करने लगे।

लोग चन्दा देने को तैयार हो जाते हैं, सभाओं में आने को तैयार रहते हैं लेकिन स्वयंसेवक बनने को न तो व्यापारी वर्ग ही और न नौकर वर्ग ही कोई तैयार नहीं होता। लेकिन इसके विपरीत विद्यार्थियों तथा महिलाओं में इस बारे में काफी उत्साह है। दिन-दिनभर स्कूलों, घरों की महिलाओं को अधिक उकसाया जाता है। कई बार तो सिवाय रात को घर पर मिलने के दोनों की एक-दूसरे से भेंट ही नहीं हो पाती। दोनों इतने थके होते कि आपस में यह पूछने की भी ताब न रहती कि किसी ने खाया कि नहीं। जबकि प्रायः दोनों ने ही खाया नहीं होता। दोनों एक-दूसरे के उतरे मुँह से समझ जाते कि इसने भी नहीं खाया है। थोड़ी देर तक दोनों ही अबोले चुप पड़े रहकर सोने का बहाना किये पड़े रहते लेकिन फिर बिशन बाबू ही मौन तोड़ते,

— आखिर इस तरह भूखों मरने से क्या फायदा? हमसे कोई गाँधी बाबा या पुस्तके साहब तो पूछने आने से रहे कि आप लोगों ने खाया कि नहीं? नहीं खाया तो चलकर कम-से-कम हलवाई के यहाँ दूध ही पी लो। और जनाब! श्रीधर बाबू तो मर जायें तब भी मुँह से कहने से रहे कि हम भूखे हैं। अच्छा अब उठो।

और दोनों हँसते हुए दूध पीने निकल पड़ते।

अगले दिन से प्रभातफेरियाँ, सभाएँ सात दिन तक निकलेंगी ताकि पूरे शहर में जागृति आये। लोगों को स्वराज्य, स्वाधीनता, स्वतन्त्रता आदि का अर्थ तथा महत्त्व समझाया जायेगा। दूध पीकर लौटते वक्त बिशन बाबू ने बताया कि कल कमल आनेवाली है।

दूसरे दिन अलत सवेरे दोनों प्रजामण्डल के कार्यालय पहुँचे। माघ की भिनसार अधिक सुहावनी थी। अभी आठ-दस लोग ही जमा हुए थे। धीरे-धीरे लोग आ रहे थे। अभी फेरी निकलने में आध घण्टे की देरी थी। रात को ही तीस-चालीस बाँमों में झण्डे लगा दिये गये थे। सबको आशा थी कि करीब दो सौ

तो फेरी में हो ही जायेंगे। लेकिन ६-३० बजने तक मुश्किल से पचहत्तर-अस्सी लोग ही जमा हुए।

फेरी का जुलूस 'वन्दे मातरम्', 'भारत माता की जय', 'गाँधी बाबा की जय' के नारों के साथ आरम्भ हुआ। सबसे आगे पुस्तके साहब की पत्नी श्रीमती मालती पुस्तके बड़ा-सा झण्डा लिये चल रही थीं। स्त्रियों के पीछे विद्यार्थियों का झुण्ड था जिसका नेतृत्व कमल पुस्तके कर रही थी। उसके बाद मजदूरों का जत्था जिसमें रामसिंह सबसे आगे चल रहा था और सबके पीछे, प्रजामण्डल के कार्यकर्त्ता, वकील आदि थे और इसी में पुस्तके साहब, बिशन बाबू, श्रीधर बाबू आदि चले जा रहे थे।

निर्जन सोयी हुई सड़कों पर प्रभातफेरी का यह जुलूस चला जा रहा था। दूकानें, मुँह पर ताले लटकाये कुछ भी नहीं बोल सकती थीं—और तो और प्रतिध्वनि तक नहीं। अभी जुलूस थोड़ी ही दूर गया होगा कि पुलिसवाले तोपखाना रोड पर प्रतीक्षा करते मिले। घुड़सवार और पैदल दोनों ही तरह के सिपाही थे। धीरे-धीरे आकाश में आभा आ चली थी। छोटे-छोटे चायखानों में भट्ठियाँ सुलग उठी थीं और चाय की तैयारियाँ हो रही थीं। हलवाइयों की दूकानों पर जलेबी के खमीर तथा ताजी बनी जलेबियों की गन्ध आ रही थी। दूधवाले साइकिलों पर आस-पास से घण्टियाँ बजाते तेजी से निकल जाते। धार्मिक स्त्री-पुरुषों की भीड़, फुटपाथ पर रुककर इस जुलूस को देखने लग जाती। होटलों-हलवाइयों के लड़के कढ़ाइयाँ माँजते या कप धोते आश्चर्य से जुलूस देखते होते। कृष्णपुरे का पुल पार कर बोझांकेट-मारकेट के सामने जुलूस रुक गया। यहाँ अनेक लोग फेरी में सम्मिलित हुए। जिस समय जुलूस महाराजबाड़ा पहुँचा दर्शकों की भीड़, साइकिलें लिये, तरकारियों के झोले लिये, दूध के लोटे लिये, प्रतीक्षित थी। महाराजबाड़े की अट्टालिका इतने सवेरे-सवेरे बड़ी गर्वशीला लग रही थी। राजबाड़े के बड़े-से फाटक के सामने सेना की गारद तैनात थी। राजबाड़े के शीर्ष पर होल्करशाही का ध्वज फहरा रहा था। प्रभातफेरी का जुलूस पंक्तिबद्ध होकर गा रहा था। सबसे आगे पुस्तके साहब एक झण्डा थामे अपनी पत्नी मालती पुस्तके के साथ खड़े थे। उनके पीछे बिशन बाबू, कमल पुस्तके, श्रीधर बाबू आदि खड़े थे। श्रीधर बाबू ने दबी दृष्टि से देखा कि कमल कोई बीस वर्ष की युवती है जिसे आकर्षक ही नहीं सुन्दर भी कहा जाना चाहिए। उसकी साँचे में ढली देहयष्टि महाराष्ट्रीय साड़ी के परिधान में खिंच आयी थी। श्रीधर बाबू ने देखा कि प्रभातफेरी अब सभा में परिणत हो गयी है। पुस्तके साहब एक स्टूल, जो कि किसी दूकान से कोई ले आया था, पर खड़े होकर उपस्थितों को स्वराज्य, स्वाधीनता तथा स्वतन्त्रता का अर्थ समझा रहे थे तथा यह भी कि लोगों को सत्याग्रह में ज्यादा-से-ज्यादा भाग लेना चाहिए तथा स्वयंसेवक बनना चाहिए। राजबाड़े पर माघ की भोर-धूप आ चुकी थी। जिस समय वे लोग राजबाड़े से लौटे, बाजार में काफी चहल-पहल हो चुकी थी। एक टोपीवाले की दूकान के पास के चौराहे पर आगे जाते हुए बिशन

बाबू तथा कमल रुककर बातें कर रहे थे। श्रीधर बाबू को बुलाकर बिशन बाबू ने कमल से परिचय कराया। उसके बाद कमल अपने माता-पिता के साथ चली गयी।

श्रीधर बाबू और बिशन बाबू एक चायखाने में गये। चाय पीने आये हुए लोग बिशन को देखते ही नमस्कार करते और बिशन बाबू उसी वेलौस ढंग से लोगों से बातें करते 'हो-हो' हँस पड़ते। चाय-नाश्ता समाप्त कर वे दोनों प्रजामण्डल के दफ्तर पहुँचे। थोड़ी देर की व्यस्तता के बाद बिशन बाबू ने श्रीधर से कहा कि वे बासे पर चलें। कुछ नाश्ते-पानी का भी प्रबन्ध कर लें, कमल आनेवाली है।

छत पर ढेर-सारी धूप पीले ऊन के गोलों की तरह फैली हुई थी। और ये तीनों हँसते हुए कदली के लाल बड़े फूल लग रहे थे। परिचय में श्रीधर बाबू ने कमल को मधुर ही पाया। बिशन बाबू हँसते हुए अभी-अभी अपनी और कमल की पहली भेंट का वर्णन सुनाने लगे थे। कमल को भी आज बड़ा आश्चर्य हुआ कि उस दिन जिस बिशन से 'पातालपानी' में भेंट हुई वह उस दिन वहाँ आत्महत्या करने गया हुआ था।

— आज से कोई चार बरस हुए न कमल?

— मुझे तो सिर्फ यही मालूम है कि दिसम्बर के बड़े दिनों की छुट्टियाँ थीं।

— हाँ श्रीधर! मैं उन दिनों अपने आगरे से भागकर इन्दौर आया हुआ था।

श्रीधर बाबू ने टोका,

— तो आप आगरा के रहनेवाले हैं?

— यही समझ लो तो भी काम चल जायेगा। देखो श्रीधर! इस बात में कोई दम नहीं कि कौन कहाँ का रहनेवाला है, किस कुल में हुआ है। ये कुल और स्थान पर जन्म लेने का गर्व केवल मूर्ख ही किया करते हैं।—हाँ, तो मैं कह रहा था कि आगरा से भागकर यहाँ चला आया था। राजनीति में था ही। यहाँ राजनीतिक चेतना न-कुछ के बराबर थी। रोजी-रोटी का भी कुछ सिलसिला न था। अजीब मुसीबत थी। बेकारी और परेशानी से तंग आकर मैंने कविताएँ लिखनी शुरू कीं।

— अरे वाह, आप तो छुपे रुस्तम निकले।

— देखो श्रीधर! अब बनाओ नहीं। कमल! कल तक तो इन मास्टर महाशय की बोली नहीं निकलती थी—कपड़े पहनने की तमीज नहीं थी और आज मुझे ही बनाने चले हैं।

— क्यों। तेज आदमी, बुद्धुओं से आगे निकल जाता है।

कमल की बात पर तीनों हँसते हुए जाड़े की धूप की तरह सुन्दर, प्रसन्न लग रहे थे।

— यहाँ इसी 'बिस्कोपार्क' में, 'पीपल्या टैंक' पर दिन-दिनभर बैठकर कविताएँ लिखी हैं। सच मानो अगर उन दिनों एक वेश्या ने न बचाया होता बाबू बिशन नारायण भूख कुत्ते की तरह किसी पुलिया के नीचे मरे पाये जाते।

— लेकिन बिशन बाबू! आपने तो मुझे यह सब कभी नहीं बताया।

कमल ने रुचि लेते हुए कहा।

— तभी तो आज बता रहा हूँ कि पहले ही सब बता देना चाहिए।

— हाँ, तो श्रीधर! घबराओ नहीं वह वेश्या युवती नहीं थी—बल्कि एक अधेड़ थी। मैं एक दिन 'पीपल्या टैंक' के एक झुरमुट में लेटा धूप और नमकीन चने खा रहा था। साथ ही अपनी नोटबुक में गुनगुनाते हुए कविता लिख रहा था। जाती हुई धूप में अजीब सन्नाटा होता है श्रीधर! जैसे एक भीड़ हो और उसके साथ पेड़-पौधों की छायाएँ खिंचती जा रही हों। सूर्यास्त की वह भीड़ जाने कहाँ जाकर समाप्त होती है। छायाएँ, रंगीन से नीली और फिर काली होकर टूट जाती हैं मर जाती हैं। मैंने देखा कि एक पालकी दूर आकर रुकी और उसमें से एक औरत निकली। शायद उस औरत ने पालकी के कहारों को कुछ दिया, वे चले गये। उस औरत ने बड़े स्वस्थ भाव से अपनी कामदार लाल शाल से कन्धे ढँके, सिर भी। टैंक की सीढ़ियाँ चढ़ने के पूर्व किञ्चित् गर्दन घुमा दोनों ओर देखा। थोड़ी साड़ी उठा, शाल को कान के पास थामे सीढ़ियाँ चढ़ने लगी। उसके बालों का ढंग, नयनों का रंग तथा आद्यन्त पहनावा यद्यपि कीमती और गरिमामय था फिर भी भद्र महिला नहीं सिद्ध कर रहा था। जैसे कुछ प्रदोष कहीं हो। मैं झुरमुट में और छुप गया। पश्चिम में सूर्य नहीं रह गया था। सूर्यातप भी नहीं कह सकते थे, हाँ, रंग अवश्य थे जो पोते हुए लग रहे थे। यहाँ तक कि टैंक का जल तो रँगा हुआ था ही, बल्कि दूबों के रंग भी रँगा उठे थे। स्वयं मेरा कुरता-पाजामा उस आरक्त में लला गया था। तेजी से अँधेरा घिरने लगा था। आगन्तुका स्त्री स्वयं प्रसाधन एवं वस्त्रों में रँगी हुई थी, उसे ये रंग क्या रँगते? उसने उसी शान्ति के साथ बहुत दबे ढंग से अपने दोनों ओर देखा। बायें हाथ टैंक के बाँध की बुर्जी थी जो कि एकदम निर्जन थी। उसने भी वही गलती की जो मैंने की थी। वह भी बुर्जी की ओर बढ़ी लेकिन वहाँ तो लोहे का फाटक था और वह बन्द था। महिला फिर लौट आयी। अब अँधेरा घिरने लगा था। वह फिर चौंककर चारों ओर देख लेती, कभी टहलती, कभी बैठ जाती। रात आपको समेटकर भय की गठरी की तरह एक स्थान पर केन्द्रित कर देती है जबकि दिन, बीजों की तरह चारों ओर दूर-दूर तक सबमें बिखेर जाता है। मैंने उसके कपड़ों के रंग अँधेरे में मरते देखे कि कैसे वे लाल से गहरे हुए, फिर कत्थई और फिर सड़े कत्थई से काले पड़ गये। बड़ा आश्चर्य लग रहा था कि वह किसकी प्रतीक्षा कर रही है? कौन आनेवाला है? वह स्वयं कौन है? सन्नाटे में आती हुई किसी गाड़ी की भी आहट नहीं मिल पा रही थी। यह नारी इतने वस्त्रों,

प्रसाधन, आभूषणों में, यहाँ इस निर्जन में किस प्रयोजन के लिए आयी है? कभी बैठती है, कभी टहलने लगती है। मुझे लगा कि कहीं अस्वाभाविक है और कुछ अप्रत्याशित घट सकता है। मैं साँस रोके भावी औपन्यासिकता की प्रतीक्षा करता रहा। वह फिर उठी और बढ़ते हुए मेरे झुरमुट के पास आ गयी। मैं डरा कि क्या इसने मुझे देख लिया है? और देख लिया हो तो? मेरे रोंगटे सिहर उठे। यह सब देखने में यह तक भूला हुआ था कि मेरी सदरी वहीं पड़ी है, मुझे बहुत पहले पहन लेनी चाहिए थी। लेकिन इस समय तो मैं जरा भी हिल-डुल नहीं सकता था, क्योंकि यह झुरमुट के इतने पास खड़ी थी कि हल्की हवा में उड़ती उसकी साड़ी के हिलने की सरसराहट तक सुन रहा था। एक गज की दूरी पर साड़ी में लिपटी टाँगें हिलती साड़ी में उभर आती थीं। मैं सदा में ठिठुर रहा था। लेकिन जैसे-जैसे अँधेरा बढ़ता जा रहा था, मेरा भय भी बढ़ता जा रहा था, संशय भी। वही शून्य ताकती खड़ी थी। चारों ओर एकदम निःशब्द था। लगा कि यदि यह महिला इस समय न आयी होती तो मैं कभी का दूर शहर में होता। रात भीग रही थी। जाड़ा बढ़ता ही जा रहा था। चने का कागज गुड़ीमुड़ी मौन पड़ा था। वह स्त्री वहीं दूब पर बैठी हुई थी। जैसे बहुत-कुछ सोच रही हो और किसी की प्रतीक्षा कर रही हो, उसने अपनी शाल कन्धों से गिरा दी तथा कान और गले के आभूषण भी निकालकर वहीं दूब पर रख दिये और सहसा प्रत्यञ्चवत् उठी तथा एक बार फिर शून्य में खिंच उठी। अपने दोनों हाथों की अँगुलियों को गूँथकर अपने ओंठों पर कसकर सटा लीं और फूट उठी। मैं किंकर्त्तव्यविमूढ़ कुछ भी नहीं समझ पा रहा था। जैसे उसके अन्तर से कुछ फूट निकलना चाह रहा था। पसलियों में जैसे हरिणी के बाण चुभ गया हो, उसके पैर जैसे बँध गये थे, फिर भी जाने किस साहस के लिए अपने से जूझ रही थी। सहसा वह टैंक के अथाह जल की ओर झपटी। जाड़े से ठिठुरा मेरा मन तथा दिमाग हठात् तो कुछ नहीं समझ सका कि यह क्या हो रहा है, लेकिन तब तक वह टैंक की तरफ बेतहाशा दौड़ती जा रही थी—तथा पानी में धँसती जा रही थी। और....और मैं बिना कुछ सोचे-समझे उसी तरफ दौड़ा। पानी एकदम ठण्ढा-कथीर था। अपने पीछे किसी को आते देख वह पानी में धँस गयी।

श्रीधर बाबू और कमल ने देखा कि बिशन बाबू जाने कहाँ, किस अतीत में आँखें बन्द किये बोलते जा रहे हैं। छत की धूप अब अशोक से छनकर आने लगी थी। दोनों को लगा कि बिशन बाबू जैसे आज़ बहुत-कुछ, सब-कुछ कह देने पर कटिबद्ध हैं। प्रत्येक, कह देने के ऐसे क्षण में आता है। दोनों ने देखा कि बिशन बाबू बोलते हुए सहसा चुप हो गये हैं और अपनी मुट्ठियाँ बन्द किये हुए केवल

अँगूठों से आँखें ढाँपे चुप हैं।

— कमल! उसके बाद.....उसके बाद कुछ नहीं, जब मैं उसे लेकर किनारे पर आया वह बेहोश थी। काफी ठण्ढा पानी भीतर तक पहुँचा था। स्पष्ट ही था कि आत्महत्या करने आयी थी। भला ऐसी महिला को गीले कपड़े में इतने निर्जन में छोड़कर कहाँ जाता? उसके कपड़े किसी तरह निचोड़ दिये और शाल ओढ़ाकर वहीं लिटा दिया। अब समझ में कुछ नहीं आ रहा था कि क्या किया जाये? किसी तरह होश में आये, इसके कपड़े सूखें और फिर शहर पहुँचा जाये। यदि पुलिसवालों को ख़बर हो जाये, तो वे जरूर ही मुझे फाँसेंगे। यही सब सोचते हुए मैं बम्बई-आगरा रोडवाली सड़क की आरे बढ़ रहा था, जो क़ि करीब आधा मील पर थी। सोचा कि गाड़ीवाले निकलते हैं, माचिस लाकर अलाव जलाया जाये ताकि गर्मी पाकर वह होश में भी आये और कपड़े भी सूखें। अपने भीगे कपड़ों की ओर मेरा अब तक ध्यान ही नहीं गया था।

माचिस लेकर जब लौटा वह तब भी बेहोश थी। घास और लकड़ी इकट्ठी कर अलाव जलाया गया। थोड़ी देर में ही कुनमुनाने लगी। उसे कुनमुनाते देख मेरी चिन्ता थोड़ी दूर हुई। और थोड़ी देर में उसने बुदबुदाना शुरू किया।

— नहीं, नहीं, मुझे मर जाना चाहिए।....मैं मर गयी हूँ....

उसने धीरे से पलकें खोलीं। मैं आँच में कुरता फैलाये सुखा रहा था। उसने पहले तो मुझे देखा और फिर चीख उठी। सम्भवत: वह फिर बेहोश हो गयी। लेकिन इस बार जल्द ही चेतना में लौट आयी। चेतना में इस बार वह मात्र प्राणी की भाँति ही नहीं लौटी बल्कि एक नारी की भाँति लौटी। वह उठने की चेष्टा करने लगी,

— आपके सारे कपड़े भीग गये हैं, सुखा लीजिये, काफी ठण्ड खा चुकी हैं।

लगा, वह अत्यन्त आत्मग्लानि से भर उठी है। कहीं यह भी अन्तर में आया ही होगा कि यह पराया व्यक्ति उसकी नारी-देह को उठाकर लाया ही होगा, और वह सिमटकर उठने लगी।

— ठीक है, आप चाहें तो मैं झाड़ी में फिर चला जाता हूँ जहाँ से मैंने आपको आते हुए भी देखा था तथा टैंक की ओर जाते हुए भी।

वह निर्वाक् ही बनी रही। लेकिन जिस लज्जा की सहजता ऐसे मौकों पर सुनी जाती है वह मैंने उसमें नहीं देखी।

— जी नहीं, जाने की कोई आवश्यकता नहीं। लेकिन.....लेकिन आपने मुझे क्यों बचाया यह नहीं पूछूँगी क्योंकि मनुष्य के नाते आप और क्या करते.....पर क्या यह अच्छा नहीं होता कि आप यहाँ न होते?

और उसने बैठकर अपने बालों से पानी सूँता। बाल फैल आये। भीगा पल्लू आँच के सामने फैलाये वह उत्तर की प्रतीक्षा में थी भी और नहीं भी। वह फिर बोल रही थी,

— बताइये, मैं आपको धन्यवाद दूँ, आभार प्रदर्शित करूँ कि आपने मुझे नारकीय जीवन से मुक्त होने में बाधा दी?

अपने पाजामे की मोरी से उड़ती भाप को देखते हुए मौन, पाजामा थामे सुखा रहा था। एक क्षण को मैं उसके प्रश्न की संगति तथा व्यंग्य दोनों ही नहीं समझ पा रहा था।

— आप भले व्यक्ति हैं, लेकिन कैसे कहूँ कि मैं भली हूँ।

और वह छींक दी।

— आप जानते नहीं कि व्यक्ति किस सीमा पर खड़ा होता है तभी आत्महत्या करता है।

— पालकीवाले तो नहीं आये न अभी।

— जी नहीं। पालकीवाले तो तभी लौट गये थे।

— तो आप तभी से देख रहे थे क्या?

और उसने उस झाड़ी की तरफ देखा जहाँ मैं बैठा था। मुझे लगा कि यह नारी अत्यन्त चतुर है।

— क्या मैं पूछ सकता हूँ कि आपने ऐसा क्यों किया?

— कैसा?

— यही कि....

और मैं इससे अधिक अभिधा में पूछ नहीं पा रहा था। वह मेरे न पूछ पाने की विवशता पर किञ्चित् मुस्कुरायी। अपने कान के तथा गले के आभूषण धारते हुए बोली,

— तो आपने मुझे फिर अपनी ही नियति की ओर लौटा दिया।

— कौन-सी नियति?

— वही जो प्रत्येक पथभ्रष्टा की होती है।

— तो क्या आप....?

— हाँऽऽऽ मैं तो पथभ्रष्टा हूँ। चाहा था कि एक बार प्राण देकर पुनः पथ प्राप्त कर सकूँ लेकिन आप फिर मेरी मुक्ति में आड़े आ गये।—आप जानते हैं, मैं वेश्या हूँ, मालिनी।

— मुझे बिशन कहते हैं।

मन्दे पड़ते अलाव में सूखी लकड़ियाँ डालते हुए मैंने कहा।

— बिशन बाबू! मुझे वापस इस संसार के वेश्यालय में इन दूबों पर लाकर रख देने में आपके इन हाथों को क्या मिला? मानती हूँ कि आपसे यह पापकर्म अनजाने में ही हुआ लेकिन मैं तो सारा हिसाब-किताब पूरा करके चली थी। क्या अब फिर उसी नरक में....

— मालिनीजी! मैं नहीं समझ पा रहा हूँ कि मैं आपको कैसे सान्त्वना दूँ।

— किस बात की सान्त्वना?

और वह खुलकर हँस दी। कपड़े सूखने आये थे।

— बिशन बाबू! कभी वेश्या का भाई बनने की कामना हो तो यह मालिनी, दीदी बनने को उत्सुक रहेगी।

तब तक मैंने देखा कि दो-एक लालटेनें लिये कुछ लोग इधर ही आ रहे थे। पास आने पर पहचाना कि कुछ उनमें से वे ही कहार लग रहे थे, दूसरे दो, नौकर-जैसे।

मालिनी ने उन्हें देखते ही एक से कहा,

— लछमन! तुम लोग बहुत परेशान हो रहे होगे, है न?

— हाँ मालकिन!

— और वह लछमन मेरी ओर देखने लगा।

— अच्छा बिशन बाबू! कभी आइयेगा।

और वह रहस्यमयी वेश्या मालिनी, दीदी बनने का आश्वासन देकर चली गयी। बिशन बाबू एक क्षण को जैसे फिर खो गये। सम्भवत: वे जाती हुई मालिनी को, उस जाड़े की रात को, हवा में उड़ते कुहरे को, पीपल्या टैंक के ठण्ढे जल को, अलाव की बुझती लौ को, चने के उस गुड़ीमुड़ी कागज को—सबको अपनी स्मृति में जैसे सहेजकर वैसे ही व्यवस्थित कर रहे थे जैसे कि हम अपनी किताबों की शेल्फों की धूल झाड़ते हैं। एक-एक किताब को झाड़ा-पोंछा जाता है क्योंकि उनके बिना जैसे हम नहीं हो पाते हैं। किताबों पर अधिक दिन धूल रहने का मतलब हमारे मन और व्यक्तित्व पर धूल का रहना है। और धूल, क्षय होती है। अनुक्षण प्रत्येक वस्तु, व्यक्ति को धूल के घेरे, घेरे हुए है। जरा असावधानी हुई नहीं कि फूल के रेशों-सी नरम, बारीक-छन धूल बिल्कुल खरगोश-सी मौन, चुप आकर बिछल जाती है। यदि समय से धूल का यह रेशमी-जाल हम नहीं काट फेंकते तो वह एक दिन हमारे समूचे अस्तित्व के जोड़-तोड़, पोर-पोर में रक्त-मांस को चाटकर मिट्टी कर देता है। इसीलिए हम बारम्बार स्मृतियों को दुहराकर अपने अन्तस् की धूल झाड़ते हैं। फिर भी दो-चार घटनाओं के अतिरिक्त बहुत-कुछ उस धूल के कारण मिट्टी हो गया रहता है। लाख हम सोचते हैं कि इसके बाद क्या हुआ था?—तो....हमें लगता है कि इस घटना के द्वीप के चारों ओर धरती कहीं नहीं है बल्कि एक अनन्त जल-ही-जल है। और कैसे गहरी साँस लेकर हम उस एकमात्र या उस जैसे दो-चार घटना द्वीपों को लेकर सन्तुष्ट होने के लिए बाध्य होते हैं।

ठीक ऐसे ही बिशन बाबू इस धूप में बैठे हुए कमल और श्रीधर बाबू को देखते हुए, सम्बोधन करते हुए भी, न तो देख ही रहे थे, न सम्बोधन ही कर रहे थे। वे तो देख रहे थे अतीत को, और सम्बोधन, उस चली गयी सन्ध्या को कर रहे थे। पता नहीं उस विगता सन्ध्या ने कभी सुना कि नहीं। हाँ, जो दृश्यगत श्रोता थे वे अवश्य इस क़थावाचक बिशन बाबू की गाथा को श्रद्धा के साथ सुन रहे थे। वे पुन: बोलने को हो आये,

— मैं एक दिन सराफे में से जा रहा था। सट्टा बाजार खूब गरम था। लोग चीख-चिल्ला रहे थे। भाव बोले जा रहे थे—'लिया', 'दिया' हो रहा था। बनिये हलवाइयों की दूकान पर रबड़ी-मलाई खा रहे थे। उनके गलों में पड़ी सोने की चैन बता रही थी कि जीवन कितना सुखी होता है। मैं महाराजबाड़े के गोपाल मन्दिर के सामने पहुँचा ही था कि देखा कि रात के अँधेरे में एक व्यक्ति दौड़ता आ रहा था। मन्दिर में कीर्त्तन हो रहा था। उत्सवों के अवसर पर लकदक करनेवाले झाड़फानूस इस समय लाल कपड़े की खोलों में छत में लटके हुए बड़े अजीब लग रहे थे। मन्दिर के बाहर के दरवाजे पर दो चोबदार पगड़ियाँ बाँधे तथा अँगरखे और पीले दुकूल कमर में कसे तैनात थे।

— बाबूजी! बाबूजी!

मैंने देखा कि वह व्यक्ति मुझे ही पुकार रहा है क्योंकि उस समय सड़क पर और कोई नहीं था। निर्जन था। और मैं हठात् रुक गया। वह हाँफ रहा था। व्यक्ति पहचाना लग रहा था।

— बाबूजी! आपको माँजी बुला रही हैं।

मुझे आश्चर्य हुआ कि कौन माँजी मुझे बुला रही हैं? व्यक्ति कहीं भूल तो नहीं कर रहा है?

— किसे चाहते हो, भाई?

— बिशन बाबू हैं न आप?

— हाँ, हूँ तो।

— तभी तो माँजी बुला रही हैं। मैं लछमन हूँ। पहचाना नहीं आपने?

— ओह, भला लछमन को नहीं पहचानता? अरे, यदि वे कहार भी होते तो पहचान जाता। उस दिन की किसी वस्तु को जब नहीं भूल सकता तो फिर यह तो व्यक्ति था।

— क्या मालिनीजी ने?

— हाँ सरकार! मैंने आपको सराफे में देखा था अभी। माँजी को खबर दी। आपको उस दिन के बाद कहाँ-कहाँ नहीं खोजा मालिक! लेकिन पता ही नहीं चला कहीं। क्या आप यहाँ के रहनेवाले नहीं हैं?

— नहीं।

— तभी तो मालिक! नहीं तो लछमन इस इन्दौर के बच्चे-बच्चे से वाकिफ है।

म्युनिसिपैलिटी की मरी लालटेनों के प्रकाश में वह छोटी सड़क अजीब लग रही थी जैसे एक भूखे आदमी का मुख हो। सड़क आगे चलकर दक्षिण में मुड़कर गली बन गयी थी। एक बड़ा-सा पीपल हवा में हरहरा रहा था। रात में बोलता

पीपल देह के जोड़ों तक को कँपा जाता है। अब काफी खुला-सा था। सामने एक पुरानी पेशवाई ढंग की दुमंजिला इमारत थी। लकड़ी के बड़े फाटक के पास एक ओर खम्भे में बड़ी-सी लालटेन जल रही थी। लछमन ने आगे बढ़कर उस बड़े फाटक की खिड़की खोली। झुककर हम अन्दर प्रविष्ट हुए। लगा कि कभी यह कोठी वैभव में रही होगी लेकिन अब तो एकदम ही उजाड़ लग रही थी। फाटक के दोनों ओर मेहराबदार सहन थे जहाँ एक बूढ़ा सिपाही अलाव ताप रहा था। अभी थोड़ी देर पूर्व चिलम पी गयी थी, जिसकी ताजी गन्ध बता रही थी, जो कि हवा में थी। रेतीला मैदान पार कर अन्दर के मकान की तरफ बढ़े। एक बरारी स्त्री से लछमन ने कुछ कहा और बरारिन जिधर से आयी थी उधर ही उलटे पैरों लौट गयी। लछमन के साथ लकड़ी का जीना चढ़कर एक कमरे में पहुँचा। साफ-सुथरा था। मसऩद का प्रबन्ध था। दीवारों पर चित्र लगे हुए थे। कृष्णलीला के अनेक प्रसंग थे। कुछ विलायती दृश्य, बच्चे और जानवरों के भी चित्र फ्रेमित थे। दाहिने हाथ के दरवाजे पर पर्देवाली चिक थी। बायें, हण्डेवाली बड़ी-सी लैम्प जल रही थी। एक तिपाई पर बड़ा-सा पानदान। दो-एक उगालदान, चिलमचियाँ भी चौकी के पास रखी थीं। लकड़ी की काली छत तैल खायी चमक रही थी। यह समझते देर न लगी कि यह खास बैठक नहीं हो सकती बल्कि प्रतीक्षा-गृह ही होगा। तभी चिक उठाकर दोनों हाथ जोड़े मालिनी दिखलायी दी।

— आइये, भीतर चलिये।

दो कमरे पार कर बायें हाथवाले कमरे में पहुँचे। अपेक्षाकृत यह कमरा बड़ा तथा खुला था। अण्डाकार लकड़ी की काफी खिड़कियाँ थीं। खिड़कियों के पीछे अँधेरे में गाछ हिल रहे थे। लगा कि इधर ही बगीचा होगा क्योंकि अनेक गन्ध मिश्रित हवा आ रही थी। नाथद्वारे के श्रीनाथजी का एकमात्र चित्र एक सिंहासन पर रखा था जिसके सामने समइयाँ जल रही थीं। नीची चौकी पर गादी-तकिये की बैठक थी। एक शेल्फ थी जिसमें सुनहरी जिल्दोंवाली किताबें थीं। फर्श पर लाल जाजम तथा सामने एक छोटी चौकी और थी, जिस पर मृगचर्म बिछा था। मुझे बैठने को कह वह स्वयं मृगचर्म चौकी पर बैठ गयी।

— कहिये, कितने दिनों से खाना नहीं खाया?

मुझे बड़ा आश्चर्य हुआ कि इसे कैसे मालूम हुआ? मेरी सोयी हुई भूख एकदम सुलग उठी। लेकिन मैं लापरवाह हँसी में हँस उठा।

— देखो, तुम मुझसे छोटे हो, आग्रह की आशा मत करना।—मैं आयी।

और वह उठी।

— सुनिये इसकी तो कोई जरूरत नहीं.....

— वेश्या के यहाँ का नहीं खिलवाऊँगी। दीदी होकर छोटे भाई का ब्राह्मणत्व नहीं लूँगी।

— लेकिन तुम्हें कैसे मालूम कि मैं ब्राह्मण हूँ?

— नारी से पुरुष की जाति, धरम, पाप, पुण्य कुछ छिप सका है?

और वह तीर-सी निकल गयी। जब चली गयी तब याद आया कि वह सिर से पैर तक चीवरवर्णी धारे हुए है। उस दिन तो इतने सारे आभूषण थे लेकिन आज कान, आँख, नाक, गला, हाथ, सब....जैसे विधवा के अंग हों। साँचे ढली देह थी, रंग भी साफ था लेकिन चेहरे पर हल्के दाने थे। वह प्रवेशते ही बोली,

— पता नहीं आज सवेरे किसका मुँह देखा था।

— सम्भवतः अपना ही देखा हो।

— बचपन में दिन-रात अपना ही मुँह देखती थी तभी तो यह दुर्दशा हुई।

और मुझे लगा कि हास्य, किसी मर्मस्थल को छू गया है। मैं अबोला ही रहा।

— इतने दिन हो गये, कभी तुम क्यों नहीं आये?

— मुझे पता नहीं मालूम था।

— इतनी नामी दीदी का भी पता तुम्हें नहीं मालूम हो सका?

और वह खूब जोर से हँस दी। तभी लछमन दरवाजे पर दिखायी दिया।

— माँजी! मन्दिर के लिए पालकी तैयार है।

— लछमन! तुम्हीं चले जाओ, बड़े पुजारीजी से हाथ जोड़ क्षमा माँग लेना और कह देना कि आज न आ सकूँगी।

लछमन चला गया।

— तो आप दर्शन कर आइये न?

— दर्शन करने तो सवेरे जाती हूँ। इस समय तो कीर्त्तन करने जाना पड़ता है, सरकारी नौकरी है।.....हाँ, जब खाना कई दिनों से नहीं हुआ तो तुम लोग तो नहाने की भी जरूरत नहीं समझते होगे, है न?

तभी बरारिन दरवाजे पर दिखी। उससे मराठी में मालिनी ने पूछा,

— पानी हो गया गरम?

— होऽओ, झालऽ—

— अच्छा बिशन! अब जाकर नहा लो तो।

अजीब आज्ञा थी कि न चाहते हुए भी यन्त्रचालित-सा उठा और बरारिन के साथ जाकर नहा भी आया। तब तक एक सुन्दर-सी चौकी पर भोजन का थाल रखा था तथा एक आसन भी। कमरे में अगरबत्तियों की गन्ध-ही-गन्ध भरी हुई थी। लाख कहने पर भी मालिनी ने नहीं खाया क्योंकि वह गत दस बरस में एकासना (एक समय भोजन) ही करती है।

— कहीं रहने और नौकरी का कुछ प्रबन्ध किया कि नहीं?

पता नहीं उसने कैसे यह अन्दाज लिया कि मैं कहीं नौकरी नहीं करता और न ही व्यवस्थित हूँ।

— नहीं किया अभी।

— यह तो मुझे भी मालूम है। न सही नौकरी, कम-से-कम घर तो किराये पर ले ही लो। क्या लाभ जो उन नसियावालों को हर पन्द्रह दिन बाद तीन दिनों के लिए यात्री बनकर परेशान करते हो।

तो इसका मतलब हुआ कि हर सराय, धर्मशाला में लछमन को भेजकर यह तलाश करवाती रहीं। फिर बोली,

— अच्छा बोलो, कब तक घर ले लोगे?

— घर क्या कोइ लड़की है जो इतनी आसानी से मिल जायेगा?

— तो लड़कियाँ आसानी से मिल जाती हैं? कितनी हैं? लाओ मुझे भी एकाध दे दो। बड़ी जरूरत है मुझे।

— किसलिए चाहिए तुम्हें?

— विश्वास रखो बिशन! पथभ्रष्टा बनाने के लिए नहीं बल्कि अपने को ऊपर उठा सकूँ इसलिए। सुनो, इस तरह तो तुम मारे-मारे ही फिरते रहोगे। सात दिन में हीं कहीं से भी मकान खोज व्यवस्थित होना पड़ेगा। कभी किसी के घर सिवाय मुजरे के गयी ही नहीं। तुम्हारा घर होगा तो एकाध बार न भी बुलाना चाहोगे तब भी हो आऊँगी। कभी क्षणभर को ऐसा नहीं लगता कि मैं मालिनी नहीं हूँ। दिन-रात बरसों तक स्वयं में स्वतः बना रहना कितना उबा देनेवाला होता है और फिर मैं तो अपनी ही दृष्टि में.....

तभी दूसरे कमरे में घड़ी ने टन-टन दस बजाये।

— वैसे आजकल कहाँ डेरा डाले हुए हो?

— डेरा तो कहीं खास नहीं है।

— फिर भी?.....न बताना चाहो तो मत बताओ लेकिन 'रानीसांगय' का नाम मत लेना, वहाँ तो तुम पिछले हफ्ते थे।

लेकिन कैसे बताता कि आजकल मैं रेलवे प्लेटफार्म या मुसाफिरखाने में ही पड़ा रहता हूँ। मैं उठा। वह मुझे मैदान तक छोड़ने आयी। तारों की छाया में चारों ओर शान्ति थी। एक क्षण को लगा कि यदि यह नारी वेश्या न होती तो मैं क्या एक बार स्पष्ट रूप से 'दीदी' नहीं कहता। बार-बार चाहने पर भी 'दीदी' गले में आकर फँस जाता रहा। पता नहीं कौन-सा संस्कार था कि वह मेरे मुख से 'दीदी' सुनने को उत्सुक थी पर मैं उस दिन 'दीदी' स्पष्ट रूप से नहीं कह सका।

— सुनो, कहीं मैं अनजाने में अपने को तुम पर लाद तो नहीं रही हूँ?

भला मैं क्या उत्तर देता? जबकि वह उत्तर की प्रतीक्षा में न भी रही हो लेकिन मुझे लगा कि वह उत्तर चाहती है।

— अब किस दिन आऊँ?

— यह मुझ पर नहीं तुम पर निर्भर करता है।

और हम दोनों दो दिशाओं में बढ़ गये।

— कमल! मैं अपनी उस वेश्या-दीदी के यहाँ प्राय: जाता था, लेकिन प्रत्येक बार संस्कारों से लड़ता था। उसे किसी मराठा सरदार ने रख लिया था। उसी सरदार ने उसे यह मकान आदि दे रखा था और साथ ही उन महाशय ने अन्य वेश्याओं से प्राप्त भयंकर गुप्तरोग भी दे रखे थे। वह अत्यन्त दारुण स्थिति में थी जब मेरी भेंट हुई। मराठा सरदार मर चुके थे। उनके पुत्रों ने उसे मकान से निकाल देना चाहा तथा यह भी कि वे अपने मकान में वेश्या को नहीं रख सकते। जिस दिन मालिनी आत्महत्या करने पीपल्या टैंक पहुँची थी उस दिन मराठा सरदार के बड़े लड़के ने बड़े ही सार्वजनिक रूप से अपमानित, लांछित किया था तथा मुकदमा भी दायर कर दिया था।

दिनोंदिन दीदी का स्वास्थ्य चौपट होता ही जा रहा था। मुँह के दाने फूट आने लगे थे। प्राय: आँखें जल भरी रहतीं। शायद फाल्गुन लग चुका था। मैं कुछ दिनों के लिए आगरा गया। मेरा पहला-पहला क्रान्तिकारियों से परिचय हुआ था। आगरे से जब लौटा तो यह तय किये हुए था कि सामान लेकर, दीदी से मिलकर आगरे लौट जाऊँगा और पार्टी का काम करूँगा। उन दिनों जूनी-इन्दौर में रहता था। करीब एक माह से इन्दौर के बाहर था जबकि दीदी से चार-पाँच दिन का कहकर गया था। जिस समय पहुँचा लछमन अन्दर बरामदे में मिला।

— बाबूजी! आप लौट आये?

— हाँ लछमन! दीदी के क्या हाल हैं?

वह उदास अनुत्तर बना खड़ा रहा। सम्भवत: उसकी आँखें छलछला आयीं। सवेरा हल्का भीगा फूलों की तरह होने लगा था फिर भी मैंने वे आँखें छलछलाते देखीं। उस तरह छलछलायी आँखें मैंने श्रीधर! आज तक किसी की नहीं देखी। पता नहीं उस छलछलाने में कितनी अभिव्यक्ति थी कि क्या बताऊँ?

— क्या बात है लछमन?

— कौन-सी बात नहीं है बिशन बाबू?

मुझे वह उस क्षण उदार दूकानदार की तरह लगा जो एक चीज माँगने पर अनेक चीजें दिखाने पर आ जाये। ऐसी उदारता से भी भय ही लगता है। हम कतराना चाहते हैं, क्योंकि हम उतने उदार तो नहीं होते हैं न? वह मुझे घर के पिछवाड़े की तरफ ले गया, जो कि बगीचा था। वैसे वह बगीचा था ही—लताएँ थीं, फूल थे, हौज थे, फौवारा था, गन्धवीथियाँ भी थीं—लेकिन सब उदास, उजाड़। जल न होने के कारण हौज का चूना जगह-जगह उखड़ गया था। हरसिंगार या चमेली को छोड़कर पीले पत्तोंवाला वह बगीचा था। इस समय मालिनी के कमरे की वे अण्डाकार खिड़कियाँ दिख रही थीं। दाहिने हाथ कोने में झूल पड़ी पालकी रखी थी। शेष सब, सवेरे का धुला हुआ निर्जन था।

— बिशन बाबू! आप ही मालकिन को समझा सकते हैं।

— लछमन! साफ-साफ कहो।

— अब बाबूजी! दुनिया माँजी को जो भी समझे, मुझे कुछ नहीं कहना, लेकिन मैं माँजी को उस दिन से जानता हूँ जब दिघे साहब के यहाँ इनको लाया गया था। न तो मैंने दिघे सरदार की तरह कोई दूसरा रईस देखा, न माँजी की तरह दूसरी पतिव्रता स्त्री। लेकिन सरकार! ऐसी साध्वी को भी दुनिया तो वेश्या ही समझती है न? कौन-सा जप-तप, धरम-नियम, पूजा-पाठ है जो माँजी ने नहीं किया? जैन मुनियों से लेकर गोसाईंजी तक की सेवा की। पजूसन (पर्यूषण, एक जैन पर्व), नवरात्र के व्रत, आबू के जैनतीर्थ, काशी, गया और नाथद्वारा तक कहाँ-कहाँ न जाकर अपने माथे के इस कलंक को नहीं धोने की चेष्टा की। बिशन बाबू! मैं गवाह हूँ, माँजी गंगा हैं। अगर माँजी वेश्या हैं तो गंगा भी वेश्या हैं। लेकिन हाय रे दुर्भाग्य, जाने किसका पाप, रोग-शोक दिघे साहब माँजी को ऐसा दे गये कि वह देह के अंग-अंग से फूटा पड़ रहा है। दुनिया समझती है कि वेश्या का अन्त और क्या होना था? बिशन बाबू! माँजी कोई दवाई-दारू नहीं करवाती हैं। निर्जल रहती हैं, उपवास करती हैं। जैसे पापों का प्रायश्चित्त कर रह रही हों। लेकिन कौन-सा पाप? किसी ने उन्हें बचपन में गुण्डों को बेच दिया था, पर अपने जाने तो वे सदा एकनिष्ठा रहीं। दिघे साहब से मिलने के पूर्व वे गायिका थीं, वह जो भी रहा हो मालिक। लेकिन वह आचरण का पेशा तो नहीं था न? क्या दिघे साहब को माँजी ने जीवनभर पति के रूप में नहीं माना? किसी दूसरे को पास फटकने दिया? क्या अन्य श्रीमन्तों के बुलावे नहीं आयें? लेकिन वे डिगीं तो नहीं न? फिर?? हम तो नौकर ठहरे। कुछ भी बोलने से रहे। आप क्यों नहीं समझाते? आप पर तो राग है उनका। समझाइये बिशन बाबू! दुनिया ने आज तक किसी को क्षमा किया जो माँजी को ही क्षमा करेगी? और हम दुनिया से क्यों क्षमा माँगें? जब प्रभु की दृष्टि में हमारा मन, आत्मा पवित्र है तो फिर प्रायश्चित्त, परिताप क्यों? मैं पचीस बरसों से घुट रहा था, आज मौका मिला तो जाने क्या-क्या कह गया। यदि छोटे मुँह बड़ी बात निकल गयी हो तो क्षमा कर दीजियेगा।

और लछमन बड़ी तेजी से दाहिने हाथ जहाँ पालकी रखी थी उधर के मोड़ से होकर दीवार के पीछे गायब हो गया। कुछ देर तक मैं आसन्न रहा। मालिनी मेरे सामने उस दिन सचमुच शापभ्रष्टा देवता लग रही थी।

जब मैं दीदी के कमरे में पहुँचा वे चौकी पर तकिये के सहारे लेटी हुई थीं जिस पर मैं शुरू दिन बैठा था। बरारिन नौकरानी सिरहाने बैठी थी। फाल्गुनी सवेरा कमरे में बड़ा धूप धुला लग रहा था। कमरे को देख लग रहा था कि यहाँ दिन बड़े सवेरे से शुरू हो चुका है। मुझे देख बरारिन उठ खड़ी हुई। दीदी उस समय आँखें बन्द किये गीठ किये लेटी हुई थीं।

— माँजी! बिशन बाबू आले।

और बरारिन के सूचना देने पर वे अलवान के अन्दर ही करवट बदलकर सम्मुखी हुईं।

— कब आये आगरे से?
— रात आया। सहसा चला जाना पड़ा।
— सो तो जानती हूँ, तभी तो कहकर न जा सके न?
— यह क्या हाल बना रखा है अपना तुमने?
— कब किसने अपना हाल ऐसा बनाना चाहा है? और मान लो बनाया ही हो तो क्या अपनी दीदी से लड़ोगे?
— लड़ना पड़े तो ब्राह्मण क्षात्रधर्म भी अपनाता है।
— मूर्ख!! क्षात्रधर्म अबलाओं की रक्षा करता है या उनसे लड़ता है? यही सीखा है आज तक? हाँ शारदा। कुछ नाश्ते-पानी का प्रबन्ध नहीं करना है क्या?

और वह शारदा, बरारिन किञ्चित् सुखी-मुख लिये चली गयी। उसका स्वल्प हँसता मुख जाने क्यों बहुत भला लगा जैसे वीरान मेहराबदार बावली में कोई दीपक अँधेरे से जूझ रहा हो।

बरारिन के चले जाने से हठात्-कुछ देर को सब शान्त हो गया जैसे इसके पूर्व बड़ी देर तक शोर हो रहा हो। लेकिन ऐसा तो नहीं था। शोर चाहे न रहा हो पर शान्ति अवश्य वैसी ही लग रही थी। मैं चौकी से उठकर दीदी के पलँग के पास जाने के लिए उद्यत हुआ तभी बरजते हुए बोलीं,

— बीमार के सिरहाने बैठना तो नारी को शोभता है तुम लोगों को थोड़े ही।
— कोई बात नहीं।

और मैं बिना सुने मना करने पर भी बढ़ा, उन्होंने इस बार बरजा नहीं बल्कि निषेध किया।

— जब तुम्हें स्वतः समझ में न आये तो जितना कहा जाये उतना ही किया करो। और, और अभी शारदा आयेगी उसे मेरे सिर में तैल डालना है। भला वह कहाँ बैठेगी?

और इस बार वे खिड़की की राह फाल्गुनी आकाश का वर्ण देख रही थीं।

— कितने दिनों से तबीयत खराब है?
— तुम आगरा काफी रह गये।
— हाँ, लेकिन मैंने क्या पूछा तुमसे।
— मैं समझती हूँ कि अब लछमन को छुट्टी दे देनी चाहिए। वह बुड्ढे हो के साथ-साथ समझदार भी होता जा रहा है।
— दीदी!

और लगभग मैं चीखते हुए ही बोला था। दीदी ने आहत होकर मेरी ओर देखा। पलँग की ईंस मेरे घुटनों में लग रही थी। सिरहाने नाममात्र को एकाध दवाई थी। सेब-सन्तरा रखे थे तथा थर्मामीटर भी। इतने निकट से खिड़की से आते उजाले में दीदी को मैं अनेक दिनों बाद देख रहा था। मुँह अपेक्षाकृत लाल फुन्सियों से भरा था। पल्ला यथावत् था। बाकी पूरी देह अलवान से ढँकी थी। केवल हाथ जो कभी

गोरे रहे होंगे, लेकिन इस समय पीले, निस्तेज, निष्प्रभ अतिसाधारण चूड़ियों में चुप थे। हल्की साँस के चलने के साथ पूरी अलवान हिल रही थी। जब मैंने 'दीदी' कहा, वे आँखें सहसा चमकीं। आज पहली बार मेरे मुँह से 'दीदी' सुन पहले तो वे आँखें चमकीं उपरान्त हौले से कचनार के फूलों-सी फैल आयीं। तब क्रमशः भीतर कोनों से जल छलछलाने लगा जिसे स्वल्प काँपते ओंठ को अन्दर ही दाँतों से दाबकर रोकने की चेष्टा की जा रही थी, लेकिन नाक दोनों ओर से फैल आने लगी। वे आँखें, फैली बाँहें थीं। जिनमें आवाहन, निषेध स्पष्ट था। वह आँखों से सब अनुस्यूत रही थीं। अपने में समा लेने का भी अजीब सम्मोहन उन जलभरी आँखों में वैसे ही तिरता लग रहा था जैसे झील में पुरइन का पत्ता तिर आया हो। जब कोई मोह सामने होता है तब हमारे रोम-रोम से रक्तचाप फूट निकलकर मोह में तिरोहित होने के लिए आकुल-व्याकुल रहता है। उस सामने बिराजे मोह में यदि सम्भव हो पाये तो हम सदेह समर्पित होना चाहते हैं। कुछ-कुछ ऐसा ही तथा बहुत-कुछ और भी दीदी की आँखों में तिर आया था।

— लेकिन इस प्रकार अपने को दुःख, कष्ट देकर समझती हो कि दुनिया तुम्हें 'दुःख पारंगत' समझने लगेगी?

पता नहीं इस बात को सुनकर वह अनायास ही क्यों फूट पड़ी। उसने अलवान में मुँह छुपा लिया लेकिन अलवान पेट के पास हिल रही थी जैसे वह अपने को चीख पड़ने से रोके हुए हो। मैं हतप्रभ नहीं था लेकिन अजीब विषम था कि क्या करूँ। तभी शारदा आयी। अलवान के अन्दर से ही शारदा को आदेश मिला,

— यहाँ नहीं, भीतर शारदा!

और वह मुझे भीतर ले गयी। मैंने भी उचित समझा कि विकार का निकल जाना ही ठीक होता है।

जिस कमरे में बैठा नाश्ता कर रहा था यह बाहरी छज्जे की तरफ था। एक पीठदार मसनद छज्जे में थी हत्थोंवाली लम्बी आरामकुर्सियाँ रखी हुई थीं। इसी कमरे में अनेक चित्र फ्रेमित थे। बीच में राजसी पोशाक में एक सरदार का तैलचित्र था जिस पर ताजी फूलमाला थी तथा एक दीपक जल रहा था। मुझे समझते देर न लगी कि यही सरदार दिघे साहब हैं। ठीक इसके सामने नाक में नथ पहने 'खण-पातल' (मराठी ब्लाउज-साड़ी) में एक अन्य तैलचित्र था। बिल्कुल पहचान नहीं पा रहा था। मुझे चित्र घूरते देख शरदा मुस्कराती बोली,

— पहचानिये।

— मराठी भूषा में अपनी दीदी को नहीं पहचान पा रहे हैं?

सचमुच नहीं पहचान पा रहा था। दीदी महाराष्ट्रीय नहीं हैं यह तो मुझे ज्ञात था। लेकिन आज उन्हें देखकर कोई नहीं कह सकता कि वे इतनी अप्रतिम सुन्दर रह चुकी हैं। मैं शारदा से और कुछ पूछने ही वाला था कि दरवाजे के बीच अलवान ओढ़े दीदी को खड़े देखा।

— अरे, तुम क्यों उठकर आयीं?

और शारदा का सहारा लेकर वे पीठवाली मसनद पर टूटी-सी आकर अर्द्धलेटी हो पीठ टिका, आँखें बन्द कर बैठ गयीं। अभी भी आँखें वैसी ही थीं बल्कि अन्दर घुटकर वे और गुड़हली हो गयी थीं। ओंठ काफी देर तक थरथराने के कारण न थरथराने पर भी थरथराने का भ्रम दे रहे थे। शारदा जा चुकी थी। कमरे में कहीं से कोई शब्द नहीं आ रहा था। छज्जे से ओस भीगा रेतीला मैदान फाल्गुनी धूप में गरमाता दिख रहा था। मौलश्री का गाछ सामने की खपरैल की पृष्ठभूमि से होता हुआ आकाश में छितरा हुआ था। नाश्ता मैं समाप्त कर चुका था। शारदा आयी और बर्तन समेट लौटने को हुई कि दीदी बोलीं,

— वैद्यजी आयें तो बुलवा लेना।

शारदा चली गयी। वे फिर बोलीं,

— लछमन का बस चले तो इन्दौर से सारे डाक्टरों की तैनाती यहाँ करा दे। अब तुम्हीं देख लो कि दवाई करवा रही हूँ कि नहीं?

मैं अबोला ही रहा। इतने धुले-उजले कमरे में जहाँ छत की सफेद चाँदनी से लेकर चादरें-गिलाफ तक एकदम बगुले के पाँख की तरह सफेद-झक हों, तो लगता है जैसे हम वातावरण में उभर आये हों। हमारा खाँसना ही नहीं सोचना तक इस उजलेपन को सम्भव है मलिन कर दे। और हम अपने को और भी सिकोड़ लें कि यह उज्ज्वलता हमारी गन्दी अँगुलियाँ या उनके मैले नाखून जिनमें हल्का पीलापन जड़ों में हो, उसे न देख लें नहीं तो हम इस उज्ज्वलता को अपमानित कर देंगे और अपमान के बाद क्या शेष रह जाता है?

— लगता है लछमन ने तुम्हें अपने मिथ्या प्रमाद से भरा है। है न?

— मान लो है, तो?

— यही कि उसे न विश्वासना। उसे कितना कहा बिशन! कि वह चला क्यों नहीं जाता अपने नीमाड़ (नर्मदा के दोनों ओर का प्रदेश) में जमीन है, घर है, परिवार है। पता नहीं किस आशा में यहाँ पड़ा है।

— पैसे की तो आशा नहीं ही होगी उसे।

बात मैंने काफी कड़वी कह दी। आँखें अब स्पष्ट छलछला आयीं। इतनी बड़ी आँखें होने पर भी छोटा-सा जल नहीं सहेज पायीं। नाक भींग उठी। मुझे ग्लानि हुई कि ऐसा कड़वा क्यों बोल गया?

— भगवान् न करें किसी को ऐसे पैसे का मोह हो। जब वह मेरी ही देह में रिस-रिसकर फूट पड़ा रहा है तब भला चाहूँगी कि कोई परिवारवाला इसे अंगीकार करे? मैं तो स्वयं इससे भाग जाना चाहती हूँ बिशन। भागी थी लेकिन पता नहीं तुम उस दिन जाने कहाँ से आड़े आ गये।

— दीदी!

— बिशन रे, लगता है मैं जन्म-जन्मान्तर से वेश्या ही थी। क्या आगे भी वेश्या बनकर ही नारी-देह को अपमानित, लांछित करती रहूँगी? बिशन! अब नहीं सहा जाता, नहीं...

और वह सचमुच ही वैसे ही फूट पड़ी जैसे नदी के उद्‌गम स्थान का पर्वत। चट्टान का कण-कण रिसने लगता है और रिसने की धारा बनती है जो नदी है। दीदी के रोम-रोम से आँसू फूट रहे थे। लेकिन इसके बाद नदी बनी कि नहीं, नहीं जानता।

— दीदी! लछमन को साथ लेकर पुरी हो आओ। स्थान बदलने से मन बदल जाता है।

— लगता है बड़ा अनुभव है तुम्हारा।

और थोड़ी देर पहले के आँसू भीगे मुख पर उसकी हलकी मुस्कान वैसे ही दिपा उठी जैसे गर्मियों के सन्ध्याकाश में फीका, किन्तु ज्योतित सन्ध्यातारा। जिसे हम देखते हैं, फिर भी नहीं देखते। मुझे बड़ा अच्छा लगा। दीदी रोयी भी अत्यन्त मन से थीं और इस समय मुसकरायीं भी मन से। मन से रोने तथा हँसने पर कैसा ही व्यक्ति हो, सुन्दर ही लगता है।

— और नहीं तो क्या? तुम समझती हो कि तुम्हारा अनुभव ही बड़ा है? और किसी का नहीं?

— बाबा रे, सिवाय पाप के मामले को छोड़ और किसी बात में आज दिन तक अपने को बड़ा नहीं माना।

— झूठ कहती हो तुम।

— कैसे?

दीदी प्रश्नभरी आँखें लिये किञ्चित् शैतानी का उत्तर अपेक्षा कर रही थीं।

— तुम मुझसे अपने को बड़ा नहीं मानतीं?

और वातावरण फाल्गुन मास की भाँति हल्का हो आया।

— अपना इलाज ठीक से क्यों नहीं करवातीं?

— अपने पाप के रोगों के बारे में छोटे भाई से चर्चा करते क्या मुझे लाज न आयेगी रे? माना कि मैंने धर्म, देह, देवी-देवता सबको अपमानित किया लेकिन और तो निर्लज्ज न बना कि देह के पापों की चर्चा तेरे आगे भी करने लगूँ। तू नहीं जानता कि एक बार लाज न रहने पर निर्लज्जता की कोई सीमा नहीं होती। और तू बार-बार पूछकर क्या अपनी दीदी को यह नहीं बता रहा है कि मैं मात्र देह थी और उस देह की यह दुर्दशा है। इस बारे में चर्चा मत कर बिशन! तू नहीं जानता कि मैं अपनी इस नारी-देह से घृणा करती हूँ, वितृष्णा है मुझे। साहस होता तो इसे चीर फेंकती। सड़े-गले चूहे की भाँति इसे बीच सड़क में फेक देती कि लो यह चूहा है जिसे तुम चाहते रहे। लेकिन जाने कितने जन्म के पाप आड़े आते हैं कि—कोढ़ी हो जायें, अंग-

अंग गल रहे हों, साँस फूल-फूल उठने पर भी हम जीना चाहते हैं। कैसी प्यास है यह जीवन की बिशन! घिसटते कुत्ते और मनुष्य में कोई अन्तर नहीं रह जाता। हम निरे ढोंगी हैं। सच, हम दु:खी भी वास्तव में नहीं होते। दु:ख का ढोंग करते हैं ताकि सामनेवाला व्यक्ति हमें अपनी दया के आँचल में ले ले। हम जीवनभर अपने को, सामनेवाले को छलते हैं और सम्भवत: इसीलिए यह व्यंग्य चल पाता है। यदि तुम्हें ऐसा नहीं लगता है तो तुम झूठे होगे कि मैं अपने को बार-बार वेश्या कहकर या पतित बताकर सहानुभूति चाहती हूँ। बिल्कुल सही है बिशन! मुझे कितना अच्छा लगता है कि तुम, लछमन, शारदा कम-से-कम तीन व्यक्ति तो हैं जो चाहते हैं कि मैं अच्छी हो जाऊँ, जियूँ। और शायद व्यक्ति परिवार, कुटुम्ब इसीलिए तो होता है कि जब मरने लगें तो परिवार के लोग चिन्ता प्रकट करें, रोकर कहें कि नहीं आपको इस समय नहीं मरना चाहिए। कितनी विडम्बना है! लेकिन उससे भी बड़ी बिडम्बना यह कि मैं परिवार के सम्बन्धों की पवित्रता पर व्यंग्य कर रही हूँ क्योंकि देह के ये गुप्त रोग मन को खा रहे हैं। वेश्या का मन, कीड़े खाये ऊनी कपड़े की तरह होता है बिशन!

मैं अवाक् बैठा सुन रहा था। वह बाढ़वाली ब्रह्मपुत्र-सी प्रवेगित थी। स्वयं तर्क करती फिर अपना विरोध भी आप ही कर लेती। जैसे वह शस्त्रभर हो जो हत्या तथा आत्महत्या दोनों का निमित्त बने क्योंकि हत्या या आत्महत्या तो शस्त्र के कारण हमें सब दिखलायी पड़ जाती है, बाकी वह हत्या या आत्महत्या शस्त्र के उपयोग के बहुत पूर्व ही सम्पन्न हो चुकी होती है। वे फिर बोलीं,

— बिशन! मेरी बात का बुरा न मानना, तू छोटा है न, इसीलिए तुझे देख ऐसा ही लगता है कि जैसे अबोध शिशु के सामने माता तक दिगम्बर होने में बुराई नहीं समझती। मैं भी तो तेरे सामने दिगम्बर ही तो हूँ। कीड़े खाया मन तक दिखा रही हूँ। तुझे नहीं लगता कि उस दिन 'पीपल्या टैंक' पर बचाकर तूने पुण्य नहीं किया वरन् पाप ही किया? अर्द्धमृत को मर जाने देना पुण्य है बिशन! बजाय इसके कि उसे जिला देने की चेष्टा की जाये और वह दिन-रात हमारे सामने रिसता,-रिरियाता जिये और जब कभी वह हमारे सामने पड़ जाये तो हम नाक-कान-आँख बन्द कर झट से एक पैसा निकालकर चाहें कि यह जल्द आँखों से ओझल हो जाये।

— दीदी! इतना सारा कोसना भी यह सिद्ध नहीं करता कि तुम स्वयं को जितनी पतित चरित्रहीन कह रही हो वह सही है।

— अरेऽऽ मैं जानती थी कि सौन्दर्य का जादू तो अब रहा नहीं लेकिन वितृष्णा का स्वाँग भरना भी व्यर्थ गया? हाय रे भाग्य!!

और वह अजीब नाटकीय ढंग से अप्रत्याशित हँस पड़ी कि मैं एकदम बौना हो उठा।

— लेकिन ऐसा उसने क्यों किया? श्रीधर। उसके बाद मैं कई दिनों तक नहीं गया।

बिशन बाबू की छत पर धूप खूब छितर आयी थी। कमल और श्रीधर तन्मय होकर सुन रहे थे। बिशन बाबू बोले,

— मैं समझता हूँ कमल! आज बहुत देर हो गयी तुम्हें भी। मैं तो आज सुनाने पर क्या आया कि बस। अरे हाँ श्रीधर! तुम उस दिन अपनी दीदी के बारे में कुछ बताना चाह रहे थे न?

और श्रीधर बाबू किञ्चित् मुस्करा दिये। कमल उठते हुए बोली,

— मैं तो मालिनी दीदी से मिलने को बहुत उत्सुक हो उठी हूँ बिशन बाबू!

— मुझे तो प्रत्येक नारी अपने में सम्पूर्ण इकाई, समाप्ति लगती है।

— और प्रत्येक पुरुष एक-दूसरे का पूरक न??

श्रीधर की बात का जवाब देकर बिशन बाबू बड़ी जोर से हँस दिये।

महाराजबाड़े के सामने आज अपार भीड़ थी। खारे पानी से नमक बनाया जायेगा और अंग्रेजी नमक कानून को चुनौती दी जायेगी। चूँकि यह देशी राज्य था, यहाँ नमक पर कर नहीं था इसलिए लोगों को मात्र कौतूहल था। सवेरे छह बजे के पूर्व महाराजबाड़े के सामने तिल धरने की जगह न रही। तभी भीड़ में मक्खियों की भिन्नाहट-सी उठी। किसी ने जोरों से कहा कि—पी० ए० और ए० जी० जी० अभी बाड़े में गये। लोगों के चेहरों पर अजीब भयात्मक चुप्पी छा गयी। आँखों में शंका तिरने लगी। बाड़े के फाटक और दीवार के पास तैनात पुलिस की ओर हजारों आँखें उठ गयीं। तभी बिशन बाबू ने पुस्तके साहब के कान में बुदबुदाया,

— आप इसी समय अपना भाषण शुरू कर दीजिये। लोग पी० ए० और ए० जी० जी० का नाम सुनकर लगता है डर गये हैं।

और इसके बाद पुस्तके साहब ने अपना भाषण रोलेट ऐक्ट के बारे में शुरू किया। तभी भीड़ को चीरकर पुलिस सुपरिण्टेण्डेण्ट ने आकर पुस्तके साहब को रोका कि वे अपना भाषण बन्द कर दें और यह नमक बनाया जाना भी बन्द किया जाये। जब दोनों ही बातें बन्द न हुईं तो उसने बढ़कर पुस्तके साहब को मञ्च से नीचे घसीट लिया। पुलिस की सीटियाँ बज उठीं और देखते-न-देखते पुलिस की लाठियाँ चल पड़ीं। पुलिस ने पुस्तके साहब, मालती देवी को पकड़ लिया था लेकिन बिशन बाबू, कमल पुस्तके तथा श्रीधर बाबू को पकड़े इसके पूर्व ही वे तीनों निकल भागे। देखते-देखते भीड़ भाग रही थी और पुलिस लाठियाँ बरसा रही थीं। सूर्योदय हो रहा था। धूप मकानों की छतों, खपरैलों से उतरकर सड़कों, गलियों को पीतल का बना रही थी। थोड़ी देर में ही उस विशाल मैदान में पुलिस-ही-पुलिस रह गयी। कहीं-कहीं भागे लोगों की चीजें फटी-टूटी यहाँ-वहाँ बिखरी पड़ी थीं। भागते लोगों ने जाने कैसे सुन लिया कि पुस्तके साहब, मालती देवी तो गिरफ्तार हो ही गये लेकिन उनकी लड़की कमल पुस्तके तथा बिशन बाबू और श्रीधर बाबू के नाम भी वारण्ट निकल गये। पर वे तीनों कहीं निकल भागे। शहर में देखते-न-देखते १४४ धारा लागू कर दी गयी और अब पुलिस, लोगों के घर तलाशी लेने जानेवाली है। सारा कारोबार जैसे ठप हो गया। सन् १८५७ के बाद पहली बार इन्दौर के लोगों के मुँह पर और कानों में 'स्वतन्त्रता', 'स्वराज्य' शब्द गूँज रहे थे।

बिशन बाबू जानते थे कि लाठीचार्ज के बाद गिरफ्तारी का वारण्ट तथा तलाशी होगी ही। वे तीनों गलियों से भागते हुए पहले बासे पर पहुँचे। अभी छावनी तक लाठीचार्ज की खबर नहीं आयी थी। लोग आराम से रोज की तरह ही सवेरा किये हुए थे। तरकारियाँ लाने लोग झोले हाथ में लिये निकल चुके थे। औरतें पीतल के

घड़ों का 'बेवड़ा' सिर पर रखे कुओं की ओर आ-जा रही थीं। अभी जब थोड़ी ही देर बाद लाठीचार्ज की तथा १४४ धारा की बात फैलेगी तब यही सुखी प्रशस्त, निश्चिन्त जीवन अपने को भय से सिकोड़ लेगा। पीतल के चमकते घड़ों के ये 'बेवड़े' डर से घरों में छिप जायेंगे। तरकारियाँ मुँह तक भरे ये पारिवारिक झोले तेज चाल से या भागकर गलियों में लुकते-छुपते हाँफते घरों में घुसकर दरवाजा बन्द कर लेंगे। सारा शहर एक बड़ी चुप में चुपा जायेगा। हर घर एक द्वीप की भाँति अपने में कटा हुआ हो जायेगा। इस समय रास्तों पर लोग चल रहे हैं लेकिन थोड़ी ही देर में खबरें, पुलिस और भय के अतिरिक्त कोई यात्री न होगा। लोग न केवल घर के दरवाजे ही बन्द कर लेंगे बल्कि स्वयं बन्द दरवाजों के घर की तरह हो जायेंगे। बाहर सब-कुछ सम्पन्न होता रहेगा—धूप होगी, प्रहार बदलेंगे लेकिन लोग और लोगों का व्यापार न होगा। लोगों के होते हुए भी शहर जैसे मर जायेगा। लेकिन लोगों तक अभी ये भयानक खबरें नहीं पहुँची हैं। वे तीनों तेजी से कदम बढ़ाते बढ़ रहे थे गिरफ्तारी, पुलिस, तलाशी आदि का यह अनुभव कमल और श्रीधर बाबू के लिए एकदम नया था। दोनों के मन उत्साह में उछल पड़ रहे थे जैसे रोमान्स लग रहा हो। बिशन बाबू ने कुछ जरूरी कागज-पत्र तेजी से समेटे और वे तीनों फिर सड़क पर आ गये। अब तक खबरें आने लगी थीं। चहल-पहल होने लगी थी। बिशन बाबू इस समय किसी भी सम्भावित स्थान पर नहीं जाना चाहते थे। जूनी-इन्दौर में गोटा-किनारी बेचनेवाला एक फेरीवाला था जिसके साथ कभी बिशन बाबू ने भी दोपहर में गली-गली आवाज लगाकर गोटा-किनारियाँ बेची थीं। परिवारहीन हरखचन्द फेरीवाला, राजस्थान का रहनेवाला था। उसके बारे में कोई कुछ विशेष नहीं जानता था। बस वह बिशन बाबू को बहुत मानता था। जिस वेला गलियों से सपाटे मारते हुए हरखचन्द की कोठरी पर पहुँचे वह धूप में बैठा हुआ दतौन कर रहा था। थोड़ी देर पूर्व किसी ने उससे महाराजबाड़े की घटना के बारे में बताया था। लेकिन उसने किसी भी बात पर कोई आश्चर्य नहीं प्रकट किया। दुलंगी धोती, कमर में चाँदी का कँदोरा (करधनी) सुँते बदन का यह राजस्थानी बनिया अजीब असम्पृक्त व्यक्ति था। बायें कान में ऊपर की तरफ एक मोती की बाली तथा सिर पर पगड़ी के रंग का घेरा बना हुआ था। अधेड़ हरखचन्द ने बिशन बाबू को देखा तो किञ्चित् मुस्कुरा दिया।

— कहो बिशन बाबू! बहुत दिनों पर?

— हरखचन्दजी! जरा सुनिये, आपसे काम है।

— हाँ, हाँ चलो। दो-चार बरस में कभी दिखते भी हो तो काम से ही।

तेजी से वे हरखचन्द की कोठरी में घुसे। पहुँचते ही दरवाजा बन्द कर लिया गया। हरखचन्द ने बिशन बाबू की इस हड़बड़ाहट पर किञ्चित् मुस्कुराते हुए कहा,

— क्या बात है? आप लोग बहुत घबराये हुए मालूम दे रहे हैं।

— हरखचन्दजी । हमारे नाम वारण्ट है....

पूरी बात सुने बिना ही हरखचन्द ने लकड़ी के एक जीने की तरफ इशारा करते हुए कहा,

— कोई बात नहीं, आप लोग ऊपर चले जायें। मैं जरा आता हूँ अभी बाजार से। ये नीचे का दरवाजा मत लगाना।

और हरखचन्द ने अपना कुरता पहना तथा दरवाजा खुला छोड़कर बाहर निकल गया।

लकड़ी का जीना उन तीनों को दुछत्तीवाले एक कमरे में ले गया जहाँ थोड़ा-बहुत फुटकर सामान हरखचन्द ने पटक रखा था। शहतीरों और खपरैलों के बीच से कहीं-कहीं धूप की नीली रस्सियाँ तनी हुई थीं और धूप की बिन्दियाँ यहाँ-वहाँ छिटकी हुई थीं। एक छोटी खिड़की थी जिससे दूर-दूर का दृश्य दिखता था। दूर पर जाता हुआ हरखचन्द और उसकी जयपुरी पगड़ी दिख रही थी। रोज इससे अधिक भीड़ यहाँ से दिखती होगी लेकिन इस समय धूप-लिपा दृश्य ही अधिक दिख रहा था, लोग नहीं के बराबर थे।

— कमल! इस सेठ हरखचन्द के साथ मैंने भी गोटा-किनारी बेचने का व्यापार इन्दौर की गलियों में दोपहर-भर घूम-घूमकर किया था।

— सच??

— कमल ने आश्चर्य में आँखें फैलाते हुए कहा लेकिन श्रीधर बाबू अबोले ही रहकर बिशन बाबू की साहसिकताओं के प्रति प्रशंसनीय बने रहे।

शाम तक हरखचन्द के द्वारा इन लोगों को पता लग गया कि वातावरण में अब उतना तनाव नहीं रहा। इन तीनों की खोज-खबर काफी-कुछ की गयी तथा अभी भी जारी है लेकिन कहीं पता नहीं चल पा रहा है। चूँकि 'रोलेट-ऐक्ट' का देशी राज्यों से कोई सम्बन्ध नहीं था इसलिए पुस्तके साहब तथा मालती देवी के रिहा कर दिये जाने की सम्भावना है। दो-तीन दिनों में ही इनके नाम के वारण्ट भी रद्द कर दिगे जागेंगे।

दूसरे दिन से फिर शहर का सारा कारोबार चल निकला।

हालाँकि हरखचन्द की बिल्कुल इच्छा नहीं थी कि ये लोग घर से कहीं बाहर जायें लेकिन वे तीनों अलत सवेरे ही निकल पड़े। काफी ठण्ड थी। वे लोग उज्जैन जानेवाली सड़क पर निकल आये। जिस समय वे लोग शहर को बहुत पीछे छोड़ चुके उस समय धूप, खेतों में हरिणों की भाँति निश्चिन्त फुदक रही थी। सड़क-सड़क चलना खतरनाक हो सकता था इसलिए पीठ पर सूर्य किये वे लोग खेतों के बीच पगडण्डी से बढ़ते रहे। अपनी लम्बी-लम्बी छायाएँ खेतों में बिछाते हुए वे

लोग उस झील की तरफ बढ़ रहे थे जहाँ कभी बिशन बाबू आये थे। शहर कम-से-कम तीन-चार मील दूर तो रहा ही होगा। सामने बड़ी ऊँचाई पर जैसे बाँध था और उसके साथ कद्दावर पेड़ों की कतार चली गयी थी।

— आओ कमल! थक तो गयी होगी लेकिन ऊपर पहुँचकर तबीयत खुश हो जायेगी।

और सचमुच घने पेड़ों से, चारों ओर से यह झील घिरी हुई थी। खूब पानी था। लकड़ी का घाट बना हुआ था जहाँ दो-चार नावें थीं। झील के बीच में पक्का चबूतरा बना हुआ था। पानी जैसे लबालब भरा था। हल्की हवा से पानी में खूब लहरें उठ रही थीं। पीछे की तरफ इन्दौर शहर हल्का दिख रहा था। मिलों की चिमनियों से धुआँ आकाश में अजगर की भाँति रेंग रहा था। इस तरह घर से बाहर मारे-मारे फिरते तीसरा दिन था आज।

— बिशन! चलो नाव से उस बीचवाले चबूतरे पर चला जाये।

कमल का प्रस्ताव सुनकर श्रीधर बाबू बोले,

— जरूर चलना चाहिए। चारों ओर शहरों से भरे जल से घिरे होने पर बहुत अच्छा लगता है।

— भाई! मुझे अच्छा-वच्छा तभी लगता है जब पेट भरा हो।

बिशन बाबू की बात सुनकर सब हँस पड़े।

— अजीब पेटू हो बिशन! सवेरे से ही भूख लग आयी?

कमल ने हँसते हुए कहा।

— मुझे क्या, मैं जाता हूँ, पास ही वो गाँव दिख रहा है कहीं से माँगकर खा आता हूँ, आप लोग दिनभर भद्र बनकर भूखों मरियेगा।

पास के एक गाँव से खा-पीकर जब वे लोग वापस झील पर पहुँचे तीसरा प्रहर था। डाँड़ चलाते बिशन बाबू को, कमल किञ्चित् मन्त्रमुग्ध होकर देख रही थी कि व्यक्ति कितना खुला, साहसी तथा निश्छल है। श्रीधर बाबू सोच रहे थे कि कमल से बिशन को विवाह कर लेना चाहिए लेकिन गृहस्थी का क्या होगा? तीनों ही सोच रहे थे अपने में। काफी देर तक किसी को ध्यान नहीं हुआ कि वे लोग चुप हैं क्योंकि बिशन बाबू तो कमल के बारे में ही सोच रहे थे कि किस तरह कमल से विवाह का प्रस्ताव किया जाये। हठात् तीनों को लगा कि अजीब शान्ति नाव, जल, किनारों तथा पेड़ों की फुनगियों पर टिकी धूप तक में है। केवल डाँड़ के छपाछप की ही आवाज है। कोई बनपाखी तक नहीं था, जो कि विपिन को स्वर देता है, बार-बार टेरकर बताये कि यहाँ इस पेड़ के तने में, पगडण्डी के रास्ते, इस डाली में वनदेवी सोयी है।

— श्रीधर! संसर्ग दोष इसी को कहते हैं।

और बिशन हँस दिये।

— संसर्ग दोष?

— और क्या? मूर्खों की तरह चुप रहना मुझे तुम्हारे संसर्ग से ही तो आया वर्ना बताओ जिस कमल से मिलने के लिए आकुल होकर मैं बम्बई तक जाता हूँ, भला वह इतने नाटकीय सन्दर्भ में मेरे साथ एक ही नाव में हो तो मुझे कितना-कुछ नहीं बोलना चाहिए।

— लेकिन यह भी तो श्रीधर बाबू के संसर्ग से ही तुम्हें आया कि जब बाहरी व्यक्ति उपस्थित हो तो नारी का सम्मान किया जाना चाहिए।

और तीनों खिलखिला पड़े।

झील के चबूतरे पर जाने कहाँ से जाती धूप का एक टुकड़ा आया और कमल उसमें नहा उठी। अजीब चुप्पी थी कि टूट ही नहीं रही थी। लगता था, तीनों फिर सोचने लगे। यह चुप टूटे, इसका प्रयत्न दो-एक बार किया गया लेकिन लगता, तार बार-बार टूट जाता है। हताश तीनों फिर चुप हो गये। श्रीधर बाबू को इस बार लगा कि इन दोनों की चुप के एकमात्र कारण ये हैं। ये दोनों अवश्य कुछ बातें करना चाह रहे होंगे लेकिन उनकी उपस्थिति के कारण नहीं कर रहे हैं। पर झील के बीच बैठकर वे कैसे कहीं जा सकते हैं?

— मुझे नहीं होना चाहिए था यहाँ इस समय।

— क्यों?

श्रीधर बाबू की बात पर कमल ने आश्चर्य प्रकट करते हुए कहा,

— बात तो ठीक है श्रीधर! तुम्हारी।

— क्या बात ठीक है?

बिशन की ओर मुँह कर कमल सप्रश्न हुई।

— अरे यही कि-दो प्रेमियों के बीच ये मूसरचन्द....

और बिशन 'हो-हो' कर हँस पड़े। कमल लजा गयी। वह बोली,

— तुममें जरा भी लज्जा...

— मुझमें ही नहीं कमल! मेरे गाँव के किसी भी आदमी में यह दुर्गुण कभी नहीं था।

हँसते हुए तीनों को लगा कि वातावरण हल्का हुआ। अच्छा लगा।

— क्यों अब चलना नहीं है?

कमल ने ढीले जूड़े की पिन ठीक करते हुए कहा।

— जैसी तुम्हारी मर्जी, लेकिन मैं चाह रहा था कि सूर्यास्त को साक्षी करके श्रीधर को गवाह बनाकर तुमसे विवाह का प्रस्ताव करता, खैर चलो, आज न सही। गाँधी बाबा फिर कोई आन्दोलन छेड़ेंगे तो फिर इसी तरह भागकर कहीं चलेंगे। लेकिन अबकी बार प्रस्ताव मैं मांडव के उस बुर्ज में खड़े होकर करना चाहूँगा जहाँ से रूपमती नर्मदा के दर्शन किया करती थी।

श्रीधर बाबू अवाक् होकर बोलते बिशन को देख रहे थे। कब यह व्यक्ति गम्भीर और कब नहीं, थाह ही नहीं लगती। कितनी गम्भीर बात को कैसे चलताऊ ढंग से कह रहा है कि बस। जबकि कमल को इतने खुलेपन पर वैसी ही लाज आयी जैसे सहसा साड़ी पिण्डलियों तक ऊँची हो आयी हो लेकिन यह मन हो आये कि इस सुँते बदन के बिशन को अपने चुम्बनों से टाँक दे, बस टाँक दे। कैसा है यह व्यक्ति?? दोनों ने देखा कि सूर्यास्त के लिए आकुल, सूर्य को बिशन बाबू देखने का मात्र बहाना किये हैं। असल में तो वे अपने को छुपा रहे है। भला कमल से बिशन बाबू अपने को अब और क्या छुपा सकेंगे? वह बढ़ी और उसने पीठ किये बिशन के कन्धे पर अपना हाथ रख दिया। श्रीधर बाबू तन्मय थे। कितना वैसा वातावरण था जैसे किसी देवता का मुख हो। श्रीधर बाबू ने अत्यन्त सुखी मन से दोनों को अपनी पीठ की आड़ में ले लिया। केवल पीठ के पार उन्होंने बिशन बाबू का स्वर सुना,

— आओ कमल! चलें न?

— हाँऽऽ, साक्षी और गवाही दोनों ही तो हो गयी।

बिशन बाबू की हल्की हँसी सुनायी दी।

लौटते में नाव में फिर मौन था।

उस दिनवाली घटना सभी के लिए आयी-गयी हो गयी। रात कमल जब बम्बई जा रही थीं तो बिशन बाबू के साथ श्रीधर बाबू स्टेशन नहीं गये थे। लेकिन लौटने पर बिशन बाबू की बातों से लगा, पुस्तके साहब और पत्नी मालती देवी को कमल और बिशन की यह मैत्री कोई सुखकर नहीं लग रही थी। सम्भवतः आन्दोलन के उन तीन-चार दिनों में कमल का इस प्रकार बिशन के साथ-साथ घूमते रहना भी उन्हें जरा नहीं सुहाया। रात, देर रात तक बिशन बाबू कमल से हुई बातों के यहाँ-वहाँ टुकड़े बताते रहे। इन सब बातों से वे दुःखी ही थे यदि कहीं कुछ सन्तोष था तो मात्र यही कि कमल अत्यधिक आकृष्ट थी। आज वैसे भी रविवार था और अनेक दिन उपरान्त न दौड़-धूप थी, न किसी तरह का खटकरम। बिशन बाबू अभी भी तान खूँटी सो रहे थे। दिन अब बड़ी जल्दी ही खुल आने लगे थे। जाड़ों के दिन जैसे वयः प्राप्त हो रहे थे। सवेरे की धूप में जो पहले नीला-नीलापन तथा ऊना-ऊनापन रहता था अब वैसे सब नहीं रह गया था, बल्कि एकदम बिल्लौर की चमक आ चली थी। दिन-दोपहर को देखकर ज्यादा ऐसा लगता कि जैसे जाड़े ने आँखें बदलनी शुरू कर दी हैं। लेकिन इस समय तो सवेरा था। छत पर धूप फैली हुई थी। नदी में लड़के चिल्ला-चिल्लाकर नहा रहे थे। सारा व्यापार यथावत् था। तभी बिशन बाबू आँख मलते हुए आये और बोले,

— मेरा तो ख्याल है कि दुनिया में अगर ब्राह्मण लोग न हों तो सूर्य तक को चैन हो जाये। तुम लोगों के नहाने-धोने, पूजा-पाठ के डर से सूर्योदय जल्दी होता है।

— लेकिन बिशन बाबू! ब्राह्मण बेचारे हैं ही कितने? अब्राह्मणों से कहिये न कि जोर लगायें। बहुमत है बहुमत।

— पापी लोग कितने ही कम हों, वजन उनका ही अधिक होता है। जानते नहीं एक पापी ही नाव को लेकर डूबता है।

और वे लोग हँसने लगे।

— श्रीधर! कोई आया तो नहीं था?

— क्यों? कोई आनेवाला था क्या?

— पता नहीं सवेरे-सवेरे नींद में बराबर मुझे ऐसा लगता रहा कि मुझे पुस्तके साहब ने बुलवाया और उनसे खासी झड़प हो गयी।

— किस मामले में?

— यही कि इन्दौर में गधे अधिक हैं या घोड़े?

— अच्छा??

— जो हाँ पण्डित श्रीधरनाथ ठाकुर! मैंने कहा कि इन्दौर में एक भी गधा नहीं था लेकिन कुछ ही दिन हुए देहात से एक गधा आ गया है।

और वे जोरों पर हँस दिये।

— वाह जनाब! सवेरे-सवरे ही.....

— जो आदमी यह नहीं समझ सकता कि भावी ससुर और भावी दामाद में भला क्या बातें हो सकती हैं उस भले आदमी को गधा न कहा जाये तो क्या कहा जाये?

— तब तो आपके ससुर साहब ने आपकी खूब खातिरदारी की होगी।

— अरे साहब वो-वो खाने खिलाने कि, बस—

— बिशन! तुम पता नहीं हर बात को अगम्भीर बनाकर क्यों सामने रखते हो?

— क्या करूँ? बताओ, मैं जानता हूँ कि पुस्तके महाशय कभी भी कमल का विवाह मेरे साथ नहीं होने देंगे। सपने में उनसे बड़ी झड़प हुई। सच मानो श्रीधर! मैंने उनकी आँखों में हिंस्र पशु की चमक देखी। मेरी आत्मा कहती है कि यदि कमल की शादी मुझसे हो गयी तो वे मुझे मिटा देने के लिए सब-कुछ कर सकते हैं।

— तो फिर तुम कमल से विवाह मत करो।

— श्रीधर! अभी भी कहता हूँ कि तुम अपने घर लौट जाओ। इतना सीधापन लेकर सिवाय ठोकरें खाने के और कुछ हाथ नहीं आयेगा। भले आदमी! यह दुनिया है। क्यों अपनी दुर्गत करना चाहते हो? गोमुखी में बाघनख छिपाये इन 'भक्तजनों' ने हर श्रद्धालु नारी को वेश्या पद प्रदान किया और हर पुरुष को दास बनाया। श्रीधर! इन 'भक्तजनों' की नाक पर यदि घूँसा मार सकते हो तब तो घर-परिवार छोड़ना वर्ना.....

और श्रीधर बाबू ने आज पहली बार बिशन को क्रोध में फुंकते देखा। सुँती देह थरथरा रही थी, जैसे क्रोध में निकली तलवार हो।

— श्रीधर! आज अपनी दीदी के पास जाना चाहता हूँ, चलोगे? सोचता था कि मैं ही पुस्तके साहब से कमल के बारे में बातें करूँगा लेकिन कल रात स्टेशन पर उनका व्यवहार देखकर लगा कि नहीं, ऐसा करना भारी भूल होगी।

— मेरा भी ख्याल है कि तुम्हें इस बारे में उनसे कोई बात नहीं करना चाहिए। वैसे अपनी दीदी से भी पूछ देखना।

— उनसे क्या पूछूँगा? वो एक दूसरी आदर्शवादी श्रीधर हैं। देह से वह वेश्या हो गयी थीं मन से तो वह देवता ही रहीं, आजन्म, जन्म-जन्मान्तर से। और देवता मुझे निरीह लगते हैं।

बिना काजल अँजी आँख-सा सन्ध्याकाश और उसमें आँसू-सी टिकी सन्ध्या थी, जब श्रीधर बाबू और बिशन बाबू मालिनी के घर पहुँचे। बाहर के फाटक पर ही लछमन मिल गया था। बाहरी बैठक में बैठालकर वह अन्दर सूचना देने चला गया। श्रीधर बाबू बड़े ध्यान से दबी आँखों से देख रहे थे। तभी लछमन आकर

बिशन बाबू को बुला ले गया। अब श्रीधर बाबू बैठक में नितान्त अकेले रह गये। बैठक की सारी सज्जा से गन्ध आ रही थी कि यहाँ अब कोई नहीं बैठता। जो है, वह सब इसलिए है कि उन्हें ऐसा ही रखा गया था। किसी वस्तु पर धूल नहीं थी, उपेक्षा भी नहीं लग रही थी कि जब कोई नहीं बैठता है तब उन्हें सुषमित क्यों किया जाये? सबमें अत्यन्त व्यवस्था थी लेकिन जिस वस्तु में मानवीय हाथों की छुअन या मानवीय-स्पर्श नहीं होता है तब जो अजीब निष्प्रभता आ जाया करती है, वही लग रही थी फ्रेमित चित्रों और छवियों में एक अजीब अन्धापन था। अनेक बार आँखें भी होती हैं बल्कि सुन्दर भी होती हैं, हमें लगता है कि वे मूँदती हैं, खुलती हैं, लेकिन हाय रे विवशता—वे बस होती ही हैं। न वे देखती हैं, न सुनती हैं। न उनमें सपने होते हैं, न मोह, न दूर के क्षितिज, न पास का आश्वासन-जैसे कौड़ियों को किसी ने पलकें लगा दी हों। मुँदे अन्धेपन से डर नहीं लगता जितना कि इन खुली आँखों के अन्धेपन से लगता है। बड़ा अजीब है कि चीजों पर बैठते रहिये तो उनका काष्ठभार हठात् कम होता है, लेकिन न बैठने पर शायद तिनका भी शेषनाग के लिए भारी हो जाता होगा। जीवन का यही तो लक्षण है कि वह भार नहीं होता। हम वस्तुओं के बिना रह सकते हैं लेकिन वस्तुएँ मानवीय अभाव में नहीं रह सकतीं। श्रीधर को लगा कि यह बैठक कभी की मर चुकी है।

कमरे के पार किसी के खाँसने तथा गड्डमड्ड बोलने की आवाजें आ रही थी। तभी चिक उठाकर उज्ज्वल ताम्रपात्र की आभावाला एक नारीमुख, यद्यपि रुग्ण, हँसता, प्रणाम करता खड़ा दिखा।

— श्रीधर बाबू! आइये, भीतर आइये।

— मैं तो मात्र श्रीधर हूँ।

और मालिनी एक बड़े फूल-सी खिल आयी। मालिनी के साथ जब श्रीधर बाबू भीतरी बैठक में पहुँचे तो देखा कि बिशन बाबू गाव-तकिया गोद में रखे खिड़की के पार देख रहे हैं।

— देखा श्रीधर, बिशन अपनी दीदी की कितनी चिन्ता रखते हैं कि आज महीनों बाद आये। मैंने तो उस दिन ऐसी कोई बात नहीं कही थी।

और श्रीधर समझ गये कि जब तक वे बाहर बैठक में थे दोनों के बीच कुछ बातें हुई हैं। यह भी स्मरण आया कि सच ही जब से वे इन्दौर आये हैं तब से एक बार बिशन बाबू अपनी इन दीदी के पास नहीं आये। बात कहकर मालिनी अन्दर चली गयी थी। वे थोड़ी देर में ही लौट आयीं। साथ में चाय की ट्रे लिये शारदा भी थी।

आते ही बोलीं,

— श्रीधर! चाय-नाश्ता सब ब्राह्मण के हाथ का है।

— दीदी! आप भी कैसी बातें कर रही हैं।

श्रीधर की बात पर बिशन बाबू बोले,

— दीदी! आपको मालूम होना चाहिए कि श्रीधर बिचारा तो गलती से ब्राह्मण हो गया है।

— गलती से? क्या मतलब?

हँसते हुए मालिनी ने पूछा।

— और नहीं तो क्या? मूर्ख थोड़े ही ब्राह्मण होता है।

तीनों हँस रहे थे।

— श्रीधर ! तुम बिशन की बात का जवाब क्यों नहीं देते? ऐसे तो यह सिर चढ़ जायेगा।

— बिशन को आप और हम दोनों ही जानते हैं।

— अरे वाह, तुमने अपना जादू श्रीधर पर भी चला रखा है?

हँसते हुए मालिनी बोलीं।

— तो क्या दीदी तुम पर भी मेरा जादू है?

— वेश्याओं पर कोई जादू नहीं चलता, उल्टे उनका ही जादू होता है।

— दीदी! बार-बार अपने को वेश्या कहकर क्या बड़ा सुख होता है?

बिशन ने अत्यन्त पीड़ित होकर कहा।

— तुम लोगों को जब देखती हूँ बिशन! तो भूल जाती हूँ और मन जाने कहाँ-कहाँ भटकने लगता है रे, एक बड़े परिवार, घर, जहाँ तुम लोग होते हो वहाँ उड़कर पहुँच जाती हूँ और तभी झटका लगता है कि मुझ कलमुँही का ऐसा भाग कहाँ? अपने ही पाप आड़े आ जाते हैं इसीलिए बार-बार दुहरा लेती हूँ कि मैं मात्र वेश्या ही हूँ। तुम लोग सपने की सम्पत्ति हो।

— लेकिन अपने को बार-बार ऐसे कोसना मुझे अच्छा नहीं लगता।

— बिशन! सत्य को पाँचों इन्द्रियों से वैसे ही स्वीकारना चाहिए जैसे कि वह भोग हो। बिना ऐसा किये कोई मुक्ति नहीं, गति नहीं।.....मैं भी कैसी हूँ, श्रीधर आज ही आया है और सोच रहा होगा कि कैसी है, बड़ी विदुषी बनी है। श्रीधर! बिशन बता रहे थे कि तुम....

— हाँ दीदी! जो भी बताया वह सही है?

— तो तुम्हें भी अपनी राजनीति में यह सान रहा है?

— फिलहाल तो यही लग रहा है।

— क्यों साहब! मैंने कब कहा कि आप राजनीति में आइये?

— बिशन की बात सुनकर श्रीधर और मालिनी हँस पड़े। मालिनी बोलीं,

— यही होता है, होम करते हाथ जलता है।

और तीनों को लगा कि वातावरण थोड़ा स्वस्थ हुआ।

— तुम्हारे उस दिन की मीटिंग में मैं भी जाना चाहती थी और तुम्हें देखना चाहती थी, लेकिन उसके पूर्व ही सुना लाठियाँ चल गयीं।

— और यह नहीं लछमन ने बताया कि बिशन बाबू पुलिस के हाथों बाल-बाल बचकर भाग निकले?

— लछमन ने तो यह भी बताया कि तुम, श्रीधर और पुस्तके साहब की लड़की तीनों साथ-साथ निकल भागे।

और वो हँस दीं।

— लछमन को तुम्हारे यहाँ नहीं, पुलिस में नौकरी करनी चाहिए थी।

श्रीधर को लगा कि बिशन बाबू और मालिनी में इतने दिनों न मिलने पर मान चल रहा है। पता नहीं, क्यों मालिनी अच्छी लग रही थी।

— अब तुम्हीं बताओ श्रीधर! एक तो बेचारा लछमन इनकी खोज-खबर रखकर मुझे बताता रहता है कि ये हजरत क्या करते फिर रहे हैं उस पर ये हैं कि उस बेचारे लछमन पर ही बिगड़ रहे हैं।

— मैं बिगड़ कहाँ रहा हूँ?

— अब मैं तुम्हें न जानूँगी? तुम लाख चेष्टा करो कि दीदी को भूल जाओ लेकिन हम लोग तो ऐसा नहीं कर पाती हैं न? जरा-सा उस दिन सिरहाने बैठने के लिए मना क्या कर दिया कि आज महीनों बाद मुँह दिखाया। पूछो, तुम्हीं इनसे पूछो कि जाने कैसी-कैसी कही-अनकही व्याधियोंवाले के पास ऐसे बैठा जाता है? श्रीधर! सच मानना यह बिशन लाख तुम लोगों के लिए नेता होगा लेकिन मैं जानती हूँ कि यह कितना-कुछ समझता है।

— श्रीधर! सुना तुम तो गृहस्थ आदमी हो क्यों नहीं अपने मित्र को किसी खूँटे से बाँध देते?

— अब आप दीदी हैं, क्यों नहीं कुछ आप ही प्रबन्ध कर देतीं?

— तुम इससे पूछो न, कि कहीं कोई है क्या?

— क्यों, लछमन इस बारे में कुछ पता न लगा सका?

और बिशन बाबू हँस दिये।

— एक बार कुछ गता लगाकर लाया तो था लेकिन मुझे विश्वास न आया।

बिशन बाबू का चेहरा हल्का फक पड़ गया।

— क्यों? विश्वास क्यों नहीं आया? कौन थी वह लड़की?

श्रीधर सप्रश्न हुए।

— बिशन! बताओ तो, कौन है वह लड़की?

— जब तुम सब जानती हो तो फिर क्या नाम न मालूम कर सकीं?

इस बार मालिनी काफी जोरों पर हँस दी, बोली,

— बिशन! तुम क्या समझते हो कि मुझे या लछमन को सिर्फ यही काम है कि दिनभर तुम्हारी निगरानी ही करते रहें?

— मैंने तो नहीं कहा।

— तब फिर? मैंने तो लड़कीवाली बात यूँ ही कह दी थी। तुम कहीं भी विवाह करो मुझे सुख ही होगा। लेकिन बस एक ही शर्त है।

— क्या?

— ब्याह के पूर्व मैं लड़की देखना चाहूँगी। इसका मतलब यह मत समझना कि मैं उससे कोई बातें करना चाहूँगी या तुम उस बारे में मुझसे कोई परामर्श लेना। नहीं। मैं तो उस पर अपनी पापिष्ठा छाया तक नहीं पड़ने देना चाहती। बस दूर से देखना चाहती हूँ। दीदी हूँ न? अपने नगण्य अहं की तुष्टि करना चाहती हूँ। वर्ना जीवनभर यही सालेगा कि बिशन ने अपनी बहू को ब्याह के पूर्व नहीं दिखलाया।

— दीदी!

— क्या है रे?

— तुम पुस्तके साहब को जानती हो?

— हाँऽऽ, वो जो वकील हैं? उन्हीं को तो दिघे साहब के लड़कों ने मेरेवाले मामले में वकील बनाया है।

— तुम्हारेवाले मामले में?

— हाँ क्यों? वो तो सुना बड़े भारी नेता भी तो हैं।

— हाँ वही।

— तो फिर?

— अच्छा, आज नहीं फिर कभी कहूँगा।

— वो सब तो कानूनी बात है बिशन! तू अपनी बात बता।

— मैं बताऊँ बिशन?

श्रीधर ने देखा कि बिशन बाबू सम्भवत: बता नहीं पा रहे हैं।

— तुम्ही बता दो श्रीधर?

और बिशन कमरे के बाहर चले गये उसी तरफ जहाँ कि सरदार दिघे और मालिनी के चित्र थे। छज्जे में पड़ी एक आरामकुर्सी पर आकर लेट गये। नीचे के रेतीले मैदान में लैम्प की रोशनी मन्द बिछी थी। चारों ओर सन्नाटा था। साँझ पड़े काफी देर हो चुकी थी। कमरे इतने बड़े थे कि एक लैम्प की रोशनी खोयी-सी लग रही थी। कभी किसी का दूर कुछ बोलना सुनायी पड़ जाता वर्ना तो वातावरण एकदम थिर था कि अपनी ही धड़कन, साँस तक सुनायी दे रही थी।

बिशन, मालिनी दीदी के बारे में, इस वीरान वैभव के बारे में, सरदार दिघे के बारे में और सबसे ज्यादा उस शाप के बारे में सोच रहे थे कि मालिनी को, उसकी देह को, आत्मा को जन्म-जन्मान्तर के लिए न भी सही लेकिन इस लोक के लिए तो विषैला कर ही गया था। बिशन या और कोई लाख चाहे लेकिन मालिनी की मुक्ति इससे सम्भव नहीं थी। पुण्य तो क्षणिक होता है लेकिन पाप अनन्त होता है। स्मरण के लिए पुण्य नहीं बना है, वह तो पाप है, खासकर दूसरे का पाप जो कि

याद रखा जाना चाहिए। मालिनी कहीं भी जाये अब दुनिया उसे जीने नहीं देगी। बिशन बाबू को लगा कि इस मृत वातावरण में मालिनी किस प्रकार क्षण-क्षण टूटती होगी। और जाने कब से टूटते-टूटते उस दिन अन्तिम टूटकर पीपल्या टैंक पर आत्महत्या के लिए गयी होगी। आज उस बात को भी काफी समय हो गया। तब से अनुखन फिर रिसते रहने के लिए दीदी जी रही है। जाने कितनी गन्दी बीमारियाँ लिये इस मगर के पेट-जैसी कोठी में दीदी की एक-एक साँस घुट रही है। यहाँ की दीवारें जब रात के अँधेरों में भुतही हो जाती होंगी, शारदा कहीं सो जाती होगी और लछमन नीचे किसी दालान में खुर्राटे भर रहा होता होगा तब दीदी की जलती-कड़वी पलकें इसी अँधेरे में फटी-फटी-सी कुछ सहारे के लिए अन्धी चिमगादड़ों-सी इन दीवारों पर अँधेरा टटोलती छिपकली-सी रेंगती रहती होंगी। और ऐसे जाने कितने दिन, कितनी रातें बीत गयी होंगी। न इनका कोई अन्त दिखलायी देता होगा और न कोई ऐसा व्यक्ति जो नारी के इस सहज विवश अँधेरेपन को अपना सके। जिस व्यक्ति ने हाथ पकड़ा था वह इतना कामी, विलासी और देहलोलुप था कि वेश्या ही बना सका, पत्नी नहीं। इतना सब होने पर भी जाने कैसा संसार है इस नारी का, कि अपरिचित बिशन क्या करता है, कहाँ रहता है, क्या खाता है, क्या ध्यान बिना घर से बाहर गये भी अनुखन रखती आयी है। क्या मैं इसे माँ या दीदी कहकर, माँ बनाकर इसे इसके इस महादुःख से मुक्त कर सकता हूँ। क्या यह मिथ्या प्रदर्शन भर नहीं है? क्योंकि माँ या दीदी बनाकर उसके व्यक्ति के सुख-दुःख से हम अपने को असम्पृक्त कर लेते हैं। दूर-दूर का बड़ा ही मधुर-मधुर सम्बन्ध बन जाता है जिसका कोई उत्तरदायित्व नहीं है। हममें साहस नहीं कि बढ़कर हम उसका हाथ पकड़ लें और कहें कि आओ मेरे पार्श्व में खड़ी हो जाओ, तुम मेरी नारी हो और मैं तुम्हारा पुरुष!! और मेरी नारी को उसके पुरुष के रहते देखें कोई कैसे लांछित कर जाता है??

सहसा बिशन बाबू को लगा कि सोचते-सोचते किसी भयंकर निर्णय की सीमा पर पहुँच गये हैं। क्या वे अपनी दीदी को ही अपनी 'नारी' बनायेंगे? और अँधेरे में आती दीदी दिखीं। क्रमशः प्रकाश में आती दीदी का आकार स्पष्ट होता जा रहा था। कन्धे पर झूलती महीन शाल चलने से हिल रही थी। उस मन्द आलोक में दीदी के मुख की व्याधियाँ तथा परिताप सभी अस्पष्ट थे। बल्कि मुखाकृति कुल मिलाकर सुन्दर लग रही थी। आज तक जिस मुख को दीदीमुख माना उसे कभी नारीमुख की भाँति विश्लेषित नहीं किया कि भला यह मुख जब अँजुरी में हो या बिल्कुल अधरों के पास हो तो कैसा लगेगा? सम्बन्धों की पवित्रता, मुख को भी पवित्र रहने देती है लेकिन जब वही सहज सम्बन्ध के स्तर पर देखा जाता है तब ओंठों की बनावट, नासापुट, पलकों का मुँदना, ग्रीवा की चिकनाई सब पर ध्यान जाता है। बाँहें हमें घेरकर कैसी लगेंगी? और जब भरा-भरा वक्षःस्थल तथा पेट हमसे सटा होगा तो, तो....और हँसती हुई दीदी दरवाजे की चौखट में चित्र बनी हुई थीं।

— तो पगले! इसमें इतने शरमाने की क्या बात थी?

— नहीं यह बात नहीं थी....

— क्या कमल बहुत सुन्दर है रे? देख भाई! मेरी बहू खूब सुन्दर होनी चाहिए। कौन दस-पाँच भाई हैं मेरे।

— लेकिन मैं कुछ चाहता हूँ।

— मैंने सब सुन लिया। पुस्तके साहब जरूर ही इस विवाह के लिए नहीं तैयार होंगे। क्या करूँ मुझ मुँहजली के पैरों पड़ने से वह मान सकते होते तो मैं एक क्षण को भी लाज नहीं करती बिशन!....तेरे लिये नहीं बल्कि अपने स्वार्थ के लिए।

— क्या स्वार्थ है इसमें तुम्हारा?

— बिशन रे, कभी किसी जन्म में तुझे अपने पेट से उत्पन्न देखना चाहती हूँ और उसी जन्म में मेरा यह वेश्यापे का शाप छूटेगा। तूने मुझे अनजाने में भगवान् की दृष्टि में एक गरिमा दी, संज्ञा दी। मैं नारी से वेश्या हो गयी थी। तूने उस वेश्या को अपने पावन स्पर्श से दीदी बनाया।—बस प्रभु! ऐसे ही किसी दिन जन्म लेकर मुझे जगत्तारिणी बनाकर शापमुक्ता कर देना।

बिशन ने देखा कि दीदी की आँखों से आँसू धाराधर बरस रहे थे। वे दोनों हाथों को हथेलियों में गूँथे, फड़कते ओंठों से चिपकाये, जाने किस अन्धकार को चीरते, जाने किस जन्म के आलोकवाले अपने 'गोविन्द-माधव' के बाल रूप में डूबी मीराँ हो रही थीं।

श्रीधर बाबू पिछले दिनों से मन-ही-मन स्वयं से बड़े असन्तुष्ट थे। उन्हें अपना प्रयोजन ही समझ में नहीं आ रहा था कि उन्होंने क्यों कस्बे की नौकरी छोड़ी और जब छोड़ी थी तो क्या इसी निरुद्देश्यता के लिए? आज वे जो कुछ कर रहे हैं, जहाँ हैं, क्या इसी के लिए वे अपना घर, सरो, बच्चे, माता-पिता को रातोंरात छोड़ आये? कई बार तो स्वयं ही संशय में पड़ जाते कि क्या वे ही स्वयं हैं या और कोई? घर का कोई समाचार उन्हें नहीं मिला। कैसे हैं सब? सरो का पीछे से क्या हुआ होगा? क्या नारायण बाबू को एक बार भी खोजने न भेजा गया होगा? सम्भवतः उज्जैन तक वे आये हों और ढूँढ़-ढाँढ़कर निराश हो लौट गये हों। जो भी हो लेकिन इस प्रकार निरुद्देश्य वे कितने दिन घूम सकते हैं? और क्यों? पिछले चार-पाँच महीनों के राजनीतिक सम्पर्क में यह बात तो उन्हें स्पष्ट हो गयी थी कि राजनीति उनका क्षेत्र नहीं। मजदूरों की पाठशाला में पढ़ाना भी तो एक प्रकार की राजनीति ही है क्योंकि सिवाय बिशन बाबू के शेष सब लोग उसे राजनीतिक कारणों से चला रहे थे। इसके अतिरिक्त इन्दौर में अधिक कुछ नहीं किया जा सकता। इन्दौर वे छोड़ना चाहते हैं लेकिन बिशन बाबू की एक-न-एक झंझट लगी ही रहती है। बिल्कुल नारायण बाबू का-सा बेलौसपन है। सम्भवतः बिशन भी बूझते हैं कि श्रीधर का मन अब इन्दौर में बिल्कुल नहीं लगता। लेकिन किसी सीमा तक उन्हें मोह ही नहीं श्रीधर से व्यामोह हो गया है। ऐसा ही व्यामोह कहीं उन्हें भी तो बिशन से नहीं हो गया है? ठीक है बिशन का ब्याह हो जाये तो वे एक दिन भी अब किसी मोह, व्यामोह में नहीं पड़नेवाले हैं। बिशन बाबू इस बीच बम्बई फिर गये थे और कमल को ब्याह के लिए राजी कर लिया है। यही तय पाया कि ब्याह हो जाने के पूर्व पुस्तके साहब से कुछ भी नहीं पूछना है इसीलिए 'सिविल मैरेज' करना तय हुआ। अभी इसकी चर्चा किसी को नहीं मालूम।

लगते ग्रीष्म ने दिन तथा सन्ध्या की आयु बढ़ा दी थी। इन्दौर अब अपरिचित नगर नहीं रह गया था लेकिन इससे कोई रागात्मक सम्बन्ध भी तो नहीं था। यही दो-चार बार आधी-आधी रात में आवारों की तरह स्टेशन पर चाय पीने निकल गये हैं या फिर सत्याग्रह के दिनों में जो मारे-मारे फिरे थे उसकी कुछ याद है बाकी तो मालिनी ही एकमात्र ऐसी व्यक्ति है जो कहीं कुछ छूती है या कुछ कौंध जाता है। बहुत-कुछ भिन्न थी इन्दु दीदी, लेकिन मालिनी के दीदीत्व में जो एक उदास दुःख, अपरिग्रह का मोह, अप्राप्ति की विवशता थी वह इन्दु के दीदीत्व में

नहीं थी। उसमें बालारुण का आतप था, ऊष्मा थी, उद्दामता थी जबकि मालिनी में सन्ध्या का उदास गौरव है, ठण्डी होती हुई ऊष्मा है तथा मोहक दु:ख है। और सबसे बड़ी बात तो यह कि इन्दु, श्रीधर की दीदी थी जबकि मालिनी, बिशन की दीदी है। दोनों ही प्रत्यूषा थीं केवल आकाश का अन्तर है। लेकिन विवश दोनों ही हैं। एक समाजयुक्ता होकर तो दूसरी समाजत्यक्ता होकर।

कई बार साँझें बड़ी लम्बी लगती हैं और साँझ का ऐसा लम्बापन पता नहीं क्यों टिंचर की गन्ध की तरह, अस्पताल के बरामदों की तरह, साफ-सुथरा होने पर भी अजीब लगता है। बिशन बाबू पिछले कई दिनों से कुछ उदास लगते रहे हैं, जबकि इन दिनों तो प्रसन्न लगने चाहिए। इस बीच मालिनी दीदी के पास भी सम्भंवत: कम ही गये हैं। क्या सचमुच ही का कुछ रहस्य है बिशन के भीतर और बाहर या मात्र आचार भर ही है? आये दिन गायब हो जाते हैं और फिर आठ-दस दिन पता नहीं कहाँ रहते हैं। क्या बात हो सकती है? कल शाम वे मालिनी दीदी के पास गये थे। प्राय: साथ चलने के लिए कहते रहे हैं लेकिन पता नहीं उस दिन जब श्रीधर बाबू ने कमलवाली बात कही तब से मालिनी दीदी के घर वे अकेले ही गये हैं। प्राय: तो उस समय मजदूरों की रात्रि पाठशाला में श्रीधर बाबू को बझे रहना पड़ता है लेकिन इससे क्या? कल रात जब मालिनी दीदी के पास से लौटे थे तो किञ्चित् आवेश में लग रहे थे। ऐसे तो बिशन को नहीं देखा है पहले कभी। उसके बाद सहसा आये और सामान ठीक करने लगे। बड़ा अजीब लगा, जैसे बिशन में बहुत बदलाव आ गया हो। पूछा,

— क्यों? क्या ात है बिशन?

— कुछ तो नहीं, सहसा जा रहा हूँ नागपुर।

और जल्दी-जल्दी चीजें सहेज रहे थे।

— नागपुर या बम्बई?

और श्रीधर ने मित्रवत् ही तो हँसा था। बिशन एक क्षण को हतप्रभ हो आया। मुँह, जो कि सामने नहीं किया जा रहा था, उठाया और श्रीधर की ओर हठात् देखता रहा। लगा कि बिशन कहीं आहत हुए हैं।

— मेरी बात का बुरा लगा?

श्रीधर ने किञ्चित् स्नेह से कहा।

— नहीं श्रीधर! बम्बई नहीं जा रहा हूँ लेकिन यह न पूछना कि कहाँ जा रहा हूँ।

— क्यों?

— हर बात में 'क्यों' ठीक नहीं होता।

बिशन बाबू को लगा कि श्रीधर पूछकर किन्हीं गलत निर्णयों की ओर बढ़ रहा है। कई दिनों का उदास तथा गम्भीर बिशन किञ्चित् हँसा और पास आकर अत्यन्त स्नेह से श्रीधर के कन्धे पर हाथ रखा। प्रसन्न आँखों से कुछ क्षण देखा।

— श्रीधर! सच ही किसी काम से जा रहा हूँ जल्द ही लौट आऊँगा। परेशान मत होओ। और श्रीधर ने देखा कि आगे कोई प्रश्न किया जा सके इसका मुहूर्त्त भर भी अवसर दिये बिना, मुस्कराते बिशन चल दिया। श्रीधर बाबू उठने की चेष्टा ही करते रहे कि आदेश सुनायी दिया,

— तुम रहो श्रीधर! नीचे ताँगा है। मैं जा रहा हूँ।

श्रीधर बाबू कलवाली इस घटना पर सोच रहे थे। खिड़की के शीशों पर जाती हुई धूप पीली रँग उठी थी। तभी छज्जे पर किसी के पैरों की आहट सुनायी दी।

— कौन?

— बाबूजी! मैं लछमन हूँ।

वे कमरे के बाहर आये। अशोक की पत्तियाँ धूप में चमचमा रही थीं। शुरू गर्मियों की खुली साँझ थी जो अँधेरे से अधिक दिन के निकट थी। कमरे में बैठकर ऐसी प्रदोष वेलाओं में जो उदासी लगा करती है बाहर आने पर आप अनायास विस्तृत हो जाते हैं और स्नान की-सी ताजगी लगने लगती है।

— क्या बात है लछमन? बिशन बाबू तो रात ही कहीं गये हैं।

— माँजी ने आपको बुलाया है।

— मुझे? अभी?

— जी!!

— क्या बात है?

— अब सरकार! आप लोगों की बातें हम क्या जानें? जो हुकुम हुआ वही किया।

लगा कि लछमन किसी बात से दुःखी है। एक क्षण श्रीधर बाबू असमंजस में हुए कि क्या कहें, बोले,

— अच्छा, आते हैं।

— कोई बात नहीं, मैं नीचे बैठा हूँ। सवारी लाया हूँ।

— सवारी?

— जी।

तो इसका मतलब हुआ कि यह साथ ही ले जायेगा।

आज अनेक दिनों बाद, सम्भवतः विवाह के दिनों के बाद पालकी पर श्रीधर बाबू चढ़े थे। पहले तो बड़ा अजीब लगा लेकिन चढ़ना था ही। गनीमत यही थी कि खुली पालकी थी, शिविका या डोली नहीं। लछमन कहारों के साथ ही दौड़ता रहा रास्तेभर। मालिनी दीदी का घर काफी दूर था। रास्ते में दीप जल आये तथा स्वल्प अँधेरा भी हो आया। रास्तेभर कयास लगाते रहे कि क्या बात हो सकती है जो पालकी भेजकर बुलवाया गया और लछमन साथ में ही लिवा ले जा रहा है?

कल शाम ही तो बिशन बाबू गये थे। अवश्य ही बिशन बाबू की ही कोई बात होगी। लेकिन क्या बात हो सकती है। बिशन बाबू रात अत्यधिक गम्भीर क्यों थे? कहीं किसी बात को लेकर दीदी और उनमें कुछ कहा-सुनी हो गयी क्या? लेकिन यह असम्भव है। तब क्या सम्भव है?

और महाराजबाड़ा, बढ़ते अँधेरे में धुँधला रहा था। अनेक पालकियाँ तथा शिविकाएँ आ-जा रही थीं। सभी वर्ग के लोग सभी कामों पर निकले हुए थे। मन्दिर में संझा-आरती की तैयारी हो रही थी। सराफे में चहल-पहल लग रही थी कि पालकी, दीदी के घर के लिए मुड़ गयी। गली सुनसान थी। कहारों के बदन पसीनों से लथपथ थे। वे बिना रुके सिर्फ कन्धे बदलते तेजी से छावनी से यहाँ तक एक साँस में ही आये थे। पसीने से उनकी पीठ चमचमाने लगी थी। पालकी का आना देख बाहर का दरवाजा खोल दिया गया था। रेती पर पालकी टिका दी गयी। बारजे में खड़ी शारदा तेजी से अन्दर चली गयी। श्रीधर बाबू समझ गये कि शारदा अपनी मालकिन को सूचित करने गयी है। रेती पार का जीना चढ़ने को हुए कि जीने के ऊपरी सिरे पर खड़ी मालिनी ने लछमन से कहा,

— लछमन! कहारों को अब जाने दो।

— अब नहीं जाइयेगा?

— अब आज नहीं। देखते नहीं कितनी देरी हो गयी।

इस वाक्य के समाप्त होते श्रीधर बाबू मालिनी के पासवाली सीढ़ी पर थे।

— आओ।

श्रीधर ने देखा कि मालिनी कहीं बाहर जाने को तैयार खड़ी थीं।

— कहीं जाना है क्या?

— जाना था, लेकिन आज तुमने तो इत्ती देरी कर दी।

— मैंने?

— और नहीं तो क्या मैंने? तुम लोग तो हमेशा हम लोगों को ही दोष दोगे।

वे भीतरी बैठक में पहुँचे।

— क्या सो रहे थे? मालूम होता है कि तुम आये नहीं बल्कि लछमन तुम्हें उठा ले आया है, क्यों? अरे शारदा!

और शारदा प्रवेशी।

— बिना कहे चाय-नाश्ता नहीं आयेगा क्या?

— अभी ला रही हूँ।

और शारदा निवेशी।

श्रीधर बाबू की समझ में कुछ नहीं आया कि वे क्यों बुलाये गये। क्योंकि जैसा अभी ज्ञात हुआ कि कहीं जाना था और सम्भवतः उन्हें भी साथ जाना था, देरी हो गयी इसलिए आज नहीं जाना है, लेकिन कहाँ जाना था? यह तो दीदी की भूषा से स्पष्ट ही था कि वे बाहर जाने को उद्यत थीं लेकिन आज उनके चेहरे पर सहज

प्रसन्नता, जो कि अन्य दिन हुआ करती थी, वह नहीं थी। बल्कि लगा कि जैसे अत्यधिक परेशान हैं। हण्डे का दूधिया प्रकाश कमरे में फैला हुआ था। कमरे में अगरु की गन्ध थी। सप्तमी का चन्द्रमा खिड़की के पार पारदर्शी आकाश में फूट आया था।

— तुम्हें आश्चर्य तो हुआ होगा कि सहसा कैसे बुलवाया गया?

— नहीं तो, मैं तो स्वयं आना चाह रहा था।

— चाहना और आना क्या एक ही होता है?

— दोनों मिलकर बुलवा लिया जाना हो जाते हैं।

दोनों ही हँस पड़े। शारदा चाय-नाश्ता रख गयी।

— सुनती हूँ तुम्हारी कोई इन्दु दीदी है जिसे तुम बहुत चाहते रहे हो।

— हाँ, बहुत ही।

— कहाँ हैं अब वो?

— अपने पति के घर, पूना।

— बिशन कह रहा था कि तुम नौकरी छोड़कर घर से भाग आये हो।

— हाँ, यही समझ लें।

— क्यों? यदि दूसरा भी कुछ समझा जा सकता है तो वही क्यों न समझा जाये?

— इसलिए कि आशय में कोई अन्तर नहीं होगा।

— सुना बहू को भी बिना बताये आये हो।

— बताने पर कौन कब निकल सका है?

— तो क्या करने का विचार है?

— यही तो विचार नहीं पाता हूँ।

— यह बिशन विचारने नहीं देता? उसका बस चले तो वह किसी को नहीं सोचने-विचारने दे।

— मैं तो ऐसा नहीं सोचता।

— लेकिन मैं उसे जितना जानती हूँ उतना कोई नहीं जानता। यह दम्भ नहीं है, मात्र वास्तविकता है। पता नहीं वह मुझसे ऐसा क्यों व्यवहार करता है?

दीदी ने प्रश्न इस जिज्ञासात्मक रूप से रखा था कि मैं पूछूँ कि क्या बात है लेकिन.....

— मैं कहती हूँ कि वह पगाल है। सुनती हूँ पहले तो यह ऐसा नहीं था लेकिन जब से वह मेरे सम्पर्क में आया तभी से उसमें परिवर्तन आने लगा। वह मूर्ख है।

— क्या हुआ दीदी!

— मुझे ही कुछ हो जाता तो रोना किस बात का था रे! मुझे कभी कुछ हुआ है आज तक? मृत्यु, बीमारियाँ सभी तो मेरी छाया से घबराती हैं। मुझे डर है

कि मेरे बिशन को कहीं कुछ और न हो जाये। अब तुम्हीं बताओ श्रीधर! कि मैं उसकी मूर्खताओं का क्या उत्तर दूँ? कहता है मुझे उत्तर देना ही होगा। मैं तो अपने जले भाग को ही कोसती हूँ श्रीधर! उसका क्या दोष इसमें? तुम्हारी क्या राय है?

श्रीधर एकदम चौंक गये। चर्चा बिशन तथा मालिनी की चल रही थी। विशेष उसके बारे में वे कितना जानते हैं जो कि उनकी राय हो। श्रीधर अवाक् हो दीदी की ओर देखने लगे, जैसे पानी देख रहा हो। इतना स्पष्ट था कि बिशन बाबू दीदी के किसी मर्म को छू गये हैं और वे तड़प उठी हैं। वे फिर बोलीं,

— तुम्हें नहीं लगता कि उसे ऐसा नहीं करना चाहिए।

— कैसा?

— जो वह करता है। बड़ी देशभक्ति उस पर सवार हुई है।

— ओह, देशभक्ति।

— यह तुम्हारे गाँधी बाबावाली नहीं, वोऽऽ....

— वो कौन-सी?

— क्या तुम्हें कुछ भी नहीं मालूम श्रीधर?

— नहीं तो।

— तभी तो मैं कह रही थी कि निश्चय ही श्रीधर को नहीं मालूम होगा, भला तुम उसे बम-पिस्तौलवाली देशभक्ति की सलाह कैसे दे सकते हो?

श्रीधर सहसा बात की गम्भीरता नहीं समझ पाये। इसलिए कि इस बारे में बिल्कुल ही नहीं जानते थे। जो पढ़ा था उसके द्वारा यह कल्पना कभी नहीं हुई कि इस देश में भी ऐसा हो सकता है। बोले,

— बम-पिस्तौल?

— ये जो आये दिन कभी नागपुर, कभी अजमेर, कभी बम्बई कहकर जाता है तो वह अपने क्रान्तिकारी दल के काम से ही जाता है।

— लेकिन आपको कैसे पता चला?

— तुमसे इस बारे में उसने कभी चर्चा नहीं की?

— नहीं तो।

— श्रीधर! उसे कैसे वहाँ से निकाला जाये?

— आप जब तक साफ-साफ बतायेंगी नहीं तब तक कुछ समझ नहीं सकता।

— पूरी बात मुझे भी कहाँ मालूम है श्रीधर?.....सुनती हूँ किसी गहरे षड्यन्त्र से उसका सम्बन्ध है।

— कैसा षड्यन्त्र?

— यहाँ नहीं श्रीधर! कल सब बताऊँगी। कल पीपल्या टैंक पर। तुम तो कभी नहीं गये होगे?

— गया तो नहीं हूँ, किन्तु सुना है, सब सुना है।

— बिशन को किसी बात की लाज नहीं है।

— तो फिर आज चलूँ?

— क्यों? क्या बिना बिशन के.....

— नहीं दीदी! बात यह है कि....

— क्या अपनी इन्दु दीदी की बात मुझे नहीं सुनाओगे?

और इन्दु दीदी की गाथा पूरी सुनाकर दीदी के घर से लौटते श्रीधर बाबू को इतनी देर हो गयी कि किशनपुरे के पुल के पहले ताँगा नहीं मिला। सड़कों पर रात में जलनेवाली बत्तियाँ बुझी पड़ी थीं। शहर एकदम अँधेरे में डूबा हुआ था। गर्मियों का आकाश था तारों भरा। बस उसी आकाश की आवाजें थीं। कहीं एकाध कोई लैम्पपोस्ट जल रहा होता जैसे नींद डूबा हो। घोड़े की टापों तथा पहियों की आवाज में बिशन बाबू, मालिनी दीदी, बम-पिस्तौलवाली राजनीति तथा प्रिन्स क्रोपाटकिन, साइबेरिया में भागते हुए क्रान्तिकारियों की पिस्तौलों की लपक सब स्पष्ट दिखायी दे रही थीं। रूस की क्रान्तियों के बारे में वे पढ़ चुके थे। इसी तरह अँधेरे में डूबे सेण्ट पीटर्सबर्ग की सड़कों पर किसी सेनापति या गवर्नर की जाती बग्घी पर कोई पिस्तौल तन जाती और...उसके बाद गवर्नर की लाश, पुलिस की सीटियाँ, भागते कदम, अनेक कदम उन पत्थरों टँकी गलियों में आवाजें करते भागने लगते हैं। ऐसे क्रान्तिकारियों के पकड़े जाने पर या तो गोलियों से उड़ा दिया जाता रहा या फिर साइबेरिया के वीरान ठण्डेपन में गल जाने के लिए, पागल बन जाने के लिए जानवरों की तरह घेरकर छोड़ दिया जाता रहा है।

शुरू गर्मियों की आधी रात का तीसरा प्रहर होगा। रात में सर्दी का आभास स्पष्ट था। जाड़ों में इस समय कितनी सर्दी होती है और फिर साइबेरिया में क्या होता होगा? बर्फीली आँधियों में फटे चिथड़ों में लिपटे भूखे-प्यासे क्रान्तिकारी काटती बर्फ पर घिसटते हुए टूट जाते रहे होंगे। अनन्त बर्फ का विस्तार और हिमानी अन्धड़ कैसे ही मनोबल को गला सकता है, चूर-चूर कर सकता है और फिर भी अनेक क्रान्तिकारी वहाँ से भाग आते रहे हैं। श्रीधर बाबू यह सब सोचते हुए अजीब फुरहरी से भर गये थे। उन्हें अपने चारों ओर सड़क के दोनों ओर बिछी अज्ञात गलियों में पिस्तौल लिये एक नहीं अनेक बिशन दौड़ते हुए दिखे और उनका पीछा करते हुए पुलिस की गारद मशालें लिये भागती दिखीं। वे अज्ञात में चिल्लाने-चिल्लाने को हुए ही थे कि ताँगेवाला बोला,

— हुजूर कहाँ जाइयेगा?

— पुल के पास पारसी मुहल्ले में।

— हुजूर! आप जैसे शरीफजादों को जब इत्ती-इत्ती रात में कोठों से आते देखता हूँ तो बड़ी तकलीफ होती है साहब!

और श्रीधर बाबू चौके कि ताँगेवाला उन्हें कितना गलत समझ गया। लेकिन वे और क्या प्रत्युत्तर देते? रुपये के पैसे भी वापस नहीं लिये क्योंकि वह तब अवश्य ही उन्हें पहचानने की कोशिश करता और उन्हें यह स्वीकार नहीं था। ताँगेवाला कहता ही रहा,

— हुजूर! पैसे?

और श्रीधर बाबू चोरों की तरह काटेज का जीना चढ़ने लगे। उन्होंने पीठ ओर से सब सुना कि घोड़ा 'टप'-'टप' करता मुड़ा और फिर पहिये तेज हुए। रातभर सपने और जागने का भेद श्रीधर बाबू को नहीं मालूम हुआ।

वैसे सवेरे वे कभी मजदूर बस्ती की तरफ नहीं गये लेकिन आज पता नहीं क्यों वे अनायास उधर निकल पड़े। यह ठीक है कि आज शाम वे पाठशाला नहीं आ सकेंगे इसकी सूचना रामसिंह को देनी थी मगर यह तो किसी को भेजकर मिल में कहलवाया जा सकता था। अभी मुँह अँधेरा ही था। पूरब के आकाश के नीचे कच्ची झोपड़ियोंवाली मजदूर बस्ती बिछी थी। वातावरण काफी ठण्डा था। मजदूर रात-पाली से लौट रहे थे। दिन-पाली के लिए तैयारी हो रही थी। रामसिंह की कोठरी अपेक्षाकृत अधिक साफ-सुथरी थी। अभी वह सोया हुआ था। इतनी सवेरे श्रीधर बाबू को सहसा देखकर रामसिंह किञ्चित् अचकचा गया। श्रीधर बाबू के पास कोई जवाब नहीं था कि वे क्यों इतनी सवेरे आये हैं। उड़ी-उड़ी-सी बातें करते रहे।

रामसिंह के घर के सामने ही रेलवे का लोको था। जिसके पार मिल की ऊँची चिमनी धुआँ छोड़ती आकाश में खिंची हुई थी। पुँआड़े की छोटी-छोटी झाड़ियाँ भीगी लग रही थीं। रामसिंह बोला,

— तो बिशन बाबू कब आनेवाले हैं?

— एक-दो दिन में आशा है कि आ जायें।

— असल में श्रीधर बाबू! यहाँ दो-एक पुलिस के आदमी पिछले आठ-दस दिनों से बड़ी सरगर्मी से चक्कर काटने लगे हैं।

— क्यों?

— पता नहीं वे सबसे हर बार यही पूछते हैं कि वे किसी शफीउल्ला को जानते हैं? अब भला बताइये कि यह शफीउल्ला कौन है?

— शफीउल्ला? कौन है यह?

— अब मालूम होता तो मैं आपसे पहले उन पुलिसवालों को न बता देता? कहते हैं कि उसका पता बता दोगे तो अंग्रेज सरकार इनाम देगी। एक पुलिसवाला कहने लगा कि यह शफीउल्ला क्रान्तिकारी है इसी इन्दौर का है। और साहब! यह भी कि हम जानते हैं और बताते नहीं हैं इसलिए चौबीसों घण्टे यहाँ तैनात रहते हैं कि कौन आया, कौन गया।

बड़ी जोरों पर हँसा और फिर बोला,

— क्यों श्रीधर बाबू! कहीं आप ही तो शफीउल्ला नहीं हैं?

सम्भवत: श्रीधर बाबू एक क्षण को भय से पीले पड़ गये। अपने से अधिक वे बिशन के लिए चिन्तित हो गये कि कहीं शफीउल्ला बिशन बाबू ही तो नहीं हैं? कहीं यही बताने को तो दीदी ने इतनी एकान्त जगह तो नहीं चुनी? तो, क्या बिशन

क्रान्तिकारी हैं? कहीं यही तो वह रहस्य नहीं, जिसे अदृश्य में उन्हें उनके चारों ओर लगता रहा है? पर बिशन बाबू क्रान्तिकारी-जैसे लगते तो नहीं हैं। तब तो और भी उन्हें क्रान्तिकारी होना चाहिए? ऐसा ही व्यक्ति सफल क्रान्तिकारी हो सकता है, जो लगे नहीं।

वे बेचैन हो गये। पूरा दिन काटना कठिन होने लगा जबकि अभी तो सवेरा ही हुआ था। साथ ही यह भी ध्यान आया कि पुलिस के आदमी उन पर भी दृष्टि रखे हुए होंगे। इसका मतलब हुआ कि शाम को जब वे पीपल्या टैंक जायें तो सम्हलकर जायें।

रास्ते भर उन्हें लगा कि कोई दूर-दूर से उनका पीछा किये है। इसी व्यक्ति को वे दो-एक बार पिछले दो-चार दिनों से घर के आसपास भी देख चुके हैं। बिशन ने इसे सी० आई० डी० कहकर पूर्व ही श्रीधर को चेतावनी दे रखी थी। लेकिन वे हर बार भूल जाते रहे हैं। सम्भवतः इसीलिए श्रीधर बाबू सीधे घर न जाकर तोपखाने रोड की तरफ बढ़े। यद्यपि वे ऐसा नहीं करते हैं फिर भी एक होटल में घुस गये। नाश्ता करते हुए वे बार-बार होटल के बाहर फुटपाथ पर आते-जाते लोगों को देखते रहे कि वही सी० आई० डी० दिखता है या नहीं? जैसे ही वह दिखा उन्होंने झुककर सामने बैठे आदमी की आड़ ले ली। तेजी से खा-पीकर वे पीछे के रास्ते से गली में निकल आये। वे बिल्कुल विपरीत दिशा में चले जा रहे थे। कई छोटी-छोटी गलियों से तेजी से मुड़ते हुए उन्होंने कृष्णपुरे के पुल के पासवाले थाने के वहाँ सड़क पार की और तेजी से चन्द्रभागा की ओर बढ़े। उनके इस आचरण से वे बिल्कुल क्रान्तिकारी शफीउल्ला होने की पुष्टि कर रहे थे। उनकी समझ में नही आ रहा था कि आज ही इतना और ऐसा वे क्यों बचना चाह रहे थे? उन्हें लगा कि आज उन्हें घर नहीं जाना चाहिए। सम्भव है पुलिस उनकी प्रतीक्षा में हो। उन्हें पहली बार यह शंका हुई कि पहुँचने पर यदि पुलिस ने छापा मारा और बिशन के सामान में से कुछ सन्दिग्ध सामग्री मिल ही गयी, तो क्या होगा? और मान लो घर पहुँचने के पूर्व उन्हें मालूम हो जाये कि पुलिस ने पहले ही घर घेर लिया तो क्या होगा? वह मिसेस एलची, मकान मालकिन क्या ऐसा होने पर उन्हें एक दिन भी रहने देगी? और बिशन की अनुपस्थिति में क्या ऐसा होना उचित है? उन्हें अपनी शंकाएँ हास्यास्पद अवश्य लग रही थीं कि ऐसा नहीं हो सकता किन्तु सम्पूर्ण रूप से आश्वस्त भी नहीं हो पा रहे थे। अपने को तर्क देकर भय से निरापद नहीं किया जा सकता।

वे फिर भी घर की तरफ बढ़ते रहे। रास्ते भर वे अनेक योजनाएँ बनाते रहे कि ऐसा होगा तो क्या किया जायेगा या यह कि कोई रास्ते में मिल जाये तो उसी के साथ चल दें। वैसे एकाध बार दीदी के घर चलने की बात मन में आयी लेकिन मन को वह स्वीकार नहीं हुई। दिन में वैसे भी वे कभी गये नहीं, फिर

शाम मिलना ही था और इस समय आने के बारे में वे क्या कहेंगे? पुस्तके साहब? उनका प्रश्न ही नहीं उठता।

घण्टे-दो-घण्टे की भी तो बात नहीं थी, वर्ना किसी पार्क में ही बैठ लिया जाता। पूरा दिन। एक दिन, शाम होने तक बिताना था। चार बजे तक का समय तो था ही। उसके बाद पीपल्या टैंक चले जायेंगे, लेकिन तब तक पुलिस सी० आई० डी० से कैसे बचा जाये? लेकिन इसका क्या प्रमाण कि पुलिस घर पर हो ही?

इसी संशय में पड़े वे छावनी की तरफ बढ़ रहे थे। गन्दे पानीवाले नाले में तरकारीवाले तरकारियाँ धो रहे थे। उन्हें सहसा बड़ा क्रोध आया कि ये कुँजड़े कितने गन्दे होते हैं कि यही तरकारियाँ बेचेंगे और हम-आप इन्हें खरीदेंगे।

जैसे ही वे घर पहुँचे नीचे मिसेस एलची को बैठा पाया। वे अपनी पारसी ढंग की साड़ी पहने थीं तथा कन्धे पर क्लिप। सफेद बालों का जूड़ा उनके वृद्ध मोतिया रंग के मुख पर खूब फब रहा था। पैरों में काला पम्प पहने थीं। श्रीधर बाबू उन्हें कनखियों से ही देखना चाहते थे लेकिन स्थिति ने उन्हें बात करने के लिए ही प्रेरित किया।

— नमस्कार मिसेस एलची!

— नमस्कार! तुमारे को एक माणस पूछने को आया था।

— नाम बताया अपना?

— हम तो घर में था नहीं। मिस्टर एलची से बात बोला था ओ।—बिशन बाबू कहीं बाहर गाम को गयेला है भाई?

— हाँ, नागपुर गये हैं।

— आजकाल ओ भोत घूमने को लगेला है न? अरे तुम उसको काय को नेई समजाता के ईस राजनीती में क्या धरेला है? ओसका मगज फेरेला है। तुम तो कबी आता नेई हामरे घर। मिस्टर एलची बोला कि कबी इन दोनों को चाय पे आने को बोलो ना? पण क्या करे दीखता ई नेई तुम लोक तो।

— अरे मिसेस एलची! सब आपकी दया है।

— अच्छा! कबी चाय पे आना-हो??

— अच्छा।

तीसरे पहर तक अपने ही घर में श्रीधर बाबू बिल्कुल चोरों की तरह दुबके पड़े रहे। क्षणभर को नींद तक नहीं आयी। कान, दरवाजे और छत पैरों की आहट के लिए उत्सुक बने रहे। सोची हुई योजना के अनुसार वे सीधे पीपल्या टैंक की ओर नहीं जाना चाहते थे। धूप कड़ी हो चली थी। कुछ खा-पीकर ही वे जाना चाहते थे।

बम्बई-आगरा रोड पर पेड़ों की छाया में चलते-चलते जिस समय वे पीपल्या टैंक पहुँचे, गर्मियों की साँझ भी कड़ी नहीं रह गयी थी। छतनारे गाछों की सघनता

ने अजीब साँवला रहस्य उत्पन्न कर रखा था। बगीची का-सा अनुभव हो रहा था। बौर आने की ऋतु थी। सन्तरों में पानी दिया जा रहा था। नालियों में बहता हुआ पानी प्रसन्न लग रहा था। स्तब्ध शान्ति थी। केवल बनपाखियों की आवाज आ रही थी। चारों ओर खूब हरा-हरा-सा था, इसलिए बड़ा भीगा-भीगा-सा लग रहा था। सम्भवत: कहीं माली होगा, इसके अलावा किसी की उपस्थिति का कोई भान नहीं हो रहा था। टैंक की पक्की सीढ़ियाँ चढ़कर जब श्रीधर बाबू ऊपर पहुँचे सामने अथाह जल बड़ी दूर तक बिछा था। बिशन बाबू से उस दिन इस स्थान, घटना की जो कथा सुनी थी, उससे श्रीधर बाबू को यह नहीं लगा कि जैसे वे यहाँ पहली बार आ रहे हों। दाहिने हाथ अनेक झुरमुट थे और उन्होंने अन्दाज लिया कि कौन-सा वह झुरमुट रहा होगा जहाँ से बिशन बाबू ने उस दिन दीदी को आते देखा था। आज वे भी वैसे ही छिपकर दीदी का आगमन देखना चाहने लगे।

सामने वही स्थान दिखायी दिया जहाँ से कूदकर दीदी आत्महत्या करना चाह रही थीं। साँझ की रक्त आभा उस पार के आकाश, गाछों तथा जल को रँगे हुए थी। अपने कस्बे का तालाब याद हो आया तथा इन्दु दीदी की वह कोठी। उन्हें लगा जैसे प्रत्येक तालाब के साथ एक दीदी का सम्बन्ध है। जल में भीगा हुआ नरसुल साँझहवा में हिल रहा था। आज पहली बार इन्दौर में उन्हें बहुत अच्छा लग रहा था जैसे मन पर कोई दबाव नहीं है सब फैला-फैला-सा है, जिसमें दूब तक हल्की हवा में हिल रही है, अपने नन्हें रंग के साथ। ऊँचाइयों का कोई बोझ इन्हें नहीं घेरे है। प्रत्येक शब्द स्पष्ट है। और तो और मक्खियों की भिनभिनाहट तक लकीर में सुनायी देता है। ऐसे में आप कितने सम्पूर्ण लगते हैं, समग्र होते हैं। जैसे आप अपने को समस्त इन्द्रियों के साथ अनुभव कर रहे हों। लोग प्राय: ऐसी नि:शब्द समग्रता से घबराते हैं। क्योंकि यह ठीक है कि आपको अपना ही वजन अनुभव होता है। समाज में हमारा यह वजन विभक्त होता है इसलिए वहाँ बड़ा सहज लगता है। ऐसे सहज की आदत के बाद एक दिन सहसा अपनी समग्रता के साक्षात् हो जाने पर जाने कैसा, सम्भवत: डर-सा लगने लगता है। इसीलिए एकान्त में अपनी ही समग्रता का भय सबसे अधिक हमें होता है।

श्रीधर बाबू ने देखा कि वैसे ही पालकी आकर रुकी जैसे कि बिशन बाबू की गाथा में रुकी थी। कहारों को ठीक वैसे ही आदेश दिया गया। कानों के पास साड़ी के ऊपर का दुकूल वैसा ही थामा गया था। सम्भवत: उस दिन भी बायाँ पैर ही सीढ़ी पर पहले रखा गया होगा। दीदीमुख उस दिन परितापित रहा होगा जबकि आज चिन्तित। उस दिन वे वेश्यात्व की स्थिति से ग्लानिमय हो रही होंगी जबकि आज ममता की चिन्ता थी मुख पर। श्रीधर बाबू को लगा कि नारी को मात्र एक सूत्र की आवश्यकता होती है और वह उसी के सहारे इतना बड़ा जीवन, जो कि दिन के काठिन्यों में और रात के एकान्तों में फैला हुआ है, काट ले जाती है। लेकिन नहीं, हम उस नारीत्व को भ्रष्ट करके ही सुखी होते हैं।

ऊपर पहुँचकर क्षणान्त चारों ओर देखा, बहुत-कुछ उस दिन की घटना मन में दुहर उठी होगी। फिर वे सहसा उस झुरमुट की ओर सशंक मुड़ीं। श्रीधर बाबू को समझने में किञ्चित् भी संशय न रहा कि ठीक इसी झुरमुट में कभी बिशन बाबू ने छिपकर उन्हें देखा था। दीदी किञ्चित् मुस्कुराते हुए झुरमुट की ओर बढ़ीं। चूँकि अभी सूर्यास्त भी नहीं हुआ होगा तब भला झुरमुट कैसे व्यक्त न होने देता?

— श्रीधर! झुरमुट में छुपनेवाले अच्छे नहीं होते।

— तो क्या बिशन को आप अच्छा नहीं मानतीं?

झुरमुट से निकलते हुए श्रीधर बाबू बोले।

— मेरे मानने को वह झुठला गया तभी तो कह रही हूँ।

— कैसे?

— यही कहने-सुनने तो इतनी दूर आयी हूँ। अब बताओ वह मेरी जान कैसी साँसत में डाल गया है कि क्या बताऊँ? उस दिन मुझे यहीं उसने मरने नहीं दिया और आज मुझे जीने नहीं दे रहा है।

— क्यों, क्या बात हुई दीदी?

— वह क्रान्तिकारी हो गया है।

— तो क्रान्तिकारी होना तो बुरी बात नहीं है।

— अब बुरा और किसे कहते हैं? सुनती हूँ मालवा-हाउस में रहनेवाले ए० जी० जी० के विरुद्ध वह षड्यन्त्र करने में लगा है।

— क्या??

— हाँऽऽ आँ! और....और....शफीउल्ला नाम रखे हुए है।

श्रीधर बाबू ने फटी आँखों के साथ गहरी साँस ली। जाने क्यों उन्हें लगा कि दीदी का यह वाक्य वातावरण में गूँज गया और पुलिस के आदमियों को मालूम हो गया कि यह शफीउल्ला कोई और नहीं बिशन बाबू ही हैं।

— लेकिन आपको कैसे मालूम?

— लछमन बता रहा था।

— लेकिन लछमन को.....

— देखो श्रीधर! तर्क न करो। मैं जानती हूँ कि यह बात राई-रत्ती ठीक है। बिशन हम सबसे झूठ बोलता है कि वह नागपुर गया है, अजमेर गया है। वह अक्सर झाँसी या आगरा जाता है। दो-एक बार बनारस गया है। उधर इन क्रान्तिकारियों का बड़ा भारी अड्डा है। श्रीधर! बताओ इसे कुछ हो-हुआ गया तो....

और दीदी फफक-फफककर रो उठीं।

— दीदी! रोने से क्या होगा?

अपने आँसू पोंछते हुए वे तालाब में दूर उड़ती एकमात्र बलाका देखने लगीं।

— मैं भी जानती हूँ कि वह कोई बुरा काम नहीं कर रहा है। लेकिन श्रीधर! आज कितने बरस हो गये इसे अपना दूध ही नहीं पिला सकी बाकी इसे अपने

पेट के बेटे की तरह मानती आयी हूँ। वह नहीं जानता, यह तो नहीं कहूँगी लेकिन वह तो बड़ा भारी बुद्ध बनता फिरता है न? भगवान् जानता है, जिस दिन उसने खाना नहीं खाया होगा उस दिन इस दीदी के मुँह में अन्न-जल जो गया हो तो शपथ है। वह मुझसे छुपाकर जाने क्या-क्या करता रहा। मैं कुछ नहीं बोली। मेरा ऐसा जला भाग कि मैं बस दूर से उसे देख भर सकती हूँ। सोचती थी कि इसकी बहू आ जाये तो उसे गुपचुप सब-कुछ सौंपकर कहीं निकल जाऊँगी। भगवान् वह दिन दिखाना चाहता है तो यह आये दिन कुछ-न-कुछ उत्पात किया करता है। लड़की मैं देख आयी हूँ। बहुत अच्छी है। श्रीधर! किसी तरह इसका ब्याह हो जाता तो मेरी रही-सही जिन्दगी सार्थक हो जाती। सुनती हूँ कि उस पर तो ब्रिटिश सरकार ने वारण्ट जारी कर रखे हैं। और अब रहा-सहा यहाँ भी हुजूर षड्यन्त्र करनेवाले हैं। तुम्हीं कुछ बताओ न?

— असल में दीदी! बिशन ने अभी तक मुझे कुछ नहीं बताया।

— तब कैसे क्या हो श्रीधर?

— यह ठीक है शफीउल्ला की खोज-खबर बड़ी जोरों पर जारी है।

— दिखने में कितना सीधा लगता है बिशन, लेकिन पुलिसवालों को उल्लू बनाये हुए है कि वह उड़ीसा का रहनेवाला है।

— पर दीदी! पुलिस को बिशन बाबू पर पूरा शक है। चाहे वे अपने को उड़ीसा का बतायें या सिन्ध का।

— तो फिर क्या हो।

— यही तो समझ में नहीं आता।

— वह कब आनेवाला है?

— किसी भी दिन आ सकते हैं। कुछ ठीक है भी उनका?

— तुम्हीं कुछ समझाओ उसको।

— मुझे तो वे गाँधीबाबा की प्रार्थनावाली राजनीति के भी योग्य नहीं समझते, तब भला बम-पिस्तौलवाली के बारे में क्या बतायेंगे। असल में दीदी! बिशन बाबू कभी कुछ कहते हैं, कभी कुछ। शुरू-शुरू में जब मैं आया था तो किसी ईसाई लड़की के साथ शादी करना चाहते थे पता नहीं क्या हुआ उसका? उसके बाद अब कमल से करना चाहते हैं कि क्रान्ति के पीछे इस तरह पड़ गये हैं कि बस। मान लो कल से कुछ हो-हुआ जाये तो बेचारी कमल....

— श्रीधर! बिशन नम्बरी पाजी हो गया है। असल में वो जिस ईसाई लड़की से शादी करना चाहता था न? एक तो वह ईसाई नहीं है। दूसरे वह लड़की भी क्रान्तिकारी पार्टी की है। इन लोगों के आपस में मिलने का चर्च में तय हुआ था। वहीं पर ये लोग अपनी पार्टी का काम करते हैं। सुनती हूँ उस लड़की

की मदद से किसी तरह मालवा-हाउस में घुसने की चेष्टा में हैं। यदि और कोई तरकीब सफल न होगी तब वह लड़की ही हमला करेगी।

— अच्छा??

और एक क्षण को श्रीधर बाबू को बिशन बाबू बड़े षड्यन्त्री, भयानक व्यक्ति लगे। लेकिन दूसरे ही क्षण बिशन बाबू के साहस के प्रति कहीं ईर्षा भी हुई कि कितना साहसी व्यक्ति है जिसे किसी चीज का भय नहीं। गिरधारी की दूकान पर पान खाने से लेकर सभा-मीटिंगों तक वही खुलापन, हँसी। शायद ऐसे ही हँसते हुए वे किसी दिन मालवा-हाउस में घुसकर ए० जी० पर पिस्तौल भी तान देंगे और पकड़े जाने पर सम्भव हुआ तो गिरधारी का पान मुँह में दाबे फाँसी पर भी झूल जायेंगे। उस बेलौसपन में एक क्षण को भी कोई परिवर्तन या मलिनता नहीं आयेगी। लेकिन बिशन कितना सौभाग्यशाली है कि दीदी-जैसा व्यक्ति उसके लिए चिन्तित ही नहीं आकुल भी है।

— दीदी! आपको कैसे मालूम कि वह लड़की ईसाई नहीं है और....

दीदी उस चिन्ता में भी इस बात से वैसे ही हँस पड़ीं जैसे कि कोई माँ अपने पुत्र की शैतानी की ऐसी बात सुने जो वास्तव में अद्वितीय हो तो, तो जो भाव माँ के मुख पर होता है, वैसा ही दीदीमुख पर भी था, बोलीं,

— उसका नाम तुमको रोजी बताया न?

— हाँ, रोजी ही।

— असल में उसका नाम रत्ना है, वह ईसाई नहीं है। बिशन ने तो झूठ ही बताया था लेकिन रत्ना ने ही मुझे बताया कि वह बनारस की है। शायद बंगाली है। रत्ना को बिशन ही मेरे यहाँ लाया था। रत्ना भी तो क्रान्तिकारियों के दल की है।

आज अष्टमी थी। चन्द्रमा बीचोंबीच आकाश में टँका हुआ था। साँझ पड़े बड़ी देर हो चुकी थी। तालाब के जल में तारे उतर आये थे अधरों की भाँति सब निःशब्द था।

— श्रीधर! बिशन को किसी प्रकार बचाना ही होगा।

— हाँ, यह तो बहुत जरूरी है दीदी! लेकिन कैसे?

— तुम उसे लेकर कहीं दूर छोड़ आओ।

दीदी के इस व्यामोह पर करुणा हो आयी और श्रीधर बाबू हँस पड़े। कुछ देर बाद सायास दीदी भी हँस पड़ीं।

— आप क्यों हँसीं दीदी?

— अपनी मूर्खता पर। बिशन कोई असबाब है कि उसे दूर देश में अज्ञात छोड़ आया जाये?

— दीदी! क्या कमल को यह सब मालूम है?

— क्यों?

— सम्भव है कि उसे मालूम न हो।
— तब तो कमल से कहकर कुछ किया जा सकता है।
— लेकिन वह भी तो राजनीति में है।
— शौकिया राजनीति है वह।
— लेकिन यदि मालूम हो तो क्या होगा?
— तो कमल से कहा जाये कि वह बिशन बाबू को बाध्य करे।
— मुझे नहीं लगता कि बिशन को बाध्य किया जा सकता है।
— तब तो आप ही कुछ कर सकती हैं।
— मैं कुछ कर सकती होती तो कभी का कर चुकी होती। वह बड़ा निर्मम है। मैंने उसे डाँटकर, रोकर सभी तरह तो रोका लेकिन वह तो बस हँस देता है।
— लेकिन जब आप कुछ नहीं कर सकीं तो फिर कुछ नहीं किया जा सकता।
— श्रीधर! उसके बोलने पर लगाम तो है नहीं। परसों मुझे धमकी देकर गया है।
— धमकी?
— हाँ धमकी। मैंने उससे विवाह की चर्चा की। बोला, विवाह नहीं करूँगा। मैंने भी उसे धमकाते हुए कहा कि ठीक है जब तुम्हें बम-पिस्तौल ही चलाने हैं तब बेचारी बहू को साँसत में डालने से लाभ? तुम तो किसी दिन भगवान् न करे, कालाप़ानी या फाँसी पा जाओ और वह तुम्हारे नाम को रोती रहे। तो जानते हो बड़ी जोरों पर हँसा और बोला कि अगर मैं चाहती हूँ कि वह विवाह करके एक सद्गृहस्थ की तरह रहे तो फिर वह जिससे शादी करना चाहे उससे मैं शादी करने दूँ। मैंने कहा कि अगर वह कमल से विवाह नहीं करना चाहता है तो न करे। बता वह दूसरी लड़की कौन है? भला मुझे क्या आपत्ति हो सकती है? तो कहने लगा कि नहीं मुझे प्रण करना होगा कि मैं उससे उसका विवाह करवा दूँगी। मैंने कहा कि अगर यही बात है तो मुझे मंजूर है। वह लड़की का नाम बताये तो? अगर मैं जानती हूँगी तो अवश्य करवा दूँगी। और श्रीधर! उसने जानते हो क्या कहा? श्रीधर!! वह मुझसे ही ब्याह....

और दीदी फूट पड़ीं। काफी देर तक श्रीधर की समझ में नहीं आया कि क्या कहे और रोती दीदी को कैसे समझाये।

— दीदी! आप उस पागल की बात पर शान्त रहें। आवेश में व्यक्ति को ध्यान नहीं रहता कि वह क्या बोल रहा है।

तभी दूरी पर लछमन दिखलायी दिया। दीदी स्वस्थ होने लगीं।

दो-तीन दिन श्रीधर बाबू को अत्यन्त ग्लानि बनी रही। बिशन बाबू के प्रति अजीब वितृष्णा का भाव आता रहा। उस दिन पीपल्या टैंक पर चलते समय दीदी से कहा था कि वह दूसरे दिन आयेगा लेकिन जाने क्यों जाते हुए लज्जा आयी। बिशन ने यह बात कहकर तो दूसरे किसी का भी मुँह न रहने दिया। दिनभर घर में ही पड़े रहे। शाम अवश्य ही मजदूर पाठशाला के लिए हो आये पर परिषद् के कार्यालय वे हफ्तों से नहीं गये थे। पिछले दिनों से वे ही कार्यालय-मन्त्री थे लेकिन इस बीच चाहने पर भी नहीं जा सके।

इन दो-तीन दिनों में बिशन पर क्रोध भी आता कि दीदी की विवशता को, अतिरिक्त स्नेह को इस प्रकार अपमानित या लांछित कर जाने का क्या अधिकार था? क्या बिशन ने यह बात कहकर यह नहीं सिद्ध किया कि वे वेश्या हैं? क्योंकि मन से यदि बिशन ने दीदी का सम्बन्ध स्वीकारा होता तो वह कभी ऐसा कहना तो दूर सोच भी नहीं सकता था।

श्रीधर बाबू के मन में अनेक संकल्प-विकल्प आते रहे। बिशन ने किसी लोभ के वश तो ऐसा नहीं कहा होगा। क्योंकि लोभ क्या हो सकता है? दीदी के पैसे का लोभ बिशन को होगा, यह बात गले नहीं उतर रही थी, तब?? और कुछ समझ में नहीं आ रहा था। दीदी, निश्चय ही बिशन बाबू से न सही तो दस बरस तो बड़ी होंगी ही, उस पर वेश्या, भयंकर व्याधियों से ग्रस्त रमणी के प्रति लोभ हो ही क्या सकता है? फिर बिशन ने यह बचकानापन क्यों किया।

अनेक तर्क-वितर्क किये गये किन्तु किसी सही निष्कर्ष पर नहीं पहुँच सके। जाने क्यों दीदी के यहाँ जाते उन्हें यही लगा कि जैसे बिशनवाली बात उन्होंने ही कही हो। दो-एक दिन इसी प्रतीक्षा में रहे कि बिशन बाबू आ जायें तो पूछा जाये कि उन्होंने दीदी से ऐसा क्यों कहा?—लेकिन बिशन बाबू का कहीं पता ही नहीं था। सच तो यह था कि अन्तर में ही कहीं बिशन बाबू के लिए चिन्ता भी थी कि मालवा-हाउसवाला षड्यन्त्र यदि हो जाये तो क्या हो? निश्चय ही बिशन पकड़ लिये जायेंगे और....और.....एक गम्भीर प्रश्न श्रीधर बाबू के मन में था कि इस प्रकार के क्रान्तिकारियों का क्या होगा? एक अंग्रेज अफसर के मार दिये जाने पर क्या सचमुच ही ब्रिटिश शासन-तन्त्र या सत्ता कमजोर हो सकेगी? दो-चार बम-पिस्तौल के धमाकों से अंग्रेज-जैसा शक्तिशाली शासकवर्ग क्या इस देश के मनोबल को स्वीकार लेगा? तब क्या हो? गाँधीबाबा अभी स्वयं अस्पष्ट हैं। कहीं किसी के मन में स्पष्ट योजना कुछ नहीं है कि अंग्रेज से किस प्रकार युद्ध किया जाये। क्रान्तिकारी, शेष समाज से इतने हटकर काम करते हैं कि उनके पवित्र

प्रयोजन के बारे में कोई जनमत नहीं बन पा रहा है। क्रान्तिकारिता में अपनी ओर आकर्षित करने की असीम क्षमता है किन्तु अभी वे दल तक ही सीमित हैं, विशाल आन्दोलन तो नहीं बन पा रहा है न? न रूस की जनक्रान्ति का-सा ज्वार ही दिखता है न फ्रांस की राज्यक्रान्ति की-सी जनचेतना। एकमात्र व्यक्ति में इसकी सम्भावनाएँ थीं—लोकमान्य तिलक में, पर अब वे नहीं रहे। केन्द्रीय व्यक्तित्व का विघटन हो गया है। जिसके साम्राज्य में कभी सूर्य नहीं डूबता उसे पिस्तौल का एक धमाका कँपा देगा, यह बात तर्कसम्मत नहीं लगती लेकिन बिशन बाबू उस धमाके को निष्ठा के साथ पकड़े हुए हैं।

बड़े ही धड़कते दिल के साथ श्रीधर बाबू दीदी के यहाँ पहुँचे। आज एकादशी थी। दिनभर निरन्न के बाद अभी पूजन करने में व्यस्त थीं। कमरे में पूजन की गन्ध स्पष्ट थी। बैठक में थोड़ी देर प्रतीक्षा करते हुए सहसा इस रहस्यमय दीदी के प्रति अपार करुणा, ममता, दया, सभी-कुछ हुआ। सम्बन्धहीन वेश्या, लेकिन किसी भी जगत्तारिणी, जगज्जननी से कम नहीं। समाजभ्रष्टा, किन्तु किसी भी प्रतिमा से कम पवित्र नहीं।

तभी बैठक में प्रवेशते हुए दीदी बोलीं,

— प्रतीक्षा करनी पड़ी न? मुझे भी तुमने दो-तीन दिन प्रतीक्षा करवायी।

— दीदी! बस आ ही नहीं सका।

— उन क्रान्तिकारी महाशय का कुछ पता चला?

— नहीं तो।

— अच्छा, तुम रत्ना से थोड़ी देर बातें करो, मैं तब तक फलाहार कर आऊँ।

— रत्ना? कौन रत्ना?

— तुम्हारे क्रान्तिकारी महाशय की रोजी सेक्सन।....रतना।

पृष्ठभूमि से ही किसी ने 'आयी दीदी' कहा।

और श्रीधर बाबू ने देखा कि दोनों हाथ जोड़े मुसकराते एक अत्यन्त सुन्दरी रमणी सप्रश्न खड़ी है।

— रत्ना! यह हैं श्रीधर बाबू! तुम बतियाओ तब तक मैं....

— हाँ दीदी! दिनभर से जल तक नहीं लिया। ऐसी भी क्या एकादशी। इतना पुण्य कमाकर भी क्या करियेगा?

— पुण्य?? जिसे देख छोटा भाई तक वासनाशील हो उठा उसके पाप का कोई अन्त है रत्ना?

— दीदी! मैं बिशन बाबू को इतना गिरा हुआ नहीं समझती थी।

— अपने दल के नेता के बारे में ऐसी बातें नहीं करनी चाहिए तुम्हें।

— सम्बन्धों की पवित्रता को दूषित करने का अधिकार किसी को नहीं है।

— रत्ना! बिशन के कहे पर जाती तो जाने कब का छिन्न-भिन्न हो गया होता। मुझे तो भगवान् ने वेश्या इसीलिए बनाया कि मैं बिशन, श्रीधर, रत्ना, लछमन, शारदा सबके लिए समर्पित हो जाऊँ।.....लो, मैं भी कैसी हूँ, बातें करने पर आ जाती हूँ तो यह भी ध्यान नहीं रहता कि कितनी आत्मप्रशंसा करने पर आ गयी हूँ।

और वे उठकर कमरे में चली गयीं।

रत्ना और श्रीधर बाबू दोनों को सहसा नहीं समझ में आ रहा था कि पहली बार किसी से क्या बात कही जाये? बोलना खोजते हुए दोनों ही बैठे रहे। उचित तो यह था कि श्रीधर बाबू कुछ बोलते पर रत्ना ही बोली,

— आपको मैं कई बार देख चुकी हूँ।

— मैंने तो आपको एक बार चर्च ही में देखा था।

रत्ना हँस उठी।

— क्या उस दिन, जब हम एक नवविवाहित दम्पति को नाव पर बिठलाने आये थे और.....?

— जी हाँ, उस दिन ही। लेकिन.....बिशन बाबू ने उसके बाद कभी विशेष नहीं बताया।

— आवश्यकता भी क्या थी? आपको 'चैतन्य-वचनामृत' सम्भवतः बहुत ही प्रिय है।

— आपको कैसे मालूम? क्या बिशन ने बताया?

— जी नहीं। आपकी किताबें अक्सर मैंने आपके ही बासे पर उलटी-पलटी हैं।

— क्या आप वहाँ आती रही हैं? लेकिन कभी....

— नहीं मिली। आवश्यकता भी क्या थी?

— हाँ, आप तो अपनी पार्टी के काम से....

— जी, और क्या?

— आपको आश्चर्य नहीं हुआ कि मुझे यह मालूम है कि आप क्रान्तिकारी दल में हैं।

— मुझे जब आपके बारे में इतनी सारी बातें मालूम हैं तो आपको यह जान जाने का तो अधिकार है ही कि मैं काशी की हूँ, बंगाली हूँ, क्रान्तिकारी हूँ तथा ईसाई नहीं हूँ और न ही बिशन बाबू से विवाह ही करना चाहती हूँ।

श्रीधर बाबू क्षणभर को सकते में आ गये। लगा कि यह नारी बहुत तेज प्रवाह का जल है।

— क्या मुझे कुल इतना ही मालूम है?

— मेरा खयाल है।

— क्या इतना जानना, जानना नहीं होता?

— यह तो वैसा ही हुआ कि फलाँ ट्रेन कहाँ जाती है, कब जाती है, बीच-बीच में कौन-कौन-से स्टेशन पड़ते हैं पर इतना सारा जान जाने को भी यात्रा तो नहीं कहते न?

श्रीधर बाबू हठात् हतप्रभ हो गये। न कोई प्रश्न, न उत्तर कुछ भी तो सूझ नहीं पड़ा बल्कि रत्ना उन्हें अनावश्यक रूप से तेज लगी क्योंकि रत्ना जिस तुष्टि के साथ हँस रही थी उससे वह अपने को श्रीधर बाबू से ऊँचा किये हुए थी।

— क्या आप राजनीति में विश्वास करते हैं या बिशन बाबू के कारण संसर्गदोष से आ गये हैं?

— आप क्या सोचती हैं?

— मैं तो संसर्गदोष ही मानती हूँ।

— क्या यह भी बिशन बाबू ने बताया?

— बिशन बाबू की बात बिशन बाबू ही जानें। मुझे तो ऐसा ही लगा कि आप सात्त्विक, निष्ठावान्, भीरु वैष्णव हैं।

— क्या, बुरा है?

— ऐसे युग में तो है ही जबकि देश पराधीन हो।

— लगता है आप अपना सर्वस्व देश पर न्यौछावर कर सकती हैं।

— सर्वस्व से आपका तात्पर्य श्रीधर बाबू? स्व तो जानती हूँ।

— सर्वस्व माने....सब-कुछ.....

— सब-कुछ क्या? और, जो सब-कुछ देने की बात कहता है वह झूठ बोलता है। आप अपने को दे दें यही बहुत है। रही मैं!!...अपने को देने आयी हूँ। दे सकूँगी कि नहीं इसका निर्णय केवल आगामी कल करेगा।

— इसका मतलब हुआ कि आपके मन में अभी भी सन्देह है।

— आपको लगता है ऐसा?

— क्या कह सकता हूँ।

तभी दीदी ने फिर प्रवेशा। बोलीं,

— क्या नहीं कह पा रहे हो श्रीधर?

— क्या कह सका हूँ आज तक दीदी?

— दीदी? श्रीधर बाबू असल में भद्रजन हैं। श्रीधर बाबू! सच मानें एक क्षण को भी इसमें परिहास नहीं।

— रत्ना! लगता है श्रीधर ने तुम पर काफी प्रभाव डाला है।

— यदि ये पति और पिता न होते तो मैं निश्चय ही विवाह करना चाहती इनसे। वातावरण थोड़ा सुखद हुआ। दीदी हँसने लगीं तथा रत्ना आत्मस्थ हो अपने में मुसकराती रही। श्रीधर के कान तक लाल हो गये। आज तक कभी सरो तक से, प्रेम का अभिनय छोड़, परिहास तक नहीं किया होगा। कभी किसी दिन कोई रमणी, और वह भी रत्ना-जैसी अप्रतिम सुन्दरी, जो कि अभी-अभी

उसे तर्क में परास्त कर चुकी है, कभी इतने सामाजिक रूप से विवाह की बात कहेगी, इसकी कल्पना तक नहीं की थी।

— रत्ना! ये तुम क्रान्तिकारियों में विवाह-प्रस्ताव रखने का क्या कोई नियम है?

और वे जोरों से हँस पड़ीं।

— मैंने तो दीदी! बिशन बाबू को समझाया था कि दीदी से यह प्रस्ताव रखना घोर अनर्थ है लेकिन....

— बड़ा आया दीदी से ब्याह करनेवाला? कहाँ है वह? जरा ब्याह करनेवाले की सूरत मैं भी तो देखूँ।

— जाने दीजिये दीदी! कोई अच्छी सूरत नहीं है उसकी। अच्छी होती तो मैं ही नहीं विवाह लेती?

और रत्ना खूब जोरों पर हँस उठी।

दीदी और श्रीधर बाबू दोनों को लगा कि रत्ना खूब खुले हृदय की है। कोई छल नहीं है, कुण्ठा नहीं है। यदि कुछ है तो वह मात्र संकल्प है, प्राणों को होम कर देने का। श्रीधर बाबू को लगा कि रत्ना में शक्ति है, मोह है तथा दिन की-सी निर्मलता है। वे उसकी शक्ति के सामने मौन ही प्रणम्य हो उठे।

— वैसे आप यहाँ क्या करती हैं रत्नाजी?

— मिशनरी गर्ल्स स्कूल में पढ़ाती हूँ।

— तो क्या आप ईसाई हो गयी हैं।

— क्यों, बुराई क्या है?

— लेकिन किसलिए?

— आप मुझसे सम्बन्धित और कोई प्रश्न पूछ सकते हैं, यह या इस जैसे नहीं।

— क्या कमल से बिशन बाबू विवाह करेंगे?

— न मैं कमल हूँ और न बिशन बाबू ही।

— आप जानती तो हैं।

— जानती तो यह भी हूँ कि फलाँ सड़क बम्बई जाती है, लेकिन मैं उस पर चलने तो नहीं लगती हूँ न?

— दीदी का जो अपमान बिशन बाबू ने किया, क्या वह आवेश है? या उसमें गम्भीरता है।

— आप तो मुझसे अधिक पढ़े-लिखे व्यक्ति हैं श्रीधर बाबू! एकान्त में माता-पुत्र के मिलने को भी तो ऐसी ही दुरवस्थाओं से बचाने के लिए शास्त्रकारों ने वर्जित किया है।

— आपने क्रान्ति का मार्ग क्यों चुना?

— लगता है आप तो जैसे बयान ले रहे हैं।

— आप बात काट गयीं।

— यही समझ लें। दीदी! अब मैं चलूँ। काफी देर हो गयी।

— अच्छा तो रत्ना! फिर कब आओगी? एकादशी को ही आती हो और सारा नियम-धरम टूटता है। जानते हो श्रीधर! रत्ना कहती है कि एकादशी के दिन बंगाली चावल जरूर खाता है। और इसके लिए बनवाना पड़ता है जबकि हम लोग एकादशी के दिन चावल तो नहीं ही राँधते।

— क्या करियेगा, जब दीदी हैं तो सब भुगतना भी पड़ेगा। अच्छा दीदी! अब की एकादशी के दिन नहीं आऊँगी, बस!!

— नहीं, नहीं रत्ना! ऐसी कोई बात नहीं। तुम लोगों से ज्यादा धरम थोड़े ही है।

— लेकिन यमराज़ के सामने क्या जवाब दोगी दीदी?

— हाँ-हाँ, मैं सब कह दूँगी कि बाल-बच्चों से बड़ा न तो कोई धरम है और न तुम्हारा यह स्वर्ग या नरक।

— खैर, आप जानें।

— तो आओगी न?

— दीदी! 'माँ' कहने को मन करता है।

और रत्ना अत्यन्त तेजी से कमरे के बाहर चली गयी।

दीदी इन दिनों बीमार थीं। किसी तरह वे रत्ना को बुलाना चाहती थीं, इसलिए श्रीधर बाबू को मिशनरी स्कूल जाना पड़ा। मन में कहीं उत्सुकता भी थी कि किस प्रकार वह अपने को वहाँ सहेजे हुए है। श्रीधर बाबू को रत्ना अत्यन्त निश्छल किन्तु रहस्यमयी लगी। जितनी सहज वह दिखती है सम्भवतः अन्तर में उतनी नहीं है। उसके व्यक्तित्व में एक खुला निषेध था जिसे अस्वीकार कर ले जाना कदापि आसान नहीं था। उसे किसी भी बात पर आश्चर्य न करते देख कभी-कभी तो भय लगने लगता था। सौन्दर्य और रहस्य का निषेधात्मक मोह कहीं शान्त अन्तस् में श्रीधर बाबू को झकझोर न भी सही, किन्तु सचेत अवश्य कर गया था।

स्कूल चल रहा था। मिस रोजी सेक्सन से वहाँ सभी घनिष्ठ लगे। स्कूल के प्रिन्सिपल से श्रीधर बाबू को मालूम हुआ कि मिस रोजी सेक्सन तो अपने घर अजमेर गयी हैं क्योंकि उनका विवाह है और आज गये भी आठ दिन हो गये। उन्हें बड़ा आश्चर्य हुआ कि उसे गये आठ दिन हुआ। आज से ठीक आठ दिन पूर्व ही तो एकादशी थी जबकि वह दीदी के घर मिली थी। उन्हें दाल में काला दिखलायी दिया और वे बिना और कुछ पूछे-ताछे लौट आये।

दीदी को बतलाने पर उन्हें काफी आश्चर्य हुआ कि वह कहीं चली गयीं। दोनों का संशय एक ही था कि बिशन बाबू जो अभी तक नहीं लौटे हैं, जरूर ही रत्ना उनसे मिलने गयी होगी। दोनों काफी गम्भीर हो गये क्योंकि बिशन बाबू को पहले कभी इतने दिनों तक गायब होते नहीं देखा। यदि कहीं मालवा-हाउसवाले षड्यन्त्र की बात सही है तो क्या होगा?

— दीदी! आपने रत्ना से इस मालवा-हाउस के षड्यन्त्र के बारे में पूछा था?

— वह तो हमेशा बिशन की तरह ही हँस दिया करती है।

— तो फिर कैसे पता लगाया जाये?

— जिसका पता अंग्रेज सरकार तक नहीं लगा पाती उसका पता भला हम-तुम क्या लगा सकते हैं?

— एकादशीवाले दिन रत्ना ने अपने बाहर जाने के बारे में कुछ भी नहीं कहा?

— कहाँ, कुछ भी तो नहीं कहा। तुम्हारे सामने जब पूछा कि बताओ अब कब आओगी तो यही तो कहा था कि अब एकादशी के दिन नहीं आऊँगी।

— इसका मतलब ही यह था कि वह बाहर जा रही है।

— भला इसका मतलब यह भी हो सकता है, यह कौन समझ सकता है?

— कहनेवाला, समझनेवाले के लिए नहीं कहता। सब अपने परितोष के लिए ही कहते-सुनते हैं..... वो, लछमन को कहीं भेजकर पता चलवाइये न।

— लछमन को भेज़ा तो है लेकिन इस बार लगता है वह कुछ नहीं कर सकता।

— क्यों? लछमन जिस प्रकार खोज-खबर लाता फिरता है आपके लिए, इससे तो पता चलता है कि वह कहीं....

और श्रीधर बाबू हँस दिये।

— सी० आई० डी०??

और दीदी स्वयं हँस दीं, फिर बोलीं,

— यही शक तो बिशन को भी है उस पर। असल में श्रीधर! वह पुलिस का सी० आई० डी० नहीं मेरा सी० आई० डी० है।

— किन लोगों के लिए रख छोड़ा है?

— तुम लोगों की खोज-खबर लगती रहे इसलिए। पता नहीं श्रीधर! यह मुझे क्यों नहीं छोड़कर चला जाता।

— पुराना आदमी है। वफादारी कूट-कूटकर भरी होती है इन लोगों में।

— तो श्रीधर! अब क्या किया जाये?

— आप तो ऐसे कह रही हैं जैसे कुछ होने जा रहा है।

— तुम्हें नहीं लगता कि कुछ होनेवाला है?

— मुझे तो दीदी! फिलहाल गर्मी लग रही है।

और यह कहते हुए उन्होंने सिर के ऊपर जलते हुए बड़े-से लाल पंखे को देखा जो कि झटके के साथ खेंचा जा रहा था। सहसा दोनों को ही लगा कि पंखा या तो धीमा है या फिर गर्मियाँ बढ़ गयी हैं। दीदी ने सुराही से पानी पिया और एक गिलास श्रीधर को देते बोलीं,

— पता नहीं क्यों, मुझे अदृश्य में ऐसा लग रहा है, जैसे कुछ अपशकुन घट रहा है अथवा घटनेवाला है।

— यह आपका अतिरिक्त मोह है जो कि कुशंकाएँ करता रहता है।

— क्या करें श्रीधर! बिना मोह के हम रह ही नहीं सकतीं।

— अच्छा, तो मैं चलूँ अब।

— इस गर्मी में? थोड़ा ठण्ढा जाये तब जाना।

— असल में मजदूर यूनियन के एक काम से पुस्तके साहब से मिलना है। कई दिनों से यह काम टालता आ रहा हूँ।

— तो कब आओगे?

— जब आप कहें।

— तुम्हें कभी आने को मन नहीं करता?

— मैं यहाँ से जा ही कब पाता हूँ कि आने को मन करे।

और दोनों हँस पड़े।

— बातें बनाना तुम भी सीख गये आखिर।

— अभी पूरी तरह नहीं दीदी!

दीदी के यहाँ से निकलकर वे कई दिनों बाद कुछ देर के लिए पब्लिक लाइब्रेरी में चले गये। यहाँ भी कुछ खास मन नहीं लगा। सहसा उन्हें लगा कि पिछले दिनों में उनमें उद्विग्न होने का नया परिवर्तन आया था। प्राय: उन्हें लगता कि जैसे वे एक सपना देख रहे हैं, जो कि थोड़ी देर बाद टूट जायेगा। इसलिए चिन्ता की कोई बात नहीं। लेकिन यह भ्रम भी कब तक?

दीदी के मन की शंका वास्तव में तो उनके भी मन की शंका थी। जैसे दूर क्षितिज के पास कोई काली आँधी चल रही है जिसमें भागते सियारों का रोना सुनायी पड़ रहा है। वे चौंक उठते। दीदी के घर से लौटते ही उन्होंने पहला निर्णय यही लिया कि बिशन बाबू के आते ही सम्भव हुआ तो पहली गाड़ी से इन्दौर छोड़कर कहीं अन्यत्र चले जायेंगे। लेकिन कहाँ? और अपने ही प्रश्न पर हँसी आ गयी। जब घर छोड़ते यह नहीं सोचा था कि वे कहाँ जा रहे हैं तब भला इन्दौर छोड़ते यह प्रश्न क्यों? यहाँ क्या है? काम के नाम पर मजदूर पाठशाला में पढ़ाना तथा बिशन बाबू की राजनीति की बेगारस्वरूप परिषद् के आफिस का काम करना और पढ़ना। लेकिन क्या आजीवन यही करना है? ऐसा सम्भव था, यदि वे स्वयं ही होते लेकिन वे तो परिवारवाले हैं। बिशन बाबू थोड़े ही। कहीं बिशन बाबू से स्वल्प ईर्षा भी हुई कि वे कितने स्वतन्त्र हैं। उनकी स्वतन्त्रता तो बल्कि इस सीमा तक भी है कि वे किसी से भी कमल से, रत्ना से और-तो-और दीदी तक से विवाह, प्रेम जाने क्या-क्या कह-सुन सकते हैं।

वे यही सब सोचते-गुनते पुस्तके साहब के घर की तरफ चन्द्रभागा चले जा रहे थे। गर्मी खासी थी। बाहर दालान में माधवराव पसीने में डूबा सो रहा था। जगाने पर चौंकते हुए बोला,

— साहेब तो अभी-अभी सोये हैं। कुछ खास काम है क्या श्रीधर बाबू!

— नहीं खास तो कुछ नहीं, शाम को आ जाऊँगा।

— अरे श्रीधर बाबू! वो कोई दो जने आपके गाँव से गहाँ आये थे आपकू खोजने वास्ते। मिले थे आपकू?

— कौन? हमारे गाँव के?

— हाँ, साहेब को अपना नाम भी बता गये हैं।

— क्या नाम बताया? नारायण बाबू?

— जी हाँ, नारायण बाबू। वो जो थोड़े-से गोरे हैं और मोटे भी।

— दूसरा क्या नाम था? श्रीमोहन ठाकुर?

— नहीं, यह नाम तो नहीं था।

— अच्छा।

और तेजी से वे जीना उतरने लगे। माधवराव वहीं से बोला,
— श्रीधर बाबू! वे लोग नसिया में ठहरे हैं।
श्रीधर बाबू बिना कुछ सोचे तेजी से दिशाहीन बढ़े।

उसके मन की अजीब मनःस्थिति थी। वे जिस यथार्थ से बच रहे थे वे घरवालों की जिस खोज से छुपे हुए थे, वे जिन नारायण बाबू के सामने नहीं पड़ना चाहते थे, वे सारी बातें, परिस्थिति तथा व्यक्ति हठात् इतने दिनों की शान्ति भंग करके उनके सामने मौजूद हैं। अब वे करें तो क्या करें? जायें, तो कहाँ जायें? क्या सहसा इन्दौर छोड़ देना पड़ेगा? अभी तो बिशन बाबू भी यहाँ नहीं हैं। दीदी से जाने के बारे में क्या कहा जाये? क्या वे श्रीधर के मन की दुरभिसन्धि समझ सकेंगी?—और मान लो ये लोग सब समझ जायें लेकिन वे नारायण बाबू से क्या कहेंगे? किस प्रकार घर न जाने के निर्णय पर अटल रह सकेंगे? और क्या यह कभी नारायण बाबू स्वीकारेंगे भी? पता नहीं साथ में और कौन आया है। पिताजी तो नहीं ही होंगे। छोटा भाई डाक्टर भी नहीं ही होगा। बड़े भाई तो नहीं आये हैं। सम्भव है पेमेन बाबू हों। पता नहीं ये दोनों घर की स्थिति किस प्रकार कहें-सुनें, कि घर लौट जाने को बाध्य ही हो जाना पड़े। और क्या वे घर लौटे जायेंगे? बस?? हो गया विद्रोह?? मूर्ख बनने के लिए ही घर छोड़ा था और वह भी रातोंरात??

नहीं अब किसी से नहीं मिला जायेगा। बासे पर जाना खतरे से खाली नहीं होगा। निश्चय ही नारायण बाबू वहाँ धरना दिये बैठे होंगे। और देख लिये जाने पर पुनः उसी कूप का मण्डूक बनना होगा। बिना बासे पर गये ही ट्रेन से कहीं चल दिया जाये। पर इस समय तो कोई ट्रेन नहीं जाती। और क्या पता नारायण बाबू ने सतर्कता बरती हो कि किसी को स्टेशन पर भी तैनात कर रखा हो।...तो, ठीक है महू से ट्रेन पकड़ी जाये। वहाँ तक पैदल ही जाया जाये। किस दिशा में?

बिना कुछ सामान लिये और शंका किये वे महू की ओर पैदल ही निकल पड़े। वे जान रहे थे कि खण्डवा जानेवाली रेल रात के आठ बजे मिलेगी और इस समय चार बज रहा था। महू तक की चौदह मील की दूरी वे बखूबी चार घण्टे में पार कर सकते हैं।

रास्ते भर मन में कहीं परिताप बना रहा कि कम-से-कम दीदी से कहकर आना चाहिए था। वे क्या सोचेंगी? लेकिन जब वे सरो को बिना बताये निकल पड़े थे तो फिर...और उन्हें लगा कि महू अब अधिक दूर नहीं है। महू छावनी के बँगलों की रोशनियाँ दिखने लगी थीं। गर्मियों की रात शुरू होने में देरी थी। अजीब सन्नाटा था चारों ओर। क्षितिज में आती ट्रेन का हल्का आभास था। उन्हें अभी भी

लगभग दो मील और चलना था। पैर काफी थक गये थे, ट्रेन पकड़नी ही थी। क्रमशः ट्रेन की रोशनी दूर के मैदानों में कभी चमक जाती।

जिस समय वे स्टेशन पर पहुँचे ट्रेन आ चुकी थी। वे तेजी से एक डिब्बे में चढ़ गये। इतने दिनों बाद फिर अनाम यात्रा पर निकल पड़ने पर सहसा न जाने क्यों विश्वास नहीं हुआ। ट्रेन चल भी पड़ी थी लेकिन न जाने क्यों ऐसा नहीं लग रहा था कि अब सदा के लिए न भी सही तो काफी दिनों के लिए दीदी, बिशन बाबू, इन्दौर शहर छोड़ आये हैं। खिड़की के पास कुहनी टिकाये घिरते अँधेरे में डूबते मैदानों को घूरते बैठे थे।

सरो सो रही थी कि जाने कैसे चौंककर जागी। सम्भवत: वह सपना देख रही थी। सपने में वह कुएँ की जगत पर बैठी.....नहीं खड़ी थी, बल्कि पति ने कहा था कि खड़ी रहो यहाँ, मैं अभी आया और पता नहीं कैसे उसका पैर.....नहीं, कदम कुएँ की ओर बढ़ा और वह उसमें गिरती चली जा रही थी कि वह चौंक उठी। सभीत उसने चौंककर देखा तो तीनों बच्चे सो रहे थे। पति बैजनाथ के लिए जा चुके थे। अविश्वास का कोई कारण नहीं था फिर भी लगा कि जब वे बैजनाथ चले ही गये हैं तो फिर जल्द लौट आयें। अभी बड़ा सवेरा था। वैसे भी जाड़े का सवेरा था। कुछ देर बिस्तरे में लेटे-ही-लेटे सोचने को जी हुआ। क्या कभी 'ये' ऐसा कुछ नहीं करेंगे कि वह भी उतनी निश्चिन्तता अनुभव कर सके जो कि उसकी जेठानी या देवरानी करती हैं? ठीक है जहाँ तक सास-ससुर हैं, वे तो हैं ही, उनकी सेवा करना तो उसका धर्म है लेकिन ये भाभीजी कभी सीधे मुँह क्यों नहीं बात करतीं? आखिर किस बात का गर्व है उन्हें? उनकी दृष्टि में नौकरानी से भी गयी बीती इज्जत होगी उसकी। इतना सब खटने-मरने के बाद भी वह न तो अपने बच्चों को ही, न पति को ही जैसा गरम खाना खिलाना चाहती है, नहीं कर सकती। जब उसके बच्चे खाने आये होंगे तभी कोई-न-कोई खटराग लिये जेठानी आ जायेंगी और बच्चों को ठण्ढी या बासी रोटियाँ ही दी जाती हैं। ठीक यही तो 'इनके' साथ भी होता है। लेकिन 'ये' कभी कुछ नहीं कहते। और-तो-और अपनी माँ तक से नहीं कहते कि जब दादा या देवरजी के लिए गरम खाना होता है तब बासी या ठण्ढा खाने के लिए क्या वे ही बचे हैं? लेकिन नहीं, आज तक किसी से कुछ नहीं कहा होगा। और तब भला भाभीजी के ठेंगे से कि कोई और क्या खाता है, पीता है या क्या करता है? जब 'ये' ही किसी से कुछ नहीं कहते तब भला वह किसी से क्या कह सकती है? सासूमाँ सब-कुछ समझती हैं लेकिन इन चामुण्डा भाभीजी के मारे कुछ नहीं कह पाती हैं। जेठजी सिरश्तेदार क्या हो गये मानो घर भर के लोगों को फाँसी दे देंगे। खबरदार, जो अगर उनकी रानीजी से किसी ने कुछ कहा तो। पता नहीं किस बात का मान है, कि चौबीसों घण्टे यों तो हँसती-बोलती रहेंगी दूसरों से, लेकिन उसने कुछ पूछा-सुना नहीं कि घड़ी भर का मुँह सूज जायेगा, और एक-एक शब्द बोलने में वैसे ही काँखेंगी-कूँखेंगी जैसे बच्चा पैदा कर रही हों।

अपनी इस बच्चा पैदा करनेवाली उपमा पर स्वयं हँसी आ गयी। नीचे ससुरजी की बँगवई के कड़े बोलने लगे थे तथा 'विष्णु सहस्त्रनाम' का पाठ भी शुरू हो गया था। दीवार पर बलती चिमनी बढ़ा दी और वह दरवाजा खोलकर जीना उतर रान्नीघर की तरफ बढ़ी। परिवार में अपने-अपने ढंग से सवेरा हो रहा

था। सरो का सवेरा रान्नीघर में कण्डी पर तेल छलकाकर चूल्हा बालने से शुरू हुआ।

जब दोहपर भी ढलने लगी और श्रीधर बाबू नहीं लौटे तो माँ और पत्नी दोनों को अपने-अपने ढंग की चिन्ता हुई। माँ को लगा कि यह भी क्या बात हुई कि बैजनाथ गया तो वहीं जाकर बैठ गया। न इस बात की चिन्ता कि पीछेवाले क्या सोचेंगे। कोई घर में ऐसा भी प्राणी है जो बिना उसके खाये नहीं खा-पी सकता। अब तीसरा प्रहर होने को आया। सारा बर्तन-चौका भी हो गया। सवेरे का बना खाना रखा-रखा एकदम भूसा हो गया होगा। अब कब आयेगा? कब खायेगा? फिर बहू कब खायेगी? अभी तो उसे कपड़े-लत्ते भी धोने हैं। कब सब होगा? उधर श्रीमोहन के आने का बखत भी हो जायेगा, उसे रोटी-पानी मिलने में देर होगी तो उसकी बहू झकझक करने लगेगी। इस श्रीधर को कभी भी घर-गृहस्थी का सोच-विचार नहीं आयेगा।

उधर पत्नी को लगा कि, लो, गये तो वहीं जम गये। घर, बाल-बच्चों की पहले ही कौन चिन्ता है जो आज ही होती लेकिन कम-से-कम अपने तो समय से खा लेना चाहिए? कौन पकवान मिलते हैं कि स्वास्थ्य तो बनेगा ही चाहे ठण्ढा खाओ या गरम। न सही सरो की चिन्ता कि वह भूखी-प्यासी बैठी होगी। दिनभर बीस आदमियों का खाना बनाकर चौका-चूल्हा करते इस समय तक उसके पेट की आँतों का क्या हाल होगा। अपनी ही भूख का ख्याल रखें। सरो की भूख-प्यास चूल्हें में जाये। अपने तो समय से खा लेना चाहिए? दूसरे की साँसत करने में पता नहीं क्या सुख मिलता है? जेठजी को देखो, भाभीजी को भूख बर्दाश्त नहीं होती इसलिए सबसे पहले खा लेते हैं। एक यहाँ हैं कि किसी भी बात की चिन्ता नहीं। और फिर आज अभी तक नहीं आये। बैजनाथ हमेशा ही जाते हैं कोई नयी बात तो नहीं, फिर भला वहाँ क्या करने लगे अब तक? नारायण बाबू तो, सुनती हूँ कभी इस तरह की देर-सवेर नहीं करते। क्यों नहीं माँजी से कहा जाये। लेकिन माँजी अपने मन में क्या कहेंगी।

और सरो बही रान्नीघरवाला अबूट्या (वैष्णवों में भोजन के काम में आनेवाला रेशमी वस्त्र) पहने एकवस्त्रा बनी चूल्हें के पास घुटनों के ऊपर हाथ पर ठोढ़ी टिकाये घूँघट में बैठी रही।

तभी माँ ने प्रवेश किया,

— पता नहीं यह दुष्ट बैजनाथ में बैठा-बैठा क्या कर रहा है।

सरो सिर झुकाये अनुत्तर बनी बैठी थी। रान्नीघर के बाहर जेठानी नहानघर के पास खड़ी जोर-जोर से बोल रही थीं,

— जब कपड़े नहीं धोने थे तो कहलवा दिया होता। कहने में तो हेठी होती है न?

माँ ने रान्नीघर के दरवाजे से कहा,

— बड़ी बहू! अभी बेचारी मँझली का खाना-पीना ही नहीं हुआ तब भला वह कपड़े कैसे धोती?

— माँजी! देर से काम शुरू होगा तो यही होगा। 'उनको' भी रोज खाने में देर हो जाती है। बच्चों के कपड़े देर से धुलते हैं। भला जाड़ों के दिनों में कपड़े कब सूखें? कल से मान लो किसी बच्चे ने गीला कपड़ा पहन लिया और कहीं कुछ निमोनिया वगैरह हो गया तो काला मुँह हम लोगों का होगा किसी दूसरे का तो नहीं न?

एक बात पर इतनी सारी बातें सुनकर माँ को बहुत बुरा लगा लेकिन यह साहस नहीं हुआ कि बड़ी बहू की ज्यादती पर कुछ कह सकें। जिस साहस के साथ मँझली बहू का पक्ष लेकर वे खड़ी हुई थीं, वह पता नहीं कहाँ चला गया। और वे निर्वाक् सरो का मुँह ताकने लगीं। सरो बिना कुछ बोले-चाले उठी और हाथ धोकर अबूट्या बदलकर तेजी से कपड़ों के गट्ठर की ओर बढ़ी। सरो को तभी मालूम हुआ कि जेठानी अपने पानदान के कत्थे में पानी डालने आयी थीं। बड़ी अन्दाज से बोलीं,

— रहने दो भाई, हम अपने कपड़े धो डालेंगे। मैं तो रोज धो डालती हूँ। आज जरा-सा सर दर्द हुआ कि बस। जरा-सी बात पर लोगों की बातें सुननी पड़ें, इस गैरत से तो अच्छा है कि आदमी डूब मरे। मैंने तो 'इनसे' पचास बार कहा कि धोबी को रोज कपड़े धोने पर लगा लो, बोले, नहीं, माँजी बुरा मान जायेंगी और फिर घर में इतने लोग हैं तो क्या चार कपड़े नहीं धुल सकते?

सरो इस बड़बड़ाहट को बिना सुने कपड़े धोने लगी। माँ को अपमान से अधिक विवशता के कारण वहाँ से चला जाना पड़ा। जेठानी पैरों की पायल बजाती सगर्व चली गयीं।

जाड़ों का तीसरा प्रहर होता ही कितना है। खपरैलों पर धूप पहुँची नहीं कि वेला झुकने को हो आती है। माँ और पत्नी दोनों को लगा कि छावनी में नारायण बाबू के यहाँ पुछवा लिया जाये कि ये लोग आज अभी तक क्यों नहीं आये? पर किसे भेजें? श्रीमोहन सिरश्तेदारी करके कचहरी से लौटे। पहले तो माँ से हाँ भर ली लेकिन जब घर में पहुँचे तो श्रीमतीजी के द्वारा श्रीधर ठाकुर के बारे में जो भी चर्चा सुनी हो, माँ को कहलवा दिया गया कि उनका सिर फटा जा रहा है। खैर, सेरी से जाते किसी से मन्दिर में कहलवा दिया कि कीर्त्तनियाजी को फौरन घर बुलाया है। श्रीनाथ ठाकुर को कभी नहीं स्मरणता कि वे इस प्रकार बुलवाये गये हों। अपरस से बाहर आकर कपड़े बदल घर पहुँचे। जब पत्नी ने बताया कि श्रीधर अभी तक नहीं लौटा तो निस्पृह चिन्ता उन्हें भी हुई। एक बार मन में आया कि श्रीमोहन से कहें कि वह जाकर नारायण बाबू के यहाँ तलाश कर आये लेकिन कुछ सोचकर स्वयं ही छावनी की ओर निकल पड़े।

सवेरे से रात तक के अपने बँधे-बँधाये धार्मिक जीवन में मन्दिर से घर और वासुदेव की दुकान के अलावा और भी कुछ है, यह उन्हें भूल ही गया था। छावनी

की तरफ आज वे दसियों बरसों बाद आये थे। नित्य के जीवन से यह व्यतिक्रम था। दीया-बत्ती की वेला अभी नहीं हुई थी। उन्हें जल्दी ही वापस मन्दिर भी लौटना था। फूटे दरवाजे के यहाँ जो छोटे तालाब का उतार था वहाँ अभी भी औरतें पीतल के घड़ों का बेवड़ा सिर पर रखे पीने का पानी लिये आ रही थीं। केवड़ा हवा में महँक रहा था। सरो रोज इसी रास्ते तालाब से कपड़े धोकर आती है। कई औरतें कपड़ों का गट्ठर लिये चली आ रही थीं। तालाब में सिंघाड़ेवालों की नौकाएँ साँझ में एकान्त लग रही थीं। उतार के एकदम नीचे तालाब का बाँध था और बाँध के उस पार छावनी शुरू हो जाती है। कम्पनीबाग के कुएँ पर पानीवालियों की भीड़ थी। लोहे के रेहट और गिर्रियाँ आवाजें करती पानी भरने में व्यस्त थे। खूब खुली सड़कें तथा लाल बजरियोंवाली छावनी इस शारदीय साँझ में बड़ी अच्छी लग रही थी। कर्नल-कप्तान लोगों के बँगलों के सामने लान की दूब, फूल और घोड़े खिल रहे थे। दो-दो चार-चार में सिपाही आ-जा रहे थे। बैजनाथ का यही रास्ता था। थोड़ी देर वे उस रास्ते पर खड़े रहे कि शायद श्रीधर आ रहा हो। निराश हो वे नारायण बाबू के घर की तरफ बढ़े। नारायण बाबू के पिता जब जीवित थे तब वे कभी-कभी आया-जाया करते थे। वे जवानी के दिन थे। तब छावनी भी ऐसी नहीं थी। तब रेल नहीं चली थी। मेलकाट (मेल-कार्ट) का ही रिवाज अधिक था। जीवन के वे आरम्भिक दिन थे। नारायण बाबू का घर क्या था, कोठी थी। बाहर दालान में ही नारायण बाबू अलवान ओढ़े बैठे थे। नारायण बाबू हठात् विश्वास नहीं कर सके कि श्रीधर के पिता आये हैं। लेकिन दूसरे ही क्षण वे दौड़े और पैर छूकर उन्हें मसनद पर बिठाया।

— आपने कैसे कष्ट किया?

— वैसे ही।

— भाई साहब से काम था क्या?

— नहीं। हाँ नारायण! तुम बैजनाथ से कब लौट आये?

— बैजनाथ से! मैं तो बैजनाथ नहीं गया।

— तो....तो.....वो श्रीधर तो यही कहकर गया था। आज सवेरे चार बजे से ही, कि तुम सब बैजनाथ जा रहे हो।

— श्रीधर ने कहा था? और वह अभी नहीं आया?

— नहीं, अभी तक तो नहीं आया। सब उसकी राह देख रहे हैं घर पर।

— अच्छा, आइये पेमेन के घर पूछने चलें।

— बेटा! अब तुम्हीं पूछकर घर बता आना। मुझे मन्दिर से आना पड़ा। मैं वहीं चलता हूँ।

— चलिये मैं आपको पहले छोड़ आता हूँ।

— क्यों तकलीफ करते हो नारायण!

— अरे वाह, तकलीफ की क्या बात हुई इसमें?

और तेजी से कपड़े बदल नारायण बाबू श्रीनाथ ठाकुर को फिटन पर लेकर मन्दिर की ओर चले। नारायण बाबू सहसा समझ नहीं पाये कि श्रीधर बाबू बैजनाथ गये कि नहीं और गये तो फिर कहाँ चले गये। और मान लो कि त्यागपत्र देने के बाद मन में ग्लानि थी, तो इसका यह तो तात्पर्य नहीं था कि वे घर से ही चले जायें। नारायण बाबू को अपने ही सोचने पर आश्चर्य हुआ कि क्या श्रीधर बाबू घर छोड़कर चले गये? अपनी बगल में बैठे पिता श्रीनाथ ठाकुर पर उन्हें अत्यन्त दया आयी कि श्रीधर ने यदि ऐसा किया है तो कल यही पिता, श्रीधर की माता, पत्नी, बच्चे....और मन्दिर के सामने फिटन खड़ी हुई।

— तो नारायण!.....

— आप चिन्ता न करें। मैं उसे ढूँढ़कर अभी लाता हूँ।

दीया-बत्ती कभी के जल चुके थे। मन्दिर के बाहर खम्भे में लगी लालटेन जल रही थी। मन्दिर के बाहर का बड़ा-सा फाटक, जिसकी तैल खायी लकड़ी अँधेरे में डूबी हुई थी, मन्दिर की मोटी दीवार में झुका-झुका-सा लग रहा था। जिस मेहराब के नीचे पिता श्रीनाथ ठाकुर खड़े बात कर रहे थे उसमें बन्दनवार के आम के पत्ते सूखकर, कड़े पीले पड़ गये थे। मन्दिर में आते-जाते लोगों के झुण्ड को कीर्त्तनियाजी को इस वेला अपरस में न देखकर, बाहर खड़ा देख आश्चर्य होता, फिर भी 'जय श्रीकृष्ण' कहते हुए निकल जाते।

जब पिता श्रीनाथ ठाकुर अन्दर चले गये तब हठात् नारायण बाबू को लगा कि श्रीधर न तो पेमेन के यहाँ ही होगा और न ही पेमेन के साथ बैजनाथ ही गया होगा। उन्हें अन्तर में निश्चय ही बज उठा कि श्रीधर कहीं जा चुका है, लेकिन कहाँ?

मन्दिर में सन्ध्या-आरती का टिकोरा गूँजा और नारायण बाबू पेमेन के घर की तरफ बढ़े।

कई दिनों से नारायण बाबू पेमेन मजूमदार से नहीं मिले थे। जिस समय उनकी फिटन तारघर पहुँची, रात हो गयी थी। सड़क अँधेरे में एकदम तो नहीं डूबी थी लेकिन जाड़ों की अँधेरी रात थी। तारों की झिलमिल में आसपास के पेड़ों के तथा वस्तुओं के मोटे-मोटे आकार भर थे। रात ठण्ढी भी हो चली थी तथा हवा भी थी। पेमेन का घोंसला चारों तरफ से बन्द था। उजालदानों के शीशों से रोशनी दिख रही थी। चारों ओर एक गहरा सन्नाटा था। ठीक बगल में बहती नदी की हल्की 'खलखल' अवश्य थी। जब साँकल बजायी गयी तो दरवाजा खोला गया। खाँसते हुए शाल से ढँके पेमेन ने इस वेला नारायण बाबू को सहसा देखकर आश्चर्य भी प्रकट किया तथा प्रसन्न भी हुए।

— क्यों, खाँस क्यों रहे हो?

— अरे, कल से खाँसी हो गयी है जरा।

नारायण बाबू बिना कुछ पूछे-ताछे पता लगाना चाहते थे।

— बैजनाथ गये होगे।

— और पेमेन हँस दिये।

— तो तुम बैजनाथ नहीं गये।

— क्या पुलिस में थानेदारी शुरू कर दी नारायण बाबू?

— नहीं की यही गलती की।

— क्यों क्या बात है? गम्भीर लग रहे हैं।

नारायण बाबू कुछ देर तक अवाक् बने रहे। समझ नहीं पड़ा कि अब क्या करें। पहले तो सिर्फ सोचा ही था कि श्रीधर कहीं चला गया। अब तो स्पष्ट ही वह चला गया था। सम्भव है बैजनाथ में ही महाशय तशरीफ रखे हुए हों। रामकृष्ण परमहंस, योग, वेदान्त इनमें से कोई एक ही किसी भी व्यक्ति का दिमाग खराब करने के लिए बहुत है जबकि इन महाशय पर तो चारों ओर से हमला हुआ है।

— पेमेन!

पेमेन ने बरसों बाद नारायण बाबू को इस तरह गम्भीर पाया। पेमेन कहीं डर भी उठे।

— क्या बात है नारायण बाबू?

— लगता है श्रीधर कोई पागलपन कर ही बैठा।

— क्या??

पेमेन ने फटी आँखों से साश्चर्यता प्रकट अवश्य की लेकिन अभी कुछ नहीं समझ पाये थे।

— हाँ, आज वो सवेरे से ही घर से गायब है। घरवालों को कहा कि हम सब लोग आज बैजनाथ जायेंगे। पूरा दिन हो गया और जब वह घर नहीं पहुँचा तो 'कीर्तनियाजी' घर आये पूछने। मैं उन्हें मन्दिर छोड़कर तुम्हारे यहाँ तलाशने आया था कि कहीं तुम दोनों ही न गये हो।

पेमेन के हाथ-पैर एकदम ठण्ढे हो गये, जैसे मृत्यु का समाचार सुना हो। दोनों ने सिर उठाकर देखा कि पेमेन-पत्नी दरवाजे की चौखट में जड़ी खड़ी हुई सब सुन रही हैं। वे बोलीं,

— नारायण बाबू! आप लोग बैजनाथ जाकर क्यों नहीं, श्रीधर को खोजता?

पेमेन, पत्नी की बात से सोत्साह हो उठे और बोले,

— ठीक है नारायण बाबू। यही करना चाहिए।

— हाँऽऽ, करना तो यही चाहिए, पर पता नहीं क्यों मेरा मन कहता है कि वह वहाँ नहीं है।

— लेकिन उसको वहाँ देखना तो होगा न? सोच के किया होगा, खोजना तो होगा उसको।

पेमेन-पत्नी ने जैसे दोनों को आदेश दिया।

— ठीक है, बहू ठीक कहती है पेमेन! गरम कपड़े ठीक से पहनना समझे!!

छावनी की सुनसान सड़कों पर फिटन चली जा रही थी। नारायण बाबू और पेमेन दोनों ही अपने-अपने ढंग से इस बारे में सोच रहे थे। वैसे पेमेन बाबू की समझ में कुल यही आ रहा था कि श्रीधर बाबू ने जिस असन्तोष में त्यागपत्र दिया था उसी का आवेश होगा। न सही परिताप तो सम्भव है ग्लानि ही हो। लेकिन वे उस तेज ठण्ढी हवा तथा भागती फिटन में यही कामना कर रहे थे कि श्रीधर वहीं मिल जायें। छावनी भी काफी पीछे छूट चुकी थी। छावनी के अंग्रेज कर्नल की कोठी भी छूट गयी थी। रास्ता अब उतना साफ-सुथरा नहीं रह गया था। आस-पास गन्ना पेरा जा रहा था। हवा में ताजे गुड़ की गन्ध थी। यहाँ हवा एकदम कटघाववाली थी। पेमेन बाबू काफी गरम पहने थे फिर भी जड़िया रहे थे। वे दाँत भींचे, जबड़े सटाये अँधेरा घूरते बैठे हुए थे। नारायण बाबू के बलिष्ठ शरीर तथा बैठने की तर्ज से स्पष्ट था कि वे न तो ठण्ढी हवा का अनुभव कर रहे थे, न अँधेरा उन्हें परेशान किये था, न रास्ते की ऊबड़-खाबड़ ही उनका ध्यान तोड़ पा रही थी....वे तो अँधेरे क्षितिज में बसे बैजनाथ को जैसे खोजने को आकुल-व्याकुल हों। वे फिटन चलाते इस समय आरूढ़ सव्यसाची लग रहे थे। रास्ते में वही परिचित नाला पड़ा, जिसे इन दोनों ने अनेकों बार सभी मौसमों में देखा होगा। इस समय उसका शान्त बहता जल काले दर्पण की भाँति एकान्त चमक रहा था। उसके प्रवाह में व्यवधानहीन स्तब्धता थी। जल में तारे तक उतरे लग रहे थे। जैसे काला मोर हो। भागते घोड़े ने सरपट ही नाले के जल को रौंधा। नाले में एक क्षण को आन्दोलन हो गया। जल अनेक में टूट बिखरा। टूटा जल आपस में ही टकराता जैसे खौल उठा। तल में सोयी बालू पहियों से किरकिरा उठी और परली पार घोड़े के गीले खुर, गीले पहिये सूखी धूल में निशान बनाते तीर से निकल गये। बैजनाथवाली पहाड़ियाँ आ गयी थीं। किसी भी, कैसे भी निर्जन स्थान तक की यह विशेषता होती है कि उसकी एक गर्मी तथा गन्ध होती है—जो कि उसे जंगल से पृथक् करती है। जंगल में रात-बेरात किसी सुनसान रास्ते दूरी पर किसी गाड़ी या भेड़-बकरी की गलघण्टी सुन पड़ने पर लगता है जैसे दीपक बल उठा हो। यह गन्ध या गर्मी हमसे कहीं अधिक पालतू पशु पहचान लेते हैं। भागते घोड़े ने बैजनाथ की ओर से आती हवा में नथुने फुलाकर एक बार ही वह गन्ध अनुभव की।

बड़ा-सा उतार पारकर जिस समय वे लोग मन्दिर में पहुँचे चारों ओर एकदम निर्जन शान्ति थी। और तो और ब्रह्मचारी तक नहीं थे इसलिए उनके तोते की चीख भी नहीं थी। दोनों सीधे घाट तक गये। वहाँ भी निर्जन देख वे मन्दिर

की तरफ बढ़े। शिवलिंग के सामने दीप जल रहा था। शेष सब अँधेरे में डूबा हुआ था। केवल नाले की 'खल-खल' के अतिरिक्त सब कृष्ण-मौन था। हवन-मण्डप की रेलिंगों के पास आकर नारायण बाबू जैसे परास्त व्यक्ति की भाँति आ खड़े हुए। पेमेन, नारायण बाबू की सारी मनःस्थिति तथा परेशानी बूझ रहे थे। स्थिति बोलने से परे की थी। इतना पथराया एकान्त था कि स्वयं का अनुभव अपने को ही दूसरे के सामने होने पर ही हो पाता था। वे बोले,

— तोऽऽ?

नारायण बाबू का 'तो' अनेक बातों की व्यंजना था। जिनमें खीझ थी, खोजने की सीमा थी, भविष्य का अन्धकार था, अनेक सम्बन्धित व्यक्तियों की अनिर्णयात्मकता थी और सबसे अधिक तो श्रीधर बाबू के परिवार का रोता हुआ कल था जो यहाँ तो अभी ही आ गया था। आज के अँधेरे में धूपवाला कल का दिन, रोता हुआ उदित हो चुका था।

माना कि बैजनाथ आते हुए उत्साह या सम्पूर्ण निश्चयात्मक विश्वास नहीं था, तब भी सम्भावना तो थी ही। तभी तो ठण्ढे अँधेरे, कटघाव हवा सभी को चीरते चले आते थे। लेकिन अब लौटने में क्या रह गया था? वे श्रीधर-परिवार की उत्कण्ठा को क्या कहेंगे? प्रतीक्षा करते श्रीधर के पिता-माता, पत्नी-बच्चे इस समाचार को किस प्रकार सुनेंगे? इसका क्या अर्थ लिया जायेगा? क्या अर्थ लिया जाना चाहिए? जैसा कि श्रीधर ने उस दिन कहा था यहीं बैजनाथ में कि, नारायण बाबू! दो पाँव हैं और पूरी पृथ्वी है। विवेकानन्द की भाँति मैं भी निकल जाऊँगा। जहाँ तक परिवार का प्रश्न है, उसके बारे में अधिक सोचना व्यर्थ है। श्रीधर की बात में उस दिन कितना असम्पृक्तता का निर्णय था और लगता है उसने अपने पाँव इस पृथ्वी पर विवेकानन्द की भाँति बढ़ा ही दिये।

रात काफी जा चुकी थी जिस समय नारायण बाबू पेमेन बाबू के साथ श्रीधर-बाड़ी पहुँचे, अँधेरा काफी था। दीवार पर एकमात्र मन्दी चिमनी बल रही थी। दरवाजे पर आहट हुई और श्रीनाथ ठाकुर—'अच्छा!!' कहकर उठे। गरम अलवान ओढ़ तथा गरम कनटोप पहने दरवाजा खोला। पता नहीं क्यों पिता श्रीनाथ ठाकुर ने उत्सुकता नहीं दिखायी। नारायण बाबू से मात्र यही पूछा,

— ये साथ में कौन हैं? पेमेन बाबू?

— जी हाँ।

पेमेन बाबू ने नमस्कार किया। दरवाजे की पतली गली लाँघते हुए श्रीनाथ ठाकुर बोले,

— सम्हलकर आना भाई, कच्चा-पक्का घर है यह तो।

किसी का साहस बातें करने का नहीं हो पा रहा था, हालाँकि बँगवई पर आकर सब बैठ गये थे। उस अभेद्य मौन को तोड़ते हुए नारायण बाबू बोले,

— अम्माँजी कहाँ हैं?

— आती हैं, ऊपर बहू के पास गयी हैं।

— सब ठीक है न?

— हाँऽऽ बेटा, ठीक ही है। पूरा दिन हो गया बहू ने एक दाना मुँह में नहीं डाला। पता नहीं क्या होगा। अरे भाई, वो कोई नादान नहीं है। चला गया है कहीं, पर आ जायेगा। घबराने की क्या बात है? और घबराये से क्या होता है? क्यों नारायण बाबू! गलत कह रहा हूँ?

श्रीनाथ ठाकुर का स्वगत सुनने पर नारायण बाबू को भी साहस हुआ वर्ना यही नहीं सोच पा रहे थे कि कैसे कहें? क्या कहें? बोले,

— हाँ, और क्या। आप जानें, वह बैजनाथ नहीं गया।

— अरे मैं सब समझता हूँ।

तब तक सीढ़ियों पर पैरों की आहट सुनायी दी तथा श्रीधर बाबू की माताजी की आवाज थी—जैसे वे बहू से कहती नीचे उतर रही हों—भाई ऐसे कै दिन चलेगा? तुम अपनी जान देने पे क्यों आयी हो।

सबने देखा कि एक अँधेरी छाया सीढ़ियाँ उतरती आयी, बोली,

— कौन नारायण बाबू?

— हाँ, अम्माँजी!

— फिटन की आवाज सुनी थी।.....नहीं मिला न वह दुष्ट? मैं तो जानती थी। वह कहीं दूर निकल गया।....ये तुम्हारे साथ कौन है? पेमेन बाबू हैं क्या?

पेमेन् बाबू ने नमस्कार किया। श्रीधर की माता जैसे अपने में ही डूबी बोलती रहीं।

— कहीं जाओ-आओ भाई, हमें क्या!! लेकिन बस अपने ठीक से रहो तथा दूसरों की साँसत न करो! अब यही श्रीधर कहकर जाता तो क्या बिगड़ जाता? ठीक है... बुरा तो लगता है, लेकिन भाई, न सही माँ-बाप तो ये नारायण बाबू थे, पेमेन बाबू थे, इन्हीं से पूछ-ताछ की होती, राय ली होती। बेचारी बहू मछली हो रही है। न सोचा, न विचारा कि बूढ़े माँ-बाप होते ही क्या हैं, पीछे से बाल-बच्चों का क्या होगा? भाई तो जैसे हैं वह सबके सामने हैं। उनकी बला से.....आज मरे कल दूसरा दिन!!

पता नहीं वे इस तरह जाने कब तक बोलती जातीं लेकिन पिता श्रीनाथ ठाकुर ने टोक दिया,

— अब तुम अपनी ही रामायण खोलकर बैठ गयीं। किसी और की भी सुनोगी कि नहीं? हाँ नारायण बाबू! तो अब क्या हो? श्रीधर ने तो हमारे सबके सामने समस्या खड़ी कर दी। जाने कहाँ गया होगा?

— अभी एकदम तो मैं कुछ कह नहीं सकता कि श्रीधर कहाँ गया लेकिन वह किसी बड़ी जगह जाकर ही कोई नौकरी ढूँढ़ेगा। और सम्भवत: तब तक वह अपना अता-पता कुछ न दे।

तभी श्रीधर की माताजी बोलीं,

— तो भैया, जब ऐसी बात है तो कम-से-कम तुम ऊपर जाकर एक बार बहू को समझा दो। शायद तुम्हारी बात समझ में आ जाये। न खाना, न पीना, न रोना, न धोना-बस-जैसे घिग्घी बँध गयी हो। अरे चिन्ता की क्या बात है? कहीं चला ही तो गया है वह, आ जायेगा और हमारे रहते इस घर में किस बात की चिन्ता उसे?

और नारायण बाबू उठकर सीढ़ियाँ चढ़ते श्रीधर बाबू के कमरे की ओर चले। देवव्रत और सुशीला सो गये थे लेकिन गुणवन्ती अपनी माँ के सिरहाने उदास बैठी हुई थी। एक चिमनी का आलोक था। उस कमरे में ऐसा मौन था जैसे बहुत बोला गया हो और हठात् बहुत बोला जाना रुक गया हो। नारायण बाबू को देखकर गुणवन्ती खड़ी हो गयी।

— काकाजी, आप?

— हाँ, बेटा, कैसी हो?

— जिजी! छावनीवाले काकाजी आये हैं।

और सरो उठ गयी तथा घूँघट ले लिया। उसे उठने से बरजते हुए रस्सी के खुले झूले पर बैठते हुए बोले,

— बहू, सुना तुमने दिनभर से खाना वगैरा न खाया, न पिया। क्यों गुणवन्ती? माँ ने कुछ नहीं खाया-पिया न?

गुणवन्ती के दिनभर के उपासे मुख पर अजीब सौन्दर्यपूर्ण मुस्कान आ गयी। गुणवन्ती इकहरे बदन एवं कुन्दन वर्ण की थी। हँसते में उसके दाँत थोड़े लम्बे दिखते। आँखों में अजीब दोपहरी का-सा भाव, लेकिन सम्पूर्ण मुख में एक ऐसा विशद सौन्दर्य झलकता था जो उसे पौराणिक सुन्दरी की-सी पवित्रता देता था। नारायण बाबू के प्रश्न पर हठात् हँसी आ गयी और उसने अत्यन्त परितृप्ति से माँ की ओर देखा, जो कि घूँघट लिये थीं। नारायण बाबू फिर बोले,

— देखो बहू, तुम तो स्वयं श्रीधर से कहीं अधिक समझदार हो। आज वह चला गया है, इससे क्या? कल उसे लौटना होगा; तुम्हारे ही पास, इन बच्चों के पास। किसी आवेश में उसे कुछ बुरा लगा और वह गया है। हम सब जानते हैं कि वह लोकपटु नहीं है, लेकिन ज्ञानी है। शायद इस जाने में भी हम सब की अच्छाई की ही कोई बात हो। क्योंकि वह किसी भी कुपथ पर नहीं जायेगा या कोई भी ऐसा काम कभी नहीं करेगा जो योग्य न हो। तुम इस तरह अन्न-जल छोड़कर बैठोगी तो बापू-अम्माँ का क्या होगा? इन बच्चों की देखभाल कौन करेगा? कल जब वह लौटेगा और तुम्हें इस तरह अपरिग्रहा देखेगा तो क्या उसे सुख होगा? क्या वह चोरी करके गया है जो हम प्रायश्चित्त करें? ठीक है उसे कहकर जाना चाहिए था लेकिन तुम तो खुद जानती हो कि कहकर जाने पर कोई जा सका है? या जाने दिया गया है? जब वह जा चुका होता है तब सब कहते हैं कि अगर कहकर जाता तो क्या

हम रोक लेते? यह सब मोह है? श्रीधर निश्चय ही सत्कार्य पर गया है। हम चाहे जानें या न जानें वह एक दिन निश्चय ही कोई ऐसा कार्य करके लौटेगा जिसके कारण हम सबको गर्व होगा। और फिर कोई एक दिन की बात तो नहीं है कि चलो भाई, दो दिन की बात है न खाओ, दु:ख ही मना लो। कब तक नहीं खाओगी? और तुम्हारे खाना न खाने से श्रीधर लौट आये तो जरूर न खाओ। तुम्हें हमारी शपथ है बहू! जो अपने को त्रास दो, समझीं?

सरो ने अपने घूँघट में से ही गुणवन्ती से कुछ कहा। गुणवन्ती बोली,

— काकाजी! उज्जैन किसी को क्यों नही भेजते?

नारायण बाबू हँस दिये।

— अरे तो क्या तुम समझती हो कि उसे खोजा न जायेगा? लेकिन यह भी सोच लेना चाहिए सबको कि जाग्रत हुए पुरुषार्थ को मोह से नहीं रोकना चाहिए। श्रीधर का पता जरूर ही लगाया जायेगा पर वह यहाँ लौट आये और वापस इसी छोटी जगह में पड़ा रहे यह मैं नहीं चाहता! वह विद्वान् है, शुभ-संकल्पी है। उसके किये बड़े काम हो सकते हैं। जब वह एक बार छोटी जगह को लाँघ गया तब हम सबका कर्त्तव्य है कि उसे कमजोर न बनायें बल्कि बल दें। कितने लोगों में ऐसा पुरुषार्थ जागृत होता है? क्या पता एक दिन उसी के नाम तथा कार्यों के सहारे ही हम लोग भी जाने जायें? मैं स्वयं उसे खोजूँगा। यदि वह वास्तव में पुरुषार्थी होकर कार्य कर रहा होगा तब उसे नहीं टोकूँगा वर्ना उसे तुम्हारे पास लौटा लाऊँगा, यह मैं विश्वास दिलाता हूँ। तुम्हारा कर्त्तव्य अब इन बच्चों तथा बापू-अम्माँ के प्रति है, अपने प्रति है। तुम इसे सौभाग्य समझो कि तुम्हारा पति किसी बड़े उद्देश्य के लिए बना है। न वह सिरश्तेदारी करने के लिए बना है, न घोड़ा-डाक्टरी। मैं चलता हूँ। लेकिन मैं अपनी बहू को वास्तव में सरस्वती देखना चाहता हूँ। तुम तो स्वयं ज्ञान की देवी हो। तुम कमजोर हो जाओगी तो इस कमजोर घर की शहतीरें किसके कन्धों पर खड़ी रहेंगी। तुम इन बच्चों की न केवल माँ ही हो बल्कि आज से पिता भी हो। तो मैं चलूँ, फिर आऊँगा। तुमने घर, परिवार को जिस सहनशील पृथ्वी की भाँति सहा है, झेला है उसे तुम्हारे असली जेठ-जेठानी न जानें, न बूझें लेकिन छावनीवाले तुम्हारे जेठ-जेठानी भलीभाँति बूझते ही नहीं हैं, बल्कि ऐसी बहू को 'बहूमाँ' की भाँति पूजते हैं।

नारायण बाबू सहसा झूले से उठ गये। गुणवन्ती की ओर हँसते हुए निकल आये। सीढ़ियाँ उतरने की आवाज आती रही कि नारायण बाबू चले गये। और सरो, दिनभर से जो घुटी पड़ रही थी, हठात् रो उठी। नारायण बाबू उसके मर्म को छू गये थे। कैसी वे उसे एक सहज नारी से उठाकर प्रतिमा बना गये कि जो अपना दु:खजीवी नहीं होती। प्रतिमा, परदु:खजीवी होती है। लेकिन अन्तर में नारायण बाबू के प्रति वह शतशः प्रणामवती हो उठी कि छावनी में कोई जेठ-जेठानी हैं जो उसके खटने को, थकान को, न केवल बूझते हैं लेकिन पूजते हैं। एक बार ही तो

वह छावनी जा सकी है आज तक। नारायण बाबू की पत्नी-भाभीजी को कितनी ममतामयी पाया था। नारायण बाबू कैसे उसके मन में उठती शंका-कुशंकाओं का निदान कर गये। सच ही यदि वे कहकर जाते तो क्या मैं या बाबू, या माँ, ये बच्चे जाने देते? वह अपने में डूबी हुई थी—

कल रात—

कल रात इसी समय 'वे' यहाँ बैठे हुए थे। आज, आज न जाने कहाँ हैं? रुपये-पैसे भी तो उनके पास कहाँ थे? सामान भी तो कुछ नहीं ले गये। क्या हुआ होगा? कहाँ होंगे? क्या 'उन्हें'....मान लो....बापू-अम्माँ, सरो, गुणवन्ती, सुशीला किसी की याद न आयी हो तो क्या देवव्रत भी नहीं याद आया होगा? कहते थे कि देवव्रत को किसी गुरुकुल में भेजकर पढ़ाया जायेगा।

कल रात 'उनके' मुख पर कुछ था। कुछ उड़ा-उड़ापन-सा नहीं था? था न?? कैसे मेरी ही बात की स्वीकारोक्ति कर गये कि प्रत्येक धर्मज्ञ के जीवन में रामायण का वनवास, प्रिय-विरह सम्पन्न होता है। कहने लगे कि पति, पत्नी को अग्नि परीक्षित करता ही है न? मुझी से उल्टा प्रश्न किया।.....लेकिन क्या 'उनकी' बातों में कहीं सच्चाई नहीं थी कि...राम ने सीता का जो अपमान किया था उसी के कारण वे पृथ्वी में समा गयीं....और सरो ने अपनी ही जीभ काट ली। वह अनायास ही कैसी अश्रद्धा की बात बुदबुदा बैठी थी। 'वे' ज्ञानी हैं। 'उन्हें' यह कहते शोभा भी देता है कि—सरो, सीता को रावण ने नहीं राम ने पीड़ा पहुँचायी थी। लेकिन सरो तो ज्ञानी नहीं है न? श्रद्धा, तर्क नहीं कर सकती। कल शाम जैसे अनायास एक वनवास किसी ने स्वेच्छा से ले लिया। राम-बुद्ध की गाथा कैसे मिल गयी? तभी तो दिनभर कल मन अज्ञात ही में बुझा-बुझा-सा था। जैसे कहीं कोई भारी कदमों को रखता हुआ अँधेरा-अँधेरा चल रहा हो। सीकरी की मजारों की वे आँखें, जैसे मोमबत्तियाँ, कैसे दिनभर दूर क्षितिज के पास जलती हुई रोती रहीं। तो अगत्या 'वे' चले गये!! कहा कि बैजनाथ जाना है। जाते समय हम सब सोते ही रहे। हल्का खटका उनके जाने पर हुआ था लेकिन....क्या पता था कि वे अनेक दिनों के लिए अन्तिम जा रहे हैं। न होता, तो चरण ही पखार लेती।

गुणवन्ती इस बीच जा चुकी थी। नीचे से भी बोलना नहीं आ रहा था। सम्भवतः नारायण बाबू तथा पेमेन बाबू जा चुके थे। बापू की बँगवई हौले-हौले बोल रही थी। एकदम निस्तब्धता थी। गुणवन्ती थाली में भोजन ले आयी। अजीब तरह से मन खाली होने पर भी भरा हुआ था। नारायण बाबू की बातों तथा गुणवन्ती की आँखों के मौन अनुनय के सामने वह दो-चार गस्से किसी तरह खाकर उठ गयी। गुणवन्ती थाली लेकर चली गयी। अम्माँ ने गुणवन्ती को थाली वापस ले जाते देख पूछा,

— कुछ खाया उसने?

— हाँ, अम्माँ!

तभी बापू की 'हरि इच्छा' जोरों पर सुनायी दी तथा अम्माँ का 'ओम नमो भगवते वासुदेवाय' तथा बँगवई के कड़ों की जोरों से 'चर्रमर्र' की आवाज। एक अध्याय जैसे बड़े दिनों में, उपवास के उपरान्त, बड़ी प्रतीक्षा के बाद पुरा हुआ।

कल से सम्भव है और दिनों की तरह की नित्यता लौट आये।

सरो बच्चों से घिरी अज्ञात अँधेरे में कहीं चले गये अपने पति के पदचिह्नों को खोजती रही और जैसे कहीं वह भी चली जा रही है—ऐसे ही लेटे-लेटे।

पहले ही कौन सुख था सरो को जो अब दुःख हो जाता। फिर भी वह अनाथ तो नहीं थी न? कैसे ही चुप रहनेवाले श्रीधर बाबू क्यों न रहे हों, पति थे। पति की एक छाया होती है जो अनजाने में ही पत्नी, बाल-बच्चों के लिए ऊपर-ही-ऊपर मौसमों के विभिन्न तापमान स्वयं झेल लिया करती है। पति के पास में न रहने पर आकाश एकदम सिर ऊपर आ जाता है। सारी तपन, सियरापन सभी तो सीधे-सीधे फिर भुगतना होता है।

श्रीधर बाबू की उपस्थिति भाई-भौजाइयों के लिए सीमा तक ही स्वतन्त्रता देती थी। सास-ससुर को भी बहू का पक्ष लेने में सुविधा होती थी। बच्चों की उपेक्षा भी ताई-चाचियाँ छुपकर ही कर सकती थीं। लेकिन अब जैसे मरुस्थल में मात्र जेठ की दोपहरी ही तप रही थी। न कहीं छायाश्रय था न तपने का अन्त। जो था, वह इतना भाँय-भाँयवाला उजड़ापन था कि न केवल देह वरन् आत्मा भी तोड़ दे। यदि आप अपने दारिद्र्य में न सही वस्त्र, तो, घर तो पहने हुए होते हैं लेकिन सहसा भूकम्प आ जाये और तो दीवारें ढह जायें तो, तो क्या हो? आप निपट न हो जायें? परदयाजीवी, कि हमें कोई कुछ कह न दे। लेकिन लोग, जब कुछ नहीं होता तब बहुत-कुछ कह-सुन लेते हैं, हथेली पर सरसों जमा ली जाती है, भला जब सरेआम मौका हो, स्थिति हो और हो आपकी विवशता, तो आप उस फेंके गये हड्डी के व्यर्थ टुकड़े होते हैं जिसमें कोई मांस नहीं होता, फिर भी कुत्ता है कि आपको, लार टपकाता कभी इस डाढ़ से कभी उस डाढ़ से चबाने में लगा है। जब तक आप चब नहीं उठते तब तक आपकी निष्कृति नहीं। भले ही आप कुत्ते की डाढ़ का रक्त निकालकर अपने को रक्तमय कर लें। और जब कुत्ते को आप में रक्त का स्वाद आने लगता है तब वह किस गर्व से आपको चूसकर फेंक देता है, एक विजेता की भाँति-कि बिच्छू, आखिरकार तुममें रक्त था और उसे मैंने चूसकर ही दम लिया। प्रत्येक विवशता, वही हड्डी का टुकड़ा है। सरो भी यदि अपनी जेठानी, श्रीमती सावित्री श्रीमोहन ठाकुर की डाढ़ों में चबायी जा रही थीं तो क्या लोकविरुद्ध था? बल्कि यह सरो की ज्यादती थी कि वह देर तक चबायी जाने पर भी रक्त का स्वाद नहीं दे पा रही थी। सरो यह भूल रही थी कि किसी ने भी अपने काम से, त्याग से सामनेवाले को लज्जित नहीं किया है, भले ही स्वयं

ऊँचा हो जाता हो वह व्यक्ति। जब काम करता हमारा व्यक्ति ऊँचा हो जाता है तो हम यह समझने की भूल करने लगते हैं कि अब सामनेवाला छोटा हो गया है जबकि वह तो उतना ही बना रहता है। अन्तर मात्र इतना हो जाता है कि आप उसकी डाढ़ों के लिए बहुत बड़े कौर हो गये होते हैं, उसकी पहुँच के नहीं रह जाते हैं। अब आप चाहें तो इसे लज्जित होना कह लें, हृदय-परिवर्तन होना कह लें या सह-अस्तित्व कह लें कि बड़ा कौर और छोटी खूनी डाढ़ें एक साथ रह रहे हैं।

दिन-पर-दिन बीतते जा रहे थे। पति की तलाश में बापू तथा नारायण बाबू दोनों उज्जैन तथा इन्दौर तक गये लेकिन चार-छह दिनों की तलाश के बाद निराश लौट आये। कोई श्रीधर बाबू के इस प्रकार घर छोड़ जाने को कुछ भी कहे कि वे कुल, कस्बे का नाम ऊँचा करके ही एक दिन लौटेंगे, लेकिन एक तो भविष्य की बात आज कोई नहीं कह सकता कि कल आप क्या कर सकेंगे, दूसरे जब बात इतनी साफ हो कि कायर की भाँति नौकरी छोड़ भाग गये और अपने सिरश्तेदार भाई के सिर पर माता-पिता, पत्नी तथा तीन-तीन बच्चों का बोझ लादकर चले गये तो इस बात को जेठानी, श्रीमती सावित्री देवी क्यों नहीं मुहल्ले-टोले में गाती फिरें कि—बहना, क्या करें, बस हम लोग तो लुट गये। पहले ही कौन कुछ देता-लेता था लेकिन अब तो बस जान पूरी साँसत में है। बिटिया कान्ता की सगाई तुड़वाना चाहते थे ये देवर महाशय पर, भगवान् ने भी कैसे सुनी कि.....और इसी तरह की अनेक बातें नाइन से तैल मलवाते, पान चबाते, दोपहरी में पड़ोसिनों के आ जाने पर होने लगीं।

— डाली बहन, तुझे क्या बताऊँ, ये श्रीधर की बहू, अब तुम जानो सिवाय कभी-कभी खाना बना देने के कटी अँगुली पर पेशाब नहीं करती। कभी कह दो कि बहन जरा कट गया तो कहेगी—भाभीजी, अभी-अभी पेशाब करके आ रही हूँ।

और जाने कितनी गन्दी-गन्दी बातों का रस, पान की पीक के साथ श्रीमती सावित्री देवी अपनी बैठक में बैठी डाली, फूलकुँवर, चम्पा, सरजू, अजुध्या, गंगा आदि से कहतीं-सुनतीं खिलखिलाती होतीं और उधर सरो तीसरे पहर चूल्हे के पास अबूट्या पहने एक गोड़ के नीचे पानी का लोटा दाबे, चोरों की तरह खाना खा रही होती। दाँतों में सवेरे की बनी रोटी 'किस्स किस्स' करती खायी जा रही होती कि झमककर बिछिया तथा पायल बजाती जेठानी, चूने में पानी डालने के बहाने आकर देख जाती कि महारानीजी अभी खाना ही खा रही हैं? कपड़े कब धुलेंगे?—सरो, जेठानी को देखकर काँप उठती जैसे बिल्ली देख ली हो। एक रोटी खाकर ही उठ जाती। आँतें, सहस्त्रमुखी होकर उस समय खाना खा रही होतीं कि उन्हें पानी के एक लोटे से ही परितृप्त कर दिया जाता। सरो, आत्म-विस्मृत बनी दिनभर काम में बझी रहती। वह भी मनुष्य है, सम्बन्धयुक्त नारी है—यह उसे तभी चेत होता जब सासूमाँ या तो 'बहू' पुकारतीं या फिर बच्चे उसे 'जिजी' सम्बोधन करते। विशेषकर जब किसी काम से सामने पड़ जाते और वह थके अंगों तथा बुझे मन से पृथक् एक सहज माँ के रूप में निहारती तो उसकी आँखों में तारे नाचने लगते-जैसे चक्कर आ रहे हों। सब घूमने लगता। जैसे दूर आँधियाँ चल रही हों बैशाख की। चारों ओर धूल-धक्कड़ हो गया है। धूल के बगूले, गोल-

गोल घूम रहे हैं और तेज-तेज चल रहे हैं।—क्षितिज में ऐसे बगूले-ही-बगूले खड़े हुए हैं। बचपन में अलादीन की कहानीवाला जिन्न भी तो ऐसे ही बगूलों में से निकला करता था। ऐसे ही किसी घूर्णावर्त राक्षस का संहार कृष्ण ने किया था। बच्चों के पुकारने की आवाज में कहीं 'उनकी' भी वाणी अनुगुंजित लगती और तब चेत होता कि वह भीगी धोती में ही दिनभर से है। अंगों में हल्की सिहरन आ जाती। मन करता कि वह भी देवव्रत को अपने सीने से सटा ले। वह भी अपनी जेठानी की भाँति धूप में चटाई डालकर अपने बच्चों से घिरी बैठी रहे। पान वह भी खाना जानती थी बल्कि ऐसे कि नजर लग जाये, लेकिन...आये दिन वैद्यजी की दवाई खाने से फुर्सत मिले तब न??

इतना कामकाज किसी मशीन को भी करना पड़ता तो वह भी बीमार नहीं, टूट भी जाती।

आज चार बरस से वह मायके नहीं जा सकी तब भला आराम कैसे मिल पाता? चार बरस से अनथक, नित्य बारहों मास सवेरे चार-पाँच बजे से रात दस-ग्यारह बजे तक कामकाज करते रहने पर कोई भी टूट सकता है। सरो टूटी नहीं यही क्या कम आश्चर्य की बात है?—बीमार है तो क्या है। और फिर ऐसी क्या बीमारी है? कोई मोतीझरा निकला है? जलोदर है क्या? सन्निपात हुआ है? क्या हुआ है। कोई पूछे तो जरा इन महारानीजी से? कहती हैं रात को हल्का-हल्का बुखार हड्डियों में हो जाता है। सुनती हो बहना! हड्डियों में बुखार!! हाय-हाय कुरबान जाऊँ ऐसी नजाकत पर। इस देहात में जैसे नखलऊ की बेगम साहबा आय गयीं बेचारी! इलायची न छीलना डाली। हमारी देवरानीजी की हड्डियों को जुकाम हो जायेगा—हाँऽऽ!! बाप ने बेगम तो भेज दी लेकिन लौंडियाँ और खवासिनें क्यों रख लीं? तुम तो नखलऊ की ही जमींदारिन हो बहना! कह दो न कोई शेर-वेर-
— फर्शे मखमल पे मेरे पाँव छिले जाते हैं।
— हाय माँ! मर गयी मैं तो
— चिकोटी न काटो सरजू! अरे, उई-ई....!!
और जेठानीजी के दरबार में यही सब दोपहर भर होता रहता।

रात, और वह भी अपने से थके, हड्डियों में बुखारवाले व्यक्ति की रात। पति अनकहे अज्ञात में चला गया, ऐसी पत्नी की रात। अधभूखी पसलियोंवाले बच्चों से घिरी माँ की रात—रात नहीं, काली लू होती है। जिसमें मात्र झुलसन ही नहीं होती, सब ऐंठ जाता है। जैसे सर्द गठिया हो। एकमात्र व्यक्ति, जो रक्षा होता है,

जब वही नहीं होता—तब कुछ नहीं होता, क्योंकि सब-कुछ होने लगता है। और जब होने लगता है तब आप विवश हो जाते हैं—हड्डी के टुकड़े!! शहतीरों के रन्ध्रों से हवा और चाँदनी बाहर के उन्मुक्त अनिन्द्य सौन्दर्य की रेशमी रस्सियाँ तान देते हैं उस अँधेरे में, जैसे चाँदी की वंशियाँ नीरव एकान्त गा रही हों—गोरा एकान्त!! मन उसी के पीछे मृग बन जाता है—नील आकाश होगा ऊपर ही, खुली दिशाएँ होंगी जिनकी कोई, जेठानी नहीं होंगी जिनकी कोई, निठल्ली पड़ोसिनें नहीं होंगी जो पीक थूकती दूसरे की थाली में छेद करती बैठी होंगी। जहाँ सोने के स्वर्गिक सेब की भाँति एकान्त परिवार होगा। जिसमें तारों की चमक होगी। वह भी अपने पति की बाँह पर सिर टेक किसी ऐसे ही एकान्त सेब को चाहती है लेकिन उसे इसके ठीक विपरीत ही प्राप्त हुआ है और अब-अनन्त अभेद्य अन्धकार, अनिश्चय।

हड्डियों के बुखार के अतिरिक्त सिर तवे-सा तप उठता है। पसलियों में जैसे खरखराहट घूमती हुई पूरे सीने में बगूला बन जाती है और वह खाँसकर उसे थूक देना चाहती है। लेकिन वह अपने अन्तर में बैठे बगूले के इस जिन्न को जानती है और वह कहना चाहती है कि यह उसका गला घोंट रहा है, उसे अन्दर-ही-अन्दर खा रहा है, उसका नाम है—लेकिन किससे कहे?

सब तो सो रहे हैं!! इन अबोध बच्चों से क्या कहे? सासूमाँ से? वे बेचारी कर ही क्या सकती हैं? बापू से?—और वह फीके हँस उठी। बाकी कौन है? जो इसे सुन सकता था या जिसे सुनना ही पड़ता वह तो दूर...जाने कहाँ है। घबराहट होने लगती। संशय होने लगता कि क्या वह 'उनके' आने के पूर्व ही तो अपने इन बच्चों को छोड़कर नहीं चली जायेगी? तब गुणवन्ती, सुशीला, देवव्रत का क्या होगा? अधभूखे-से भूखे और भूखे के बाद.....नहीं, नहीं, यह नहीं होगा। और वह सोते बच्चों को अपने में समेट लेती है।

हड्डियों का बुखार तथा मस्तक और प्रलापित मन-न बीतनेवाली रात-लेकिन दिन सभी के लिए होता है। सरो के लिए रात चाहे हड्डियों में कुछ लाये, दिन तो काम ही ला सकता था। दवाई और विश्राम नहीं।

जब से श्रीधर बाबू गये तब से सासूमाँ के अतिरिक्त जेठानी ने कभी बात न की। जेठानी के बच्चे अब उसे वैसे ही घूरते दूर-दूर से ताक-झाँक करते जैसे वह मेहतरानी हो। काम-काज में लेकिन बढ़ोत्तरी ही हुई होगी, कमी तो नहीं ही। भूले से जेठानी कभी सामने पड़ जातीं तो अब दामन ही नहीं आँखें भी चुराने लगी थीं क्योंकि जेठानीजी नया महाभारत रच रही थीं।

श्रीमोहन ठाकुर तथा श्रीमती सावित्री देवी अब खुल्लमखुल्ला अलग होने की घोषणाएँ, चर्चाएँ करने लगे थे। भगोड़े भाई के निठल्ले परिवार को वे लोग कब तक खिला-पिला सकते हैं? है न?? दो-चार-आठ दिन की बात हो तो चलो भाई, कोई बात नहीं। अब मान लो श्रीधर लौटे ही नहीं, तो? तो क्या उसके बाल-बच्चों का भी करना-धरना होगा? बड़ी लड़की गुणवन्ती तो जवान हो ही गयी समझो। सुशीला भी हो ही जायेगी। लड़की की जात, बाढ़ की तरह बढ़ती है। कल को सब कहने लगेंगे कि श्रीमोहन बड़े हैं अब शादी-ब्याह भी करें। वाह साहब-दुलाई किसी की लुगाई किसी की!! बापू-अम्माँ को दर्द होता है तो वे अपना सम्हालें। श्रीमोहन तो बहुत पहले ही जानते थे कि श्रीधर आवारा है। बड़े विवेकानन्द बनने चले हैं। चूहे को चिन्दी क्या मिली बजाज बनने चला।

— करेंगे मास्टरी और वो-क्यों रामकिसन! क्या नाम है उसका रोपाटकिन? या किरोपाटकिन—जो भी हो, श्रीधर हैं और बनेंगे किरोपाटकिन!! हुँअ्!!
— अरे हाँ सिरश्तेदार साहब? कब तक कोई यह कर सकता है? आदमी घर बाँधता है धर्मशाला तो नहीं न? अरे हाँ, वो जमीन क्या हुई?
— रामकिसन! छावनीवाली वह जमीन तो ले ली है लेकिन....
— अरे तो फिर, अब विलम्ब केहि कारण कीजै, राम बुलाय राजपद दीजै। और क्या!! भलमनसी में तो मारे जाइयेगा आप।
— हाँ, ख्याल आता है कि कल से लोग यह न कहें कि भाई चला गया तो उसके बाल-बच्चे बोझ हो गये थे इसलिए.....
— अरे वाह साहब, आज साल भर होने आया श्रीधर को गये, लेकिन न आपके मुँह से और न आपके घर में से ही किसी ने इस बारे में उफ तक न की। श्रीधर के बच्चों को देखकर कोई कह सकता है कि इनका बाप भाग गया है? सब लोग आश्चर्य करते हैं जनाब! ऐसी दरियादिली सिरश्तेदार साहब दिखाते रहे तो इनके बाल-बच्चों का क्या होगा? माफ करें, कीर्त्तनियाजी यह बोझ सीने से बाँधे रहें तो समझ में आता है कि हाँ भाई, बेटे का परिवार है

लेकिन आप यह सब किसलिए कर रहे हैं? मैं पूछता हूँ साहब! कि क्या श्रीधर आपसे पूछकर नौकरी छोड़ने गये थे? क्या वो पूछकर घर से भागे हैं? तब क्यों साहब? आप उनके बाल-बच्चों की खैर-खबर रखनेवाले कौन होते हैं? नहीं, मैंने तो एक बात कही। मेरा मतलब है कि जब वे हजरत गये हैं तो जरूर ही अपने बाल-बच्चों का इन्तजाम भी कर गये होंगे।

रामकिसन की बात पर श्रीमोहन हँस दिये।

— कौन-सा इन्तजाम? सारा खर्च तो हमें ही करना होता है। और आप तो जानते ही हैं कि मैं तो ऊपर की कोई आमदनी बनाता नहीं।

— अरे, अब यह भी आपको बताना होगा?

— तब बताओ किस तरह गाड़ी खिंचती होगी?

तभी तो कहता हूँ कि क्या यह गाड़ी खींचने का ठेका लिया है आपने? अरे आप भी किस चकल्लस में पड़े हैं? भगवान् का नाम लेकर नींव खुदवाइये और तीन महीने में शानदार बँगला न खड़ा हो जाये तो मेरा नाम बदल दीजियेगा। गफूर को ठेका दे दीजिये। सेठ नथमल की हवेली इसी ने बनायी है।

— वो तिमंजली?

— जी हाँ, हवेली क्या है, आँख है। नजर नहीं ठहरती।

— लेकिन वो गोपाल ठेकेदार कैसा है?

— अरे उस घोसी के बाप-दादों ने कभी मकान बनाये हों तो वो बनायेगा। गायें-भैंसें पाले और दूध बेचे। पुश्तैनी काम करे। मकान बनायेगा वो? जमाने भर का चोर। उस सींका-मोरीवाले मारवाड़ी का मकान बनाया है उसने, देखा नहीं आपने? जैसे डब्बा बना दिया हो। रो रहा था वह मारवाड़ी कि बीस हजार भी लग गये और....।

गर्मियों में कान्ता का विवाह पड़ा और वह भी उसके मामा ने नहीं माना इसलिए ननिहाल में ही विवाह होगा। कान्ता के इस विवाह के बारे में न तो श्रीमोहन ने ही, और न उसकी बहू ने ही, किसी ने भी न बापू से, न अम्माँ से कोई भी चर्चा नहीं की। एक माह पूर्व ही श्रीमोहन की बहू अपने बच्चों को लेकर मायके चली गयी। जाते समय भी श्रीमती सावित्री ने सरो से कोई बात करनी जरूरी नहीं समझी, जबकि सरो पिछले तीन महीनों से खाँसी और बुखार से पीड़ित रहने लगी थी। रोज रात को बुखार हो जाता लेकिन गृहस्थी सम्बन्धी उसकी दिनचर्या तथा दायित्वों में कोई परिवर्तन नहीं था।

सरो को कभी-कभी अपने पर आश्चर्य होता कि वह क्या-से-क्या हो गयी थी। उसके माता-पिता ने जो शिक्षा दी थी वह उसके किसी काम नहीं आ रही थी। विवाह के बाद जिस प्रकार की महिलाओं से काम पड़ा उस तरह की किसी महिला को उसने कभी नहीं देखा था। प्रोफेसर पिता ने आदर्शवादी वातावरण में पालन किया था, जबकि ससुराल में जेठानी, जो कि नख से शिख तक औरत थीं, से पाला पड़ा था। वह अत्यन्त सहनशील मानी जाती रही है जबकि अब कभी-कभी वह बच्चों पर बरस पड़ती है। जिस दिन जेठानी तथा उनके बच्चे जानेवाले थे, पता नहीं किस बात पर देवव्रत और जेठानी के बच्चों में झगड़ा हो गया और जेठानी ने सारा घर सिर पर उठा लिया।

— हमारी ही रोटियाँ खाकर हमारे ही बच्चों को मारा जायेगा। हम तरह देते जाते हैं कि चलो, कोई बात नहीं लेकिन अब यह नौबत आ गयी?

शाम को पति के आने पर सारी बातें रो-रोकर पत्नी ने पति को सुनायीं तो बीच आँगन में देवव्रत को बुलाकर श्रीमोहन ने दो चाँटें लगाये और बोले,

— खबरदार, जो अब बच्चों पर हाथ उठाया तो, टाँग तोड़ दूँगा।

अम्माँ टुकुर-टुकुर देखती रहीं लेकिन किसी का साहस नहीं हुआ कि कुछ कह सकें। जबकि जेठानी के बच्चों ने ही उल्टे देवव्रत की कमीज फाड़ दी थी तथा पीटा था। उस दिन, रात में श्रीमोहन ने बापू से साफ शब्दों में कह दिया कि अब वे श्रीधर के नालायक बच्चों के साथ अपने बच्चों को नहीं रख सकते। क्योंकि छावनी में श्रीमोहन के बँगले की नींव डाली जा चुकी थी।

जेठानी मायके गयीं तो तीन महीने में लौटीं। कान्ता के विवाह में बापू तक नहीं गये। श्रीवल्लभ को श्रीमोहन ने वही बालाबाला बुलवा लिया था। अम्माँ को इस बात का बहुत बुरा लगा कि एक बार भी बहू ने मन रखने के ख्याल से भी कान्ता

के विवाह की बात उनके सामने नहीं चलायी। श्रीनाथ ठाकुर ने मुख पर ऐसा कोई भाव तक नहीं आने दिया कि वे कितने आहत एवं अपमानित हुए क्योंकि कान्ता उनकी पोती थी और उसका विवाह उसके ननिहाल में हो, लेकिन....।

रात जब वे लौटे और अपनी पत्नी से देवव्रत के पीटे जाने की बात सुनी तो वे किञ्चित् उबल पड़े। वैसे उबल पड़ना उनका स्वभाव नहीं था। श्रीमोहन ने तथा विशेषकर उसकी बहू ने इस घर की प्रतिष्ठा को जो धूल में मिलाया था उससे वे आहत हुए थे लेकिन मुँह से कहना नहीं चाहते थे। जब देवव्रत के पीटे जाने की बात सुनी तो उनकी पत्नी पहले तो सकपकायी लेकिन पहली बार पुरुष की भाँति उन्हें आचरण करते देखकर कहीं प्रसन्न भी हुईं।

श्रीनाथ ठाकुर 'विष्णु सहस्रनाम' का पाठ अधूरा ही छोड़कर गाव-तकिये के सहारे तन गये, बोले,

— मैं आज साल भर से देख रहा हूँ कि जब से श्रीधर गया है यह नालायक श्रीमोहन रोज एक-न-एक बखेड़ा किया करता है। वह समझता है कि हम सबको वह अपनी सिरश्तेदारी से पालता-पोसता है। मैं तरह देता हूँ कि लड़का है लेकिन—

और गर्मियों की उस आधी रात के खुले अँधेरे में, जबकि चारों ओर सुनसान हो गया था उन्हें समझ में नहीं आ रहा था कि इतने बड़े लड़के के लिए क्या कहा जाये? और जिस तरह वह मनमाने ढंग से मकान बनवा रहा है, अपनी लड़की का ब्याह अपनी ससुराल में कर रहा है बिना अपने परिवारवालों से पूछे-ताछे, इससे तो स्पष्ट ही है कि वह किसी को कुछ नहीं समझता। ऐसी स्थिति में उससे कुछ कहा जाये और वह उलटकर यदि जवाब दे बैठे, ऐसा कि आपको तुच्छ कर दे, तो क्या होगा? उसकी पत्नी से भी कोई कुछ नहीं कह सकता है क्योंकि श्रीमोहन को ऐसा बनाने में उसी का हाथ है। वह मुँहजोर भी है और घमण्डी भी। उसने अपनी सास तक से कान्ता के ब्याह की कोई चर्चा करना उचित नहीं समझा। भला ऐसी स्त्री से कोई क्या कह सकता है? आज सरो महीनों से बुखार में पड़ी हुई है लेकिन श्रीमोहन की बहू को दर्द नहीं होता कि कभी उसका हाथ बँटा दे। दिनभर पान खाने से ही फुर्सत नहीं उसे। अड़ोसियों-पड़ोसियों से एक की दो लगाने से छुट्टी मिले तब न देवीजी कुछ करें? अपने को जमींदारिन समझने लगी है। सुना है मैकेवालों को कोई आम का बगीचा खरीदकर दिया गया है। अरे, हम लोगों को दिखाने के लिए कह दिया कि उन लोगों को जरूरत थी, उन्हें खरीदवा दिया गया है। अच्छा, तो वो तीन गाँवों की जमींदारी जो चुपके-चुपके खरीदी गयी है वह किसके लिए है? बेटा, मैं तुम्हारा बाप हूँ, तुम नहीं, समझे??

लेकिन आज नाराज होने से क्या लाभ? और इस सारी गड़बड़ी के कारण, क्या वे स्वयं नहीं हैं? उन्होंने क्या शुरू से सारे बच्चों की गतिविधि नहीं देखी थी?

श्रीमोहन की बहू को यदि कड़ककर शुरू में ही बरज दिया गया होता तो उसकी यह हिम्मत हुई होती कि वह उनकी पोती के ब्याह में उन्हें दूध की मक्खी की भाँति अलग कर दे? क्या उन्हें उनकी पत्नी ने गाहे-बगाहे नहीं बताया है कि श्रीधर की बहू ही बराबर खटती रही है और श्रीमोहन ने या उसकी बहू ने कभी हाथ तक नहीं बँटाया। छोटा श्रीवल्लभ तो परिवार की झंझटों से हमेशा ही दूर रहा। उन लोगों की आँखों के सामने कंचन-सी सरो ठीकरा हो गयी थी। आज जबकि उसका पति एक बरस से जाने कहाँ चला गया है तथा उसकी बीमारी भी वैद्यजी कह रहे थे कि असाध्य है, ऐसी स्थिति में यदि कहीं कुछ हो गया तो...क्या होगा?

पति श्रीनाथ ठाकुर ने देखा कि उनकी पत्नी उसी बँगवई पर आ गयी हैं और जैसे उन्हें पढ़ रही हैं। श्रीधर के कमरे से बहू का खाँसना जोरों पर आ रहा था। सम्भवतः गुणवन्ती ही थी जो कह रही थी,

— जिजी! पानी पियोगी? छाती में दवा मल दूँ?

— नहीं रे, तू सो जा। तू क्यों जाग गयी?

— जिजी!

— क्या है रे?

— बाबा कब आयेंगे जिजी?

उसके बाद श्रीनाथ ठाकुर और उनकी पत्नी को किञ्चित् सुबुकने के और कुछ नहीं सुनायी पड़ रहा था। वे अबोले परस्पर देखते हुए विवश थे। चारों ओर सन्नाटा था। गर्मियों की रात उजली अँधेरी थी। आँगन में काफी स्पष्ट लग रहा था। पत्नी बोलीं,

— आखिर यह श्रीधर कहाँ चला गया?

— जो कहीं नहीं गये हैं उन्होंने ही तुम्हें कौन सिकड़ी पहना रखी है?

— वह इन दोनों से भिन्न है।

— तुम्हीं ने सबको सिर चढ़ा रखा है।

— अच्छा, अच्छा, आपसे तो कभी नहीं कहा कि सिरचढ़ों का बोझ लग रहा है, जरा बँटा लो।

— किस मुँह से कहतीं? बहू ने दो कौड़ी की इज्जत करके मिला दी धूल में।

— अपनी सम्हालिये। दुनिया तो आप पर हँस रही है कि कीर्त्तनियाजी की पोती अपने ननिहाल में ब्याही जा रही है।

— मैं तो समझता था कि तुम सास हो।

— तो मैं भी तो आपको ससुर समझती थी।

— लेकिन मैं औरतों के मामले में क्या बोलता?

— बहू तो मान लो दूसरे के घर से आयी थी, लेकिन बेटा तो आपका अपना ही था, उसे क्यों नहीं फटकारा?

— इतना बड़ा बेटा भला फटकार सुन सकता है?
— तो भला सिरश्तेदार की पत्नी हम-आपकी बात सुन सकती हैं?
— ठीक है, श्रीमोहन अलग हो जाये तो रोज-रोज की झँझट मिटे।
— नहीं, यह नहीं होगा। जब तक मैं बैठी हूँ घर का बँटवारा नहीं हो सकता।
— लेकिन तुम्हारे कहने न कहने की जरूरत किसे है? उसका तो अंग्रेजी फैसन का मकान छावनी में बन रहा है।
— श्रीमोहन तो मुझसे कह रहा था कि उसको किराये पर उठायेगा।
— उसने कहा और तुमने मान लिया, है न?
— हाँ, और क्या??
— जानती हो, वो कितना बड़ा रिश्वतखोर है?
— रिश्वतखोर?? मेरा श्रीमोहन? क्या कहते हो?
— हाँ, हाँ, तुम्हारा श्रीमोहन रिश्वतखोर है। उसने रिश्वत से दस हजार रुपये पैदा किये हैं।

पत्नी, पति की बात को कैसे विश्वासे? लेकिन पति, पुत्र के लिए अविश्वसनीय बात क्यों कहने लगे? उन्हें श्रीमोहन से वितृष्णा होने लगी। साथ ही कहीं चिन्ता भी हुई कि किसी मुसीबत में न पड़ जाये। श्रीमोहन रिश्वतखोर है? तभी तो आये दिन यह आम का बगीचा खरीदा, वो जमींदारी बेची, वो नम्बरदारी ले ली, करता फिरता है। अब तो छावनी में 'नयी डिझाइन' का मकान भी बनवा रहा है। तभी उनके मन में एक बात कौंधी कि शायद वह कान्ता को खूब सारा दहेज देना चाहता होगा। यहाँ रहकर करता तो परिवारवालों की आँखों में भी आता तथा दूसरे लोगों की नजर जाती। इसी रिश्वत के बल पर ही सुना अपने जमाई को डाक्टरी पढ़ाने नखलऊ भेजनेवाला है श्रीमोहन। राम-राम कैसी नीयत हो गयी है इस लड़के की। घरवालों से पर्दा किये है। माता, पिता, भाई सब पराये हो गये अब इसके लिए? अब तो बस पत्नी, ससुरालवाले ही सगे रह गये हैं। उसकी बहू का बस चले तो वह हम सब लोगों से पूरे मुहल्ले की झाड़ू निकलवाकर छोड़े।

— आपको कैसे मालूम कि वह रिश्वत लेता है।
— रिश्वतखोरी में तुम्हारे बेटे ने बड़ी दूर-दूर तक नाम कमाया है। क्या समझती हो उसे?
— जैसे तुम्हारा तो वह दुश्मन है न?
— कस्बे में जिधर निकल जाता हूँ लोग उसकी 'प्रशंसा' करते नहीं थकते। बड़े पुण्यात्मा को जन्म दिया है तुमने।
— आज आपको क्या हो गया है?
— मुझे बड़ा दुःख है श्रीधर की माँ! कि मैं आज तक अपनी आँखों पर पट्टी बाँधे कैसे सब देखता रहा? आज जब पट्टी हटाकर देखता हूँ तो तीनों लड़के मेरी आँखों से कहीं दूर चले गये हैं। बड़े ने मेरे जीवन की सारी कमायी, प्रतिष्ठा पर पानी फेर दिया क्योंकि उसे अपने लिये प्रतिष्ठा, धन सभी तो अर्जित

करना था। अपनी प्रगति में वह परिवारवालों को बाधा पाता है, इसलिए वह सबके प्रति निर्मम हो गया है। दूसरा श्रीधर, बिल्कुल मेरी तरह। सहनशील, विनम्र लेकिन लोकाचार से अभिज्ञ। मर्यादा में दोनों पति-पत्नी टूट जानेवाले लेकिन उफ तक न करनेवाले। और वह श्रीवल्लभ, अपनी सास की अँगुलियों पर नाचनेवाला व्यक्ति जहाँ सुख-समृद्धि के साधन दिखे उसी ओर बहकर चला जानेवाला पानी का रेला। श्रीधर की माँ! तीनों, अपने-अपने तरीके से पराये हैं। इसी दिन के लिए घर की ये चार दीवारें खड़ी की थीं कि इनकी नींव में छेदकर ये तीनों पानी के रेले चले जायें? एक हमें अपमानित कर गया है दूसरा हमसे दु:खी होकर गया है और तीसरा ऐसे गया—मानो उसे गोद लिया था और अब हमें छोड़ दिया गया हो।

पत्नी ने पहली बार देखा कि दिनभर घर से दूर मन्दिर में अपरस में रहनेवाले पति ने कितने सतर्क होकर सब सहा है। वह समझती थी कि मन्दिर, पूजा, के अलावा 'इनके' लिए घर-गृहस्थी, लड़के-बाले कुछ हैं ही नहीं। जैसे उसी ने जाया है और अब वही भुगते भी। लेकिन इस वेला वह देख रही थी कि सम्भवत: पति कहीं अधिक दु:खी, मर्माहत, पीड़ित, उपेक्षित जाने क्या-क्या हुए हैं। सदा चुप रहनेवाला व्यक्ति, देर रात में आनेवाला गृहस्वामी भी कितना चौकस होता है अपने ही हाड़-मांस से उत्पन्न प्रजा के बारे में, यह वह आज समझ रही थी। क्या ही अच्छा होता कि यदि वे इस तटस्थ देखते रहने के साथ-साथ कहीं बागडोर थामे रहते तो आज यह तीन-तेरह की नौबत तो न आती।

आज यह घर क्या वैसा ही नहीं लग रहा था, जैसे कि किसी पतीली में ढेर-सारा पानी काफी देर तक निरर्थक खौलाया जाता रहा हो, आँच भी मन्दर हो गयी हो, पानी भी खौलकर उड़ गया हो तथा पतीली में भूरी-भूरी उदास सफेदी ही शेष रह गयी हो। इतना जलना, चूल्हे पर चढ़ना सब ही तो निरर्थक हो गया था।

सरो बीमार है। सालिगराम वैद्यजी आये थे। च्यवनप्राश, बसन्त-मालती, लौहभस्म, जाने क्या-क्या तो शहद में खाने के लिए बता जाते हैं। गुणवन्ती घण्टे-घण्टे भर में एक-न-एक दवाई लेकर सिर पर खड़ी हो जाती है। श्रीधर बाबू गये उसके बाद ही गर्मियों में गुणवन्ती का पढ़ना बन्द हो गया। लड़कियों का स्कूल चौथे तक ही है और वह चौथा पास कर चुकी है। सरो चाहती थी कि पति से कहकर वह गुणवन्ती को अपने माता-पिता के पास सौरों भेज देगी ताकि वहाँ पढ़-लिख जायेगी। लेकिन अब वह किससे कहे और सौरों भी किस मुँह से भेजे? सुशीला स्कूल जाती है, दूसरे में है। जबसे गुणवन्ती ने पढ़ना छोड़ा है, बिचारी अपनी माँ की बीमारी के कारण दिनभर काम में लगी रहती है। और फिर सरो की तबीयत भी तो सालभर से ही ज्यादा खराब रहने लगी है, गुणवन्ती भी कैसी दुबला गयी है अब। बढ़ने की उमर है, जरूर लम्बी भी निकलेगी पर हाथ पैर कैसे सींक-जैसे हो गये हैं। शायद अब वह सब समझने लगी है। बारह की हो रही है न? सब समझती है कि उसकी माँ के साथ ताईजी कितनी क्रूर हैं। ताईजी की कान्ता, गुणवन्ती से तीन-चार महीने ही तो बड़ी होगी। कोई देखे तो कहे कि कितना अन्तर है दोनों में। कान्ता वैसे साँवली है, सम्भवत: रूप-रंग भी गुणवन्ती की तरह नहीं है। लेकिन इससे क्या? गुणवन्ती तो एकदम पीली-पीली धँसी आँखों की उदास, चौंक-चौंक उठनेवाली हो गयी है। कुछ काम का कहो, तो पता नहीं कहाँ रहती है कि एक बार में कभी नहीं सुनती। सुनती भी है तो भूल जाती है।

— क्या आपने कुछ माँगा था?

— अभी तो तुझसे कहा था कि पानी दे जा और तूने कहा था कि लाती हूँ।

— भूल गयी, अभी लाती हूँ।

भला कोई पूछे कि इस उमर में यह हाल है तो ससुराल में क्या होगा? सरो अपनी बेटी के इस तरह बढ़ने को मौन होकर सिर झुकाये देख रही है, सवेरे से रात तक। लेकिन क्या कर सकती है?

— गुणवन्ती! जा तू पास-पड़ोस में ही हो आ, मन बहल जायेगा।

— जिजी! काम में मन बहलता है कि ठल्लमठल्ला करने में?

और वह सीपियों-जैसे सफेद दाँतों की बत्तीसी में हँस देती है, लेकिन सरो के मन पर आरी चलती है।

आजकल वैसे शान्ति है सरो को, गुणवन्ती को और सम्भवत: सभी को। क्योंकि श्रीमोहन का परिवार अभी लौटा नहीं है। लौट आने पर सभी की साँसत तो है ही

लेकिन जाने क्यों गुणवन्ती काँप-काँप उठती है। आज चार दिन से उसकी जिजी ने खाट पकड़ ली है। रोज की तरह सवेरे उस दिन भी ठण्ढे पानी से वे नहायीं और शाम होते-होते तो सरो के दाँत बजने लगे। गुणवन्ती हाथ पकड़कर जबरन बिस्तरे पर लिटा गयी और दोनों भाई-बहिनों को ताकीद कर गयी कि जिजी की तबीयत ठीक नहीं है, शोर न हो। अम्माँ से भी कह दिया कि जिजी की तबीयत ठीक नहीं है। अम्माँ जाकर बहू के सिरहाने बैठ गयीं। गुणवन्ती ने घर सम्हाला। घर सहेजते देर कितनी लगती क्योंकि खटराग करनेवाला कोई नहीं था। ताई या उनके बच्चे होते तो मजाल था कि गुणवन्ती इस तरह सबको जल्दी-जल्दी खिला-पिलाकर ढाँका-ढूँकी कर पाती। उसे अच्छा लगा कि यदि ऐसे में बाबा आ जायें और अपनी गुणवन्ती को काम करते देखें तो कितने प्रसन्न हों कि—अरे वाह, हमारी गुणवन्ती अब इतनी बड़ी हो गयी कि सारी गृहस्थी सम्हालने लगी है??

गत एक बरस से ही गुणवन्ती सहसा ऐसी बड़ी लगने लगी, जैसे वह कहीं छुपी हुई थी। रात-रात भर अपनी माँ के सिरहाने बैठी वह खिड़की की राह जाने कहाँ होती है। सरो बुखार में तपती होती है अथवा खाँसते हुए हाँफने लगती होती है। दीप के मन्द आलोक में, बुझते हुए माँ के मुख को, अब वह सहसा समझने लगी है। बाबा का गम्भीर मुख स्मरण हो आता है। कहाँ होंगे वे? क्यों चले गये वे? घर में कोई इस बारे में बातें नहीं करता। प्राय: ताई पड़ोसिनों से घिरी अजीब तरीके से बाबा के बारे में बातें किया करती थीं जो अच्छी नहीं होती थीं। वह जानती है कि ताई और ताऊ को छोड़कर और सब बाबा की प्रशंसा ही करते हैं। पता नहीं क्यों ताई-ताऊ न केवल बाबा से बल्कि हम सबको फूटी आँखों नहीं देख पाते हैं। जिजी कितनी काम में बझी रहती हैं। चौका-चूल्हा, कपड़ा-झाड़ू, घर का कौन-सा काम है जो उन्हें नहीं करना पड़ता है जबकि ताई को लोगों की बुराई, पान, चुगली तथा झगड़ा इनसे ही फुर्सत नहीं मिलती। हम लोगों को वे कैसे दुत्कारती रहती हैं। कभी भूल से भी उनकी कोई चीज छू लो तो कैसे आँखें तरेरती हैं। बाबा तो किसी से कुछ नहीं कहते थे लेकिन बापू और अम्माँ इन लोगों से क्यों नहीं कुछ कहते? सुना ताऊजी बहुत बड़े आदमी हैं, सूबात में—सिरश्तेदार!! क्या सिरश्तेदार बहुत बड़ा आदमी होता है होता ही होगा तभी तो ताईजी के लिए आये दिन कैसे-कैसे जेवर बनते रहते हैं। सुना कान्ता दीदी के ब्याह के लिए भी खूब सारे गहने बनाये गये हैं। उसने खुद सुना है जब ताईजी किसी को इस बारे में बता रही थीं। खूब सारे जेवर पहनकर दीदी कैसी लगेंगी? पहले तो कान्ता दीदी कितना चाहती थीं, क्या अब भी चाहती होंगी? अपने ब्याह में तो बुलाया नहीं?

और खुली खिड़की की राह हल्की सर्दी आकाश में भी गुणवन्ती जाने किन-किन दिवास्वप्नों में खोयी हुई होती।

— सोयी नहीं गुणवन्ती तू?

— जिजी! नींद नहीं आ रही है।

— बेटा, बहुत थक गयी होगी। क्या करूँ रे, मैं माँदी हूँ तुझे सारा काम करना पड़ता है।

— तो क्या हुआ?

गुणवन्ती ने देखा कि माँ अपनी डूबी-डूबी आँखों से उसके मुँह को जैसे लीप रही थीं।

— गुणवन्ती!

— जिजी! क्या सिर दुख रहा है?

— न हो बेटा, अपने बाबा की पुस्तकों में से ही कभी कुछ पढ़ लिया कर।

— तुम अच्छी हो जाओ जिजी! तो फिर खूब पढ़ लूँगी।

— कितना चाहती थी कि वे लौट आते तो तुझे सौरों भेज देती।

— नानीजी कितना बुलाती हैं सबको, है न जिजी?

— हाँ रे....अच्छा अब तो सो जा, सवेरे वे लोग आयेंगे तो बहुत काम बढ़ जायेगा।

— कौन आ जायेंगे?

— तेरी ताईजी और कौन?

और गुणवन्ती ने देखा कि जिजी को खाँसी का दौरा पड़ गया।

जिजी किसी तरह मुँह फेर सो गयीं, लेकिन गुणवन्ती सो न सकी। ताई की क्रोधभरी आँखें आधी रात के उस अँधेरे में उभर आयीं। वह डर गयी। और अब तो उसे ही चूल्हे के पास बर्तन माँजते हुए, झाड़ू-बुहारू करते हुए उन क्रूर आँखों का सामना करना होगा। बाबा रे, ताई तो एकदम डरावनी बिल्ली हैं जो कि झपट्टा मारने के लिए हौले-हौले जमीन पर अपनी पूँछ हिला रही हों और नीली गुर्राती आँखें किसी आड़ से जल रही हों।

दूसरे दिन सवेरे श्रीमोहन का परिवार, कान्ता का विवाह सम्पन्न कर लौट आया। श्रीमोहन ने जब देखा कि न माँ, न बापू कोई भी विवाह के बारे में कुछ भी जानने को उत्सुक नहीं हैं, तब उन्होंने तथा उनके परिवार ने एक क्षण को यह प्रदर्शित नहीं होने दिया कि वे विवाह करके बड़े दिनों बाद लौटे हैं। बल्कि सबको यही लगा कि जैस किसी पिकनिक पर सवेरे गये थे और शाम लौट आये हैं। तब भला पूछ-ताछ की कैसी औपचारिकता? श्रीमोहन की पत्नी सावित्री को जब मालूम हुआ कि सरो बहुत बीमार है तो उसने अत्यन्त सहजता से काम की महत्ता पर जोर-जोर से भाषण दे डाला कि काम न करने से व्यक्ति बीमार हो जाता है और इसके बाद यांत्रा की थकान तथा सिर दर्द के कारण वे ओढ़कर सो गयीं।

चूल्हे के पास बैठी गुणवन्ती, आदेश की प्रतीक्षा में अपनी माता की भाँति घुटनों में सिर दबाये बैठी रही कि क्या बनाया जायेगा? इस बीच दस बज गया। श्रीमोहन को कचहरी जाना था। जब खाने के लिए रान्नीघर में पहुँचे और खाना न बना देखा तो आगबबूला हो गये। पति की बकझक सुन पत्नी ने गुणवन्ती को आड़े हाथों लिया कि मुफ्त का खा-खाकर, भैंस होती जा रही है, काम का जरा भी शऊर नहीं। कभी माँ-बाप ने काम किया हो तो बच्चों को भी काम करना आये। दो रोटियों का जब सहारा नहीं इन लोगों का, तो फिर क्या फायदा इन मुस्टण्डों को पालने-पोसने से?

और श्रीमती सावित्री देवीजी ने गुणवन्ती को इतने जोरों से चूल्हें के पास से धक्का मारकर उठाया कि बेचारी के हाथ की हड्डी उतरने से बची। वे बड़बड़ाती जा रही थीं और जोरों से रान्नीघर के बर्तन उठा-पटक करती जा रही थीं। गुणवन्ती कोने में खड़ी डरी कबूतरी-सी सहमी हुई थी। न उससे रोते बन रहा था और न चीखते। तभी माँ दरवाजे के पास दिखलायी दीं।

— चल गुनी! अब क्यों खड़ी है यहाँ?

श्रीमती सावित्री ने सास को गुणवन्ती को ले जाते देखा तो भभूका हो गयीं।

— मैं जानती हूँ, इन कमबख्तों को आपने ही शह दे रखी है वर्ना इन टुकड़खोरों की यह मजाल जो....

— बस बहू, जबान सम्हालकर बात करना।

— वर्ना क्या कर लेंगी आप?

और सास की बात का सावित्री ने उत्तर दिया तथा तेज गुस्से में आँखें तरेरते हुए फुँक उठी। फिर बोली,

— बोलिये, बोलिये, कह क्यों नहीं देतीं कि जूतियों से पिटवा देंगी, है न? हे भगवान् अपने ही घर में पिटना ही तो बाकी रह गया था।

और वे इतनी जोरों से दहाड़ें मारकर रोने लगीं कि सारा घर आसन्न हो गया। गनीमत यही हुई कि इस बीच श्रीमोहन कचहरी जा चुके थे। श्रीमोहन होंगे, इस आशा में ही तो सावित्री ने इतने जोरों पर चिल्लाना शुरू किया था। रान्नीघर का चीखना-चिल्लाना रुन सरो ने समझा कि—गुणवन्ती से कुछ हो गया है और, वह दीवाल का सहारा लेती रान्नीघर पहुँची। माँ ने कहा,

— अब तुम यहाँ क्या करने आयी हो?

— क्या गुणवन्ती से कुछ हो गया माँजी?

— जब कोई बच्ची से कहेगा नहीं कि क्या बनेगा तब तक वह क्या बना सकती है? गुनी का क्या दोष इसमें? और फिर इस तरह बच्ची को फटकारा जाता है? हाथ ही उखड़ जाता बेचारी का। आज ही आयी और लड़ने को कोई और न मिला तो इस लड़की पर ही बरसने लगी। मैं भी सब समझती हूँ। अपनी बातें छुपाने की उल्टे दूसरों को परेशान करते रहो ताकि कोई तुमसे कुछ पूछ ही न सके।

सावित्री इस बीच जा चुकी थी। सासूमाँ को मोर्चे पर डटे देख भला वह कब चूक सकती थीं। निकल आयीं और रान्नीघर के सामने देवरानी को भी खड़ा देखा तो और तेज हो गयीं।

— अच्छा तो लड़ने ये भी आ गयीं। ठीक है सास-बहू और लड़की मिलकर मारिये न मुझे? क्या लाऊँ मारने के लिए? बेचारे देवरजी को तो तानें मार-मारकर इन महारानी ने भगा दिया। मैं जेठानी हूँ समझीं, तानों से काम नहीं चलने का। तीन महीने बाद लौटकर आयी और अभी साँस भी नहीं लेने पायी हूँ कि सास-बहू ने मिलकर मेरी हालत खराब कर डाली। अच्छा बाबा मैं आप लोगों के हाथ जोड़ती हूँ, आप लोग जीतीं मैं हारी। हम लोगों से गलती हुई जो आप लोगों के साथ रहते हैं। आप लोग घबरायें नहीं....।

और सावित्री गुस्से में भरी अपने कमरे की ओर चली गयी। माँ, सरो और गुणवन्ती मौन खड़ी रहीं। उनकी समझ में कुछ नहीं आया कि सावित्री से क्या कहा जाये। इस घटना के बाद सावित्री अपने कमरे के बाहर निकली ही नहीं। अपने बच्चों के साथ उसने कमरे में ही साथ लाया हुआ खाना खा-पी लिया और कमरा अन्दर से बन्द कर सो गयी। स्वयं सासूमाँ बुलाने गयीं लेकिन बन्द कमरे से किसी ने भी कोई जवाब नहीं दिया। किसी तरह बच्चों को खिला-पिला दिया गया, सरो को पथ्य दे दिया गया। चूँकि माँ ने कुछ नहीं खाया था इसलिए गुणवन्ती भी उपासी ही रह गयी।

साँझ जब श्रीमोहन कचहरी से लौटे और पत्नी से सारा समाचार सुना तो उन्हें क्रोध आ गया। माँ बँगवई पर बैठी शाम के लिए भाजी चूँट रही थीं तथा गुणवन्ती हाथ बँटा रही थीं। आँगन में खड़े श्रीमोहन को देखकर माँ को समझते देर न लगी कि पत्नी ने अपना जादू चला दिया है।

— माँ!

— क्या है? कचहरी से आ गये तुम?

— माँ? मैं जानना चाहता हूँ कि आखिर आप लोग क्या चाहते हैं?

माँ ने श्रीमोहन की बात का कोई उत्तर नहीं दिया। वे फिर बोले,

— मेरे बाल-बच्चों की जब कोई इज्जत इस घर में नहीं है तब भला यहाँ रहने से क्या फायदा? हम अब इस घर में नहीं रह सकते। जिन लोगों को पालो-पोसो, वे ही आँखें तरेरने लगें, भला ऐसी भलमनसी करने से क्या फायदा? अब बोलती क्यों नहीं तुम?

— क्या बोलूँ?

तभी दरवाजे की चौखट में बड़ी बहू सावित्री दिखलायी दी।

— हाँ अब क्या बोलेंगी। जरा-सा मैंने इस गुनी को क्या कह दिया बस तूफान आ गया....जबान सम्हालकर बात करना बहू!....अरे बाबा रे, और लड़ने के लिए छोटी बहू और आ पहुँची। वैसे तो बीमार हैं लेकिन लड़ने के लिए तो

बड़ी ताकत है उसमें। मैंने तो कहा कि बाबा चाहो तो मार लो, मुझमें न तो लड़ने की शक्ति ही है और न आदत ही।

— बहू!

— बहू से क्या बात करती हो माँ! मुझसे बातें करो। मैं जानता हूँ कि मेरे बाल-बच्चों के साथ तुम सब क्यों ऐसा व्यवहार कर रहे हो। लेकिन माँ! मैं साफ कह देना चाहता हूँ कि जब तक इस घर में हूँ, मेरे बाल-बच्चों का अपमान नहीं होना चाहिए। और दिन-दिनभर बच्चे भूखे नहीं रह सकते इसलिए कान खोलकर सुन लो कि हम लोगों की रसोई अब आज से अलग बनेगी।

श्रीमोहन कहकर तेजी से लौट गया तथा उसकी बहू भी। माँ की समझ में कुछ नहीं आया। वे उस दरवाजे की ओर शून्यवत् ताक रही थीं जिससे होकर श्रीमोहन अभी-अभी गया था। वे हाथों से भाजी चूँटती रहीं। गुणवन्ती ने देखा कि जिजी जीने के ऊपर दरवाज़े के पास सिर थामे आँसुओं में डूबी खड़ी हैं। वे दरवाजा पकड़े गिरने से बच रही थीं। गुणवन्ती लगभग चिल्लायी,

— माँ, जिजी....

और गुणवन्ती जीने से ऊपर भागी। पीछे माँ भी चलने को उठी।

रोज की तरह जब पति मन्दिर से वापस लौटे तो नित्य पाठ-पूजन, भोजन आदि समाप्त कर बँगवई पर लेटने ही जा रहे थे कि पत्नी ने टोका। वैसे इतनी देर तक पत्नी को जब अबोला पाया तभी उन्हें हल्का सन्देह हुआ था कि अवश्य कुछ बात हुई है। भोजन करते समय भी गुणवन्ती को सूजी उदास मौन आँखों तथा घर की अजीब निस्पृह चुप्पी से वे निःसन्देह आशंकित हुए थे। पत्नी ने ही सम्भवतः मात्र सूचना दे दी थी कि श्रीमोहन सपरिवार लौट आया है। जब वे भोजन कर रहे थे तब अनायास रान्नीघर की चौखट के पार खड़े होकर श्रीमोहन ने बड़े उड़े ढंग से दो-चार व्यावहारिक बातें ही की थीं। यह भी तो उन्हें अजीब ही लगा था कि श्रीमोहन उनसे उनकी बैठक या बँगवईवाली जगह न मिलकर यहाँ मिलने आया। जब पूछा कि भोजन वगैरा कर लिया, तब भी उसने उस बात का कोई उत्तर नहीं दिया। पिता श्रीनाथ ठाकुर का कभी यह स्वभाव ही नहीं रहा कि वे अपनी ओर से खोदकर पूछें। सदा दर्शक भाव से ही क्या घर, क्या बाहर सभी जगह रहते आये हैं। कभी उन्हें जिज्ञासा नहीं हुई। इसलिए उनके सम्पूर्ण व्यक्तित्व, आचरण सभी में आवेशहीन शांति या असंगभाव ही रहता है। इसका यह भी अर्थ नहीं था कि वे कुछ समझते नहीं थे या उन्हें सब-कुछ विदित नहीं था। बल्कि वे मन-ही-मन समझ गये थे कि बड़ा लड़का श्रीमोहन किसी प्रकार अपने परिवार की संकुचित सीमा छोड़ कौटुम्बिक दृष्टिकोण से नहीं सोच सकेगा। छोटे लड़के श्रीवल्लभ ने बड़ी चतुराई से कौटुम्बिकता से अपने को लगभग पृथक् कर ही लिया था। शेष श्रीधर ने उनके लिए तथा बाकी सभी के लिए समस्या उत्पन्न कर ही दी थी।

जब श्रीमोहन दो-चार उड़ी-उड़ी-सी बातें कर गया तो पिता श्रीनाथ ठाकुर की समझ में आ गया कि श्रीमोहन, कान्ता के विवाह से सम्बन्धित कोई बात नहीं करना चाहता और न ही घर-गृहस्थी के बारे में कोई बात करने को तैयार है। गुणवन्ती से उसकी जीजी के स्वास्थ्य आदि के बारे में पूछकर वे ओसारे में निकल आये जहाँ कि बँगवई थी। पत्नी शायद माला फेर चुकी थी और सोने की तैयारी में थी। वे समझ गये कि आज अवश्य ही कुछ हुआ है। घर का वातावरण कसे हुए तबले की भाँति लग रहा था। बस छूने भर की देरी थी कि अभी सब-कुछ एक साथ ही, एकबारगी ही बज उठेगा। और भला उनके जैसा शान्तिप्रिय व्यक्ति इतना बड़ा दायित्व (संकटपूर्ण) कैसे उठाने को तत्पर होता?

वे रोज की भाँति बँगवई को झूला दे, तकिये के सहारे अभी लेटे ही थे कि पत्नी ने गहरी उसाँस लेकर—हे ठाकुरजी महाराज!! कहा। चारों ओर इस समय निस्तब्ध था, अँधेरा डूबा। केवल श्रीधर के कमरे में उसकी बहू की खाँसी की आवाज से कभी-कभी सारा सोया वातावरण डूबा-डूबा-सा जाग उठा लगता। पत्नी ने उसाँस लेकर ठाकुरजी का स्मरण जिस ढंग से किया था उसका स्पष्ट संकेत था कि वे अभी सोयी नहीं हैं। यही तो समय होता है जब वे आपस में कुछ बोल पाते हैं। इन्हीं वेलाओं में बातें कर बच्चों के विवाह, लेन-देन, जमीन-जायदाद, हिसाब-किताब होते आये हैं। जाने कितनी बातें, सुख-दुःख की, अच्छी-बुरी, अपनी-परायी होती आयी हैं और वे दो से, आज इतने बड़े कुटुम्ब में फले-फूले हुए हैं।

— क्या सो गयीं श्रीधर की माँ?
— भोजन हो गया?
— हाँ। बहू की तबीयत कैसी है?
— वैसी ही है।.....अरे हाँ, श्रीमोहन आ गया है, मिला नहीं?
— मिल लिया।
— कहाँ?
— रान्नीघर में।

पति इसी दुखती रग को तो टालना चाह रहे थे जबकि पत्नी उसी रग को बराबर छू रही थी। बोली,

— क्या कहा?
— कहता क्या, आ गया है, बस!!

पत्नी को लग गया कि पति इस सम्बन्ध में बातें करने को उद्यत नहीं हैं जबकि वे तो भरी बैठी थीं। जिस प्रकार सावित्री का पक्ष लेकर उसका पति उनसे लड़ने आया था और सभी तरह से उनका अपमान कर गया था क्या उनके पति का धर्म नहीं है कि उनकी तरफ से वे भी उन दोनों को डाँटें, फटकारें?

— आज आपके सपूत का खाना शाम से अलग बना है और अब अलग ही बना करेगा।

— हूँ!!
— हूँ, क्या??
— यही कि उनकी रसोई अब अलग बनेगी।
— लेकिन मेरे रहते यह नहीं हो सकेगा।
— तुम यह भी तो कहती थी कि तुम्हारे रहते कोई अलग नहीं रहेगा। सिरश्तेदार साहब का बँगला जो बन रहा है छावनी में।
— ठीक है जब अपने बँगले में चले जायें तो जो मर्जी आये सो करें।
— चलो, तो तुमने इतनी बड़ी बात मान ली तो फिर इसमें क्या है? गुड़ खायेंगे, गुलगुले से परहेज करेंगे? हाथी भले ही निकल जाये मगर उसकी पूँछ नहीं निकलने देंगे, है न?

ऐसा प्राय: हुआ है कि अत्यन्त गम्भीर मौकों पर पति श्रीनाथ ठाकुर अँगुलियों के अन्तिम पोरों तक विनोदी हो जाया करते हैं। जाने कहाँ से उनमें व्यंग्य फूट आता है और बेचारी पत्नी को भुगतना पड़ता है। आज उन्हें पति से आशा थी कि वे नाराज हो उठेंगे, श्रीमोहन को आड़े हाथों लेंगे लेकिन ऐसा सब-कुछ नहीं हुआ। वे तमक उठीं, बोलीं,

— आपको और तो कोई मिलता नहीं कि किसी से कुछ कह सकें। ले-देकर मैं ही हूँ, सो, सही-गलत सुना लीजिये जो मर्जी आये। अपने दिल में मलाल न रहने दीजियेगा। समझे? चाहे लड़के हों या पति, सुनना तो हमें ही है।
— ब्याह करके लड़का लौटा है, क्या-क्या अच्छा सुनने को मिला? जरा हम भी तो सुनें। कहा होगा कि किस शान से बारात आयी, किस शान से नाना-मामा लोगों ने स्वागत-सत्कार किया, दान-दहेज लिया-दिया गया। अरे हाँ, तुमको कुछ पोती के विवाह की पेरावनी (कपड़े-लत्ते) आयी कि नहीं?
— यह आपको कभी-कभी क्या हो जाता है?

पत्नी समझ गयी कि पति इसी प्रकार धीमे-धीमे कण्डे की भाँति सुलगते हैं और फिर आग पकड़ते हैं। आधी रात के इतने गहन में, बँगवई के कड़ों की हौली-हौली-सी आवाज तथा बुदबुदाते हुए पति-पत्नी जाने क्या-क्या बातें करते रहे। सम्भवत: पत्नी को इतना आश्वासन अवश्य हो गया कि पति सचमुच ही कहीं बहुत मर्माहत हुए हैं, श्रीमोहन को लेकर, कान्ता के विवाह को लेकर, बड़ी बहू सावित्री के ओछेपन को लेकर तथा सरो की बीमारी को लेकर।

पत्नी पूछती ही रही कि उनकी क्या प्रतिक्रिया है लेकिन वे आवेश में फुँके, अपमानित अनुभव करते, अँधेरा घूरते, सिर पीछे हाथ गूँथे गाव-तकिये के सहारे लेटे रहे।

श्रीमोहन परिवार का खाना-पीना सचमुच ही अलग होने लगा था और उस पर किसी भी प्रकार की कोई बहस या कानाफूसी तक नहीं हुई। एक प्रकार से श्रीमोहन ने शेष कुटुम्ब से अपना परिवार पृथक् कर लिया था। अब वे घर के

प्रमुख द्वार से कभी ही आते-जाते दिखते। घर के पीछे की ओर जो बाड़ा था, उधर ही से उन्होंने अपना आना-जाना शुरू कर दिया था। पिता तक ने, कभी भूलकर एक बार भी श्रीमोहन से यह नहीं पूछा कि उसने ऐसा क्यों किया? इस उपेक्षा से श्रीमोहन तथा उनकी पत्नी सावित्री कहीं मर्माहत हुए थे। माँ को तो वे दोनों एक तरह से अपमानित कर चुके थे, इसलिए माँ से यह आशा करनी व्यर्थ थी कि वे इस बारे में कुछ पूछेंगी। जब तीन-चार दिन बीत गये और उस दिन रात्रीघर के बाद से पिता को देखा तक नहीं तो उन्हें इतनी उपेक्षा, अपमानजनक ही लगी। उनका छावनीवाला बँगला लगभग बनकर तैयार हो गया था। वे शीघ्र ही वहाँ चले जाना चाहते थे। एक प्रकार से घर में पहले ही अलग होने की यह स्थिति पति-पत्नी की पूर्व नियोजित ही थी। लेकिन दोनों को यह आशा नहीं थी कि इतनी आसानी से ऐसा हो जायेगा। यह तो बल्कि अपमान ही कहा जायेगा। दोनों का खयाल था कि पिता-माता बाधा देंगे तब श्रीमोहन अपनी विवशता जतलायेंगे, श्रीधर का निकम्मापन दिखायेंगे तथा सरो और उसके बच्चों के बोझ को वहन न कर सकने की अक्षमता दिखायी जायेगी और इसी प्रसंग के बीच छावनीवाले मकान की चर्चा भी हो जायेगी। हालाँकि सबको मालूम था कि श्रीमोहन ने मकान बनवाया है लेकिन न तो कभी पिता ने ही पूछा और न पुत्र ने ही इस बारे में कोई चर्चा की। श्रीमोहन का सम्बन्ध अपने कुटुम्बीजनों से खिंचता ही चला गया। एक के बाद एक इस तरह घटनाएँ घटती चली गयीं। अब यदि वे पिता या माता को ही सुनाने लगें तो उनका कुछ भी मुँह नहीं रह जाता। कान्ता के विवाह के बारे में वे बिलकुल सहमत नहीं थे कि वह उज्जैन से हो लेकिन सावित्री ने अपने पति की एक न चलने दी, और-तो-और उसने ऐसी परिस्थिति उत्पन्न कर दी कि श्रीमोहन के परिवार की ओर से कोई न गया। श्रीवल्लभ को, वह तो, ऐन मौके पर श्रीमोहन ने किसी प्रकार बुलवा लिया। सावित्री ने अपने ससुरालवालों को हवा तक नहीं लगने दी कि लड़की के लिए क्या-क्या जेवर बने हैं तथा क्या-क्या दिया जा रहा है। श्रीमोहन ने झूठ ही पिता से कहा था कि जो अमराई और जमींदारी खरीदी है वह उसी ससुरालवालों के लिए थी। बल्कि सावित्री ने विवाह के बाद उनकी, कान्ता के नाम रजिस्ट्री करवा दी। श्रीमोहन के पास अब कोई मुँह नहीं रह गया था कि वे पिता से आँखें मिलाकर बातें कर सकें, फिर भी पिता की इतनी चुप्पी उन्हें निरा तिरस्कार ही लगी। स्वयं सावित्री को लग रहा था कि यह तो बड़ा भारी अपमान है कि किसी ने भी जरा नहीं मनाया। वह अपमान से पीड़ित नहीं थी बल्कि फुँक उठी थी।

— देखो, मेरी बात क़ान खोलकर सुन लो।

— क्या बात है?

श्रीमोहन अभी कचहरी से लौटे ही थे।

— मैं यह घर छोड़ने के पहले यह चाहती हूँ कि हम लोगों का सारा हिसाब-किताब साफ हो जाना चाहिए।

— क्या मतलब? तुम अलगौझा करवाना चाहती हो?

— जो भी समझो। मैं इतनी पागल नहीं हूँ कि यहाँ से जाऊँ और पीछे से अपना सारा हिस्सा खो दूँ।

— देखो, तुममें यही बुरी आदत है कि तुम किसी भी बात के पीछे पड़ जाती हो। तुम्हारे कहने से आज तक काम करता आ रहा हूँ, उसी का नतीजा यह है कि मैं अपने घर में ही परदेसी हो गया हूँ।

— तो फिर जाओ, अपने भाई-बन्दों में ही जाकर बैठो। किसने तुम्हारा हाथ थामा है? मैं तो तुम्हारी दुश्मन हूँ न, तभी तो तुम्हारे बाल-बच्चों के लिए जमींदारी खरीदवाती फिरती हूँ, मकान बनवाती फिरती हूँ। बाँट दो सब अपने भाइयों को। किसने तुम्हारा हाथ पकड़ा है?

— तुम नहीं जानतीं कि कान्ता का विवाह उज्जैन में कर हम लोगों ने कितनी बड़ी भूल की है।

— तो किसने मना किया था? कोई एक पैसे की मदद नहीं करता यहाँ। उल्टे खाने को सभी हो जाते। एक तो बेचारे बाबूजी और भैया ने इतनी दौड़-धूप करके शादी की, उस पर अहसान मानना तो दूर रहा उल्टे आप साहब को भी नाराजगी ही है। उन बेचारों के तो होम करते हाथ ही जले।

— सावित्री! ज्यादती तुम करती हो और उसे मानने को तैयार भी नहीं होती हो।

— मैं क्या ज्यादती करती हूँ, सुनूँ तो?

— बेचारी सरो की तबीयत खराब है तो उस लड़की से घरभर का खाना कैसे बन सकता है? तुम्हें हाथ बँटाना चाहिए था।

— सरो के लिए इतना ही दर्द हैं तो रख दो एकाध नौकरानी? अरे जिस दिन हम लोग नहीं होंगे इस घर में, इन लोगों को रोटियों के लाले न पड़ जायें तो मेरा नाम बदल देना। ये लोग हैं किस फेर में? बड़े माँ-बाप बनते हैं, एक बार भी तो कहने नहीं आये कि तुम लोग क्यों अलग रसोई बनाने लगे हो, बोलो अब! देख लिया न? क्योंकि अब पैसा उड़ाने को उनके हाथ में नहीं मिलता तो किस बात का मीठा रहा? कान्ता के ब्याह के बारे में चर्चा करते हेठी हो जाती? सरो क्या इतनी बीमार है कि चलकर यहाँ आकर मुझसे कुछ पूछताछ नहीं कर सकती थी? अपनी लड़की की तरफ से लड़ने तो आ गयी थी?

— अच्छा भाई, सारी दुनिया खराब है और तुम सही हो। बस अब तो।

— देखो जी, मुझे नहीं मालूम था कि तुम्हें इतना बुरा लगा बैठा है दिल में। मुझे क्या करना। जो मर्जी आये करो। बाद में मुझसे कुछ मत कहना। मैं कल ही बाबूजी के पास चली जाऊँगी। अम्माँ ने कितना रोकना चाहा कि इतनी जल्दी क्या है, दो-चार-आठ दिन और रुक जाओ।

— तो अभी तुम्हारा वहाँ से पेट नहीं भरा था?

— मेरे बाबूजी-अम्माँ सरीखे माँ-बाप आपको मिलते तो आप समझ जाते कि माता-पिता किसे कहते हैं।

— अच्छा, अच्छा, जरा खाना-वाना जल्दी खिला दो तो थोड़ा छावनी तक हो आऊँ।

— कितना काम बाकी है अब?

— कमरों का फर्श तो तैयार हो गया। सिर्फ बरामदों का बाकी है।

— तब तो मैं समझती हूँ कि पन्द्रह दिन में एकदम तैयार हो जायेगा।

— ठीक है, इतनी जल्दी क्या है?

— अरे वाह, जल्दी क्यों न हो? मैं इस अपमान के बाद घड़ीभर भी नहीं ठहर सकती।

— तुम तो हर बात की गाँठ बाँध लेती हो।

— सिरश्तेदार साहब! तभी काम भी होता है। अगर तुम्हारे कहने से चलती तो जमानेभर के मलंगों को खिलाते-खिलाते तन पर एक कपड़ा नहीं होता।

— तो तुम्ही क्यों नहीं मेरी तरफ से कचहरी भी हो आया करती?

— वहीं मेरा कहना नहीं मानते हो तभी तो घर भी फाइलें लाते हो।....अरे हाँ, वह किशनचन्द सेठ का मामला क्या हुआ?

— मकान किशनचन्द सेठ के पास गिरवी था। उसमें होना क्या है? मकान उस दर्जी को मिलेगा।

— आज वो किशनचन्द सेठ की बहू आयी थी। बड़ी रो-पीट रही थी बेचारी।

— फिर तुमने कुछ गड़बड़ी की है क्या?

— कैसी गड़बड़ी?

— देखो, तुम सरकारी मामलों में मत पड़ा करो। तुम लोगों से ले लिया करती हो और मेरी मुसीबत हो जाती है।

— मैं तो मना करती रही। अब तुम्हीं वापस करवा देना। भई मुझसे तो किसी का दुःख नहीं देखा जाता। वह यह हार दे गयी है।

— कैसा हार?

और सावित्री उठकर भीतर गयी और एक हार निकालकर ले आयी।

— देखो सावित्री! किसी दिन तुम्हारी इस आदत से मेरा मुँह काला हो जायेगा।

— तभी तो कहती हूँ भाई, कि इसे सेठ किशनचन्द को वापस करवा दो। मेरा तो कहना माना नहीं उसकी बहू ने।

— सावित्री! तुम नहीं जानती कि लोग मुझे रिश्वतखोर समझने लगे हैं। तुम्हारे ही कहने से यह छावनीवाली जगह मुझे रिश्वत में लेनी पड़ी।

— मैं तुम्हारे हाथ जोड़ती हूँ। मुझसे तब किसी बात के बारे में मत पूछा करो। मैं तो भाई वही सलाह दूँगी जो दुनिया देती है। सभी अपना घर भरने की सोचते हैं। तुम कोई दुनिया से न्यारे तो हो नहीं।

— कान्ता को इतना जेवर चढ़ाया गया तो क्या वहाँ लोगों ने कानाफूसी नहीं की होगी?

— रहने दो। हमारे घरवाले तुम्हारे यहाँ के लोगों की तरह ओछे मन के नहीं हैं समझे? दिया भी तो कैसे खुले हाथों और खुले दिल से था, याद नहीं है?

— लेकिन अब इस हार का क्या होगा?

— कहो तो वापस कर दूँगी।

— सेठ किशनचन्द का तो उस मकान पर कोई हक ही नहीं है।

— यही तो वह भी कह रही थी, लेकिन बेचारी को उस मकान की बड़ी जरूरत है।

— अच्छा!!

— अरे, तो इतने परेशान क्यों होते हो? आसानी से हो जाये तो उनका भाग्य, न हो तो उनका भाग्य।

— असल में तुम जानती नहीं, यह सेठ बड़ा पाजी है। न होगा, तो बदनाम कर देगा।

— क्या वह कहेगा कि हमें हार दिया था? कल ही इसे बाबूजी के पास रवाना कर दूँगी तो किसी को कानोंकान खबर ही नहीं होगी कि....

— अच्छा तो फिर....मैं छावनी जाना चाह रहा था।

— यह मकान जल्दी से बन जाता तो कान्ता सीधे वहीं आती।

— नहीं भाई कान्ता ब्याह के बाद पहली बार आ रही है, उसे यहीं आने दो। उसके बाद ही मकान बदला जायेगा।

कई दिनों तक सोचते रहने के बाद भी श्रीमोहन की समझ में नहीं आ रहा था, किस प्रकार पिता को बतायें कि उसने मकान बनवाया है तथा कान्ता आनेवाली है। मान लो मकानवाली बात सम्प्रति और टाल दी जाये तो वह किस प्रकार कान्ता के आने की बात चलाये? मान लो पिता ने कोई भाव नहीं प्रकट किया तो क्या होगा? क्या उस तिरस्कार, अपमान को वह सह लेंगे? मान लो वह सह भी लेंगे तो क्या सावित्री सहेगी? और अगर कहीं वे पूछ बैठे कि जब विवाह पूछकर नहीं किया तो फिर इस बारे में पूछने की क्या जरूरत है? तब क्या जवाब दिया जायेगा?

इस असमंजसता में दिन बीतते चले गये और कान्ता कल आनेवाली भी है। कुछ तो कर्त्तव्यवश तथा कुछ घबराहट में वे पिता के पास पहुँचे। पिता ने श्रीमोहन के आगमन पर कोई आश्चर्य, प्रसन्नता, उत्साह कुछ भी प्रकट नहीं किया। वे नित्य-नियमादि से निवृत्त हो भोजन कर सोने की तैयारी में थे। माँ का विस्तर खाली पड़ा था।

— माँ कहाँ गयी हैं?
— ऊपर बहू के पास हैं।
— क्या बहू की तबीयत ज्यादा खराब है?
पिता ने कोई उत्तर नहीं दिया। श्रीमोहन किञ्चित् हतप्रभ हो गये।
— बापू! वो खाने की तकलीफ के कारण अलग रसोई का प्रबन्ध किया गया।
— हाँ, कोई बात नहीं। अच्छे तो हो न तुम लोग? और तो सब ठीक है न?
श्रीमोहन को लगा पिता को भेदकर कोई बात कर पाना कठिन ही है।
— बापू! वो कान्ता....
— हाँ, सुना कान्ता का ब्याह अच्छा हुआ न? चलो ठीक हुआ। क्या इत्ती-इत्ती रात तक जागते रहते हो? जल्दी सोना चाहिए तुम लोगों को। कचहरी में भी तो दिनभर काम करना पड़ता है। और बहू भी अकेली होगी उधर।
श्रीमोहन समझ गये कि पिता बहुत नाराज हैं और कोई बात नहीं करना चाहते हैं। पिता के चरित्र का यह नया ही रूप उन्हें गत दिनों में देखने को मिला कि वे चाहें तो न केवल असम्पृक्त ही हो सकते हैं, बल्कि सामनेवाले के दिल में कम बोलकर भय भी उत्पन्न कर सकते हैं। बचपन में जिस पिता की अँगुली पकड़कर 'मन्दिरजी' जाया करते थे, तब से लेकर इस समय सामने अर्द्धलेटे पिता में कितना बड़ा परिवर्तन लग रहा था जैसे पहचान में नहीं आ रहे हों।
— बापू! वो कान्ता....
— हाँ क्या हुआ कान्ता को? सब ठीक है न?
— असल में, कल आ रही है।
— बड़ा अच्छा है। ठाकुरजी सब अच्छा करेंगे। 'हे नाथ नारायण वासुदेव।'
और उन्हें नींदभरी बड़ी-सी जँभाई आयी और उसके साथ ही चुटकियाँ बजायीं। श्रीमोहन हतप्रभ पराजित-से उठ खड़े हुए। उन्हें लगा कि पिता ने उन्हें पैदल से मात दी है। जीवन में इतने विवश, वे पहले कभी नहीं हुए थे। पिता ने कितने कठोर होकर उनके साथ व्यवहार किया था। वे पिता से इतनी कठोरता की अपेक्षा कभी नहीं करते थे। वे बापू को कहीं-न-कहीं अपेक्षाकृत बहुत सीधा समझते थे। वहीं सीधापन एकदम शूल की भाँति उनके अन्तस् में खुभ गया था और दर्द दे रहा था—असह्य दर्द!! ये तो पिता थे, क्या कहते?? स्पष्ट था कि शेष कुटुम्ब ने दीवारहीन एक दीवार ऐसी खींच ली थी, उठा ली थी, कि जिसकी अपेक्षा कोई-सी भी दीवार अच्छी ही होती। दीवार होने पर लगता है कि दीवार है। सबको दिखती है कि दीवार है। लेकिन न होने पर उस दीवार के लिए किससे क्या कहा जाये? सब होते हैं, सबमें दीवार खिंची होती है। कब सामनेवाले की दीवार आपके लिए अभेद्य हो जायेगी कुछ नहीं कहा जा सकता। दीवार अभेद्य तभी होती है जब अन्तर में खिंची होती है। ऐसी दीवारों का आभास हमें तभी होता है जब स्थान, व्यक्ति, परिस्थिति नितान्त खाली-खाली लगे, कोई उत्तर न आये। हमें चलते हुए या

बात करते हुए एक साथ ये दोनों ही बातें लगें कि जमे हुए पानी की गहराई में आप चल रहे हैं, आधी रात की-सी दोपहर विवर्ण होकर आपको सुन रही हो—तब हमें मान लेना चाहिए कि स्थान, व्यक्ति या परिस्थिति अब मात्र दीवारें हैं। ऐसी दीवारें जो गूँगी हैं, अन्धी हैं, बहरी हैं। जिन्हें अब नहीं तोड़ा जा सकता है : क्यों ऐसी दीवारें मात्र उठती हैं, खिंचती हैं—टूटती नहीं हैं, ढहती नहीं हैं। क्योंकि ये दीवारे सम्बन्ध टूटने पर ही उठती हैं। जरा-सी भी भावना शेष हो तो ये दीवारें नहीं बन पाती हैं। तब ऐसे में कोई क्या कर सकता है? और जब श्रीमोहन के मन में तो बहुत पहले ही ऐसी दीवार उठ चुकी थी, तब आज पिता के मनं में भी दीवार देखकर मात्र विवर्ण होने के और क्या शेष था?

कान्ता आ गयी।

कान्ता को उसका छोटा मामा लेकर आया था। पिता श्रीनाथ ठाकुर ने अपने पुत्र के साथ रुखाई का व्यवहार किया था, लेकिन कान्ता तो आखिरकार उनकी पोती थी और उसमें उसका क्या दोष? कान्ता की माता में यह दोष है कि वह एक की दो लगाती फिरती है। ठीक है लड़की के ब्याह में श्रीमोहन और सावित्री ने उन्हें तथा कुटुम्ब को अपमानित किया था, लेकिन इसमें बेचारी लड़की का क्या दोष? और फिर सभी जानते हैं कि कान्ता कितनी मिलनसार हँसमुख स्वभाव की है। जब यहाँ थी तो गुणवन्ती को तो सगी बहन से भी ज्यादा मानती रही है। अपनी काकीमाँ को अपनी सगी माँ से कम थोड़े ही मानती रही है? केवल कान्ता ही तो एक ऐसी रही है जो दिनभर हँसना, खेलना और खाना किया करती थी। बड़ा हो या छोटा, अपना हो या पराया सबके साथ प्रेम से बोला करती थी।

इसलिए जिस समय वह घर आयी, पिता श्रीनाथ ठाकुर अपना बरसों का नियम भंग कर उस समय घर ही थे। वर्ना वह समय तो उनका मन्दिर में 'संझा-आरती' का होता है। यह ठीक था कि सावित्री ने अपनी बेटी के स्वागत के लिए सारा खाना-पीना कर रखा था लेकिन सरो ने भी बिना किसी के कुछ कहे-सुने तथा गुणवन्ती ने भी अत्यन्त मन से माँ से पूछ-पूछकर कान्ता के लिए भोजन तैयार कर रखा था। सरो ने सासूमाँ से कह-कहकर जमा-पूँजी में से कान्ता के लिए हाथों की चार सोने की चूड़ियाँ ब्याह के समय ही बनवा रखी थीं लेकिन जब देने का कोई अवसर ही नहीं आया तो वे रखी हुई थीं। आज तो सरो ने सासूमाँ से कहकर एक साड़ी और मँगवा ली थी क्योंकि ये चूड़ियाँ तो ब्याह के नाम पर थीं। लड़की जब ससुराल से पहली बार आयेगी और काकीमाँ के पैर छुएगी तो क्या उसे कुछ न दिया जाना चाहिए।

गुणवन्ती तो पूरे दिन उत्साह में रही। बारम्बार दरवाजे तक हो आती कि रेल कब आयेगी। वह जानती थी कि रेल शाम को ही आती है। फिर भी वह दिनभर अपनी उसी कान्ता के लिए बेचैन रही जिसके साथ उसने श्रावण के दिनों में 'संझाएँ' फूलों से दीवार पर बनायी हैं। कितने सुन्दर नगरकोट, हाथी-घोड़े, पालकी-सवार बनाती थी गुणवन्ती और कान्ता रो दिया करती थी तो वह कान्ता की 'संझा' अपनी 'संझा' से अच्छी बना दिया करती थी। दशहरे-दीवाली के उस बीस दिनों में जालियाँ कटे कच्चे-कच्चे, घण्टों में बड़े-बड़े दीपक धर कैसे सुर से 'धड़ल्या' गाया करती थी और तब पैसे इकट्ठे हो जाया करते थे और फिर उन पैसों की गोठ हुआ करती थी। सेरीवाले लड़के कैसे पत्थर मारकर घड़े फोड़ दिया करते थे। वह तो कसकर तमाचा मार दिया करती थी लेकिन यह कान्ता तो बस रोने बैठ जाती थी। कैसे छुपकर बैजनाथ के मेले में मलाई का बरफ या बरफ के

लाल-पीले लड्डू खाया करते थे। यह कान्ता तो मरी बस इमलियों पर कैसी जान देती थी और बाजार की बनी पानी के सेव खरीदकर कैसे चुपचाप स्कूल से ले आया करती थी और उसे भी रजाई में छुपकर खिलाया करती थी—कितनी अच्छी लगती थी न? उसके बिना कान्ता तो छिनभर नहीं रह पाती थी। बत्तीसी तो कान्ता की कभी बन्द ही नहीं होती थी लेकिन क्या मजाल जो उसका कहना न मानती। ताईजी से वह मचलकर झगड़ा कर उसके लिए भी, कोई चीज हो चाहे खाने की, पीने की, पहनने-ओढ़ने की, जरूर लाती। यही दो-चार महीने बड़ी है उससे लेकिन सदा बराबरी ही की होगी उसने।—और उसी अपनी कान्ता के विवाह में वह नहीं जा सकी। वह क्या, कोई भी नहीं जा सका। अच्छा, आने दो उससे सब पूछूँगी। कहीं बदल गयी होगी वह भी तो?—नहीं, कान्ता नहीं बदल सकती। मुझसे ज्यादा बाबा का वह ध्यान रखती थी और बाबा भी तो उसे कितना मानते थे? वह या सुशीला तो बाबा से अधिक बात कहाँ कर पाते थे पर यह कान्ता तो बस इतना पूछती थी कि उनकी हालत खराब कर दिया करती थी। बाबा कहा भी तो करते थे कि—हमारी कान्ता तो एक दिन बालिस्टर बनेगी, समझे!!

और वही कान्ता, कान्ता दीदी आनेवाली है। उसने भी कान्ता को देने के लिए दो रेशमी रूमाल काढ़े हैं—एक कान्ता के लिए और दूसरा उसके दूल्हे के लिए।—कैसा है उसका दूल्हा? कान्ता को कैसा लगता है वह? वहाँ, क्या वह वैसे ही दिनभर हँसती रहती है?

— अरे कान्ता से कितनी सारी बातें करने को हैं। तीसरा पहर भी होने आया और वह तैयार तक नहीं हुई। चोटी गूँथनी है, कपड़े बदलने हैं। जिजी को भी तैयार करना होगा।

सरो अपने बिस्तरे पर पड़ी कुछ खास नहीं सोच रही थी। कान्ता अब बड़ी हो गयी होगी? लेकिन कितनी बड़ी हो गयी होगी आखिर इतने दिनों में? गुनी से कुछ ही बड़ी है। हाँ, ब्याह हो जाने पर बड़ा-बड़ा-सा तो लगने ही लगता है सब। गुनी का भी ब्याह हो जाता तो खूब भर जाती यह भी। अभी ऐसी लग रही है तब थोड़े ही ऐसी लगती। मेरे बराबर की दिखती।—चलो अच्छा हुआ कान्ता में उसकी माँ के गुण नहीं आये। कितनी अच्छी है न कान्ता? बेचारी का 'काकीमाँ', 'काकीमाँ' करते दिनभर मुँह सूखता था। भगवान् करे वह सुखी रहे। सुना तो है उसे घर अच्छा मिला है। पता नहीं यहाँ क्यों नहीं ब्याह होने दिया? लोग जाने कितनी सच कहते हैं, कितनी झूठ। सासूमाँ ही तो कह रही थीं कि भाभीजी तो अपने मैकेवालों का घर भर रही हैं। होगा भाई, जिसको जो सुहाये करे। वे पेट में दुभाव रखती हों, रखें। अपने से तो हो नहीं पाता। कान्ता और गुनी में क्या अन्तर है? अरे लड़की आखिर लड़की ठहरी। आज नहीं तो कल, चली जायेगी। उस बेचारी में खुड़पेंच करने से क्या लाभ? मुझे तो छिनभर को

उनके न तो जेवरों से, न उनके बन रहे मकान से किसी से भी कोई ईर्षा होती— पता नहीं कैसा ओछा स्वभाव पाया है उन्होंने कि किसी का भी भला या सुख उनसे देखा नहीं जाता। न हुई मैं, तो इस बेचारी लड़की से ही आते के साथ उलझ पड़ी। अरे पूछो कि जब उसे किसी ने बताया नहीं कि क्या बनेगा, कब तक बन जाना चाहिए तब तक भला क्या मालूम हो किसी को? अपनी-अपनी समझ है। उन्हें तो असल में खीझ थी। कोई उल्टा उनसे पूछ न ले कान्ता के ब्याह के बारे में, इसलिए आते के साथ ही झमकना शुरू कर दिया। इसी को तो 'तिरिया चरित्तर' कहते हैं लोग। और कोई गलत थोड़े ही कहते हैं!!

जबकि माँ कुछ नहीं सोच रही थीं। रात को श्रीमोहन के जाने के बाद जब वे बहू के कमरे से लौटीं तो पति ने बताया कि क्या हुआ। रात ही को पति-पत्नी में तय हो गया कि लड़की के नाम जो माला बनवायी थी वह उसे पैर छूने के मौके पर दे दी जाये। वैसे उसके खाने-पीने का प्रबन्ध रहे। यद्यपि बहू महारानी अपनी आदत के अनुसार बखेड़ा जरूर करेंगी। न हो तो कान्ता का मुँह जूठा करवा देना और बाकी श्रीमोहन जाने और उसकी बहू जाने। फटे में ज्यादा पाँव घुसेड़ने की जरूरत नहीं है। इस निर्णय के अनुकूल ही वे इस तीसरी प्रहर सरो के सिरहाने बैठी रही थीं। सरो ने जब कान्ता के तिलक तथा पूजन आदि की थाली गुणवन्ती से सजवायी तो उन्होंने एक बार हल्के से कहा भी था—बहू, क्यों ज्यादा ममता दिखाती हो, वो महारानीजी कुछ नहीं होने देंगी, लेकिन सरो ने बड़ा फीका-फीका-सा मात्र हँस दिया था। जिसका भाव यही था कि—सासूमाँ, सबको अपना-अपना कर्त्तव्य करना चाहिए और फिर मैं यह जो कुछ कर रही हूँ वह केवल अपने सन्तोष के लिए, न कि भाभीजी को दिखाने के लिए और न उनकी प्रसन्नता के लिए। माँ मात्र देखती रहीं। साथ ही आश्चर्य भी करती रहीं कि कितने प्रसन्न मन से सरो स्वय तैयार हुई, जैसे अपनी लड़की ससुराल से आ रही हो। कहीं मुख पर या आचरण में ऐसा कोई परायापन या दुभाव की छाया तक नहीं थी, जो यह बता सके कि सरो यह सब दिखाने के लिए कर रही थी। उन्हें सरो पर आश्चर्य भी था, साथ ही प्रसन्नता भी थी कि उनकी एक ब्याहता पोती पहली बार ससुराल से आ रही थी और उसके स्वागत की तैयारी हो रही थी। यद्यपि ये सारी तैयारी ऊपर के दिखावे से अधिक इन लोगों के मन में हो रही थी।

उधर सावित्री देवी ने बाड़ेवाले उस बड़े फाटक से कान्ता की अगुवानी के लिए केले के खम्भे सजवाये थे। तोरण बँधवायी थी। कलश रखवाये थे। पूरा घर-आँगन लीपा गया था। चौक पूरा गया था। पड़ोसिनें तथा अपने पक्ष की रिश्तेदारिने भी एकत्र थीं मंगलाचार के लिए। बाड़े में सफाई की गयी थी तहसील के सिपाहियों के द्वारा। फर्श तथा बिसात बिछवायी गयी थी। पान-बताशों का, इत्र-

गुलाबजल का, नफीरीवालों का, सभी का तो प्रबन्ध किया गया था। सिरश्तेदार साहब आज कचहरी से जल्दी आ गये थे और इस समय वे मय पालकीवालों के स्टेशन पर मौजदू थे। इस सारे प्रबन्ध में सावित्री देवी ने झूठमूठ भी अपनी सासूमाँ तक से पूछना अनिवार्य न समझा और न ही बीच का वह दरवाजा भी खोलना जरूरी समझा, जो कि उस दिन झमककर उन्होंने बन्द कर लिया था। इसलिए उधर क्या हो रहा था यह बिना बाड़े की तरफ से गये कौन कह सकता था? हाँ अजीब-सी चहल-पहल की गडमड आवाजें जरूर आ रही थीं। देवव्रत जरूर बच्चों के साथ नफीरी सुनता सड़क पर बच्चों के साथ खड़ा है, वर्ना सासूमाँ ने सुशीला तक को उधर नहीं जाने दिया है।

और देवव्रत दौड़ता हुआ आया तथा सूचना दी कि कान्ता दीदी आ गयीं। सूचना देकर वह तुरन्त लौट गया। सुशीला जाना चाहती रही लेकिन माँ के डर के मारे वह अपना मन मारे बैठी रही। कान्ता दीदी की विशेष स्मृतियाँ उसके पास कुछ भी नहीं इसलिए सिवाय कौतूहल के और उसके कुछ पास था ही क्या?

कान्ता के आने के करीब घण्टेभर बाद श्रीमोहन कान्ता को लेकर आया। पिता बड़ी देर से प्रतीक्षित बैठे थे अपनी बँगवई पर। कान्ता आयी, सबके पैर छुए। माँ तथा काकीमाँ ने उसका माथा सूँघा। काकीमाँ ने तिलक-आरती की, सुशीला ने शंख बजाया। गुणवन्ती ने खीलें बिखेरीं। सबने देखा कि कान्ता खूब बड़ी-सी लग रही थी। सिर से पैर तक जेवरों से लदी कान्ती बड़ी ही सुन्दर लग रही थी। माँ ने उसके गले में माला पहनायी, काकीमाँ ने उसे चूड़ियाँ तथा साड़ी ओढ़ा दी, सरो ने जब उसे तिलक किया तो उसने देखा कि कान्ता की आँखें अब कितनी बड़ी हो गयी थीं तथा वे कितनी निर्दोष मुसकुरा रही थीं। सरो को देखकर कान्ता कैसी चिपट गयी थी ललककर। सरो को बड़ा अच्छा लगा। अन्तर तक भीग उठा था। वे समझ गयीं कि मात्र आयु के, कान्ता में और कुछ भी नहीं बदला है और उन्होंने सन्तोष तथा सुख की साँस ली। जब यह स्वागत हो गया और श्रीमोहन को खड़े ही देखा तो माँ ने हल्के से भर्त्सना करते हुए कहा,

— अरे, तो क्या कान्ता को साथ ही लिवा लाने के लिए बहू ने कहा है? कान्ता क्या तेरी या उसकी ही है रे?

— श्रीमोहन को लगा कि सच ही सावित्री ने साथ लिवा लाने को लाख कहा था, पर उन्हें सोचना चाहिए था कि आखिर माँ क्या सोचेंगी? सरो क्या सोचेगी? कान्ता क्या सोचेगी? और फिर कान्ता, सरो को मानती भी कितना है। कान्ता ने कितना कहा था कि काकीमाँ ब्याह में क्यों नही आयीं? वह जाकर लड़ेगी उनसे। कहीं उन्हें अच्छा ही लगा कि चलो उन लोगों के कारण जो कौटुम्बिक एक तनाव आ गया है उसे कान्ता किसी सीमा तक दूर कर सकेगी। और वे खिसियाये-से चले गये। बड़े पिता श्रीनाथ ठाकुर ने चलते हुए कान्ता से यही कहा,

— कान्ता! अभी तो बेटा, मझे मन्दिर भी जाना जरूरी है।

— कोई बात नहीं बापू! आप हो आइये। आपसे मुझे बहुत लड़ना है। मुझे ऐसा भुला दिया आप सबने?

कान्ता की इस बात से बड़े पिता की आँखें छलछला आयीं। वे बिना किसी तरफ देखे अपनी पगड़ी सिर पर ठीक करते हुए जूतियाँ (विद्यासागरी) पहन दरवाजे की कल खोल निकल गये।

सरो बोली,

— चलो बेटी, पहले मुँह मीठा कर लो।

— काकीमाँ! आप क्यों नही आयीं उज्जैन? ये गुनी ने तो ऐसा भुला दिया कि पत्र का जवाब तक नहीं देती। मैं बापू, माँ, काकीमाँ, गुनी सबसे बहुत नाराज हूँ। काकाजी ने भी भुला दिया।

और कान्ता ने देखा कि माँ, काकीमाँ, सब पल्लू में मुँह छुपाकर सुबुक रही थीं। वह हतप्रभ हो गयी। बोली,

— मैंने कुछ भूल की माँ? क्यों काकीमाँ?

— नहीं रे, मेरी कान्ता भला भूल कर सकती है?

और सरो ने उसे अपने सीने से सटा लिया लेकिन उनके आँसू फूट पड़े जिसमें कान्ता नहा रही थी।

कान्ता ने सावित्री की एक न चलने दी। सावित्री ने यह मंजूर कर लिया कि कान्ता उधर ही खायेगी लेकिन सावित्री ने अपनी रसोई की जिद नहीं छोड़ी। कान्ता और गुणवन्ती अब दोनों मिलकर खाना बना लेतीं तथा कान्ता, काकीमाँ का सारा काम भी करती, फलस्वरूप माँ, बड़े पिता के मन में श्रीमोहन तथा सावित्री को लेकर जो तनाव आ गया था वह कुछ कम हुआ। जब तक सरो दोपहर में सो न जाती, कान्ता उनका सिर दाबती रहती और अजीब-अजीब किस्से सुनाकर हँसाती रहती। जब काकीमाँ सो जातीं तब कान्ता और गुणवन्ती या तो छज्जे के एकान्त में बैठकर बतियाती रहतीं या फिर कहीं और। गुणवन्ती ने बताया कि बापू कितने नाराज हुए थे सुनकर, कि कान्ता का ब्याह उज्जैन से होगा। स्वयं कान्ता ने बताया कि जब उसके विवाह में कोई नहीं आया तो वह कितना रोयी थी। वह सब समझ गयी थी कि जिजी ने ही यह किया होगा। वह जानती है कि जिजी को दूसरा कोई नही सुहाता है—लेकिन वह नहीं जानती कि वह इसके लिए क्या करे? जब गुणवन्ती ने कान्ता को एकान्त में रूमाल दिये तो वह खिल उठी। वह भी दौड़ी हुई गयी और गुणवन्ती के लिए जो कपड़े, बालों में लगाने के क्लिप आदि लायी थी सब दिखाये। गुणवन्ती ने जब लेने से इन्कार किया तो कान्ता की आँखें छलछला आयीं और वह उसी तरह काकीमाँ के पास जाकर रोने लगी थी। तब माँ और बापू के कहने पर गुणवन्ती को लेना पड़ा था। सुशीला, देवव्रत को देने का तो एक प्रकार से उसका अधिकार ही था।

अब तो रोज का यह धन्धा हो गया था कि दोनों बैठी हुई हैं। गुणवन्ती को कान्ता की एक आदत से बड़ी चिढ़ रही है कि वह पेट में गुदगुदी चलाती है और गुणवन्ती को हँसी भी खूब आती है। ब्याह के बाद भी कान्ता वैसी ही चंचल थी। ब्याह होने के दिन से वहाँ के आने के दिन तक की पूरी गाथा कान्ता ने उसे सुना डाली। उसकी ससुराल में कौन-कौन हैं, वे कैसे हैं, सासूमाँ कैसी हैं। लालच लोगों के पेट में कितनी बड़ी दाढ़ी बढ़ाये बैठा रहता है। जितना ब्याह में दिया गया वह भी उसकी ससुरालवालों को कम ही लगा। कान्ता का तो कई बार मन हुआ कि कह दे, चलो हमारे घर जितनी चीजें हैं सब ले आओ। उनमें ढेरों पुराने जूते भी तो हैं न?

और इस बात पर कान्ता पेट पकड़कर हँसती रही। कान्ता को कई दिनों तक इस बात का होश ही नहीं रहा कि गुणवन्ती से भी उसके हाल-चाल पूछे। वह तो बस जैसे बोलने पर उतारू थी।

— सच गुनी! तुम झूठ मनोगी। मेरे सास-ससुर के पास काफी पैसा है लेकिन एकदम चमार है, चमार। दो पैसे की भाजी आयेगी और लोटाभर गंगा-

जल—बस भाई, यह तो हो गया पकवान। और अगर इस पकवान को गले के नीचे निगलने के लिए कहीं अचार की किसी ने माँग की, तो सासूमाँ का तो मानो दिवाला ही बोल गया। गुनी! कभी सुना है कि दस जने घर में हों तो पचीस आमों का अचार सालभर चलता है? नहीं न? तो चलो हमारे यहाँ। अचार खाने के लिए थोड़े ही होता है, जनाब! सूँघा जाता है, और वह भी खोलकर नहीं शीशे की बर्नी में से झाँकते अचार की फाँकों को देखकर।

और कान्ता खूब शैतानी से उस सूँघने को जोर-जोर से करके दिखाती कि गुणवन्ती की हँसी भी न रुकती।

— तुम तो बड़ी तेज हो गयी हो कान्ता!

— पाँच बूँद तेल में लगाये जानेवाली अपनी ससुराल की छौंक की तरह तेज। जानती हो सासूमाँ माला फेरते हुए 'आक छी' 'आक छी' करती आती हैं। और कहने लगती हैं, कि—बहू, इत्ता-इत्ता तेल डालती हो तभी घरभर को छींकें आती हैं।

लगता कि कान्ता की तो हँसी बन्द होने का नाम ही नहीं लेगी।

— कान्ता! तुम अपने 'उनको' क्या कहती हो?

— एकान्त में 'पण्डिज्जी' कहती हूँ। उनकी माँ ने उन्हें बिल्कुल 'पण्डिज्जी' ही बना रखा है बेचारों को 'पण्डितजी' तक नहीं।

कान्ता फिर शैतानी से हँस दी।

— लगता है तुम्हें बहुत प्यार करते हैं न?

— अरे गुनी! पूछो नहीं बस!! बहुत कहने पर 'पण्डिज्जी' घुमाने ले गये। तुम्हें मालूम होना चाहिए कि 'पण्डिज्जी' जब बाहर जाते हैं तब पतलून पहनते हैं।

वह फिर हँसी।

— यह हर बात में क्या हँसती हो तुम?

— मुझमें और तुममें यही अन्तर है गुनी! कि मैं बेवकूफी किसी को हो, हँसना जानती हूँ। हाँ, तो मैं कह रही थी कि हम लोग घूमने गये। बड़े डरते-डरते तो 'पण्डिज्जी' घर से ले ही गये थे। घर से बाहर मैंने कहा कि आप कहें तो घूँघट थोड़ा कम कर दूँ। असल में दीदी! पनीली-पनीली भाजियाँ खाते-खाते उकता गयी थी, एक दुकान पर पकौड़ियाँ बन रही थीं। मैंने कहा कि क्यों न थोड़ी पकौड़ियाँ ही खायी जायें? अब साहब, पण्डिज्जी की सूरत देखने के काबिल हो गयी। वे तो इतने घबरा गये कि बस। बोले, जानती हो इस तरह घर से बाहर निकलनेवाली पहली बहू तुम्हीं हो। मैंने कहा, तो फिर पकौड़ियाँ खाने का सौभाग्य भी मुझे मिलना चाहिए। गुनी! तुम सोच नहीं सकतीं कि उनके गुस्से का क्या हाल था। लगा कि अगर और कुछ कहा तो वे रो देंगे। सो जनाब, दूसरे दिन अपने राम ने जब इधर के लिए कूच किया तो कहीं जान में जान आयी। अजीब दकियानूसों से पाला पड़ा है कि क्या बताऊँ। अपनी पढ़ायी-लिखायी तो चौपट हुई ही गुनी! पता नहीं 'पण्डिज्जी' ने पढ़-लिखकर क्या हासिल किया।

कान्ता जिस ढंग से सारी बात सुना रही थी उससे गुणवन्ती को तो लगा कि उसे अपनी सुसराल में कोई सुख नहीं है लेकिन जैसे वह किसी बात की कोई खास चिन्ता भी नहीं करती। बल्कि वह सब पर हँसना जानती है।

— गुनी! लगता है कि तुम मेरी बातें सुनकर दुःखी हो गयी कि कान्ता को बड़ा कष्ट है ससुराल में, है न? बिल्कुल नहीं। पढ़े-लिखे पति की अपनी मुसीबत होती है और बेपढ़े-लिखे की अपनी।

— मालूम होता है। बहुत अनुभव हो गया है न?

दोनों एकान्त में बैठी दुनिया-जहान की बातें किया करतीं। गुणवन्ती को याद आया कि कान्ता के साथ के दिन ही उसके जीवन के सबसे सुखी दिन रहे हैं। वही तो रही है जिसके सामने गुणवन्ती खूब खुलकर बातें करती है। फिर भी अपने बारे में उसे बातें करते सदा एक गहरा संकोच होता रहा है। अपने बारे में बातें करना उसे वैसे ही लगता है, जैसे जल में धँसकर नहाया जा रहा हो। ढेर-सारा पानी आकर अंग-अंग को छूता हुआ आपको अजीब-सा अनुभव कराता है कि वह आपको घेरे हुए है। उसके निकट आप अवस्थित हो गये हैं। कैसे फुरहरी-सी दौड़ जाती है देह में।

जब कई दिनों उपरान्त कान्ता ने गुनी को कचोटा कि वह कैसी है, क्या करती है आदि-आदि, तो गुणवन्ती को हठात् समझ में कुछ न आया कि वह क्या है? वह तो बस—है!! ऐसे होने में, कैसे, क्या वगैरा कुछ नहीं होता। बस, होते हैं। वही तो गुणवन्ती है। और क्या करती है? करने को कौन इतना विविधपूर्ण है कि आज यह किया और उकताकर कल दूसरा कुछ करने लगे। इतना विविध कभी था ही नहीं। जो कुछ करती रही है वह भी ऐसा कुछ विशेष भी नहीं कि उसे कहकर बताया जाये। कोई यह कहे कि वह रोज उठता है, खाता है, बातें करता है और सो जाता है—तो आपको कैसा-कैसा लगे न? और कहनेवाले पर आश्चर्य हो कि क्या यह सब कहने के लिए होता है? क्योंकि इसमें विशिष्टता क्या है जो कहा जाये? कहा तो विशिष्ट ही जाता है न? सुननेवाला भी विशिष्टता की अपेक्षा से ही तो सुनता है। ऐसी हालत में गुणवन्ती के पास या तो अति साधारण है और असाधारण या विशिष्ट के नाम पर कहीं कुछ है तो वह इतना अस्पष्ट है कि स्वयं भी रात को जिजी के सिरहाने उनका सिर दाबते हुए या फिर कभी चिमनी की टेढ़ी-मेढ़ी लौ के मीठे मन्द प्रकाश में घण्टों सोचते, अपने अन्दर कुछ खोजती रही है कि कौन-सा मधुरत्व है जो उसे कभी-कभी बड़ा सुख देता-सा लगता है अथवा कभी बड़ा उदास-सा कर जाता है। जब कभी बावड़ी से पानी लेने जाती है तो उसका गहरा पथरीलापन—भूरा, ठण्डा जहाँ कबूतरों की 'गुटरगूँ' या एकान्त पीपल का नन्हा-सा गाछ अजीब आमन्त्रण भरे लगते हैं। वह खालीपन जैसे उसकी आँखों में कहीं होता है जो रात को नींद की वेला खूब सारा फैल जाता है जिसमें वह डूबने लगती है—नितान्त एकाकी—कुछ भी

तो समझ में नहीं आता कि वह क्या सोचती है, क्या करती है, ऐसा, जिसे कान्ता को सुनाये। कान्ता के पास, न सही तो लोगों के किस्से हैं, अपने 'पण्डिज्जी' को लेकर ही, या फिर सास को लेकर ही खूब सारा हँसने को है। जबकि वह यही कह सकती है उससे कि कान्ता! बस ऐसा लगता है, एक बासी ठण्डा चूल्हा है राख भरा, जिसके चारों ओर जूठे बर्तन—उदास, अनमने-से फैले हुए हैं। अब बताओ क्या कहूँ। क्या कान्ता उसे समझ सकेगी? लेकिन प्रश्न तो यह है कि क्या मैं स्वयं समझी हूँ यह कहकर? तब भला उसे क्या बताया जाये? लोगों की बातें क्या की जायें। बड़ा फिजूल-सा लगता है कि आप बैठकर लोगों की बातें कर रहे हैं।

— क्या सोच रही हो गुनी! कुछ बताया नहीं तुमने?

— क्या बताऊँ कान्ता? यही सोच रही हूँ।

— मैं समझती हूँ गुनी।

— इसी का तो मुझे सन्तोष है कि एक कान्ता ही तो अकेली ऐसी है जो मुझे समझती है। जब तुम नहीं थीं.....सच कान्ता! तुमसे घण्टों बातें किया करती थी।

— लेकिन अब तो तुम चुप हो।

— तुम, अब सामने हो न, इसीलिए। सामने बैठे होने पर पता नहीं क्यों, बात नहीं हो पाती। बस सुनने को मन करता है। तुम सुनाती हो न, तो लगता है कि हाय-हाय इतने दिनों नहीं सुना तो कितना छूट गया न? और समस्त इन्द्रियों से सुनने लगती हूँ। आश्चर्य भी होता है कि कोई सुना भी सकता है। जीते तो सभी हैं, लेकिन उस सबको सुना सकना सबके बस की बात नहीं होती।

— नहीं, तुम मुझसे भी अब छुपाने लगी हो।

— तुमसे छुपाऊँगी? मेरा भगवान् जानता है कान्ता!.....असल में मुझे बोलना आता ही नहीं। रोज जाने कितना कैसा-कैसा देखते-देखते बस, देखने की आदत पड़ गयी है। इसीलिए एकान्त में होने पर विगत में देखने लगती हूँ और वहाँ तुम होती हो। लगता है तुम मेरी आँखें पढ़ती हो और मैं जाने कितना निःशब्द बहुत गम्भीर हो गयी हूँ।

— गुनी! तुम बहुत गम्भीर हो गयी हो।

— कान्ता! तुम नहीं जानतीं अब व्यक्ति को शुरू दिन से बहुत-कुछ देखना पड़ जाये तो उसकी वाचा चली जाती है। मुझे बड़ा सुख है कि तू यहाँ नहीं रही। बाबा जीवनभर वितृष्ण उदास, जाने क्या बने रहे और आज जाने कहाँ न जाने क्यों चले गये हैं। जिजी ने लगता है हमेशा को शय्या पकड़ ली है। ताऊजी-ताईजी पता नहीं क्यों किसी से भी तो खुश नहीं हैं? छोटे काका तो जैसे परिवार में कभी थे ही नहीं। बापू और माँ जाने किस युग के मूक चरित्रों से ओसारे में बैठे सब देखते रहते हैं। विभिन्न कड़ियाँ हैं हम सब! कि छिन्न-भिन्न हो जाने के लिए आतुरता से अपनी-अपनी दिशा में जोर लगाकर टूट

जाना चाहती हैं। कभी-कभी सोचती हूँ कि बाबा लौटकर नहीं आये तो जब ताऊजी-ताईजी अलग हो जायेंगे, बापू और माँ वृद्ध हो जायेंगे तथा मैं और सुशीला ब्याह के बाद चली जायेंगी तब रोगिणी जिजी, यह जर्जर घर, निराश्रित बापू-माँ तथा अबोध देवव्रत इन सबका क्या होगा कान्ता? सच, मैं भी हँसना चाहती हूँ! खूब जोरों से हँसना चाहती हूँ लेकिन पता नहीं क्यों रो पड़ती हूँ, जैसे इस जर्जर घर की शहतीरों में जिजी, बापू, माँ और देवव्रत दब गये हैं। वे हमें सहायता के लिए पुकार रहे हैं और हम अपने-अपने घरों में.....कान्ता! उस दिन क्या होगा?

और गुणवन्ती सचमुच ही रो पड़ी। कान्ता भी उदास हो गयी।

कान्ता में सहज बुद्धि तथा हँसमुख स्वभाव का अजीब मिश्रण था। वह कुटुम्ब की वस्तुस्थिति अच्छी तरह समझ गयी थी तथा उसके कारणों को भी। ननिहाल तथा ससुराल में उसने पैसे की लालसा तथा कामना का नग्न रूप देखा था। जबकि उन परिस्थितियों में उसे भी वैसा ही हो जाना चाहिए था। लेकिन पता नहीं श्रीधर काकाजी की कब-कौन-सी बात उसे याद आती रहती कि वह वैसी नहीं बन सकी। बस, यही हुआ कि उसने सब पर हँसना सीख लिया। यद्यपि अन्तर में वह भी बहुत गम्भीर थी पर अपनी विवशताओं को भी समझती थी। अपने माता-पिता के प्रति वह उदास थी क्योंकि ननिहाल में जाकर जिस प्रकार ये लोग यहाँ के बारे में बातें करते थे वह अपमानजनक ही कहा जायेगा और यह कान्ता को कभी अच्छा नहीं लगता है। गुनी की गम्भीरता से वह काँप उठी। वह स्वयं देख चुकी थी कि यदि काकीमाँ की दवादारू ठीक से नहीं होती है तो वे बच नहीं सकतीं। माता-पिता ने इन लोगों से सारा सम्बन्ध तोड़ ही लिया था। बापू की आमदनी ही कितनी थी। तब इतने बड़े परिवार का लालन-पालन कैसे हो? काकाजी के जाने के बाद गुनी की पढ़ाई तो छूट ही गयी समझो। सुशीला भी ऐसे कहाँ तक पढ़ पायेगी? जिस कौटुम्बिक हाहाकार को गुनी ने अभी कहा वह तो जैसे अनिवार्य लग रहा था। इस गुनी तथा सुशीला का अभी विवाह होना ही है। पिता इसमें कुछ मदद करेंगे इसकी आशा ही व्यर्थ है। वे तो दो-चार दिनों में छावनी में चले जायेंगे। तब तो नैतिक दायित्व से भी मुक्त हो जायेंगे। तब क्या होगा?

जब वह अपने पलँग पर पड़ी करवटें बदलती लेटी रही और सो न सकी तो जिजी ने पूछा।

— नींद नहीं आ रही कान्ता?

— नहीं जिजी!

— क्या तू भी दिनभर उसी गुनी के साथ बतियाती रहती है। अरे कुछ भले काम किया कर। तेरे बाबा कह रहे थे कि लड़की की तो शकल ही नहीं दिखती। क्या सिर दख रहा है तेरा?

— कुछ खास तो नहीं जिजी!

— पता नहीं तुझे ऐसा क्या मीठा है जो उधर घुसी पड़ती है। जब देखा उस गुनी के साथ खाना बनाती रहती है, तो कभी उसकी माँ का सिर दाबती रहती है। अरे, दिखाने को कभी कुछ कर दिया और बस।

— जिजी! क्या तुम्हारे पास दिल नहीं है?

— क्या मतलब?

— कि तुम किसी का अगर भला नहीं सोच सकतीं तो दूसरों को बुरा सोचने को क्यों कहती हो?

— अच्छा, तो अब मैं ही बुरी हो गयी क्यों? और वे तेरी काकीमाँ और गुनी इतनी मीठी हो गयीं कि अपनी जिजी को ही भला-बुरा कहने लगीं, क्यों?

— तुमसे तो जिजी! आज तक किसी की बनी नहीं।

— देख कान्ता! मुझे सीख देना तेरा काम नहीं है समझी। तेरा जैसा मन आये वैसा तू अपने घर में करना। अरे, जब सिर पर पड़ेगी तब देखूँगी कि तू कैसे करती है। तेरी वह गुनी तुझे यही सब न सिखाती रहती है दिनभर? खबरदार जो कभी उनके लिए कुछ कहा-सुना तो। तुझे क्या मालूम कि तेरी वो काकीमाँ कैसी घुटी हुई है।

— अच्छा, भगवान् के लिए मेरे कारण उन लोगों को मत कोसो।

— अरे, मैं उन लोगों की सब बातें समझती हूँ। ठीक है और दो-चार दिन घुट-घुटकर बातें कर लो फिर देखूँगी कि छावनी से भला किस तरह तू आती है और वे दोनों तुझे बहकाते हैं।

कान्ता समझ गयी कि बहस बेकार है और वह करवट लेकर सोने की चेष्टा करने लगी।

वैद्यजी ने तो बड़े चुपके से श्रीनाथ ठाकुर को बताया था कि बहू को यक्ष्मा हो गया है, लेकिन सरो के सतर्क कान उस बात को सुन ही ले गये। आँखों के सामने अँधेरा छा गया कि अब क्या होगा? इतने छोटे बच्चे, बूढ़े सास-ससुर और पति का पता ही नहीं कहाँ हैं—यदि वह नहीं रही तो इन सबका क्या होगा? एकदम विह्वल हो गयी स्वस्थ होने के लिए, जैसे कि कहीं कुछ नहीं हुआ है, बल्कि वह तीज-त्योहारों पर सजी बहू की तरह श्रृंगार किये है, पैरों में महावर, हाथों में मेंहदी, सिर पर तिलक तथा माँग भरे, दीवार में जड़े शीशे में अपना रूप निरख रही है—जैसे आज ही ब्याहकर आयी हो। कैसा भरा-सा कंचनमुख और उसमें विशाल नेत्र। घर के सारे अँधेरे कोने उजला गये हैं। कैसी धूप और दीप की गन्ध भरी हुई है कमरों में। सवेरे की धूप का कैसा नहाया-सा आलोक, फर्श और दीवारों पर पुता-सा लग रहा है। परेण्डी पर रखा पानी का बड़ा-सा पीतल का गगरा तथा पटिये पर सजे, मँजे हुए पीतल, ताँबे के उजले बर्तन कैसे, दाँत निकाले हँस रहे हैं। चूल्हे पर पकवान की गन्ध आ रही है। बच्चों ने एकदम धुले कपड़े रहन रखे हैं जैसे ताजे केले के खम्भे हों। दरवाजे पर अल्पना बिगड़ न जाये, इसलिए आते-जाते बच्चे फलाँगते निकलते हैं—क्या रोज, ऐसे घर नहीं रह सकता है? क्या रोज ऐसा उत्सव-जैसा नहीं लग सकता है? क्या रोज हमारा मन और जीवन, घर और आपसी सम्बन्ध इतने ही धुले-धुले, पवित्र तथा सुखद नहीं रह सकते हैं?

और तभी सरो को जोरों से खाँसी आयी। दिवास्वप्न टूट गया। अभी थोड़ी देर पूर्व का वह काण्ड उसकी आँखों के सामने फिर नाच उठा। सवेरे ही श्रीमोहन तथा उसकी पत्नी ने माँ तथा बापू से यह साफ-साफ उद्घोषणा की थी कि सरो तथा गुणवन्ती, कान्ता को बहकाती हैं। वे लोग जानते हैं कि ये लोग क्या कर रहे हैं। इन दोनों ने इन लोगों का इस घर में रहना हराम कर दिया है। वे अब इस घर में एक मिनट नहीं रहेंगे। और बाहर गाड़ियों पर सामान लादा जा रहा था। माँ और बापू एक क्षण अवाक् बने रहे। उसके बाद बापू मात्र इतना ही कह सके,

— अच्छा भाई, जहाँ रहो सुखी रहो।

माँ कुछ न बोलीं, जैसे उन्हें लकवा मार गया हो। उपरान्त वैद्यजी आये थे। सिन्दूरी आँखों को घूँघट में छिपाये, हाथ वैद्यजी को थमाकर वह धक-धक करते कलेजे से, सिमटी बैठी रही। नाड़ी थामे वैद्यजी बड़ी देर के बाद बोले,

— अब तुम जाओ बहू! घबराने की बात नहीं, दवा भिजवा दूँगा। बस आराम और परहेज से रहा करो।

वैद्यजी ने जिस प्रकार उससे यह कहा था, उसका स्पष्ट संकेत था कि अब तुम जाओ मुझे तुम्हारी बीमारी के बारे में इन लोगों से कहना है। वह ऊपर आ तो

गयी लेकिन दरवाजे की आड़ से सुन ही ले गयी कि 'बहू को यक्ष्मा है शायद।' और दरवाजा न पकड़ा होता तो सरो गिर ही पड़ती। आँखों के आगे अँधेरा छा गया।

एकदम टूटी-सी अपने बिस्तरे पर आकर बिफर पड़ी। आज रविवार था। सुशीला और देवव्रत गुणवन्ती के साथ तालाब पर नहाने तथा कपड़े धोने गये थे। कमरे में एकान्त पा सरो रो पड़ी। उसे लगा कि वह जीवनभर विवश ही रही। विवशता से कोई मुक्ति नहीं। उसने कितनी भावनाओं के साथ जीवन आरम्भ किया था। पुस्तकों में तथा पिता के ज्ञान से उसे यही प्राप्त हुआ था कि यह जीवन स्वर्ग है। दूसरों के साथ अच्छाई करने पर ही जीवन स्वर्ग बनता है। उसे याद आया कि उसने कितने मन से तथा किस कठिनाई से कान्ता के लिए सोने की चूड़ियाँ बनवायीं और सावित्री ने मुहल्लेभर में यही प्रचार किया कि चाँदी की चूड़ियों पर सोने का झोल चढ़वाया गया था। अरे, सोने की नहीं देनी थीं तो दिखाने की क्या आवश्यकता थी? क्या कान्ता को जेवरों की कमी है? नहीं, दुनिया को दिखाने के लिए हमने भतीजी को सोने की चूड़ियाँ दीं।—लेकिन सावित्री की आँखों को धोखा देना आसान नहीं है।—देखना, वही झोल चढ़ी चूड़ियाँ मैंने गुणवन्ती के ब्याह में न दीं तो मेरा नाम नहीं। देवीजी ने सोचा होगा कि ये लोग तो बेवकूफ हैं, चलो बदले में अपनी लड़की को सोने का जेवर मिल जायेगा। सुनार ने देखने के साथ ही कह दिया कि इन पर तो पानी चढ़ा है।—अरे, शक तो मुझे उसी दिन हो गया कि क्या बात है जो कान्ता के इतने लाड़ लड़ाये जा रहे हैं। तुम जानो बहना, 'मैंने तो कभी ऐसा किया नहीं किसी के साथ, सो समझ नहीं पायी, पर खटका जरूर हुआ। अरे हाँ और क्या, जल्दी पता चल गया नहीं तो हम लोग जाने कितने के नीचे आ जाते। जब 'इनको' बताया सारा हाल तो आखें खुलीं वर्ना कहते थे कि भाई, गुनी की शादी में कुछ तो ज्यादा करना ही होगा। भाई की बेटी में और अपनी बेटी में क्या भेद है? तुम जानो सच्ची बात यह सुनकर सभी चुप रह जावे हैं। मैं भी कुछ नहीं बोली कि हाँ भाई, सच्ची बात है। एक हार तो देना ही पड़ेगा जैसा कान्ता को दिया है। आखिर इन लोगों ने भी तो चार चूड़ियाँ दीं कान्ता को, मेरा तो बहना, एकदम मुँह ही बन्द हो गया। कुछ भी कहने से रही। बताओ कैसा जमाना आ गया है। यह कलयुग, कि लोग अब तो बस कमाल ही करे हैं। अब बताओ न, दस रुपये की चाँदी की चूड़ियों पर मरी पाँच रुपल्ली का सोने का पानी—हुई पन्द्रह की चूड़ियाँ न? और नाम हुआ चार तोले की चूड़ियाँ!! —कलयुग के और क्या सींग होवे हैं बहना? अब तुम्हीं बताओ? किसके पेट में डाढ़ी है कुछ पता चले हैं? इन लोगों को अपना पेट काट-काट के खिलाया है और ये हमारे साथ ऐसा व्यवहार करें, कभी सुनी थी ऐसी होनी? सच्ची, अब तो

जमाई से सास का भी ब्याह हो जाये तो भी अचरज नहीं करना चाहिए डाली!— तुम कहोगी जेठानी होकर देवरानी की बुराई करे है पर दिल जले तो कहना ही पड़े है।—

औरतों की बातें, भँवर का पानी होती हैं। दूर-दूर का पानी, घूम-घूमकर, घिर-घिरकर, सारे कूड़े-करकट के साथ गहरा ही होता जाता है। एक बार शुरू भर होने की देर होती है, कि बस जिस औरत के भी चारों ओर यह भँवर घूमने लगता है उसे यह ले के ही रहता है। सिवाय डूबने के अन्य कोई गति नहीं होती। साफ और गहरे जल में भँवर नहीं पड़ते। किनारों पर कूड़े-करकटवाले जल में भँवर-ही-भँवर तैरते होते हैं।

सरो बड़ी देर तक रोती रही। कभी सुखद, कभी दु:खद कामनाओं में डूबी छत की शहतीरों में कोई छेद खोजती रही, ताकि न सही पूरा आकाश तो कम-से-कम आकाश का कोई तितली की तरह छोटा-सा नीला टुकड़ा ही दिख जाये— और बँधी हुई दृष्टि को पथ मिल सके। दूरी पर श्रीमोहन बाबू का चिल्ला-चिल्लाकर सामान रखवाना सुनायी, पड़ रहा था। उसे आश्चर्य था कि श्रीमोहन तथा सावित्री किस दुस्साहस के साथ मकान बनवाने की कोई सूचना माँ या बापू को बिना दिये, नये घर में प्रवेश करने जा रहे हैं, और वह भी लड़कर । ऐसी स्थिति में कोई कुछ भी पूछने की, कहने की स्थिति में नहीं है। शायद कोई किरायेदार भी इतने अनुत्सवी, इतनी दुश्मनी के साथ मकान नहीं छोड़ता है जैसे कि ये छोड़ रहे थे।

फिर भी कान्ता कितने निर्दोष मन से सवेरे आयी थी। रात वह देर तक सिरहाने बैठ काकीमाँ से बातें करती रही, सिर दबाती रही। सरो ने बातों-ही-बातों में पूछ लिया था कि उसने चूड़ियाँ क्यों उतार डाली? कई दिनों से नहीं दिखीं। कान्ता यह सुन कितना तमतमा गयी थी। सरो, एक क्षण तो अवाक् हो गयी कि कहीं अपनी माँ के प्रचार में कान्ता ने तो सच नहीं समझ लिया कि चूड़ियाँ चाँदी की हैं?

— काकीमाँ! सहने की जिस प्रकार सीमा होती है न, उसी प्रकार सुनने की भी होती है।

— ऐसा क्या सुना रे?

— उसी प्रकार देखने की भी सीमा होती है काकीमाँ!

और सरो ने देखा कि कान्ता का जैसे गला भर्रा गया है।

— क्या बात है कान्ता! बहुत उत्तेजित मालूम होती हो।

— क्या करूँ काकीमाँ! या तो मैं आपकी कोई नहीं होती तो अच्छा था। कम-से-कम यह तो होता कि आपसे कोई परिचय ही नहीं होता और अगर होना ही था तो क्यों नहीं बेटी ही बनाया?

— तू क्या तू मेरी बेटी नहीं है रे?

सरो को लगा कि कान्ता उसका स्पर्श चाहती है। सरो ने जैसे ही उसे छुआ एक क्षण में देखते-देखते कान्ता की आँखें भी, भर आयीं, और धाराधर बरसने भी

लगीं। सरो ने उसे बाँहों में समेट लिया और सीने से सटा, वह स्वयं भी फूट पड़ी। दोनों की हिचकियाँ बँध गयीं। सरो के आँचल भर उठे। उन्हें लगा कि क्या यह सावित्री की बेटी है? उन्हीं जेठानी महारानी की जिनके लिए.....वे आश्चर्य कर रही थीं कि कान्ता कितनी विपरीत है अपनी माँ से। जैसे गन्दे तीर्थ कुण्ड में पुण्य कहीं छिपा हुआ रहता है, उसी तरह।

— कान्ता!

और उन्होंने उन रोती आँखों को अपनी ओर उठाते हुए कहा,

— कान्ता! तुझे मैंने जाया नहीं रहे, बल्कि पाया है।

और कान्ता फिर फूट उठी।

— देख भाई, यों ही बेटियाँ रुलाती हैं अपने माता-पिता को। ज्यादा न रुला कान्ता।

और दोनों की अभी की रोयीं, सम्पूर्ण आँसुओं डूबी आँखें—पानियों के पार से, एक क्षण को देखने के लिए, रोना छोड़—थिर हो देखने लगीं। जाने कितना निःशब्द बोल गयीं और फिर सीने से सट गयीं।

तभी गुणवन्ती गरम पथ्य की पतीली धोती के खूँट से पकड़े प्रवेशी। कान्ता को जिजी के सीने से सटे देख अत्यन्त सुखी मुसकाते हुए शरारत से बोली,

— अच्छा, तो मुझसे तो कहा कि—गुनी, मैं जाकर काकीमाँ का सिर दाबती हूँ और यहाँ यह सिर दाबा जा रहा है या दबवाया जा रहा है?

जीवन में सम्भवतः अपनी माँ के सामने पहली बार शरारत करने की सूझी थी।

— तो तुम्हें क्यों ईर्ष्या हो रही है। लाड़ करने के लिए ही तो मुझे बुलवाया गया, काम करनेवाली बेटी से लाड़ थोड़े ही किया जाता है? क्यों काकीमाँ?

और सरो ने भी बहुत ही सुन्दर मुख से हँसती आँखों से, बड़ा-बड़ा-सा अबोला हामीवाला मुख हिला दिया—गुणवन्ती समझ गयी कि जिजी बहुत प्रसन्न हैं। सरो ने सम्भवतः पहली बार, जाने कितने वर्षों बाद गुणवन्ती को भी कान्ता के साथ सटा लिया।

शायद अब सामान रखा जा चुका था। सावित्री, कान्ता को पुकार रही थी। मालूम होता था कि जैसे वह वहाँ नहीं है। तभी जीने पर कान्ता के चढ़ने की आहट हुई। सरो सम्हलकर बैठ गयी। कान्ता ने काकीमाँ के पैर छुए! सरो को लगा कि जैसे कारुणिकता का कोई स्थान इस समय नहीं है।

— माँ से मिल ली?

— हाँ, वे अपने कमरे में उदास लेटी हैं।

— भाभीजी को कम-से-कम सासूमाँ के तो पैर छूकर जाना चाहिए।

— गुनी कहाँ है?
— नीचे नहीं है क्या?
— मैं उसे अच्छी तरह समझती हूँ।
— अच्छा कान्ता! जरूर आना बेटा, कभी काकीमाँ को पराया न पाओगी।
— मुझे मालूम है काकीमाँ!

दूरी पर सावित्री पुकार रही थी। कान्ता फिर बोली,

— तो जाऊँ न काकीमाँ?
— कैसे कहूँ बेटा, इधर से तो दरवाजा बन्द कर रखा है वर्ना सोचती थी कि दादा-भाभी के चरण छू लेती। मेरे ही कारण तो यह महाभारत हो रहा है।
— काकीमाँ! अपने को अब अधिक दोष न दो, न कोसो ही। अच्छा अब चलूँ।
— तो आओगी न?
— क्यों नहीं आऊँगी?

और कान्ता चली गयी। पता नहीं सरो को याद पड़ता है नहीं कि कभी छज्जे की खिड़कियों से उसने सड़क की ओर झाँका हो, लेकिन आज वह लोभ संवरण न कर सकी। तभी उसने देखा कि सासूमाँ भी आ गयीं ऊपर। सड़क पर गाड़ियों में सामान लदा था। कुछ गाड़ियाँ जा चुकी थीं। एक दमनी (छोटी गाड़ी जो बैठने के लिए ही होती है) में सावित्री, कान्ता आदि बैठ गये। सड़क पर दोनों ओर मुहल्लेवालों की भीड़ थी। जिस घर से ये लोग विदा हो रहे थे, उस घर का प्रमुख द्वार चुपचाप बन्द था, केवल बन्द खिड़की के पीछे से माँ और देवरानी आँसू बहातीं अज्ञात मौन विदा दे रही थीं। एक बार श्रीमोहन ने अवश्य बन्द पैतृक घर की ओर देखा तथा बढ़ती गाड़ियों के साथ बढ़ गये।

— आखिर बहू, बेटा छीन ही ले गयी।

और गहरी साँस के साथ कुछ क्षण तो रुकीं, उपरान्त उन बूढ़ी आँखों ने छलछलाना शुरू कर दिया।

— सासूमाँ!
— तीन-तीन बेटे, पर घर में एक भी नहीं।

और वे फूट पड़ीं।

कई दिनों के बाद रात में सरो को बुखार हो आया। श्रावण के पहले मेघ, आकाश में घिर आये थे। ठण्डी-ठण्डी हवा चलने लगी थी। बच्चों के लिए सवेरे का ही खाना रखा हुआ था। बड़ों ने खाया ही नहीं। सरो को बुखार हो आया, इसलिए पथ्य नहीं बनाया गया। कान्ता के बारे में सरो ने भी गुणवन्ती से कोई विशेष चर्चा नहीं की, क्योंकि जानती थी, उसे दुःख होगा। आश्चर्य था कि पिता श्रीनाथ ठाकुर ने न परिताप, न क्लेश, न दुःख कुछ भी व्यक्त नहीं किया। सारा घर भाँय-भाँय कर रहा था। ओसारे की एकाकी चिमनी श्रावण की इन प्रथम हवाओं में बारम्बार काँप उठती थी। माँ रह-रहकर—'दीवा दीतवार' 'दीवा दीतवार'—(हे दीये! रविवार, हे दीये! रविवार—उनका विश्वास था कि ऐसा कहने पर दीया नहीं बुझता है) कहने लगतीं। पति श्रीनाथ ठाकुर ने अनुभव किया कि आज कोई भी चर्चा पत्नी से करने का अर्थ होगा कि वे रोने लगेंगी। अतएव वे आज बड़े जोर-जोर से रुद्रपाठ करने लगे। सरो के कमरे में यह पाठ-स्वर स्पष्ट सुनायी पड़ रहा था।

गुणवन्ती ने जब देखा कि जिजी का सिर जल रहा था तो वह दाबने लगी। सरो लाख मना करती रही। घर भर का खाना बनाया था—फिर दिनभर खूब कपड़े धोये थे उसके बाद उन्हें सुखाया गया था इसलिए, वह खूब थक गयी थी। साथ ही वह घर की मनःस्थिति भी समझ रही थी। जब रात बढ़ने लगी तो सरो ने जबरन गुणवन्ती को सुला दिया और स्वयं ज्वर में काँपती पड़ी रही।

पहले ही घर कौन भरा था उसके लिए। एक बरस हो रहा था पति को गये—न कोई खबर, न चिट्ठी-पत्री। नारायण बाबू इन्दौर तक जाकर भी जब उनका पता न पा सके तो वह बिलकुल निराश हो गयी। आज जब वैद्यजी ने उसे यक्ष्मा बता दिया तब से उसे अपने जीवन की कोई आशा नहीं रही। कभी यह घर, सारी परेशानियों के बीच कितना सुखद लगता था। आज वही घर भाँय-भाँय लग रहा था, जेठ-जेठानी ने कितने अपमानजनक रूप से विदा ली थी। मेघों की इस पहली वृष्टि में जैसे घर के प्रत्येक कोने में अँधेरा प्रविष्ट होने लगा था। तपती आँखों तथा जलते सिर में एक ही बात रह-रहकर घिरती थी कि क्या 'वे' कभी नहीं आयेंगे? लेकिन क्यों? उससे तो कोई ऐसी भूल नहीं हुई कि 'वे' उसका परित्याग सदा के लिए कर जायें। इन बच्चों की भी क्या कभी याद नहीं आती होगी? मान लो कल उसे ही कुछ हो जाये, और क्यों नहीं हो जायेगा? अब होने में क्या शेष है? तो ये बच्चे क्या बिलकुल अनाथ नहीं हो जायेंगे? गुणवन्ती के

विवाह का क्या होगा? लोग तो बड़ा घर समझ, मुँह फाड़ेंगे कि इतना दो, तो ब्याह करेंगे। कहाँ से आयेगा उतना सब? बापू बेचारे कितना करेंगे। आखिर मन्दिरजी से मिलता ही कितना है? जमीन-जायदाद तो जेठजी हड़प ही बैठे हैं। देवव्रत नहीं पढ़ पायेगा तो क्या करेगा? क्या उसे सौरों भेज दे। लेकिन...और वह तेज बुखार में काँप रही थी। सिरहाने की खिड़की से ठण्डी तेज हवा के साथ बौछार भी आ रही थी जिसमें तकिया तथा ओढ़ना भीग रहा था। उसमें इतनी शक्ति नहीं थी कि वह उठकर बन्द कर दे। तभी बिजली की कौंध तथा मेघ गर्जन से जर्जर घर की प्राचीरें आलोकित तथा प्रकम्पित हो उठीं। एक क्षण को कौंध में सारा घर दिप उठा था। एक-एक चीज चमक उठी थी। उसे अत्यन्त जाड़ा लग रहा था लेकिन क्या गुनी को जगाकर और ओढ़ना माँगे? उसके दाँत बजने लगे थे।—गीली तकिये पर जलते मस्तक में पत्थर की तरह एक ही प्रश्न भट्-भट् कर रहा था कि—

क्या वे अब नहीं आयेंगे? तब मेरे इन बच्चों का क्या होगा? ओसारे में लेटे वृद्ध सास-ससुर का क्या होगा?

कल यदि वह नहीं रहती है तो क्या उसे पति के हाथ से अग्नि नहीं दी जायेगी?

तो क्या देवव्रत को ही.....?

और श्रावण मास की पहली मूसलाधार वृष्टि में भी उसे एक चिता भीगती, धुँधुआती दिखने लगी जिसके चारों ओर गुनी, सुशीला, देवव्रत, सासूमाँ और बापू रोते दिखायी दिये।

उसने घबराकर देखा—तो उसका जलता मस्तक बौछार में भीग रहा था।

अँधेरा घूरते बैठे श्रीधर बाबू को गाड़ी ने, खण्डवा, रात के दो बजे छोड़ दिया। इतनी रात में उनकी समझ में कुछ नहीं आया कि क्या करें? कहाँ जायें? बिलकुल अनजानी जगह और वह भी बिना सामान के। स्टेशन पटरियों के पार था जहाँ दो-चार कुली आँख मलते किसी गाड़ी की प्रतीक्षा में खड़े थे। ओवरब्रिज आकाश के अँधेरे में उदास फैला हुआ था। प्रतीक्षित गाड़ी की रोशनी उभरती चली आ रही थी। वे भी ओवरब्रिज चढ़कर उधर ही बढ़े। किसी कुली ने बताया कि गाड़ी बम्बई से आ रही है। बम्बई जानेवाली गाड़ी के बारे में मालूम हुआ कि सवेरे आठ बजे मिलेगी। उन्होंने तय किया कि वे रात किसी तरह बिता सवेरे बम्बई की ओर चल देंगे। तब तक वह गाड़ी आ गयी जिसके लिए कुली तैयार खड़े थे। अजमेर के लिए चूँकि यह जंक्शन था, इसलिए खासी भीड़ उतरी। वे ओवरब्रिज के पास ही एक लाइट के नीचे खड़े हो गये और सवारियों को देखने लगे। मराठी, मारवाड़ी हिन्दुस्तानी सभी तो थे। थोड़ी देर पूर्व का शान्त वातावरण अनायास के इस कोलाहल से हड़बड़ा उठा था। खासा शोर था। कई पुलिस के सिपाही भी जाने क्यों तेजी से डिब्बों में ताक-झाँक कर रहे थे तथा सवारियों को घूर रहे थे। एक मोटी-सी पगड़ी बाँधे अधेड़ लँगड़ा लाठी के सहारे भीड़ में धक्के खाता ओवरब्रिज की तरफ ही बढ़ रहा था। अनेक सवारियाँ अब ओवरब्रिज पर से या तो स्टेशन से बाहर जाने के लिए या फिर अजमेर गाड़ी पकड़ने के लिए चली जा रही थीं। गाड़ी पंजाब मेल थी। मेल ने तेज सीटी दी और गाड़ी 'सी-सूँ' करती चलने लगी। खुली हुई खिड़कियाँ फिर बन्द होने लगीं। दो पुलिस के कान्स्टेबल और एक सब-इन्स्पेक्टर काफी परेशान नजर आ रहे थे। वे कुछ देर तो जाती गाड़ी और खाली प्लेटफार्म पर खड़े रहे, फिर बीड़ी, सिगरेट, सुलगा बातें करने लगे।

— मुंशीजी! पता नहीं साला कहाँ निकल गया।

— मैंने तो वर्मा साहब! आपसे पहले ही कहा था कि वह बदमाश शफीउल्ला इन्दौर जाने के लिए खण्डवा नहीं उतरेगा।

सब-इन्स्पेक्टर वर्मा काफी परेशान नजर आ रहे थे। मुंशीजी की बात पर जैसे गौर कर रहे थे। तीसरा साथी जो कि मुसलमान कान्स्टेबल था, बोला,

— जनाब! भुसावल तक तो मुझे मालूम है कि वह कमबख्त था।

वर्मा साहब चिढ़ गये।

— तुम भुसावल की बातें कर रहे हो मैं कहता हूँ वह खण्डवा तक था और मुझे पूरा शक है कि वह कोई मारवाड़ी के भेस में इस समय इन्दौर-अजमेरवाली गाड़ी में ऊपर की सीट पर चैन से सोने की कोशिश में होगा।

बात तीनों को ही पते की लगी और वे बीड़ियाँ फेंक तेजी से कमर के पट्टे ठीक कर, टोपियाँ पहन, फुर्ती से ओवरब्रिज चढ़ने को हुए कि उनकी दृष्टि श्रीधर बाबू पर पड़ी। वर्मा ने एक बार उन्हें घूरा और कड़ककर पूछा,

— क्या नाम है?

— श्रीधर ठाकुर।

— कहाँ से आ रहे हो?

— इन्दौर से।

— यहाँ क्या कर रहे थे?

— गाड़ी देख रहा था।

— कहाँ जाओगे?

— बम्बई।

वर्मा ने जितनी तेजी से सवाल किये थे उतनी ही तेजी से जवाब मिलने पर सन्देह नहीं रहा और वे तीनों ओवरब्रिज से चले जा रहे थे। इस ठण्ढी रात में भी श्रीधर बाबू को काफी पसीना ही आया। अब तक दिमाग एकदम लुंज था लेकिन अब बड़ी तेजी से वे सोचने लगे। जैसे कि बिशन बाबू के बारे में पुलिस की उपस्थिति में विचार करना भी खतरे से खाली नहीं है। अजीब तरह से मन घिर उठा—क्या बिशन बाबू इसी पंजाब मेल से अभी उतरे हैं? शफीउल्ला वही तो हैं—तब वे इस समय कहाँ हैं? क्या भेष बदले वे अभी यहीं से गये हैं? क्या उन्होंने उन्हें नहीं देखा होगा? मान लो देखा हो और पुलिस के डर के मारे कुछ न बोले हों, तो क्या उन्हें खोजा जाये? लेकिन पुलिस भी तो उनकी खोज कर रही है। अगर पुलिस उन्हें इन्दौरवाली गाड़ी के पास घूमता हुआ देखेगी तो उसे शक हो जायेगा कि कहाँ तो यह व्यक्ति बम्बई जाने की बात कर रहा था और कहाँ इन्दौरवाली गाड़ी के चक्कर काट रहा है। जरूर दाल में काला है। तब क्या वे शक में पकड़ नहीं लेंगे? यह भी तो हो सकता है कि वे यहाँ उतरे ही न हों। लगता है पुलिस बड़ी सरगर्मी से उनका पीछा कर रही है।

गालवा-हाउसवाला षड्यन्त्र का किस्सा होगा।

उस पार का प्लेटफार्म रोशनी में किञ्चित् स्पष्ट दिख रहा था। सवारियों की खासी भीड़ वहाँ हो चली थी। पुलिस के तीनों सिपाही सवारियों को घूरते फिर रहे थे। गाड़ी प्लेटफार्म पर लगने जा रही थी। सवारियाँ धक्कम-धुक्का करती चढ़ती, गाड़ी में सामान फेंकती, चढ़ने के लिए उतावली कर रही थी। श्रीधर बाबू की समझ में कुछ नहीं आया कि क्या करें। बिशन बाबू अगर इस समग यहाँ उतरे हैं तो उनसे किस प्रकार मिला जाये और अगर नहीं उतरे हैं तो बेचारे कितनी परेशानी में होंगे। अन्त में यही तय किया कि एक बार प्लेटफार्म पर कोशिश तो की ही जाये। अगर पुलिस ने फिर पूछा कि वह यहाँ क्या कर रहे हैं तो कह देंगे कि सवेरे आठ बजे गाड़ी आती है तब तक आराम करने की जगह खोज रहे हैं। वे

सीढ़ियाँ चढ़ने लगे। सीढ़ियाँ चढ़कर जब वे ओवरब्रिज के ऊपर पहुँचे और मुड़े तो उनका पैर लाठी से टकरा गया और वे गिर पड़े। कुछ झल्लाहट भी हुई कि भिखमंगे प्रायः ऐसी ही जगहों पर सोते हैं और अपनी लाठी वगैरह भी ठीक से नहीं रखते। तभी उन्हें हल्की-सी आवाज सुनायी दी, श्रीधर!

श्रीधर बाबू चौंके। यह तो कोई उन्हें ही पुकार रहा है। नहीं, भ्रम हुआ।

— श्रीधर!

— कौन?

श्रीधर बाबू को हल्का विश्वास हो गया कि गठरी बना, मुँह लपेटे जो व्यक्ति लेटा हुआ है वह निश्चित ही बिशन बाबू हैं। यदि सारा काण्ड मालूम न होता तो वे कभी नहीं समझ पाते कि कौन पुकार रहा है।

— इन्दौरवाली गाड़ी पर मत जाओ। गाड़ी के जाने के बाद एक बार पता लगाना कि वे तीनों चले गये कि नहीं। उसके बाद मिलना। मैं यहीं हूँ। जाओ अब।

श्रीधर बाबू उल्टे सीढ़ियों से लौट आये। एक बेञ्च खाली थी, विचारमग्न वे हत्थे पर सिर रख लेटे, खो गये। लोहे का ठण्ढा हत्था गर्दन में चुभ रहा था लेकिन आज की रात की यह विषमता, साहस, बिशन बाबू का इस प्रकार मिलना, पुलिस जाने क्या-क्या सोचते अँधरे में लेटे थे कि वे तीनों फिर इधर आते दिखायी दिये और यहाँ भी सवारियों को घूरने लगे। अँधेरे में लेटे श्रीधर बाबू को फिर झकझोरा,

— कौन हो जी तुम?

और श्रीधर बाबू को देखकर वे फिर झल्लाते हुए आगे बढ़ गये।

और इन्दौर गाड़ी की तरफ जब वे लोग वापस लौटे जा रहे थे तब वर्मा को बोलते सुना कि,

— शफीक! वो जो पुलिस की वर्दी में बैठा था न?

— जी हाँ।

— उसी पर मुझे शक है।

इन्दौर गाड़ी चली गयी।

वैसे दूर से ही गाड़ी में चढ़ते हुए पुलिस के आदमियों को श्रीधर ने देखा था लेकिन फिर भी सम्पूर्ण आश्वस्तता के लिए वे एक बार उस छोटी लाइन के प्लेटफार्म को देख आये। ओवरब्रिज पर जब वे बिशन बाबू से मिलने आये तो बड़े सकपकाये, क्योंकि बिशन बाबू वहाँ नहीं थे। श्रीधर बाबू ने घबराकर अपने चारों ओर देखा तो आश्चर्य में आ गये। कहीं भी दूर-दूर तक बिशन बाबू का

पता नहीं था। एक बार वे सोचने लगे कि जिससे बातें की थी वह बिशन बाबू ही थे न?

हाँ और क्या, बिल्कुल वही आवाज थी। तब क्या हो? सहसा उन्हें वही रातवाला लँगड़ा उसी तरह लाठी लिये दूर नल के पास हाथ-मुँह धोता दिखलायी दिया। श्रीधर बाबू समझ गये कि वही बिशन हैं। रात को भी तो यही लँगड़ा जब उनके पास से गुजरा था तो कितना घूर रहा था। तब नहीं समझ पाये थे श्रीधर कि किस कौशल से वेष बदला हुआ था कि श्रीधर तक न पहचान सके थे। तब भला पुलिसवाले चित्रों के आधार पर क्या खाक पहचानेंगे?

जब वे नल के पास पहुँचे सारा प्लेटफार्म खाली पड़ा था। किताबों की दूकान, होटल वगैरा सभी बन्द थे। खाली लाइटें जल रही थीं। श्रीधर ने पास पहुँचकर बिल्कुल पहचान लिया कि बिशन बाबू ही हैं। नल खुला हुआ था। बिशन ने बहुत धीमे से बताया कि स्टेशन के बाहर धर्मशाला है वहीं वे जा रहे हैं और श्रीधर वहीं आये।

वहाँ पहुँचकर दोनों काफी दूरी आपस में बनाये रखे तथा श्रीधर उनके पीछे-पीछे आये—ऐसे नहीं कि पीछा कर रहे हैं।

रात के चार से ज्यादा ही थे। सूनी सड़कों पर कोई नहीं था। औंघाते कुत्ते, वीरान सड़कों, बासी दुकानोंवाली बस्ती को पार कर वे लोग रेल पटरियों पर जब काफी दूर निकल आये तब कहीं जाकर बिशन ने अपनी लँगड़ी छोड़ी। दाहिने हाथ पूरब में प्रकाश फूटने का उपक्रम हो रहा था। भोर के पूर्व के धुलते आकाश में सवेरे की ताजी जंगली हवा स्वच्छन्द बह रही थी। खण्डवा दूर छूट गया था। काफी दूर पीछा करने के बाद श्रीधर बिशन को पकड़ सके। दोनों रेल के स्लीपरों पर पैर रखते बढ़ रहे थे।

— क्यों जनाब! तुम खण्डवा में क्या कर रहे थे?

— मेरी छोड़ो, यह बताओ कि यह तुमने क्या स्वाँग बना रखा था?

— देखो प्रश्न पहले मैंने किया है।

— लेकिन उत्तर पहले तुमको देना होगा।

— सवेरे-सवेरे झगड़ा करने से पूरा दिन झगड़ा करते बीतता है, मालूम भी है कुछ?

— देखो बिशन! तुम मुझसे हमेशा छुपाते रहे हो। मुझे सब मालूम है।

— तो फिर क्या जानना चाहते हो?

तब तक एक बड़ी-सी पुलिया आ गयी। वे लोग नीचे उतर आये। बड़ा सुन्दर कोई नाला बह रहा था।

— श्रीधर! चलो वहाँ बैठकर बातें करेंगे।

और श्रीधर ने देखा कि दूर विन्ध्या की श्रेणियों के नीचे एक बड़ा-सा, झुरमुट से होकर नाला आ रहा था। उसी की ओर बिशन ने संकेत किया था। रेल की

पटरियाँ ऊँचाई पर पीछे छूट गयी थीं। प्रकाश तेजी से फैलने लगा था। चारों ओर स्पष्ट निस्तब्धता थी, ऐसी कि सुई भी गिरती तो बोध हो जाता। श्रीधर बिशन के पीछे-पीछे चल रहे थे। वे, बिशन से बहुत-कुछ पूछना चाह रहे थे लेकिन यह भी जानते थे कि बिशन को अपने खण्डवा में होने का क्या कारण देंगे?

बीच के एक स्टेशन से दोपहरवाली गाड़ी पकड़ वे लोग शाम को इन्दौर पहुँचे। श्रीधर को विश्वास नहीं हो रहा था कि कल जिस शहर को सदा के लिए छोड़ गये थे वहाँ इस प्रकार और इतनी जल्दी वापस लौट आना पड़ेगा। जब श्रीधर ने बताया कि उन्हें क्यों इन्दौर छोड़ देना पड़ा तो बिशन पहले तो खूब हँसा उपरान्त गम्भीर हो गया। वहीं नाले पर ही बिशन ने मालिनी दीदी से किये गये ब्याह के प्रस्ताव की भी बात बतायी। और यह भी कि दीदी कभी तैयार नहीं होंगी वर्ना वह उनसे ब्याह करना चाहता है। बिशन ने कोई आश्चर्य नहीं प्रकट किया कि श्रीधर को सब मालूम हो गया है कि रोजी सेक्सन का वास्तविक परिचय क्या है तथा ये लोग क्या करने जा रहे हैं। श्रीधर ने जब रोजी सेक्सन के ब्याह की बात बतायी, जो कि उसके प्रिन्सिपल ने बतायी थी तो वह खूब हँसा। बिशन स्वयं कई बार सोच चुका है कि श्रीधर का इस प्रकार कितने दिन चलेगा। लेकिन श्रीधर से भविष्य के लिए उसने यह वादा करवा लिया कि वे कोई ऐसी नादानी नहीं करेंगे। यदि श्रीधर इन्दौर छोड़ना ही चाहते हैं तो वह बम्बई, पूना, अजमेर, आगरा, दिल्ली कहीं भी प्रबन्ध करवा देगा लेकिन श्रीधर को जल्दबाजी नहीं करनी होगी।

इन्दौर पहुँचकर बिशन बाबू बिल्कुल ही सहज अपने वही पुराने बिशन हो गये। श्रीधर को लगा कि बिशन में स्पष्टतः दो व्यक्तित्व हैं। जिस रहस्यमयता को वे बिशन के चारों ओर अनुभव करते थे आज उसे उन्होंने देख लिया था।

घर पहुँचकर स्वस्थ एवं सुचित हो दोनों मालती दीदी के यहाँ पहुँचे। दोनों ही प्रतिश्रुत थे कि कल शाम से लेकर आज तक जो भी कुछ हुआ है उस बारे में वे कभी मुँह नहीं खोलेंगे। जिस वेला दोनों दीदी के यहाँ पहुँचे वे भागवत बाँच रही थीं। बिशन और श्रीधर को एक साथ देखकर वे चौंकीं। बैठाते हुए बोलीं,

— क्यों श्रीधर! अब तुम भी रात-रात भर घर से गायब रहने लगे?

— नहीं तो?

— लो देखो, मुझी को झूठा बनाता है। क्यां कल रात तुम घर पर ही थे?

— घर पर? हाँ नहीं, असल में दीदी! कई दिनों दफ्तर का काम नहीं किया था न इसलिए......

— तब तुम दफ्तर ही में रह गये, है न? लछमन! ओ लछमन!

और लछमन ने प्रवेशा। बिशन बाबू और श्रीधर बाबू को नमस्कार कर सिर झुका खड़ा हो गया।

— सुना लछमन! श्रीधर दफ्तर ही में था न?—क्यों, झूठ बोलते हो अधिक? कल न तुम घर पर थे न दफ्तर में थे और न पुस्तके साहब के यहाँ। वोऽ

बेचारे नारायण बाबू तुम्हारे पीछे चक्कर काटकर आज चले गये वापस। क्या झूठ बोलती हूँ मैं? तुम उनसे बचने के लिए कहीं छुप गये थे, है न?

— असल में दीदी! बात यह थी कि.....

— बात-वात कुछ नहीं। बेचारी बहू को खबर नहीं भेजना, जिस काम के लिए घर से भागे उस बारे में कुछ नहीं करना। अरे मैं कहती हूँ तुम इस बिशन के चक्कर में रहे तो धूल हो जाओगे। यह तो एक दिन फाँसी चढ़ेगा ही साँसत तुम्हारी है। यह तो फाँसी पायेगा तो शहीद कहलायेगा, जेल जायेगा तो नेता बन जायेगा लेकिन तुम क्या करोगे? इसके गुन सीखोगे तो फिर अपनी इन्दु दीदी को जाकर ब्याह का प्रस्ताव उसके सामने रखोगे किसी दिन। यह तुम लोगों ने क्या लगा रखा है? किसी की मजाल है जो इन महाशय से पूछे कि उत्तर में जाने के लिए कहकर दक्षिण मैं कैसे पाये गये जनाब। देखो भाई, मेरा तुम लोगों पर कोई अधिकार तो नहीं है कि कुछ ज्यादा कह सकूँ। अधिकार तुम ही लोगों ने दिया है, चाहो तो वापस ले लो लेकिन जब तक अधिकार है, कहूँगी ही, अगर बम-पिस्तौल ही चलाने हैं तो मैं तो बाज आयीं। क्यों उस कमल की जिन्दगी बरबाद करना चाहता है भाई? ब्याह का प्रस्ताव मुझसे करेगा और मुझी को बम्बई से पत्र लिखता है कि अगले रविवार को कमल से ब्याह करेगा।

श्रीधर चौंके। इतनी सारी बातें हुईं पर बिशन ने इस बारे में पता नहीं क्यों कुछ भी नहीं बताया? उन्हें किञ्चित् बुरा-सा लगा कि बिशन एक दूरी, रहस्य, बराबर रखना चाहते हैं। कभी इस बात की, तो कभी उस बात की।

बिशन भी समझ गये कि श्रीधर को बुरा लगा है। वे श्रीधर को बताना अवश्य चाहते थे लेकिन पहले दीदी से बातें करने के बाद। बड़ी अजीब परिस्थिति उत्पन्न हो गयी थी। इसकी कभी कल्पना भी नहीं की थी कि ऐसा भी हो सकता है।

शारदा इस बीच नाश्ता-पानी ले आयी थी। मालिनी के चुप हो जाने से सहसा ही कमरे में अबोलापन घिर आया था जिसे हल्का करते हुए बिशन बोला,

— अब डाँटोगी ही या कुछ खिलाओगी भी?

बिशन की बात खो गयी। कोई नहीं बोला। जैसे जंगल में वाक्य खो गया हो। मालिनी ने अबोले ही दोनों की प्लेटों में नाश्ता दिया। दोनों में से किसी का साहस नहीं हुआ कि पूछें, दीदी! आप नहीं लेंगी? कमरे में चप्पलों की आवाज ही रह-रहकर उभर आती बाकी सब निःशब्द था। सभी को अबोलापन बड़ा भारी लग रहा था। हठात् बिशन बाबू ने श्रीधर से पूछा,

— क्यों श्रीधर! तुम्हें कुछ गाना-वाना भी आता है?

श्रीधर इस अनपेक्षित प्रश्न को समझ न पाया।

— नहीं तो।

— मुझे वंशी आती है। वंशी सीखोगे?

— नही।

मालिनी बिशन की शरारत समझ गयी कि किसी तरह न बोलने का बोझा थोड़ा कम हो तो कुछ मार्ग बने। वह भी देखती रहीं कि कब तक यह ऐसे ही बोलता है।

बिशन बड़े जोरो पर हँसा।

— तब तो तुम साक्षात् पशु हो।

और सहसा खड़े होकर बड़ी ही नाटकीय मुद्रा में हाथ जोड़कर बिशन बाबू बोले,

— हे संगीतहीन पशुराज! हम आपके दर्शन पा कृतज्ञ हुए। आप-जैसे अवतारी पशु सभी युगों में संगीत के नाश होने पर उदय होते रहते हैं—त्राहिमाम, हे पशुराज! अपने चरण-खुर आगे बढ़ाइये, हम उन्हें प्रणाम करते हैं।

और मालिनी बड़े जोरों से हँस दी, श्रीधर भी हँस दिया। मालिनी बोली,

— बड़ा अच्छा लगता है न? इतना बड़ा हो गया और बच्चों की तरह छिछोरपन करता है। भगवान् जाने तुझसे अंग्रेज क्यों और किस तरह डरते हैं?

— जानती हो दीदी! खाने के दाँत दूसरे होते हैं और डराने के दूसरे।

— ठीक है, लेकिन अब क्या सोचा है? क्यों उस बेचारी को परेशान किये हो?

— किसे?

— कमल को।

— अरे दीदी! वही मुझे परेशान किये है।

— ऐसे ही तो राजकुमार हो न?

— तुम क्या जानो। ठीक, तभी तो तुमने दुत्कार दिया लेकिन कमल से पूछो कि राजकुमार हूँ कि नहीं। अब दीदी, एक बात है ये श्रीधर महाशय, मतलब पण्डित श्रीधर ठाकुर हैं न? ये बुरा मान बैठे हैं कि मैंने इन्हें नहीं बताया।

— ठीक ही तो माने बैठा है। क्यों, बुरा मान बैठे हो?

— शायद।

— देखो दीदी! ठाकुर महाशय बुरा भी किस शालीनता से माने हैं।

— और नहीं तो क्या तुम्हारी तरह, कि ऊँचा मुँह करके गये तो पता ही नहीं। अरे श्रीधर। इसकी बातों का जो बुरा माने वही मूर्ख। कभी आज तक इसने मुझे कोई बात बतायी?

— देखो दीदी झूठ बोलोगी तो पाप चढ़ेगा। पाप चढ़ेगा तो पुण्य घटेगा। पुण्य घटेगा तो क्या होता है श्रीधर! पुण्य घटने पर, अरे बोलो?

— तुम्हारा सिर।

और मालिनी यह कहती उठ गयी। मालिनी के चले जाने पर श्रीधर बोले,

— आखिर इतना सारा नाटक करने की क्या आवश्यकता है?

— तुम दोनों को प्रसन्न करना।

— क्यों?

— इसलिए कि दीदी बहन हैं और श्रीधर भाई। और दोनों को कभी जाने, कभी अनजाने कई बातें नहीं बता पाता हूँ तो ये दोनों नाराज हो जाते हैं। अतएव भगवान् के नाराज होने पर लोग सत्यनारायण की कथा करवाते हैं जबकि अपने लोगों के नाराज हो जाने पर मैं नाटक करने लग जाता हूँ।

बिशन इस सारी बात को अजीब ढंग से, लयात्मकता से बोल रहा था कि श्रीधर को सचमुच की हँसी आ गयी। मालिनी लौटी,

— अच्छा अब बहुत हुआ। गरम पानी तैयार है। तुम लोग तैयार हो जाओ तो शारदा को चूल्हे-चौके से फुर्सत हो। तुम लोगों के मारे तो सभी काम बढ़ जाता है।

जाते हुए बिशन को लक्ष्य करते हुए बोलीं,

— अब सब प्रबन्ध कर रही हूँ बाद में मत मुकर जाना वर्ना मेरी हँसी होगी।

— लेकिन दीदी! प्रबन्ध क्या करना है?

— हाँ रे प्रबन्ध क्या करना है?.....सुना श्रीधर! इसकी समझ से तो कुछ प्रबन्ध करना ही नहीं है।

— मगर दीदी! ब्याह तो कोर्ट में होगा।

— कोर्ट में हो चाहे जेल में तेरा ब्याह। एक बार बिना अग्नि की साक्षी के मैं नहीं मानने की। ब्याह न हुआ स्कूल की भर्ती हो गयी कि रजिस्टर में नाम लिखा दिया।

— सुनो तो, तुम नहीं जानती बड़ी झंझट है इसमें।

— देख भाई, या तो तू ब्याह कर ले या ब्याह का प्रबन्ध कर ले।

— जैसी इच्छा।

— और जैसा तू कहेगा वही होगा। तूने जब चिट्ठी में लिख दिया कि मेडिकल स्कूल के तेरे कोई जौहरी मित्र हैं उन्हीं के कमरे पर सब होगा। ठीक है, ब्राह्मण वहीं पहुँच जायेगा। पहले कोर्ट ही आना उसके बाद वहाँ हो जायेगा। तब तो ठीक है?

— तो इसमें प्रबन्ध क्या करना है दीदी?

— अच्छा हुआ भगवान्! जो मैंने तुझे दुत्कार दिया। बेचारी कमल का ऐसे मूर्ख के साथ कैसे निबाह होगा? मूर्ख की सबसे बड़ी पहचान क्या होती है श्रीधर! जानते हो?

— हाँ जानता हूँ।

— क्या होती है बताओ?

— मूर्ख न तो स्वयं कुछ सोचता है और न ही चाहता है कि दूसरे भी कुछ सोचें। तभी बिशन तपाक से बोला,

— नहीं, आप लोगों को नहीं मालूम। मूर्ख वह होता है जिसे दो मूर्ख प्रमाणित कर दें कि यह असली मूर्ख है।

और तीनों हँसने लगे।

आज रविवार था।

बिशन और कमल के ब्याह का दिन।

इस ब्याह को अत्यन्त गोपनीय रखा गया था। कमल ने तथा बिशन ने काफी पहले ही पुस्तके साहब से प्रयत्न भर प्रयास किया था कि उन्हें विवाह करने दिया जाये। लेकिन पुस्तके साहब ने अपनी लड़की को ऐसा झाड़ा था कि फिर उनसे बातें करने की किसी की हिम्मत नहीं हुई। बिशन ने जब देखा कि पुस्तके साहब यह विवाह कभी न होने देंगे तो एक बार सोचा अवश्य था कि पुस्तके साहब पर अन्य किसी के द्वारा जोर डलवाया जाये। लेकिन बिशन ने समझदारी ही की कि इस बारे में किसी से चर्चा नहीं की। यद्यपि लोगों में इस बारे में विशेषकर वकीलोंवाली इस कांग्रेसी-राजनीति में बिशन और कमल के सम्बन्धों को लेकर काफी चर्चा थी। जो लोग पुस्तके विरोधी दल के थे वे इस फिराक में थे बिशन एक बार भी यदि चर्चा कर दे तो वे जान लगा देंगे और ब्याह करवा देंगे। पुस्तके साहब तब से कमल के प्रति अधिक सतर्क रहने लगे थे। सम्भव था कि कमल को इसलिए उन्होंने बम्बई में उसके मामा के यहाँ भेज दिया हो ताकि सामने न रहेगी तो बात भी नहीं बढ़ेगी और पिछली बात भी आयी गयी हो जायेगी। जब इस तरह दो-तीन बरस बीत गये तो पुस्तके साहब समझे कि अब कहीं कुछ नहीं है। दूसरे लोग भी वही समझे।

सत्याग्रह के अवसर पर जब कमल कुछ दिनों के लिए आयी और उसे बिशन से घुलते-मिलते देखा तो पुस्तके साहब के कान खड़े हुए। उन्होंने कमल के लौटने पर कमल के मामा को सूचना कर दी कि वे कमल को कहीं अधिक घूमने-फिरने न दें। न ही उसे कहीं बम्बई के बाहर आने-जाने दिया जाये। कारण उन्होंने नहीं लिखा। लेकिन कमल के मामा कमल के पिता की भाँति न तो शक्की स्वभाव के ही थे और न दकियानूस ही। विलायत से बैरिस्ट्री पास किया व्यक्ति तथा स्वयं एक अंग्रेज महिला से विवाह किया था, किस प्रकार इन बन्धनों को मानता? कभी-कभी बिशन के गायब हो जाने पर वे बम्बई अपने साले को पत्र लिखकर पूछ लेते कि कोई पीछे से कमल से मिलने तो नहीं आया था? कमल के मामा हँसकर उत्तर दे देते कि नहीं, कोई ऐसी बात नहीं है। जब कभी बिशन बम्बई जाता तो कमल कॉलेज की पिकनिक या और कुछ बहाना बनाकर बिशन से बराबर मिलती।

बिशन ने यह रविवार इसलिए चुना था कि एक सप्ताह के लिए कमल के मामा अपने किसी मुकदमें के सिलसिले में पूना जानेवाले थे साथ में उनकी पत्नी भी। यही अवसर था कि कमल बम्बई से चार-पाँच दिनों के लिए गायब हो सकती थी।

तय यही था कि शनिवार को कमल आयेगी और वे दोनों दो गवाहों को लेकर सीधे कोर्ट में जाकर अपना विवाह करेंगे। आरम्भिक कार्यवाही पहले ही कर चुका था। उपरान्त कमल और बिशन महू में एक मित्र के यहाँ रात बितायेंगे और रविवार के दिन जौहरी के हास्टल में पण्डित को बुलाकर विवाह कर लिया जायेगा। बिशन के एक अभिभावक थे गुण्ठेजी । वे हरिजन कार्यालय के मन्त्री तथा पुराने ईमानदार कांग्रेसी व्यक्ति थे। बिशन ने उन्हें सारी स्थिति से अवगत करा दिया था। इसके अलावा दो-एक मित्र और भी थे। ये ही लोग कोर्ट में भी गवाह बने थे और वैदिक विवाह के समय भी उपस्थित थे। मालिनी की उपस्थिति को बिशन बहुत जरूरी समझते थे। इस प्रकार एक-एक दो-दो करके सब लोग हास्टल में जौहरी के कमरे पर पहुँचे।

दोपहर का समय था। अधिकांश शून्य था। शहर से बाहर इस एकाकी मेडिकल हास्टल के चारों ओर निर्जन था। पुराने मिलिट्री की बैरकोंवाले इस हास्टल में लड़के या तो शहर घूमने गये हुए थे अथवा जाते हुए जाड़े की अन्तिम धूप खा रहे थे। कहीं-कहीं कैरम या ताश हो रहा था। जौहरी के एक प्रोफेसर मित्र का छोटा-सा बँगला खाली पड़ा था। वहीं लोग एकत्र थे। सारा काम इतनी शान्ति से सम्पन्न हो रहा था कि किसी को शक तक नहीं था। सबसे बाद में एक ताँगे में बिशन और कमल आये। दूर मेसों में से रविवार के खाने की गन्ध हवा के साथ आ रही थी। लड़के तौलिये गले में लटकाये, गाते-बजाते नहाने जा रहे थे। हास्टलों में रविवार भी उत्सव ही होता है। श्रीधर पता नहीं कैसे जौहरी को देखते ही समझ गये कि यह भी क्रान्तिकारी ही होगा। जिस शान्त निश्चिन्त भाव से वह सारी स्थिति ले रहा था तथा आचरण कर रहा था उससे यही बोध होता था कि वह व्यक्ति सहसा किसी भी विषम परिस्थिति के आ जाने पर भी ऐसा ही आचरण करेगा जैसे कि उसके बारे में सब-कुछ ज्ञात था। साथ ही जौहरी ने किसी से विशेष परिचित होने की कोई चेष्टा नहीं की और न ही किसी से बोलने पर प्रदर्शित होता कि जैसे आज पहली बार मिल रहा हो।

पण्डित ने विवाह समाप्त करवाया और चला गया। गुण्ठेजी को लाने का भार श्रीधर बाबू पर था। गुण्ठेजी बिशन और कमल को आशीर्वाद देकर दोनों के बीच में बैठे। विवाह के बाद सूत की मालाएँ पहनायीं। मालिनी दीदी ने श्रीधर को एक तरफ बुलवाया।

— श्रीधर! ले भाई जरा मेरा यह काम तो कर दे।

— बोलो।

— ये तो बहू को पहना दे और यह बिशन को।

— श्रीधर ने देखा कि कमल के लिए सोने की चूड़ियाँ, गले का हार, कानों के लिए कुण्डल, अँगूठी, बिछिया तथा मंगलसूत्र। बिशन के कुरते के लिए सोने के बटन तथा एक अँगूठी।

— लेकिन दीदी! यह क्या?

— अब उससे तो झगड़ना ही पड़ेगा तो क्या मुझसे भी बहस करनी होगी?....नहीं श्रीधर! जा तो भाई।

— तो तुम ही क्यों नहीं पहना देतीं?

— हे भगवान्! तुम लोगों को क्या होता जा रहा है? मैं एक अपवित्रा, भला पवित्र को इस वेला छू सकती हूँ? देखते हो, मैं बहू का दर्शन तक नहीं कर रही हूँ।

— यह सब फिजूल है दीदी!

— देख भाई, उसकी जिद के सामने तो मेरी कुछ चलती ही नहीं, इसलिए आ गयी लेकिन सुन श्रीधर! मैं अपनी सीमाएँ जानती हूँ तथा पाप-ताप भी।— अच्छा अब बहस मत कर भाई और जा तो जल्दी से मेरा काम कर दे। ब्याह के बाद बिना मंगलसूत्र के बहू को नहीं रहना चाहिए। कोई स्त्री होती तो तुरन्त पहनवा देती। अच्छा अब जाओ तो।

जैसे ही श्रीधर को इतनी सारी चीजों के साथ बिशन ने देखा तो वह पहले तो चौंका और वह झल्लाने को भी हुआ लेकिन उसने पीछे खड़ी दीदी को असीम अनन्त करुणा, स्नेह की आँखों से मुस्कराते तथा कुछ भी बोलने से बरजा कि बिशन का साहस नहीं हुआ। वह दीदी को यहाँ इसी शर्त पर ला सका था कि वे चुपचाप पीछे खड़ी रहेंगी और कम-से-कम आज बहू का दर्शन न करेंगी। कमल भी एक बार चौंकी। उसने बिशन की ओर देखा और आँखों में ही समझ ले गयी कि यह किसका भेजा हुआ है तथा जिसे अस्वीकारा नहीं जा सकता।

सबने खाया-पिया और यही तय पाया कि गुण्ठेजी पुस्तके साहब को जाकर इस ब्याह की सूचना देंगे तथा उन्हें मनायेंगे कि जब व्याह हो ही गया तो अब आशीर्वाद देने में संकोच नहीं करना चाहिए। गुण्ठेजी का तो कहना था कि कमल उन्हीं के साथ चले लेकिन जौहरी तथा बिशन ने इस बारे में विरोध किया कि सम्प्रति कमल को गुप्त ही रखा जाये। यदि पुस्तके साहब तैयार हो जायेंगे तो कल कमल और बिशन, गुण्ठेजी के साथ पुस्तके साहब के यहाँ चले जायेंगे।

और मालिनी के मना करने पर भी बिशन, कमल को लेकर दीदी के घर की ओर रवाना हुआ। गुण्ठेजी ने लौटते में श्रीधर को कष्ट न करने की सलाह दी। लछमन को लेकर शिविका में मालिनी जानेवालों में सबसे पहली थी और सबसे बाद श्रीधर। श्रीधर का ताँगा जिस समय रवाना हुआ, साँझ हो रही थी। जौहरी उतनी ही निश्चिन्तता से अपने प्रोफेसर मित्र के बँगले को बन्द कर, ताला लगा रहा था। मेडिकल हास्टल सुनसान था। लड़के या तो शहर जा चुके थे या कुछ

जा रहे थे। दूरी पर बम्बई-आगरा रोड पर मोटरें आ-जा रही थीं। सब निःशब्द था। कैसे एक घटना हुई जैसे लोग उसे नहीं होने देना चाहते थे।

गुण्ठेजी, पुस्तके साहब से मिलकर क्या खबर लाये इसकी सूचना लाने का भार श्रीधर पर था। श्रीधर जब बिशन के पास पहुँचा सवेरे के दस बज रहे थे। आज के पहले भी अनेक बार श्रीधर ने कमल को देखा था लेकिन आज कमल बहुत सुन्दर लग रही थी। कमल इतनी सुन्दरी है इसकी कल्पना भी श्रीधर को नहीं थी। बस, अच्छी ही सदा लगी थी कि—हाँऽऽ है। और वैसे भी श्रीधर इन मामलों में कम ही समझते भी थे। किशमिशी दक्षिणी साड़ी में बड़ा-सा जूड़ा बनाये कमल, कल तक की वह कमल जो कि श्रीधर की आँखों में थी आज खिड़की के पास धूप में चौकी पर बैठी महाराष्ट्री सरदार बहू लग रही थी। नाक में दक्षिणी नथ भी सम्भवतः मालिनी ने आज मुँह दिखायी में कमल को दी थी। श्रीधर के अन्तर में, सम्भवतः जीवन में पहली बार यह ख्याल आया कि पूर्ण सज्जिता सुन्दर नारी.....जैसे प्राप्त करने योग्य न भी हो, तो भी उसका दर्शन करना परम उपलब्धि है।

बिशन कमरे में नहीं था।

— बिशन कहीं गये हैं?

धूप में बैठी कमल ने अजीब तुष्टि एवं सलज्ज मुस्कान के साथ उत्तर दिया,

— नहीं, नहाने गये हैं। बैठिये।

श्रीधर को लगा कि कमल ने किस कोमलता से बिशन का नाम लेकर चर्चा की है।

एक ही दिन में बल्कि एक ही रात में कमल, बिशन के कितने निकट, कितनी अनुस्यूता, कितनी तदाकार लग रही है। कल की कमल और आज की कमल में कैसा क्रान्तिकारी परिवर्तन लग रहा था-जैसे कल तक वह रेखाओं में थी और रातभर किसी ने अपनी सन्तुलित कूँची से पलकें, अधर, कपोल, हाथ-पैर सभी को नियोजित एवं रूपायित कर दिया था। कमल में जैसे कोई भिन्न व्यक्ति और जा समाया था जिसे प्राप्त कर वह धूप में बैठी अपने मन में, देह में, रोम-रोम के भीतर, खूब गहरे ले जाकर छुपा लेने में लगी थी। जाने क्या निधि मन और देह को मिल गयी थी कि वह अंग-अंग में शिखा बन सुलग उठने को आकुल हो रही थी। वह ऐसी लग रही थी जैसे नये घर में गृह-प्रवेश के बाद पहली अग्नि का आलोक हो। कमल ने 'बैठिये' ऐसा कहा जैसे बिशन की घर की वह देहरी हो और बिना उसकी आज्ञा के प्रवेश सम्भव नहीं। नारी में ही सम्भव है कि वह वेग के साथ अन्नजल में एकाकार हो सकती है, क्योंकि पुरुष की भाँति वह तर्क नहीं करती, विश्वास करती है।

श्रीधर को भी मजाक सूझा,

— कहाँ बैठूँ भाभीजी! यहाँ या बाहर?

कमल आद्यन्त रँग उठी। श्रीधर को लगा कि सामने बैठी कमल—वोऽऽ दूर आकाश में रँगी फैलती जा रही है, फैलती जा रही है। पुरुष यदि रँगने पर आता है तो अधिक-से-अधिक मुख और कान रँग उठते हैं लेकिन नारी—अपनी हड्डियों तक में रँग उठती है।

दोनों ही खिलखिला उठे। कमल के हँसते हुए दाँत ऐसे लगे कि किसी ने जैसे अँधेरे कमरे की सारी खिड़कियाँ खोल दी हों।

तभी दीदी ने प्रवेशा,

— अरे वाह, यह क्या हो रहा है?

— देवर-भाभी का वार्त्तालाप।

— अच्छा??

— दीदी! मैं श्रीधर बाबू को तो बहुत गम्भीर समझती थी।

कमल ने जिस सलज्जभाव से यह कहा उस पर दीदी भी हँस दीं।

तभी बिशन महाशय तौलिया लपेटे बाल बिखेरे प्रवेशे।

— ब्याह हुआ नहीं कि रईसी शुरू, क्यों?

मालिनी ने हँसते हुए कहा।

— क्या आप लोगों को मेरी पत्नी देखकर ईर्ष्या हो रही है?

— एक ही दिन में तुम इतने निर्लज्ज हो जाओगे यह किसे पता था।

— दीदी! तुमसे मेरा जरा भी सुख नहीं देखा जाता।......अरे श्रीधर महाशय! कुछ तुम भी मेरे पक्ष से बोलो।

— यह क्या बोलेगा तुम्हारे पक्ष से। तुम्हारी तरह अभद्र थोड़े ही है।

— अच्छा दीदी! यह भद्र व्यक्ति है, बस।

— और क्या।

— अच्छा श्रीधर! तुम गुण्ठेजी के पास हो आये?

— हाँ, वे कह रहे थे, पुस्तके साहब का कहना है कि जब कमल ने विवाह कर ही लिया है तब भला और क्या हो सकता है। गुण्ठेजी के ही यहाँ पुस्तके साहब सपत्नीक आयेंगे और वहीं आप लोगों को आशीर्वाद के हेतु बुलवाया है।

कमलजी अब तक चुपचाप बैठी थी बोली,

— मैं तो, 'इनसे' पहले ही कहती थी, उन लोगों को प्रसन्नता ही होगी।

कुरते के बटन लगाते हुए बिशन ने अत्यन्त गम्भीरता से हुँकारी भरी जैसे वह सोच रहा हो।

— आप लोग गुण्ठेजी के यहाँ तीन बजे पहुँच जाइयेगा।

— और तुम?

— अब तुम्हारा-हमारा क्या साथ? अब तो मेरा पीछा छोड़ो भाई।

श्रीधर ने बात इस लहजे में कही कि सब हँस दिये और कमल लजा गयी।

— देखो दीदी! ये वही पण्डित श्रीधर ठाकुर हैं जो आये थे तब ककहरा भी नहीं जानते थे और अब.....

— आप भूल रहे जनाब! जब मैं आया था तब एक प्रतिष्ठित स्कूल में गणित तथा इतिहास का अध्यापक था और अब आपके सम्पर्क दोष से खादी का झोला उठाकर इन्दौर की सड़कों पर चप्पलें चटकाता रहता हूँ।

— वाह हजरत, अब तो तुम बिशन के भी कान काटने लगे?

— आपके कान कभी थे भी? कान होते तो कुछ समझदारी की बातें सुनकर सीख गये होते। कान न कहो सींग कहो, सींग!!

और सबने ठहाका लगाया। कमल बोली,

— दीदी! आज श्रीधर बाबू तो बहुत ही हाजिर-जवाब हो गये हैं।

— आपको देखकर।

और सब फिर हँस दिये। तब तक शारदा नाश्ता ले आयी।

लोग अपने घर ले गये और बिशन को खूब फटकारा गया कि उसने पुस्तके साहब की इज्जत पर जो हमला किया है उसे इसके लिए भुगतना पड़ेगा। बेचारे गुण्ठेजी पुस्तके साहब की यह चाल समझ ही न सके। इस बीच लछमन के द्वारा श्रीधर को खबर मिली कि पुस्तके साहब लड़की भगाने के अपराध में बिशन बाबू तथा श्रीधर पर वारण्ट निकलवा रहे हैं। लछमन के द्वारा यह भी मालूम हुआ कि कमल को कमरे में बन्द कर खूब पीटा जा रहा है तथा उसे बाध्य किया जा रहा है कि बिशन बाबू के विपक्ष में ही बयान देगी।

मालिनी ने जब से यह सब काण्ड सुना तब से उनकी तो आँखें फटी-की-फटी रह गयी थीं। बिशन तथा श्रीधर के सामने एकमात्र समस्या यह थी कि वारण्ट निकल जाने की स्थिति में क्या किया जा सकता है? क्योंकि पुस्तके साहब ने अपनी सारी सामाजिकता के जोर पर यह कार्य करवाया होगा। अब इस घटना को क्या-क्या रूप न दिया जायेगा। एक तो यही कि पुस्तके साहब के विरोधी गुट ने बिशन के माध्यम से उन पर यह सामाजिक प्रहार किया है, और पुस्तके साहब को बदनाम कर उनका राजनीतिक जीवन नष्ट करना चाहा है। दूसरे, महाराष्ट्रीय लड़की को एक अमहाराष्ट्रीय व्यक्ति ने जबरन विवाह। ऐसी स्थिति में पुस्तके साहब कभी भी किसी भी हालत में कमल और बिशन को मिलने नहीं देंगे। यदि इसी बीच अंग्रेज सरकारवाला भी वारण्ट इसमें शामिल हो जाये तो बिशन तो कहीं के नहीं रहेंगे। और इस मुकदमे के बाद क्या बिशन बाबू के लिए इन्दौर में अपना राजनीतिक जीवन बनाये रखने की सम्भावना रह सकेगी? और मान लो कमल

किसी बाध्यतावश बिशन के विरुद्ध बयान दे दे तो क्या बिशन के लिए फिर कुछ रह जायेगा?

तब ऐसी स्थिति में क्या यह ठीक नहीं होगा कि बिशन कुछ दिनों के लिए कही चले जायें? और कमल के उस बयान की प्रतीक्षा करें जो कि वह कोर्ट में देगी। यदि बयान बिशन के पक्ष में हो तो बिशन को चाहिए कि तब साहसिकता से सामने आकर मुकदमा लड़े।

श्रीधर बाबू के लिए भी तो काफी गम्भीर परिस्थिति उत्पन्न हो गयी थी। वे भी अब यहाँ नहीं रह सकते। अन्त में यही तय पाया कि बिशन श्रीधर को लेकर बनारस चले जायें। श्रीधर को भी यहाँ से जाना ही था और शायद बिशन के कारण बनारस में कुछ काम-धाम मिल सके।

मालिनी इन सारे तर्कों और निर्णयों के प्रति उदास मौन बैठी रही। वह सुन भी रही थी तथा नहीं भी। वह इस सारे दुष्काण्ड का कारण स्वयं को मान रही थी। बिशन को एकाध बार तो दीदी पर चिढ़ भी आ गयी कि यह क्या आदत कि दुनियाभर की बुराई के पीछे अपने को निमित्त मानना? लेकिन अपनी-अपनी भावना ही तो है। पहले तो वे यही कहती रहीं कि कोई बात नहीं। बिशन और श्रीधर यहीं रहकर मुकदमा लड़ें तो वो देखेंगी कि कैसे मुकदमा नहीं जीता जाता है। लेकिन आवेश के बाद तर्क उन्हें भी अधिक संगत लगे। जब बनारस जाने का निर्णय लिया गया तो वे आँसू भीगी अबोले ही उठ गयीं।

जाते हुए उन्होंने यही सुना बिशन को,

— दीदी! अब हम लोगों का इन्दौर में रुकना खतरे से खाली नहीं है।

— तो तुम क्या चाहते हो? इसी समय जाना? तो फिर जाओ भाई, मैं कौन होती हूँ रोकनेवाली?

दोनों की ओर दीदी की पीठ थी, फिर भी उन्होंने समझ लिया कि वे रो रही थीं।

— ठीक है श्रीधर! दीदी को मोह है लेकिन यह लक्जरी हम लोग नहीं कर सकते। इसी समय हमें चल देना चाहिए।

— लेकिन.....दीदी को....

— उन्हें तुम या हम कोई नहीं समझा सकते। अब उनसे अपने को कमजोर करना होगा।

— इस समय कोई ट्रेन.....

— वाह पण्डित श्रीधर ठाकुर! यही है अकल आपकी? वारण्टवाला आदमी ट्रेन की प्रतीक्षा करेगा, है न? अरे जनाब, क्या पता बनारस तक पैदल जाना पड़े। अब उठो। कुछ शास्त्र का ज्ञान है? पढ़ा है कभी-चरैवेति! चरैवेति!! श्रीधर ने देखा कि जिस दिशा में दीदी गयी थी उस दिशा में बिशन कुछ देखता रहा। उसकी प्रणम्य आँखें सजल हो आयीं। और फिर स्वगत ही बुदबुदा उठा,

— अच्छा दीदी! बिदा दो। कभी जीवित रहा तो आऊँगा ही, अन्यथा अगले जन्म में तुम ही मुझे जन्म देना।

और रात के गहरे सन्नाटे में श्रीधर को तेज चलने के लिए बाध्य करता हुआ बिशन तेजी से बढ़ रहा था, जैसे अनुत्तरहीन कोई प्रश्नवाचक चिह्न पूरे पृष्ठ पर चल रहा हो। कौन जानता है कि वह कैसे यहाँ आया था और कितने अनाम ढंग से आज जा रहा है। कल उसने एक जीवन का श्रीगणेश किया था, आज उसी को प्रवाहित कर देने के लिए बाध्य होकर फिर अँधेरे में चला जा रहा था।

बिशन की यह धारणा थी कि श्रीधर को अब किसी राजनीति में नहीं पड़ना चाहिए जबकि श्रीधर बहुत स्पष्ट नहीं थे। राजनीति में न भी सही लेकिन देशभक्ति अवश्य करना चाहते थे। श्रीधर ने इस बारे में बिशन से बहस करना व्यर्थ समझा क्योंकि बनारस पहुँचकर अब वे अपना मार्ग बनायेंगे। इन्दौर भी वे गये इसलिए थे लेकिन कुछ हो न सका। अजीब परिस्थितियों में फँस गये कि कभी-कभी स्वयं पर भी एकान्त में आश्चर्य होता कि क्या वे इसी सब के लिए घर छोड़ भागे थे। उनका अध्ययन, गम्भीरता आदि इस बीच जाने कहाँ गायब हो गये थे। बिशन के व्यक्तित्व एवं सदाशयता में वे इतने खो गये थे कि वे अपना कर्त्तव्य ही नहीं निर्धारित कर पा रहे थे। गत छह महीनों में कांग्रेसी नेताओं के भाषण तैयार करना, हैण्डबिल तैयार करना, थोड़ी-बहुत प्रेस की छपाई करवाना, रात्रि मजदूर पाठशाला में पढ़ाना तथा मालिनी दीदी का स्नेहभाजन बनकर रहना यही तो श्रीधर हो चले थे जबकि बिशन का एक स्पष्ट, सुथरा, पैना, व्यक्तित्व था जिसमें कर्म की गति तथा तेजी दोनों ही थी। उसके चारों ओर मालिनी दीदी, रत्ना, श्रीधर, कमल तथा कांग्रेसी राजनीति और क्रान्तिकारी कार्यवाही घटती थी। श्रीधर को बिशन के इस स्व से कोई ईर्षा-द्वेष कुछ नहीं था वरन् राग ही था—लेकिन श्रीधर का व्यक्तित्व इस प्रकार उपग्रह बनने के लिए तो नहीं था। चूँकि बिशन के प्रति एक सम्बन्ध बन गया था इसलिए उसे स्वयं तोड़ते तो कृतघ्नता होती और जब परिस्थितिवश वे बनारस में अकेले फेंक दिये गये तो उन्हें इस अज्ञात अनाम नगर में किञ्चित् बौखलाहट ही हुई।

आज एक महीने से काशी में वे नौकरी के लिए दौड़-धूप में लगे हैं। बिशन तो सात दिन बाद ही अपनी पार्टी के काम से लौट गया। बस, परिचय के नाम पर एक अन्य क्रान्तिकारी सुधांशु राय से हलका-सा परिचय ही हो सका। सुधांशु राय ने श्रीधर को 'ब्रह्मनाल' पर एक कमरा अवश्य दिलवा दिया। इसके बाद तो वह महाशय भी जाने कहाँ अदृश्य हो गये।

नितान्त अपरिचित बनारस में श्रीधर बाबू एक सप्ताह तक तो समझ ही न सके कि यहाँ आकर उन्होंने अच्छा किया अथवा भूल की। दिनभर कमरे में पड़े रहते या फिर साँझ पड़ने पर 'दशाश्वमेध' निकल जाते। कभी मालूम होता कि 'बेनिया बाग' में कोई सभा है, वहाँ पहुँच जाते। प्राय: 'कबीरचौरा' की तरफ निकल जाते और काफी देर बाहर फुटपाथ पर खड़े-खड़े 'आज' को आद्यन्त पढ़ जाते। किस प्रकार अखबार के द्वारा यहाँ के स्थान, स्थानीय लोग आदि के नाम परिचित होने लगे, किस प्रकार पैरों ने सड़कों के ढाल, गड्ढे, मोड़ सब पहचानने

शुरू किये—सब एकदम स्पष्ट था। मालवा से प्रत्येक चीज यहाँ की भिन्न थी। शहनाईवालों के साथ किस प्रकार औरतें गाती-बजाती वर-वधू के साथ गंगा-पूजन को जाती हैं, किस प्रकार गहरेबाजी होती है, कैसे हर बनारसी 'गुरु' कहलाता है—सब उनकी आँखों के सामने से गुजरता था और वे मौन देखते हुए कभी 'अहिल्या-घाट' पर तो कभी 'केदार-घाट' पर निकल जाते। साँझ से रात हो जाती, अँधेरा घिर आता फिर भी वे बँगला वैष्णव कीर्त्तन सुनते, बजरों में 'मौज पानी' करते रईसों को बुर्राक कुरते-धोती तथा दुपल्ली में देखते लेटे रहते। दिन में जब कभी कुछ समझ में नहीं आता 'नागरी प्रचारिणी सभा' पहुँच जाते और पत्र-पत्रिकाएँ पढ़ा करते। इस सबके बीच किसी से विशेष परिचय न हो सका केवल पण्डित उदयभानु मिश्र शास्त्री को छोड़कर। सब उन्हें 'शास्त्रीजी' ही कहते थे।

शास्त्रीजी बलिया के रहनेवाले युवक थे। काशी में ही संस्कृत का अध्ययन किया था और अब एक मठ के द्वारा चलायी जानेवाली संस्कृत पाठशाला में निःशुल्क अध्यापन करते हैं तथा जीविका चलाने के लिए कचौड़ी गली के एक स्थानीय संस्कृत के बुकसेलर के लिए पानी के भाव पर पुस्तकें लिखते हैं। जब कई दिनों तक इस अज्ञात व्यक्ति को 'सभा' के पुस्तकालय में आते-जाते देखा और यह भी कि किसी से नहीं बोलता है तथा सभी के लिए अपरिचित है तो उन्हें कौतूहल हुआ कि आखिरकार यह व्यक्ति कौन है? एक दिन शास्त्रीजी ने श्रीधर बाबू को सायण की टीका पढ़ते देखा तो पासवाली कुर्सी पर बैठते हुए धीमे से बोले,

— क्या आप काशी के ही हैं?

— जी नहीं।

— तो फिर कौन जिले में घर है? पूरब के तो नहीं लगते।

— जी नहीं, उज्जैन का रहनेवाला हूँ।

— वाह, कालिदासस्य उज्जयिनी। कालिदास, बाणभट्ट, भोज ने तो आपके प्रदेश को अमर कर दिया है। क्या वह है कण्ठहार का श्लोक....अरे, उठ नहीं रहा है.....

— कोई बात नहीं।

— हाँ, क्या नाम है? ब्राह्मण हैं न?

— जी हाँ, श्रीधर ठाकुर।

— क्या आप लोग नाम के पूर्व पण्डित नहीं लगाते? मुझे पण्डित उदयभानु मिश्र शास्त्री कहते हैं। इधर बलिया का रहनेवाला हूँ। आपने महामहोपाध्याय पण्डित रामदीन शर्मा का नाम सुना है?

— जी हाँ।

— वे हमारे मामा होते हैं। क्या यहाँ विश्वविद्यालय में आये हैं?

— नहीं, यों ही चला आया हूँ।

— मालूम होता है संस्कृत का ज्ञान काफी अच्छा है। क्या आचार्य हैं?

— वैसे ही। घर पर ही कुछ पढ़ा-लिखा था।

— तो आज-कल क्या कर रहे हैं यहाँ? पत्रकार हैं क्या?

— अभी तो काशी आये ज्यादा दिन नहीं हुए। प्रयास में हूँ कि कहीं कुछ हो जाये।

— तो भले आदमी, बाबू शिवप्रसादजी गुप्त से क्यों नहीं मिलते? 'आज' अखबार तो जानते हैं न? सम्पादकीय विभाग में हो जाओगे। अंग्रेजी पढ़ी है?

— साधारण।

— और हिन्दी?

— नाइन्थ तक पढ़ी है।

— बस, तो ठीक है। यहाँ कहीं रहने की जगह मिली?

— हाँ 'ब्रह्मनाल' पर एक कमरा मिल गया है।

— कहाँ? किधर? घाट के पास? वहीं न जहाँ काव्यतीर्थ पण्डित शिवनाथ त्रिपाठी रहते हैं?

— जी, उसके भी आगे।

— बस, बस ठीक है। उन त्रिपाठीजी के यहाँ तो प्राय: जाना होता है हमारा।— बाबू शिवप्रसादजी के यहाँ कोशिश करिये। अपने वहाँ क्या करते थे।

— अध्यापक था।

— अध्यापक? कौन विषय के?

— गणित और इतिहास के।

— अच्छा, अच्छा। त्रिपाठीजी की गणित में भी काफी गति है। क्या 'सभा' रोज नहीं आते?

— कभी-कभी आ जाता हूँ।

— क्या यहाँ बैठियेगा या चलियेगा?

— क्या आप जा रहे हैं?

— आइये चौक तक साथ रहेगा। मैं तो अस्सी पर रहता हूँ। जानते हैं न?

— क्यों?

— अस्सी घाट नहीं जानते? किसी से पूछ लीजियेगा कि वहाँ श्री ज्योतिर्मय पीठ कहाँ है। उसी गली में एक उदासी मठ है। उस मठ में ही एक कमरा मिला हुआ है। एकदम गंगा का किनारा है।

श्रीधर और शास्त्रीजी बाहर आये। शास्त्रीजी धोती और कुरता पहने थे। चन्दन का तिलक। बड़ी-सी चुटिया सिर के पीछे झूल रही थी और नंगे पैर थे। वर्ण सुहावना गेहुँआ था। पतली मूँछ तथा भरा-सा मुँह। श्रीधर को शास्त्रीजी खरे

स्वभाव के लगे। कोई भी उनसे बातचीत के बाद उन्हें अक्खड़ ही समझता। उनकी आँखें, देखने की अपेक्षा सोचने का काम करती थीं। इसलिए प्राय: भाल पर त्रिपुण्ड ही खिंचा रहता। लेकिन कुल मिलाकर आत्मतुष्ट ही कहा जायेगा। रास्ते भर वे यही बताते आये कि पूर्णिमा, एकादशी आदि के दिन वे रुद्रपाठ, चण्डीपाठ, गीता आदि का पाठ करने 'अन्नपूर्णा' के मन्दिर जाते हैं तथा उससे कुछ आय हो जाती है। इसी काशी में विद्याध्ययन के लिए उन्हें क्या कुछ कष्ट न भुगतना पड़ा है। आज भी जब कभी प्रकाशक से कुछ झगड़ा हो जाता है तब उन्हें अन्नक्षेत्रों की शरण लेनी पड़ती है। उदासी मठवालों ने उन्हें रहने की जगह दे रखी है। कमरा क्या दालान ही है। जिसे शास्त्रीजी ने धोती का पर्दा टाँगकर कमरा बना लिया है। देहात में उनका पूरा परिवार है बाल-बच्चे भी हैं। यहाँ जीविका का प्रबन्ध ठीक से नहीं होने के कारण परिवार ला नहीं सकते। किसी का छुआ खा नहीं सकते इसलिए हाथ से ही बनाते हैं। जिन दिनों अन्नक्षेत्रों की शरण लेनी पड़ती है, उन दिनों बड़ा धर्मसंकट उत्पन्न हो जाता है लेकिन 'आपत्ति काले मर्यादा नास्ति' के शास्त्र वचन का पालन कर लेते हैं। बाद में प्रायश्चित्तस्वरूप 'पुरश्चरण' कर लेते हैं। नित्य गंगा-स्नान हो जाता है। आवश्यकताएँ अधिक हैं नहीं। व्यसन के नाम पर पान अवश्य खा लेते हैं—और काशी में तो पान को व्यसन माना ही नहीं जा सकता। हाँ, कभी-कभी भाँग-बूटी जरूर हो जाती है। संस्कृत की अन्तिम परीक्षा पास हैं। वैसे साहित्य से अभिरुचि है। संस्कृत में कविताएँ तो बहुत बाल्यकाल से करते आ रहे हैं। आजकल 'अमरुक-शतक' के ढंग पर 'सुग्रीव-शतक' लिख रहे हैं। पण्डित शिवनाथ त्रिपाठी को दिखाया था—कहिन कि छन्द एकदम निर्दोष है।

इस प्रकार शास्त्रीजी आकण्ठ ब्राह्मण व्यक्ति थे। बल्कि इतने स्पष्ट कि किसी सीमा तक मूर्ख, लेकिन सद्।

शास्त्रीजी ने ही उन्हें बताया कि बाबू शिवप्रसादजी सवेरे बग्घी में घूमने निकलते हैं, उस समय अनेक गरीब विद्यार्थी, सभा-सोसाइटी के लिए चन्दा माँगनेवाले, विधवाएँ आदि पहुँच जाते हैं और सभी का कुछ हो ही जाता है। गुप्तजी कांग्रेस के कोषाध्यक्ष भी हैं। मालवीयजी को बहुत मानते हैं। काशी के रईस हैं। काशी-नरेश के बाद रईसों में गुप्तजी का ही नाम तथा सम्मान है।

बड़े सवेरे उठकर श्रीधर बाबू गुप्तजी की लंका स्थित कोठी पर पहुँचे तो उस समय द्वार पर मिलनेवालों की खासी भीड़ थी। काफी मोटरें तथा बग्घियाँ खड़ी थीं। कुछ लोग कानाफूसी कर रहे थे कि कोई कांग्रेसी नेता आये हैं इसीलिए इतनी भीड़ है। श्रीधर बाबू ने देखा कि एक बड़े-से बगीचे में हरी खिड़कियों तथा रोमन खम्भोंवाली वह कोठी वैभव को बतला रही थी। दालानों में लोगों के आने-जाने की भीड़ थी। दरबान, माँगनेवाले सभी लोगों को बाहरवाले लोहे के फाटक

के पास भगाने में लगा था,

— आज मालिक किसी से नहीं मिलेंगे। देखते नहीं बड़े-बड़े सुराजी आये हैं। अरे वे अभी इलाहाबाद जा रहे हैं।—ठीक है, चन्दा माँगना हो तो मनीजर साहब से मिलना।

और इस प्रकार श्रीधर बाबू उदास, ग्लानि लिये घाटों की तरफ से निकले। गर्मियाँ आ गयी थीं। धूप तेज हो गयी थी। गंगा की बालू चिलचिलाती दूर तक बिछी थी। रामनगर का किला उस पार की कछार की ऐकान्तिकता को भंग करता धूप में गरम होता लग रहा था। फिर भी हवा में अभी ठण्ढक थी। मिट्टी की पगडण्डियाँ खेतों में यहाँ-वहाँ बिछी पड़ी थीं। बालू-भरी नावें खींचते मल्लाह कन्धे पर डोरी खेचते किनारे पर ऊँचे-नीचे चल रहे थे। नाव में नीचे की मंजिल में से धुआँ उठ रहा था। शहर के गन्दे नालों से किनारे फटे हुए थे, जिनमें कोई पर से फिसलता दुर्गन्धित पानी बह रहा था। 'अस्सी-घाट' पर किसी साधु-महाराज की बड़ी-सी नौका खड़ी थी जिस पर धूनी धुँधुआ रही थी और भक्तजन एक सीढ़ी से आ-जा रहे थे। नाव की बड़ी-सी पताका हवा में कबूतरों की तरह फड़फड़ा रही थी। 'तुलसी-घाट' उदास पड़ा था। श्रीधर बाबू 'केदार-घाट' पर आकर गंगा में पैर डाल सुस्ताने लगे। बिशन की दी हुई पूँजी अब समाप्त ही-सी थी। अगले चार-आठ दिनों में यदि कुछ प्रबन्ध न हुआ तो...क्या होगा? इस इतने अपरिचित नगर में तब क्या होगा? क्या यह वही काशी है जिसका नाम बचपन से सुनते आ रहे थे? प्रत्येक ब्राह्मण का बालक यज्ञोपवीत संस्कार के समय जहाँ काशी-अध्ययन कहकर भागता है और मामा तब उसे रोकते हैं लालच देकर? आज जबकि वे उसी काशी में, जहाँ आते समय किसी मामा ने नहीं रोका—यहाँ चार-आठ दिन बाद क्या होगा? घाट पर नहानेवाले दो-एक आ ही जाते थे। श्रद्धालु बंगाली विधवा से लेकर गमछा पेट के नीचे कसे, जिसमें से रूमाली लटकती हुई रहती तथा गले में सोने की सिकड़ीवाले, साहू तक धँसकर या तैरकर गंगा स्नान कर रहे थे। 'केदार-घाट' के एकदम ऊपर पेड़ों की घनी छाया में जाती हुई 'केदार-घाट' की गली में तरकारी-मछली खरीदती भीड़ का हल्का शोर गुनगुना रहा था। थोड़ी ही देर में रेत के बगूले उठने लगेंगे, धूप में सब जलने लगेगा। अभी ही कितना तप उठा है, वे उठ क्यों नहीं रहे हैं? 'केदार-घाट' की इतनी अधिक सीढ़ियों में कैसा मध्यकालीनत्व लग रहा है, जैसे इतिहास हो और दो-चार चढ़ती-उतरती वृद्ध बंगालिनें छोटी-मोटी घटनाएँ लग तो रही थीं। तो—शास्त्रीजी ने आज अपने बुकसेलर-प्रकाशक के यहाँ ले जाकर कोई अनुवाद दिलाने की बात कही है। सम्भव है कोई अनुवाद मिल ही जाये।

शाम को जिस समय श्रीधर शास्त्रीजी प्रकाशक के यहाँ पहुँचे, उस समय 'कचौड़ी-गली' में खूब भीड़ थी। हलवाइयों की दूकानों से पूड़ी-कचौड़ी की

अजीब गन्ध उस पूरी गली में भरी हुई थी जिसमें कि साँड़, 'गुरू', संन्यासी अत्यन्त निश्चिन्तता से घूम रहे थे। गाव-तकिये के सहारे एक मोटा-सा व्यक्ति जालीदार बनियाइन तथा चिकन के कुरते में पलथी मारे बैठा था। जिस समय श्रीधर पहुँचे वह व्यक्ति 'बीड़ा' जमाकर अँगुली से चूना चाट रहा था। फर्शीमेजों पर झुके कई व्यक्ति मुनीमगीरी में व्यस्त थे। किताबों के बण्डल बाँधे जा रहे थे। पंचांग, जन्त्री, पुराण, रामायण-गीता, दुर्गा-सप्तशती, हनुमान-चालीसा के ढेर सामने पड़े हुए थे।

— कहिये बाबू साहेब?

पान खाये ऊँचे मुँह से सभी शब्दों को ओकारान्त करते हुए उस मोटे व्यक्ति ने श्रीधर से पूछा।

— शास्त्रीजी हैं न?

— ऐ बनवारी! तनि सासतरीजी क बुलाय द हो।

और लकड़ी की सीढ़ियों पर चढ़े एक व्यक्ति ने कोई किताब ढूँढ़ते हुए बिना किसी ओर देखे वहीं से चिल्लाया,

— सासतरीजी!.....स्कन्द पुराण तो खतम हो गया, गूदामैं से मँगाना होगा बटेसर बाबू!

और इस सारे गुल-गपाड़े में यह समझ हीं में नहीं आ रहा था कि क्या हो रहा है। जब काफी देर हो गयी और बनवारी तथा मोटे व्यक्ति ने फिर कोई सुध नहीं ली तो फिर श्रीधर ने याद कराया।

— ऐ सासतरीजी....अरे आपै इस दाहिनी सीढ़ी से ऊपर चले जाइये सबसे पीछेवाले कमरवा में पूछ लीजियेगा—जन्त्री कितनी? दस??

और अँधेरी सीढ़ियाँ चढ़कर चौकोर खास ढंग के बनारसी ठण्ढे-अँधेरे घर में प्रवेश किया जहाँ सीलन और लेई की मिश्रित गन्ध आ रही थी। किताबों की जिल्दें बाँधी जा रही थीं। कई लड़के गमछे लपेटे बतियाते काम कर रहे थे। सबसे अँधेरे कमरे में दस नम्बर के बल्ब के प्रकाश में फर्शीमेज पर झुके शास्त्रीजी किसी संस्कृत के ग्रन्थ पर काम कर रहे थे। सामने बीड़े की पुड़िया रखी थी। चौंकते हुए बोले,

— अरे, आ गये? बैठिये, आप तब तक पान खाइये, बस ये श्लोक जरा और हो जाये। अच्छा तो बनवारी ने इसीलिए पुकारा था? हम समझे—होगा कुछ।

शीतलपाटी के फटे कोने पर श्रीधर भी बैठ गये। शास्त्रीजी ने कुरता तथा गंजी दोनों ही उतार रखे थे। यज्ञोपवीत युक्त गौर पुष्ट देह बताती थी कि सुखी ब्राह्मण की देह है। सीने के बालों में पसीने की बूँदें अटकी हुई थीं। हाथ का पंखा वे रह-रहकर झल लिया करते होंगे। श्रीधर ने पंखा उठा लिया, अपने को तथा शास्त्रीजी को झलने लगे।

शायद श्लोक हो गया था। माथे का पसीना धोती से पोंछते हुए बोले,

— कितना इन लोगों से कहता हूँ कि भाई, एक पंखा यहाँ भी लगवाय दो, पर— अरे पान खाइये न?

— आपको तो मालूम है कि मैं पान नहीं खाता।

— अरे भाई, बनारसी बनने के लिए दाँत नहीं तुड़वाना होगा, महज उन्हें रँगना होगा।

और सीना पोंछते हुए हँसने लगे। पान खोलकर श्रीधर को दिया और दो अपने से जमाये। सुरती और चूना खाकर गंजी पहनते हुए विशिष्ट बनारसी पनवा-खा शैली में बोले,

— गजाधर बाबू नीचे रहे न?

— कौन गजाधर बाबू?

— अरे, ओ ही जौन मोटे से हँय।—अच्छा आइये।

और गंजी में ही वे श्रीधर को लेकर नीचे उतरे। पान खाने के बाद उनकी नाक से साँस बहुत स्पष्ट सुनायी पड़ रही थी। नीचे पहुँचकर शास्त्रीजी ने एक मिनट सोचा और तद्वत् धीमे से बोले,

— पहिले इस केशववा से जुगाड़ लड़ाया जाय।

और एक मुनीम महाशय के सामने जाकर दोनों बैठ गये। शायद यह केशवप्रसाद ही लेखकों का हिसाब-किताब देखते रहे होंगे।

— केशव बाबू! ई पण्डित श्रीधर ठाकुर हैं। हिन्दी के बड़े विद्वान् हैं। चाहते रहे कि हिन्दी का कोनू काम-काज मिल जाई तो ठीक रहे। हमसे कहा तो हम कहिन कि केशव बाबू से हम मिलाय देई।

और केशव बाबू ने श्रीधर बाबू को घूरा और फिर पूछा,

— कौनों किताब-विताब लिखे हैं?

— जी नहीं।

— कहीं पढ़ाते हैं क्या?

श्रीधर बाबू उत्तर दें इसके पूर्व ही शास्त्रीजी ने बात सम्हाल ली। क्योंकि वे समझ गये कि श्रीधर के बोलने से बात बिगड़ सकती है।

— अब बात ई है केसव बाबू। आप तो जानते ही हैं—कालिदास की उज्जयिनी, विद्या का केन्द्र श्रीधर बाबू वहीं से आये हैं।

— अच्छा!! तो काशी के नहीं हैं?—असल में शास्त्रीजी! आजकल सारा कारोबार गजाधर बाबू ही करते हैं। अब आप तो जानते हैं, बड़े मालिक बाबू महादेव प्रसाद की बातै और रही।

शास्त्रीजी ताड़ गये कि बुड़भस पुट्ठे पर हाथ नहीं रखने दे रहा है। पता नहीं क्यों भड़क गया। कहीं यह सुनकर तो नहीं कि श्रीधर बाबू काशी के नहीं हैं?— गजाधर बाबू से जब शास्त्रीजी ने बातें कीं पहले तो चुप रहे, लेकिन जब थोड़ी बातें श्रीधर से कीं तो वे इस बात पर राजी हुए कि प्रूफरीडिंग का काम दे सकते

हैं, और इसीलिए वे पहले दो महीने तक सात रुपये महीने देंगे। श्रीधर बाबू के सामने कोई चारा नहीं था और उन्होंने स्वीकार कर लिया।

शास्त्रीजी ने दूकान से निकलकर पानवाले की दुकान पर बताया कि चिन्ता की कोई बात नहीं। 'सभा' में प्रूफरीडिंग की हिन्दी में पुस्तकें हैं वे पढ़ लें, बस। अँधेरा हो चला था। दोनों 'ब्रह्मनाल' वाली गली में पहुँचे।

शास्त्रीजी को पण्डित शिवनाथ त्रिपाठी काव्यतीर्थ के यहाँ जाना था जो कि कविराज भी थे। शास्त्रीजी ने रोका कि आइये, शास्त्रीजी के यहाँ चलें, लेकिन श्रीधर बाबू इस समय बिलकुल एकान्त चाहते थे।

गंगाजी की तरफ निकल आये। 'मणिकर्णिका' पर इस समय भी कई तरह की चिताएँ जल रही थीं। हवा में चिरायँध थी। वे 'सिन्धिया-घाट' की तरफ बढ़े जहाँ बिल्कुल शान्त था। बजरों पर काशी के रईस आमोद-प्रमोद में व्यस्त थे। हण्डों की रोशनी में कहीं-कहीं मुजरा भी हो रहा था। वे गंगा में पैर डालकर हल्की ठण्ढक अनुभव करते अस्पष्ट सोचते रहे।

पता नहीं क्यों श्रीधर बाबू में कभी असन्तोष ऊपर उभरकर नहीं आ पाता। वे स्वयं ही कभी नहीं समझ पाते कि अगत्या वे चाहते क्या हैं? जब उन्हें प्रश्न करना होता है या उत्तर देना होता है—वे बस देखते रहते हैं। कहीं किसी चीज के प्रति कोई जिज्ञासा नहीं लगती—केवल अवकाश के समय पुस्तकें पढ़ने के। काशी में आये उन्हें छह महीने से भी अधिक हो चले थे लेकिन जिस निर्लिप्त भाव से वे 'ब्रह्मनाल' से निकलकर 'कचौड़ी-गली' में शुरू-शुरू में निकलते थे उनमें आज भी कोई परिवर्तन नहीं हुआ है। एक क्रम बन गया है कि सवेरे उठकर गंगा-स्नान कर आये। पाठ-पूजन के बाद भोजन बनाया और नौ बजे सवेरे प्रकाशक के यहाँ पहुँच गये। नीचे ही दालान में एक शीतलपाटी तथा एक फर्शीमेज उन्हें भी मिल गयी है। दिनभर बिना सिर उठाये प्रूफ पढ़ते रहना। उसके बाद चौक 'बुलानाला' होते हुए टाउनहाल के बीच से निकलकर 'सभा' में पत्र-पत्रिकाएँ, किताबें आदि पढ़ना। शास्त्रीजी का साथ प्राय: होता ही। ऐसी स्थिति में कभी उनके साथ पण्डित शिवनाथ त्रिपाठी के यहाँ हो आये या 'गोदौलिया' तक निकल आये या फिर गंगाजी।

पण्डित शिवनाथ त्रिपाठी, कविराज के साथ-साथ ब्रजभाषा के बड़े पण्डित तथा सुकवि भी थे। उनके यहाँ काशी के सभी प्रसिद्ध लेखक तक आया करते थे। दो-एक बार तो बाबू जगन्नाथदास 'रत्नाकरजी' भी आये हैं। श्रीधर बाबू ने 'उद्धव शतक' के अनेक अंश उन्हीं से सुने हैं। पण्डित शिवनाथ त्रिपाठी के पिता पण्डित काशीनाथ त्रिपाठी तो भारतेन्दुजी के घनिष्ठ मित्रों में से रहे हैं तथा अपने समय के प्रसिद्ध आलोचक भी माने जाते थे। 'पश्चिम मानमर्दन' के नाम से उन्होंने पश्चिमी साहित्यिक सिद्धान्तों पर तुलनात्मक आलोचना की थी, जिसमें कालिदास-शेक्सपीयर की तुलना से लेकर देव-टेनीसन तक सोदाहरण आलोचना थी। सम्भवत: अपने पिता का दबंगपन पण्डित शिवनाथ त्रिपाठी में भी था। वे अंग्रेजी की अपेक्षा ब्रजभाषा को अधिक सक्षम भाषा मानते थे। उनकी एक अप्रकाशित पुस्तक की उस अंतरंग बैठक में प्राय: चर्चा होती थी जिसका नाम था—राजा शिवप्रसाद 'सितारे हिन्द' उर्फ 'हत्यारे-हिन्द'—जिसे अंग्रेज सरकार ने प्रकाशित नहीं होने दिया।

श्यामल वर्ण की दुहरी देह के पण्डित शिवनाथ त्रिपाठी अपनी चौकी पर गाव-तकिये के सहारे बैठे किताबों तथा चूर्ण-अवलेहों की भिन्न गन्धों से घिरे चार बीड़ा जमाये, चन्दन का गोल तिलक लगाये सदा प्रसन्न रहनेवाले व्यक्ति थे। उनके अपने इस विशिष्ट बनारसी निवास में सन्तुष्ट। आज वे साठ वर्ष के हो रहे थे लेकिन अपने प्रण के अनुसार उन्होंने विश्वनाथ-दरबार कभी नहीं छोड़ा, न गंगा का किनारा छोड़ा, न 'काशिका' का अपना लहजा छोड़ा। दिन में पचासों बार 'राम

नाम सत्य है' या 'हरि बोल' सुनने पर भी जीवन के प्रति उन्हें कोई वितृष्णा नहीं हुई। उनकी खिड़की के नीचे से गुजरनेवाले अधिकांश 'पा लागी पण्डिज्जी' कहते निकल जाते। 'पानी पीबऽऽ' के बाद दोने में लायी गयी मिठाई से लेकर 'पनवा लऽऽ हो' तक में वे आकण्ठ काशी के नागरिक थे। वे कहा भी करते थे कि काशी का कोई बनता नहीं है वह तो जन्मता है। 'पक्के मुहाल' के बाहर काशी नहीं बल्कि काशी-क्षेत्र है। काशी के बाहर के हिन्दी साहित्य को वे साहित्य ही नहीं मानते थे। श्रीधर बाबू को लगा कि व्यक्ति के रूप में वे अत्यन्त सरल, सीधे ब्राह्मण थे लेकिन काशी के नागरिक के रूप में वे दम्भी ही कहे जा सकते थे। वे काशी की दालमण्डी से लेकर गुण्डे तक पर अभिमान करते थे क्योंकि वे काशी की परम्परा, संस्कृति के प्रतीकों में से हैं। शास्त्रीजी ने एक दिन मजाक में पूछा भी था कि, पण्डिज्जी! राँड़, साँड़, सीढ़ी, संन्यासी अगर ये काशी में न रहें तो? पण्डित शिवनाथ त्रिपाठी ने बड़े ही हँसते हुए कहा कि, ए बचुआ, के हटाई? जब मुसलमान नाहीं कर सकिल, अंग्रेजौ के हिम्मत नाहीं रहल, तब तुहूँ बतावा के हटाई?—बजरे के वे बहुत शौकीन थे। पंचक्रोशी पर उनका अपना निज का एक छोटा-सा बजरा था जो कि उन्हें काशीनरेश ने भेंट किया था। गर्मियों की सन्ध्याएँ कभी-कभी 'मौज-पांनी' में बीता करतीं। जब वे घर से निकलते तो बुर्राक धोती-कुरते में बनारसी सुँघनी के व्यापारी ही अधिक लगते। यह बनारस की ही विशेषता है कि किसी भी अवसर पर आप नितान्त धोती में ही उपवस्त्रहीन चले जा रहे हों तो भी लोगों को कोई आश्चर्य नहीं होगा बल्कि वे आपको तब भी 'पा लगी पण्डिज्जी' वैसे ही कहेंगे जैसे कि बढ़िया वस्त्र होने पर भी आपको कहेंगे।

अब तो प्राय: श्रीधर बाबू त्रिपाठीजी के इस बनारसी-दरबार में उपस्थित रहते। त्रिपाठीजी की अन्तरंग मण्डली ने 'हिन्दी-हितकारिणी' के नाम से एक पत्रिका की योजना बनायी थी। और शास्त्रीजी ने कह-सुनकर श्रीधर बाबू को उसका सहायक बनवा दिया था। इस प्रकार अब उन्हें नियमत: देर रात तक बैठकर हिन्दी-सेवा करनी पड़ती थी। प्राय: काशी के प्रसिद्ध लेखकों के यहाँ कविता, लेखादि के लिए जाना पड़ता। यदि राय विभूति कृष्ण की कोठी 'पंचक्रोशी' पर थी तो महामहोपाध्याय अयोध्यानाथ वाजपेयी की बगीची 'सिगरा' में थी। देशसूर्य सन्त ईश्वरीदीन यदि अपनी सारनाथवाली कोठी में मिल सकते थे तो खड़ीबोली काव्य के नये कवि बाबू शिवशंकर 'निर्माल्य' कोतवाली के पीछे अपने पैतृक निवास में मिल सकते थे। इस प्रकार आलोचकप्रवर बाबू कार्तिकनन्दन सहाय के लिए श्रीधर बाबू को 'संकटमोचन' स्थित उनकी हथवाँकोठी के चक्कर लगाने पड़ते। इसका फल यह हुआ कि कभी तो सवेरे सात बजे ही घर से निकल जाते और कविता, लेखादि के लिए पूरी काशी नापनी पड़ती। अब वे 'कचौड़ी-गली' वाले अपने प्रकाशक के यहाँ से 'सभा' जाने के स्थान पर लोगों के यहाँ पत्रिका की सामग्री के लिए निकल पड़ते। बाबू गोकुलचन्द्र खत्री के 'भारत-माता प्रेस' में छपाई का प्रबन्ध हुआ था इसलिए 'गाय-घाट' जाना पड़ता और वहाँ से

लौटते रात के ग्यारह-बारह से कम न बजता। राजा बल्देवदास बिड़ला के टावर-क्लाक में उस समय इतना ही कुछ बज रहा होता। दिनभर की बीसियों मील की इस पैदल यात्रा, गूफरीडिंग में वे इतने थक गये होते कि किसी तरह 'बिसेसरगंज' की मण्डी पारकर टाउनहाल के सामनेवाले पार्क में पहुँचकर दूब पर लेट जाते। रात की हवा में तब भी सरसों के तैल की गन्ध, 'बिसेसरगंज' की मण्डी की अजीब तिलहनी तथा गल्ले की गन्ध आती रहती लेकिन तारों-भरा निरभ्र आकाश देखकर श्रीधर बाबू को दूर अपने उस देहात की, रेल की छोटी लाइन के इंजिन की, तालाब की, सरो की, बच्चों की, माता-पिता की और जाने किन-किन की याद आ जाती। जाने कैसी विवशता लगती कि जैसे किसी ने जादू कर दिया था और वे बाध्य थे इस बनारस में इतनी दूर, इस प्रकार काम में खटने के लिए, नहीं बल्कि टूटने के लिए। वे अपने टूटने को क्रमगत देख पाते थे। वे अपनी मिट्टी से उखड़ी जड़ थे, जो न गमलों में पनप पा रही थी और न ही अन्य स्थान में। वे देख रहे थे कि वही धूप जो कभी फूलों को जन्म देती है अब उनकी जड़ों की बारीक नसों को खोखला कर रही थी। मिट्टी के माध्यम से आनेवाली सूर्यधूप रस होती है, रूप होता है, गन्ध होती है लेकिन सीधी-सीधी धूप धीमे-धीमे समाप्त कर देती है। 'समाप्त' का ध्यान आते ही वे चौंक उठते कि नहीं, उनके बच्चे उनके पुरुषार्थ की प्रतीक्षा में जाने कहाँ दूर मालवा में एक घर की उस छोटी खिड़की से राह देख रहे हैं। नहीं, वे पुरुषार्थ को लज्जित नहीं करेंगे। और वे थकी देह को टूटे पैरों पर घसीटते बुलानाला की तरफ बढ़ते होते।

पत्रिका के प्रवेशांक के लिए श्रीधर बाबू, बाबू शिवप्रसाद गुप्त के सन्देश के लिए लंका जा रहे थे। शास्त्री ने अगत्या उन्हें पान खाना सिखा ही दिया था। गोदौलिया में अपने पानवाले की दुकान पर पान खाया और मदनपुरा की ओर बढ़े। अभी वे 'तारा-रेस्तराँ' के फुटपाथ पर जा ही रहे थे कि रेस्तराँ में भीतर एक कोने में टेबल पर सिर झुकाये सुधांशु राय जैसा व्यक्ति दिखलायी दिया—देखा, हाँ सुधांशु ही थे—किसी से बातें कर रहे थे। एक क्षण रुके। सोचा, बुलाया जाये कि नहीं? और वे ऊपर चढ़ गये। सुधांशु ने भी देख लिया। रेस्तराँ में काफी शोर था। अधिकांश बंगाली ही थे। बनारस में अब एक बरस से अधिक हो गया था, हल्की बँगला बूझने लगे थे। वे लोग राजनीति पर बहस कर रहे थे। गाँधीजी की राजनीति की कड़ी आलोचना हो रही थी। विदेशी वस्त्रों की जलायी जानेवाली होलियों की व्यर्थता पर वे लोग जुझे हुए थे—'गाँधी देश को नपुंसक बना रहे थे लेकिन बंगाल कभी इस भीख माँगनेवाली राजनीति को स्वीकार नहीं करेगा।' बनारस में भी इन दिनों विदेशी वस्त्रों के बहिष्कार की योजना बन रही थी और इसमें अनेक बड़े लोगों का हाथ है, यह श्रीधर बाबू को त्रिपाठीजी के यहाँ की अन्तरंग गोष्ठी में कभी-कभी सुनायी पड़ जाता था। सुधांशु उन्हें देखते ही उठा और एक तरफ ले जाकर धीमे से बोला,

— होम आपको बहुत खोजा, दो-एक बार आपकी बाड़ी भी गिया, भेंटबे नहीं किया।

— हाँ सुधांशु बाबू! बड़ी सवेरे निकल जाता हूँ।

— अच्छा, अच्छा, आप दो मिनिट रुकें आपसे बहुत जरूरी बात करना हय हाँ!

सिनेमा के आगे बायें हाथवाली गली में 'बंगाली-टोले' की गलियों से होते हुए सुधांशु के साथ वे उसकी किसी 'माशीमाँ' के घर में घुसे। घर में एकदम अँधेरा था। 'माशीमाँ' ने दरवाजा खोला और सुधांशु रास्तेभर की चुप्पी यहाँ भी बनाये रख ऊपर के तल्ले की ओर बढ़ा। चौकोर सहन में सबसे कम पावर का एक पीला-पीला-सा बल्ब जल रहा था। ताजी छौंकी गयी माछ की गन्ध भरी हुई थी।

— जीने पर सम्हलकर आइयेगा।—रोतना!!

और अँधेरे जीने के सिरे पर कमरे से प्रकाश आ रहा था तथा ड्योढ़ी पर एक बंगाली महिला खड़ी थी। पीछे से आते प्रकाश में महिला का मुख अस्पष्ट था।

— शुधूदा! तोमर संगे ए.....

— तोमार बन्धु, श्रीधर बाबू!!

और श्रीधर बाबू आश्चर्य में आ गये कि यह तो रत्ना है। उस दिन जिसे देखा था वह कितनी अप्रतिम थी लेकिन आज इस समय कत्थई रंग की साड़ी में लम्बी धारियाँ थीं और जिसे उसने बँगला ढंग से पहन रखा था। ढीला जूड़ा, उदास आँखों में श्रीधर बाबू को लगा कि यह वह रत्ना नहीं है।

— कहाँ मिल गये ये शुधूदा?

— मैं तो वहीं तारा में था....

— तो श्रीधर बाबू! आप ही इन्हें मिल गये?

श्रीधर बाबू ने देखा कि कमरे की खिड़कियाँ खोल दी गयी हैं। थोड़ी-थोड़ी हवा आने लगी थी। पड़ोस के मकानों का शोर, किसी के बँगला-गान का मधुर कण्ठ सुनायी दे रहा था।

— असल में रत्नाजी......

— मुझे मात्र रतना ही कहिये न? बड़ी थोड़ी ही हूँ?

श्रीधर बाबू बहुत अप्रतिभ थे। उस रत्ना-जैसा न स्वर था, न हास्यप्रियता, न वह मुक्ताभा जो उस दिन मालिनी दीदी के यहाँ देखी थी।

— असल में रतना! मैं जा रहा था कि 'तारा' में सुधांशु बाबू दिखलायी दिये। बिशन उस दिन परिचय करा गये थे उसके बाद ये साहब कभी दिखलायी ही नहीं दिये।

— आपका सारा कारोबार जम गया न?

— क्या जमना था?

— क्यों? कहीं कुछ नौकरी नहीं मिली क्या?

— बस, ऐसे ही है। एक प्रकाशक के यहाँ थोड़ा-सा काम करता हूँ उसके बाद यहाँ से एक साहित्यिक पत्रिका निकल रही है उसमें अवैतनिक सहायक हूँ। उसी के सिलसिले में तो इस समय लंका जा रहा था।

— क्यों?

— बाबू शिवप्रसाद गुप्त के सन्देश के लिए। दो-चार दिन में पत्रिका निकलनेवाली है न?

— तो आप इस समय भी किसी काम से जा रहे थे?

— क्यों? कुछ काम है आपका?

— आपका नहीं तुम्हारा कहिये न?

और रतना ने किस मोहक ढंग से यह कहा कि उन्हें याद नहीं आ रहा था कि कभी भी, किसी ने भी ऐसे कहा हो। उपरान्त वह हँस दी।

— तुम अभी भी इन्दौर में उसी गर्ल्स-स्कूल में हो न?

— क्या आपका 'लंका' जाना आवश्यक है इस समय?

— हाँऽऽ, है तो, लेकिन क्यों?

— फिर कब आ सकेंगे?

— कितने दिन तुम यहाँ ही?

— क्या कह सकती हूँ?

— बिशन के क्या हाल हैं? उसने तो कोई खोज-खबर ही नहीं ली। तुम कब से नहीं मिली हो उससे?

— श्रीधर बाबू! क्या सचमुच 'लंका' जाना जरूरी है अब, इस समय?

— असल में रतना! सवेरे उस सन्देश को प्रेस में देना है और इस समय आठ बजे का समय दिया था।

श्रीधर बाबू ने हड़बड़ाकर अपनी वही जेबघड़ी निकाली और देखा तो पौने आठ था।

— तो कल आ सकते हैं?

— क्या.....तीन-चार दिन के बाद ठीक नहीं रहेगा? पत्रिका का उद्‌घाटन हो जाये तो जरा निश्चिन्तता से आ सकूँगा।

— अच्छी बात है, आज मंगल है न? तो....

— शनिवार को पत्रिका का उद्‌घाटन होगा इसका मतलब हुआ कि रविवार को आ सकता हूँ।

— अच्छी बात है। रविवार को फिर कोई झंझट मत लाइयेगा साथ में। —और हाँ, सुनिये, यहाँ नहीं उस दिन 'सारनाथ' चला जायेगा। कभी आप वहाँ गये हैं?

— वहाँ तो नहीं, लेकिन वहाँ तक ही समझ लो।

— तो ठीक, शुधूदा!

और श्रीधर बाबू को यह ध्यान ही नहीं रहा कि सुधांशु राय भी इसी कमरे में हैं। सुधांशु कोने में रखी टेबल पर पीठ किये एक किताब पढ़ने में लगा हुआ था।

— हाँ, बोलो की?

— श्रीधर बाबू तुम्हें रविवार को तुम्हारे उसी 'तारा' में सवेरे दस बजे मिलेंगे।

— अच्छा।

— तो अब चलूँ न? रतना! तुम कुछ उदास-सी क्यों लग रही हो?

रतना ने मात्र हँस दिया अपने अन्तर में खूब गहरे, बाहर जिसकी मात्र प्रतिध्वनि आयी मुस्कान में। उसने बँगला में अपने शुधूदा को आदेश दिया कि गली के मुहाने तक छोड़ आयें।

बाबू शिवप्रसाद गुप्त की कोठी के लिए वे चलते हुए बारम्बार यही सोचते रहे कि रतना क्यों इतनी बदली हुई लग रही थी। उसने किसी बात का भी तो कोई उत्तर नहीं दिया था। क्यों वह चुप रह जाती थी? क्या बात हो सकती थी? यही सब सोचते जब गुप्तजी की कोठी पर पहुँचे तो साढ़े आठ बज रहा था। गुप्तजी टहलने निकल गये थे। उनके सेक्रेटरी ने फिर भी वह सन्देश दे दिया।

शनिवार का दिन काशी के साहित्यिक जीवन में अत्यन्त महत्त्वपूर्ण था। 'रत्नाकरजी' ने तो पत्रिका का स्वागत करते हुए बजरे में उपस्थित मण्डली से यहाँ तक कहा था कि भारतेन्दु बाबू के बाद इस पत्रिका के द्वारा काशी के साहित्यिक जीवन में न केवल जागरण ही होगा बल्कि क्रान्ति होगी।

शनिवार की वह साहित्यिक सन्ध्या।

गर्मियाँ काफी हो गयी थीं। कई बजरों का प्रबन्ध था। राय साहब, बाबू साहब, कोठीवालों के जाने किन-किनके बजरों का प्रबन्ध हुआ था। बाबू शिवप्रसाद गुप्त, रत्नाकरजी, राय विभूति कृष्ण, महामहोपाध्याय अयोध्यानाथ वाजपेयी, देशसूर्य सन्त ईश्वरीदीन, बाबू कार्तिकनन्दन सहाय, महाराज बिन्देश्वरीप्रसाद नारायण सिंह—इस्टेट सीसामऊ, रईस बेचनप्रसाद साहू, नवयुवक कवि शिवशंकर 'निर्माल्य' आदि अनेक लेखक, रईस, विद्वान्, वैद्य आदि उपस्थित थे। बड़े विशाल पैमाने पर भाँग-बूटी, पान-पत्ते का प्रबन्ध था। चार-छह टहलुए भी ताड़ के बड़े-बड़े पंखे लिये, गाव-तकियों के सहारे बैठे हुए काशी के इस भद्र समुदाय पर पंखा झल रहे थे। कुछ लोगों का सुझाव था कि मुजरे का भी प्रबन्ध हो लेकिन सन्त ईश्वरीदीन जो कि प्रसिद्ध दर्शनवेत्ता के साथ-साथ समाज-सुधारक भी थे, के कारण ऐसा न हो सका। भाँड़ों की नकलें भी नवयुवक कवि शिवशंकर 'निर्माल्य', जो कि काशी के प्रसिद्ध खानदानी व्यक्ति के साथ-साथ स्वयं बड़े गम्भीर एवं प्रभावशाली व्यक्ति थे, के कारण काशी के ये दोनों कलात्मक अंग सम्मिलित न किये जा सके। काशीनरेश स्वयं उपस्थित न हो सके लेकिन पत्रिका के लिए सौ रुपये की सहायता भिजवा दी। शास्त्रीजी ने गीता के 'काशिराजश्च वीर्यवान्' से अपना भाषण आरम्भ किया। भारतीय परम्परा में दर्शन, धर्म, साहित्य सबको ईश्वरोन्मुखी माना गया है इसीलिए ऐसे साहित्य का लक्ष्य यश-जैसी लौकिक एवं नाशवान् वस्तु कभी नहीं हो सकती थी बल्कि मोक्ष ही समस्त जीवधारियों का एवं उनके समस्त कार्यों का लक्ष्य है।

पण्डित शिवनाथ त्रिपाठी ने काशी की साहित्यिक परम्परा का वेदों से सम्बन्ध स्थापित करते हुए भारतेन्दु तक उसकी अक्षुण्णता स्थापित की। अपने भाषण में वे नवयुवक-कवि श्री शिवशंकर 'निर्माल्य' की नवीन काव्य की वृत्तियों पर फब्तियाँ कसने में नहीं चूके क्योंकि इन वृत्तियों का आदि स्रोत ईसाई सन्तों में था जो कि रवीन्द्रनाथ के द्वारा जातीय सांस्कृतिक चेतन का अंग बनना चाहती है। बंगाल के साहित्य में वह क्षमता नहीं थी लेकिन काशी इस विदेशी प्रभाव को भलीभाँति समझती है तथा सक्षम है उसका उत्तर दे सके।

उत्सव का आरम्भ भारतेन्दु बाबू एवं रत्नाकरजी की कविताओं से हुआ था। कवि 'निर्माल्य' जी ने अत्यन्त असम्पृक्त भाव से नयी भावधारा की एक कविता सुनायी।

शास्त्रीजी को यह भार दिया गया था कि वे उपस्थितों को 'हिन्दी-हितकारिणी' की एक-एक प्रति भेंट करें। पेट्रोमेक्स की रोशनी में जगमगाते बजरों पर आसित यह साहित्यिक मण्डली जब अपनी शुद्ध 'काशिका' में बोलने लगी तब छूटे हुए काशी के कलात्मक अंगों की कोई कमी नहीं अखरी। घाटों पर कहीं-कहीं प्रकाश था। साँझ को अवश्य 'दशाश्वमेध' पर कीर्त्तन आदि हो रहे थे। लोगों की खासी भीड़ भी थी। प्रवाहित दीपों की पंक्तियाँ भी थीं तथा गंगा में बीच धारा में ठहराये गये बाँसों पर कबूतरों आदि की भीड़ भी थी। लेकिन रात के भीगने के साथ-साथ घाटों पर भी निर्जनता बढ़ती गयी थी। अँधेरा पाख था। गर्मियों के आकाश में 'माधोदास का धरहरा' अस्पष्ट था। कई घाटों पर एकान्त जल छपछप करता प्रवाहित था। 'मणिकर्णिका' पर अवश्य चिताएँ सुलगी हुई थीं। काफी रात हो जाने पर भी कहकहे-किस्से गूँज रहे थे और अधिकांश लोग झूम रहे थे। इस सारी भीड़भाड़ में श्रीधर बाबू कहाँ थे कुछ पता ही नहीं था। सम्भवत: किसी ने भी उनकी शारीरिक दौड़-धूप के लिए एक धन्यवाद तक देना आवश्यक न समझा। 'दशाश्वमेध' पर लोगों की अपनी बग्घियाँ, पालकियाँ, शिकरमें आदि थीं। हाथ से खींचे जानेवाले रिक्शों का प्रचलन हो चला था। श्रीधर बाबू पर सारा खाने-पीने का प्रबन्ध तथा देख-रेख करने का सम्भवत: भार था इसीलिए कहारों के सिर पर सारे बर्तन-भाँड़े, फर्श-तकिये वगैरा लदवाकर तथा त्रिपाठीजी के घर पहुँचवाकर जब वे अपने घर पहुँचे तो रात के दो बज रहे थे।

आज का दिन, सवेरे छह बजे से प्रेस में आरम्भ होकर रात के दो बजे तक सामान पहुँचवाकर थके-माँदे श्रीधर बाबू को पूरी तरह तोड़ गया था। पूरा बनारस उनकी पलकों में नाच रहा था। वे सोना चाहते थे लेकिन तन्द्रा में वे जैसे 'सिगरा' से 'गायघाट' और 'गायघाट' से 'लंका' चले जा रहे हैं। थके पैर जैसे उनके दिमाग में भर गये थे। जैसे वे सिर्फ चल सकते हैं। वे एक अन्धे आदेश के समान थे जिसे कोई न होने पर स्वयं ही या कोई और बराबर आदेश दे देता है और वे चल पड़ते हैं। पैरों में थकान इतनी थी कि वे पैर पकड़कर बैठ गये जैसे कि वे पैर अब भी चल रहे हों।

देह एकदम टूट रही थी। आज रात में अनेक बार नींद टूटी और कई बार 'राम नाम सत्य है', 'हरि बोल' की आवाजें सुनीं। फिर भी नियमतः वे उठे और सारा काम-धाम पूरा करते साढ़े नौ बजे वे घर से निकले। बाजार में आज दिन शुरू होने का कुछ अर्थ ही नहीं था। शिकरमें, पालकियाँ आ-जा रही थीं। रईस लोग तथा उसके परिवार के लोग या तो गंगा-स्नान करने जा रहे थे या लौट रहे थे।

जब वे 'तारा-रेस्तराँ' पहुँचे सुधांशु राय तब नहीं थे। बैठे-बैठे जब काफी देर हो गयी तो पान खाने के लिए उठे। तभी हाँफते हुए सुधांशु आये और एकदम दरवाजे की आड़ में खड़े हो गये। श्रीधर बाबू की समझ में तुरन्त आ गया कि क्रान्तिकारी महाशय के साथ कुछ घटना घटी है। सुधांशु राय ने लगभग श्रीधर बाबू को बाँहों से घसीटते हुए रेस्तराँ के पीछे के दरवाजे पर ले जाकर कहा,

— श्रीधर बाबू! होम तो चलना नहीं पायेगा, आप कुछ-कुछ समझ गिया होगा, हय न? अच्छा, रोतनादी आपको बोरुना पूल पर बायें हाथ एक ठो नीम हय, उहाँ मीलेगा। उसको बोल देना जे हेम आ नहीं शकेगा। होम भी चलता आपका संगे, लेकिन—अच्छा तो आप जायें। वो ओखाने रास्ता देखता होगा।

और श्रीधर बाबू बाहर निकले। काशी में इतने दिनों से रह रहे थे लेकिन एकाध बार किसी के साथ गहरेबाजी के अलावा कभी कोई सवारी नहीं की थी। आज चूँकि देरी हो रही थी इसलिए हाथ-रिक्शा किया और वरुणा के पुल की ओर चले। बरसों बाद किसी सवारी पर चढ़कर निश्चिन्त मन से बिना किसी काम की झंझट या आपाधापी के सड़क के दोनों ओर के मकानों, लोगों को देखते जाना—इसमें भी एक बड़ा अजीब सुख होता है। वे सोचने लगे कि बग्घियों में तथा मोटरों में बैठकर कितना ऊँचा-ऊँचा-सा और कैसा-कैसा-सा लगता होगा? बड़ा अच्छा लग रहा था जैसे खूब सारा सुराही का पानी पीने को मिल गया हो। धूप चढ़ने लगी थी। धूप के बगूले गोल-गोल यहाँ-वहाँ चलने लगे थे। 'क्वीन्स कालेज' के आगे तो बड़ा उजाड़-सा था। लम्बी सूनी सड़क की कोलतार पर धूप, गरम पानी-सी लहराने लगी थी। ढीहों पर खड़े जुलाहों, चिक बनानेवालों, कुम्हारों के कच्चे घर भूरे-भूरे-से तपने लगे थे। कभी किसी मकान के सामने एकाध उदास साइनबोर्ड किसी भाँड़-उस्ताद का दिख जाता है, 'बनारस के असली उस्ताद मास्टर.....भाँड़ का मकान इसी गली में है।' श्रीधर बाबू पुल पर पहुँचते ही बायें हाथ पर नीम खोजने लगे। दिन की आरम्भिक लू में लिपटी रत्ना पीठ टिकाये बैठी थी। बिना कुछ विशेष बोले-चाले रतना भी रिक्शा में आ गयी और कचहरी की ओर रिक्शा बढ़ गया।

सिर से पैर तक सफेद साड़ी-ब्लाउज में रतना अतिरिक्त स्नाता लग रही थी। दिन में उसे देखने का सम्भवतः यह पहला अवसर था क्योंकि उस दिन इन्दौर में चर्च के वहाँ जो देखा था, तो, एक तो वह बहुत दूर से देखा था दूसरे रतना से अधिक वह रोजी सेक्सन का ही स्वरूप था। साफ-गेहुँए वर्ण की रतना को उसके स्वास्थ्य ने सुन्दर बना रखा था। बंगाली गोलमुखी सौन्दर्य था उसका। मालिनी दीदी के घर यही मुख निश्चिन्त लगा था। लेकिन आज चिन्ता ने मुख को गम्भीर के साथ-साथ आयु का बड़प्पन भी दे दिया था। अनेक बार हमारे अपने ही देखे हुए व्यक्ति, मुख कभी छोटे, तो कभी बड़े लगने लगते हैं। और यह भी कि प्रत्येक मुख यद्यपि बोलता है लेकिन हमारे लिए नहीं। जब हम ऐसे मुख को बोलता सुन लेते हैं आँखों से तो फिर और कुछ सुनने का मन ही नहीं करता। ठीक ऐसा ही रतनामुख बोल रहा था और वे सुन रहे थे। कब गाथिक शैली की वह कचहरी निकल गयी पता नहीं चला और अब तो उनका रिक्शा बनारस के रईसों की बगीचियों के बीच से चला जा रहा था। कोलतार की सड़क पीछे छूट गयी थी। धूलभरी सड़क पर रिक्शावाला दौड़ता जा रहा था। वह पसीने से लथपथ हो रहा था। जिस समय वे लोग 'सारनाथ' पहुँचे दोपहर हो गयी थी। रिक्शेवाले को वहीं सड़क पर छोड़ वे लोग 'स्तूप' की ओर निकल गये। सिर पर सूर्य आ गया था इसलिए कोई छाया नहीं थी। 'मूलगन्ध-कुटी-विहार' की नींव पर मजदूर लोग काम कर रहे थे। छायातप लग रहा था। वे लोग 'अशोक-स्तम्भ' की तरफ निकल आये और एक प्राचीन तोरण द्वार के स्तम्भ की छाया में बैठ गये। लू अवश्य थी लेकिन चारों ओर के हरियाले लानों के कारण उत्तप्तता कम थी।

— मनोरम स्थान है।

दूर-दूर तक देखते हुए श्रीधर बाबू बोले।

— हाँ, जब 'मूलगन्ध-कुटी-विहार' बन जायेगा तब और अच्छा हो जायेगा।

— तुम भी कई दिनों बाद आयी होगी यहाँ?

— नहीं तो, मैं तो हमेशा ही आती रहती हूँ यहाँ। क्रान्तिकारियों के छिपने के लिए भला इससे अच्छी जगह और क्या हो सकती है?

— क्या?

और रतना ने देखा कि श्रीधर बाबू आश्चर्य में आँखें फैलाये किञ्चित् डरे-से लग रहे थे।

— क्या आप डर गये?

— नहीं, सोचने लगा।

और वे सचमुच डरे नहीं थे बल्कि कहीं खो गये थे।

रतना ने समझने में भूल की थी। दूर अमराई में किसी कोयल का स्वर सुनायी पड़ रहा था जैसे दोपर बोल रही हो।

— क्या सोचने लगे श्रीधर बाबू?

— यही कि वह कौन-सी बात हो सकती है जिसे सुनने के लिए तुम मुझे इतनी दूर लायी हो।

— अच्छा बताइये, क्या बात हो सकती है?

घाम तथा गरमी में तपकर रतना अधिक आरक्त हो उठी थी। बालों की जड़ों में शायद पसीना था।

— बिशन की बात हो सकती है, 'मालवा-हाउस' वाली हो सकती है—

— और.....?

— और ऐसी ही कुछ क्रान्तिकारी सम्बन्धी बात हो सकती है।

— क्या क्रान्तिकारी बातें करने के लिए आपको बुलाऊँगी?

— नहीं रतना। इतना बड़ा न तो व्यक्तित्व है मेरा और न पुरुषत्व ही।

— लगता है आप स्वयं को कोस रहे हैं।

— मैं तो अपने को कुछ भी नहीं कर पाता। कभी-कभी तो यह भी नहीं अनुभव हो पाता कि मैं हूँ, और तब मुझे क्या करना चाहिए? खैर, यह बताओ क्या बात थी?

— लगता है बात सुनकर लौट जाने के लिए आकुल हैं।

— नहीं, मेरी कोई उपादेयता नहीं है—कहीं भी और कभी भी।

बोलने को तो बोल गये लेकिन स्वयं ही लगा कि आज यह उन्हें क्या हो गया? ऐसा तो वे कभी नहीं बोलते थे। रतना एक बार उन्हें और फिर दूर देखते हुए बोली,

— लगता है आपका मालवा से इधर कोई सम्पर्क नहीं रहा।

— हाँऽऽ।

— क्यों?

— क्यों क्या? बस नहीं रहा, और क्या? जब बना था तब 'क्यों' नहीं था तब भला न रहने पर क्यों का क्या प्रश्न?

— आपको मालूम है कि बिशन बाबू नहीं रहे।

— मालूम तो नहीं था, लेकिन आश्चर्य नहीं हुआ।

— क्यों?

— इसलिए कि इतना तेजस् न तो कोई धारण ही कर सकता है और न वहन ही।

— आपको छोड़कर जब वे वापस इन्दौर पहुँचे तब तक कमल ने पुस्तके साहब के दबाव में आकर झूठा बयान मजिस्ट्रेट के सामने दे दिया था कि बिशन बाबू के तथा श्रीधर बाबू के दबाव में आकर वह विवाह किया था। आप दोनों के नाम तो वारण्ट थे ही जौहरी के नाम भी वारण्ट निकलवा दिया।

— रतना! बीच में बोलने के लिए क्षमा चाहता हूँ। यह जौहरी क्या तुम लोगों से सम्बन्धित व्यक्ति है?

— हाँ, क्यों आप कैसे जानते हैं यह?

— नहीं, वैसे ही मुझे शक हुआ था उसी दिन।

— उसके बाद बिशन बाबू बराबर अण्डरग्राउण्ड ही रहे। पार्टी ने 'मालवा-हाउस' पर हमले की योजना बना डाली थी। बिशन, मैं, जौहरी तीनों को यह काम सौंपा गया। हम लोग महीनों चक्कर में रहे कि मौका मिले तो ए० जी० जी० पर आक्रमण। मैंने ईसाई होने के नाते वहाँ के दूसरे लोगों से अपने सम्बन्ध घनिष्ठ बना लिये थे। लेकिन पता नहीं पुलिस को इस आक्रमण की काफी-कुछ सूचना मिल चुकी थी। साथ ही सी० पी० और होल्कर पुलिस ने ये पता लगा लिया था कि शफीउल्ला नामक व्यक्ति और कोई नहीं बल्कि बिशन ही है। इसके बाद बिशन की खोज-खबर भी सरगर्मी से होने लगी। पुलिस आपकी भी खोज-खबर में थी लेकिन जाँच-पड़ताल ज्यादा दिन नहीं चली क्योंकि बिशन के न रहने से कमलवाला मामला ही उठ गया। तो मैं कह रही थी कि ए० जी० जी० की फिराक में हम लोग काफी रहे। 'मालवा-हाउस' के चारों तरफ अत्यन्त कड़ा पहरा रहने लगा था।

एक रात ए० जी० जी० के यहाँ पार्टी थी 'मालवा-हाउस' में। हम लोग तीनों दरवाजे के बाहर एक झाड़ी में पिस्तौल ताने छुपे थे। बिल्कुल झाड़ी के पास पुलिस के जवान पहरा देते खड़े थे। कई बग्घियाँ मोटरें निकलीं। आखिर में जब कोई न रहा और ए० जी० जी० जब बरामदे में खड़े अष्टमी के डूबते चन्द्रमा को देख रहे थे तब हम झपटकर निकले। पता नहीं कैसे, जाती चाँदनी में हमें झपटते देख उसे शंका हुई। उसके हाथ में टार्च थी और उसने बिशन तथा जौहरी पर टार्च की रोशनी फेंकी। दोनों की आँखें चौंधियाँ गयीं। मैंने तुरन्त फायर किया लेकिन लगा, बहक गया। शायद उस अंग्रेज ने खम्भे के पीछे शरण ली। बिशन तथा जौहरी ने गोलियाँ चलायीं लेकिन व्यर्थ। गोलियों की आवाज सुन चारों ओर से पुलिस की सीटियाँ बज उठीं। अब कोई चारा नहीं था। अब किसी तरह इस घेरे से निकलना था। इसके पहले कि हमारी छायाएँ दिखें और वे लोग वार करें हम लोग बेतहाशा भागे। पुलिस हमारा इरादा समझ गयी थी। उसने भी जोरों से गोलियाँ चलानी शुरू कर दीं। भागते पैरों की आहट से लग रहा था कि पुलिस का खासा जमघट है। गोलियाँ दायें-बायें निकल रही थीं। बस हम लोग बाहर निकल ही आये थे कि बिशन और जौहरी के पैरों में गोलियाँ लगीं। झाड़ी से धँसकर, फलाँगकर सामने के मैदान में दौड़ जाना था कोई एक फलांग, उसके बाद तो नदी की कगारें थीं, कि तभी दूसरी गोली बिशन की पीठ से होती बायीं पसलियों में बिल्कुल दिल के पास आकर धँस गयी। एक क्षण को वह गिरने को हुआ लेकिन सम्हला और बोला,

— रतना! जौहरी! बायें होकर भागो। मेरी चिन्ता मत करो।

लेकिन हम नहीं भागे। मिट्टी बेचनेवालों ने जमीन में छोटे-छोटे गड्ढे बना रखे थे। अभी हम लोगों को आधे से ज्यादा मैदान पार करना था। पुलिस की टार्च झाड़ियों

से निकलकर हमारी खोज में मैदानों पर फेंकी जा रही थी। सिर्फ गड्ढों में लेटकर बचने के और कोई चारा नहीं था। हम उन गड्ढों में छिपकर पड़े रहे। जब पुलिस चारों ओर मैदान में घूम-फिरकर आश्वसित हो गयी कि हम झाड़ियों के किनारे-किनारे भागे हैं तो वे उधर ही बढ़ गये। इस बीच बिशन खून से लथपथ हो गया था। जब काफी रात हो गयी तब समस्या यह हुई कि समय से आपरेशन कर गोली नहीं निकाली गयी तो उसका बचना सम्भव नहीं। लेकिन इतनी रात में किस डाक्टर के पास जाया जाये और क्या हो? शहर भी दूर था। बिशन में अब चलने की शक्ति नहीं रह गयी थी। मेरी साड़ी फाड़ पसलियों के यहाँ बाँध जौहरी ने उसे पीठ पर लादा और हम बाहर-बाहर बढ़ने लगे। कठिनाई यह भी थी कि पुलिस सरगर्मी से खोज-खबर में लगी होगी। जौहरी के सामने एक ही रास्ता था कि बिशन को हास्टल ले जाये तथा अपने प्रोफेसर मित्र से कहकर कुछ प्रबन्ध करे। इस बीच मुझे किसी तरह मालिनी दीदी को सूचना देनी थी तथा लिवा लाना था। मैं तब बुढ़िया बनी दीदी के घर की ओर बढ़ी। चारों ओर पुलिस की दौड़-धूप जारी थी। दो-एक बार पुलिस ने टोका भी लेकिन भिखारिन समझ छोड़ दिया। बड़ी मुश्किल से दीदी तक पहुँची। वे तभी सोयी थीं। यद्यपि मैंने उन्हें कुछ बताया नहीं लेकिन पता नहीं कैसे वे समझ गयीं और बिना एक शब्द बोले लछमन को साथ लेकर निकल पड़ीं। हम लोग जब पहुँचे जौहरी के प्रोफेसर मित्र ने तुरन्त जोखिम उठा चुपचाप आपरेशन-रूम खुलवाकर आपरेशन किया तथा गोली निकाल दी। बिशन की हालत बहुत गम्भीर थी। खून काफी ज्यादा जा चुका था। सवेरा होने के पूर्व ही बिशन ने आँखें मूँद लीं। लछमन और जौहरी ने मिलकर शवदाह का प्रबन्ध किया और सवेरा होते-होते बिशन का कहीं नाम-निशान तक नहीं रहा।

मैं अपने हास्टल में यथावत् सवेरे कमरे में पायी गयी। पुलिस कान्स्टेबल बड़ी सवेरे हास्टल पहुँचे थे कि रोजी सेक्सन कहाँ हैं? हास्टल की मैट्रन जब उन्हें लेकर मेरे कमरे पर आयी, मैं सोयी हुई थी। लेकिन मैं समझ गयी कि यह चाल दो-एक दिन ही पुलिस को भुलावे में डाल सकती थी। इससे अधिक नहीं। मैं उसके बाद दूसरे दिन कमरे में ही रही। मैं जानती थी कि आज तक को कभी भी मेरे कमरे में उपस्थिति को परखा जायेगा और वही हुआ। इस बीच मैं जाने की सारी तैयारी कर चुकी थी। कागजों के अलावा और कुछ लेना ही क्या था? जाने के पूर्व मैं दीदी से मिलना चाहती थी। स्कूल के बाद जब मैं वहाँ पहुँची वे अपने कमरे में जड़वत् बैठी थीं। शारदा और लछमन से मालूम हुआ कि वे कल से निरन्न हैं। मेरे पास समय नहीं था कि मैं समझाती। मैं उनका दुःख समझ रही थी लेकिन इससे क्या? उनके पास दुःख पर सोचने का समय था जबकि मेरे पास नहीं। लछमन से ही मालूम हुआ कि वे दो-एक दिन में चारों धाम की यात्रा पर जा रही हैं शारदा और लछमन को लेकर।

मैंने उनके चरण छुए। वे फटी आँखों से बस देखती रहीं। ओंठों में ही जाने क्या बुदबुदायीं और रोने लगीं। मैं बहुत कड़े मन से वहाँ से निकली। जौहरी भागकर

नागपुर चला गया और श्रीधर बाबू! आज आठ दिन हुए जाने कहाँ-कहाँ पुलिस को झाँसा देती बनारस पहुँची हूँ।

जब रतना ने 'श्रीधर बाबू' कहा तब श्रीधर बाबू को भी चेत हुआ कि अरे वे ही थे जो सुन रहे थे, जिन्हें सुनाया जा रहा था और सुनानेवाली रतना थी। सुनते-सुनते श्रीधर बाबू जैसे स्वयं कहीं नहीं रह गये थे। ठीक अपनी आदत के अनुसार कि जब वे कुछ करते हैं या सुनते हैं तब बिल्कुल अनासक्त विदेह बने बस कर रहे होते या सुन रहे होते हैं। जैसे उनसे कोई सम्बन्ध नहीं है। शायद इसीलिए उन्हें किसी बात का दुःख नहीं होता, या व्यक्त नहीं हो पाता। अनेक बार ऐसी स्थिति होती है कि कोई आक्रोश कर सकता है, अपमान अनुभव कर सकता है। लेकिन वे हैं कि बस फटी आँखों से देखते रहते हैं—निर्भाव से। उस समय उनकी आँखें आपको नहीं, आपको छेदकर दूर कहीं होती हैं। और यही श्रीधर बाबू का अवचेतन पलायन है जहाँ उन्हें न दुःख होता है, न अपमान होता है, न परिताप होता—बस वे केवल उन सबको एकान्त में भोगते हैं वैसे ही जैसे कि नारी अपने में पुरुष के सहवास को भोगती है।

श्रीधर बाबू ने चौंककर अत्यन्त गहरी साँस ली। उन्होंने अपनी उन्हीं परिचित फैली आँखों से रतना को देखा जो चलती आँधियों को देख रही थीं।

— क्या कहूँ रतना! बिशन को, मालिनी दीदी को, तुमको? एक वीर था दूसरी करुणा है और तुम......

रतना ने इस बीच श्रीधर बाबू की ओर देखना शुरू कर दिया था।

— और तुम....शिव-शक्ति!! —रतना! तुम लोग पैदा होते हो। कोई बन नहीं सकता तुम लोगों की तरह। हम लोग तो अपने ही को लेकर यहाँ-वहाँ जाने क्या-क्या करते रहे हैं।

रतना बड़े ध्यान से इस व्यक्ति को देखने लगी जो अपने ओंठ दाबे, आँखें झपकाकर ऐसे बोल रहा था, मानो बड़े दर्द के कष्ट के साथ बोल रहा हो।

— रतना! पता नहीं तुम्हें देखकर बोलने को मन करता है। बड़ा अजीब-सा लगता है कि जैसे बरसों से नहीं बोला हूँ। बचपन में कभी बोलता था इन्दु दीदी के सामने—उसके बाद, उसके बाद जाने कितने युग हो गये, अजीब-सा हुआ कि बोलना ही छूट गया। शायद कभी बोलने की आवश्यकता भी तो नहीं हुई। देखो न, तभी तो बोलना ही नहीं आता। बस, चलना आता है। तुम्हारा बनारस एक सिरे से दूसरे सिरे तक पचासों बार नाप चुका हूँगा लेकिन बोलना कहाँ हुआ?—और रतना। कैसा अजीब-सा लगता है न कि सामनेवाले को जब आपसे भी अधिक बोलना है तब आप भला क्या बोलेंगे? इसलिए जब मैं प्रेस में होता हूँ, प्रूफरीडिंग करता हूँ भला बताओ, स्वयं को बोलने का अवसर ही कब आता है? लेकिन पता नहीं तुमको देखकर लगा

कि कुछ बोला जाये। लेकिन अब सोच रहा हूँ कि क्या बोला जाये? अभी तुमने कितना अच्छा बोलकर सुनाया। बिशन के प्रति श्रद्धा हुई, मालिनी दीदी के लिए अजीब तरह से मन घुमड़ा। कमल की विवशता, दयनीयता समझ में आयी। जौहरी का मौन समझ में आया। तुम समर्थ। तुम- जैसे लोगों को देखकर विश्वास नहीं होता रतना!

— श्रीधर बाबू! मालिनी दीदी तथा बिशन बाबू से आपके बारे में काफी-कुछ जानती हूँ। कई बार तब भी सोचा कि पूछूँ कि आप घर से क्यों चले आये?

— तब समझता था कि घर में मेरी कोई विशेष उपादेयता नहीं है, शायद किसी बड़ी सीमा में कुछ सम्भव हो। लेकिन अब......

और नीचे का ओंठ दाब कुछ क्षण रतना की ओर देख वे फिर सुदूर में देखने लगे। धूप ढल चुकी थी। गरम-भूरा वातावरण अब कुछ ठण्ढाने लगा था।

— लेकिन अब क्या?

— कितना छोटा होता है व्यक्ति, रतना! कि मकड़ी के जाले की भाँति अपने ही चारों ओर सब-कुछ को देखना चाहता है। तुम लोगों को देखकर कभी-कभी लालच लगता रहा है। बड़ा अच्छा लगता था कि बिशन है, तुम हो। जीवन किसी महत् के लिए सौंपकर जी रहे हो। जब तक जिया जायेगा, जी लिया जायेगा अन्यथा कर्म तो अजर-अमर बनकर रहेगा ही। सच रतना! तुम लोगों को देखता हूँ तो बड़ी श्रद्धा उत्पन्न होती है कि देखो, कैसे जीवट के लोग हैं, आग से खेलते हैं। कितना बड़ा ध्येय है इन लोगों के सामने। हम लोगों से तो अपना परिवार भी नहीं चलता और भाग खड़े होते हैं। कैसे-कैसे लोगों से जीविका के लिए समझौता करना पड़ता है। उसके बाद भी.....तो रतना! बिशन नहीं रहे?

— श्रीधर बाबू! आप यहाँ क्या करते हैं?

— बताया तो, कि कुछ लोग एक बड़ा काम कर रहे हैं उसी बड़े काम में मुझे भी छोटा-मोटा काम मिल ही गया है। कुछ प्रूफरीडिंग हो जाती है। उसी प्रकाशक के लिए अनुवाद भी कर रहा हूँ।

— उसी 'चैतन्य-वचनामृत' का?

— हाँऽऽ, हो जाये तब है।

— क्यों? आप इतने हताश भाव से क्यों कह रहे हैं कि हो जाये तब है?

— इसलिए कि कभी-कभी मन करता है कि इन सब कामों से बड़ी है माँ की पुकार, देश की पुकार। एक आवाज, बड़ी-सी सम्मिलित गूँज सुनायी पड़ती है।

— तो क्या आप राजनीति में जाना चाहते हैं?

— क्यों? साधारण रहकर भी तो राजनीति में योग दिया जा सकता है?

— लेकिन आप इन्दौर में देख तो चुके कि राजनीति आपका क्षेत्र नहीं है।

— क्षेत्र-अक्षेत्र की बात साधारण लोगों के लिए थोड़े ही है रतना! हम तो माध्यम हैं। अच्छा है कि किसी शुभ काम के निमित्त बनें। भीड़ में पहुँचकर साहस आ जाता है रतना। तुम लोगों की भाँति ऐकान्तिक साहस के लिए बड़ा पुण्य चाहिए।

— तो आप गाँधीजी की राजनीति में विश्वास करना चाहते हैं?

— मैंने तो एक बात कही। टूटे हुए पत्ते को नाली में भी सड़ना है और गंगा में भी।

— मैं यह नहीं समझ पा रही हूँ कि आपको कौन-सी चीज कचोटे हुए हैं?

— किसी चीज के कचोटे जाने का उतना महत्त्व नहीं जितना कि उसके प्रभाव का। चलो अब चला जाये। हम अपनी स्थितियों एवं मिट्टी से लाख विद्रोह करें लेकिन ऊपर उठना नहीं हो पाता। खैर, छोड़ो, तुम कहोगी कि यह बड़ा नियतिवादी, निराशावादी व्यक्ति है। अच्छा यह बताओ, यहाँ कितने दिन हो? क्या ये तुम्हारी माशीमाँ हैं?

श्रीधर बाबू ने देखा कि रतना अत्यन्त उदास हो आयी थी। उसकी आँखें हल्की छलछला आयी थीं।

— अरे? बड़ी पागल हो तुम? क्या मैंने कुछ ऐसा-वैसा कह दिया?

और रतना ने वैसी ही आँखों से अस्वीकारवाला वह बड़ा-सा सिर हिला दिया। धूप, सोना हो गयी थी।

— छोटा-सा सुख, छोटा-सा सौभाग्य, छोटी-सी छाँह—कैसे याद आते हैं इस बड़े-से पूरे जीवन में। इस बौद्धकालीन तोरणद्वार के स्तम्भ का सार्वजनिक ऐतिहासिक महत्त्व है। व्यक्ति के लिए भी कई बार ये चीजें महत्त्वपूर्ण हो जाती हैं। एक आँधियोंभरी दोपहरी, तपती हवा, उसमें तोरणद्वार के इस स्तम्भ के साथ टिका तुम्हारा यह मुख.....रतना! वे सुख.....ये सुख बहुत अच्छे होते हैं न? और....

रतना को आगे बढ़ गये श्रीधर बाबू के पीछे हो लेना पड़ा। कैसा टूटा-टूटा-सा बोलनेवाला यह व्यक्ति—अस्पष्ट, लेकिन ईमानदार, सीधा, चुप। जाने कब फिर—पास आते हुए बोली,

— आपने फिर नहीं पूछा कि मैं कब तक हूँ यहाँ?

— बताना होगा तो अवश्य बताओगी। अच्छा, बताओ?

सामने के उस स्तूप पर पीली-पीली घास हवा में लहरा रही थी।

— दो-चार-आठ दिन तो हूँ। उस रात जिन्हें आपने देखा था न? वो मेरी माशीमाँ ही हैं। सुधांशु हमारी पार्टी का है, दूर का भाई भी है।

रिक्शेवाला एक अशोक के नीचे सो रहा था।

— तो आप घर तो आयेंगे न?

— क्या मुझे यहाँ छोड़कर जाना चाहती हो?

— मेरा बस चले तो मैं कभी भी......
और रतना ने अपनी जीभ काट ली। श्रीधर बाबू ने किञ्चित् भी आश्चर्य प्रकट नहीं किया। सामने की सड़क पर छायादार गाछों से होती हुई अन्तिम धूप बड़ी तिरस्करणित बिछी थी।

रास्तेभर कोई नहीं बोला। जब उसी वरुणा के पुल पर पहुँचे तो श्रीधर बाबू वहीं उतर गये। अँधेरा हो गया था। एक बार उन्होंने रतना को देखा भी, जो कुछ भी सुनने को उत्सुक-सी लगी लेकिन श्रीधर बाबू वैसे ही अबोले देखने लगे। रिक्शा चला गया।

दूसरे दिन जब श्रीधर बाबू प्रकाशक के यहाँ से निकले तो देखा कि कोतवाली के सामने बड़ी भीड़ जमा है। एक इक्के पर कोई कांग्रेसी नवयुवक गाँधीजी का बिल्ला जैकेट में लगाये भोंपू से कुछ एलान कर रहा था। शायद कल 'बेनियाबाग' में शाम को कोई सार्वजनिक मीटिंग की सूचना थी। लोगों में बड़ी उत्तेजना थी कि कल विदेशी कपड़ों के बहिष्कार पर सभा होगी। 'सभा' में जब पहुँचे तो देखा कि शास्त्रीजी उनकी प्रतीक्षा में बैठे थे। बोले, कि पण्डितजी बहुत नाराज हो रहे थे कि पत्रिका की बाकी प्रतियाँ अभी तक प्रेस से नहीं लायी गयीं। पण्डितजी के पास बहुत-से स्थानीय तथा बाहर के पते हैं। पत्रिका कल भेजी जानी चाहिए थी। कल आपके डेरे पर भी आदमी भेजा गया था लेकिन पता नहीं चला। शायद पण्डितजी के सम्पादकीय में कुछ भूल भी रह गयी और वे बड़े नाराज थे। श्रीधर बाबू किञ्चित् हँस दिये। श्रीधर बाबू मन-ही-मन पण्डित शिवनाथ त्रिपाठी को पहचान गये थे कि यह व्यक्ति आत्म-प्रशंसा का कितना भूखा है। जिस व्यक्ति ने न उस दिन मीटिंग में और उसके बाद एक शब्द भी प्रशंसा का न कहा हो उसके निकट कैसे ही काम का अर्थ नहीं हो सकता। श्रीधर बाबू शास्त्रीजी को वहीं छोड़कर 'गाय-घाट' पहुँचे और सारी प्रतियाँ इक्के पर लदवाकर पण्डितजी के घर पहुँचे। पण्डितजी कुछ कहना अवश्य चाहते थे लेकिन श्रीधर बाबू की मुद्रा देख वे भी टाल गये। रात बारह बजे तक बैठकर पैकेट बनाये, पते लिखे, और दूसरे दिन डाक से भेजने तथा स्थानीय बाँटे जानेवाली प्रतियाँ तैयार कर वे घर लौटे।
सवेरे मात्र स्नान-ध्यान कर ही वे निकल पड़े और दस बजे आधी से अधिक प्रतियाँ बाँट आये क्योंकि शाम को उन्हें 'बेनियाबाग' की मीटिंग में जाना था। दोपहर में काम करते हुए दो-एक बार भूख-सी लगी थी लेकिन पान खा लिया गया और फिर काम में बझे रहे।

शाम को जब वे 'बेनियाबाग' पहुँचे तो मैदान लोगों से खचाखच-भरा हुआ था। बीच में कांग्रेसी तिरंगा फहरा रहा थ.। धूप और गर्मी खासी थी उस पर इतनी भीड़। 'वन्दे मातरम्' के गायन के बाद सभा आरम्भ हुई। सभापति बाबू शिवप्रसादजी गुप्त थे। दो-एक वक्ता शुरू में बोल गये तब तक भीड़ में शोर हुआ कि 'मालवीयजी महाराज आ गये'—और सबने देखा कि गौर वर्ण के अत्यन्त प्रभावशाली एक व्यक्ति ने उपस्थित होकर सबको प्रणाम किया। सिर से पैर तक धवल खादी की भूषा, चन्दन का गोल तिलक तथा साफा और दुपट्टा। भीड़ ने बड़ी जोर से नारे लगाने शुरू किये—

— वन्दे मातरम्!!

— भारत माता की जय!!
— महात्मा गाँधी की जय!!
— पण्डित मदन मोहन मालवीय की जय!!

और मालवीयजी महाराज ने बोलना शुरू किया। देश की स्वतन्त्रता, अंग्रेजों के शासन आदि पर बोलते हुए बताया कि गाँधी बाबा ने निरस्त्र रहकर भी अंग्रेजों को चुनौती देने का यह जो नया रास्ता बताया है, वह है विदेशी माल का बहिष्कार। किस प्रकार जर्मन अपने देश का माल खरीदता है, स्वयं अंग्रेज इंग्लैण्ड के माल के अलावा दूसरा माल नहीं खरीदता चाहे सस्ता ही क्यों न हो तब हम भारतीयों को भी चाहिए कि अपने ही देश का माल खरीदें। सबसे ज्यादा जो माल बाहर से आता है वह है—कपड़ा। विदेशी कपड़े का व्यवहार करना छोड़ देना चाहिए। देश का कपड़ा पहनने से देश के कारीगरों को रोजी-रोटी मिलेगी। देश का पैसा देश में ही रहेगा। ऐसी हालत में हमारी आर्थिक स्थिति सुधरेगी। आप देखते ही हैं कि इंग्लैण्ड कितना छोटा-सा देश है वह अपना माल सस्ते में बनाकर महँगे में बेचकर मुनाफा कमाता है और अंग्रेज इस प्रकार शासन किये हुए हैं। यदि हम उनकी चीजों का बहिष्कार करेंगे तो उनके देश की मिलें, कल-कारखाने बन्द हो जायेंगे। अगर उनका उद्योग फेल हो जायेगा तो वहाँ के लोग अंग्रेज सत्ता को नीति बदलने के लिए बाध्य करेंगे।

अभी भाषण चल ही रहा था कि पुलिस के दस्तों ने घुसकर लाठीचार्ज कर दिया। लोग भागने लगे। नारे यहाँ-वहाँ टुकड़ों में सुनायी देने लगे जैसे चिन्दियाँ उड़ रही हों। पुलिस की सीटियाँ चारों तरफ सुनायी देने लगीं। पुलिस ने धर-पकड़ शुरू कर दी। लोग पकड़-पकड़कर ट्रकों पर, लारियों पर लादे जाने लगे। श्रीधर बाबू मालवीयजी को पास से देखने के लिए भीड़ में धक्का खाते बढ़ रहे थे। तभी पुलिस की एक लाठी उनके बायें कन्धे पर पड़ी। वे तिलमिला गये। तब उन्हें चेत हुआ। मंच पर मालवीयजी को घेरकर पुलिस खड़ी थी। बड़े जोर का धक्का आया और वे गिर पड़े। देखते-देखते सारा मैदान खाली हो गया। पता नहीं कौन उन्हें घसीटकर बाग की दीवार के पास बनी एक गुमटी तक ले आया। उन्हें याद आया कि आज वे निरन्न थे। लाठी कसकर बाँह में लगी थी। मैदान एकदम खाली पड़ा था। बाँस का मंच भी टूटा पड़ा था। शाम की हवा में लोगों के फटे वस्त्रों की चिन्दियाँ, कागज के टुकड़े आवारा उड़ रहे थे।

— बहुत चोट आय गयल का?

और श्रीधर बाबू ने देखा कि रामदाने के लड्डू बेचनेवाले उस व्यक्ति ने पता नहीं क्या सोचकर दो लड्डू दिये।

— खाऽल हो!

और किसी तरह लड्डू खाकर पानी पिया और बाँह थामे वे उठे। चौक तक आते-आते हाथ में बड़ी पीड़ा होने लगी थी। एक छोटे-से क्लीनिक में जाकर दिखाया। हड्डी पर चोट थी लेकिन टूटी नहीं थी। लगाने और सेंकने की दवा लेकर श्रीधर बाबू घर लौटे।

तीन दिन में ज़ाकर हाथ ठीक हुआ। शास्त्रीजी ने सचमुच मैत्री निभायी। एक रात को वे श्रीधर बाबू के ही पास रह गये और सेंक करते रहे। शास्त्रीजी स्वयं बड़े प्रताड़ित व्यक्ति थे। आज भी उनकी स्थिति में विशेष परिवर्तन नहीं हुआ था लेकिन चूँकि वे शिवनाथ-दरबार के लोगों पर निर्भर नहीं करते थे इसलिए लोग उनके साथ बराबरी का व्यवहार करते थे, दूसरे शास्त्रीजी ने काशी में बरसों तक भाड़ झोंकने के बाद बैठकबाजी सीख ली थी कि किस प्रकार बात में से बात पैदा की जाती है। इसका नतीजा यह हुआ कि आज शास्त्रीजी की पहुँच क्या मालवीयजी महाराज, क्या गुप्तजी, क्या पण्डितजी सभी के दरबार में है। लेकिन शास्त्रीजी यह भी जानते हैं कि जिस दिन इनकी कृपा ली उसी दिन पाँसा पलटा। शास्त्रीजी ने बड़े दर्द से सुनाया कि ''गवर्नमेण्ट संस्कृत कालेज में एकठो जगह रही। हमने भी अर्जी दी थी। महामहोपाध्याय वाजपेयीजी के हाथ में रहा कि कौन हो। महामहोपाध्याय की पर साल श्रीमद्‌भागवत पर टीका निकली। श्रीधर बाबू! पाँच महीने दिन-रात एक करके हमने उसे ठीक किया। भाषा की, रूप और धातु की कितनी ही गलतियाँ रहीं सब ठीक किये हम, और जब नौकरी की बात आयी तो पण्डित शिवनाथ त्रिपाठी के साले वहाँ हो गये। अरे भाई, सब हाथी के दाँत हैं।''

रातभर जाने क्या-क्या बातें करते रहे। इतने दर्द में भी श्रीधर बाबू ने प्रकाशक के यहाँ जाना नहीं छोड़ा। जब हाथ कुछ ठीक हुआ तो शाम को न 'सभा' गये और न ही पण्डितजी के यहाँ। जाने क्यों उदासी ऊपर आने लगी थी। वे 'दशाश्वमेध' निकल आये। पहले तो जाकर एकान्त में बैठ गये। गंगा में काफी चहल-पहल थी। लोग नावों में सैर कर रहे थे। गमछा कमर में बाँधे सोने की सकड़ी गले में हिलाते कुछ गुरु, उस्ताद लोग भाँग-बूटी पीस-छान रहे थे। अहिल्या-घाट पर बंगालियों का कीर्त्तन हो रहा था। कभी उधर से कभी इधर से पूजन-आरती के शंख-घड़ियाल सुनायी पड़ जाते। अबाबीलें पानी की सतह पर तेज-तेज उड़तीं चक्कर काट रही थीं। उस पर बालू का पूरा विस्तार फैला हुआ था। पुल पर कोई ट्रेन मुगलसराय से आ रही थी। साँझ जब होने लगती है तो बस भीतर तक होती जाती है। गंगा के जल में जैसे अँधेरा छुपा हुआ प्रतीक्षा ही कर रहा था कि अभी वह घाटों, पर आ जायेगा और फिर अरने भैंसे-सा बस घूम-घूमकर फैल जायेगा। तभी एक साधू ने बड़ी जोर से 'बम शंकर' पुकारा।

— बच्चा! तेरे मशतिस्क का रेखा बोलती है कि मनोरथ जल्द ही पूरन होगा, दिला दे यही पावभर पूड़ी बच्चा।

— आगे जाओ बाबा!

— कैसा कलिकाल आ गया है।

तभी एक साँड़ फुँफकारता उधर से निकला। बाबाजी बाल-बाल बच गये और वे तेज कदम बढ़ाते बढ़ गये। कोई नव विवाहित दम्पति गंगा-पूजन के लिए लाया जा रहा था। शहनाई और घड़ियाल बोल रहे थे। दुल्हन को नाइन ने गोदी में उठा रखा था। औरतें गाती हुई घाट से नीचे उतर रही थीं। कई भिखारी, दो-एक पण्डित उन लोगों को घेरे हुए थे। पान-फूलवाले, दीपवाले भी सौदा लिये घुसे पड़ रहे थे। घाट की बुर्जी पर कोई गुरु 'निगोटा' कसे दण्ड लगा रहा था। दो-चार पतंगें यहाँ-वहाँ आकाश में उड़ रही थीं। न शान्ति थी न कोलाहल ही। अजीब घुटा-घुटा-सा लग रहा था। वे 'अहिल्या-घाट' की तरफ बढ़े। चाटवालों ने अपने खोंमचों में खूब-सारी गुलाब की पंखुरियाँ सजायी हुई थीं। कीर्त्तन बड़ी जोरों पर चल रहा था। कोई वैष्णव गौड़ीय साधू दोनों हाथों को नृत्य की मुद्रा में ऊपर उठाये 'शामरि तोरा लागि अनुखन बिकल मुरारि' गा रहा था। मृदंग तथा बाँशी पर संगत हो रही थी और घाट की सीढ़ियों तक बैठा भक्त समुदाय तन्मय विसुध होकर सुन रहा था। श्रोताओं में अधिकतर वृद्ध बंगालिनें थीं लेकिन कुछ अन्य मुख भी वहाँ थे। श्रीधर बाबू को वे शरत् बाबू की नायिकाएँ लगीं। उन्हें लगा कि यह कितनी विभिन्न काशी है—बंगीय काशी!! जहाँ कीर्त्तन है, अप्रतिम मुख हैं, समाज प्रताड़ित विधवाएँ हैं, अवकाशप्राप्त बंगाली बुद्धिजीवी हैं, क्रान्तिकारी हैं और पता नहीं लाल ईंटों तथा पर्देदार हरी खिड़कियोंवाले इन बंगाली मकानों में जाने कौन-कौन होगा। दम्भी, संकीर्ण बंगालियों ने अपने को कितना पृथक् कर लिया है। कितने पृथक् हैं ये, फिर भी इन सीढ़ियों पर बैठे हुए यह वैष्णव-कीर्त्तन, मृदंग की थापें तथा बाँशी का आलापता रुदन-स्वर जाने कहाँ, जाने किन काल्पनिक राधा-कृष्ण, मधुवन-वृन्दावन में ले जाता है। जैसे पौराणिक इतिहास के पृष्ठों पर राधा के नूपुर मन्द-मन्द बज रहे हैं और वे प्रत्येक के मनवृन्दा में गूँज उठते हैं। राधा और कृष्ण, नारी और पुरुष देशहीन, कालहीन, जातिहीन दो व्यक्तित्व तदाकार होने के लिए आकुल—और प्रत्येक हृदय में यह रंग-मिलन अनुखन होता है—फिर भी हाय रे, ये कैसा वियोग है कि तादात्म्य नहीं हो पाता। अनन्त दीवारें खड़ी हो जाती हैं। भगवान् और भगवती के बीच भी यह अभेद्य दीवार है, जिसे न भक्ति से, न ज्ञान से, न कीर्त्तन से, न पूजा-अर्चन से कोई भी न तोड़ सका। सब गा गये यह विरह गाथा लेकिन आज की इस कीर्त्तन संझा में भी हृदय आकुल ही रहा, पिपासित ही। वे जाने कहाँ बह गये थे। चेत हुआ तो देखा कि एक वृद्ध बंगालिन उनके पास खड़ी थी।

— की आपनी श्रीधर बाबू आशे न?

— जी हाँ! मैं श्रीधर ही हूँ।

और उस धुँधलके में पहचाना कि यह तो रतना की माशीमाँ ही हैं।

— अरे माशीमाँ!

हठात् ही श्रीधर बाबू के मुँह से यह सम्बोधन निकला था।

— ओरे बाबा, ओंई रोतना के तो आज चार दीन से भीषण ताप रे बाबा। जो बोला जे कोनो के पाठा के श्रीधर बाबू को बोलाना माँगता। ओ शुधू का तो पाताई नेई। तुम ओधर गिया था किया?

— नहीं।

— होम उहाँ शे देखा जे तुम ओई जन हय अथवा कोनू दूशर जन।

— क्या आप घर जा रही हैं?

— तुम चोलेगा तो होम चोलना सकता।

सफेद साड़ी में एकवस्त्रा माशीमाँ हाथ में पीतल का कमण्डलु लिये आगे-आगे चल रही थीं। घाट चढ़ते ही सामने की गली में घुस गयीं। दो-एक मोड़ के बाद ही घर आ गया। गलियों में रात अपेक्षाकृत अधिक थी। माशीमाँ ने दरवाजा बजाया तो किसी ने डारी से खींचे जानेवाला अवरोध ऊपर से हटाया। वे लोग भीतर पहुँचे।

उस दिन और आज में कोई अन्तर नहीं था। घर में भीषण एकान्त था। पत्थर के खम्भों पर शान्ति जैसे ठुकी हुई थी। श्रीधर बाबू जीना चढ़ते ऊपर पहुँचे। रतना के कमरे में अन्धकार था।

— माशीमाँ?

— नहीं, मैं श्रीधर।

— अरे, आप?

रतना के बिस्तरे के पास ही नीचे का दरवाजा खोलनेवाली रस्सी झूल रही थी।

— हाँ, माशीमाँ नीचे हैं। स्विच कहाँ है?

— वोऽऽ, दरवाजे के पास।

और अँधेरा कमरा सहसा चौंक उठा। जैसे सोते में किसी ने चुम्बन लिया हो। रतना पलँग पर उठने की कोशिश करती रही। श्रीधर ने बरज दिया। टेबल के साथवाली कुर्सी लेकर पास ही बैठ गया।

— तो....?

— तुम बीमार हो गयी, है न?

श्रीधर के लहजे की नकल में रतना बोली और दोनों हँस दिये।

— अच्छा, तो तुम नकल करना भी जानती हो?

— जनाब, नकल करते हुए मैट्रिक में एक बार पकड़ी गयी थी।

और दोनों फिर हँस दिये।

— बीमार कैसे हो गयीं?

— बीमार कैसे होता है कोई?

— मतलब....

— मतलब बीमार कैसे हुई।

और इस बार श्रीधर खूब ही जोरों से हँसा। सम्भवतः बरसों बाद, नहीं बल्कि जीवन में पहली बार इतनी जोरों से हँसा। रतना अजीब तुष्टि के साथ हँसते श्रीधर

बाबू को देख रही थी जैसे वह बालिका हो एकदम निश्छल, निर्दोष।
— आप चाय तो पीते हैं न?
— कभी पीता था बिशन के कारण।
— बिना किसी के कारण बने नहीं पीते हैं न?
— किसे इतना अवकाश है रतना?
— माशीमाँ! श्रीधर बाबू चाय पियेंगे।
रतना ने नीचे पुकारते हुए कहा। माशीमाँ ने वहीं से 'अच्छा' कहा।
— क्या तुम भी चाय पिलाओगी? मैं तो चाय खाऊँगा।
दोनों फिर हँस दिये।
— बुखार क्यों हो आया?
— आप ही पूछिए इससे।
— कैसे पूछूँ?
पता नहीं कैसी सरलता से श्रीधर बाबू ने अनजाने ही पूछा कि रतना भीग उठी।
— यह भी नहीं मालूम? अरे माथा छूकर पूछिए, फौरन बतायेगा।
और श्रीधर बाबू ने माथा छूकर किञ्चित् शैतानी से पूछा,
— अच्छा भाई, अब बतला दो कैसे हो आये तुम?
— उस दिन सारनाथ में लू के साथ मैं आया था। इस महिला को देखकर मैं रुक गया। इसने मेरी उपेक्षा की थी और यह तुमसे बातें कर रही थी कि इसलिए मैं इसे हो आया।
बड़े अजीब ढंग से मुँह बनाकर रतना बोल रही थी, और हँस पड़ी।
— अच्छा मजाक छोड़ो, तुम्हें तो लू लग गयी उस दिन। आम का पना खाया था?
— जी हाँ साहब, इतनी दवाइयाँ पी गयी हूँ कि अब डाक्टरी की बातें सुनते ही मार बैठने की तबीयत होती है।
— तो मुझे हट जाने दो यहाँ से।
— हे भगवान्! भला आपको मारूँगी तो नरक में भी स्थान नहीं मिलेगा।
— तुम तो काफी झटक गयी इतने में ही।
— अच्छा, ये माशीमाँ आपको कहाँ मिल गयीं?
— वहीं घाट पर। कीर्त्तन सुन रहा था तभी मुझे पहचानकर आ गयीं।
— क्या आप रोज कीर्त्तन सुनने जाते हैं?
— नहीं, आज—बस मन बड़ा वैसा हो रहा था सोचा घाट पर ही चलूँ।
— लेकिन आपने तो दो-एक दिन के बाद आने के लिए कहा था।
— हाँ, असल में मैं भी अस्वस्थ था इस बीच।
— हे भगवान्! क्या हुआ था? और बताया नहीं अभी तक?

— कुछ खास नहीं, वैसे ही।

— फिर भी। .

— वो उस दिन 'बेनियाबाग' वाली मीटिंग में चला गया था।

— वहाँ तो सुना लाठीचार्ज हो गया था।

— हाँ, दाहिने कन्धे पर थोड़ी-सी चोट आ गयी थी।

— पुलिस की लाठी की? देखूँ?

— अरे नहीं रतना! अब तो सब ठीक हो गया।

— अरे वाह, दिखाओ, दिखाओ।

और उसने कुरते के बटन खुलवाकर चोटवाली जगह देखी। चोट तो नहीं रह गयी थी लेकिन हल्का निशान शेष था।

— तो राजनीति का प्रसाद मिल गया न?—माशीमाँ।

माशीमाँ को पुकारा। 'निये एश्चो'—उत्तर मिला।

— ला रही होंगी, ऐसी क्या जल्दी है?

तब तक माशीमाँ चाय ले आयीं। बँगला में उन्होंने माशीमाँ को बताया कि श्रीधर बाबू के हाथ में पीड़ा है। थोड़ा-सा तैल गरमाकर ला दें तो मल दिया जायेगा। माशीमाँ ने जब सुना तो उन्होंने भी चोट देखीं और वे नीचे चली गयीं। श्रीधर बाबू को इतनी चिन्ता बड़ी असुविधाजनक लग रही थी।

चाय और दवा-दारू में काफी देर हो गयी। चलने को हुए कि रतना ने आग्रह किया कि खाना खाकर जाना होगा। जब श्रीधर आनाकानी करने लगे तो वह बोली,

— मैं जानती हूँ आप क्या खाते हैं और क्या नहीं। माछ खिलाकर आपकी कण्ठी नहीं तोड़ूँगी।

शायद उस रात बरसों बाद उन्हें बहुत अच्छा लगा। कम पावर का पीला-पीला-सा बल्ब और लँलोये रंग की दीवारें, उस पर काफी ऊँची छत, काली-सी लग रही थी। दीवार पर रामकृष्ण परमहंस, विवेकानन्द, दुर्गा के साधारण-से चित्र थे। इसके अतिरिक्त एकाध अलारी, पलँग, टेबल, कुर्सी के अलावा कोई सामान नहीं। कमरा खासा बड़ा था। सम्भवत: दो कमरे और थे। ऊपर-नीचे मिलाकर छह कमरे होंगे जो अधिकांश बन्द थे जिनमें ताले पड़े हुए थे। ऊपर-नीचे वीरान-सा लग रहा था, जैसे तालाब सूख जाने पर उसका पेटा कटावदार गहराई के साथ उभर आता है और उस विस्तृत गहरेपन में दो-एक आदमी ही हों तो रात का भयावनापन कैसा-कैसा-सा लगने लगता है—बस वैसा ही यहाँ लग रहा था। खास बनारसी घरों में हमेशा ऐसा ही लगता है कि आप उनमें डूब गये हैं—नि:शब्द!!

— बड़ा घुटा-घुटा-सा लग रहा है न, आइये छत पर चलें। जाने कब गयी थी ऊपर।

और वे ऊपर छत पर निकल आये। आसपास ऊँचे-नीचे मकानों से दूर तक का विस्तार भरा हुआ था। कई तरह का शोर दूर-दूर तक गडमड रूप में आ रहा था। छत पर एक चौकी थी जिस पर रतना बैठ गयी। श्रीधर बाबू मुँडेर से पीठ टिका खड़े रहे। बड़ा-सा काला आकाश तारक खचित चँदोवे-सा खिंचा था। दूर मन्दिर की पूजा-आरती का स्वर सुनायी दे रहा था।

— आपके मन में कोई जिज्ञासा नहीं होती श्रीधर बाबू?

— कैसी जिज्ञासा?

— यही कि मैं कौन हूँ, क्या हूँ, क्यों हूँ?

— होती है रतना! लेकिन पता नहीं, पूछना नहीं हो पाता है। लगता है पूछना जल्दबाजी होती है। जब कोई बताता है तो लगता है जैसे बात पक गयी है। पूछने को तो आप किसी से भी राह चलते पूछना चाहेंगे कि कहिये साहब? लेकिन बतलाने में विश्वास होता है।

— लेकिन महाशयजी, मैं बतलाना चाहती हूँ लेकिन आप पूछेंगे नहीं तो बतला नहीं पाऊँगी।

— इसका मतलब तो यही हुआ कि अभी बात पकी नहीं। रतना! सामनेवाले पर विश्वास हो तो ऐसा कभी नहीं हो सकता कि हम अपना हाहाकार न कह पायें।

— अच्छा बाबा! मैं ही हार माने लेती हूँ बस, न पूछिये।

श्रीधर बाबू ऐसे हँसे जैसे जीत गये हों।

— अच्छा बताओ, तुम हार मान लोगी तो एक बड़ा भारी उद्देश्य विफल हो जायेगा।

— कौन-सा उद्देश्य विफल हो जायेगा?

— अपना व्यक्तिगत नहीं, वरन् वह उद्देश्य जिसके लिए तुम्हारे-जैसे अनेक अपने प्राणों का सौदा किये जाने कहाँ-कहाँ लड़ रहे हैं।

— ओऽऽ!! श्रीधर बाबू! यह मकान मेरे पिता ने बनवाया था। कलकत्ता हाईकोर्ट में वे जज थे। उनकी सात सन्तानों में मैं ही एकमात्र शेष हूँ। सरकारी नौकरी से अवकाश ले वे बनारस में ही रहने लगे थे। इसी घर में उनकी सन्तानें, पत्नी तथा अन्त में स्वयं की मृत्यु हुई। अन्तिम दिनों में घर सम्हालने के लिए इन विधवा माशीमाँ को ढाका से बुलवाया गया था। मैं उस समय पाँच वर्ष की थी। मैं देख रही थी कि आप इतने बड़े मकान में इतने अधिक बन्द कमरे देख कुछ सोच रहे हैं। जाने किस आशा में पिता ने इतना सारा फर्नीचर, बर्तन, कपड़े, चीजें एकत्र कीं। सारे कमरे सामान से भरे पड़े हैं, पर कोई भोक्ता नहीं है श्रीधर बाबू! जब मैं बच्ची थी, स्कूल जाती थी तभी से सिवाय माशीमाँ के यह घर, यह छत—सब अजीब एकाकी वीरानेपन में डूबे लगते। नींद में प्राय: चौंक-चौंक पड़ती थी। जीना चढ़ते हुए कमरे में घूमते अपने ही छोटे-छोटे पैरों की आवाज पीछा करती डराती होती। यहाँ इसी मुँडेर पर

खड़ी घण्टों शाम को पतंगों के दाँव-पेंच देखती रहती। कभी एकाध पतंग इस छत पर भी आ गयी थी। कितने सुखी मन से महीनों सहेजे रही। जाने क्यों, सम्बन्धी भी हमारे घर नहीं आते और न ही माशीमाँ या मैं कहीं जाते। बहुत हुआ दशाश्वमेध कीर्त्तन सुनने चली गयी। बचपन में तो माशीमाँ नित्य ले जाती थीं लेकिन बड़ी हो गयी तो बस कहीं नहीं गयी। स्कूल के बाद लिखना-पढ़ना या छत पर टहलते रहना। उसके बाद शुधूदा बनारस आये। दूर के ममेरे भाई लगते हैं। ये भी बहुत कम बोलनेवाले गम्भीर व्यक्ति निकले। कुछ दिन तो साथ रहे लेकिन पता नहीं माशीमाँ से कुछ ज्यादा पटी नहीं इसलिए अलग रहने लगे, लेकिन रोज आते। जाने कहाँ-कहाँ के क्रान्तिकारियों की कहानियाँ सुनाते। रोमांच हो जाता। शुधूदा की बातें सुनते मैं जाने कहाँ खो जाती। उस बरस बी० ए० में थी। एक दिन मुझे कालेज के दरवाजे पर ही शुधूदा मिले, चलो, एक साधू महाराज आये हैं, परिचय करा दूँ तुम्हारा। इसी बंगाली टोले में एक मकान में हम पहुँचे। श्रीधर बाबू! वहीं आठ-दस क्रान्तिकारी बैठ हुए थे। शुधूदा ने बाद में बताया कि साधू-वाधू की बात झूठ थी। और इस प्रकार मैं क्रान्तिकारियों के सम्पर्क में आयी।

— और आज तक क्रान्तिकारी हो।

— निश्चई!!

बातें अनायास ही बीच में टूट गयीं। माशीमाँ ने नीचे से पुकारा भी था। वे लोग नीचे उतर आये।

लौटते में काफी देर हो गयी थी उन्हें। चलते समय पूछना चाहते ही रहे कि कब मिलोगी? लेकिन जाने क्यों अपनी ओर से उत्सुकता प्रकट करना संगत नहीं लगा।

इस बीच श्रीधर बाबू ने 'चैतन्य-वचनामृत' के अनुवाद का कार्य फिर जोर-शोर से शुरू कर दिया था। वे दो-एक बार रतना के घर भी गये लेकिन माशीमाँ से पता चला कि वह कलकत्ते गयी हुई है किसी काम से। श्रीधर बाबू इस 'काम' शब्द को भलीभाँति जानते थे। पूरे देश में असहयोग की आँधी जोरों पर चलने लगी थी। श्रीधर बाबू कुछ भी निर्णय नहीं कर पाते थे कि वे क्या करें? वे किसी अखबार के सम्पर्क में आना चाहते थे ताकि अपने को, विचारों को व्यवस्थित एवं विकसित कर सकते। रोज शाम को यहाँ-वहाँ सभाएँ होतीं। गरम-गरम भाषण दिये जाते। बिशन, रतना आदि के क्रान्तिकारी दल के प्रति उन्हें लालच लगता लेकिन वे अपनी सीमाएँ एवं शक्ति जानते थे। गाँधीजी की राजनीति समझने की वे चेष्टा करते और अनेक बार झल्ला उठते। 'रोलेट ऐक्ट' के विरुद्ध पूरे देश में सत्याग्रह की बातें हो रही थीं कि अमृतसर में जलियानवाला हत्याकाण्ड पिछले बरस हो गया था। सारे देश में जैसे तूफान आया हुआ था। अब तो सवेरे-शाम सभाएँ, जुलूस, मीटिंगें होने लगीं। श्रीधर बाबू ने जाकर कांग्रेस में नाम लिखा लिया और उसका भी काम करने लगे। जिस दिन जलियानवाले काण्ड को लेकर बनारस में सभा हुई उस दिन श्रीधर बाबू ने देखा कि लाखों की संख्या में जनता उपस्थित थी। सरकार की तरफ से भी कम तैयारियाँ नहीं थीं। पुलिस के अतिरिक्त आवश्यकता के लिए फौज भी तैयार थी। कितने ही जोशीले भाषण हुए। जब जनरल डायर के खिलाफ बोला जा रहा था तभी अंग्रेज सुपरिण्टेण्डेण्ट ने आकर सभा भंग करने का हुक्म दिया। उसके बाद लाठीचार्ज होते ही भीड़ तितर-बितर होकर भागी। नेताओं को पकड़ लिया गया और चार सौ व्यक्तियों को पुलिस की लारियों में भरकर विभिन्न दिशाओं में बनारस से बीस-बीस मील दूर ले जाकर जंगल में छोड़ दिया गया।

अँधेरे में रास्ता खोजते-भटकते श्रीधर बाबू दो बजे रात घर पहुँचे थे। लेकिन पता नहीं क्यों उस रात उन्हें बड़ा अच्छा लगा था। इतनी थकान के बाद भी वे उत्साह अनुभव कर रहे थे। बिस्तरे पर पड़े-पड़े आनेवाले असहयोग के बारे में सोचने लगे और तय किया कि वे खुलकर हिस्सा लेंगे। एक साथ ही उन पर काम का बोझ पड़ गया था। प्रकाशक के यहाँ जाते, पण्डितजी की पत्रिका का काम रहता, अनुवाद था ही उस पर कांग्रेस आफिस को जब मालूम हुआ कि यह पहले भी यही काम कर चुके हैं तो उन पर कांग्रेस दफ्तर का भी काम आ गया। इस बीच महीनों 'सभा' नहीं जा पा रहे थे। लिखने-पढ़ने में खासा व्यतिक्रम आ गया था।

एक दिन रात के ग्यारह बज रहे होंगे, श्रीधर बाबू अपने दफ्तर में बैठे काम कर रहे थे। लोगों में आगामी असहयोग आन्दोलन को लेकर बहस छिड़ी हुई थी। तभी एक वालण्टीयर ने उन्हें बताया कि शिकरम में कोई महिला आयी हैं और बुला रही हैं। श्रीधर बाबू हठात् चौंके कि महिला? इतनी रात में और शिकरम में?

यह रतना थी। सहसा रतना को देखकर एक बार तो वे चौंके तथा सहमे भी कि कोई देख लेगा तो क्या होगा? वे जल्दी से जाकर कागज-पत्र सहेजकर लौटे और रतना के साथ शिकरम में बैठ गये। शिकरम दशाश्वमेध की ओर चल दी।

घाट एकदम निर्जन थे। चार-छह दिन पूर्व पहली बरसात हुई ही थी लेकिन इस समय मेघ झुके हुए थे। चन्द्रमा बादलों में कहीं डूबा हुआ था। एक बुर्जी पर पहुँचकर थोड़ी देर तक तो वे लोग खड़े-खड़े गंगा देखते रहे उपरान्त बैठ गये।

— कहाँ चली गयी थीं तुम?

— कलकत्ते।

— झूठ।

— माशीमाँ ने नहीं बताया?

— उनके बताने से क्या हुआ? क्या पार्टी के काम से गयी थीं?

उत्तर में किञ्चित् निर्दोष मुसकराते हुए रतना ने स्वीकृति में सिर हिला दिया।

— कब आयीं!

— अभी चली ही आ रही हूँ।

— अभी? तो क्या घर नहीं गयीं?

— जाना भी नहीं है?

— क्या मतलब?

— आपको तो सीधे वाक्यों का भी अर्थ नहीं आता। पता नहीं क्या खाक पढ़ाते रहे होंगे।

— तभी तो मास्टरी छोड़ दी।

और दोनों हँस दिये।

— देखो रतना।

और रतना ने देखा कि श्रीधर बाबू अत्यन्त गम्भीरता से गांगा की ओर देखते हुए उससे कुछ कहना चाह रहे हैं।

— क्या?

— इस तरह मारे-मारे घूमने से क्या होगा? देखो, बुरा मत मानना। मैं कई दिनों से कहना चाहता रहा हूँ। आज भी पता नहीं कह पाऊँगा कि नहीं क्योंकि जिस बात के लिए बरजना चाहता हूँ वह उद्देश्य अपने में पवित्र है लेकिन.....

— लेकिन क्या?

— लेकिन विश्वास नहीं होता कि दो-चार बमों के धमाकों, दो-चार हत्याओं से इस अंग्रेज शासन-तन्त्र को बदला जा सकता है।

— श्रीधर बाबू! इसमें बहस की कोई सम्भावना नहीं है। मैं जानती थी कि आप एक दिन कांग्रेस में शामिल होंगे जबकि मैं यह भी जानती हूँ कि आप किसी भी प्रकार की राजनीति के लिए नहीं बने हैं। इसलिए कि आप में विवेक है, आवेग नहीं। आपको सम्भव है कभी 'आन्दोलन' नाम से ही वितृष्णा हो जाये।

— मुझे बड़ा आश्चर्य है कि मैं अपने बारे में कितना भ्रामक प्रभाव देता हूँ।

— कायर का, न?

और रतना हँस दी। वह फिर बोली,

— आप सन्दिग्ध हैं अपने बारे में। अच्छा छोड़िये, मुझे थोड़ी ही देर में मुगलसराय पहुँचना है। मैं आपको इसलिए यहाँ तक लायी हूँ कि मुझे इसी समय पचास रुपये चाहिए तथा यह भी कि क्या आप मेरे साथ इक्के से मुगलसराय तक चल सकेंगे? क्योंकि मैं यहाँ से ट्रेन नहीं पकड़ सकती।

— अच्छा, चला जाये।

और फिर दोनों में कोई बातचीत नहीं हुई। श्रीधर बाबू और रतना घाट-घाट ब्रह्मनाल पहुँचे। रुपये लेकर रतना के साथ नाव से राजघाट पहुँचे और वहाँ से इक्का किया। रास्ते में खूब बारिश हुई। दोनों ही काफी भीग गये। मुगलसराय स्टेशन के पहले ही बरसते पानी में रतना उतरी। श्रीधर बाबू ने चाहा कि उसे स्टेशन तक छोड़ आयें लेकिन वह नहीं मानी। श्रीधर बाबू ने देखा कि रतना ने उन्हें बड़े सतृष्ण नैकट्य से एक क्षण को देखा और वह तेज बौछारवाली वृष्टि में भीगती बढ़ गयी।

इक्केवाला कहीं कुछ पूछ न बैठे इसलिए उसे वापस चलने को कहा। पानी और तेज हो गया था। इक्केवाले ने अब बड़बड़ाना शुरू कर दिया था लेकिन वे बूँदों में भीगते रतना के बारे में जाने क्या-क्या सोच रहे थे। उन्हें रतना की यह बात सही लग रही थी कि वे अपने बारे में सन्दिग्ध हैं। सम्भवतः इसीलिए उनकी प्राप्ति भी नगण्य ही है।

इसके बाद महीनों रतना का कुछ पता न चला। दो-एक बार गये भी पूछने। बेचारी माशीमाँ को ही जब कुछ नहीं मालूम था तब भला वे क्या बतलातीं? लेकिन वे दुःखी थीं और रतना के इस प्रकार घर से गायब होते रहने का सारा दोष वे सुधांशु पर डालती थीं।

इस बीच उन्हें यह अनुभव होता जा रहा था कि कांग्रेस में आगे बढ़ने के लिए व्यक्ति की सामाजिक स्थिति अच्छी होनी चाहिए। जो बात पहले बिशन कहा करता था उसे वे उसका आवेश अधिक मानते थे। यहाँ आकर उस कथन की वास्तविकता का अनुभव कर रहे थे। अब आये दिन बड़े नेताओं के भाषण तैयार करने पड़ते थे और उस समय उन्हें महान् आश्चर्य होता था कि उनके ही विचार नेताओं के द्वारा सुनकर जनता में जागरण आ रहा था। असहयोग बिलकुल सिर पर आ गया था। देश के सामने गाँधीजी ने एक करोड़ सदस्य की योजना रखी थी। लोग धड़ल्ले से कांग्रेस के सदस्य बनने लगे थे। आये दिन विदेशी कपड़ों की होलियाँ जलतीं। और वह दिन भी आ गया जब कोतवाली के सामने चौक में विदेशी कपड़ों का ढेर लग गया और 'वन्दे मातरम्', 'भारत माता की जय', 'गाँधीजी की जय' कहकर होली जलायी गयी। बड़ी विराट् सभा हुई। जीवन में पहली बार श्रीधर बाबू ने भी बोलने का साहस किया। लेकिन उन्हें स्वयं लगा कि उनका गला सूखने लगा था। हाथ-पैरों में कैसा ठण्ढा पसीना आ गया था। वे भाषण तो क्या, बोल भी न सके। अजीब ग्लानि मन पर बनी रही। उन्हें विश्वास हो गया कि कभी भी वक्ता नहीं हो सकते। उस दिन सभी को आशा थी कि गिरफ्तारियाँ होंगी लेकिन आश्चर्य कि कहीं कुछ नहीं हुआ। दो-तीन दिन तक बड़ी विराट् सभाएँ होती रहीं। सवेरे से प्रभातफेरियाँ निकलतीं। सामूहिक चरखा कातने का काम होता। दिन-दिनभर चन्दा एकत्र करने जाया जाता। लोगों में अति उत्साह था। जाने किन-किन और कैसी-कैसी महिलाओं ने अपने रेशमी-विलायती वस्त्र जलाने के लिए दे दिये थे तथा खादी पहनने का व्रत लिया था। साथ ही अपने जेवर तक दिये दे रही थीं। ऐसा लग रहा था कि देश कटिबद्ध है इस विदेशी जुए को उतार फेंक देने के लिए कि एक दिन सहसा सबने सुना कि चौरी-चौरा में कुछ सत्याग्रहियों द्वारा पुलिस के कुछ जवान मारे गये तथा थाना लूट लिया गया। इस पर गाँधीजी ने असहयोग आन्दोलन को ही वापस ले लिया—क्योंकि हिंसा हो गयी थी। किसी की समझ में यह तर्क नहीं आया और सारा विराट् जन-आन्दोलन, जो कि इतनी भीमगति से चल रहा था, अचानक रोक दिये जाने के कारण लोगों को अन्दर तक तोड़ गया। उसके बाद तो अंग्रेजी दमनचक्र का बोलबाला आरम्भ हुआ। जब तक आन्दोलन चलता रहा सरकार चुप रही लेकिन आन्दोलन के बन्द होते ही लोग जेलों में ठूँसे जाने लगे। तलाशियाँ, धर-

पकड़, मार-पीट इतने जोरों पर होने लगीं कि लगा कि पूरा देश ही जैसे एक बड़ा भारी जेलखाना हो गया है। हजारों की संख्या में लोग पकड़े गये। दूर-दूर के सम्बन्धियों तक को परेशान किया जाने लगा। अखबार, प्रेस, दफ्तर सब पर ताले डाल दिये गये। लोगों की जायदाद, घर सबको सरकार कब्जे में करने लगी। सभा-जुलूस सब पर धाराएँ लग गयीं और देखते-देखते असहयोग के आन्दोलन में ज्वार बना देश, श्मशान हो गया।

कुछ पर मुकदमें चले, बहुत-से नजरबन्दी में सड़ने लगे। श्रीधर भी पकड़े जाकर तीन वर्ष के लिए जेल भेज दिये गये। उनके मकान मालिक ने उनका सामान उठाकर शास्त्रीजी को दे दिया और उसने कान पकड़े कि भविष्य में वह किसी भी सुराजी को मकान किराये पर नहीं उठायेगा।

श्रीधर बाबू को घर से गये तीन बरस हो गये थे। उनके जाने का दु:ख सरो की देह, हड्डियों में समा गया था और वह दिन-रात गलती जा रही थी। पिता अपने तीनों बेटों की करनी देखकर एकदम मूक हो गये थे। बड़े बेटे श्रीमोहन ने उन्हें कस्बे में मुँह दिखाने के योग्य नहीं रखा था। अलग मकान बनवाकर वह जिस बेमुरौवती से एक लकड़ी के दो टुकड़े करके अलग हुआ था उससे जो सदमा उन्हें हुआ था उसे उनकी पत्नी भी सम्भवत: नहीं जान सकती। जिधर जाते लोग यही पूछते—क्यों कीर्त्तनियाजी! श्रीमोहन सुना अलग हो गया?— और वे बिना 'जय श्रीकृष्ण' के ही बढ़ जाते। उन्हें मन्दिर के काम में भी अब विशेष रुचि नहीं रहने लगी थी। पट खुले तो वे 'सूरसागर' खोलकर मंजीर खनकाते पद गाने लगते। अनेक बार तो हारमोनियमवाला भी गड़बड़ा जाता कि कीर्त्तनियाजी अभी इस 'काले' में गा रहे थे और अभी कहाँ आ गये? 'चौरासी वैष्णवन की वार्त्ता' या 'भक्तमाल' से कथा या पाठ सुनाकर ऐसे भागते जैसे चोरी की हो। न श्रावण-शृंगार में रुचि रही, न अन्नकूट में। अपरस में नहाना अब वे टालने लगे क्योंकि झारी में पानी धरते हाथ काँपने लगता या शृंगार का दर्पण दिखाते वे जाने क्या सोचते होते। 'सेवा' में किसी तरह की भूल न हो इसलिए बहुत हुआ पान-फूल की सेवा कभी कर दी और बस। अब वे घण्टों अपने मित्र वासुदेव की दूकान पर बैठे रहते और जाने क्या-क्या सोचते रहते। श्रीधर पर क्रोध आता कि आप तो जाने कहाँ जाकर बैठा है और उनकी आफत किये है। इस प्रकार बहू-बच्चों को छोड़ वे तीर्थयात्रा भी करने नहीं जा सकते थे। जीवनभर इन लोगों को पाला-पोसा कि बुढ़ापे में कुछ काम आयेंगे। काम आना तो दूर रहा उलटे जंजाल गले में। रहे तीसरे साहब तो उनकी शादी क्या हुई कि बस उसके बाद से तो अपनी महारानी को लेकर जो चलते बने सो आज मुँह दिखाते हैं। उनकी बला से माता-पिता जिन्दा हैं या मर गये। वे भले, उनकी पत्नी भली, ससुरालवाले भले और वह घोड़ा-डाक्टरी भली। यह सरोवाला जंजाल गले में न होता तो मजे से चारों धाम की यात्रा करते और फिर हरिद्वार में रहते। गंगा-स्नान होता तथा भगवत्-भजन किया जाता। जीवन भर तो इसका उसमें कर, यही तो किया। सोचा था कि परलोक की तैयारी करेंगे गंगा किनारे बैठकर । लेकिन भाग्य में तो बदा था यह जंजाल। सुना है, सिरश्तेदार साहब की महारानीजी का अभी पेट नहीं भरा है। और वह इस घर में से भी अपना हिस्सा चाहती है। पता नहीं वह किस दिन का बदला निकालना चाहती है। कान्ता को भी कैसे बालाबाला उसके ससुराल भेज दिया जरा भी ध्यान नहीं आया कि हम लोगों से भी पूछे ले।—सरो की हालत तो सालिगराम वैद्यजी कह रहे थे कि ठीक नहीं हो रही है। क्या किया जाये? उस पर बहू और सास मिलकर दोनों कहती है कि गुणवन्ती के अब हाथ पीले कर दिये जाने

चाहिए। लेकिन कहाँ? और फिर पैसा? लड़केवाले तो घर-खानदान का नाम सुनकर कुछ तो मुँह फ़ैलायेंगे ही।

जबकि माँ के लिए परिस्थितियाँ वह वायरा (हवा) बन गयी थीं जिसने 'दीवा दीतवार' सुनने पर भी घर की चिमनी बुझा दी थी और उस अँधेरे में अब केवल वे माला फेरती बैठी रह सकती थीं। जिस घर में कभी फानूस जलते थे आज वहाँ दीवार पर कालिख छोड़ती हुई एकमात्र चिमनी जलती है। जब वे बहू बनकर आयी थीं तब उनकी सासूमाँ पालकी से नीचे बात नहीं करती थीं और ससुरजी के हाथ, रानी विक्टोरिया के कलदार रुपये गिनते काले पड़ जाते थे। दरवाजे पर गाड़ियों में मनो गल्ला आता और कोठों में अनाज भरा जाता था लेकिन आज दीवारें गिरने की प्रतीक्षा में झुकी पड़ रही हैं। बाड़े में ताजे दुहते दूध की गन्ध से सारा मुहल्ला महकता था। आज वहाँ मकई का एक सूखा राड़ा तक नहीं था। जिन बच्चों पर आस लगायी थी कि घर की लक्ष्मी एक बार फिर प्रसन्न होंगी लेकिन ऐसी लच्छमियाँ आयीं कि अपने मायके तो भर दिये लेकिन ससुराल में बत्ती लगा दी। दूसरों को क्या दोष दिया जाये? जब अपना ही सिक्का खोटा हो तो परचूनी को कोसने से लाभ? बेचारी इस मँझली के ऐसे फूटे भाग निकले कि विधवा के भी क्या फूटेंगे। सुशीला तो दो-तीन साल और रोकी जा सकती है लेकिन इस गुनी का क्या हो? इसके बराबर की कान्ता का ब्याह हो गया—लोग तो कहे ही हैं। हाथ पकड़ा जाये है जीभ थोड़े ही। अब 'इनसे' कहो तो ये भी बेचारे क्या करें? इस बुढ़ापे में सवेरे, शाम मन्दिरजी है, बाजार का सौदा-सुलुफ है, उस पर गुनी के लिए वर की खोज। कहो, तो कहेंगे कि पैसा है? बिना पैसे के लड़का तो मिलने से रहा। अरे, जहाँ तक जेवर वगैरह का सवाल है तो उसकी तो चिन्ता नहीं। अभी उनका जेवर है जो गुनी के लिए बहुत है। सुशीला के समय देखी जायेगी। क्या तब तक श्रीधर लौटेगा नहीं? और फिर जो काम सामने हो उसकी चिन्ता होनी चाहिए कि आगे की फिकर?

लेकिन इस सबमें गुनी क्या कहे? अपनी जिजी का तिल-तिल समाप्त होना वह घुट-घुटकर बस देख ही तो सकती है? अनेक बार वह सोचती है कि काश वह लड़का होती तो किसी काम आती। तब सम्भव था कि वह ताऊजी तथा डाक्टर काकाजी को बता देती कि वे लोग अभी इतने अनाथ नहीं हैं जितना कि वे समझते हैं। सुशीला जब बार-बार जिजी को, माँ को बात-बात के लिए परेशान करती है तब वह एकान्त में उसे समझाती है कि उसे ऐसा नहीं करना चाहिए, लेकिन जैसे वह कुछ नहीं समझ पाती है। देवव्रत तो बिगड़कर धूल हो रहा है। यदि उसकी सारी बातें बतायी जायें तो जिजी उसे मार ही डालें। स्कूल का कहकर वह दिन-दिनभर तालाब में नहाया करता है। मुसलमान लड़कों के साथ पतंगें बनाया करता है। जाने कितनी ही गन्दी-गन्दी गालियाँ देना सीख गया है और एक

दिन तो कह रहा था कि—दीदी! वह बीड़ी का धुआँ पेट में ले जा सकता है। और फिर नाक से निकाल भी सकता है।—कितना उसे समझाया था, धमकाया था कि उसे घर से निकाल दिया जायेगा, जाति बाहर कर दिया जायेगा, लेकिन गुनी यह भी जानती है कि इस तरह खिसकती ईंटों को रोककर क्या दीवार बनाये रखी जा सकती है? लेकिन आखिरकार बाबा ऐसे कहाँ चले गये? क्यों चले गये? अगर मान लो यहाँ नहीं आना चाहते हैं तो भले ही किसी और को साथ में न ले जायें कम-से-कम जिजी को तो ले ही जायें। ठीक से दवा-दारू न होने से दिन-प्रतिदिन वे मुरझाती जा रही हैं। बेचारे बापू जितना कर सकते हैं करते ही हैं। आज नहीं तो कल वह चली ही जायेंगी। माँ, बुढ़ा गयी हैं, जिजी को ही तो घर का सारा काम करना पड़ेगा। सुशीला टल्लबाज है। जिजी को काम करने से और तकलीफ होगी। और यह हो नहीं सकता कि वह अनब्याही रहकर जिजी की, माँ की, बापू की और भाई-बहन की सेवा कर सके। वह जानती है कि जिस दिन वह जायेगी उस दिन दूसरी किसी शहतीर में इतनी शक्ति न होगी जो इस झुकती अकेली छत को धारे रहे। बाकी की अधिकांश शहतीरें जीर्ण हो गयी थीं। और सुशीला भी कोई शहतीर थी? रहा देवव्रत—वह एक तो अपेक्षाकृत घर की गम्भीरता को समझता नहीं है और उसके समझने की उम्र तक क्या पता घर की छत रहे भी कि नहीं। अनेक बार आत्महत्या करने को मन करता है। वह रोज बापू-माँ, माँ-जिजी की बातचीत चोरी-चोरी सुनती है—वर के बारे में, दान-दहेज के मामले में, जेवर-कपड़ों के बारे में। माँ कहती हैं कि उनका जेवर गुनी के काम आ जायेगा और जिजी का सुशीला को। गुनी के दान-दहेज का भी प्रबन्ध हो ही जायेगा और सुशीला के समय न होगा तो यह घर गिरवी रख दिया जायेगा। जैसे वे दोनों बहनें लूटने के लिए ही तो बनी हैं कि बिना यहाँ से लूट का माल लेकर ब्याहता नहीं हो सकतीं। लेकिन इन दो शादियों के बाद क्या होगा? ताईजी तो इस घर के तीन हिस्से करवाने की बात करती फिरती हैं। ऐसी हालत में क्या होगा? यदि बाबा इस सबके बाद भी नहीं आये तो बापू, माँ, जिजी और देवव्रत कहाँ रहेंगे? देवव्रत की पढ़ाई का क्या होगा? जिजी की दवा-दारू कैसे चलेगी? और अनेक बार छज्जेवाली खिड़की से आती मदमाती चाँदनी में सामने की—बावड़ी अपने काले पत्थरों में अजीब तरह से पुकारती लगती। लगता जैसे वह उसकी बड़ी-बड़ी एकान्त सीढ़ियों पर चोरी-चोरी से उतर रही है। सामने बावड़ी की अकेली महराब में अँधेरे का आबनूस जैसे काला-काला गूँज रहा है, जिसे और कोई नहीं सुन रहा है। और वह नीचे उतरती जा रही है, उतरती जा रही है। उसी अँधेरे आबनूस में चादर में लिपटी जिजी कराह रही हैं। सुशीला आँख फाड़े बाल फैलाये चीख रही है और देवव्रत मुसलमान आवारा लड़कों के साथ बीड़ी पी रहा है।—और, गुनी चीख पड़ने को होती कि वह क्या सोच रही है। तभी जिजी की खाँसी सुनायी पड़ जाती। कितनी ही बार गुनी आत्महत्या के ऐसे दुःस्वप्न देखती होती। कभी घर की दीवारें चारों ओर से धीरे-धीरे पास खसकती लगतीं और वह

जोरों से दोनों हाथों से गला दबा आँखें मूँदकर आयी करती कि अब दीवारें उसे कुचल डालेंगी, अब वह चीख उठेगी—और तभी नींद में बड़बड़ाते गालियाँ बकते देवव्रत सुनायी पड़ जाता।

लेकिन सरो न किसी से कुछ कह सकती थी और न रो ही सकती थी। सासूमाँ के लिए ससुरजी की उपस्थिति अपने-आपमें सम्पूर्ण थी। जहाँ दो बेटों ने धोखा दिया वहाँ तीसरा भी सही। बड़ी बहू की दुश्मनी सासूमाँ और ससुरजी से उतनी थोड़े ही है जितनी कि उससे। उसके बच्चे को वे दाने-दाने से मुँहताज करना चाहती हैं? बड़नगर में लड़का तय किया गुनी के लिए तो महारानी ने यहीं से पत्र लिखकर अपने भाई को बड़नगर भेजकर बात तुड़वा दी। उस पर लांछन लगाया कि पत्नी चरित्रहीन थी इसीलिए तो पति बिना कुछ बताये घर छोड़कर चला गया है—लेकिन ठीक ही तो है जब कोई कुछ बताये नहीं तो दुनिया और क्या समझेगी? कोई उसमें दोष देखा होगा तभी तो घर से गये तीन बरस हो गये और एक चिट्ठी तक नहीं डाली। 'उनकी' तरफ से तो घरवाले जैसे सब मर गये, है न? अरे झगड़ा स्कूलवालों से हुआ था घरवालों से? स्कूल छोड़ा था कि घरवालों को? कभी नहीं ध्यान आया कि बच्चों का क्या होगा? बापू-माँ का क्या हुआ होगा? अपने भाई-भाभी के सारे लच्छन तो पता ही थे, कुछ तो सोचा होता कि पीछे से क्या होगा? जब अपने आदमी का ही सहारा उठ जाये तो फिर कैसे किसे दोष दिया जाये? भगवान् उठा भी तो नहीं लेता। कैसी साँसत कर रखी है। उस पर क्षय में तिल-तिलकर घुट रही हूँ—पता नहीं कब तक यह दुर्दशा होती है। बच्चों का कहीं ठिकाना ही नहीं लग रहा है। कभी सोचा था कि वह भी बच्चों पर हाथ उठा सकती है। यूँ तो कहने को कमजोरी में हाथ नहीं उठता, हड्डियाँ निकल आयी हैं लेकिन सुशीला, देवव्रत को मारते समय जाने कहाँ से शक्ति आ जाती है। उसके बाद कितना फूट-फूटकर रो उठती है वह। पिता ने कैसी शिक्षा दी थी कि बच्चों को कभी नहीं मारना चाहिए। जब तक 'ये' थे उसने बच्चों को कभी आँख तक नहीं दिखायी थी लेकिन अब गुनी को छोड़कर दोनों जिद्दी हो गये हैं। वह जानती है कि देवव्रत आवारा हो रहा है लेकिन क्या कर सकती है? अभी कल तो बापू को तड़ाक से जवाब दे दिया था कि—हाँ, मैं पतंगें उड़ाता हूँ, तालाब किनारे, किसी को क्या?—और उसने पास में रखा गिलास ही फेंककर मारा था। यदि गिलास लग जाता तो क्या देवव्रत का सिर न फट जाता? तब क्या होता? लेकिन वह क्या करे? एक ही लड़का, आवारा निकल गया तो वह क्या करेगी? किसके सहारे जियेगी? इस घर का क्या होगा घर के सारे लोगों का तब क्या होगा? लड़कियाँ तो अपने-अपने घर चली जायेंगी तब इन वृद्ध बापू-माँ को, इस जीर्ण घर को, रोगिणी जिजी को कौन सम्हालेगा? क्या कहेंगे 'वे' जब लौटकर देखेंगे कि उनकी एकमात्र थाती को भी वह बना नहीं पायीं। क्या वे अपनी सरो की विवशता को कभी समझ-बूझ सकेंगे? कभी पहले भी समझी थी?

क्या इसे कभी वे समझ सकते हैं? घर के बाहर 'वे' निराश्रित थे इसीलिए परिवार नहीं ले गये, तो क्या सरो यहाँ बहुत साश्रित थी जो बच्चों की साल-सम्हाल कर पाती? उनकी विवशता को, बच्चों में एकमात्र गुनी ही समझती है क्योंकि वह भी तो अब नारी हो गयी है। उसका वश चले तो वह यहाँ से कभी न जाये लेकिन जलहीन नदी अपने पेटे में नाव टिका लेगी लेकिन श्रीमन्त माता-पिता भी लड़की को अपने घर अधिक नहीं टिका सकते क्योंकि नारी की अगत्या गति पुरुष में ही है न।

रात जब श्रीनाथ ठाकुर घर लौटे तो पत्नी ने एक चिट्ठी दी। रात को इतने कम प्रकाश में वे पढ़ नहीं सकते थे। पत्नी ने दोपहर ही में पढ़वा ली थी। बताया कि इन्दौरवाले वकील मोतीलालजी रावल की चिट्ठी है। उनको इस घर का सम्बन्ध मंजूर है। लगते पौष में ही कोई चला जाये और लड़के को तिलक कर आये। लेन-देन की कोई बात नहीं। आप अपनी बेटी को देंगे ही और फिर आपका घर जाति में कितना जाना-माना है। आखिकार पण्डित सिद्धनाथ ठाकुर का खानदान है जिनकी हुण्डियाँ चलती थीं। लड़का बी० ए० कर रहा है। लोग चाहेंगे तो आपका दामाद बैरिस्टरी भी कर लेगा। और फिर कीर्त्तनियाजी तो उनके बाल-मित्र हैं।

चिट्ठी की बातें सुनकर पण्डित श्रीनाथ ठाकुर सिर थाम बँगवई पर बैठ गये। वे मोतीलाल रावल को बचपन से जानते हैं। किस प्रकार इस अनाथ-से व्यक्ति ने चालीस बरस में अर्जीनवीसी से वकालत हासिल की। आज वह इन्दौर का नामांकित वकील समझा जाता है। बड़ा-सा बँगला, मोटर, घोड़ागाड़ी, क्या नहीं कर लिया उसने? वे उसकी पैसे की भूख को समझ रहे थे कि किस प्रकार चालाकी से उसने पैसे की बात चलायी थी।

जब से श्रीमोहन का परिवार अलग हुआ था तब से घर जैसे सिमट आया था। रान्नीघर भी हटकर ओसारे के पासवाली कोठरी में आ गया था। एक तरह से घर का उधर का हिस्सा एकदम ही बन्द पड़ा था। पिता श्रीनाथ ठाकुर ने हाथ-मुँह धोया और रान्नीघर के सामने ही ओसारे में लगे पीढ़े पर भोजन करना आरम्भ किया। घर में कोई भी श्रीधर बाबू की चर्चा करने से कतराता था। पीतल के डिब्बे में से गुनी के हाथ की रोटियाँ और भाजी पत्नी रखती जो रही थी। पत्नी जानती है कि बिना दोनों जून दाल-भात के पति का काम नहीं चलता है इसलिए कभी ताजे दाल-भात न हुए तो सवेरे के ही दाल-भात रखे रहते थे।

— तो फिर क्या सोचा आपने?

— मेरे सोचने का सवाल ही नहीं है यह तो। सोचना तो रावलजी महाराज को है।

— तो इन्दौर तो जाना ही पड़ेगा।

— और किसे भेजूँ?

— तो अब आधा अगहन तो हो ही गया। पौष में वे लोग तिलक करना चाहते हैं और फागुन में ब्याह। दिन ही कितने हैं?

— तो, तुम क्या चाहती हो कि इसी समय थाली पर से उठ जाऊँ और चल पड़ूँ? लाओ, लोटा-डोर ला दो।

— तो बस, बिगड़ गये न? इनसे तो बात ही करना मुश्किल है। जाने दो, मुझे क्या करना है? अपनी गरज होगी तो बीस बखत बिना लोटे-डोर के भी जाओगे। और पत्नी ने रोटियों का डिब्बा बन्द कर, रखे हुए दाल-भात परसे। अपनी ताँबे की घण्टी से श्रीनाथ ठा्कुर ने पानी गटकाया और फिर बोले,

— कह दिया भाई कि चला जाऊँगा। तुम तो हर बात में जीन लिये तैयार खड़ी रहती हो लेकिन कभी यह भी सोचा है कि लड़के को आगे पढ़ाने का जो खर्च माँगा जा रहा है उसका क्या होगा?

— तो फोकट में तो कोई लड़का मिल नहीं जायेगा। इतना पढ़ा-लिखा है तो खर्च भी वैसा ही करना होगा।

— ठीक है, यह तो मैं भी समझ रहा हूँ लेकिन चार-पाँच हजार रुपया आयेगा कहाँ से?

— मैं कहती हूँ कि पहले बात तो कर आओ। बात हो जाये तब देखेंगे। जब वे अपने मुँह से संख्या नहीं बता रहे हैं तो हमें क्या पड़ी है कि संख्या कहलवायें? रुपया न चाहिए उन्हें? ठीक है हम अपनी लड़की को जितनी हैसियत होगी उतना दे देंगे।

— लेकिन वो तो पिताजी के जमाने की हुण्डियों की बात कर रहे हैं।

— तो आप भी कह दीजियेगा कि न अब पुराने लोग रहे और न हुण्डियाँ रहीं। और फिर खुद उन्होंने ही अपनी लड़की को कितना दिया है? उनकी लड़की हमारे ही घर में तो आयी है? जयनारायन मामाजी के सबसे छोटे साले करुणाशंकर को ब्याही है। क्या दिया है खुद ने? राई के बराबर नाक में कील दी है। सोना सूँघ लो, बस ऐसी चूड़ियाँ दी हैं और सोने की झोल के कर्णफूल। मेरे सामने वकीलनजी शान मारें तो गिना दूँ कि करुणाशंकर को कितनी थालियाँ-लोटे दिये हैं? देते तो छाती फटती है तो फिर माँगते लाज नहीं आती?

जब अन्त में यही तय पाया कि पति-पत्नी दोनों ही इन्दौर जायेंगे और गये भी। जीवन में पहली बार पत्नी ने दबंगी से काम लिया और न सिर्फ बात ही पक्की कर आयीं बल्कि लड़के को तिलक भी निकाल आयीं। पत्नी ने बातें कुछ इस ढंग से कीं कि रुपये-पैसे की बात पर दोनों ही तरफ से हाँ-हाँ होती रही लेकिन तय कुछ नहीं हुआ। मोतीलाल रावल महाशय ने पण्डित सिद्धनाथ ठाकुर का प्रतिष्ठित घर देखा और उस पर श्रीमोहन ठाकुर सिरश्तेदार ने जब अपनी लड़की कान्ता के ब्याह में नकद रुपया, जमीन-जायदाद, बाग-बगीचा दिये, तो न सही, उतना, आधा तो मिलेगा ही। जबकि इन लोगों ने भावी दामाद बालकृष्ण

रावल को देखा, जो कि एक दिन बड़ा वकील बन जायेगा। श्रीमोहन की पत्नी सावित्री को जैसे ही यह खबर लगी कि गुनी का ब्याह इतने अच्छे घर में तय हो रहा है तो वह सुलग उठी लेकिन पति ने डाँट दिया। क्योंकि श्रीमोहन को पता था कि मोतीलालजी वकील पिता के बाल-मित्र हैं इसलिए पत्नी को इस बारे में कुछ भी कहने-सुनने के लिए बिलकुल बरज दिया।

तिलक तो कर आये लेकिन अब चिन्ता थी कि सारा ब्याह, दान-दहेज का खर्च कुल मिलाकर सात-आठ हजार का खर्च है, कैसे क्या हो? न सही तो कम-से-कम बीस तोला तो चढ़ेगा ही। कपड़े-लत्तों पर पाँच-सात सौ से कम क्या लगेगा? जाति की दो रसोई तो देनी ही होगी। न सही चार मिठाइयाँ तो तीन से कम क्या रखी जायेंगी? आये-गये, देना-लेना, पास-पड़ोस सब मिलाकर पाँच-सात हजार आदमियों का भोजन। बरात में न सही तो पचास आदमी तो आयेंगे ही। बाजेवाले हैं, शामियानेवाले हैं। हाँ और क्या, पाँच-सात हजार में भी हो जाये तो गनीमत है।

पुराने ब्याह-शादीवाले बहीखाते निकाले गये। पिछले सौ बरस में किसकी शादी पर कितना खर्च हुआ इसका ब्यौरा पण्डित श्रीनाथ ठाकुर के प्रपिता के जमाने से लिखा जाता रहा है। बहीखाते निकाले गये और देखा गया कि कब कितनी चीनी आयी, घी आया, चावल आये। अब पति-पत्नी मिलकर रात में सूची बनाते। चीजों की जिन्स और मद लिखी जाती। कितनी साटन आयेगी, कितनी वायल, कितना रेशमी कपड़ा चाहिए, कितना सूती।

और पण्डित श्रीनाथ ठाकुर ने एक बहीखाते में—

— श्री गणेशाय नमः।

— महाप्रभु सदा प्रसन्न।

— द्वारकाधीश की जय—लिखकर गुणवन्ती के ब्याह का श्रीगणेश किया।

सब हुआ। बुआ-मौसियाँ तक आयीं लेकिन कसम खाने के लिए भी सावित्री ने एक बार झाँका तक नहीं। श्रीमोहन ठाकुर अवश्य दो-एक बार, और लगता है वह भी पत्नी को बिना बताये सम्भवतः कचहरी से सीधे आये। पता नहीं क्या सोचकर कान्ता को अवश्य बुला भेजा और वही पूरे ब्याह में काकीमाँ और माँ का हाथ बँटाती रही। महीनों से बन्द पड़ा घर झाड़ा-पोंछा गया। पता नहीं क्या सोचकर माँ और बापू ने जी खोलकर गुणवन्ती के ब्याह का प्रबन्ध किया। बाड़े में हफ्तों तक बड़ा-सा शामियाना तना रहा। शहनाईवाले, नफीरी-नगाड़ेवाले दिनभर बजाया करते। दीवारों पर यही चित्रकारी की गयी। सभी को लगा कि पण्डित श्रीनाथ ठाकुर ने जितनी शान और उत्साह से अपने बड़े बेटे श्रीमोहन की शादी की थी लगभग वैसी ही तैयारियाँ इस बार भी हुईं। सावित्री तक खबरें पहुँचतीं और वह

कहने में नहीं चूकती कि—बहना, इसीलिए तो अलग होना पड़ा। कमा-कमाकर जाँगर इनका टूटता था और घर दूसरे भरते थे। कान्ता के ब्याह में चाँदी की कील तक देते नहीं बनी। मैं तो जानती थी कि ये लोग मेरी जग-हँसाई करवायेंगे इसीलिए मायके का सहारा लेना पड़ा था।

और वे ही 'शुभचिन्तक' पड़ोसिनें बड़े उदारभाव से रास्ते में नमक-मिर्च का पुट लगाकर सरो के सिरहाने बैठ धर्मगाथा की भाँति, परमार्थभाव से पराँच लेती सुनी जातीं। ब्याह के दिनों में ऐसे 'परोपकारी-जीव' न हों तो बरसों तक स्मृतियाँ कैसे रहें? लेकिन सरो अत्यन्त उदास भाव से एक ही करवट लेटी तमाम ब्याह के शोर-शराबे में एक ही बात सोचती कि यदि 'वे' आज होते तो—क्या अपनी गुनी को इतने श्रृंगार में देख पुलकित न हो जाते? देखो तो, कैसी निखर आयी है, गुनी? दिनभर अबूट्ये (भोजन बनानेवाला वस्त्र) में रहनेवाली गुनी—बेसन की पीठ से नहा करके कैसे कंचन हो गयी है? लगता है अपने घर जाकर थोड़ी-सी सुख-सुविधा में खूब खिल जायेगी। कोई भला पहचान सकता है इसे मेरे सिरहाने दिन-दिनभर बैठी अपनी ही कोख जन्मी बेटी के रूप को जब मैं ही नहीं देख सकी थी तो भला दूसरे की क्या बात? कैसे ओंठ हैं जैसे जाने कितनी बातें ओंठों में गिरी-गिरी पड़ रही हैं। सहेजे नहीं तो उसके ओंठ, आँखों सबसे फूट निकलें। बापू और माँ का ऋण तो वह किसी भी जन्म में नहीं उतार पायेगी, कैसे देवता-से सास-ससुर पाये हैं उसने। देवता तो 'वे' भी हैं, लेकिन दूर देश के।

कितना सरो ने चाहा कि उठकर वह भी बेटी के ब्याह में खूब काम करे। चारों ओर काम में व्यस्त औरतों को आते-जाते देखती तो उसका कितना मन होता कि वह भी जाये और देखे कि क्या-क्या बन रहा है? कितना-कितना बन रहा है? कान्ता को जब वह भण्डारे से सामान देते देखती तो कितना अच्छा लगता कि देखो, कितनी तेजी से बड़ी लगने लगी है। पूड़ियाँ छानने की, मिठाइयों की गन्ध-ही-गन्ध उसकी नाक के पास मँडराती होती। कभी गुनी को ले जाकर नहलाया जा रहा है—गीत हो रहे हैं, तो फूलमालाएँ आ रही हैं। दोने-पत्रावलीवाला गट्ठर ला रहा है। आज 'ग्रह-शान्ति' हो रही है, तो कल घट की स्थापना हो रही है। आज यदि 'वे' होते तो क्या उनके साथ 'ग्रह-शान्ति' करवाने में वह नहीं बैठती? विवाह के समय जैसे पल्लू बाँधे गये थे वैसे ही इस बार बाँधे जाते। 'ग्रह-शान्ति' के समय वह नीचे गयी थी। सासूमाँ और ससुरजी कैसे अच्छे लग रहे थे न पल्लू बाँधे? इन बच्चों ने तो पूरा घर सिर पर उठा लिया है। हवन से घर कैसा गमक रहा है? वह ज्यादा देर बैठ भी तो नहीं सकती नहीं तो और कुछ नहीं तो तरकारियाँ ही कटवा देती। लेकिन देखो न, कि इस सारी व्यवस्तता में भी कान्ता काकीमाँ का पथ्य अपने हाथ से तैयार करना नहीं भूलती। कितनी प्रसन्न है वह। कैसे दौड़-दौड़कर सारा घर सम्हाले हुए है। क्या मजाल जो कोई चीज इधर की उधर हो जाये। बाहर कितने पान जायेंगे, कत्था, चूना, सुपारी सब हिसाब से दे दिया जाता है। चाँदी के वर्क कोई लाख माँगे वह तब तक नहीं दे सकती जब

तक कि मिठाइयाँ बनकर उसके कब्जे में नहीं आ जातीं। मजाल क्या जो परोसे की पत्तलों में गड़बड़ी हो जाये। गुनी के साथ तो वह ऐसे बोलती है जैसे उससे बहुत बड़ी हो। वह नहाकर कौन-सी साड़ी पहनेगी इसका निर्णय कान्ता के अलावा और कोई नहीं कर सकता था। उसके ब्याह में कैसी साड़ियाँ दी जानी चाहिए इस पर वह बापू तक से लड़ गयी थी और सबको उसका कहा मानना पड़ा था। जिस कोठार में दहेज का सारा सामान रखा गया है उसकी चाभी तो उसने अपने मंगलसूत्र में बाँध रखी है। क्या मजाल जो मक्खी भी फटक सके उसमें।

लेकिन सरो का साहस नहीं पड़ा सासूमाँ से यह पूछने का कि यह इतना सारा प्रबन्ध कहाँ से हो रहा है? अगर कहीं से लेकर किया जा रहा है तो इस सबकी क्या आवश्यकता थी? माना कि बापू और माँ के मन में यह बात तो कहीं है कि उनके हाथ से पहली बार पोती की शादी हो रही है इसलिए इज्जत का सवाल हो गया है लेकिन.....तो उसकी गुनी किसी से हेठी नहीं रहेगी न? कान्ता का ब्याह भी यदि यहीं से होता तो वह भी जी-जान से काम करती। कान्ता के लिए उसके मन कोई दुभाव कभी था ही नहीं। भगवान् ने दोनों बहनों के अच्छे घर दिये। लेकिन क्या भाभीजी कभी एक बार भी नहीं आ सकती थीं? अरे पराये लोगों के पूछ-पूछकर मुँह सूख रहे हैं लेकिन इन महारानीजी को पता नहीं किस बात का इतना मलाल है?

आज ही तो बारात आनेवाली है? लोगों की किचकिच में सुनायी भी तो नहीं पड़ता। इन लड़कों से पूछो कि कितनी देर है बारात आने में तो बस, भागते फिरेंगे और कोई जवाब नहीं देंगे। गोरज के लगन हैं न? यहाँ बाड़े में मण्डप बनाया गया है? ठीक भी तो है, कल सवेरे चँवरी (भाँवर) भी वहीं होगी और क्या, यहाँ इतनी जगह भी कहाँ है?

लगन के समय कान्ता नहीं मानी और एक गाव-तकिये के सहारे ले जाकर सरो को बैठाल ही दिया। दूल्हा तो खूब सुन्दर है। जो पोशाक 'इनको' सौरों से मिली थी वही तो गुनी के दूल्हा को पहनने को दी गयी है। वैसे ही श्लोक बोले जा रहे हैं। कान्ता, गुनी को थामे कैसे उसके कान में कुछ-कुछ बोलती जा रही है। पुरोहित की कोई सुन भी रहा है?

— बाजन्त्री साऽवधान!!

— ढोल-नगारा साऽवधान!!

— मंगलगानी साऽवधान!!

— वर-वधू साऽवधान!!

और बाजेवाले, मंगलाचार के लिए स्त्रियाँ एकदम तैयार हैं। जैसे ही 'अन्तरपट' हटाया जायेगा और पुरोहित—'चौबीस घड़ी साऽवधान' कहेगा तथा

वर-वधू के हाथ मिलायेगा कि बाजे, गायन सब एकदम गा उठेंगे। खीलों की, चावल की वर्षा होने लगेगी और गुनी..... उसकी बेटी दूसरे की हो जायेगी।

लो, और 'चौबीस घड़ी साऽवधान' हो गया। कुछ भी तो अब सुनायी नहीं दे रहा है। चारों ओर से औरतों-आदमियों की भीड़ के मारे कुछ दिखायी भी तो नहीं पड़ रहा है। चलो अच्छा हुआ सौरों से पिताजी, माताजी भी आ गये। बात रह गयी सबकी वर्ना जाने क्या-क्या कहा जाता।

सुना धर्मशाला (गुजराती ब्राह्मणों के सार्वजनिक भोजन का स्थान) में खूब अच्छा प्रबन्ध था? चार पंगत (पंक्तियाँ अथवा बार) पड़ीं तब कहीं जाकर सब भोजन कर सके। कितना चाहती रही वह कि जाती और देखती कि उसकी बेटी के ब्याह में कैसा प्रबन्ध था धर्मशाला में। वह अपने बिस्तरे पर लेटी-लेटी सोचती रही कि अब लोगों ने उन बड़ी ताँबे की कोठियों से अपने-अपने लोटों से पैर धोये होंगे। कैसे राँगोली (रंगावली) के दोनों ओर बैठे होंगे। अगरबत्तियाँ जल रही होंगी। पत्तलें परस जाने पर बापू ने चाँदी के कटोरे में धुले केसर-चन्दन में सोने की चेन से लोगों के माथों पर तिलक लगाया होगा। पान पर सुपारी और दक्षिणा रखी होगी उसके बाद हाथ जोड़कर कैसे 'नमः पार्वतीपते हर-हर महादेव' कहा होगा और पूरी धर्मशाला ने भी यह कहकर भोजन आरम्भ किया होगा। दूल्हे के लिए अलग से प्रबन्ध किया होगा और जितनी दक्षिणा माँगी गयी होगी, देनी पड़ी होगी। कान्ता अभी-अभी कह रही थी कि एक हजार एक की दक्षिणा माँगी 'जमाईजी' ने और कैसे तब सौरोंवाले नानाजी ने बात सम्हाल ली और एक सौ एक जब दिया गया तब भोजन आरम्भ हुआ।

एकान्त भी था, सरो अपनी माँ को देखकर खूब रोयी। बरसों से माँ-बेटी नहीं मिली थीं। दोनों ने बातों से जी हल्का किया। सरो की माँ धर्मशाला नहीं गयी। सासूमाँ ने भी देखा कि यही मौका है जब बहू अपनी माँ से बातें कर सकती है और वे स्वयं धर्मशाला चली गयीं।

रात जब कान्ता और सासूमाँ लौटीं तो बारह बज रहा था। कान्ता ने ही बताया कि उसकी जिजी लगन में जरूर थीं लेकिन धर्मशाला में नहीं आयीं। दिनभर की चूर कान्ता को अपने पास बैठालकर उसके शरीर पर हाथ फेरते उन्हें बड़ा सुख मिल रहा था। गुनी इस बीच लौट आयी थी। कपड़े बदल वह भी ऊपर आयी। नानीजी ने उसे अपने से सटा लिया। कान्ता, सरो से सेवा करा रही थी और गुनी नानीजी से।

ब्याह हो गया।
सभी ने कहा कि गुनी को 'दान-दायजा' खूब मिला। घर के बीस तोले सोने के अलावा ननिहाल की तरफ से पाँच तोले सोने का हार मिला। कान्ता ने अपनी तरफ से (बिना अपने माता-पिता को बताये) पाँच तोले की चूड़ियाँ, जमाईजी के लिए सोने के बटन, दो-दो जोड़े कपड़े दोनों के लिए दिये। कन्यादान के समय सावित्री आयी थी और तोलेभर के कान के फूल दिये। नकद रुपया करीब ढाई हजार के हुआ। बड़े-छोटे पीतल-चाँदी के बर्तन दिये गये। कई जोड़े रेशमी-सूती कपड़े दिये गये। लड़के के पिता मोतीलाल रावल ने दिखाया तो यही कि उन्हें सन्तोष हुआ लेकिन सावित्री ही कहती पायी गयी कि रावलजी कह रहे थे कि वे ठगा गये, इतना तो वे किसी गामोठ के घर बरात लेकर जाते तो भी पा जाते। अब तुम जानो बहना! कि वकील साहब तो समझे थे कि कान्ता को जितना मिला उतना नहीं तो आधा मिलेगा ही।

न सही बाग-बगीचा तो, दस-पाँच हजार नकद और सौ-डेड़-सौ तोला सोना तो मिलेगा ही।—अब भला बताओ, कहाँ कान्ता और कहाँ गुनी? अरे बड़े घर में बेटी ब्याह देने से ही क्या होता है? जब लड़की दो बर्तन लेकर ससुराल जायेगी तो लोग माजने (इज्जत) में थूकेंगे नहीं कि लड़का तो बालिस्टर खोजेंगे और लड़की—नकटी-बूची देंगे, है न? अरे, अपनी बराबरी के साथ ब्याह-शादी करने से निभ जाता है। देखना, गुनी की सास को मैं जानती हूँ, खास उज्जैन के भागसीपुरे के सुकुलजी लोगों के घर की बेटी है—डकार तक नहीं लेगी और कण्डे तक पानी से धुलवा-धुलवाकर जान न ले ले तो मेरा नाम बदल देना।—अरे, कान्ता के लिए कैसे गिड़गिड़ाये थे यही रावलजी, लेकिन बहना! हमारे बाबूजी ने तो सुनकर कान पर हाथ धरा कि ना बाबा, ऐसे जल्लादों के यहाँ लड़की देने से तो भला है किसी कसाई को दे दे। अरी फूलकुँवर! क्या बतायें दिखाने को हमें अलग से कर्णफूल भी देने पड़े। यह जो पूरा दान-दायजा तुम्हारे सिरश्तेदार साहब ने दिया तो लोग थोड़े ही समझेंगे कि यह सब हमने किया। क्या करूँ डाली बहन! मुझसे तो घर-खानदान की इज्जत-आबरू गिरते देखी न जाये। पूरा अट्ठारह तोला सोना निकालकर दिया तब जाकर कहीं कन्यादान में यह चमक आ पायी। और उन्हीं परमार्थप्रिय शुभेच्छुक बहनों ने सरो को बता देना अपना पुनीत कर्त्तव्य समझा और सावित्री का आत्मसन्तोष का उद्देश्य पूरा हुआ। लेकिन मलाल यह रह ही गयी कि किसी ने इतने सुनने पर भी कोई टीका-टिप्पणी नहीं की। मात्र कान्ता गुस्सा हुई, यह सूचना मिलने पर सावित्री देवी अन्तर में डर गयी।

सब लोग गुनी को छोड़ने स्टेशन गये हैं। दो-एक महरियों के बाकी सब लोग गये हुए हैं। कान्ता और सासूमाँ को सरो ने जबरन भेजा। वह काफी देर तक

छज्जेवाली खिड़की को आधा बन्द कर आड़ से देखती रही कि कैसे गुनी की पालकी कहारों ने उठायी जिसमें दूल्हा-दुल्हन दोनों बैठे हुए थे। बराती सब पहले ही जा चुके थे। कान्ता जिस समय गुनी को चढ़ा रही थी सरो ने घूँघट में लिपटी गुनी को फिर भी समझ ही लिया कि वह रो रही है। जब तक सेरी (गली) में पालकी दिखती रही सरो की आँखें पीछा करती रहीं और उपरान्त सरो फूट-फूटकर रो उठी।

बिस्तरे पर टूटी ऐसे ही पड़ी रही। जाने क्या-क्या आँखों के सामने आता रहा। गुनी कभी पालने में सोयी लगती है। कैसे वह मिट्टी खाया करती थी। अपने बाबा के पास कोई किताब लेकर कैसे चुपचाप बैठी रहती थी और 'वे' भी कितना मानते थे। एक बार अपने बाबा की नकल उतार रही थी और वे स्कूल से आ गये थे। गुनी झेंप गयी थी लेकिन उन्होंने उसे नकल करने के लिए कहा और सब कितने हँसे थे? गुनी को बरसों तक सासूमाँ, लड़कों के कपड़े पहनाकर अपने साथ मन्दिरजी ले जाया करती थीं। कभी उसे याद नहीं कि उसे कोई चीज मिली हो और भाई-बहन को छोड़कर खायी हो उसने। गुनी तो बिल्कुल 'उन' पर पड़ी है। धीरे-धीरे कैसे शान्त गम्भीर होती चली गयी। बड़े होने पर सबके लिए कितना ममत्व था उसमें। कभी किसी ने उसे जोरों से बोलता नहीं सुना होगा.....जाने कहाँ से इतनी सुशील हो गयी थी अपने-आप। कभी उसके चलने की आहट तक नहीं आती। अपनी जिज़ी की बीमारी के बाद से तो पूरा घर सम्हाल लिया था। उसकी पढ़ाई छूट गयी लेकिन एक बार भी कभी जिद नहीं की कि नहीं, वह आगे पढ़ेगी। कैसी चुपचाप सारी वस्तुस्थिति समझ ले गयी। गुनी तो जैसे घर की पलकें थी कि जिसका झपना तक मालूम नहीं होता था—और आज वही सोने-सी बेटी, परायों के घर चली गयी। अब जब कभी वार-त्योहार होगा और आयेगी भी, तो एक अतिथि के रूप में।

सरो का कलेजा मुँह को आने लगा।

कैसे गुनी रोती हुई उससे लिपट गयी थी। बोल नहीं फूटा पड़ा रहा था। उसकी आँखें, मौन सब बता गया कि जिजी! अपना ध्यान रखना। बाबा की प्रतीक्षा गुनी तो इस घर में कर नहीं सकी लेकिन जिजी को करनी है। कैसे वह आँसुओंवाली आँखों से घर की एक-एक वस्तु को अपने अन्तर में पी ले गयी। सरो ने अपने से अलग करते समय अनुभव किया कि गुनी को वास्तव में तो आज अपने पेट से अलग किया। तभी तो नारी का जन्म दो बार होता है, वही वास्तव में द्विज होती है न कि ब्राह्मण। नारी के इस तप को, द्विजत्व को अन्य नहीं समझ सकता। पुरुष तो मात्र फेन है, जड़हीन दम्भ चाहे जितना वह कर ले—बोधिसत्त्व का, नारायणत्व का, परमपद का, लेकिन नारी के समकक्ष वह नगण्य है। इसीलिए भोग और

उसका दु:ख भी नारी का ही भाग है। पुरुष शिला पर की बूँद है। जबकि नारी वह बूँद, जिस पर शिला है।

गुनी क्या चली गयी सारा घर रिता गया था। लगता था कि जैसे उसने घर तथा परिवार के लोगों को बहुत-कुछ भर रखा था। महीनों ब्याह की चर्चा अनेक तरह से होती रही। कहीं-न-कहीं पण्डित श्रीनाथ ठाकुर और उनकी पत्नी को सन्तोष था कि उन लोगों के हाथों से पोती का जो ब्याह सम्पन्न हुआ था वह कुल की मर्यादा के अनुरूप ही हुआ था। दोनों को ही लगा कि इस ब्याह के द्वारा श्रीमोहन तथा उसकी वाचाल पत्नी को खासा करारा जवाब दिया जा सका था। यद्यपि इसमें वे दोनों बिल्कुल ही खाली हो गये थे। उन्हें अब केवल सुशीला की और चिन्ता थी बाकी तो, देवव्रत लड़का था। दोनों एकान्त में बैठे श्रीधर की चर्चा करते कि देखो कैसा निर्मोही निकला कि न पत्र, न खोज-खबर। बेचारी बहू का क्या हाल हो गया इसके पीछे। रोग तो जैसे पाँव तोड़कर बैठ गया है, जाने का नाम ही नहीं लेता है। गुनी के ब्याह के बाद से तो सरो और भी बीमार रहने लगी थी। खाँसी का दौरा पड़ते ही घण्टों खाँसा करती है जैसे मुँह के रास्ते अन्तर का सब-कुछ निकल आना चाहता है। गुनी तो सब-कुछ समझती थी इसलिए सरो के सारे बर्तन छुआछूत सबकी वही देखभाल करती भी थी। सुशीला अभी इतना समझती भी नहीं थी और स्कूल जाती थी। बेचारी माँ को घरभर के कपड़े तथा भोजन आदि का सारा काम सम्हालना पड़ता था। सुशीला हाथ बँटाती थी फिर भी माँ पर बोझ आ ही गया था। सरो कभी-कभी तो किसी का कहना सुने बगैर कपड़े धोने बैठ जाती। खारा पानी पहले गुनी ही लाती थी लेकिन अब मीठे पानी के साथ-साथ खारा पानी भी मोल का ही भरवाया जाने लगा। तीसरे पहर जब सारा काम निबट जाता तो माँ, सरो के पास जा बैठतीं। कभी 'भागवतजी' पढ़ी जाती या 'सूरसागर' के पद ही माँ गुनगुनाकर सुनाती जातीं और सरो उनके अर्थ करती जाती। किसी दिन सीना-पिरोना किया जाता या फिर कोई बात ही निकल पड़ती। सरो अनेक बार पूछने को होती कि आखिरकार गुनी के ब्याह का खर्च आया कहाँ से? लेकिन सरो को लगता कि ऐसा पूछकर कहीं वह सासूमाँ का अपमान तो नहीं कर देगी? क्योंकि उसे पूरा विश्वास था कि कर्ज तो नहीं ही लिया गया था। तब यह पैसा कहाँ से आया? घर में जमा-पूँजी यदि थी तो वह क्या उसे नहीं मालूम? और वह अपने ही तर्क-वितर्क में उलझ जाती तथा चुप बनी सासूमाँ की बातें सुनती।

गुनी जब से गयी तब से सिवाय एक पत्र के कोई नहीं आया जो कि उसके ससुर ने बाबू के नाम भेजा था कि वे लोग सकुशल घर पहुँच गये हैं। गुनी के पत्र की आशा ही नहीं की जा सकती थी, लेकिन उसके ससुर को छह माह बाद भी

तो कोई और पत्र भेजना चाहिए था? और फिर यहाँ से जो पत्र गया उसका भी कोई जवाब नहीं। श्रावण में सोचा था कि ब्याह के तुरन्त बाद कई कारणों से नहीं भेजा तो राखी पर तो गुनी को वे लोग भेजेंगे ही लेकिन उसकी सास ने नहीं आने दिया। देखें दशहरे-दीवाली पर भी भेजते हैं कि नहीं। कैसे अजीब हैं वे लोग कि गुनी को 'सावनी' भेजी गयी तो उसका भी कोई जवाब नहीं आया। पता नहीं बेचारी गुनी का क्या हाल है? अब कैसी लगती है? पहले से देह भर गयी होगी न? बस, यही चिन्ता है कि उसकी सास जरा तेज स्वभाव की है। वैसे गुनी तो बिलकुल गऊ है जितना पानी पिलाओगे उतना ही पियेगी। अपनी ओर से तो कभी कोई शिकायत का मौका नहीं देगी। लेकिन देखो, क्या होता है?

और एक दिन नारायण बाबू ने बताया कि पिछले दिनों इन्दौर गये थे तो रावलजी के यहाँ भी गये थे। गुनी मिली थी। कुछ बीमार-सी लगी थी। क्या इस बारे में कोई पत्र आया था? गुनी से उन्होंने पूछा तो वह तो बस उदास फीकी हँसती रही ओर बोली, कुछ नहीं काकाजी! थकी हूँ इसलिए ऐसा लग रहा होगा आपको—नहीं, लेकिन उन्हें लगा कि गुनी झूठ बोल रही है। शायद इसलिए भी कि उसकी सास वहीं बैठी हुई थी। जब उन्होंने पूछा कि कब आओगी? तो उसकी सास ने जो गोल-मोल कहा उससे तो नहीं लगता कि वे निकट भविष्य में उसे भेजेंगे।

नारायण बाबू की बात सुन माँ तो सन्न रह गयीं। गनीमत हुई सरो ने सारी बातें नहीं सुनीं। उन्हें पहले ही खटका था कि गुनी की ससुराल से कोई चिट्ठी-पत्री, खोज-खबर कुछ भी नहीं थी। उसकी सास के बारे में वे अजीब-अजीब बातें इन दिनों सुन चुकी थीं कि अपनी देवरानी को उसने कसाई से भी अधिक निर्दयता से मारा था। बेचारी से पानी भरवाने से लेकर खाना बनवाना, घर का सारा पीसना-कूटना, कपड़े धुलाना आदि करवाती थी और वह मरते मर गयी लेकिन उसे मैके नहीं जाने दिया गया। कहीं यह जल्लाद गुनी के साथ तो ऐसा ही नहीं करनेवाली है?—और यह सोचकर वे काँप गयीं। अजीब उद्विग्नता थी कि किसे इन्दौर भेजा जाये और गुनी का हाल-चाल लाये। अब 'इनसे' अगर कहा जायेगा तो घबरा जायेंगे और उदास होकर गुमसुम हो जायेंगे। घर में दूसरा कोई और है नहीं। श्रीमोहन जायेगा ही क्यों? और वह सावित्री महरानी जाने ही क्यों देगी?

रात जब पति लौटे तो सारी बातें उन्हें सुनायीं जो नारायण बाबू सुना गये थे। वे भी सुनकर सन्नाटे में आ गये। रातभर पति-पत्नी करवटें बदलते रहे लेकिन नींद न आयी। सवेरा होते ही पहला काम किया कि गुनी के ससुर को पत्र लिखा और पूछा कि ब्याह के बाद लड़की घर नहीं आयी है, सब उससे मिलना चाहते हैं, वे बतायें कि कब उसे लिवाने आयें!

सरो को बातों की आहट अवश्य मिल गयी लेकिन अनेक खाँसियों को जैसे वह दाब जाती है वैसे ही वह खून के घूँट पीकर इस बारे में कुछ भी पूछना दाब

गयी। जाने क्यों अमंगल ही घटते हुए लगता कि जैसे गुनी कहीं दूर किसी अँधेरे कोने में बैठे रो रही है। वह विह्वल हो जाती सासूमाँ से पूछने को कि गुनी की ससुराल से कोई चिट्ठी-पत्री आयी? गुनी के हालचाल कुछ मालूम हुए? लेकिन वह सूनी आँखों से पुरानी शहतीरों में बने मकड़ी के जालों का हवा में हिलना देखती रहती। वह अब भाग्य से हार मान चुकी थी। कोई ऐसा नहीं था जिसके कन्धे पर सिर रख या जिसे अपने से सटाकर रो सके ताकि वह हल्की हो जाये। वह जानती थी कि जिस दिन भी वह सासूमाँ के सामने कमजोर होकर बात करेगी, सासूमाँ का कलेजा फट जायेगा। क्योंकि सासूमाँ गुनी को उनसे कहीं अधिक प्यार करती हैं। गुनी उनके लिए तो मूलधन ही थी। लेकिन सासूमाँ के लिए तो वह ब्याज थी। और वह भी ऐसे मूलधन का कि जो अब जाने कहाँ है?

सबको बड़ा आश्चर्य हुआ जिस दिन गुनी के ससुर का पत्र आया कि पण्डित श्रीनाथ ठाकुर ने उन लोगों के साथ बड़ा धोखा किया। ब्याह में दस हजार रुपया और सौ तोले सोने के देने की बात थी। क्योंकि उसी पैसे से तो बालकृष्ण को बैरिस्टरी के लिए विलायत भेजा जाना था। और इस बात का करारनामा हो चुका था और जाति के पाँच आदमी भी गवाह हैं। वे गुनी को तभी भेजेंगे जबकि करारनामे की शर्तें पूरी होंगी। उन्हें क्या मालूम था कि उनके एकमात्र लड़के का विवाह इतना साधारण किया जायेगा। यदि तीन महीने में बाकी का रुपया और सोना नहीं मिला तो वे अपने लड़के की दूसरी शादी कर देंगे।

इतनी बड़ी बात भला घर में किससे छुपी रह सकती थी? पण्डित श्रीनाथ ठाकुर को तो जैसे लकवा मार गया। सास और बहू दोनों जड़ हो गयीं। दो दिन किसी ने कुछ खाया ही नहीं। सुशीला और देवव्रत के लिए कुछ बन गया। इन दो दिनों में सरो की तो जैसे हड्डियाँ भर रह गयी थीं। कौन किसे और क्या सान्त्वना देता? तीसरे दिन बड़े सवेरे पण्डित श्रीनाथ ठाकुर नारायण बाबू से परामर्श करने छावनी गये। पण्डित श्रीनाथ ठाकुर का कहना था कि उन चाण्डालों को रुपया और सोना कहीं से प्रबन्ध कर दिये जायें ताकि गुनी पर कोई सौत न आ जाये। लेकिन नारायण बाबू का कहना था कि इस बात का क्या प्रमाण कि वे इतने से ही चुप हो जायेंगे? आज यह झूठ बोल रहे हैं तो कल दूसरी झूठ भी बोल सकते हैं। रावलजी पैसे के लिए संसार का कोई भी पाप कर सकते हैं। नारायण बाबू ने आश्वासन दिया कि दो-एक दिन में ही वे इन्दौर जायेंगे और पता लगाकर लायेंगे। नारायण बाबू रावलजी से मिलें, यही तय हुआ।

वैसे श्रीमोहन को सावित्री ने कानोंकान खबर नहीं होने दी थी और गुनी की सास तक यह खबर पहुँचा दी गयी थी कि वे लोग ठगा गये। अगर थोड़ा जोर

डालें तो आज भी उन्हें दस हजार गुनी के घरवालों से मिल सकता है। भला जाति में बालकृष्ण के बराबर कौन पढ़ा है? उसका सम्बन्ध तो दस हजार क्या कितने ही हजार का आज हो सकता है। उधर सावित्री ने इन्दौर में अपनी बहन को लिखा कि क्यों नहीं वह अपनी बड़ी लड़की के लिए बालकृष्ण की माँ को तैयार करती? गुनी से ज्यादा पढ़ी-लिखी भी है, लड़का भी बैरिस्टर हो ही जायेगा, दो-एक हजार लेकर-देकर बात पक्की कर लो। भगवान् ने चाहा तो गुनी या तो अपने घर लौट आयेगी नहीं तो उसकी सास कई रास्ते जानती है कि कैसे रास्ते का काँटा दूर किया जाता है। और मान लो अगर यह सब-कुछ नहीं हुआ तो हमारी लड़की को सब बता ही दिया जायेगा कि सौत के साथ क्या किया जाना चाहिए।

नारायण बाबू अपना-सा मुँह लिये लौट आये। रावलजी ने एक बाहर के व्यक्ति से घरेलू मामलों में बातें करने से साफ इन्कार कर दिया, बल्कि इस बार गुनी को उनसे मिलने भी नहीं दिया गया। लेकिन अड़ोस-पड़ोस से वे यही मालूम कर सके कि रावलजी की बहू की रोज पिटायी होती है। और यह बात उनके यहाँ का धोबी, दूधवाला, बर्तनवाली सब जानते हैं कि बहू को खम्भे में बाँधकर या खाट से बाँधकर मारा जाता है और वह कोठरी में बन्द पड़ी रहती है। दो-एक महाराजिनों से तो जब देखा नहीं गया तो वे काम छोड़-छाड़कर चली गयीं। रोज बहू को तेल झारकर जला देने की धमकी दी जाती है कि क्यों नहीं वह अपने घर से बाकी के रुपये और सोना मँगवाती है? उसे बार-बार कहा जाता है कि उसकी माँ चरित्रहीन थी तभी तो उसका बाप घर छोड़कर भाग गया है। उनको धोखा दिया गया और एक चरित्रहीन की लड़की उनके घर में आ गयी।

नारायण बाबू ने लौटकर यही पूछा कि क्या गुनी की कोई चिट्ठी-विट्ठी आयी? और जब मालूम हुआ कि नहीं आयी तो उन्होंने यह सलाह दी कि ज्यादा अच्छा हो कि वे लोग जल्द ही गुनी को कुछ दिनों के लिए जाकर लिवा लायें। इसके अलावा न अपने अपमान की और न ही लोगों से सुनी बातों की कोई चर्चा की। लेकिन जाने कैसे लोग नारायण बाबू को अन्तर तक पढ़ ले गये। यही तय पाया कि बापू और माँ दोनों ही जायें और गुनी को लिवा ले आयें।

रावलजी पहले तो गुनी को मिलने भी नहीं देना चाहते थे लेकिन दो दिनों की बहस के बाद गुनी को मिलने दिया गया। बापू और माँ दोनों ही गुनी को देखकर रो उठे। उन्होंने रावलजी और उनकी पत्नी की चिरौरियाँ कीं कि उनकी लड़की को कुछ दिनों के लिए भेज दिया जाये लेकिन वे तैयार न हुए। अन्त में जब पण्डित श्रीनाथ ठाकुर ने रावलजी के पैरों पर पगड़ी रख दी तो इस शर्त पर गुनी को भेजा गया कि वह तभी इस घर में आ सकेगी जबकि बाकी की रकम तथा सोना लायेगी और रावलजी एक महीने तक ही प्रतीक्षा करेंगे वर्ना वे बालकृष्ण की दूसरी शादी कर देंगे और गुनी इस घर की तब बहू नहीं मानी जायेगी।

अत्यन्त पराजित होकर बापू और माँ पैरों से पगड़ी तथा अपनी गुनी को लेकर घर लौटे। रास्तेभर वे सोचते रहे कि ऐसी गुनी को देख सरो का क्या हाल होगा? अभी कुछ ही महीनों पहले जिस गुनी को सोने से लादकर डोली में बिठाकर लक्ष्मीरूपा बनाकर उसके ससुराल भेजा था, आज वह अपने घर परित्यक्ता रूप में दोनों पैरों से लँगड़ी बनी, देह पर मार के अनगिनत चिह्न लिये अर्द्धविक्षिप्त-सी लौटकर जा रही थी।

सरो देखेगी तो उसका क्या हाल होगा?

जबकि गुनी पागल बनी यही सोच रही थी कि ससुराल की अनन्त यातना के बाद भी वह जी रही थी। न भूख, न मार, न गालियाँ, न लांछन कुछ भी तो उसे तोड़ न सके थे। वह स्वीकृता ही कब हुई थी जो आज परित्यक्ता हो गयी? वह तो दूध का एक थन थी जो दूध आने की सम्भावना में चिचोड़ी गयी थी, बस!!

नारायण बाबू, माँ और सरो की राय थी कि गुनी को अब किसी भी मूल्य पर वापस उन चाण्डालों के यहाँ नहीं भेजा जाये। पण्डित श्रीनाथ ठाकुर को अपनी पगड़ी उतारकर रावलजी के चरणों में रखना काफी अखर गया था लेकिन क्या करते, बेटी का प्रश्न था। गुनी को वापस न भेजने का अर्थ था कि एक तो हमेशा के लिए वह फिर वहाँ लौटकर नहीं जा सकती। दूसरे, जो उसके ब्याह में इतना सारा खर्च किया गया था वह बेकार हो गया। रास्ता कुछ दूसरा दिख नहीं रहा था। वे जानते थे कि जब सोने से मँढ़ी गुनी की यह हालत कर सकते हैं तो चाहे मनों सोना लादकर अब साथ कर दिया जाये तो भी लँगड़ी बहू को वे अब स्वीकार नहीं करेंगे।

न तो इधर से ही और न उधर से ही गुनी को लिवाने-भेजने की कोई बात हुई और सबने सुना कि आते बैशाख में बड़ी बहू सावित्री की बहन की लड़की से बालकृष्ण का विवाह होने जा रहा है। पण्डित श्रीनाथ ठाकुर को स्पष्ट हो गया कि गुनी की दुर्दशा का एकमात्र कारण उनकी बड़ी बहू ही है और उन्हें अपने बेटे-बहू से अत्यन्त घृणा हो गयी।

और सबने यह भी सुना कि सावित्री ने अपनी भांजी के ब्याह में अपनी बहन को कानी कौड़ी भी ज्यादा नहीं देने दी तथा भरे ब्याह में सबके सामने रावलजी की उसने इज्जत ले ली कि लड़का तो द्विजवर है तथा यह भी कि रावलजी की पत्नी ने अपनी देवरानी को दुःख दिया तथा अपनी पहली बहू को। इसलिए पंचों के सामने सफाई कर दी कि लड़कीवालों को अब कुछ नहीं लेना-देना है। इसके अलावा उनकी लड़की पर यदि कोई आँच आयी तो ठीक न होगा। रावलजी और उनकी पत्नी की हिम्मत नहीं हुई कि सावित्री देवी की किसी बात का उत्तर देते और नतीजा यह हुआ कि रावलजी ने अपने लड़के से यही कहा कि वह बहू को लेकर विलायत बैरिस्टरी के लिए चला जाये।

इसके बाद गुनी के लिए कुछ शेष नहीं रह जाता था। अब तो जो कुछ और जितना कुछ था उसे सिवाय रेंग-रेंगकर पार करने के बचा ही क्या था? सिवाय स्वयं के उसे और कोई घृणा या दया नहीं करता था। सरो के लिए आज भी वह सबसे लाड़ली गुनी थी। माँ ने परिस्थितियों से समझौता कर लिया था कि अब उन्हें दो की सेवा करनी है। बापू के लिए ऐसा कोई प्रश्न ही नहीं था—गुनी यदि अपंग हुई थी तो उसमें उनकी ही अव्यावहारिकता थी इसलिए वे जीवनभर अब और अपनी गुनी को लांछित न होने देंगे।

सरो की लेकिन अब यही कामना थी कि या तो स्वयं न रहे या गुनी न रहे। क्योंकि वह गुनी को अपंग, अपमानित, परित्यक्ता, लांछित, उपेक्षिता नहीं देख सकती। क्योंकि जिसे चलाना सिखाया आज वही विवश रेंग रही थी। वह गुनी को रेंगते देख दीवार से सिर फोड़ लेती कि हे भगवान्! किस पाप का दण्ड है यह?

गुनी सबकी प्रतिक्रिया, अपने बाबावाले छज्जे की खिड़की के पास बिस्तरे पर लेटी समझ रही थी। इसीलिए उसने अपने को सबसे काट लिया था। उसे दिनों नहीं महीनों हो जाते थे बोले। सारी बातों का उत्तर वह फटी-फटी आँखों के अबोलेपन से दिया करती थी। किसी में साहस नहीं था कि उसके मौन को तुड़वाता। यदि उसने व्रत कर रखा है तो कोई यह पूछने का दुस्साहस नहीं करता था कि वह कब तक व्रत करेगी, कब खायेगी? पण्डित श्रीनाथ ठाकुर, जो कभी ऊपर नहीं आते थे अब वे कभी-कभी आकर गुनी के पास बैठ जाते और कथा-वार्त्ता सुनाया करते। गुनी वैसी ही फटी आँखों से सुनती। वे पूछते भी कि कैसी तबीयत है? खाना क्यों नहीं खाती? तो वह मात्र मुँह फेर लेती और बापू तब उठ जाते।

पूरे परिवार में एक अजीब तरह की घुटन समा गयी थी। सब अपने-अपने ढंग से या तो बीमार, या वृद्ध हो गये थे, या रोगी हो गये थे, या उपेक्षित थे।

केवल सुशीला और देवव्रत बढ़ रहे थे। सुशीला डरते हुए बड़ी हो रही थी और देवव्रत तेजी से घरवालों की उपेक्षा करते हुए निर्द्वन्द्व बड़ा हो रहा था। न वह घर में समा रहा था और न ही स्कूल में। वह जिस रास्ते पर जा रहा था वहाँ से हटाने की क्षमता अब किसी में नहीं थी इसलिए वह कब आया और कब गया इसे जान सकना कठिन था।

और एक दिन श्रीमोहन आया। माँ, बँगवई पर बैठीं 'सूरसागर' पढ़ रही थीं। अभी दीया-बत्ती नहीं हुई थी। श्रीमोहन बरस-छह महीने में आ जाया करता था लेकिन इस बार तो गुनी के ब्याह के बाद एक बार और आया था और इस बात को भी डेढ़ बरस हो रहा था। माता-पिता दोनों ने ही मान लिया था कि श्रीमोहन अब उनके बेटे से अधिक अपनी पत्नी का पति है।

माँ ने दरवाजे के गलियारे में आहट सुनी और सिर उठाया तो देखा कि श्रीमोहन खड़ा है। सहसा कुछ समझ में नहीं आया कि आज यह कैसे भूल पड़ा? आकर वह भी बँगवई पर ही बैठ गया। सुशीला किसी काम से रान्नीघर से बाहर निकली तो ताऊजी को देख उल्टे पैरों रान्नीघर में लौट गयी। माँ ने किताब बन्द की, उसे सिर से छुलाया और रख दी। फिर चश्मा निकाल उसके घर में रखा। यह सब करते-धरते बराबर सोच रही थीं कि आज किस मतलब से आया है?

— माँ! आज इतने बरस हुए कभी तुम छावनीवाले घर नहीं आयीं?

माँ इस अतिरिक्त स्नेह का कारण नहीं समझ पायीं।

— अपने घर जाने के लिए कोई बुलाता थोड़े ही है?

— अपना घर समझतीं तो तुम एक बार भी न आतीं? तभी तो तुम्हारी बहू ने तुम्हें बुला भेजा है।

— बहू को इधर के परिवारवालों की सहसा चिन्ता कैसे हुई?

— तुम तो माँ! उसे हमेशा गलत समझती हो।

— देख भाई, अपनी घरवाली की वकालत क्यों कर रहा है वह बात बता दे। इन सब ढोंग-धतूरों में क्या रखा है?

श्रीमोहन फीका पड़ गया। माँ इतनी कड़ी हो गयी हैं उसे यह नहीं मालूम था।

— तुम भी कमाल ही करती हो, क्या मैं हमेशा बात होने पर ही आता हूँ?

— हमेशा तो भैया तू आता नहीं, और सच कहूँ तो हमें उसकी कोई आस भी नहीं। 'इनके' हाथ-पाँव ठाकुरजी बनाये रखें तो हमें किसी का मुँह देखने की कोई जरूरत नहीं।

— यही आदत है तुम्हारी माँ! कि तुम कभी भी हम लोगों को अपना नहीं मानतीं।

— हाँ रे, बड़े गाढ़े समय में तुम लोगों ने घरवालों का साथ दिया है न कि तुम लोगों को हम अपना नहीं मानते।

— तुम लोगों ने तो कभी हम लोगों से कुछ कहा नहीं।

— तो क्या तू आज यही सब बहस करने आया है रे?

— मैं तो असल में कई दिनों से सोचता रहा कि चलूँ मिल आऊँ।

माँ को श्रीमोहन का यह लिबलिबापन कभी पसन्द नहीं था। क्योंकि वे जानती थीं कि इसी तरह की बातें चलाकर यह अपने स्वार्थ की बातें किया करता है।

— मैंने तो माँ! रावलजी को बड़ा फटकारा।

— देख भाई, दिलजोई करने की कोई जरूरत नहीं है। हमें मालूम है कि तू क्या है। तूने क्या कहा होगा यह सब बताने की आवश्यकता नहीं है। मैं जानती हूँ कि हम लोग तेरे लिये मर चुके हैं। हमें न तो इस बात की कोई शिकायत ही है तुझसे और न किसी बात की अपेक्षा ही। सबका अपना-अपना भाग्य होता है। तुम लोग जहाँ हो, सुख से रहो। हम जैसे हैं हमें रहने दो। सहानुभूति दिखाने की कोई आवश्यकता नहीं।

— जैसी तुम्हारी मर्जी माँ! मैं तो श्रीवल्लभ की चिट्ठी की बात करने आया था।

— क्या साठगाँठ हुई है अब तुम दोनों में फिर?

— दुनिया में कोई कुछ करे तुम्हारे निकट तो मैं ही दोषी ठहरूँगा।

— क्या लिखा है घोड़ा-डाक्टर ने चिट्ठी में?

— अब तुम और बापू पढ़ लो।

— तब तो बाप-बेटे के बीच की कोई बात होगी। ठीक है। चिट्ठी चाहो तो रख जाओ और मिल लेना कल-परसों 'उनसे'!

— माँ! तुम इतनी कठोर हो गयी हो मेरे लिये?

— क्या तुझे घर पहुँचने में देरी नहीं हो रही है? कचहरी से ही न सीधा आ रहा है?

— मेरी बात तुम फिर टाल गयीं।

— कचहरी में थक गया होगा। कुछ खा ले, तो पानी पी लेना।

और वे उठ गयीं। विशेष तो कुछ था नहीं। मन्दिरजी के ठौड़ थे। वे ही ठौड़ और पानी ले आयीं और ऐसे व्यस्त बनी रहीं जिसमें कि श्रीमोहन अधिक बातें न कर सके। उन्हें अपने से ही वितृष्णा हो रही थी कि कैसे उनकी कोख से ऐसा पुत्र जन्मा? लेकिन पुत्र था, इसे कैसे अस्वीकारतीं? वे ऊपर से कठोर थीं लेकिन तीन-तीन बेटों में से सामने तो एकमात्र यही दिख रहा था और वे हड्डियों तक में भीग उठीं। वे अपनी इसी कमजोरी को छुपाने के लिए छोटे-मोटे कामों की आड़ लेती फिर रही थीं। इसी पुत्र ने उन्हें तिरस्कृत किया था। अपनी पत्नी के सामने अपमानित किया था। उनकी बात पर लात मारकर अलग हुआ था। परिवार पर इतनी मुसीबतें आयीं लेकिन भूलकर भी कभी इसने नहीं झाँका बल्कि इसकी बहू ने गुनी का जीवन नरक कर दिया था। इसी की बहू के कारण उसके पति को एक चाण्डाल के पैरों पर पगड़ी रखनी पड़ी थी और यह उनका पुत्र होते भी सब चुपचाप देखता रहा, सुनता रहा, खून नहीं खौल उठा? यहाँ रोटियों के लाले पड़े हुए हैं और इसे रिश्वत से फुर्सत नहीं। दूसरा कोई होता तो वे धक्के मारकर

बाहर कर देतीं लेकिन अपने ही जाये को क्या कहें? तभी तो कहते हैं कि सन्तान के सामने ही हार खानी पड़ती है।

— अच्छा माँ! यह चिट्ठी छोड़े जा रहा हूँ। कल शाम आऊँगा।

— देख भाई, शाम आने से कोई फायदा नहीं।

— मैं जानता हूँ माँ! आखिरकार वे मेरे भी पिता हैं।

— सोचती तो मैं यही हूँ।

श्रीमोहन को माँ की इस बेरुखी पर क्रोध आ गया। वे जब कभी झुकने की चेष्टा करते रहे हैं तभी माँ ने ऐसा ही रुख अपनाया।

लेकिन माँ भी जानती रही हैं कि यह बेटा अपने किसी स्वार्थ के समय ही झुकने आता है। इसलिए इसका झुकना क्या अर्थ रखता है?

माँ ने सुशीला से चिमनी दीवार से नीचे उतरवायी और चश्मा लगा उन्होंने श्रीवल्लभ की चिट्ठी पढ़ी। वे आगबबूला हो गयीं। अपने पैरों के नीचे से धरती खसकती-सी लगी। उन्हें लगा कि उनका रक्त-मांस ही उनसे विद्रोह करना चाहता है। वे विवश हो फूट-फूटकर रो उठीं। सुशीला ने माँ को रोते देखा तो वह दौड़ी गयी और जिजी को खबर दे आयी। वह कराहती उठीं और किसी तरह सुशीला के कन्धे का सहारा लेकर नीचे आयीं जहाँ कि बँगवई पर माँ बरसते मेघ-सी बैठी थीं। सबको लग रहा था कि परिवार के शेष लोग उन्हें अपने से काट फेंकना चाहते हैं। ये लोग वह सड़ा अंग हो गये थे जिसे न हृदय की धौंकनी और शिराएँ कोई भी स्वस्थ रक्त नहीं देते और वे बाध्य थे कि सड़ते हुए मृत बन जायें ताकि आसानी से काट फेंके जा सकें।

सहसा सरो की समझ में नही आया कि वह सासूमाँ को क्या समझाये? क्योंकि कहीं वह स्वयं को इस सारे दुर्भाग्य का कारण मानती है। जबकि सासूमाँ स्वंय को दोषी गिनती हैं वर्ना जब वे बहू बनकर आयी थीं तो सभी ने उनके सौभाग्य से ईर्ष्या की थी कि इतने सम्पन्न ठाकुरघर में वे ब्याही गयी थीं और आज देखते-देखते ठाकुरघर की सम्पन्नता दो नालियों में बहकर चली गयी है तथा मूल स्रोत स्थान में न केवल कीचड़ ही रह गयी थी बल्कि घिनौनी दुर्गन्ध आने लगी थी।

— किसकी चिट्ठी है सासूमाँ?

— तुम्हारे देवर की।

— क्या लिखा है?

— यह न पूछो बहू! पूछो कि तुम्हारी जेठानीजी ने उससे क्या लिखवाया है।

— आखिर सुनूँ भी तो।

और माँ ने चिट्ठी पढ़नी शुरू की।

— लिखता है कि, बापू! अब आप लोग बूढ़े हुए। मैं वहाँ रहता नहीं। बड़े दादा अलग छावनी में रहते हैं। मँझले दादा का पता नहीं। पीछे से क्या न हो जाये। अच्छा हो कि अपने हाथ से ही आप तीनों का मकान में हिस्सा कर दें तथा जमा-पूँजी का भी साफ-साफ हिसाब आपके सामने ही हो जाय वर्ना पीछे से दस मुँह दस तरह की बातें हों, यह ठीक नहीं। सबके बाल-बच्चे हैं। आपको तो किसी के बच्चों में फर्क नहीं करना चाहिए। गुनी के ब्याह में आपने खर्च किया, जाहिर है कि वह मँझले दादा की कमाई में से तो हुआ नहीं है। कहीं-न-कहीं घर की इस जमा-पूँजी के खर्च के बारे में हमें भी जानकारी होनी चाहिए थी। पता नहीं हम लोग इतना खर्च कर सकते भी थे कि नहीं? हम लोग तो आपसे दूर हैं इसलिए बहुत-सारी बातें नहीं जान पाते हैं। मँझले दादा के परिवार को भी उसका हिस्सा मिल जाये तो वे लोग अपना खर्च उसमें से चलायें। हम लोगों के हिस्से में इतने आदमियों पर खर्च करना कहाँ तक ठीक है? बहुत-सारा तो यों ही हाथ से निकल गया है रहा-सहा ही मिल जाये तो गनीमत है। और बापू! आप और माँ का खर्च ही क्या है? मन्दिरजी से आपका खर्च चलता ही है। न हो कभी बड़े दादा के पास रहें, कभी यहाँ चले आयें। आपके आशीर्वाद से ही हम लोग आज इस योग्य तो हैं ही कि अपने माता-पिता की सेवा कर सकें—आपका, श्रीवल्लभ।

इस बार चिट्ठी सुनाकर वे विवश नहीं हुईं बल्कि उनकी आँखों से चिनगारियाँ निकलने लगीं। गुस्से में उनके नथुने फूल उठे। उन्होंने सरो की ओर देखा जो एकदम निर्जीव-सी फटी आँखों से जाने कहाँ, कहीं नहीं देखती-सी घूर रही थीं। चिमनी का निर्जीव आलोक उसकी कनपटी के पास की उभरी नस के काँपतेपन को उभार रहा था। सरो जैसे साँस लेती लाश लग रही थी।

तभी बाहर की कल बोली। पण्डित श्रीनाथ ठाकुर एक खास ढंग से कल खोलते थे और अन्दर आने के पूर्व एक खास ढंग से खाँसा करते थे ताकि बहू-बेटियों के सामने वे सहसा न पहुँच जायें, पता नहीं वे लोग कैसी बैठी हों, लेटी हों। मर्यादा बनी रहे इसके लिए स्वयं को मर्यादित होना पड़ता है। सरो को चेत हुआ और अनायास उसका हाथ घूँघट के लिए उठा और जाने किस अज्ञात फुर्ती से वह उठी तथा ससुर के आने के पूर्व ही जीने की तरफ बढ़ी। तभी सबने देखा कि जीने के ऊपर दरवाजे के पास केश बिखराये अजीब पगली-सी बनी फटी आँखों में गुनी बैठी हुई थी। सरो को लग गया कि सारा पत्र इसने भी सुन लिया है।

जाती हुई बहू की आज नीचे आया देख ससुर ने सारी मर्यादा के साथ पूछा,

— लगता है बहू की तबीयत पहले से ठीक है।

जीने पर पीठ किये सरो एक क्षण को रुकी अवश्य लेकिन कमजोरी में पैर काँप रहे थे और वह दीवार थामे जीना चढ़ते चली गयी। दालान में पहुँच जब सुशीला पत्नी तथा थोड़ी देर पहले बहू—सबको देखा तो उनका माथा ठनका कि ये सब

क्यों एकत्रित थे? तभी सुशीला ने जीने पर पहुँचकर कहा,
— दीदी, चलो, अपने बिस्तरे पर चलो।

और पण्डित श्रीनाथ ठाकुर ने अँधेरे जीने के ऊपर दरवाजे से वहाँ देखा कि गुनी की छाया दिख रही थी। इसका मतलब हुआ कि उनको छोड़ और सब अभी-अभी मौजूद थे। चिमनी भी अपने स्थान पर न होकर बँगवई पर रखी हुई थी और उसके पास कोई पत्र पड़ा हुआ था। उन्हें लगा कि जरूर ही गुनी की ससुराल से कोई पत्र आया है। पूरे तन-बदन में आग लग गयी। आँखों के सामने जाने क्या-क्या, कितना-कितना नाच उठा। जीवन में वे कभी विवश नहीं हुए थे इतने जितने कि श्रीधर के जाने के बाद से हुए थे। बचपन में अपने पिता की एकमात्र सन्तान होने के कारण किस राजसी ढंग से उनका लालन-पालन हुआ था। उनके पिता अत्यन्त दबंग व्यक्ति थे और पूरे नब्बे बरस जिये भी थे। पण्डित श्रीनाथ ठाकुर पैंतालीस बरस के थे जब पिता का स्वर्गवास हुआ था। जीवनभर पिता की छत्रच्छाया में रहने के कारण उनकी सारी सम्भावनाएँ नष्ट हो गयी थीं। गाने-बजाने का शौक था इसलिए थोड़ा-बहुत पूजन कर आये और फिर दोस्तों की मण्डली में पहुँच गये तो रात को ग्यारह-बारह के पहले आने की आवश्यकता ही नहीं थी। दिनभर भाँग पीना, गाना-बजाना और ताश फेंटना, कभी कहीं गोठ करने चले गये तो कभी कहीं सैर को निकल गये। जब बहुत तबीयत घबराती तो उज्जैन तक हो आते थे तथा कोठों पर जाकर गाना सुन आते थे। इसका नतीजा यह हुआ कि जीवन पर उनका नियन्त्रण न रहा। परिवार में उनके पुत्रों ने भी अपने पिता का स्थान अतिरिक्त ही माना। जब पिता न रहे तो इतने दिनों बाद सारे सूत्रों को अपने हाथ में पकड़े रहने का गुरुमन्त्र नहीं मालूम था इसलिए—'हरि-इच्छा' कहकर वे कछुए की भाँति अपने पंजे सिकोड़ बँगवई पर बैठ जाते। ऐसे पिता को श्रीमोहन खूब समझता था।

पण्डित श्रीनाथ ठाकुर ने अँगरखा और पगड़ी उतारी लेकिन पत्नी के पाथरवत् मौन को पूछकर तोड़ने का साहस उन्हें नहीं हो रहा था। उन्होंने यहाँ-वहाँ घूमकर, हाथ-मुँह धोकर, घर में घिर आये अँधेरे को कुछ कम किया ताकि कुछ रास्ता दिखलायी दे। लगता था जैसे अँधेरा थक्कों में चारों ओर जमाया गया था।

पत्नी ने उठकर पति को भोजन परसा। पण्डित श्रीनाथ ठाकुर ने दाहिनी अँजुली में जल लेकर थाली के चारों ओर 'ब्रह्मार्पण' किया। तीन ग्रास निकाले और फिर तीन ग्रास चुगकर थोड़ा जल आचमन से पीकर हाथ जोड़ भोजन शुरू किया। अजीब मौन व्याप्त था कि उन्हें अपने ही कौर चबाने की आवाज 'गस्स-गस्स' सुनायी दे रही थी तथा बारम्बार पत्नी की गहरी निःश्वास। चिमनी के आलोक में पत्नी के गले में पड़ी 'ब्रह्म-सम्बन्ध' वाली तुलसी की कण्ठी रह-रहकर उठती-गिरती दिखती। पत्नी का हाथ डिब्बे में से रोटियाँ लाकर उनकी

थाली में अबोले रख जाता। बरसों से वे इस हाथ से परिचित हैं। कभी इसी को थामकर लाये थे। तब यह कितना गोरा, गोल, भरा-भरा-सा था। तब चूड़ियाँ कैसी सुहाती थीं इनमें। अपने गले के चारों ओर भी ये ही हाथ कैसे मीठे-मीठे-से अनुभव किये हैं। उपरान्त कैसे धीरे-धीरे उनकी गोराई कम हुई, गोलाई में कैसे झुर्रियाँ आयीं। रंगीन चूड़ियाँ भी उतरने यौवन के साथ-साथ उतरती चली गयीं, गले को घेरकर रहनेवाले हाथ कैसे क्रमशः दूर होते-होते अब उनके चारों ओर एक दूरी बनाये हुए रहते हैं। चाहे सब कम हो गया था इन वर्षों में, लेकिन मिठास सम्भवतः बढ़ी ही थी।

कई बार इच्छा हुई कि पत्नीमुख को इस मन्द मीठे आलोक में देखें तो। अनेक बार हिम्मत करने के बाद जो देखा तो पत्नीमुख, दीप के सोनाले आलोक में जाने कितने वर्ष पूर्व का वही प्रियामुख हो गया। वे एक क्षण को विभोर हो आकुल हो गये। पत्नी का हाथ हठात् थाम लिया। वे भी समझ ले गयीं कि यह तो वह रसिक पति है जो बुर्राक धोती पहनता था, पान चबाता था, इत्र-फुलेल की गन्ध में स्वयं डूबा रहता था तथा उन्हें भी जाने कैसे-कैसे गन्धित कर देता था। जिसकी आँखों के लाल डोरे कभी कम ही नहीं होते थे और वे कितनी निहाल हो जाती थीं।

दोनों मुसकुरा दिये। बरसों बाद दोनों पति-पत्नी की भाँति एक-दूसरे को देख रहे थे। दोनों की साँसें जोर-जोर से चलने लगी थीं। दोनों अपनी-अपनी देहों से निकलकर एक-दूसरे में अनुस्यूत हो जाने के लिए आकुल थे। चेत आते ही दोनों को लगा कि अरे, जितना अँधेरा वे समझ रहे थे उतना नहीं था। एक दीप ही कितना आलोक देता है ढेर सारे अँधेरे में?

बँगवई पर लेटे पति के प्रति आज वे वैसी ही रागवती थीं जैसे कि कभी थीं। उनका साहस नहीं हो रहा था कि अनायास जो राग की यह रात जाने कहाँ से जाने कितने वर्षों को चीरकर भूली-भटकी चली आयी है उसे श्रीवल्लभ के पत्र की बात बताकर तोड़ दें। वे सोच रही थीं कि क्या फिर कभी वे लोग वैसे ही युवा पति-पत्नी नहीं हो सकते? कैसे जल्दी सब बीत गया न? जैसे वे किसी प्रपात के ऊपर खड़ी थीं कि पैर तक भीगे नहीं और मनों पानी टूट-टूटकर शब्द करता हुआ जाने कहाँ चला गया? देखनेवालों ने सराहा कि हाय, देखो तो कैसे निर्मल जल में वे लोग खड़े स्नात हैं। लेकिन कहाँ? वे तो तरसती ही रह गयीं। सम्भव होता तो अपने रेशमी आँचल की झलकती गाँठ बना उसमें अपने पति और उन दिनों को बाँध ऐसे एकान्त में चली जातीं कि बस। उन दिनों को, पति को कहीं नहीं जाने देतीं। चले गये उन दिनों की हँस-बोलियाँ जाने कहाँ, उन जलों के साथ-साथ चली गयी हैं। जल चला गया था और वे दोनों, सूखी बालू पर खिंची दो वृद्ध रेखाओं से रह गये थे।

— किसका पत्र था?

पत्नी जैसे नींद से चौंकी। उनकी युवा कामनाओंवाली आत्मा वापस वृद्ध देह में लौट आयी। बोलीं,

— साँझ श्रीमोहन आया था यह पत्र लेकर।

— लेकिन पत्र किसका है? जो पूछता हूँ उसका तो जवाब देती नहीं हो और फलाँ आया था, फलाँ दे गया है। आया होगा श्रीमोहन।

पता नहीं पति क्यों झल्ला गये।

— श्रीवल्लभ का पत्र है।

— क्या चाहता है वह?

पत्नी ने अत्यन्त रूखे ढंग से चिमनी लाकर रख दी। उनके पूजावाले 'ग्वाले' (पूजा का वह बस्ता जिसमें सन्ध्या, आचमनी आदि रहती है) में से चश्मा लाकर दे दिया। मतलब, कि आप पढ़ सकते हैं।

चिट्ठी पढ़कर पति के चेहरे पर कोई भाव नहीं आया। वातावरण में फिर तनाव आ गया। जब पति को इस इतनी बड़ी बात पर कुछ नहीं कहना तो पत्नी को ही ऐसी क्या गरज पड़ी थी कि वे अपने को जलायें?

दीया बढ़ा दिया गया।

चारों ओर एक बार तो सहसा अँधेरा बढ़ा लेकिन अपने-अपने ढंग से जागते पति-पत्नी दोनों को, अँधेरा घुलता-सा लगा। काफी देर तक जब नींद नहीं आयी और दोनों को लगा कि वे लोग जाग रहे हैं तो पति ने पूछा,

— क्या सो गयीं।

— नहीं तो।

और ठाकुरजी का स्मरण करती वे उठीं। पति-पत्नी काफी रात तक पत्र के बारे में बातें करते रहे। पत्नी का कहना था कि वे चुप रहें और देखें कि वे किस तरह से श्रीमोहन की खबर लेती हैं। छठी का दूध न याद आ जाये तो मैं उसकी माँ नहीं।

दूसरे दिन जब श्रीमोहन आया तो सारा घर अपने-अपने ढंग से जैसे उसी की प्रतीक्षा कर रहा था। पिता बँगवई पर बैठे थे। माँ को सुशीला रान्नीघर के सामने चिमनी जलाये भागवतजी बाँचकर सुना रही थी। देवव्रत सीढ़ियों पर बैठा हुआ था। सरो वहीं दरवाजे के पास टाट के टुकड़े पर डरी-डरी-सी बैठी हुई थी। गुनी को जैसे इस सबसे कोई सरोकार नहीं था। एक ही बात को सब अपने ढंग से देख-सोच रहे थे। सुशीला भागवत बाँचते-बाँचते अटक जाती क्योंकि वह पहली बार घर के, परिवार के इस तनाव को बूझ रही थी। देवव्रत का थोड़ी देर पहले अपनी जिजी से झगड़ा हो चुका था और सरो ने उसे खूब मारा था। आज सवेरे देवव्रत की जेब से बीड़ी मिली थी। देवव्रत सवेरे तो भाग गया था लेकिन इस समय सरो जैसे तैयार ही बैठी थी और अन्दर घुसते ही सरो ने उसे मारना शुरू किया था। देवव्रत भी घुन्ना बनकर मार खाता रहा लेकिन रोया नहीं। अगत्या सरो को ही रोना आ गया कि कैसा कपूत घर में पैदा हुआ है।

यदि माँ ने न बचाया होता तो जाने कब तक सरो मारती रहती। देवव्रत इसीलिए गुस्से में सीढ़ियों पर अँधेरे में बैठा हुआ था। पूरे घर का अँधेरा तथा सुशीला उस अकेली चिमनी पर झुके थे। बीचवाले आँगन से दिखते आकाश के टुकड़े में तारों की नीली-सफेद छाया थी। बँगवई के कड़ों की आवाज के साथ-साथ सुशीला का पढ़ना सुनायी दे रहा था। लेकिन सबके कान बाहर के दरवाजे की कल पर लगे थे।

और कल बजी। जूतों की आहट भी हुई और श्रीमोहन की पुकार थी,

— माँ!!

— अच्छा, आ जाओ।

दरवाजेवाले अँधेरे गलियारे में से श्रीमोहन छड़ी लिये निकला। लगा कि खाना खाकर घूमते हुए यहाँ तक चला आया है। आँगन में वह थोड़ा ठिठका। सीढ़ियों पर भी कोई बैठा है जानकर वह घूमा तो देखा कि देवव्रत है। देवव्रत काफी बड़ा हो गया था तथा ऊँचा भी।

— कौन देवव्रत?

देवव्रत ने अत्यन्त उपेक्षात्मक हुँकारी भरी। श्रीमोहन को इस बदतमीजी पर गुस्सा तो बहुत आया लेकिन टाल गये और बँगवई की ओर बढ़ते हुए बोले,

— अरे कहाँ रहता है तू? दिखलायी ही नहीं देता?

बापू के पैर छुए और उन्हीं के पास एक कोने पर बँगवई पर बैठते हुए देवव्रत से उत्तर की अपेक्षा करने लगे। अपनी तेज आँखों से भाँप ले गये कि

सीढ़ियों के ऊपर श्रीधर की बहू भी अँधेरे में दुबकी बैठी है। सम्भव है गुनी भी वहीं पास में बैठी हो। वे बड़ी असुविधा अनुभव कर रहे थे कि इन लोगों से और क्या बात की जाये तथा कैसे बात की जाये जबकि कोई जवाब ही नहीं दे रहा है।

— आपकी तबीयत कैसी है बापू?

— क्यों, मेरी तबीयत को क्या हुआ?

श्रीमोहन खिसिया गये। उन्होंने तो मौन तोड़ने के लिए बातों का एक सिलसिला शुरू करना चाहा था लेकिन उल्टे उन्हें ही अजीब तरह से टोक दिया गया था। उन्हें लग गया कि कल पत्र छोड़ जाना मूर्खता हुई। आमने-सामने तत्काल ही बातें हो जातीं तो ठीक था। क्योंकि ये तो सब लोग जैसे-भरे बैठे थे, जैसे प्रतीक्षा ही कर थे कि श्रीमोहन आये और ये लोग आड़े हाथों लें।

उन्होंने सोचा कि व्यर्थ है दूसरी बातें करना,

— चिट्ठी तो पढ़ ली होगी बापू ने, क्यों माँ?

— सामने बैठे हैं, इन्हीं से क्यों नहीं पूछ लेता?

— असल में इस श्रीवल्लभ ने भी मेरी अजीब मुसीबत कर दी है। मैं तो इस बारे में कुछ बोल ही नहीं सकता।

— लिखवा तो सकता है।

— माँ! गंगा में भी खड़ा होकर अगर मैं कहूँ तो तुम मेरा विश्वास न करोगी।

अपने गाव-तकिये के सहारे बैठते हुए पण्डित श्रीनाथ ठाकुर बोले,

— हिस्सा तुमको मुझसे लेना है, मुझसे बातें करो।

श्रीमोहन एक क्षण को पिता की बात से सहम गये।

— बापू! जो कुछ आप ठीक समझें श्रीवल्लभ को जवाब दे दें।

— मुझे उससे कुछ भी जवाबदेही नहीं करनी है, समझे? मैं तुम्हें और तुम्हारी बहू दोनों को खूब समझता हूँ। जहाँ तक मकान के हिस्से के सवाल हैं अच्छा है हमारे सामने ही हो जाये क्योंकि पीछे से तुम क्या करोगे यह हमें अच्छी तरह मालूम है।

तभी माँ बोलीं,

— लेकिन एक बात तू भी सुन ले, घर के तीन हिस्से नहीं चार होंगे।

— चार?

— क्यों? हम लोग क्या सड़क पर रहेंगे? जैसे तुम लोग हमारे साथ नहीं हो तब भला श्रीधर का परिवार क्या हमारे साथ रहेगा? और ऐसी हालत में हम कहाँ रहेंगे?

— लेकिन माँ कानून से तो ऐसा नहीं हो सकता।

— क्यों नहीं हो सकता? आज ही मैं मदनमुरारीलालजी वकील के यहाँ गया था और मैं घर के चार हिस्से के लिए उनसे कह आया हूँ कि कानूनी कार्रवाई हमारी तरफ से कर दी जाये।

— इसका मतलब तो यह हुआ बापू! कि....

— तुम श्रीधर के बाल-बच्चों को भूखों नहीं मार सकते हो, है न?

— यह आप क्या कह रहे हैं?

— और जहाँ तक नगदी रकम का सवाल है तो तुम गलतफहमी में हो कि हमारे पास बहुत-कुछ है।

— खैर, मुझे क्या करना है लेकिन श्रीवल्लभ को कैसे विश्वास आयेगा?

माँ बोलीं,

— पैसों के बारे में उनसे क्या बातें करता है, मुझसे कर। तुझे यही न कहना है कि गुनी की शादी में जो हजारों का खर्च हुआ है वह तेरे घर की जमापूँजी में से हुआ है।

— जैसा समझो।

— तो सुन ले कान खोलकर कि, न वह पैसा तेरे बापू का था और न तेरे घर का था। वह पैसा मेरा था और मैंने अपनी लड़की पर खर्च किया। मेरे पैसों पर तुम लोगों का कोई अधिकार नहीं, समझे? तू समझता होगा कि उसी जमापूँजी में से श्रीधर के बाल-बच्चों को खिलाया-पिलाया जा रहा है तो वह तेरे बापू की कमाई है जिससे घर चलता है। आज तू हिसाब माँगने आया है? तूने जमानेभर में कहा कि तुम घर चलाते थे। बरसों तक तुमने इन बच्चों को पाला। शरम नहीं आयी तुझे और तेरी उस महारानी को?

— देखो माँ! बेकार की बातें करने से क्या लाभ?

— जा, जा, बड़ी बेकार की बातें समझानेवाला आया है। हम दबते हैं तो दबाता ही चला जाता है? सिरश्तेदार क्या हो गया नादिरशाह हो गया। बड़ा लाट बनता फिरता है? कुछ पता भी है कि कितना तुम पर खर्चा हुआ है? चले हैं हिसाब माँगने। बाप से बराबरी की बातें करते लाज नहीं आयी। औरत ने सिखा-पढ़ा दिया तो बस लोगों को चूसता फिरता है और अपनी ससुराल का पेट भर रहा है। किसी से रुपया, किसी से जमीन, किसी से कुछ लेते भगवान् का भी डर नहीं रह गया।

— देखिये बापू! आप माँ को समझाइये, जो मुँह में आ रहा है वही बके जा रही है।

— ठीक है, ले जा अपने हिस्से के डागले (मकान की शहतीरें), तेरी बहू को लाज नहीं आयी कि मँझली को चरित्रहीन बताया। गुनी की जिनगी चौपट करते जरा हाथ नहीं काँपा? और आज चला है इन लोगों को बेघरबार करने। मैंने गुनी के ब्याह में खर्च किया पाँच हजार रुपया। तू गुनी का ताऊ है न? ला दे मेरा रुपया। मैं कौन होती हूँ तेरी भतीजी पर खर्च करनेवाली? दिला दे न अपने बाप-दादों की कमाई में से सारा खर्च? अरे बेगैरत-इनको तो अपना बाप कहता है, पूरा मकान बना ले गया, एक बार भी पूछा? लड़की का ब्याह कर ले गया और पूछा तक नहीं? ससुरालवाले बड़े सगे हो गये और माँ-बाप तेरे दुश्मन, है न?

— क्यों गड़े मुर्दे उखाड़ रही हो?

पति ने पत्नी को टोका। पत्नी मारे गुस्से के लाल हो रही थीं और थर-थर काँप रही थीं।

— अरे, जब इसने जिन्दों को मुर्दा कहकर गाड़ा है तो फिर वे मुर्दे न उखाड़े जायेंगे तो काम कैसे चलेगा? अगर मैं ऐसा जानती तो जनमते ही इसके कलेजे पर पाया रखकर कुचल देती। मेरी ही औलाद होकर मेरी ही औलाद को भूखों मारना चाहता है? राक्षस कहीं का। अरे तू मर क्यों नहीं गया रे? मेरी कोख तो न जलती नट्ठारे!!

और सबने देखा कि माँ विक्षिप्त हो गयी थीं। उनके सिर पर पल्लू, जो आज तक किसी ने गिरा नहीं देखा था इस समय उनके कन्धे तक खुल गये थे। जूड़ा बिखर आया था और वे इस समय बड़ी विकराल लग रही थीं। इसके बाद सबने माँ को बड़े जोर से वीभत्स रूप से चिल्लाते हुए रोते सुना। सरो अत्यन्त दबी-सी घूँघट में लिपटी उतरी और सासूमाँ का सिर ढँकते हुए बुदबुदायी,

— सासूमाँ।

श्रीमोहन ने देखा कि वे जैसे किसी अँधेरे भुतहे मन्दिर में हैं जहाँ पत्थर की मूर्तियाँ जड़ बनी हुई हैं, चल रही हैं, डोल रही हैं। अगर वे यहाँ से भाग नहीं जाते तो कोई मूर्ति उनका गला दबा देगी। वे अत्यन्त भयभीत हो दुबके-से उठे। देवव्रत वैसे ही वहाँ बैठा था। और वे तेज कदम बढ़ाते तीर-से निकल गये।

सबको विश्वास था कि सम्भव है श्रीमोहन सम्प्रति अलगौझा न करवायें लेकिन हो गया। श्रीमोहन तथा श्रीवल्लभवाले आधे हिस्से में श्रीमोहन ने कब्जा कर ताले डाल दिये। जिस हिस्से में ये लोग रहते थे यह श्रीनाथ ठाकुर और श्रीधर के हिस्से में आया। सावित्री ने तो चाहा कि पैसे-कौड़ी का भी सारा हिसाब-किताब साफ हो जाना चाहिए लेकिन श्रीमोहन डरते थे कि उस जमीन की बात न उठ खड़ी हो जिसे उन्होंने हड़प लिया था।

मकान पर कब्जे के समय सावित्री भी आयी थी। सरो ने अपनी खिड़की से सावित्री की न केवल आवाज सुनी थी बल्कि दो-एक बार आपस में देखा-देखी भी हुई लेकिन कोई बोला नहीं। बल्कि सरो को देखकर सावित्री मटक-मटककर और जोर-जोर से बोलने लगी थी।

सारे मुहल्ले में अलगौझे की बात के साथ-साथ यह भी सुनायी दे रहा था कि सिरश्तेदार साहब या तो इस जगह को बेच देंगे या फिर यहाँ नया मकान बनवायेंगे। सावित्री ने यहाँ तक आने पर भी सास या देवरानी से मिलने की कोई जरूरत नहीं समझी। मुहल्ले की औरतों ने आकर बीस तरह से पूछताछ की। कुछ सहानुभूति जतातीं, कुछ छोह लेने आयी थीं, कुछ सम्भावित चिनगी को फूँक मार-मारकर ज्वाला बनाने के पुण्य प्रयास करने में लगी थीं। वास्तव में लोगों को सिवाय जिज्ञासा के और कुछ नहीं होता। कोई अपनी जिज्ञासा सहानुभूति के माध्यम से इस पक्ष के साथ करता है तो कोई प्रतिपक्ष से मिलकर । होती मात्र जिज्ञासा ही है।

— देख लेना श्रीधर की बहू! कि एक दिन ये तुम्हारे जेठ सारे घर पर कब्जा न कर लें तो मेरा नाम रामकुँवर नहीं।

— अच्छा हुआ बहना! कि कोर्ट-कचेरी हो गयी। दो-चार दिन लोग हँस लिये, बस न? अरे, कीर्त्तनियाजी के बाद क्या होता कोई कह सकता है?

— लेकिन भई, मैं तो सच्ची-सच्ची कहूँ, कोई भला माने या बुरा। माफी की सारी जमीन सिरश्तेदार साहब दाब के बैठ गये और किसी को कानी कौड़ी भी नहीं दी। भई, मुझसे तो सहन ना होती यह सब। आग लगा देती मैं तो। ससुरे अपने तो बँगला बनवावें, ठण्डी हवा खावें, मौज-मजा करें और यहाँ है सो....सच्ची में तुम इतनी सीधी हो गुनी की जिजी! वर्ना वो नालिस हो कि जेठानी को छठी का दूध याद आ जाय।

— ठीक है डाली! बेचारी का मरद जो न है। औरत कूदे है तो अपने आदमी पर।

— हाँऽऽ बहना! तुम ठीक ही कहती हो।

और सरो चुपचाप या फिर हाँ-ना करती इस सामुदायिक अनामन्त्रित सहानुभूति के प्रति अबोली बैठी रही। दिल में लेकिन वह आश्वस्त थी कि परिवार के दुर्भाग्य का एकमात्र कारण वह है। क्या ऐसा नहीं हो सकता कि वह तालाब में जाकर डूब मरे? तो सम्भव है कि इन बच्चों के, इस घर के दिन फिर जायें। सम्भव है 'वे' तब लौट आयें और तब फिर यह घर, ये लोग सब सुखी हो जायें। लेकिन क्या मरना इतना सहज है। क्या सावित्री की बात में लोग तब सच्चाई न मानेंगे कि 'वे' उसमें दोष देखकर ही घर से भागे थे? बापू का क्या होगा? क्या सासूमाँ की छाती न फट जायेगी? क्या तब गुनी सचमुच ही पागल न हो जायेगी? सुशीला का क्या होगा? देवव्रत तब क्या बिलकुल ही आवारा न हो जायेगा? हाय, 'वे' कहाँ ऐसे चले गये? वह क्या करे कि 'वे' लौट आयें? आज पाँच बरस होने आये। एक पत्र तक नहीं डाला। पता नहीं कहाँ होंगे? कैसे होंगे? हो सकता है कि बहुत कष्ट में हों और सोचते हों कि कुछ ठीक-ठाक हो जाये तो सूचना दें। लेकिन इससे क्या? आदमी को घर तो खबर देनी ही चाहिए। सब लोगों को साथ में रखने की स्थिति नहीं हो सकती होगी फिर भी खबर तो देनी ही चाहिए। कितनी बड़ी-बड़ी घटनाएँ हो गयीं—वह क्षय की रोगी है। गुनी परित्यक्ता होकर लँगड़ी बनी पड़ी है। घर का बँटवारा हो गया। मान लो कल को बापू-माँ न रहे तो वह इतने बाल-बच्चों को लेकर कैसे क्या करेगी? क्या ये जेठ-जेठानी उसे जिन्दा छोड़ेंगे?

और उसकी आँखों के आगे अँधेरा छाने लगा। लोगों को गये काफी देर हो गयी थी। उधर के घर में सन्नाटा हो गया था। सुशीला ने शायद चूल्हा जला दिया था इसलिए धुएँ की गन्ध आ रही थी। साँझ की धूप, दूर पीपल की सबसे ऊँची फुनगी पर एक पीले पत्ते-सी चमक रही थी। सन्नाटेवाली साँझ थी। वह नीचे जाने के लिए जीने पर पहुँची तो देखा कि सासूमाँ चिमनी साफ कर रही थीं। तेल की बोतल पास में रखी हुई थी। उनकी आँखें बता रही थीं कि काफी रोयी थीं। उसका उठा हुआ पैर वहीं-का-वहीं रुक गया कि वह कैसी हतभागिनी हैं कि देखते-देखते यह घर कैसे 'धूलधानी और काँकरापानी' हो गया था।

वह वापस लौट आयी। छज्जे की ओर निकल आयी। जहाँ कि समीमाँझ के होते अँधेरे में उदास गुनी बैठी खिड़की की राह सन्ध्या-तारा देख रही थी। सरो जाने कब से भरी बैठी थी। गुनी को देखकर हुमस उठी। गुनी को अपने से सटा लिया और फूट पड़ी। गुनी ने रोती हुई जिजी को पहले तो रोने दिया, कुछ देर उपरान्त सहसा बोली,

— जिजी! जीवन में न आँसुओं का मूल्य है न भावना का। केवल सहना ही सत्य है। बिना सहे तो कोई गति नहीं है। अपने प्रति भी निर्दय होना पड़ता है जिजी! हम सब सह रहे हैं। बापू, माँ, तुम, मैं, बाबा सभी तो अपने-अपने ढंग से सह रहे हैं। दुःख किस बात का? तुम समझती हो कि गुनी क्या सब नहीं देखती? नहीं सुनती? जिजी! बोलने से व्यक्ति कमजोर बनता है। इसीलिए मैं चुप रहती हूँ। दुःख, वाणीहीन होता है। हमें कष्ट नहीं, तकलीफें

नहीं हैं कि लोग उन्हें बँटा लें। दुःख वह परमपद है जिजी! जिसे स्वतः भोगना होता है। सब व्यर्थ है यहाँ।

सरो ने फटी आँखों से देखा कि गुनी क्या बोल रही है, जो कभी नहीं बोलती है। उन्हें आश्चर्य हुआ गुनी की बातों पर लेकिन उनमें के सत्य को वह कैसे झुठलाती? और क्या कहकर? सरो गुनी को सटा फिर फूट पड़ी। दुःख पाती अपनी बेटी को सम्भव होता तो वह वापस अपने में समो लेती।

— जिजी! इतना न रोओ। मैं डरती हूँ कि कहीं मुझे रोना न आ जाये?

— ला गुनी! अपना रोग-ताप मुझे दे दे। अपने को देकर यदि तुझे सुखी कर सकती होती तो अपना सरबस दे देती।

— जिजी! ऐसा न बोलो कि जिसके आगे बोल न सकूँ।

सरो अपने गुनी को जैसे बरसों बाद पा सकी थी और वह उसमें मिल रही थी जैसे दो नदियाँ बड़ी यात्रा के बाद संगमित् हो रही थीं।

जेल में श्रीधर बाबू की जान-पहचान काफी राजनीतिज्ञों से हो गयी थी। जेल में ही श्रीधर बाबू ने चरखा कातना सीखा तथा काफी निकट से गाँधीजी के विचारों को समझने का मौका मिला। जेल से छूटते ही उन्हें मालूम हुआ कि उनका सामान तो शास्त्रीजी के यहाँ है और अब नये सिरे से मकान खोजना पड़ेगा। जेल में उन्होंने दो-एक किताबों के अनुवाद किये थे जिनमें तिलक का 'गीता-रहस्य' भी थी। उन अनुवादों को लेकर जाकर कचौड़ीगलीवाले अपने संस्कृत के प्रकाशक को दे आये। दो-चार-आठ दिन की दौड़-धूप के बाद 'हिन्दू-स्कूल' के सामने 'कमच्छा' में एक कमरा मिल गया। जिन राजनीतिज्ञों से परिचय हुआ था उन्होंने आश्वासन दिया था कि एक राष्ट्रीय साप्ताहिक की बड़ी आवश्यकता है तथा श्रीधर बाबू प्रयत्न करें तो वे लोग यथासम्भव सहायता करेंगे। और जेल से छूटते ही श्रीधर बाबू उक्त राष्ट्रीय साप्ताहिक की योजना में जुट गये। जीविका चलाने भर के लिए वे पहले ही अनुवाद आदि का प्रबन्ध कर चुके थे। उस पर कुछ कांग्रेस आफिस से भी पा जाते थे। अब उन्हें कभी-कभी ऐसा लगता कि निकट भविष्य में वे अपने परिवार को बनारस बुला सकेंगे। इस आशा में वे दुगने जोश से इस राजनीतिक नेता के पास, उस नेता के पास साप्ताहिक की योजना बगल में दाबे पैदल-पैदल पूरे बनारस के चक्कर काटा करते। जिन ठाकुर सकलदीप नारायण सिंह पर श्रीधर बाबू को पूरी आशा थी कि वे दो-चार हजार रुपये इस राष्ट्रीय कार्यक्रम में लगाने में नहीं हिचकेंगे, क्योंकि जिनकी इतनी बड़ी जमींदारी थी, काशी में अनेक मकान थे, उन्होंने पूरे छह महीने तक योजना अपने पास रखने के बाद कहा कि देखिये उनके छोटे भाई वंशदीप नारायण सिंह भी एक राष्ट्रीय साप्ताहिक निकालने जा रहे हैं और वे नहीं चाहते कि राष्ट्रीय पत्रों में आपस में संघर्ष हो इसलिए अच्छा हो कि श्रीधर बाबू उनके छोटे भाई के पत्र में ही आ जायें। वे प्रूफरीडिंग जानते ही हैं, वंशदीप से कह देंगे और श्रीधर बाबू को प्रूफरीडिंग के मिलने में कोई अड़चन न होगी।

श्रीधर बाबू की तो पैरों तले की जमीन खसक गयी। कहाँ उन्होंने लोगों से दो-दो चार-चार करके करीब दो सौ रुपये पब्लिक में से जमा किये थे। कुछ लोगों ने अंक निकलने पर काफी सहायता का वचन दिया था। ठाकुर साहब पर तो निर्भर थे क्योंकि जेल में उन्हें गीता-महाभारत से अवगत कराया था। प्रायः ठाकुर साहब के लिए खाना बना दिया करते थे। कई बार शालीनता में इनकार नहीं कर पाते थे इसलिए मालिश तक कर देते थे। श्रीधर बाबू के मन में ठाकुर साहब के त्याग और साहस के प्रति असीम श्रद्धा तक उत्पन्न हो गयी थी। जिस प्रकार उनकी साप्ताहिक की योजना में उन्होंने रुचि दिखायी थी उससे श्रीधर बाबू को लगा था कि जेल से छूटने के तीन-चार महीने के अन्दर ही उनका राष्ट्रीय

साप्ताहिक प्रकाशित होने लग जायेगा। लेकिन ठाकुर साहब सकलदीप नारायण सिंह ने जिस प्रकार उन्हें टके-सा जवाब दिया था उससे एकदम टूट गये। क्योंकि आठ-दस दिन बाद उन्होंने सुना कि 'स्वतन्त्र-ज्योति' के नाम से वंशदीप ने साप्ताहिक आरम्भ कर दिया। जिसमें ठाकुर सकलदीप नारायण सिंह के जेल-यात्रा के संस्मरण धारावाहिक छपने लगे। प्रति सप्ताह जब संस्मरण श्रीधर बाबू पढ़ते तो उन्हें आश्चर्य होता कि कब, कहाँ और किस जेल में ठाकुर साहब के साथ ये असीम यातनाएँ घटीं? सम्भवत: उन्हें एक भी कोड़ा नहीं पड़ा होगा लेकिन संस्मरणों में कोड़ों का वर्णन होता। ठाकुर साहब ने एक दिन के लिए अवश्य अनशन किया था लेकिन वहाँ तो लम्बे अनशन का वर्णन था।

वे ग्लानि से भर उठे। दो-एक बार कांग्रेस आफिस में ठाकुर साहब मिले। थाह लेने के ख्याल से पूछा कि उन्हें संस्मरण कैसे लग रहे हैं? श्रीधर बाबू से यह तक कहते नहीं बना कि संस्मरण पढ़े ही नहीं। उस दिन तो श्रीधर बाबू आगबबूला हो गये जब 'स्वतन्त्र-ज्योति' में निकला कि ठाकुर साहब ने गीता और महाभारत पर टीकाएँ लिखी हैं तथा जेल में वे लोगों को धर्म के तत्त्व पर नित्य पढ़ाया करते थे।

शास्त्रीजी के सामने—'स्वतन्त्र-ज्योति' के ताजे अंक में से ठाकुर साहब का संस्मरण सुनाकर बोले,

शास्त्रीजी! मैं ठाकुर साहब को बड़ी श्रद्धा से देखता था।

— बन्धु! आप ही नहीं, काशी के अनेक पण्डित, बल्कि मैं भी उनमें से हूँ कि जो उन्हें श्रद्धा से देखता हूँ। लेकिन इससे क्या?

— इससे यही कि वे सरासर झूठा प्रचार कर रहे हैं अपने बारे में।

— इसलिए महाराज! कि वे कर सकते हैं। वे आज चाहें तो किसी भी पण्डित से कहकर अपने नाम से कोई भी पुस्तक लिखवा सकते हैं।

— लेकिन—

— लेकिन-वेकिन कुछ नहीं पण्डित श्रीधर ठाकुर। जब दोनों समय भोजन के प्रबन्ध पर बड़े-से-बड़ा विद्वान् संस्कृत की पुस्तकों का अनुवाद कर सकता है तो वह पचास रुपये मिलने पर अपना नाम भी पुस्तक पर हटाने को तैयार हो जायेगा। इसमें बिगड़ने की क्या बात है? अरे भाई! आप ज्ञान बेचकर पैसा कमाते हैं, वह पैसा देकर ज्ञान खरीदते हैं।

— लेकिन शास्त्रीजी! मैं जानता हूँ कि ठाकुर साहब अपने संस्मरण में बिल्कुल झूठ लिख रहे हैं।

— आप भी निरे ब्राह्मण ही रहे श्रीधर बाबू! अरे भाई, किसी दूसरे में शक्ति हो तो निकाले दूसरा साप्ताहिक और खण्डन करे।

— यही तो मैं चाहता हूँ।

— यह आपके-हमारे-जैसों के चाहने से नहीं हो सकता। दूसरा जो भी साप्ताहिक निकाल सकता है वह भी ठाकुर साहब का ही कोई भाई-बन्द होगा। आपको

देश-सेवा करने की गलतफहमी है न, इसीलिए? आपको किस कविराज ने राजनीति में जाने का निदान बताया श्रीमान्! जरा हम भी सुनें? अच्छे खासे अनुवाद करने लगे थे और असहयोग में कूद पड़े। अरे वे लोग जेल गये तो हजारों की वकालत का नुकसान करके, जमींदारी का हर्जाना करके; तो प्रचार द्वारा कुछ मुआवजा भी न लें? आप क्या छोड़कर गये थे? प्रूफरीडरी!! मुआवजे में आप वह दर्जा चाहते हैं जो इन वकीलों-जमींदारों का है। भाँग खायी है आपने क्या?

श्रीधर बाबू को विवश क्रोध चढ़ा हुआ था लेकिन शास्त्रीजी की बातों से उन्हें लगा कि राजनीति के इस चक्र में वे एक कील तक नहीं हैं। ठाकुर सकलदीप नारायण सिंह ने जैसे उन्हें बोध करा दिया कि उनकी वास्तविक सामाजिकता क्या है?

— क्यों, दुःखी हो गये श्रीधर बाबू? मैं भी पहले दुःखी हो जाता था लेकिन अब सब स्वीकार कर लिया है। आप जेल क्या चले गये 'हिन्दी-हितकारिणी' का सारा बोझ त्रिपाठीजी ने मुझ पर डाल दिया। अब आप अपना काम सम्हाल लीजिये। त्रिपाठीजी ने पाँच रुपये मासिक के वेतन का प्रबन्ध भी बाबू शिवप्रसाद गुप्त की कोठी से करवा दिया है। हर महीने की पूर्णिमा को उनकी कोठी चला जाता हूँ और ले आता हूँ। अब आप सम्हाल लें सब।

— यह तो बड़ी अजीब बात है कि पत्रिका कहीं से निकले और वेतन कहीं और से मिले।

— क्यों? यही भर अजीब क्यों हैं? यह नहीं कि इन बड़े-बड़े लेखकों की चीजें लेने जाओ तो उनकी पुस्तकें नकल करने का काम भी करना पड़ता है। त्रिपाठीजी की पत्रिका में लेखकों की चीजें छपने पर यश मिलेगा और इसके लिए पण्डित श्रीधर बाबू और शास्त्रीजी को बैठकर उनकी पुस्तकों की नकल या प्रूफरीडरी करनी पड़ती है। श्रीधर बाबू! बचपन में हमारे गाँव में पछाँह की कोई नौटंकी आयी थी। उसमें 'सुदामा-चरित्र' नाटक देखा था। सुदामा की पत्नी ने जो गाना गाया था उसकी पहली पंक्ति आज भी याद है—गरीबी तू है नागन काली।

और शास्त्रीजी ठहाका मारकर हँस पड़े। लगता था शास्त्री पिछले तीन-चार वर्षों में काफी तेज हो गये थे।

जेल के पूर्व वे प्रकाशक को 'चैतन्य-वचनामृत' का अनुवाद दे गये थे। पिछले छह महीनें से वह उन्हें टाल रहा था कि अभी कागज नहीं है या अभी कोर्स की किताबों का सीजन चल रहा है। अन्त में श्रीधर बाबू को घोर आश्चर्य हुआ, जब उसने पूछा कि क्या पाण्डुलिपि उसे दी गयी थी। क्योंकि उसने अपने यहाँ खोजवायी लेकिन कहीं पता नहीं। जरूर ही वह श्रीधर बाबू के पास ही होगी।

असल में श्रीधर बाबू बरसों के मौन के बाद कुछ साहसिक कदम उठाने का निर्णय लेकर जेल से लौटे थे। कांग्रेस आफिस में भी पूरे तन-मन से काम कर रहे थे तथा पत्र और पुस्तकों की जुगत में भी जी तोड़ परिश्रम कर रहे थे, लेकिन वे यह नहीं जानते थे कि उनमें एक इतना बड़ा दोष था कि उसके रहते वे कभी कुछ नहीं कर सकते थे। और वह यह, कि जरा-सी बाधा आने पर बौखलाकर क्षुब्ध, दु:खी हो जाते थे और फलस्वरूप चुप हो जाते थे। प्रकाशक से यह कहने का साहस नहीं हुआ कि वह झूठ बोल रहा है। बस, दु:खी हो गये और अपने कमरे में आकर पड़ रहे। एक ओर यह भी आत्मसम्मान था कि 'हिन्दी-हितकारिणी' का अपना सारा भार सम्हाल लिया था लेकिन वेतन लेने बाबू शिवप्रसाद गुप्त की कोठी जाना उन्हे अपमानजनक लगा और वे नहीं गये। त्रिपाठीजी ने कहा भी,

— श्रीधर बाबू! हिन्दी साहित्य तो सेवा है, दान है। बड़े लेखक जो चीजें देते हैं वह दान ही है पत्रिका के लिए। बाबू साहब ने पूछा कि बताइये हमारे योग्य कोई हिन्दी की सेवा हो तो। उन्होंने अनुग्रहपूर्वक हमारा कहा मान लिया कि सहायक सम्पादक के लिए पाँच रुपये वेतन देंगे। आपको नहीं पता होगा श्रीधर बाबू? वे कितने उदार दानी हैं। काशी की अधिकांश विधवाएँ, पण्डित, ब्राह्मण पूर्णिमा और अमावस्या को, एकादशी के दिन दान पाते हैं। कम्बल, धोती क्या-क्या नहीं दिया जाता? हजारों रुपये देश-सेवा पर खर्च करते हैं। आपकी कांग्रेस के वे कोषाध्यक्ष हैं। भला उनके यहाँ जाकर वेतन लाने में आपको क्या आपत्ति हो सकती है?

— लेकिन मैं नहीं जा सकता पण्डितजी! वेतन, वेतन होता, दान नहीं।

— आप तब दान का माहात्म्य नहीं समझते।

पण्डितजी को लगा कि श्रीधर बाबू इतने सीधे व्यक्ति नहीं हैं जितने कि दिखते हैं। पण्डितजी चाहते तो वेतन का रुपया मँगवाकर दे सकते थे लेकिन उन्हें क्या गरज पड़ी थी? श्रीधर बाबू की इस बात से पण्डित भी प्रसन्न नहीं हुए। उन्हें लगा कि अब ये चूँकि राजनीति में जा रहे हैं तथा एक बार जेल हो आये हैं इसलिए अपने को कुछ समझने लगे हैं। श्रीधर बाबू को लगा कि जैसे वे धीरे-धीरे परिस्थितियों से घिरने लगे हैं और व्यक्ति अलग होते जा रहे हैं। केवल शास्त्रीजी की सहानुभूति उनके साथ थी लेकिन उसका कोई मूल्य नहीं था। त्रिपाठीजी एक सीमा के बाद उन्हें भी आगे नहीं बढ़ने देना चाहते थे। इसलिए 'हिन्दी-हितकारिणी' से शास्त्रीजी ने श्रीधर बाबू के आते ही पिण्ड छुड़ाया। शास्त्रीजी, जो लोगों की इतनी दरबारदारी करते फिरते थे उसका विशेष लाभ स्वयं उन तक को नहीं था तब भला वे श्रीधर बाबू की क्या सहायता करते?

इस बीच कांग्रेस के पदाधिकारियों का चुनाव हुआ और ठाकुर सकलदीप नारायण सिंह नगर कांग्रेस के अध्यक्ष चुने गये और फलस्वरूप उनका ही आदमी

श्रीधर बाबू की जगह आफिस सेक्रेटरी रखा गया। श्रीधर बाबू गाँधीभण्डार में लगा दिये गये।

अब वे जितना ही वापस किनारे की ओर लौटना चाहने लगे, जल उतनी ही गहराई की ओर आगे खींचता रहा। अजीब ऊबचूब में थे। दिन निरर्थक कामों में टूट जाता। बाकी समय 'हिन्दी-हितकारिणी' के लिए सामग्री लेने पूरे बनारस का चक्कर काटने में कट जाता। कभी खाना बना सके, तो कभी नहीं। कभी आलस्य आ जाता और बिना खाये ही रह जाते। इस अनियमितता के कारण आये दिन तबीयत खराब रहने लगती। खाने को मन नहीं करता। खा लेते तो अपच-जैसा लगता। दिनोंदिन दुबले होते जाते, और एक दिन तो खाट पकड़ ली। कोई कहता मन्दाग्नि है, कोई कहता खून में खराबी आ गयी है, कोई कहता ज्वर हड्डियों में रहने लगा है। फल ज्यादा खाया करिये। कोई भस्म खाने का परामर्श देता। जबकि वे अपने कमरे में बिस्तर पर पड़े अकेले ज्वर में तपते रहते। वे जितना ही सोचते कि क्यों नहीं वे भी दूसरों की तरह आगे बढ़कर गलत बातें कर पाते हैं, उतने ही वेग से उनके अन्तर में जाने क्या और जाने कितनी जोरों से सुलगने लगता है। वे भी त्रिपाठीजी के सामने सर्वस्व समर्पण कर आगे बढ़ सकते हैं। वे भी गुप्तजी की कोठी के चक्कर लगाकर अपना उल्लू सीधा कर सकते हैं। लेकिन तभी अन्तर से कोई धिक्कार देता कि तब अपने ही सामने क्या मुँह रह जायेगा? क्या इसीलिए घर छोड़ा था? जब यही सिर-झुकायी क़रनी थी तो स्कूल मास्टरी करने में क्या हानि थी? सम्भव था कि अब तक वे फर्स्ट-मास्टर भी हो गये होते। इसीलिए न यह सब नहीं किया कि उनके सच्चरित्रता के, ईमानदारी के, कर्मठता के नैतिक आदर्श थे। साधनहीनों के लिए आदर्श शक्ति नहीं विवशता होती है। लेकिन शक्ति तो सम्पन्नों के लिए है। क्योंकि आदर्श, नैतिकता मुखोश होने चाहिए आपके, चरित्र नहीं।

श्रीधर बाबू अपने भीतर उत्पन्न होनेवाली अनास्था को गायत्री-मन्त्र से समाप्त कर देना चाहते थे लेकिन वह निदान नहीं था। बिस्तरे पर पड़े-पड़े वे अपने को जान चुके थे कि वे मूलत: कायर हैं और कायर के लिए संघर्ष नहीं, आश्रय होता है। धर्म, नैतिकता, आदर्श ये ऐसे ही आश्रय होते हैं।

वे लगभग पन्द्रह दिनों तक बिस्तरे पर रहे। दो-एक बार शास्त्रीजी को छोड़कर कोई पूछने तक नहीं आया। बिना दीये-बत्ती के अँधेरे में ही पड़े रहते। तेज प्यास में बुखार से लड़खड़ाते नल पर ही पहुँच जाते। जलते दिमाग में एक तेज सन्नाटा गरम-गरम-सा गूँजता रहता। वे जलती हथेलियों से अतीत पकड़ते होते। कभी वह इन्दु दीदी होतीं। वह तालाब। उन्मुक्त लहरें। सफेद छतरी। दीदी का वह बारजा। भीगते पानी में ट्राली पर बैठी दीदी।

दीदी का ब्याह हो रहा है।

लेकिन दोनों ओंठ तक जल रहे हैं।

अभी तो सब यहीं था। कहाँ चला गया? दूर अँधेरे में सादी धोती में शृंगारहीन उदास फीकी-फीकी-सी गर्मियों के आकाश-सी यह कौन है? सरो!! क्या रो रही है? यह तेज लपकता कौन गया अभी? क्या माँ थीं? ये बापू इतने उदास क्यों हैं...बच्चे!!—और अतीत जलती आँखों में डूब जाता है।

हथेलियों से आग निकल रही है।

—पानी!!

और फिर डूबने-जैसा लगता है।

बिशन मारा गया। मालिनी दीदी....बदरीनाथ के रास्ते पर अकेली, वो अकेली चली जा रही है। दीदी! सम्हलकर, यहाँ बरफ कच्ची है, ताजी है।.....इन्दु दीदी का क्या हुआ होगा? पता नहीं कैसी हैं वे। कहाँ हैं वे?......ये बाल फैलाये जलती आँखों में कौन उभरता आ रहा है? पगली-सी कौन है यह?

.....पेमेन बाबू की पत्नी??....

सिर से लपटें उठ रही हैं?

क्या अब वे कभी घर नहीं जा पायेंगे? सरो क्या सोचती होगी? क्या....गुनी का विवाह हो गया होगा? भाभी सरो के साथ वैसी ही लड़ती होंगी?......सुशीला और देवव्रत?....देवव्रत स्कूल जाने लगा होगा न?.....नारायण बाबू क्या फिर इन्दौर गये थे? कमल अब कहाँ होगी?

श्रीधर बाबू ने फिर अपने पंजे सिकोड़ लिये। लड़ते वे कभी नहीं थे, फिर भी जैसा कुछ भी लड़ते थे या लड़नें की सोची थी कि एक पत्र निकालेंगे, देश-सेवा करेंगे, कांग्रेस में खुलकर काम करेंगे आदि आदि-सबके प्रति उदास होकर निर्व्याज काम करते। वे ठाकुर सकलदीप नारायण सिंह से दूर रहते लेकिन ठाकुर साहब ही सामने पड़ जाते और हर तरह से उपेक्षित करते, अपमानित भी करते। श्रीधर बाबू चुप रहते। कभी लालच दिया जाता कि घर आइये, आपसे तो साहित्यिक बातें होंगी लेकिन वे टाल जाते।

लगभग पाँच बरस हो रहे थे रतना से मिले। उस रात वह ऐसी गायब हुई कि उसके बाद पता ही नहीं चला। कभी-कभी लगता कि चलकर पूछा जाये कि वह कहाँ है। एक दिन गोदौलिया पर पान खा रहे थे कि सुधांशु दिखलायी दिये। पूछने पर मालूम हुआ कि वह आनेवाली है। इसी समय जाने कहाँ से ठाकुर सकलदीप नारायण सिंह भी आ गये और उन्होंने श्रीधर बाबू को सुधांशु के साथ देख लिया। ठाकुर साहब ने जिस तरह से घूरा उससे उन्हें कुछ असुविधा हुई तथा शंका भी कि वे सुधांशु को जानते हैं कि वह क्रान्तिकारी है। दूसरे दिन ठाकुर साहब ने श्रीधर बाबू को कांग्रेस आफिस में बुलाकर पूछना शुरू किया कि वे सुधांशु राय को कैसे जानते हैं? तथा उस व्यक्ति से उनका क्या सम्बन्ध है? श्रीधर बाबू ने उनकी किसी बात का उत्तर देना ठीक नहीं समझा, फलस्वरूप ठाकुर साहब ने चेतावनी दी कि उन्हें मालूम हो गया है कि श्रीधर बाबू का सम्बन्ध क्रान्तिकारियों से है और इस बात का पूरा-पूरा शक ठाकुर साहब को पहले से ही था।

असहयोग में क्रान्तिकारियों ने कोई हिस्सा नहीं लिया था इसलिए कांग्रेसी उनसे नाराज थे। साथ ही हिंसा-अहिंसा का प्रश्न तूल पकड़ता जा रहा था। अब ठाकुर साहब उन पर और भी निगरानी रखवाने लगे। श्रीधर बाबू को लग रहा था कि यह व्यक्ति उन्हें कांग्रेस आन्दोलन से बिलकुल हटा देना चाहता है। क्योंकि एक प्रकार से वह उनके लिए चुनौती था। जेल में जिस प्रकार से ठाकुर साहब रहते थे, किस प्रकार वार्डरों को घूस देकर उनके लिए सारी चीजें आती थीं उसका कच्चा चिट्ठा श्रीधर बाबू के पास था और ठाकुर साहब डरते थे कि किसी दिन यह व्यक्ति उन पर प्रहार कर सकता है इसलिए उनका हटाया जाना ठाकुर साहब के लिए अनिवार्य था। वे ठाकुर साहब की नीयत पूरी तरह समझ गये थे कि वे उन्हें किसी तरह फँसाकर बदनाम कर निकालना चाहते थे।

एक दिन वे खादी-भण्डार में थे कि किसी ने सूचना दी कि बाहर कोई मिलने आया है। देखा ता सुधांशु थे। उन्हें लगा कि सुधांशु को यहाँ नहीं आना चाहिए था लेकिन क्या कहते? मालूम हुआ कि रतना आ गयी है।

श्रीधर बाबू दिनभर प्रतीक्षा करते रहे कि अब ठाकुर साहब का बुलावा आयेगा लेकिन नहीं आया। वे शाम को त्रिपाठीजी के यहाँ से होते हुए करीब दस बजे रात रतना के यहाँ पहुँचे। रतना किताब पढ़ते हुए प्रतीक्षित मिली। कुछ दुबली हो गयी थी। घर तो वैसे ही सुनसान था, मुहल्ला भी। देखते ही बोली,

— कहिये, जेल-यात्रा कैसी रही?
— अच्छी ही रही। तुम कहाँ थीं इतने दिनों?
— मैं तो बराबर आती रहती हूँ आप ही से भेंट नहीं होती। हाँ सुनिये, आपके यहाँ मुरारी नाम का कोई व्यक्ति है।
— हाँ, क्यों?
— कौन है वह?
— दरबान है भण्डार का।
— क्या वह ठाकुर सकलदीप नारायण सिंह का आदमी है?
— होगा, मुझे नहीं मालूम।
— वह सी० आई० डी० है।
— तो मुझे क्या करना है? तुम लोगों को सी० आई० डी० की चिन्ता हो सकती है।
— मुझे आपके लिए चिन्ता है।
— मेरी चिन्ता तो ठाकुर साहब काफी करते हैं। खैर छोड़ो, दुबली लग रही हो।
— मैं तो दुबली ही हूँ। जरा अपनी शकल कभी आईने में देखी है?
— आईना ही नहीं है अपने पास।
— तभी यह हाल है। क्या बहुत बीमार रहे पिछले दिनों या जेल से कोई रोग पाल लाये?
— नहीं पिछले दिनों बीमार था थोड़ा-सा।
— खाना हाथ से ही बनाते हैं न?
— भला और कौन बनायेगा?
— चाहती तो हूँ कि कभी आप मौका दें तो मैं बना दूँ। लेकिन आप देते ही नहीं।
— एक दिन का उपकार किसी का लेने से फायदा?
— वाह साहब, अँगुली पकड़ते-पकड़ते पहुँचा पकड़ने लगे?
— जाने दीज्यि अँगुली भी छोड़े देते हैं।

दोनों हँस दिये। वह बताती रही कि वह कहाँ-कहाँ थी। सुनती रही कि श्रीधर बाबू क्या चाहते थे कैसे कुछ नहीं हो रहा है। बोली,

— यह ठाकुर साहब अंग्रेज होते तो अभी पिस्तौल तान देती। बड़ा जालिम आदमी है। कांग्रेस को धोखा दे रहा है। लेकिन सुनिये, आपने क्या साप्ताहिक निकालने का विचार स्थगित कर दिया है?

— स्थगित ही समझो।

— क्यों?

— एक तो पैसा नहीं है, दूसरे मुझमें सम्भवतः उतना निर्दय-साहस नहीं है जो कि प्रत्येक सामाजिक काम में अपेक्षित होता है।

रतना उदास हो गयी। उसे श्रीधर बाबू से अतिरिक्त स्नेह हो गया था।

— सुनिये, आप मेरी एक बात मानेंगे?

— क्यों?

— पहले वादा करिये कि मानेंगे।

— भला वादा कैसे कर सकता हूँ।

— कोई बात नहीं। मैं असल में कहना चाह रही थी कि आप घर लौट जाइये।

— तुम भी समझती हो न कि मैं कुछ नहीं कर सकता हूँ?

— नहीं, ऐसी बात नहीं है। लोग आपको कुछ नहीं करने देंगे।

— कब तक नहीं करने देंगे?

— जब तक लोग रहेंगे।

— लोग तो हमेशा रहेंगे।

— तो वे हमेशा ही नहीं करने देना चाहेंगे।

— इसका मतलब तो यह हुआ कि प्रयास भी छोड़ दूँ?

— यह नहीं कहा मैंने। प्रयास तो कर्म का चिह्न है। आप तो बड़ी जल्दी हताश हो जाते हैं। आपके निकट कोई ऐसा व्यक्ति नहीं जो कि आपको हताश न होने दे।

— तो मैं कुछ कर सकता हूँ?

— लगता तो ऐसा ही है।

— लेकिन ऐसा व्यक्ति कहाँ मिले?

— अब मैं कैसे अपने मुँह से कहूँ कि ऐसा व्यक्ति मैं ही हूँ।

और दोनों खूब जोरों से हँस दिये। श्रीधर बाबू बोले,

— क्या तुम यह सच कह रही थीं?

— अरे बाबा! तो क्या आप सच समझ गये थे?

— मैं भी सच नहीं समझे था।

श्रीधर बाबू किञ्चित् उदास हो गये। रतना स्वल्प हँसते हुए बोली,

— श्रीधर बाबू! कहा तो मैंने बिलकुल सच ही था केवल दो ही अड़चने हैं उसमें इसलिए वह सच होते हुए भी हँसी ही है।

— क्या?

एक तो यह कि मैं किसी का सौभाग्य नहीं छीनना चाहूँगी, दूसरे अपनी पार्टी का काम। इसीलिए कह रही थी कि आप घर लौट जाइये। इतना कोमल मन लेकर किसने आपको घर से बाहर निकलने दिया?

— तुम होतीं तो क्या मुझे घर में कैद रखतीं।

— कोई आश्चर्य?

— आश्चर्य नहीं, अविश्वास।

— विश्वास दिलाने के लिए विवाह नहीं करूँगी। यों ही विश्वास सकें तो विश्वास लें।

बातों ही बातों में उसने बताया कि वह कल चली जानेवाली है और श्रीधर बाबू को उसका एक काम करना होगा। इसके लिए वह उन पर विश्वास करती है। उसने एक बन्द कमरे को खोला तथा एक छोटा-सा पैकेट लाकर उन्हें दिया। श्रीधर बाबू बिना पूछे ही समझ गये कि उसमें कुछ अवांछित वस्तुएँ हैं। एक बड़े-से लिफाफे में कुछ पर्चे तथा किताबें थीं। वे सारी चीजें उनसे लेने शचीन घोषाल नाम का एक व्यक्ति आयेगा और ले जायेगा। यदि मान लीजिये शचीन कल रात तक न आये तो यह उन्हें रामनगर में परसों शाम सात बजे एक व्यक्ति को देना है जो कि वहीं घाट पर, जहाँ मल्लाहों की झोपड़ियाँ हैं, मिलेगा। यह लिफाफा उसे देने की जरूरत नहीं।

जाने क्यों श्रीधर बाबू का मन कह रहा था कि वे रतना से इस काम के लिए इन्कार कर दें। इसलिए नहीं कि वे डरते हैं लेकिन.....लेकिन वे नहीं कह सके। क्योंकि सम्भव था, रतना उन्हें कायर ही समझती। चूँकि रतना कहीं उनके बहुत निकट आ चुकी थी इसलिए वे यह सहन नहीं कर सकते थे कि रतना उन्हें कायर समझे। रतना के प्रति जाने क्यों सम्भवत: उसके खुले स्वभाव के कारण ही वे अजीब आसक्त-से हो जाते थे।

रतना उनके लिए न इन्दु दीदी थी, न सरो थी, न मालिनी दीदी थी—बल्कि पहले दिन से एक सहज मात्र नारी के रूप में आयी थी जिसने क्रमश: उनके मन के वे अनेक स्तर उजागर किये जिनसे वे जीवनभर अपरिचित ही रहे थे। यदि सम्भव है तो वे उसे प्रेम तक कह सकते हैं। यद्यपि ऐसे कहने की कभी आवश्यकता ही नहीं हो सकती थी। क्योंकि दोनों के पास इसके लिए न मौका ही, न अवसर ही हो सकता था। इसलिए अनभिव्यक्त प्रेम, अभिव्यक्त आकर्षण ही था।

सीढ़ी से उतरते श्रीधर बाबू से रतना बोली,

— आपको जाते हुए देखती हूँ तो पता नहीं....लगता है कि कहीं मैं आपको देखने के लिए फिर न रही तो?

— तुम क्या सोचती हो कि जाते हुए मुझे कुछ नहीं होता है?

— आपको तो होता है न? मुझ पर तो बीत जाता है श्रीधर बाबू! आप बस आया करें। जाना ही हो तो मैं चली जाया करूँ। पीछे खड़े होकर जाना देख, जाने कितना दु:ख देता है। हम इतिहास के कैसे सँकरेपन में मिले हैं कि केवल एक को ही चलना है। अच्छा अब जाइये। रात काफी हो गयी न?

श्रीधर बाबू जीने में रुककर खड़े सुन रहे थे। रतना दो सीढ़ियाँ ऊपर थी। उसने बढ़कर उनके कन्धे पर हाथ रख दिया। श्रीधर बाबू के दोनों हाथों में सामान था उन्होंने थोड़ी गर्दन झुकाकर उस हाथ को अपने गाल पर छुलाकर आँखें बन्द कर लीं।

बाहर के दरवाजे पर खड़ी-खड़ी रतना श्रीधर बाबू को तब तक देखती रही जब तक वे गली में दिखते रहे। गली की पीली रोशनी में धुँधले पड़ते श्रीधर बाबू को बँगला ढंग से झुककर प्रणाम करने को मन हुआ। किया नहीं गया, बस मन हुआ—सोचती रही कि—क्या होगा श्रीधर बाबू का? अकेले क्या यह कोई संघर्ष कर सकेंगे?

दूसरे दिन वे शचीन नामक महाशय की प्रतीक्षा करते रहे लेकिन वह नहीं आया। सम्भवतः इसलिए श्रीधर बाबू की चिन्ता बढ़ गयी क्योंकि इस पैकेट को लेकर अब इस समय उन्हें रामनगर जाना है। वे जान रहे थे कि इस पैकेट में क्या है लेकिन रतना के प्रति कर्त्तव्य था। साथ ही यह भी कि जहाँ क्रान्तिकारी लोग इतने काम करते हैं वहाँ क्या वे इतना भी काम नहीं कर सकते?

घर से जिस समय वे झोला लेकर चले तो 'रामकृष्ण मिशन अस्पताल' के पास एक पानवाले की दूकान पर मुरारी पान खाता हुआ दिखा। उन्हें कुछ शक हुआ कि आज यह यहाँ इस समय कैसे? पहले सोचा था कि दशाश्वमेध से ही सीधे नाव लेकर वे रामनगर चले जायेंगे लेकिन कुछ सोचकर वे गलियों से होते हुए 'सोनारपुरा' की तरफ बढ़े। सम्भव हुआ तो 'हरिश्चन्द्र-घाट' से नाव ले उस पार जायेंगे। वे बार-बार पीछे देख लेते कि कोई आ तो नहीं रहा है? मुरारी पर पूरा शक था लेकिन उसका कहीं नहीं पता था। मन में वे यही सोचे हुए थे कि खतरे के मौके पर वे झोला तो छोड़ देंगे पर कोई दूसरी झंझट नहीं करेंगे।

'हरिश्चन्द्र-घाट' से एक नाव राभनगर जा रही थी वे भी सवार हो गये। दो सवारियाँ और चढ़ीं और नाव चल दी। नाव पर खासी भीड़ थी। उनके साथ जो सवारियाँ चढ़ी थीं वे दोनों उनके पास ही बैठी थीं। गंगा में छोटी-छोटी हिलोरें उठ रही थीं। सुनसान घाटों के पीछे, ऊपर साँझ हो रही थी। पूजा-आरती के शंख-घड़ियाल सुनायी पड़ने लगे थे। लोग खूब जोरों पर बतिया रहे थे। अधिकतर रामनगर के ही थे। दिनभर के बाद लौटे जा रहे थे। पास में बैठे एक व्यक्ति ने पूछा,

— क्यों साहब, आप रामनगरै में रहते हैं?

— जी नहीं।

— घूमने जाय रहे होंगे न?

— बस वैसे ही।

— कहीं पढ़ाते हैं का?

— जी नहीं।

— कौन काम करते हैं बाबू साहब?

पूछनेवाले पर श्रीधर बाबू को चिढ़ आ रही थी कि यह क्यों नहीं समझ रहा है कि वे बातें नहीं करना चाहते हैं।

— अखबार में हैं।

— अच्छा! तो 'आज' में हैं।

— जी नहीं। एक साहित्यिक पत्र में हूँ।

— ई कौन चीज है बाबू साहेब!

पास में बैठा दूसरा व्यक्ति मन्द-मन्द मुसकरा रहा था। वह बोला,

— अरे बाबू साहेब को हमने देखा है, सुराजी हैं, सुराजी।

इस पर पहलेवाला बोला,

— अच्छा तो नेता हैं बाबू साहेब। क्यों साब! आपके ये गाँधी बाबा इस तरह आजादी दिला देंगे?

— देखिये।

— आप तो कुछ बतलाते ही नहीं। कैसे नेता हैं? अरे बाबू साहेब। हम लोग तो नौकर-पेशा हैं लेकिन हम भी आजादी चाहते हैं। बोलो भाइयो! वन्दे मातरम्!!

और नाव के लोग बिना समझे-बूझे जैसे 'गंगा मैया की जय' बोलते हैं वैसे ही 'वन्दे मातरम्', 'भारत माता की जय', 'गाँधी बाबा की जय' बोलने लगे। श्रीधर बाबू को लगा कि यह व्यक्ति बहुत तेज मालूम होता है। रामनगर का किला एकदम पास आ गया था। नाव किनारे पर लगी। सब उतर गये। वे भी उतरे और सोचने लगे कि सब लोग चले जायें तो फिर मल्लाहों की झोपड़ियों में तलाश करें। उसी नाववाले आदमी ने कहा,

— तो यहीं तक आये थे बाबू साहेब?

— जी हाँ।

और पिण्ड छुड़ाने के ख्याल से वे गंगा के किनारे-किनारे चलने लगे। वह फिर बोला,

— सुनिये बाबू साहेब! बीड़ी तो पीते जाइये।

और पीछे मुड़कर देखा तो वह उनकी ही ओर आ रहा था। उन्हें खटका जरूर हुआ कि यह व्यक्ति व्यर्थ में क्यों इतना बोल रहा है? अभी वे कुछ सोचें इसके पूर्व ही वह बिजली की तेजी से उन पर टूट पड़ा और हाथ का झोला छीनकर दूर फेंक दिया। दूसरे साथी ने जेब से पिस्तौल निकाल ली,

— खबरदार, जो भागने की कोशिश की तो।

तो क्या मुरारी इसीलिए दिखा था? रतना ने ठीक ही कहा था कि वह सी० आई० डी० है। पलक झपकते में ही सारी घटना घटी थी। जब उनकी तलाशी ले ली गयी और वे दोनों आश्वस्त हो गये कि उनके पास कोई पिस्तौल-जैसी चीज नहीं है तो उनके हाथ पीछे बाँधकर उन्हें ले चले। झोला सही-सलामत था। उसे उठाते हुए एक ने कहा,

— कहिये जनाब! आपका साथी कहाँ है?

— कौन साथी?

— वही जिसे देने के लिए ये बम लाये थे।

— मैं नहीं जानता।

— बहादुर मालूम देता है। सचमुच ही नेता लगता है।

— आखिर आप लोग क्या चाहते हैं?

— थाने चलो जनाब? हम तो बस चाहते हैं कि अपने साथियों के नाम बता दो और छूटकर मौज करो।

— मैं कुछ नहीं जानता।

— चलो थाने में सब मालूम हो जायेगा।

और एक नाव पर पुलिस उन्हें लेकर थाने चली। इतनी थोड़ी-सी देर में कितना कुछ, बल्कि सब-कुछ बदल गया था। अब वे पुलिस, सरकार सबकी आँखों में एक खतरनाक क्रान्तिकारी थे।

तो रतना ने उन्हें भी सरकार की आँखों में क्रान्तिकारी बना दिया था। लेकिन अब क्या होगा? वही जो होता है। मुखबिर बनाये जाने की कोशिश होगी, मार होगी, मुकदमा चलेगा, सजा होगी। उसके बाद जेल, चक्कियाँ, कोड़े-जाने कितने दिनों तक के लिए। लेकिन क्या रतना को कभी मालूम हो सकेगा कि श्रीधर बाबू ने उसके काम के लिए जेल भुगती? कहीं वह यह तो नहीं सोच लेगी कि उन्हें ठीक तरह से पहुँचाना नहीं आया?

पुलिस ने उन्हें मुखबिर बनाने की भरसक चेष्टा की। पुलिस उन्हें जान चुकी थी कि श्रीधर बाबू स्थानीय कांग्रेस के प्रमुख कार्यकर्त्ता भी हैं तथा असहयोग में जेल हो आये हैं। श्रीधर बाबू ने जिस तरह से हर बात के लिए अभिज्ञता प्रकट की थी उससे पुलिसवालों को पूरा विश्वास हो गया कि यह व्यक्ति खासा घुटा हुआ है। मारपीट के बाद भी जब उन्होंने कुछ स्वीकार नहीं किया कि वे किन-किन लोगों के साथ काम करते हैं तो उनसे उस आदमी का ही नाम जानना चाहा जिसे वे बम देने के लिए रामनगर गये थे। अन्त में पुलिस हार गयी। इस बीच काफी जोरों से क्रान्तिकारियों की धर-पकड़ हो रही थी। पूरा उत्तर भारत इस समय क्रान्तिकारियों की पिस्तौलों और बमों से गूँज रहा था। अंग्रेजी शासक उनसे आक्रान्त थे। सभी क्रान्तिकारी किसी-न-किसी हत्या, आक्रमण, लूटपाट के सिलसिले में खोजे जा रहे थे। रेल लूटना तो आये दिन की बात होती जा रही थी। रोज किसी-न-किसी अंग्रेज शासक की हत्या की जा रही थी। पुलिस श्रीधर के सारे सम्बन्धों की खोज में लगी हुई थी और अन्त में उसे पता लग गया कि बिशन नामक क्रान्तिकारी, जो कि इन्दौर के 'मालवा-हाउस' षड्यन्त्र में मारा गया था उसके साथ एक लड़की थी और एक व्यक्ति और था। बिशन के साथवाला वह व्यक्ति यह श्रीधर बाबू ही थे। इन दोनों पर लड़की भगाने तथा उसके साथ बिशन का ब्याह करवाने के सम्बन्ध में भी वारण्ट निकले थे। इस प्रकार श्रीधर बाबू का, क्रान्तिकारी आन्दोलन से बहुत गहरा सम्बन्ध है इस बात की स्थापना पुलिस कर ले गयी। रोजी सेक्सन नामक लड़की का पता तो पुलिस को बहुत पहले ही लग गया था कि वह लड़की क्रान्तिकारी थी तथा बंगाली थी और वह भी बनारस की। हो सकता है कि श्रीधर बाबू उसी लड़की के साथ मिलकर काम कर रहे हों।

एक दिन उन्होंने हवालात की सीखचों में से देखा कि रतना, शचीन, सुधांशु तथा चार-पाँच व्यक्ति गिरफ्तार होकर थाने लाये गये हैं। पुलिस ने फिर उन्हें खूब परेशान किया, मारा भी ताकि ये यह मंजूर कर लें कि इन पकड़े हुए क्रान्तिकारियों से उनका सम्बन्ध है। उन्हें बताया गया कि ठाकुर सकलदीप नारायण सिंह तथा भण्डार का चौकीदार मुरारी इस बात के गवाह हैं कि सुधांशु राय से उनका सम्बन्ध है तथा रतना के घर वे आते-जाते रहे हैं। पुलिस उनसे कबुलवाना चाहती थी कि क्या रतना ही रोजी सेक्सन है?

इन लोगों का मुकदमा छह महीने चला। पुलिस ने अन्त तक श्रीधर बाबू को बाकी के कैदियों से नहीं मिलने दिया ताकि वे कमजोर पड़ जायें और कुछ बातें मंजूर कर लें। रतना ने शुरू दिन जब श्रीधर बाबू को कोतवाली में देखा तो वह

उदास हो गयी। इसलिए नहीं कि कहीं श्रीधर बाबू पुलिस को कुछ बता न दें बल्कि इसलिए कि वे व्यर्थ ही इसमें पकड़े गये। बहुत दिनों तक सोचती रही कि किस प्रकार उन्हें बचाया जा सकता है लेकिन कोई तरकीब नहीं दिखलायी दे रही थी क्योंकि पुलिस ने रँगे हाथों पकड़ा था तथा उसे यह भी मालूम हो गया कि ठाकुर सकलदीप नारायण सिंह चाहते थे कि किसी प्रकार श्रीधर पूरी तरह खतरनाक क्रान्तिकारी सिद्ध हो जाये और या तो फाँसी पर जायें या फिर कालापानी, तो उनके रास्ते का यह काँटा दूर हो। जिस दिन मुकदमे का फैसला होना था, 'अदालत' में खासी भीड़ थी। श्रीधर बाबू ने देखा कि रतना के मुख पर अजीब सन्तोष तथा तुष्टि थी। उन्होंने उसकी आँखों में स्पष्ट पढ़ा कि उसे अत्यन्त सुख था कि श्रीधर बाबू उसकी कठिन परीक्षा में भी उत्तीर्ण हुए। उन लोगों पर एक अंग्रेज मजिस्ट्रेट की हत्या का आरोप था। क्रान्तिकारियों में से ही फणीन्द्र घोष नामक एक व्यक्ति मुखबिर हो गया था और उसके बयान से ही सारी बात मालूम हुई कि रतना ने बंगाल, बिहार और उत्तर प्रदेश में कुल मिलाकर चार हत्याएँ कीं, और वही इस दल की नायिका हैं। सुधांशु राय, शचीन घोषाल भी मजिस्ट्रेट की हत्या में शामिल थे। पुलिस के कहने से घोष ने श्रीधर बाबू को बहुत पुराना क्रान्तिकारी बताया। पुलिस के द्वारा श्रीधर बाबू को फँसाने में ठाकुर सकलदीप नारायण सिंह का बड़ा हाथ था। और इस प्रकार रतना, सुधांशु राय तथा शचीन को फाँसी की सजा हुई। बाकी के चार साथियों में दो को आजीवन कालापानी तथा शेष दो को बारह-बारह वर्ष का सपरिश्रम कारावास। श्रीधर बाबू को सिवाय फणीन्द्र के और किसी ने भी अपने दल में मानने से इन्कार किया था लेकिन चूँकि पुलिस ने उन्हें बम के साथ पकड़ा था तथा क्रान्तिकारियों से सम्पर्क की बात स्थापित हुई थी तथा 'मालवा-हाउस' के षड्यन्त्र का भी शक था इसलिए दस वर्ष का सपरिश्रम कारावास मिला।

जिस समय रतना को प्राणदण्ड सुनाया गया वह निश्चिन्त बैठी हुई थी। श्रीधर बाबू एक क्षण को काँप उठे थे। उन्होंने देखा कि कहीं वह अत्यन्त आत्मस्थ होकर मुसकरा रही थी। लेकिन जब उन्हें सजा सुनायी गयी तो रतना किञ्चित् उदास हो गयी थी। रतना ने कैसी जल-भरी उदास मोहक आँखों से उनकी ओर देखा था। श्रीधर बाबू भीग उठे। रतना सचमुच उनके अन्तर में प्रविष्ट हो चुकी थी। उनका दिल धड़कने लगा कि क्या अब वे कभी भी रतना को नहीं देख पायेंगे? क्या उस रात अनजाने ही उसके हाथ का स्पर्श अपने गालों पर अनुभव किया था—क्या वही भर था? क्या अच्छा न होता कि उन्हें भी प्राणदण्ड मिल जाता?

और उन्होंने सुना कि रतना गोंडा भेज दी गयी है और वहीं उसे एक माह बाद फाँसी दी जायेगी। सुधांशु और शचीन को नैनी भेज दिया गया। केवल वे ही बनारस जेल में रहे।

फाल्गुन बीत चुका था। चैत्र के आरम्भिक दिन थे। रात के गहरे सन्नाटे में दूर कहीं फाग और ढपली के स्वर सुनायी पड़ जाते। जेल की बीचवाली नीम नंगी हो गयी थी। ढेर-सारी पत्तियाँ पीली-पीली मैदान में बिछी हुई थीं। नंगी डालों के पीछे आकाश सहमा-सहमा-सा छितरा हुआ था। श्रीधर बाबू अपनी कोठरी में बन्द चक्की पीस रहे थे। अभी सवेरा था। चक्की चलाते हुए सोच रहे थे कि आज, बल्कि इस समय रतना को फाँसी दी जा चुकी होगी। अवश्य ही उसके मुख पर कोई घबराहट नहीं आयी होगी। एक वीर की भाँति वह फन्दे तक पहुँची होगी। एक क्षण को जाने कौन-कौन आँखों के सामने से गुज़र गये होंगे। जिस दिन वह अलग हो रही थी कैसे बोल रही थी,

—श्रीधर बाबू! तो, सब समाप्त हो गया न?

—रतना! मेरी ओर से तो आरम्भ ही है अभी।

—तो कभी याद करियेगा?

—अपने से पूछो।

और कैसे वह देखती ही चली गयी थी जैसे पहली बार देखना सीख रही हो। उसने तब हाथ बढ़ाया था। कैसा मुलायम हाथ था। विश्वास नहीं हुआ कि कभी यह हाथ भी किसी पर उठ सकता है। कैसा पवित्र, किन्तु संकल्पित था। श्रीधर बाबू के मन में कितना घिरा कि एक बार रतना के उस हाथ को चूम लें लेकिन लगा कि कहीं वह अपवित्र न हो जाये। कैसे धीमे से कानों में कह गयी,

—तुमि आमार शामी!!

और फिर उसने मुड़कर नहीं देखा। पुलिस के बीच घिरी वह चली गयी लेकिन उन्हें कितना विवश कर गयी। कहकर वह सनाथ हो गयी लेकिन सुनकर वे अनाथ। रतना तीन शब्दों में जाने कितना लिख गयी कि अब वे जीवनभर बाँचते रहेंगे कि वह किस अपात्र को क्या कह गयी?

आज विवश बने चक्की पीस रहे हैं और जो उन्हें सर्वस्व मानने पर आयी थी इस समय जाने कहाँ, कहाँ.....

और श्रीधर बाबू बिलख उठे। हाय वे कैसे अभागे रहे कि जिसके सम्पर्क में आये वही या तो चिर दु:खी हो गया या न रहा।

और तभी वार्डर ने कोठरी के सींखचों पर डण्डा मारते हुए कहा,

— ए बाबू, सोता है क्या?

बाहर चैत्र पीले पत्तों को समेट रहा था। कल यही नीम कोंपला जायेगा। निमौलियाँ आ जायेंगी। तपते दिन हू-हू करते, धूल उड़ाते सब-कुछ तपा जायेंगे। एक सरो है

जिसे यही नहीं मालूम होगा कि वे कहाँ हैं। दूसरे रतना हुई थी, तो उन्हें नहीं मालूम कि वह कहाँ है?

लम्बे दस वर्ष। जेल से छूटने पर वे पैंतालीस वर्ष के प्रौढ़ होंगे। इस बीच कितना कुछ न घट जायेगा यहाँ और बाहर। तब तक जीवन से कोई सम्बन्ध नहीं। रतना तब मात्र स्मृति होगी। दस वर्ष पुरानी। कौन मिलेगा तब बाहर? रतना कैसे सहसा आयी और चली गयी। क्या वे कभी सोच सकते हैं कि कभी कोई इतने चुपके से किसी के कानों में इतने साहसिक एकान्त विश्वास के साथ सर्वस्व सौंपकर असम्पृक्त बना, अदेखे जा सकता है? जैसे वह कर्त्तव्य समझती थी इसे भी कैसे हँसकर कहा करती थी,

— श्रीधर बाबू बहुत जल्दी जाना है यहाँ से, लेकिन अपने 'शामी' को बिना बताये जाना पड़े ऐसा नहीं चाहती। उन्हें अवश्य बताकर जाऊँगी।

— कौन है वह भाग्यवान्?

— पता नहीं कि वे भाग्यवान् हैं कि नहीं पर 'शामी' जरूर हैं मेरे।

— तो विवाह क्यों नहीं कर लेतीं उनसे?

— आप मेरे 'शामी' की विवशता कभी नहीं बूझ पायेंगे। वे विवश हैं और मैं उन्हें अवश नहीं करना चाहती। इसलिए जिस क्षण उन्हें पहली बार 'शामी' कहूँगी फिर उन्हें नहीं देखूँगी ताकि वे मेरे सामने विवश न दिखें। भला मैं अपने 'शामी' को विवश देख सकती हूँ?

और उस दिन क्या पता था कि सचमुच उसके 'शामी' वे ही थे। और मालूम भी होता तो क्या कर सकते थे? सचमुच वह उन्हें समझ सकी थी। वे बुदबुदा उठे,

— रतना! तुम किस अपात्र को, कमजोर व्यक्ति को अपना 'शामी' बताकर चली गयीं जो किसी भी भाँति तुम्हारे योग्य नहीं। न वैसा मनोबल ही, न वैसा संकल्प ही जो कि तुम्हारे 'शामी' के लिए स्वयं उनकी धारणा थी। वे तो मात्र परिस्थितियों के एक कमजोर पुतले हैं जो कि अँधेरे-से-अँधेरे तक यात्रा किया करनेवालों हजारों-लाखों साधारण कमजोरों में से एक हैं। जो इतिहास में व्यक्ति भी नहीं बनते, न उनकी कोई संज्ञा होती है, वे केवल संख्या होते हैं। तुम अद्वितीया थीं। तुम्हारा पद अच्युत का था, फिर यह क्या हो गया था तुम्हें? उन्हें तुमसे प्रेम हो सकता था लेकिन तुम्हें तो मोह था रतना! तुमने श्रीधर बाबू को 'शामी' कहकर परमपद क्यों दे दिया? अजाने ही वे सार्थक हो गये। एक संख्या को संज्ञा देकर तुम कहाँ चली गयीं। तुमने इस शेष पत्ते को पीले पत्तों की असंख्य संख्या में क्यों नहीं मिल जाने दिया? क्या इसीलिए उस रात जीने से उतरते हुए कहा था कि जाना होगा तो वही जायेगी क्योंकि वह उनका जाना नहीं देख सकती? वे तो आये ही।

दस बरस। चक्की की घर्र-घर्र। ये पाथरी दीवारें, दूर चैत्र के एक पीले झरे पत्ते-सी।

दुःख भी जब रोज का जीवन बन जाता है तब उसका वैशिष्ट्य नष्ट हो जाता है। तब भोक्ताओं की ऐसी मनोदशा हो जाती है कि छोटे-मोटे कष्ट, रोग-ताप तो जैसे अनिवार्य मान लिये जाते हैं। ऐसे भोक्ताओं की तब तक किसी बात पर आश्चर्य नहीं होता जब तक कि कुछ बहुत बड़ी दुःख की बात न हो जाये। और जब सहते-सहते व्यक्ति की यह मनोवृत्ति हो जाती है तब उसे कोई दुःख नहीं व्यापता-सम्भवतः बड़े-से-बड़ा दुःख भी।

इसलिए ठाकुर-परिवार को विपन्नताएँ हो सकती थीं लेकिन दुःख नहीं। दुःखों की पराकाष्ठा के बाद दुःख नहीं होते। न पण्डित श्रीनाथ ठाकुर, न उनकी पत्नी, न सरो और न गुणवन्ती किसी को भी किसी से कोई अपेक्षा नहीं थी। नये दुःख कुछ हो नहीं रहे थे, पुराने रस-बस गये थे। केवल सुशीला और देवव्रत इन दुःखपारंगतों से भिन्न बढ़ रहे थे।

गुनी के ब्याह को सात-आठ बरस बीत चुके थे। अलगौझा हुए भी चार-पाँच बरस हो गये थे। ठाकुर-परिवार की इस प्रमुख शाखा के पास कुल का वैभव कहीं नहीं रह गया था। वे सब जीर्ण हो गये थे। जिस मकान की छाया में वे सामाजिक लाज में बचे हुए थे उसकी एक ओर की दीवार इतनी खुद गयी थी कि कुछ न किया गया तो इस चौमासे में जरूर ही बैठ जायेगी। घर के भूगोल में काफी-कुछ परिवर्तन हो गया था। पण्डित श्रीनाथ ठाकुर की जो बैठक थी उसे किराये पर उठा दिया गया था और उसमें सुनार की एक दुकान खुल गयी थी। ठीक उसी तरह दूसरी तरफ एक कोठरी थी जिसमें जाने क्या-क्या कूड़ा-करकट भरा हुआ था और जो कि दरवाजे के गलियारे में खुलता था। उसमें भी बाहर की तरफ जो दालान पड़ता था उसे आधा घेरकर एक दर्जी को उठा दिया गया था। इस प्रकार पूरा परिवार ऊपर के दो कमरों, दालान, रान्नीघर तथा एक कोठरी में सीमित हो गया था। गल्लेवाले की दुकान के ठीक ऊपर तथा सरो के कमरों के ठीक सामने बराबरी से एक कमरा और था जिसे एक विधवा मास्टरनी को उठा दिया था तथा उस मास्टरनी के लिए बाहर ही एक जीना भी बनवा दिया गया था। इस प्रकार ठाकुर-परिवार ने चार किरायेदारों को अधिकांश घर किराये पर उठा दिया था ताकि पूरे घर को किराये पर उठने से जितने दिन रोका जा सके, रोकें।

रोनेवाली आँखों से डर नहीं लगता बल्कि दुःख सहती आँखों के पत्थरपन को देख लगता है कि ये आँखें स्वयं दुःख हो गयी हैं। ठाकुर-परिवार भी ठीक वही हो गया था। कोई किसी से ज्यादा बोलता ही नहीं था। सबको देख ऐसे ही लगता कि यदि भूलकर भी इन्हें छेड़ दिया तो या तो ये लोग काट खायेंगे या चीख पड़ेंगे या इनकी दुःख पाती मात्र कठोर पाथरीदृष्टि आपको, आपकी हड्डियों तक को बस घूरने लगेंगी और आपको भी अपने-जैसा बना लेंगी।

लेकिन यह तो परिवार की सामूहिकता थी। व्यक्ति, अभी अपनी-अपनी जगह वैसे ही कमजोर, दुःख पाते, रोते, सुबुकते, हँसते थे। सुशीला ही जाने कहाँ से और कैसे, जलती दोपहरी में सुखी गुलमोहर-सी रँगी पड़ रही थी। उसे नख से शिख तक आयुमती देख किसी का साहस नहीं होता कि कुछ भी कहकर या बरजकर इस समस्त रंगमय जलते फूल को मलिन कर दें। सरो तो आश्चर्य में मौन हो जाती कि सुशीला जाने किस अन्तस् के सुख में सुखी अपने ओंठों में जैसे बीड़ा दाबे हुए है। सुशीला अपनी देह में ही नहीं बल्कि इस घर में नहीं समा पा रही थी। सब डरते कि सुशीला की यह बाढ़ घर की ये चारदीवारें नहीं सह सकतीं और एक दिन पगड़ी सिर पर रख पण्डित श्रीनाथ ठाकुर किसी का घोड़ा माँगकर जो गये तो तीन दिन बाद सुशीला के लिए लड़का तय करके ही लौटे। पण्डित श्रीनाथ ठाकुर को विश्वास नहीं था कि वे इतनी जल्दी लड़का पा जायेंगे। गुनी के बाद से उन्होंने कान पकड़े थे कि इन इन्दौर-उज्जैनवाले शहरियों को सुशीला नहीं ब्याहेंगे। पैसा देकर दूसरी लड़की को भी अपंग बनवाने की कामना अब उनकी नहीं थी।

आम में टिकोरे आ चले थे। फगुआ, लू बन चुकी थी। छोटी-छोटी नदियों का भी पानी सूखने लगा था। नाले तो बहुत पहले ही प्यासे-प्यासे-से लगने लगते हैं। सुशीला का ब्याह बैशाख में ही करना है यह सुनकर माँ और सरो दोनों चौंकी कि कैसे क्या होगा? घर में न दालें हैं, न गेहूँ, न बड़ियाँ हैं, न अचार। ब्याह का सिलसिला तो महीनों पहले से ही शुरू हो जाता है। भला यह भी कोई बात हुई कि आपने कहा कि भाई ब्याह होगा और बस, हाँ होगा।

सब यह भी जानते थे कि यही माँ जो इस समय कह रही हैं कि एक महीने के अन्दर कैसे क्या होगा, न यह, न वह-वही, देखते रहना, इस कोठरी में से चीनी का बोरा निकाल लायेंगी और उस बक्से में से ब्याह के सारे कपड़े। और तब उनकी चमकती आँखों में यह भाव होगा कि—कहिये, तुम लोग कहते हो कि सासूमाँ तो इधर से कतरब्योंत करती हैं तो उधर से कपड़ा बचा लेती हैं। तो भाई कौन, अपने लिये करती हूँ? तुम्हारी ही चीजें बखत पर लाकर दे देती हूँ कि भाई, इस दिन के लिए ही चोरी की थी, सूम बनी थी।

लेकिन माँ स्वयं जानती थीं कि इस बार उतना कुछ घर में से नहीं निकाल पायेंगी यद्यपि गुनी के ब्याह के दूसरे बरस से क्या चीनी, गुड़, अचार, पापड़, बड़ियाँ, कपड़े सब चीजें रोज एक-एक करके जमा करती जाती थीं। क्योंकि वे जानती थीं कि इन मर्दों को औरतों की रोज की कतरब्योंत बुरी जरूर लगती है पर बखत पर जब वही औरत ढेर-सारा निकालकर सामने रख देती है तो फिर कुछ भी बोलने की हिम्मत तो नहीं होती, बस हँसते हुए कहेंगे कि—अरे मैं तो पहले ही जानता था कि आधी रात को कहो तो पूरी जाति को मोहनभोग और घेवर की

रसोई दे दी जाये और बाहर से इलायची का एक दाना भी लाना पड़ जाये तो नाम बदल देना।

बड़े धन्नासेठ का घर है न? अरे, जानते हैं न कि घरवाली को हिलाओगे तो बीस-पचीस सेर चीनी तो कहीं गयी नहीं। हाँ और क्या?? औरत तो दाँत में पैसा छिपाये हुए है। उखाड़ लो न उसके दाँत सौ-पचास निकल आयेंगे।

और वह भी जानती है कि मरद का ऐसा सोचना गलत भी नहीं होता। लेकिन भाई, ऐसा कहना नहीं चाहिए। सोचा करें अपने मन में। अरे, इन मरदों की बड़ी ओछी निगाह होती है। न छुपाओ तो ये लोग जिसे देख दें उसमें छेद पड़ जाये।

ठाकुर-परिवार में एक बार फिर रोज के जीवनक्रम में व्यतिक्रम आया। शादी देहात में जरूर हो रही थी पर लड़का सुशील था। जमींदारी ज्यादा नहीं थी लेकिन लड़केवालों के लिए ठाकुर-परिवार में ब्याह करना ही बड़ी बात थी। सुशीला के इस ब्याह में माँ ने जैसे अपने को पूरी तरह झाड़ डाला और आशा से अधिक ही लेन-देन का प्रबन्ध किया गया। सरो कहती ही रह गयी,

— सासूमाँ! ये मेरे गहने क्या होंगे? ये कपड़े क्या होंगे? इन्हें निकाले देती हूँ।

— बहू! जब तक मैं हूँ तब तक तो तुम लोगों को चिन्ता करनी नहीं है। जिस दिन नहीं रहूँगी उस दिन तुम भी अपना घर सम्हाल लेना।

— सासूमाँ! यों न कहो। मुझ अभागन को सीने से लगाकर इतना दुःख तो सगी माँ भी नहीं सहती!

और सास-बहू, गंगा-जमुना हो गयीं। कौन किसे समझाता?

तभी नीचे देवव्रत ने पूछा,

— माँ, ये शहनाईवाले आये हैं। पूछते हैं कब से आना है।

— रात-रातभर जागकर सास-बहू ने मिलकर पूरा घर लीपा। बहुत पुचकारकर माँ ने देवव्रत को राजी कर लिया और घर की पुताई हो गयी। फिर वही भीड़, लोग, सगे-सम्बन्धी अर्जित सम्पत्ति की तरह एक-एक करके आने लगे। सुशीला पर हल्दी चढ़ी और औरतें घेरकर गाने लगीं—

बरेली के बजार में झुमका गिरा री!
सास मेरी ढूँढ़े
ननद मोरी ढूँढ़े
अरे, बलमा ढूँढ़े री!!
बरेली के बजार में झुमका गिरा री!

रात को आँगन में चौक पूरा जाता। सुशीला का शृंगार कर औरतें घेरकर बैठ जातीं और गीत शुरू हो जाता—

न पकड़ो हाथ मनमोहन
कलाई टूट जायेगी!!
कलाई टूट जायेगी
जवाहर की जड़ी चूड़ी
हमारी टूट जायेगी!!
न पकड़ो हाथ मनमोहन
कलाई टूट जायेगी।

और नीची पलकों में सुशीला घुटनों में गड़ी पड़ती। माँ चिल्लातीं कि यह तुम लड़कियों ने क्या नयी फैसन के रामजनियों के-से गीत गाने शुरू किये हैं। लेकिन बालों में फुग्गे और नयी काट के जम्पर पहने लड़कियों को भला क्या चिन्ता कि कौन-सा गीत क्या है? फिर घिर उठता—

सैंया गये कलकत्ता, हमें लाये हरमुनिया!!

और तभी पड़ोस में किसी के यहाँ से लाये गये ग्रामोफोन पर देवव्रत रेकार्ड चढ़ा देता—

मैना बोली चिरैया को बाज लिये जाये।
मैना बोली चिरैया को!!

और ढेर-सी कटोरियाँ खनक उठतीं,
खिल् खिल् खिल् खिल्।
इस शुभ में जाने किस आशंका के कारण सरो नहीं सम्मिलित होती। सासूमाँ ने मना किया था फिर भी घर की लिपाई-छवाई में वह ऐसी टूट गयी कि बैठ नहीं पाती थी। वह अपने कमरे में ही पड़ी-पड़ी सुनती रहती कि देवव्रत ने फिर रिकार्ड चढ़ाया है—

बंगाली बाबू आयें तो बड़ा मजा होवे!!
मन्दिर बनवावें
शिवाला बनवावें
और हमको बँगला-हो,
बंगाली बाबू आवें तो बड़ा मजा होवे!!

गुनी इस सबमें अत्यन्त करुणा में भीगी सुशीला के लिए मंगलकामना करती वहीं छज्जे में बैठी दरवाजे बजती शहनाई सुनती होती या फिर कोई रेकार्ड में 'डिरामा बिल्वमंगल' होता या कोई गीत—

समधन तेरी घोड़ी चने के खेत में!!
समधन को ले गया
बरात का नाई
हो, समधन तेरी घोड़ी चने के खेत में!!

और लड़कियों के पेट में हँसते-हँसते बल पड़ जाते। सहसा बापू या माँ के डाँट देने पर 'बरात का नाई' पर ही रिकार्ड खट से बन्द कर दिया जाता।

वही शोर, खाने की गन्ध, रेशमी कपड़ों का खसर-खसर। जनवासे के लिए चीजें भेजी जा रही हैं। 'ॐ स्वाहा' 'स्वस्ति नो इन्द्रो वृद्धश्रवा:' हाँ, हवन हो रहा है।

— बधू को लाइये साहब!!

— साऽऽव धाऽऽन!!

— ढोल नगारा साऽवधान!!

— वाजन्त्री साऽवधान!!

— मंगलगानी साऽवधान!!

— वर-वधू साऽवधान!

और बाजे बज उठे।

— हाँ, पालकी कहाँ है साहब?

— मुहूर्त्त टल रहा है कीर्त्तनियाजी! बिदा कराइये अब!

और बैण्ड-पें पेंऽऽपें-पें....

— 'फक-फक धुएँ की गाड़ी उड़ाये लिये जाये!!'

इस बार सुशीला के ब्याह में सरो के माता-पिता आये तो उन्होंने देखा कि देवव्रत पर कोई अनुशासन नहीं है अतएव वह आवारा होता जा रहा है। उसकी पढ़ाई भी लगभग नहीं ही हो रही थी। सरो से उन लोगों ने कहा कि वे देवव्रत को ले जायेंगे क्योंकि उसके होने से दोनों का मन भी बहला रहेगा दूसरे उसकी पढ़ाई भी हो सकेगी। सरो अपने माता-पिता की अकेली सन्तान थी इसलिए जानती थी कि देवव्रत के जाने से उन्हें बुढ़ापे में कुछ सहारा रहेगा। लेकिन वह यह भी जानती थी कि सासूमाँ-बापू इस बारे में कोई अन्तिम बात कर सकते थे।

जब सुशीला ब्याह कर चली गयी तो सरो के पिता ने देवव्रत के बड़े पिता से बातें कीं। पण्डित श्रीनाथ ठाकुर स्वयं कई बार देवव्रत के लक्षणों को देखकर मन में कसमसाया करते थे। वे जानते थे कि दो-एक बरस यदि देवव्रत इसी तरह से और रहा तो वह बिलकुल धूल हो जायेगा। साथ ही यह भी मोह था कि न सही श्रीधर तो उसका लड़का तो पास में है। कल से कुछ हो-हुआ जाये तो वह घर सम्हाल सकेगा। पण्डित श्रीनाथ ठाकुर ने अपनी पत्नी से परामर्श किया तो पहले तो वे तैयार नहीं हुईं कि लड़का इतनी दूर सौरों चला जाये। कल से मान लो यहाँ किसी को कुछ हो-हुआ जाये तो बेचारा लड़का मुँह देखने को भी तरसकर रह जायेगा। लेकिन वे भी सहमत थीं कि यहाँ उसकी पढ़ाई-लिखाई तो खाक नहीं हो रही है, उल्टे बिगड़ ही रहा है।

देवव्रत अपने नानी के साथ जायेगा, यह तय हुआ। सरो अवश्य चाहती थी, बल्कि बहुत पहले ही वह अपने माता-पिता को लिखना भी चाहती थी कि देवव्रत को सौरों बुला लें। जब यह तय हो गया कि देवव्रत जायेगा, तो पता नहीं कैसे सहसा वह ठण्ढे पसीने से भीग उठी।

गुनी का होना, न होना बराबर ही था। सुशीला तो अगत्या गयी ही और अब देवव्रत भी जा रहा है। इस इतने बड़े परिवारवाले घर में केवल चार व्यक्ति ही भोगने को रह गये। वृद्ध सास-ससुर, लँगड़ी पुत्री और रोगिणी माता। पता नहीं अब इन चारों में से कब कौन किस परिस्थिति में रहता है, जाता है। जल की खोज में जैसे और गहरे खुदाई हो रही हो। केवल दीवारें खड़ी दिखती हैं। ऊँची गर्दन करने पर, दूर ऊपर आकाश का टुकड़ा कैसे छोटा-सा नीला नक्षत्र लगता है—दूऽऽर!! और आप नीचे उतर रहे हैं, नीचे उतर रहे हैं। एक सीमा पर जाकर वह नीला नक्षत्र, सूराख हो जायेगा और देखती आँखें देखते हुए अन्धी हो जायेंगी। न नक्षत्र होगा न सूराख। आँखों में दीवारें बहुत पहले ही समा जायेंगी। आकाश का नीला नक्षत्र जाने कहाँ रह जायेगा। और जल आपके पैरों को छूने लगेगा। पर बेकार। पैरों में जिसे अनुभव किया वह आँखों को अन्धा कर गया।

बस यही सरो को लगने लगा। पति का नीला नक्षत्र-दूऽऽर! और देवव्रत जल बनने जा रहा है। पति और पुत्र के बीच अधर में लटकी सरो कहाँ होगी, क्या करेगी—कुछ समझ नहीं पा रही थी।

गुनी के ब्याह में भी माता-पिता ने सरो को खूब समझाया था कि वह सौरों चली चलें। कुछ दिनों दवा-दारू हो जायेगी, हवा बदल जायेगी, उसके बाद लौट आना। लेकिन वह कभी नहीं मान सकी थी। गुनी को ले जाने के लिए भी उन लोगों ने जिद की थी लेकिन सरो, गुनी को लेकर ऐसे रो दी कि उनका फिर साहस नहीं हुआ कि कुछ कहते।

देवव्रत को तब भेजने के लिए सरो को तैयार होना पड़ा। वह चाहती भी थी कि मालवा की अपेक्षा यू० पी० में उसे अधिक शैक्षिक वातावरण मिलेगा। सम्भव है कि आज का आवारा देवव्रत कल अपने नाना-नानी के प्रयास में एक पढ़ा-लिखा व्यक्ति बन जाये। ठीक है, वह जाये। यहाँ तो अब वे ही रह गये जिनकी कोई सामाजिक उपयोगिता नहीं रह गयी है। जो अब अपने अन्त की प्रतीक्षा में या तो वृद्ध हैं या रोगी हैं या उपेक्षित।

और सुशीला की विदाई के तीन दिन बाद देवव्रत सौरों के लिए बिदा हुआ। गुनी ने देवव्रत के लिए अपना एकमात्र बक्सा दिया जिसमें सरो ने उसके पाजामें, स्कूल का हाफपैण्ट, कमीजें, दो-एक किताबें सजा दीं। माँ ने रास्ते के लिए सुशीला के ब्याह के बचे लड्डू, नमकीन आदि रख दिये।

जिस समय देवव्रत बापू, माँ, सरो और गुनी के पैर छूकर जाने लगा सब हठात् ऐसी जोरों से रो पड़े जैसे वे रोते हुए पुतले हों। गुनी ने उसके बालों में तैल लगाया था, कंघी की थी। सरो ने गलने (अँगोछा) का कोना भिगोकर उसके मुँह को खूब रगड़ा था और देवव्रत ऊँची-ऊँची-सी हाफपैण्ट और एक ऊदे रंग के कोट में ऐसा लग रहा था जैसे वह खूब ऊँचा हो गया है। टाँगें कैसी सारस की-सी लग रही थीं जबकि अभी वह तेरह बरस का ही था।

दिन, सुख और लक्ष्मी जाते देर नहीं लगती। दु:ख असंख्यमुखी होता है लेकिन सुख के तो गिनती के ही प्रकार होते हैं। सुख और सफलता के लिए आवश्यक है कि व्यक्ति अपने को ही देखे। अन्य कोई भी व्यक्ति हो, मार्ग की बाधा होता है। आरम्भ में बहुत व्यक्ति बाधा होते हैं इसलिए सफलताकांक्षी कुछ को अपने पक्ष में कर अनेकों को पथ से हटाता है। उसके बाद उन कुछ को हटाने के लिए दो-एक को चुनना होता है और अन्त में उन दो-एक को भी वह 'वीतरागी' वैसे ही निर्मम होकर मार्ग से बीनकर फेंक देता है जैसे वेश्या करती है। श्रीमोहन ठाकुर ने, श्रीवल्लभ ठाकुर को पारिवारिक बाधाओं के लिए चुना था और अगत्या लोगों ने मात्र यही सुना कि पता नहीं कबके और कितने उधार रुपयों की नालिश श्रीमोहन ने श्रीवल्लभ पर कर दी और फलस्वरूप श्रीवल्लभ ने भाई के हाथ-पैर जोड़कर इसी शर्त पर गला छुड़ाया कि पैतृक मकान के अपने हिस्से को श्रीमोहन के हाथ बेच दे। श्रीवल्लभ झल्लाया तो बहुत पर उसे अपनो ससुराल से ही काफी सम्पत्ति मिली थी इसलिए वह चुप रह गया। दोनों भाइयों में आपस में लेन-देन चलता था लेकिन श्रीवल्लभ का ख्याल था कि जो रुपये लिये गये हैं वह उस मुआफी की जमीन की एवज के हैं जो कि उनके हिस्से में आती तथा जिसे श्रीमोहन ने दाब रखा था। पितामह सिद्धनाथ ठाकुर के नाम की वह जमीन का पट्टा किस तरह श्रीमोहन ने बालाबाला अपने नाम करवा लिया था तथा कानोंकान किसी को खबर तक नहीं होने दी-यह सबके लिए रहस्य ही रहा। और इस प्रकार श्रीमोहन जब रास्ते के अन्तिम काँटे को भी दूर कर ले गया तब पैतृक मकान को एक मारवाड़ी सेठ को बेच दिया जो कि ऊँटों का व्यापार करता था। श्रीमोहन बाबू ने छावनी में उस पैसे से कई पुराने बँगले, जो कि अंग्रेज-छावनी के समय के थे, खरीद लिये। यहाँ की जलवायु क्षय-रोगियों के लिए बहुत ही लाभप्रद थी इसलिए राज्य की तरफ से यहाँ एक सेनीटोरियम बननेवाला था। श्रीमोहन जानते थे कि तब इस क्षेत्र का विकास होगा, लोग आयेंगे, उन्हें जगह की आवश्यकता होगी और तो तब कसकर किराया वसूल सकेंगे।

श्रीमोहनवाले हिस्से को पूरी तरह गिराया जा रहा था और वहाँ मारवाड़ी सेठ अपनी तिमंजिली कोठी बनवाने की तैयारियाँ कर रहा था। रोज खिड़की के पास सरो, माँ देखतीं कि किस प्रकार ठाकुर-परिवार की कचहरी गिरी, पूजाघर गिरा, कमरे गिरे। छतहीन कमरों के ताक दिखते जिनमें कब-क्या रखा जाता था वह सब आँखों के सामने नाच उठता। कैसी मजबूत दीवारें थीं कि मजदूर दिन-दिनभर गैंती लिये धूल उड़ाते गिराते फिर भी आधी दीवार तक नहीं गिर पाती थी। बड़े ससुर

सिद्धनाथ ठाकुर की बैठक में चित्रकारी थी और अब वे सब चित्र, छतहीन दीवारों में धूलभरे कैसे विवश, निरीह लग रहे थे। क्या बड़े ससुर के जमाने में किसी का साहस हो सकता था, जो चित्रकारी को छू सकता था? और आज ठाकुर-परिवार की वह वंशता के हाथों धूल--धूसरित होकर जमींदोज हो रही थी। कैसी शीशम की काली चिकनी छतें थीं। सब टूटी पसलियों-सी गिरायी जा रही थीं। इस सबको अर्जित करने में जाने कितनी पीढ़ियों का रक्त-पसीना एक हुआ था और आज वही सम्पत्ति कौरवों के बीच द्रौपदी-सी अवश्य लगी रही थी। किसको दोष दिया जाता? पण्डित श्रीनाथ ठाकुर ने यदि परिवार की बागडोर सशक्त हाथों से सम्हाली होती तो आज पैतृकता धूल बनकर इस समय न उड़ती होती। अपने ही पूर्वजों का पुरुषार्थ कभी अपने को ही श्रीमण्डित न कर धूलमण्डित भी कर सकता है यही तो हम कभी-कभी क्या प्राय: नहीं समझ पाते। झल्लाकर या रुँआसे होकर कभी-कभी खिड़की बन्द कर ली जाती लेकिन इससे उड़ती धूल से स्वयं भले ही बचा जा सकता था किन्तु धूल होते पैतृक-पुरुषार्थ को कैसे बचाया जा सकता था। जब अपना ही एक अंश, दूसरे अंशों को खाने पर आ जाये तब किसी बाहरी आपदा या शत्रु की आवश्यकता नहीं होती।

और ठाकुर-परिवार के खँडहरों पर मारवाड़ी सेठ की नींवें पड़ीं। चौखटें उठीं। दीवारों ने चौखटों को सम्हाला। जँगलेवाली खिड़कियों ने अपने माथों पर दीवारें उठा लीं। और ठाकुर-परिवार की शीशमी शहतीरों तथा छतों पर सेठ ने अपनी कोठी की मंजिलें खड़ी कीं। अरे यह क्या? यह तो खिड़की की तरफ एक बड़ी-सी दीवार उठने लगी है? तो, क्या अब उधर कभी देखना न हो सकेगा? जिस खिड़की से इस घर की सास-बहुओं ने जाने कितने ससुर, जेठ, देवर, ब्याह-शादी देखे थे आज उस खिड़की के सामने ताजी दीवार हमेशा-हमेशा के लिए खड़ी कर दी गयी है जिसमें से ताजी ईंटों और पलस्तर की गन्ध आ रही थी। अब उसमें से बड़ा धुँधला-धुँधला-सा मात्र प्रकाश आयेगा, धूप नहीं होगी। ठाकुर-परिवार के इस विवश भाग को अन्धा कर दिया गया था। जो खिड़की, घर के प्रत्येक सुख-दु:ख, राग-विराग, हँसी-आँसू सबमें, सबके लिए स्थली थी, अब वह वैसी नहीं रह गयी। कमरे के बर्तन, कपड़े, लोगों के मुख अब कभी धूप में आलोकित नहीं दिखेंगे। पहले ही घर में कौन प्रकाश था? अँधेरा बढ़ा ही। धूप चाहे कैसे ही छोटे माध्यम से क्यों न आये प्रज्वलित लगती है। विश्वास होता है कि नहीं, बाहर ढेर-सा आलोक है, आओ-देखो, कैसी धूप है, कैसा विशाल नीला आकाश है, उन्मुक्तता है। लेकिन अब खिड़की की राह से दूसरे के घर की यह दीवार दिन-रात झाँकती रहेगी। हर बार आँखें इस दीवार से टकराकर अपने में ही सिमट उठेंगी। श्रीमोहन ठाकुर-वंश की वंशता नहीं बल्कि जैसे उन्हें ही बेच गया हो।

कुछ दिनों बाद सुनी हुई बात सच निकली कि इस दीवार के उस तरफ मारवाड़ी सेठ के ऊँटों का अस्तबल है। दिन-दिनभर ऊँटों की 'बलबल' तथा लीद की

दुर्गन्ध। दिनभर ऊँटसवारों की विभिन्न आवाजें। दिन हो जाते घर में कोई घटना, बातें, आवाजें कुछ नहीं होतीं। नियमत: पण्डित श्रीनाथ ठाकुर की बँगवई की आवाज वैसी ही रात में बोलती होती और 'विष्णुसहस्रनाम' का जोर-जोर से पाठ सुनायी पड़ता। प्राय: माँ दोनों जून का खाना सवेरे ही बना लेतीं। केवल सरो के पथ्य के लिए ही शाम का चूल्हा जलता। अजीब विवशता-भरी शान्ति थी जैसे सबने संघर्ष और आलोचना छोड़कर परिस्थितियों से समझौता कर लिया था। पानीवाली घोसिन या ऐसे ही कुछ व्यक्तियों को छोड़कर कभी कोई बाहरी व्यक्ति नहीं आता था और न ये ही कहीं जाते थे। हाँ, बहुत हुआ तो कभी नारायण बाबू अकेले या परिवार के साथ मिलने चले आते। दूसरा जो व्यक्ति आ सकता था वह था पेमेन मजूमदार लेकिन उसका तबादला हुए बरसों हो गये थे। हाँ, खबरें अवश्य आ जाती थीं। खबरें कैसे आती हैं यह कोई नहीं कह सकता। आप लाख राजा परीक्षित बनकर रहें लेकिन खबरों के तक्षक आ ही जाते हैं। गुनी की सौत ने अपनी सास को इतना परेशान किया कि वे बहू के माथे पर अपयश का टीका लगाने के लिए कुएँ में फाँदकर डूब मरीं। रावल-परिवार को इस मामले में पुलिस से पिण्ड छुड़ाने में हजारों रुपये खर्च करने पड़े। सुना कि सौत ने अपने ससुर की बड़ी बुरी हालत कर रखी है। वह नामांकित वकील अब घर के पीछे दालान में बोरी के एक टुकड़े पर रोगी बना 'पानी' 'पानी' चिल्लाता रहता है और बहू के डर के मारे किसी की मजाल नहीं जो उसे कुछ दे दे। गुनी का पति सदा से ही पेट का रोगी था, अब और खराब हालत में हैं। सिवाय मूँग की दाल के पानी के और सूखी रोटी के छिलके के और कुछ हजम होता ही नहीं है। लाख दवा-दारू की गयी है लेकिन कोई बाल-बच्चा ही नहीं हुआ। सरो और माँ को यह सुनकर सन्तोष तो नहीं हुआ लेकिन अच्छे-का-अच्छा और बुरे-का-बुरा के प्रति उनकी आस्था बढ़ी ही। गुनी के निकट कोई कामना थी ही नहीं इसलिए न आस्था बढ़ने का प्रश्न था, न सन्तोष आने का। कान थे इसलिए सुन लिया। वह अनेक तरह के शोर सुनती है तो क्या उन पर सोचती है? विचारती है? उसका विगत भी तो उसके लिए अब मात्र शोर ही था। सुन लिया, बस। अब वह आये दिन पिता के पुस्तकालय की किताबों को पढ़ा करती है। हर किताब पर जब वह बाला साहब का नाम या इन्दु का नाम देखती है तो सोचती है कि ये कौन हैं? क्या ये वही हैं जिनकी कोठी तालाब के किनारे है? बाबा का इनसे क्या सम्बन्ध था। बाबा ने तो कभी इनकी चर्चा नहीं की लेकिन बाबा ने दूसरी कौन-सी चर्चा की, कि शिकायत होती कि यह चर्चा छोड़ दी?

पता नहीं इस घर को, यहाँ के लोगों को किस बात की प्रतीक्षा थी; लेकिन ऐसी प्रतीक्षा तो जीवनभर सभी को, सभी परिस्थितियों में किसी-न-किसी की रहती ही है। पण्डित श्रीनाथ ठाकुर और उनकी पत्नी को अपने खोये पुत्र की, सरो को

अपने 'राम' की प्रतीक्षा थी जिसने उन्हें सीता बनने का भी सौभाग्य न दिया बल्कि दमयन्ती, परित्यक्ता बना गये। गुनी को बाबा की प्रतीक्षा के साथ-साथ किस चीज की प्रतीक्षा हो सकती थी; कौन कह सकता है? लेकिन थी सबको अन्धप्रतीक्षा ही। किसी के पास, किसी को समझाने के लिए, पूछने के लिए न शब्द थे, न सहानुभूति। एक अव्यक्त सहपन्थता थी जो उन्हें अन्तिम रूप से टूटने, खण्डित होने से बचाये थी। दु:ख ने उन्हें निकटता दी थी। जो दु:खी नहीं थे बल्कि सुखी थे वे अपनी-अपनी दिशाओं में दूर चले गये थे। चार दिशाओं से केवल एक ही व्यक्ति की मौन प्रतीक्षा थी। कभी-कभी बाहर की खबरें छपाक-सी मछली-सी कूदकर उनकी शान्ति को भंग कर जातीं लेकिन वे खबरें तथा उनके वाहक दोनों ही अवाक् बने मुँह लटका लेते जब देखते कि ये श्रोता न केवल धृतराष्ट्र और गान्धारी ही हैं बल्कि-जैसे उनके कानों में पिघला सीसा भरा हुआ है। सुनने पर न आश्चर्य, न क्रोध कुछ भी तो नहीं होता। जो होता है वह इतना अप्रत्याशित व्यक्तिगत होता है कि उसे कोई संज्ञा नहीं दी जा सकती और न कहा जा सकता है।

मूसलाधार वृष्टि हो रही थी। तीन दिन से मेघाच्छन्न था। जब से श्रीधर बाबू को मालूम हुआ कि वे छूटनेवाले हैं, वे सोच नहीं पाते थे कि अब क्या करना होगा। पिछले दस वर्ष तक सरकार ने उन्हें जेल, चक्की आदि का ऐसा काम दे दिया था कि सोचने की आवश्यकता ही समाप्त हो गयी थी। वे चूँकि आदर्श कैदी थे इसलिए उन्हें अतिरिक्त दण्ड नहीं भुगतना पड़ा। केवल उन दिनों को छोड़कर जबकि जेल में सभी कैदियों ने और खासकर क्रान्तिकारियों ने राजनीतिक कैदियों की सुविधा के लिए भूख हड़ताल की थी। यतीन्द्र दास के बाद सबसे लम्बा अनशन करनेवालों में श्रीधर बाबू भी थे और इसमें हमेशा के लिए उनकी अँतड़ियाँ खराब हो गयीं। आरम्भ में अवश्य उनके साथ सख्ती बरती गयी थी जिसमें वे हमेशा के लिए स्वास्थ्य खो बैठे। गनीमत यही हुई कि कोई अंग-भंग नहीं हुआ।

जिस समय वे जेल के बाहर आये सवेरे के दस बज रहे थे। इतनी मूसलाधार वृष्टि में कोई रिक्शा भी नहीं दिख रहा था। उनके सामने पहला प्रश्न था कि वे अब कहाँ जायें? क्या करें? जेल जाते समय शास्त्रीजी से कह दिया था कि वे सामान अपने घर ले जायें। दस वर्ष तक बनारस में रहते हुए भी जैसे बनारस में नहीं थे। किसी तरह भीगते हुए वे शहर की ओर बढ़े। एक इमली के पेड़ के नीचे एक रिक्शा दिखा लेकिन इसमें तो साइकिल थी। तो क्या साइकिल रिक्शा चल गये थे? और वे अब रिक्शे में शास्त्रीजी के घर की ओर रवाना हो गये।

रविवार था इसलिए शास्त्रीजी घर पर ही मिल गये। पहले तो वे चौंके। मन में कदाचित् आशंकित हुए कि यदि श्रीधर बाबू को पुलिस उनके घर में देख ले तो पता नहीं वे किस मुसीबत में फँस जायें। शास्त्रीजी काशी की 'पण्डित-सभा' के सदस्य थे और जो कि राजभक्तों की संस्था थी। भला राजनीतिक लोगों से उन्हें क्या लेना-देना? लेकिन स्पष्टत: वे कुछ भी न कह सके। भोजनोपरान्त शास्त्रीजी ने श्रीधर बाबू का कार्यक्रम जानना चाहा कि अब वे क्या करेंगे? क्योंकि 'हिन्दी-हितकारिणी' को बन्द हुए तो बरसों हो गये थे। कांग्रेस में वे अब जा भी नहीं सकते थे और मान लो जायें तो ठाकुर सकलदीप नारायण सिंह का अब बहुत बोलबाला था। कांग्रेस अंग्रेजों के साथ समझौता करके कुछ प्रान्तों में मन्त्रिमण्डल

बनानेवाली थी। ठाकुर सकलदीप नारायण सिंह मन्त्री बनने के सपने देख रहे थे। भला इतना प्रभावशाली व्यक्ति विरोधी हो तो कोई कैसे कांग्रेसी राजनीति में टिक सकता था? सिवाय कहीं नौकरी खोजने के और कोई रास्ता शेष नहीं था।

देश की तथा विश्व की राजनीति में बड़ा परिवर्तन हो गया था। जर्मनी का हिटलर आये दिन यूरोप के राष्ट्रों को युद्ध की धमकियाँ दे रहा था। देश में हिन्दू-मुस्लिम तनाव कभी बढ़ गया था। आये दिन कहीं-न-कहीं दंगे हो जाते थे। बनारस में थोड़े दिन पहले दंगा हुआ था इसलिए काफी तनाव था। श्रीधर बाबू के मन में रह-रहकर एक ही बात घुमड़ती थी कि काश वे किसी तरह साप्ताहिक निकाल पाते तो वे अपने को, अपने विचारों को पूर्ण रूप से दे पाते। लेकिन साप्ताहिक किस प्रकार निकाला जा सकता था? शास्त्रीजी के प्रयत्न से 'अस्सी' पर उन्हें गंगा किनारे एक मठ में रहने की जगह मिल गयी। आज काशी में रहते उन्हें अठारह वर्ष होने आये थे लेकिन लगता था कि जैसे पहला दिन हो और काम-काज खोजना है।

चारों ओर जल-ही-जल था। खूब ही वृष्टि हो रही थी। गंगा में बाढ़ का मटमैला जल खूब हो आया था। दिनभर अपनी खिड़की से पड़े-पड़े नावें देखते रहते। यात्रियों से लदी नावों में स्त्रियाँ गीत गातीं गुजरती होतीं। गंगा का पाट मीलों फैल गया था। उस पार की हरियाली और पेड़, पेन्सिल-रेखा-से हो गये थे जिनके ऊपर मेघडूबा आकाश झुका-झुका-सा, बरसता-सा छाया हुआ था। पेट का रोग बढ़ गया था। मठा और खिचड़ी खाकर रह जाते। मठ के दूसरे हिस्से में साधु लोग जोर-जोर से शोर करते भ्रष्ट संस्कृत में 'शिलोक' पढ़ा करते। दिनभर तमाखू की गन्ध या फिर कसरत करते हुए 'हुँअ-हुँअ' सुनायी पड़ता। उनकी लकड़ी की चट्टियाँ दिनभर पथरीले फर्श पर 'चटाक-चटाक' बोलतीं पूरी मठ में घूमती सुनायी पड़तीं। कभी बाबा केवलानन्द बाबा सकलानन्द पर बिगड़ रहे हैं तो कभी किसी पर। दिनभर उन लोगों की भगवाँ लँगोटियाँ खम्भों में बँधी सूखती होतीं। सिवाय सोने-खाने-पीने के मठ में और क्या होता है यह श्रीधर बाबू को नहीं मालूम। श्रीधर बाबू को कोनेवाला कमरा मिला हुआ था। पत्थर की ही दीवार, खम्भे जिनमें गवाक्षों-जैसी दो खिड़कियाँ। शीतलपाटी पर श्रीधर बाबू पड़ रहते। पहले भी सामान कुछ था ही नहीं। जो था वह गत दस वर्षों में शास्त्रीजी की चेष्टा के बावजूद भी नष्ट हो गया। गेरुए पुते मठ के इस पथरीले कमरे में दिन-रात पड़े रहने पर उन्हें लगता कि जैसे वे अभी भी कारागाह में हैं। पीछेवाली खिड़की से पच्छिम ओर से आती गंगा, रामनगर का किला तथा चुनार की ओर का आकाश स्पष्ट दिखायी पड़ता। दूर-दूर तक विस्तृत खेत, बगीचियाँ, कगारें, कछार सब बिछे

दिखते। खिड़की के नीचे से गुजरते लोगों की आवाजें या बातचीत का टुकड़ा उन तक ऊपर तक भी आ जाता। गंगा में बाढ़ बढ़ने की पूरी सम्भावना थी। कभी-कभी तो बाढ़ नीचे के बारजों में घुस जाती है। कैसा जहाज-जैसा लगता होगा न?

चार-छह महीनों की दौड़-धूप के बाद भी वे साप्ताहिक निकालने की योजना पूरी नहीं कर पा रहे थे। कितने ही सेठों, राष्ट्रीय विचार के रईसों से मिले। सब कहते कि विचार बड़ा अच्छा है, देश को राष्ट्रीय पत्रों की बड़ी आवश्यकता भी है लेकिन जैसे ही उन्हें मालूम होता कि वे दण्डभोगी क्रान्तिकारी रहे हैं तो उनके चेहरे पर हवाइयाँ उड़ने लगतीं। रात को मठ में पहुँच लालटेन की रोशनी में रात-रातभर बैठे अनुवाद किया करते। कई बार मन करता कि वे सरो को एक पत्र लिखें लेकिन पिछले बीस वर्षों में वे ऐसे ही प्रत्येक बार साहस कर पत्र लिखते रहे हैं और अधूरे ही ग्लानिवश फाड़ देते रहे हैं। जब वे अपनी ही दृष्टि में असफल व्यक्ति रहे हैं तब भला सरो क्या सोचेगी? प्रत्येक दिन, हमारे व्यर्थ के संकोच के कारण सम्बन्धों से दूर करता जाता है। हम यह भूल जाते हैं कि किसी दिन तो यह संकोच तोड़ना ही होता है। तब क्यों नहीं आज ही, बल्कि अभी ही तोड़ दिया जाये? लेकिन ऐसा होता तो नहीं है न? और हम जाने कितने समय के व्यवधान के पार खड़े सामनेवाले को विश्वास दिलाना चाहते होते हैं कि नहीं हमारे मन में तो कोई पर-भाव नहीं था।

और एक दिन—

दिन के बाद दिन—

और असंख्य दिन हमारे चारों ओर फैल जाते हैं। श्रीधर बाबू आकुल थे कि सरो को, इन्दु दीदी को, मालिनी दीदी को किसी को पुकार लें। काश रतना ही होती। लेकिन रात के उस गहरे सन्नाटे में गंगा के प्रवाह का अजीब-सा स्वर, लालटेन की जलती बत्ती का पीला-पीला मौन स्वर और अपनी ही गहरी साँस की आवाज से वे चौंक उठते। कहीं तो सरो, इन्दु दीदी या मालिनी दीदी नहीं है। ख्याल आता कि क्या पता सरो पर कितनी और कैसी-कैसी विवशताएँ आयी होंगी और चिमनी के आलोक में रातों के गहरे ऐसे ही सन्नाटे में क्या उसने नहीं पुकारा होगा? जबकि उसकी पुकार एक वास्तविक सहारे के लिए हो सकती थी। माना कि आज भी यदि वे पत्र लिखकर सरो को पुकारें तो वह अपने पति को लाख खण्डित, रोगी, पराजित, असफल देखने पर भी अपने में समेट लेगी लेकिन तब उनका क्या मुँह रह जायेगा? और लालटेन बुझा पीठ में चुभती शीतलपाटी पर धोती का तकिया बना लेटे हुए सोने की चेष्टा करते। नींद प्रायः उनके लिए सफलता की तरह ही अप्राप्य होती।

आज वे बहुत प्रसन्न हैं। इसी को तो तिल की ओट पहाड़ कहा जाता है। आज वे 'नागरी प्रचारिणी सभा' से जैसे ही निकले, सोचा कि चलो 'भारतमाता प्रेस' से 'हिन्दी हितकारिणी' के वे अंक ले लें जो उनके जेल जाने के बाद निकले। सम्भव हुआ तो उनकी पूरी जिल्द बनवा ली जायेगी। वे पत्रिका के अंक पण्डितजी से नहीं माँगना चाहते थे। पण्डितजी ने उनके जेल से आने के बाद कोई ऐसा व्यवहार नहीं किया जिसमें यह लगता कि वे कभी उनके इतने निकट भी रहे हैं। बड़ा ही ठण्डा-ठण्डा-सा आचरण था। जिसका स्पष्ट अर्थ था कि वे क्रान्तिकारियों से कोई सम्पर्क नहीं रखना चाहते।

वे जैसे ही गायघाट पहुँचे प्रेस के मालिक बाबू रामखेलावन गुप्ता अपनी उसी परिचित टेबल कुर्सी पर झुके हुए कुछ प्रूफ वगैरा पढ़ रहे थे। प्रेस में जहाँ पहले आठ-दस आदमी काम करते थे अब वहाँ एक कम्पोजीटर और एक लड़का-सा ही दिखलायी दिया। दरवाजे पर यथावत् मैली-सी फटी चिक पड़ी थी।

— रामखेलावन बाबू!

— कौन?

— टेबल-लैम्प चश्मे, प्रूफ में डूबे रामखेलावन बाबू की मूँछें अब खिचड़ी हो गयी थीं। उन्होंने उसी तरह डूबे हुए फिर कहा,

— चले आइये अन्दर।

श्रीधर बाबू उनके सामने जाकर खड़े हो गये। बड़ी गन्दी हालत थी टेबल की। बरसों से ब्लाटिंग-पेपर नहीं बदला गया था, जिस पर कि जाने कितनों के नाम, फोन नम्बर, अवकाश के समय बनायी गयी चित्रकला सब पर धूल-ही-धूल थी। बाबा आदम के जमाने का वही कलमदान बिना स्याही के वैसा ही लग रहा था जैसा कि आज के दस-ग्यारह वर्ष पूर्व जब वे यहाँ आया करते थे। एक कुर्सी जिसकी कि बेंत बैठने की जगह से टूटी हुई थी सामने रखी थी। रामखेलावन बाबू ने आगन्तुक की ओर देखने की आवश्यकता नहीं समझी और बोले,

— बैठ जाइये साहब।

श्रीधर बाबू बैठ गये। कुछ देर प्रतीक्षा के बाद रामखेलावन बाबू ने पहले बत्ती बुझायी फिर चश्मा उतारा और उन्हें घूरकर बोले,

— कहिये क्या छपवाना है आपको?

— जी, आपने मुझे नहीं पहचाना रामखेलावन बाबू! मैं....

रामखेलावन बाबू ने अपनी कुर्सी पर दोनों पैर उठाकर टेबल पर आगे झुककर देखा और बोले,

— कौन श्रीधर बाबू?

— जी हाँ।

— कहाँ थे जनाब, आप?

— जेल चला गया था न?

— ओ तो हमको सब मालूम है। लीजिये, पनवा जमाइये। लेकिन आपके तो एकदम्मै बाल सफेद हो गये। बहुत बीमार रहे क्या?

— अब आप तो जानते ही हैं कि जेल में....

— अरे हाँ साहब! कोई ससुराल थोड़ै है कि बिस्तर उठाया और चल दिये। अरे हाँ, वो, 'हिन्दी-हितकारिणी' तो बोल गयी।

— जी हाँ।

— असल में आपके जाने के बाद त्रिपाठीजी का साला उसमें काम करता रहा। आपको कुछ मालूम हुआ?

— क्या? मुझे कुछ नहीं मालूम।

— अरे वाह गुरु! अरे ऊ जौन उनका साला रहा न? हमारे छह महीने का पैसवा त्रिपाठीजी से लेइ के भाग गया रहा अपने देहात। त्रिपाठीजी कहिन के ऊ कहता रहा कि हम रामखेलावन बाबू को पैसा अपने हाथों से दिया। अरे श्रीधर बाबू! इस पर वो झगड़ा हुआ कि कोर्ट-कचहरी हो जाता लेकिन लोग बीच-बचाव किये तब हमको पैसा मिला। सुना हमारे यहाँ से पत्रिका गयी तो फिर दो महीने ही 'पावगी-प्रेस' में छपी लेकिन ठप्प हो गयी। अरे, आप जितना दौड़ते-धूपते रहे कौन सरवा करेगा इतना? कहिये, आप आजकल क्या कर रहे हैं? अरे हाँ कैसे आये थे?

— यों ही चला आया था सोचा आपसे मिले बहुत बरस हो गये। यदि पत्रिका की कुछ प्रतियाँ हों तो ले लूँ।

— अरे साहब! अब उस पत्रिका की प्रतियाँ? किसी साहू की दुकान में पुड़ियाँ बाँधने के काम आ रही होंगी।

और अजीब सन्तोष के साथ वे हँसे। श्रीधर बाबू उठने को हुए कि रामखेलावन बाबू बोले,

— अरे बैठिये बैठिये। ऐसी क्या जल्दी है। कब आये जेल से?

— काफी महीने हो गये।

— अच्छा?? तो अब फिर राजनीति......

— मैं तो पहले भी राजनीति में कुछ खास था ही नहीं, बस वैसे ही।

— उस पर दो-दो बार जेल जाना पड़ा? वाह श्रीधर बाबू! निरे सीधे आदमी रहे। अच्छा यह बताइये क्या कर रहे हैं आजकल?

— यही थोड़ा-बहुत अनुवाद कर लिया करता हूँ।

— बस?? क्यों नहीं आप पत्रकारी में चले आते?

— इतना आसान है क्या?

— हाँऽऽ भाई, आसान तो नहीं है। 'आज' में ही कुछ जुगाड़ लगाइये न?

— हाँऽऽ देखिये।

— वोऽऽ आप तो एक बार कोई साप्ताहिक निकालनेवाले थे।

— श्रीधर बाबू बड़ा फीका-फीका-सा हँस दिये। रामखेलावन बाबू कुछ हतप्रभ हो गये।

— आप हँसे क्यों?

— रामखेलावन बाबू! साप्ताहिक के लिए दो-तीन हजार रुपया तो शुरू में चाहिए ही। और वह रुपया कहाँ से आये?

— यह तो बात ठीक कही आपने। लड़ाई सिर पर आ गयी है, जाने कैसी-कैसी अफवाहें फैल रही हैं कि चीजों के दाम बढ़ेंगे। लड़ाई हुई तो बाहर से चीजें आना बन्द हो जायेंगी और आजकल बाजार में बड़ी मन्दी आ गयी है।

— क्या आपने आदमी कम कर दिये अपने यहाँ?

— क्या करें श्रीधर बाबू! इतनी पूँजी नहीं कि बड़ी मशीनें लगा सकें। बड़ी और अच्छी मशीनें नहीं होने से काम मिलने में परेशानी हो गयी है। अब बस एक ही कम्पोजीटर रखा है। जाब-वर्क आता ही कितना है? बहुत हुआ शादी-ब्याह के कार्ड छाप दिये। किसी की रसीदें आ गयीं, बस। भला इतने-से काम पर आठ आदमियों को कोई कैसे रख सकता है? असल में इन दिनों सोच रहा था कि कोई कहानी की मासिक पत्रिका निकाली जाये। कहिये, आपका क्या विचार है?

— साहित्यिक पत्रिका की बड़ी आवश्यकता है।

— साहित्यिक पत्रिका का चलना तो कठिन ही है। वैसे कहानी की पत्रिका की बड़ी आवश्यकता है।

— अच्छा है, आप जरूर निकालें।

— निकालना इतना आसान काम नहीं है श्रीधर बाबू! पचास झंझटें हैं। आप तो जानते ही हैं कि विश्वासपात्र आदमी का मिलना कठिन है। अकेला आदमी क्या-क्या करे? अच्छा यह बताइये कि साप्ताहिक निकाला जा सकता है?

— क्यों नहीं निकाला जा सकता है।

— मैंने यह नहीं पूछा। मैं तो यह पूछ रहा हूँ कि चल जायेगा?

— जैसे आप यह नहीं कह सकते कि मासिक चल जायेगा वैसे ही मैं साप्ताहिक के चल जाने के बारे में क्या कह सकता हूँ?

— लेकिन श्रीधर बाबू! मैं समझता हूँ कि हिन्दी में आज कोई साप्ताहिक नहीं है। राष्ट्रीय विचारधारा का हो, निर्भीक हो तो जनता अवश्य पढ़ेगी।

— तो फिर आप यही निकालिये।

— एक तो भाई, पैसों का प्रश्न है, दूसरे आप-जैसा कोई विश्वासपात्र दिलवाइये तो बात बने। आप-जैसा ही कोई कर्मठ हो कि जो सारी दौड़-धूप कर सके।

अब आप जानते ही हैं कि मुझसे कभी दौड़-धूप हुई नहीं, और जो पत्र को अपना पत्र समझे। वर्ना उसमें की लगी लागत से भी हाथ धोना पड़े। है मेहनत का काम जरूर लेकिन एक बार चल निकला तो फिर सभी को लाभ है, क्योंकि ठीक कह रहा हूँ न श्रीधर बाबू?

— हाँ ठीक ही है।

— मैं कहता हूँ श्रीधर बाबू! आप स्वयं क्यों नहीं सोचते इस बारे में? जैसे मेरा यह पत्र होगा वैसे आपका भी पत्र होगा।

— देखिये, सोचकर बताऊँगा। अच्छा, चलें।

— अच्छा, आइयेगा फिर कभी।

रास्तेभर वे प्रसन्न थे। साथ ही सोच भी रहे थे कि यदि रामखेलावन बाबू तैयार हो गये तो बरसों की उनकी इच्छा पूरी होगी। यद्यपि रामखेलावन बाबू शुरू से ही इस तरह से बातें चला रहे हैं कि जिसमें वह जल्द कुछ माँग न कर सकें। वे उनकी सारी चालें समझ रहे थे। लेकिन वे इस समय चुप रहना चाहते थे क्योंकि उन्हें अपने परिश्रम पर विश्वास था।

वे सीधे शास्त्रीजी के यहाँ पहुँचे। उन्हें सारी बातें बतायीं। उनका मत था कि यह रामखेलावन नम्बरी धूर्त है। देन-लेन की सारी बातें तय कर लेना वर्ना बाद में परेशान करेगा। श्रीधर बाबू शास्त्रीजी के यहाँ रखी अपनी किताबों में से 'शंखनाद' की योजनावाले कागज खोजने में लगे।

देर रात तक बैठकर 'शंखनाद' की योजना को नया स्वरूप देते रहे। कितने पृष्ठ होंगे, कौन-कौन-से स्तम्भ होंगे आदि बातें पूरी करते काफी रात हो गयी और वे जब शीतलपाटी पर लेटे तो पेट में बड़ी जोरों का दर्द होने लगा।

छह महीनों की दौड़-धूप के बाद आज 'शंखनाद' का प्रवेशांक प्रकाशित हो गया। कितने उत्साह से उन्होंने अपने पहले सम्पादकीय में 'अंग्रेजों को चेतावनी' शीर्षक के अन्तर्गत काफी खरी-खोटी सुनायी थी। रामखेलावन बाबू को शुरू दिन का सम्पादकीय ही पसन्द नहीं आया। वे उसे उग्र मानते थे और उनके बार-बार कहने पर श्रीधर बाबू ने काफी नरम कर दिया था कि फिर भी श्रीधर बाबू एक साथ गाँधीजी, आजाद, भगतसिंह, जलियानवाला बाग, असहयोग, दाण्डी-यात्रा सबके ऐतिहासिक निष्कर्षों को दिखाना नहीं चूके।

रामखेलावन बाबू को आश्चर्य हुआ कि 'शंखनाद' की लोकप्रियता उसके प्रकाशित होते ही पूरे बनारस में फैल गयी। उन्हें लगा कि जैसे वे बनारस की सड़कों पर पेट्रोल का जलता डिब्बा लिये दौड़ रहे हैं। अब तो 'भारतमाता प्रेस' के लोग चक्कर काटने लगे। श्रीधर बाबू ने कितने उत्साह से 'शंखनाद' की प्रति अपने पिता के नाम, नारायण बाबू, गाडगिल हेडमास्टर के नाम, श्रीमोहन ठाकुर के नाम, पेमेन मजूमदार के नाम तथा दो-चार जगहों पर और भेजी। उस रात वे उत्साह तथा सफलता के जोश में सो न सके। रातभर सोचते रहे कि जब 'शंखनाद' की प्रति बापू को मिलेगी तो पहले तो कुछ समझ नहीं पायेंगे लेकिन जब अपने पुत्र का नाम देखेंगे तो कितनी प्रसन्नता होगी। माँ प्रसन्नता से भर उठेंगी। सरो क्या सोचेगी? अब तो वह भी चालीस बरस की हो गयी होगी। वे अपनी शीतलपाटी पर पड़े-पड़े देखते रहे कि 'शंखनाद' के सम्पादकीय को सरो पढ़ रही है, कैसे उसकी आँखें प्रसन्नता से चमक उठी हैं। सरो कैसे तेज-तेज साँसें लेती एक बार, दुबारा, तिबारा उसे पढ़ रही है। उन्हें लगा कि बस अब थोड़े ही दिनों की देरी है कि एक दिन वे सहसा अपने घर जायेंगे। सबको कितना आश्चर्य होगा। उसके बाद वे सरो को, बच्चों को और सम्भव हुआ तो बापू-माँ को भी बनारस ले आयेंगे। पता नहीं इन वर्षों में घरवालों ने, कस्बे के लोगों ने उनके बारे में जाने क्या-क्या सोच डाला होगा। दादा श्रीमोहन ने तथा भाभी ने इस सोचने की अग्नि को कभी कम न होने दिया होगा। वे अब जल्द ही घर पत्र लिखेंगे और पहली बार अपने बारे में घर कोई सूचना देंगे। नारायण बाबू को सचमुच ही प्रसन्नता होगी। पेमेन भी खुश हो जायेगा। अब लोगों को लगेगा कि श्रीधर ने क्यों घर छोड़ा था। अब वे इस पत्र के द्वारा धीरे-धीरे प्रभाव डाल सकने की स्थिति में होंगे। होने के पहले वे इस मामले में बिल्कुल साफ थे कि रामखेलावन बाबू उन्हें पूरी तरह खटाकर कुछ भी प्रतिफल में नहीं देना चाहेंगे। ठीक है यदि वह उनका अधिकार ही देते रहेंगे तो उन्हें कोई आपत्ति नहीं होगी कि 'शंखनाद' के लिए सिर्फ अकेले उनको ही खटना पड़ रहा है।

श्रीधर बाबू को सवेरे से शाम सिर उठाने की या दम मारने की भी फुर्सत नहीं होती। एक तरफ से सारा अखबार वे ही लिखते थे। क्योंकि रामखेलावन बाबू, श्रीधर बाबू के वेतन के अतिरिक्त एक भी पैसा किसी चीज के लिए खर्चना नहीं चाहते थे। रामखेलावन बाबू कहीं यह समझ गये थे कि यदि वे चाहें तो घर जाकर तान खूँटी सो सकते हैं और फिर भी 'शंखनाद' निकलता रहेगा क्योंकि श्रीधर बाबू के लिए पत्र अनिवार्यता थी। वह भी जानता था कि कम्पोजीटर तथा मशीनें यों ही भारी पड़ रही थीं। काम कुछ था ही नहीं। चलो इसी बहाने प्रेस का नाम होगा और अब वे बाहरी जाब-वर्क ला सकेंगे। उतनी ही तनख्वाह में तथा एक ही कम्पोजीटर से यदि पत्र निकल सकता था तो भला उन्हें क्या आपत्ति हो सकती थी? एक कम्पोजीटर के कारण श्रीधर बाबू को हर सप्ताह दो-तीन रातें भी प्रेस में बितानी पड़तीं। वे अब आये दिन रामखेलावन बाबू से कहने लगे कि एक आदमी से काम नहीं चलेगा। अभी श्रीधर बाबू का वाक्य भी पूरा न होता कि रामखेलावन अखबारी कागज की महँगाई, टाइप की कठिनाई, स्याही की तंगी आदि का रोना लेकर बैठ जाते।

— श्रीधर बाबू! प्रेस में काम करनेवाले को सब काम आने चाहिए।

— जी!

श्रीधर बाबू ने 'जी' कुछ इस तरह कहा कि रामखेलावन बाबू का साहस नहीं हुआ कि कुछ कहें। जबकि वे कहना चाह रहे थे कि क्यों नहीं फुर्सत के समय वे कम्पोजीटर का हाथ बँटा दिया करते? लेकिन चुप रह गये क्योंकि 'शंखनाद' चल निकला था। खासी बिक्री होने लगी थी। अब उसमें विज्ञापन भी आने लगे। दो-एक बार पुलिस जाँच-पड़ताल कर गयी थी, लेकिन पत्र पर इन सब बातों का कोई प्रभाव नहीं पड़ रहा था। एक प्रकार से शुरू दिन से ही दोनों का अलिखित मन-ही-मन यह समझौता-सा था कि पत्र की सामग्री आदि के बारे में रामखेलावन बाबू का विशेष हाथ नहीं होगा और पत्र के आर्थिक पक्ष के बारे में श्रीधर बाबू की कोई जिम्मेदारी न होगी।

इस बीच ठाकुर सकलदीप नारायण सिंह ने दो-एक आदमियों के द्वारा रामखेलावन पर जोर डाला कि श्रीधर बाबू को हटा दें। क्योंकि 'शंखनाद' को निकलते हुए एक बरस हो गया था और ठाकुर साहब इतने बड़े अस्त्र को अपने विरोधी के हाथों में नहीं देख सकते थे। बनारस में उन दिनों हिन्दू-मुस्लिम काफी तनाव था। 'शंखनाद' आये दिन चेतावनी दे रहा था कि नगर के कुछ राजनीतिक व्यक्ति इस तनाव को बनाये रखने में सहयोग दे रहे हैं। गनीमत यही थी कि श्रीधर बाबू ने किसी का नाम नहीं लिया था लेकिन उनका संकेत ठीक जगह जाकर निशाने पर बैठा।

बनारस उन दिनों अफवाहों पर चल रहा था, में जी रहा था। और एक शाम सबने सुना कि मदनपुरा में किसी हिन्दू जुलाहे पर किसी ने छूरे से वार किया। और बनारस की सारी दूकानें, सारे बाजार, सारे वाहन एकदम ठप हो गये। पूरे शहर को जैसे साँप सूँघ गया। कल 'शंखनाद' को निकलना था और श्रीधर बाबू रातभर प्रेस में काम करते रहे। वैसे भी शहर में कर्फ्यू लगा था, कैसे निकलते? करीब पाँच बज रहा होगा कि वे प्रेस से बाहर निकले और गली से होकर सड़क की ओर बढ़े। पूरी सड़क पर सन्नाटा छाया था। जाड़े की इतनी भोर में खूब कुहरा था। बिड़ला-टावर की बत्ती कुहरे में डूबी थी। वे चले जा रहे थे कि कुछ पैरों की आहट उन्हें सुनायी दी। उन्हें पता नहीं क्या कुछ शक हुआ और वे लपककर एक दुकान पर चढ़ भट्ठी के पीछे छुप गये। तभी उन्हें वही खद्दर भण्डारवाले मुरारी की आवाज सुनायी दी।

— क्यों बे बेचू! कहाँ गया वह? साला आज प्रेसै में रहा मालूम होता है।

— अरे गुरू, मैंने उसे अभी-अभी प्रेस से निकलते देखा और तुझे खबर देने गया।

— नहीं बे, वो इस करफ्यू में नहीं निकलेगा। ठीक से देखा था?

— अरे, अब उस श्रीधर को नहीं पहचानूँगा? ठाकुर साहब के एक-एक दुश्मन को पहचानता हूँ।

और तभी पुलिस की तेज सीटी दूर सुनायी दी।

श्रीधर बाबू उस जाड़े में काँप उठे। उन्होंने वहीं छुपे अनुभव किया कि उनके पीछे ठाकुर सकलदीप नारायण सिंह ने गुण्डे छोड़ रखें हैं। मौका भी अच्छा चुना था कि बात फैल जायेगी कि दंगे में किसी ने मार दिया। एक क्षण को तो उनकी आँखों के आगे अँधेरा छा गया और वे पीसने-से भीग उठे।

कुछ देर बाद वे वापस प्रेस में लौट आये। कुर्सी पर बैठ टेबल पर सिर रख वे सोचते हुए अपने में खोये रहे।

बाहर आलोक फूटने को था।

दिनभर प्रेस में काम रहता और रात में कर्फ्यू लग जाता। इसके अलावा 'गायघाट' से 'अस्सी' काफी दूर पड़ता था इसलिए वे दंगे के दिनों में प्रेस ही में रहने लगे। करीब सात दिनों तक दंगे का प्रभाव रहा। उस दिन ठाकुर सकलदीप नारायण सिंह के गुण्डों से वह चिन्तित अवश्य हो गये। लेकिन भय नहीं हुआ। कांग्रेसी मन्त्रिमण्डल बनने की बात लगभग निश्चित हो चुकी थी कि तभी द्वितीय विश्वयुद्ध की घोषणा जर्मनी ने कर दी। दंगे, युद्ध, मन्त्रिमण्डल बनने की सम्भावना आदि ने मिलकर लोगों पर, जीवन पर अजीब प्रतिक्रिया कर दी। 'शंखनाद' के द्वारा श्रीधर बाबू दंगों के सामाजिक तथा राजनीतिक कारणों पर प्रकाश डालते। कांग्रेस को,

उसके अपने अवसरवादी तत्त्वों से सावधान करवाया जाता तथा अंग्रेजी शासन को इस बात की चेतावनी दी जाती कि यह द्वितीय विश्वयुद्ध अंग्रेजों की अपनी समस्या है इसे भारत की ओर से यदि अंग्रेज कुछ भी जिम्मेदारी लेंगे तो उसकी पूर्ति का भार भारत अपने सिर नहीं लेगा। रोज उनके पास दूर-दूर से चिट्ठियाँ आतीं। जिलों के समाचार होते। गुमनाम धमकियाँ होतीं और एक दिन अपने ही कस्बे की मुहरवाली चिट्ठी देखी तो अजीब उत्साह के साथ खोलने लगे। जाने किस रामचन्द्र तिवारी का पत्र था। खासा बड़ा पत्र था कि वह उनका विद्यार्थी रह चुका है और आजकल कांग्रेस में काम करता है। 'शंखनाद' में कस्बे की खबरें छपनी चाहिए, और उसके लिए वह समय-समय पर खबरें भेजा करेगा। पत्र के साथ ही स्थानीय पुलिस दारोगा की बदली की माँग करते हुए एक खबर भेजी गयी थी। अब आये दिन कस्बे के समाचार आते। बीस-बाईस वर्ष पूर्व के नाम पढ़ने को मिलते लेकिन पता नहीं क्यों बड़ी आत्मीयता लगती। खबर होती कि मोहन सिंह ने बदचलनी के कारण अपनी पत्नी की नाक काट ली। हालाँकि इस तरह की खबरों में आत्मीयता अनुभव करने की क्या बात हो सकती थी? लेकिन कभी-कभी तो घण्टों वे अपनी कुर्सी पर बैठे, डूबे सोचते रहते। घर, गली, लोगों के चेहरे, धूप, तालाब और तो और चिड़ियों की चहचहाहट तक सुन पड़ती। तालाब के पासवाले 'केवड़ास्वामी' के केवड़ों की गन्ध नाक में अनुभव होने लगती। जैसे अभी-अभी इन्दु दीदी बैजनाथवाले नाले में पैर डाल उन्हें पुकार रही थीं। सरो के गोरे पैर कैसे लीपे फर्श पर अँगुलियों पर जोर देते, हौले से चलते हैं कि जरा भी आवाज नहीं होती है।

ऐसे ही समय रामखेलावन बाबू उन्हें चौंका देते,

— श्रीधर बाबू! पता नहीं आप क्यों ठाकुर सकलदीप नारायण सिंह-जैसे बड़े नेता के पीछे हाथ धोकर पड़े हैं?

— क्यों क्या हुआ?

— क्या नहीं हुआ? आपने तो कलम उठायी और लिख दिया। लीजिये पढ़िये क्या लिखा है आपने कि पण्डित गोविन्दवल्लभ पन्त अपना मन्त्रिमण्डल पहली बार बनाने जा रहे हैं। भारत के अतीत में कभी मन्त्रिमण्डल बनते रहे हों लेकिन निकट विगत में कभी ऐसा नहीं हुआ इसलिए हमारे राष्ट्रीय जीवन में यह महान् घटना पहली बार होने जा रही है। पन्तजी चुनाव करते समय व्यक्तियों की सामाजिकता के स्थान पर सेवाओं का ध्यान रखें। लोग जमींदार हो सकते हैं, बड़े धनी हो सकते हैं लेकिन वे ही बड़े देशभक्त भी हैं, इसकी पूरी जाँच-पड़ताल की जानी चाहिए। क्योंकि अवसरवादियों को यदि इस पहले मौके पर ही घुसने का मौका मिल गया तो जनता का कांग्रेस पर से विश्वास उठ जायेगा। स्वाधीनता के संघर्ष में करोड़ों लोग जो प्राण निछावर करने पर आतुर हैं, उनकी आस्था उठ जायेगी।

— यह सब क्या है?

— तो आपके ठाकुर साहब यह क्यों सोचते हैं कि यह उन पर ही लिखा गया है।

— वाह जनाब! आप दिन-रात उनके पीछे हाथ धोकर पड़े रहें, उनके मुँह से मन्त्रीपद का कौर छिनवा दें तो भी वे बुरा नहीं माने, है न?

— तो क्या वे मन्त्री नहीं बनाये जा रहे हैं?

— जी नहीं।

— रामखेलावन बाबू! आपको-हमको प्रसन्नता होनी चाहिए।

— किस बात की? क्या इस बात की कि ठाकुर साहब जल्द ही यह पत्र और प्रेस दोनों ही बन्द करवा देंगे?

— भला यह कैसे हो सकता है?

— कैसे नहीं हो सकता है? उनके साले ठाकुर शत्रुदमन सिंह डी० आई० जी० पुलिस हैं। किसी भी धारा में आपके साथ जनाब! मुझे, इस पत्र और इस प्रेस सबको बन्द कर सकते हैं।

— तब तो हमारी नैतिक विजय होगी। यह सिद्ध हो जायेगा कि वे जमींदार लोग पूँजीपति, जनता के बल पर नहीं, सरकार के बल पर नेता बने हुए हैं।

— अरे आपकी नैतिक विजय जाये भाड़ में, रोटियों के लाले पड़ जायेंगे हमारे-आपके। और आपको क्या? डूबूँगा तो मैं न? ना बाबा, हमारी तो किसी से लड़ाई नहीं है। 'शंखनाद' मैंने लीडरी करने के लिए नहीं निकाला है साहब!

— मैं आपका मतलब नहीं समझा।

— मतलब साफ है श्रीधर बाबू! मैं ठाकुर साहब को नाराज कर अपने प्रेस में ताला नहीं डलवाना चाहता। आप क्रान्तिकारी हैं, जानते हुए भी मैंने आपके साथ भलमनसाहत बरती है। यह आप सोच लीजिये कि 'शंखनाद' किसी का विरोध नहीं करेगा।

श्रीधर बाबू को गुस्सा तो बहुत आया कि वे अभी सब फेंक-फाँककर चल दें लेकिन जाने क्या सोचकर चुप हो गये शायद एक कारण यह भी रहा हो कि छह महीने का वेतन रामखेलावन बाबू अपने कब्जे में किये रहते थे।

श्रीधर बाबू का ख्याल था कि उन्हें 'शंखनाद' छोड़ देना पड़ेगा लेकिन वे यह नहीं समझ पा रहे थे कि रामखेलावन बाबू आये दिन जो इस तरह की घुड़कियाँ दिया करते थे उसमें उनके अनेक उद्देश्य पूरे होते थे। एक तो यही कि कहीं श्रीधर बाबू अपने बारे में ही कुछ न कहें। दूसरे, श्रीधर बाबू कहीं आदमी बढ़ाने की माँग न करें। तीसरे, यह कि श्रीधर बाबू हमेशा गरजमन्द बनकर रहें। चौथे, यह कि ऐसे घुड़कते रहने से श्रीधर बाबू थोड़े दिन ठाकुर सकलदीप नारायण सिंह के बारे में चुप रहेंगे और उन्हें समय-समय पर ठाकुर साहब से पैसा ऐंठने को मिलता रहेगा। रामखेलावन बाबू ठाकुर साहब की सारी पोलपट्टी जानते थे। किस प्रकार ठाकुर साहब अपनी जमींदारी में जोर-जुलुम करवाते रहते हैं, किस प्रकार गुण्डे पाले रहते हैं, किस प्रकार शराबी-कवाबी आदमी हैं तथा दुश्चरित्र भी। श्रीधर बाबू जब हद से बाहर होने लगते तो एक बड़ी रकम ठाकुर साहब से ऐंठकर वे श्रीधर बाबू को घुड़क देते। ठाकुर साहब ने कई बार श्रीधर बाबू को निकाल देने के लिए कहा तो झूठ ही कहा दिया कि—अरे साहब, उन्होंने भी 'शंखनाद' में पैसा लगाया है मेरे हिस्सेदार हैं, कैसे निकाल सकता हूँ?—लेकिन असल बात यह थी कि इतने कम वेतन में इतनी मेहनतवाला दूसरा आदमी नहीं मिल सकता था। दिल में जानते थे कि आदमी विद्वान् के साथ-साथ जोरदार कलम रखता है। 'शंखनाद' की सारी लोकप्रियता श्रीधर बाबू के कारण थी और यह बात रामखेलावन बाबू खूब अच्छी तरह समझते थे। बस श्रीधर बाबू की बेलाग बातों, टिप्पणियों एवं सम्पादकीयों से कभी कानूनन कोई कठिनाई आ सकती थी और उन्हें यही एकमात्र बात सताती थी। लेकिन श्रीधर बाबू को अपने पंजें में कर रखने के लिए हमेशा वह लोगों से यही प्रचार करते कि श्रीधर बाबू क्रान्तिकारी हैं। ताकि अनबन होने पर वे कहीं दूसरी जगह काम न कर सकें।

द्वितीय विश्वयुद्ध में जब अंग्रेजों ने भारत को भी घसीटा तो कांग्रेस ने इसका विरोध किया। कांग्रेस के इस विरोध को 'शंखनाद' ने समझौतावादी विरोध कहा क्योंकि कांग्रेस मूलत: वकीलों, जमींदारों तथा बड़े लोगों की संस्था है। इन वर्गों को क्या मालूम कि किस प्रकार जोर-जबरदस्ती करके देश के सारे अच्छे नवजवान रँगरूट बनाकर यूरोप की इस लड़ाई में ईंधन की भाँति झोंक देने के लिए भेजे जा रहे हैं। अंग्रेजों ने इस देश की जनता का विश्वास पूरी तरह खो दिया है इसलिए वे अब इस देश के शासक नहीं हैं। देश में इस समय आग लगी हुई थी। इस प्रश्न पर कांग्रेस मन्त्रिमण्डलों ने त्यागपत्र दे दिया था और बम्बई में जोरों पर कांग्रेस-अधिवेशन की तैयारियाँ हो रही थीं। पूरे राष्ट्रीय जीवन में जैसे भगदड़

मची हुई थी। देश की आँखें गाँधीजी पर लगी थीं। अपने पाँच अगस्त के अंक में 'शंखनाद' ने देश के नेताओं से अपील की थी कि वे अंग्रेजों के साथ किसी भी तरह का यदि सहयोग करते हैं तो वह, देश व जनता के साथ गद्दारी होगी क्योंकि अंग्रेजों के साथ सहयोग का अर्थ होगा इन साम्राज्यवादियों के युद्ध में अपने देश के नौजवानों को झोंकना और ९ अगस्त की सवेरे रेडियो पर जैसे ही समाचार आया कि बम्बई में 'भारत छोड़ो' का नारा दिया गया और सारे नेता एक साथ पकड़ लिये गये, पूरे देश में तहलका मच गया। 'शंखनाद' कार्यालय में बैठे हुए वे और रामखेलावन बाबू दोनों ही रेडियो सुन रहे थे। थोड़ी देर में उन्हें वायुमण्डल में अजीब शोर सुनायी पड़ने लगा। श्रीधर बाबू यह जानने के लिए कि चौक में लोगों की क्या प्रतिक्रिया हुई, रिक्शा लेकर चले। रास्तेभर लोगों की भीड़ सड़क पर क्रोध और भय में डूबी घूम रही थी। अभी वे बुलानाला ही पहुँचे होंगे कि कोतवाली की तरफ से पुलिस की लारियों की दौड़ चारों तरफ के लिए शुरू हुई। चौक तक पहुँचते-पहुँचते तक तो आदमियों की भीड़ के मारे रास्ता नहीं खाली था। रिक्शे से उतर पान खाया और जिस समय चौक पहुँचे, भीड़ नारे लगाती एकत्र हो रही थी!!

— भारत छोड़ो!!

— भारत माता की जय!!

— नहीं रखना, नहीं रखना।
सरकार जालिम नहीं रखना!!
नहीं रखना, नहीं रखना
यह भूरा बन्दर नहीं रखना!!

— इन्कलाब-जिन्दाबाद!!

— महात्मा गाँधी की जय!!

अनन्त जनसमुद्र बढ़ रहा था। दिशाहीन। असंख्य पैरों की आवाज घुटी-घुटी-सी उठ रही थी। लाखों नर-नारी, बच्चे-बूढ़े, स्कूली बच्चे, व्यापारी, ठेलेवाले-जन, ऐतिहासिक, अभिव्यक्ति की महान् शक्ति जनता—धोती में, पाजामे में, कुरते में, कमीज में, नंगे सिर, दुपल्ली में, पान खाये, सिगरेट पीते-दम साधे, गुस्से में, मुट्ठियाँ ताने बढ़ रही थी। कहाँ, किधर, कौन जानता था? चौक की कोतवाली के सामने पुलिस की टुकड़ियाँ तैयार खड़ी थीं। अनन्त सिरों के बीच राष्ट्रीय तिरंगा धीमे-धीमे चल रहा था। लोगों के गले बैठे जा रहे थे—

— भारत-छोड़ो!!

— दूर हटो ए दुनियावालो,
हिन्दुस्तान हमारा है!!

— भारत माता की जय!!

पुलिस की सीटियाँ! जनसमुद्र का गीत-भरा कण्ठ। शोलों की तरह उठते हुए नारे। नेतृत्वहीन ऐतिहासिक बल। दिशाहीन संगीत।

— भारत माता की जय!

और देखते-देखते गिरफ्तारियाँ। लाठीचार्ज। भाग-दौड़। राष्ट्रीय झण्डा।

— हिन्दुस्तान हमारा है।

— भारत छोड़ो!!

— भारत माता की जय!!

— महात्मा गाँधी की जय!!

— इन्कलाब, जिन्दाबाद!!

पूरा देश देखते-देखते एक बड़ा-सा कारागार बन गया। हजारों आदमी प्रतिदिन गिरफ्तार होने लगे। जैसे-जैसे गिरफ्तारी होती, आन्दोलन की ज्वाला वैसे-ही-वैसे अधिक फैलती होती। इतना बड़ा ज्वार हो जायेगा इसकी किसी को कल्पना नहीं थी। गाँव-गाँव तक आन्दोलन की चिनगारी फैल गयी थी। यद्यपि कोई नेता इस महान् आवेग को परिचालित नहीं कर रहा था लेकिन लगता था कि जिस ढंग से यह व्यापक हो रहा था वह इस बात का प्रमाण था कि यह आन्दोलन पूर्व नियोजित था। कोने-कोने से असंख्य नवयुवक अपने प्राणों को होम करने के लिए स्कूलों, कालेजों से बाहर निकल आये और इस ऐतिहासिक ज्वार में समर्पित हो गये। लगा कि जैसे देश मुक्त होने के लिए कटिबद्ध है। बड़े व्यापक पैमाने पर सरकारी इमारतों, चीजों को लूटा जाने लगा, जलाया जाने लगा। थाने, रेल, तार, डाक, पुल नष्ट किये जाने लगे। सन् '४२ का यह आन्दोलन क्रान्तिकारी हिंसा तथा कांग्रेसी अहिंसात्मक जनबल दोनों के एकीकरण का सम्मिलित स्वरूप था। अंग्रेजी सत्ता के पैर हमेशा के लिए उखड़ गये। यह आन्दोलन मध्यवर्ग के आक्रोश की अभिव्यक्ति था तथा मध्यवर्ग ही उसका नेतृत्व कर रहा था। इतने बड़े ज्वार को मुट्ठीभर पुलिस या फौज से रोकना कठिन था। एक हिलोर उठती और एक जिला सुलग उठता। और इस प्रकार आन्दोलन अनन्त लहरों में हिलारें ले रहा था। बलिया, बिहार में एक प्रकार से अंग्रेजी सत्ता का प्रभुत्व नष्ट हो गया था। दमन, गिरफ्तारियों से शासकवर्ग, मध्यवर्ग एवं निम्न मध्यवर्ग की इस ऐतिहासिक अभिव्यक्ति को कुचल देने पर तुला हुआ था। राजनीति, कांग्रेस के हाथों से निकलकर जनता के हाथों में आ गयी थी और इसलिए अंग्रेज सत्ता काँप उठी थी। शासकवर्ग को यह भली-भाँति विदित हो चुका था कि इस देश का केवल उच्चवर्ग ही ऐसा है जिससे समझौता किया जा सकता है और 'क्रिप्स-मिशन' आदि पहले यों ही लौट गये थे अब उन्हें कौन-सा नया रूप दिया जाये, यही शासकों के सामने प्रश्न था, अंग्रेज सरकार इस देश से डर गयी लेकिन कांग्रेसी नेता उसे अपने निकट लगे।

जीवन में सम्भवत: कभी इतना उत्साह, शक्ति, विश्वास श्रीधर बाबू को नहीं अनुभव हुआ जितना कि इन दिनों हो रहा था। वे पूरे बनारस में लोगों के साथ, के बीच घूमते हुए अपार शक्ति अनुभव कर रहे थे। उन्हें लगा कि अंग्रेजों का अविजेय शासन-तन्त्र सदा के लिए चरमराकर टूट पड़ना चाह रहा है। और जिस समय वे तीसरे प्रहर 'शंखनाद' के कार्यालय पहुँचे तो गली में ही पानवाले ने बताया कि श्रीधर बाबू उधर न जाइये, प्रेस में ताला लग गया है, पुलिस बैठी हुई है। भागिये, पुलिस आपकी तलाश में है। एक क्षण को समझ न सके कि क्या

करें? क्योंकि प्रेस पर ताला लग जाने का क्या अर्थ हुआ जैसे किसी ने मुँह-सी दिया हो।

तो अब उन्हें क्या करना चाहिए?

क्या दूसरों की भाँति गिरफ्तार होकर जेल चले जायें या फिर—गाँधीजी की यह बात मानें कि गिरफ्तार होकर जेल में निष्क्रिय हो जाने से कहीं अच्छा है कि बाहर रहकर काम करें।

लेकिन कौन-सा काम?

क्या गाँधीजी ने उसी काम की ओर संकेत किया है जो देश का नवयुवक कर रहा है? पुलों का तोड़ा जाना, तारों का काटा जाना, थानों का जलाया जाना?

—क्या गाँधीजी का संकेत-फिर अहिंसा?.....वे अस्पष्ट थे।

वे बूँदीघाट के एक बुर्ज में बैठे हुए सोच रहे थे कि क्या करें? यदि गिरफ्तारी से आजादी आती है तो गाँधी, प्रतीक रूप में जेल जा चुके थे। देश के शीर्षस्थ नेता आगाखाँ महल में कैद थे। और, क्या आज सारा देश कारागार नहीं है? तब बाहर रहकर ही काम करना चाहिए।

लेकिन कौन-सा काम?

जो इतिहास की माँग है, वह काम? चाहे वह लूट हो, पुल तोड़ना हो, थाने जलाना हो? हमें, सबको इतिहास में समर्पित होना है। 'शंखनाद' तो अब नहीं निकाला जा सकता। यदि खुलेआम रहकर काम किया जायेगा तो सरकार उन्हें फौरन गिरफ्तार करेगी। मुकदमे का नाटक करेगी। उनके लेखों के लिए, तथाकथित क्रान्तिकारी होने के नाते उन्हें बड़ी-से-बडी सजा देगी क्योंकि सरकार के विरुद्ध काफी कठोर लिखा गया था। इसलिए ज्यादा अच्छा होगा कि जो मध्यवर्ग की जीवनी शक्ति, इस महान् आन्दोलन को छोटे-छोटे रूप में संचालित करके महान् हो रही है उसी में सम्मिलित हुआ जाये।

जिस तेजी से ज्वार उठा दमन उससे भी तेजी से बढ़ा। सरकार यह बात जान चुकी थी कि इस सबके पीछे कोई व्यवस्थित, नियोजित, केन्द्रित शक्ति नहीं थी इसलिए इसमें आवेग होते हुए भी दीर्घकाल तक चल सकने की क्षमता नहीं थी। सरकार ने अत्यन्त निर्मम होकर सभी सन्दिग्ध व्यक्तियों को जेलों में ठूँस दिया। सम्भवत: इतनी संख्या में गिरफ्तारियाँ किसी भी देश में, किसी भी आन्दोलन में नहीं हुई होगी। सम्भवत: इसी का नतीजा हुआ कि आन्दोलन एक पुच्छल तारे की भाँति उठा, दिखा, चमक और विराट् अन्धकार उसे चबा सकने में सफल हुआ। यद्यपि अन्धकार के दाँत तथा आँतें सभी झुलस गये। अन्धकार को उस पुच्छल को मुक्त करना पड़ा लेकिन धूमकेतु का स्वरूप बदल चुका था।

यहाँ-से-वहाँ श्रीधर बाबू मारे-मारे घूम रहे थे। देश के सारे मध्यवर्ग ने विद्रोह कर रखा था। पुल उड़ाये जा रहे थे। रेल की पटरियाँ उखाड़ी जा रही थीं। थाने जलाये जा रहे थे। सरकारी शब्दों में 'पूर्ण अराजकता' फैल गयी थी। वे नवयुवक तो थे नहीं जो बिना किसी आस्था के भी विश्वास के साथ यह सब कार्य करते। उनके सामने क्रान्ति का 'आज' न होकर, जीवन का कटु 'कल' उपस्थित हो जाता। कल जब ज्वार-जल भाटा बन जायेगा तब क्या होगा? सरकार इस क्रान्ति को दमन करने में लगी थी। पूरे-पूरे गाँवों पर, मुहल्लों पर, कुटुम्बों पर सामूहिक कर वसूल कर रही थी। युद्ध की महँगाई यों ही लोगों को मारे डाल रही थी उस पर अंग्रेजी राज के इस नृशंस दमन ने साधारण जन-जीवन को झकझोर डाला। पूरा देश अंग्रेजों को विद्रोही लग रहा था। श्रीधर बाबू बनारस लौट आये। 'अस्सी' वाले अपने मठ पर मालूम हुआ कि पुलिस उनका सारा सामान उठाकर ले गयी। मठ में छुपकर रहने का सवाल ही नहीं था। छह महीने बलिया, गोरखपुर रहकर लौटने के बाद भी बनारस खौलता जल था। उन्होंने दो-एक बार तलाश करवाया कि रामखेलावन बाबू और 'शंखनाद' का ही कुछ पता चले। 'शंखनाद' आफिस और प्रेस पर तो ताला पड़ा हुआ था तथा रामखेलावन बाबू को 'शंखनाद' के प्रकाशक होने के नाते दो साल की सजा तथा दो हजार रुपया जुर्माना हुआ था। श्रीधर बाबू के सामने सवाल था कि वे अब क्या करें? जिस प्रेसवाले के यहाँ जाते कि कुछ काम मिल जाये दूसरे दिन वही प्रेस, वादा करने के बाद भी अहाते में घुसने के साथ ही चीख पड़ता कि नहीं साहब, आप-जैसों के लिए हमारे यहाँ कोई काम नहीं है। असल में होता यह था कि पुलिसवालों ने इस तरह के सारे लोगों के पीछे अपने जासूस लगा रखे थे ताकि उन्हें कहीं काम न मिल सके। श्रीधर बाबू मकान बदलते-बदलते भी परेशान हो गये थे। मकानवाले तक घर देने में आनाकानी करते कि नहीं बाबूजी, पुलिस हमें परेशान करेगी। बिना नौकरी और बिना मकान के रहना असम्भव हो रहा था। अण्डर-ग्राउण्ड रहते करीब एक बरस हो रहा था। आज इसके यहाँ खा लिया तो कल उसके वहाँ खा लिया। लेकिन कब तक ऐसा चलता? रात-बेरात यहाँ-वहाँ सो लिये। लेकिन पेट के रोगी, भला इतनी आयु में कब तक ऐसे चल सकता था।

आजकल वे विश्वनाथ गली में एक मारवाड़ी पाठशाला के पीछेवाले कमरे में दिन-रात बन्द रहकर अनुवाद करने में लगे हुए थे। जिस तरह से श्रीधर बाबू ने नौकरियों की यहाँ-वहाँ पूछताछ की थी उससे पुलिस को सुराग मिल गया था कि इसी शहर में हैं। जहाँ-तहाँ भी पुलिस को पता चलता कि यहाँ रहते हैं या रहते थे या यहाँ नौकरी खोजने आये थे—पुलिस तलाश कर जाती। आये दिन मकान बदलते, छुपते श्रीधर बाबू खासे परेशान हो चुके थे। अगत्या उन्हें इस

गली में पीछेवाला यह कमरा मिला। कमरा क्या था एकदम कालकोठरी थी। दिन में भी अँधेरा रहता। नीचे शिवाला था और बायीं तरफ पाठशाला लगा करती थी। जब काफी रात हो जाती तो वे थोड़े टहलने निकलते। महीनों हो गये थे उन्मुक्त होकर घूमने को। जब घूमने निकलते तो अधिकांश दूकानें बन्द हो गयी रहतीं। 'विश्वनाथ गली' के मुहाने पर दो-चार हलवाइयों की दूकानें उस समय भी खुली होतीं। 'दशाश्वमेध' वाली सड़क पर साँड़ जुगाली करते या तो टहलते होते या फिर नन्दी मुद्रा में 'सुरत' लगाये बैठे होते। 'दशाश्वमेध' घाट सुनसान होता। दिन में जो सड़क-बाजार आदमियों से भरे रहते हैं तब सब निकट लगता है लेकिन इतनी रात में निर्जन होता तो कैसा फैला-सा ऊँचा-ऊँचा-सा लगता। अनेक बार तो मोह हो आता कि चलें, जरा रतना के घर की तरफ जाकर देखा जाये। कितनी बार मन में आया कि क्या इन्दु दीदी से कभी यहाँ ऐसे ही भेंट हो सकती है? जाने कब वे यहाँ काशीवास किया करती थीं। पता नहीं अब वे कहाँ होंगी?

ऐसे ही विगत के प्रति मोह में डूबे थोड़ी देर तक घाटों पर बैठे ताजी ठण्ढी हवा में खोये रहते। कैसे सारा जीवन बिना कुछ अर्जन या प्राप्ति के बीत गया? इन्दु दीदी से लेकर सन् '४२ के आन्दोलन तक फैले जीवन में कौन-कौन-सी स्थितियाँ आयीं। वे क्या करते तो क्या हो सकता था। और क्या किया तो क्या हो गये—सब समूचा जीवन अनुखन आँखों के आगे घूम जाता। अपने घर-परिवार के प्रति जो उपेक्षा या निर्ममता बरती उसे वे कभी क्षमा नहीं कर पाते थे। क्या घरवाले, सरो, माँ, बापू कभी सोच सकेंगे कि श्रीधर जीवनभर विवश ही रहे वर्ना उनके मन में कितना स्नेह, ममत्व सब सबके प्रति रहा है? भला अपनी विवशता को वे कैसे बाँटते? और कब तक? वे तो जीवनभर अवश ही बने रहे।

कभी-कभी वे सवेरेवाली विश्वनाथजी की आरती में पहुँच जाते और घण्टों बैठे रहते। प्रायः वहाँ बैठकर गायत्री का पुरश्चरण किया करते। गिनती के ही भक्त उस समय वहाँ होते। बड़े-बड़े चाँदी के घड़ों में पात्रों में गंगाजल लाया जाता और विश्वनाथजी का अभिषेक किया जाता। दो-एक बार जब वे गये तो देखा कि कोई साठ वर्ष की एक महिला नौकरानी के साथ नित्य आरती के समय आती है तथा पुजारी लोग—'रानी साब, अब आप पूजन कर लें' कहकर अन्दर मन्दिर में ले जाते और रुद्रपाठ के साथ वे सांगोपांग पूजन करतीं। देखने में गौरवर्ण की वृद्धा कही जानेवाली वह महिला पुजारियों को, ब्राह्मणों को दान-दक्षिणा देकर तुरन्त चली जाती। मन्दिर के गोपुर पर ही पालकी होती और वह उसमें बैठकर चली जाती। लगता था कि जैसे महिला बहुत बड़े घर की स्त्री थी। बंगाली वह हो नहीं सकती थी। जिस सादे मलमल के धवल परिवेश में होती उससे यही पता चलता

था कि विधवा है। रंग नेपालियों-जैसा साफ था लेकिन नाक-नक्शा उत्तर भारत का न लगकर दक्षिण भारत के अधिक निकट का लगता।

पता नहीं किसलिए अब वे नित्य मन्दिर जाने लगे। उस महिला ने भी दो-एक बार श्रीधर बाबू को देखा अवश्य। सम्भवत: जिज्ञासा से देखनेवाले इस व्यक्ति को रुष्ट होकर ही वितृष्णा के भाव से उन्होंने देखा। एक दिन जिस समय वे पूजन करवा रही थीं श्रीधर बाबू भी पास ही में खड़े उस समय पुजारियों के साथ मन में बुदबुदाते हुए दुहरा रहे थे—

—अजन्मानो लोक: किमवय ववन्तोपि जगत.....

कि तभी महिला ने अपनी नौकरानी से बिल्वपत्र लेते हुए कुछ कहा। श्रीधर बाबू चौंके कि यह तो मराठी थी। तो यह महिला महाराष्ट्रीय है? पूजन समाप्त हुआ। पालकी चली गयी। देर तक सोचते रहे कि यह महिला कौन है? किसी बड़े घर की है। काशी में अनेक महाराष्ट्रीय परिवार रहते हैं। इस महिला को देखकर अत्यन्त शान्ति होती है मन में।

दो-तीन दिन वे सवेरे की पूजा में न जा सके। अनुवाद करते रात में काफी देर हो जाती, दूसरे, रातभर पेट में दर्द होने लगता। पैसों की कमी थी इसलिए अनुवाद जल्द पूरा करना था। आज भी जब वे पहुँचे तो पालकी 'पक्के-मुहाल' की तरफ लौटी जा रही थी। कुछ देर हो गयी थी। दर्शन कर जल्दी से परिक्रमा लगा गोपुर की साँकल को आँखों से छुला वे बाहर निकल ही रहे थे कि किसी ने पुकारा,

— जरा सुनिये पण्डिज्जी!

श्रीधर बाबू लौटे। बोले,

— कहिये।

— आपको रुद्रपाठ आता है?

— जी हाँ, आता तो है। क्यों, क्या बात है?

बातें करनेवाला पुजारी था, बोला,

— असल में कल शिवरात्रि है न, कल सौ रुद्रपाठियों की आवश्यकता है।

— लेकिन मैं इस प्रकार का पूजावृत्तिवाला ब्राह्मण नहीं हूँ।

— कौनू बात नहीं। बात दरअसल ई है कि उन जौन सवेरे रानी साहिब आती हैं न, कल शिवरात्रि के दिन सौ ब्राह्मणों को भोजन, दान, दक्षिणा देना चाहती हैं।

— कहाँ की रानी हैं?

— सुनते हैं पूना की हैं।

— पूना की? क्या नाम है।

— अब नाम तो नाहीं मालुम हमका।

— क्या बहुत दिनों से हैं यहाँ?

— नाहीं, बीच-बीच में आती रहती हैं। इस बार तो काफी बरसों बाद आयी हैं। श्रीधर बाबू के सामने जैसे बिजली कौंध गयी। क्या यह सम्भव था कि ये इन्दु दीदी ही हों? सम्भवत: चालीस वर्ष पूर्व जिसे देखा था, क्या यह वही दीदी हो सकती हैं?

दूसरे दिन विश्वनाथजी के प्रांगण में ब्राह्मण बैठे रुद्रपाठ कर रहे थे। श्रीधर बाबू एक तरफ बैठे बराबर पहचानने की चेष्टा कर रहे थे। मन्दिर में आज अपेक्षाकृत खासी भीड़ थी। संगमरमर के फर्श पर जड़े रुपयों पर सैकड़ों आदमियों के पैर-आते हुए, जाते हुए परिक्रमा करते हुए दिख रहे थे। बड़ा घण्टा अनवरत बज रहा था। आरती के समय विशाल बत्तियाँ गोल-गोल घूमती होतीं और समवेत शिव-स्तुति होती। श्रीधर बाबू ने देखा कि एक ओर कोने में ध्यानस्थ वही महिला बैठी हुई थी। आज वे उसे पहचानने की पूरी चेष्टा कर रहे थे। वे आश्वस्त होते जा रहे थे कि यह उनकी इन्दु दीदी ही हैं। पाठ समाप्त हुआ। मन्दिर के बाहर सामने एक प्रांगण में खीर-पूड़ी का प्रबन्ध था। ब्रह्मभोज के उपरान्त दान-दक्षिणा दी गयी। सारा लेने-देने का काम एक पुरुष कर रहा था जो निश्चय ही महाराष्ट्रीय था। श्रीधर बाबू बहुत देर तक सोचते रहे कि किस प्रकार पूछें कि आप कौन हैं? इस प्रश्न पर वे क्या सोच सकती हैं? मान लो दीदी न हुई तो? और तब तक सब लोग जा चुके थे। प्रांगण में केवल श्रीधर बाबू को खड़े देखकर उस महिला ने उस पुरुष से मराठी में कुछ कहा और उस पुरुष ने पूछा,

—पण्डिज्जी! आपको दक्षिणा आदि तो मिल गयी न?

श्रीधर बाबू ने प्रश्न सुना ही नहीं। वे उस महिला को ही घूरने में लगे थे। वे थोड़े आगे बढ़े और एकदम आगे बढ़ आये। वह महिला कुछ चौंकी। सकपकायी भी और किञ्चित् असुविधा अनुभव करते हुए उस पुरुष की ओर देखने लगी। वह पुरुष कुछ बोलने को ही था कि वे बोले,

—क्या मैं जान सकता हूँ कि आप कौन हैं?

—जी?

—क्या आप.....?

—आप किसे चाहते हैं?

यह प्रश्न इस बार उस पुरुष ने किया। श्रीधर बाबू ने फिर उसी तरह पूछा,

—क्या आप इन्दु दीदी हैं?

वह महिला एकदम ऐसी हो गयी जैसे हरसिंगार का गाछ हो। हवा का ऐसा झोंका आया कि नि:शब्द सारे फूल मौन चू पड़े। वे अपने में लौटने लगीं जैसे अतीत बन ही तो जायेंगी। वह सचमुच ही इन्दु दीदी थीं।

—कौन श्रीधर?

—हाँ दीदी!

दोनों उच्छ्वसित हो गये। दोनों विद्युत् वेग से विगत में लौटे जा रहे थे।

वे ठठेरी गली चले जा रहे थे। गोपाल मन्दिर के पास कहीं इन्दु दीदी की हवेली है। मन में यही विचार आ रहा था कि क्या इन्दु दीदी भी इस बीच काशी में ही थीं? क्या यह अच्छा न होता कि बहुत पूर्व ही मालूम हो गया होता कि दीदी यहीं पर हैं। तो....तो क्या होता? और पूछते हुए वे हवेली के सामने पहुँचे। बड़ा-सा मध्ययुगीन दरवाजा खुला हुआ था जिसके ठीक सामने झँझरीदार दीवार थी। लोगबाग आ-जा रहे थे। वे पशोपेश में थे कि किस नाम से पूछें तभी वही व्यक्ति दिखायी दिया जो कि भोज के समय दीदी के पास खड़ा था। महाराष्ट्रीय उच्चारण में हिन्दी बोल रहा था,

—आइये, भीतर कू चले आइये। मातुश्री आप ही की प्रतीक्षा कर रही हैं।

और यह व्यक्ति भीतर लिवा ले चला। झँझरीवाली दीवार के बायीं तरफ दरवाजा था और सामने प्रशस्त चिकने पत्थरों का आँगन। जिसके तीनों और खम्भोंवाला बरामदा। बरामदे से सटे ढेर-सारे कमरे थे। अधिकांश बन्द थे। दो-एक खुले हुए थे। एक बड़े-से कमरे में चाँदनी, गाव-तकिये आदि लगे थे। फर्शीमेजों पर दो-एक मुनीम लोग काम कर रहे थे। फानूस और फूलदान लाल कपड़ों में लिपटे हुए थे। आँगन के ठीक ऊपर लोहे का बड़ा-सा जँगला यहाँ से वहाँ तक तना था। अत्यन्त वैभव का अनुभव हो रहा था। व्यक्ति उन्हें लेकर सामनेवाले जीने से ऊपर लिवा ले गया। ऊपर भी वैसा ही चौकोर बरामदा तथा कमरे। सब-कुछ प्रशस्त खुला तथा धूपभरा लग रहा था। एक बड़े कमरे में व्यक्ति ने बिठा दिया और बोला,

—आप बैठिये मैं मातुश्री को खबर दे आऊँ।

कई धार्मिक चित्र चित्रित थे। कुछ तैलचित्र भी थे। पुराने ढंग का सोफा सेट पड़ा था। सामने कोने में एक दीवान था जिस पर बाघम्बर बिछा था। कमरे में एकदम निस्तब्ध शान्ति थी। लकड़ी की छत तैल के कारण चमक रही थी। वह व्यक्ति लौट आया और बोला,

—मातुश्री ने आपको वहीं अपने कमरे में ही बुलाया है। चलिये।

और वे लोग फिर कमरों की भूल-भुलैया में होकर चलने लगे। बरामदे से सटे जँगले से नीचे देखने पर कुएँ का आभास होता। नीचे लोग आ-जा रहे थे। इतनी बार इस मकान में घूमना पड़ा कि दिशाभ्रम हो गया। वे अब एक कमरे में पहुँचे जो अपेक्षाकृत अत्यन्त सादा था। कमरे में से धूप-दीप की गन्ध आ रही थी। भगवान् का विशाल सिंहासन बना था जिस पर शिवलिंग स्थापित था। गंगाजी की ताजी मिट्टी रखी हुई थी इससे स्पष्ट था कि पार्थिव की पूजा होती होगी। एक

बड़ी-सी चौकी पर बाघम्बर यहाँ भी बिछा था। इससे स्पष्ट था कि जहाँ भी दीदी जाकर बैठती हैं वहीं बाघम्बर ही बिछता है। ईर्षालु शान्ति थी। इस कमरे से सटा एक प्रशस्त बारजा था। व्यक्ति उन्हें उधर ही ले गया। पर्दा हटाकर जैसे ही वे लोग बारजे में पहुँचे एक सुन्दर-सी चौकी पर अत्यन्त धवल सादे परिवेश में दीदी बैठी थीं, उस व्यक्ति से बोलीं,

—अता काही काम नाहीं आहे। तुमी जाऊ शकत।

और व्यक्ति शिष्टतापूर्वक विनम्रित होकर श्रीधर बाबू को छोड़कर चला गया।

—श्रीधर!

और श्रीधर ने देखा कि सच ही यह तो उसी की दीदी हैं। देह और आयु अवश्य बदल गयी है लेकिन वे वृद्धाती आँखें आज भी वैसी ही बालिका-सुलभ थीं। श्रीधर बाबू तब भी खड़े थे। दीदी उन्हें इस तरह देख रही थीं जैसे जितने दिनों नहीं देखा था उसकी पूर्ति कर लें। जाने कितना स्नेह, जिज्ञासा, आश्चर्य सब झलक रहा था।

— तुम बिल्कुल वैसे ही हो श्रीधर!

— क्यों?

— और क्या, कहा नहीं जायेगा तो बैठोगे भी नहीं।

और श्रीधर सामने रखी कुर्सी पर बैठ गये। बारजे से गंगाजी दिख रही थीं। नेपाली मन्दिर का शिखर दूरी पर दिख रहा था। नीचे ढेर-सी नावें बँधी दिख रही थीं।

— तुम्हें जितना स्वस्थ होना चाहिए उतने नहीं हो, क्या बीमार हो?

— नहीं तो।

— आँखों के नीचे झुर्रियाँ आ गयीं अभी से।

— झुर्रियाँ कब तक नहीं आयेंगी दीदी?

— अभी उमर ही कितनी हुई होगी। कितना तुमसे मिलना चाहती थी श्रीधर! कितने दिन हो गये न?

— हाँ, और क्या लगभग चालीस वर्ष।

— पूरी आयु। काशी में तुम कैसे?

— चला आया।

— वैसे कई बार तुम्हें देखा विश्वनाथजी के मन्दिर में। सच कहूँ दो-एक बार जब तुम घूरते थे तो बड़ा बुरा लगता था। लेकिन देखो न.....अपने खोये छोटे भाई को कैसे पाया? भगवान् ने कैसा मिलाया। इस बार मैं पाँच बरस के बाद आ सकी हूँ काशीजी । अरे हाँ, यह बताओ बहू कहाँ है? कितने बच्चे हैं? यहाँ कब से हो। घर पर कौन-कौन हैं।

— यहाँ तो अकेला ही हूँ। घर पर सभी कोई हैं। लगता है न, कि विगत के सूत्र कितनी दूर चले गये हैं।

— लगता है जीवन में खूब देखा-सुना है कि विगत इतनी दूर लगता है, है न?

— क्यों दीदी! आपको नहीं लगता?
— कुछ खास तो नहीं। बचपन में तुम्हारे साथ का विगत न हो तो सच मानो बस यही लगता है कि नाममात्र का ब्याह हुआ, इसके बाद तो बस विधवा ही हुई। गत तीस-तैंतीस बरस पता नहीं श्रीधर! उपवाह-तीर्थ में जाने कहाँ रीत गये।
— दीदी! पता नहीं आज जाने कैसा-कैसा लग रहा है। क्या तालाबवाले बारजे-सा नहीं लगता?
— केवल लगने भर से ही कोई चीज हो थोड़े ही जाती है? काशी में तुम क्या करते हो?
— कुछ खास नहीं।
— कुछ खास नहीं?
— हाँ, और क्या?
— तुम्हें देखकर लगता नहीं कि तुम विशेष बदले हो।
— तो क्या आप बदल गयी हैं?
— यह आप-वाप क्या लगा रखा है तुमने?

दोनों सन्तुष्ट मुसकरा रहे थे।

एक दिन-उस दिन।

उसके बाद-अनेक दिन।

इन्दु दीदी और श्रीधर गत-आगत की गाथाओं को तन्मय दुहराते रहे। जानते-बूझते भी कि जो व्यतीत गया है वह ऐसा रीतकर चला गया है कि कभी नहीं लौटाया जा सकता। इन्दु अपने पति के साथ अधिक नहीं रह पायी। जो भी रह पायी वह ऐसा नहीं हुआ कि जिसे नारी जब पा जाती है तो प्राय: जीवनभर थामे रहती है। ब्याह के दूसरे दिन ही वह समझ गयी कि उसे विधवा होना ही है। ब्याह का छल दों बरस से अधिक नहीं चला श्रीधर!—और फिर उसके बाद सामन्ती घरों की अपनी नीचताएँ, जोड़-तोड़, उठा-पटक, लांछन-प्रहार!! क्या करोगे सुनकर उसे? सब बीत गया रे, तब उसका स्मरण क्या करना? बाला साहब ने आत्महत्या कर ली। वामन ने एक प्रकार से बाला साहब से विद्रोह कर रखा था। सब छिन्न-भिन्न हो गया श्रीधर! अपने साथ मैं जितना ही बन्धन कम करना चाहती थी उतना ही बोझ बढ़ता जाता था। साल में चार महीने ही काशी में रह पाती और बाकी आठ महीने इतनी बड़ी जमींदारी की साल-सम्हाल करनी होती थी। सुना, वामन एक दिन अपनी बन्दूक साफ कर रहा था, कहते हैं भरी थी। जाने कैसे घोड़ा दबा और देखते-देखते गोली कनपटी में लगी और तुरन्त उसका प्राणान्त हो गया। मेरे तो होश ही उड़ गये। वामन को उसकी विलायती पत्नी से एक लड़का है—आनन्द। पहले तो वह आनन्द को देने के लिए राजी ही नहीं थी। वह उसे अपने साथ ले

जाना चाहती थी। बड़ी मुश्किल से वह मानी। मेरे पास भी कोई बाल-बच्चा नहीं था। उस आनन्द को मैंने भी अपना उत्तराधिकारी बना दिया। अपने कस्बे की सारी जायदाद बेच दी श्रीधर! वह कोठी, बाग सब बेच दिये। बेचारा आनन्द पूना और वहाँ की दो-दो जायदादें कैसे सम्हाल पाता न? आनन्द एकदम अपनी माँ पर पड़ा है, अंग्रेज लगता है एकदम। तुमने तो खैर देखा ही नहीं है उसे। अब तो वह तीस बरस को होने आया। पिछले बरस उसका ब्याह कर दिया और इस बार सारी लिखा-पढ़ी उसके नाम अन्तिम रूप से कर आयी हूँ। यह घर असल में पैंतीस बरस पहले खरीदा था। इसे भी बेचना चाहती हूँ और जल्द ही उत्तरकाशी या कहीं ऐसी ही शान्त जगह में जाना चाहती हूँ। अरे, जब भगवान् ने ही दुनिया की झंझटों से मुक्त रखा तब भला कितने दिन सनूँगी? आनन्द की बहू को सब समझा आयी हूँ और उन लोगों से हमेशा के लिए विदा ले आयी हूँ। दो-एक महीने में यह कोठी बिक जाये तो थोड़ा-बहुत पैसा लेकर मैं चली जाऊँ। जिसकी जो जाने, है न? भला श्रीधर बाबू क्या कहते? जिसने संसार न होते हुए भी सांसारिकता निभायी भला उससे क्या कहते कि वह अब जीवन के उत्तरकाल में मोह त्यागकर हिमालय की शरण न जाये? दीदी से इतना कुछ छुपा गये कि उसे झूठ बोलना ही कहा जायेगा। काशी तो वे कुछ समय से ही हैं। बाकी सब ठीक ही है। बहुत जल्द वे घर जानेवाले हैं। जाने क्यों अपनी कथा सुनाते उन्हें हिचक हुई इसलिए अधिकांश झूठ ही कहा। एक तो दीदी को दुःख होता। मान लो दीदी सब सुनकर कुछ कहने-सुनने पर आतीं या किसी बात के लिए उद्यत हो जातीं तो क्या होता? जीवनभर जब किसी के सामने हाथ नहीं फैलाया तब भला ऐसी ममतामयी दीदी को सुनाकर किसी बात के लिए बाध्य करना न होता? दीदी ने अनेक बार कहा, पूछा कि श्रीधर! अपनी दीदी से कुछ छुपा तो नहीं रहे हो? लेकिन-श्रीधर बाबू ने इतने सहज भाव से हर बार आश्वस्त किया कि दीदी चुप रह गयीं। जाने क्या-क्या मन में होता रहा कि एक बार चीख पड़ें कि दीदी! तुम्हारा श्रीधर सम्पूर्ण पराजित व्यक्ति रहा। अनिर्णय, जेल और प्रयोग इसी में सारा जीवन खो दिया। तुम नहीं जानतीं कि तुम्हारे इस श्रीधर ने गत बीस-बाईस वर्षों में एक बार भी घर पत्र नहीं लिखा तो फिर झाँकने का प्रश्न ही क्या। लेकिन पूछो कि किस लिए? क्या अर्जित किया? किस महत् की उपलब्धि की? एकदम झूठ है दीदी! उस दिन ट्रेन में फूलमालाओंवाले डिब्बे को देखते हुए तुम्हें जो विदा दी थी और तब जितना एकाकी निरवलम्बित था आज भी वैसा ही हूँ। बल्कि उससे भी कहीं अधिक। तब टूटा हुआ नहीं था लेकिन आज.....लेकिन श्रीधर बाबू ने न ओंठों से, न मुद्रा से किसी के द्वारा दीदी पर कुछ भी अभिव्यक्त न होने दिया।

अब वे दीदी के कामों से उनकी ही हवेली में रहने लगे थे। तभी दीदी को मालूम हुआ कि यह तो पेट का भयंकर रोगी है। गर्मियाँ निकट आ रही थीं, और वे

जल्द-से-जल्द सब-कुछ हिसाब-किताब पूरा कर बदरीनाथ की तैयारी में थीं। दो माह तक दीदी ने श्रीधर बाबू की काफी दवा-दारू करवायी। यद्यपि कुछ भी लाभ नहीं हुआ था लेकिन कहीं दीदी के जाने पर इसका प्रभाव न गिरे इसलिए वे अच्छे होने का बहाना किये हुए थे।

हवेली बेच दी गयी थी। रुपया-पैसा सब आनन्द राव के नाम पर कर अपनी एक नौकरानी को लेकर वे हरिद्वार की तैयारी करने में लगी थीं। उस दिन सवेरे से बड़ी चहल-पहल थी। दीदी ने, आनन्द के बहुत आग्रह करने पर उसे हरिद्वार में बुलवाया था। दीदी अब हमेशा के लिए संसार से विरक्त, सम्बन्धहीन होकर जा रही थीं। स्टेशन पर ट्रेन में जब दीदी चढ़ गयीं तो बोलीं,

— श्रीधर! मैं जानती हूँ तुमने मुझसे सब-कुछ झूठ कहा है।

— हाँ, झूठ ही कई बार सच से अधिक रुचिकर होता है।

— तुम सोचते थे कि मैं कुछ करके तुम्हें, तुम्हारे पुरुषार्थ को अपमानित करती?

श्रीधर बाबू हँस दिये।

— मैं भी जानता था कि तुम जानती हो कि मैं झूठ बोल रहा हूँ।

— श्रीधर! मैं यह तो नहीं जानती कि तुम क्यों और कब से काशी में हो लेकिन अच्छा हो कि घर लौट जाओ। अपनी मिट्टी, अपनी मिट्टी होती है—राँगामाटी, सोनामाटी। अपना परिवार, अपना रक्त-मांस, चाहे कैसा ही हो श्रीधर! उससे घिरे होने से बड़ा सुख और कोई नहीं। कुल, कदम्ब होता है रे!

— तो फिर तुम कहाँ जा रही हो दीदी?

— जब अपने रक्त-मांस का परिवार न हो तो व्यक्ति को विश्व के निमन्त्रण के महापरिवार में समर्पित हो जाना चाहिए।

और खिड़की से कुछ दूर अत्यन्त करुणामय दीदीमुख सादे परिवेश में दिखता रहा जो महापरिवार में समर्पित होने के लिए हिमालय की ओर जा रहा था। वह मुख स्वयं की नियति को तो सम्बन्धहीनता में बता गया लेकिन सामनेवाले को रक्तमांस के कदम्ब की छाया के नीचे लौट जाने को कह गया।

एक धूमकेतु की भाँति इन्दु दीदी आयीं और चली गयीं। विश्वास नहीं हुआ कि वे फिर मिलीं। ट्रेन पर छोड़ आने के बाद अपने कमरे में पड़े-पड़े सोचते रहे कि दीदी के मुख पर विराग कितना स्पष्ट था। जब मन में सम्बन्धहीनता हो, वैराग्य हो तो मुख कितना निस्पृह एकान्त तारे-सा शान्त लगता है। आप जैसे किसी उर्मिहीन झील में झाँक रहे हों। जल, अवान्तर में जल, केवल जल। कामनाहीन मनुष्य, आकाश बन जाता है। भला ऐसी आकाश-दीदी को श्रीधर क्या सुनाते? क्या सुनाकर यह नहीं होता कि वे उनकी सहायता चाह रहे हैं? चाहे दीदी ऐसा न भी सोचतीं लेकिन उन्हें कितना सालता कि वे बिना किसी की सहायता के अपना भरण-पोषण नहीं कर सकते। दीदी उन्हें कितना बूझती हैं कि वह झूठ बोल रहे हैं, इसे जानते हुए भी चुप हो सुनती रहीं। अच्छा हुआ न? किसी का स्वत्व नहीं चुनौता जाना चाहिए।

लेकिन अब वे सम्पूर्ण रूप से मानो निरवलम्बित अनुभव कर रहे थे। जब तक कर्म पर विश्वास था वे बीस-बाईस वर्ष तक जूझते रहे, संघर्ष करते रहे। लेकिन अब तो मन टूट गया था। बीमार रहते हुए अनथक अनुवाद करने पर भी जब प्रकाशक ने आज उन्हें दो सौ पृष्ठों की पुस्तक पर पचास रुपये दिये तो वे अन्दर से टूट गये।

— लेकिन महादेव बाबू! आपने तो एक रुपया पृष्ठ अनुवाद का देने के लिए कहा था।

— हाँ साहब कहा था, लेकिन आप जानते हैं कि लड़ाई के मारे कागज नहीं आ रहा है, स्याही नहीं मिलती। जिल्दसाज लोगों ने भाव बढ़ा दिये हैं। छपाई कितनी महँगी होती जा रही है। अब बताइये अगर मैं आपको दो सौ रुपये दे दूँ तो मैं क्या करूँगा? फिर इस तरह की धार्मिक किताबों को कौन पढ़ता है साहब?

— लेकिन मुझे कितनी मेहनत करनी पड़ी है आप नहीं जानते।

— देखिये साहब, बहस करने की मेरी आदत नहीं। आपको चालीस रुपये नहीं चाहिए तो पुस्तक अपनी ले जाइये।

— देखिये महादेव बाबू! आपके लिए मैंने कई किताबें अनुवाद की हैं। अच्छा आप आठ आने पृष्ठ के हिसाब से सौ रुपये ही दे दीजिये।

— श्रीधर बाबू! जब आप कह रहे हैं तो दस रुपये और बढ़ाये देता हूँ। पचास रुपये आपको मंजूर हों तो मैं बनवारी बाबू से कहे देता हूँ कि आपको पचास रुपये दे दें। बस!!

श्रीधर बाबू की अन्तरात्मा चीख उठी। सीने में जैसे जाने कितनी आग सुलगी पड़ रही थी लेकिन सिवाय धुएँ को आँखों में सहन करने के और क्या था उनके पास? अपना-सा मुँह लेकर पचास रुपयों पर महीनों की मेहनत बेचकर लौट आना पड़ा। वे इस स्थिति में नहीं थे कि बात का प्रतिकार करते। और उन्होंने घर आकर घण्टों शहतीरें ताकने के बाद निर्णय लिया कि घर लौट जायेंगे। यह एक ऐसा निर्णय था जैसे कि आत्महत्या का निर्णय किया हो। लेकिन कई बार आत्महत्या का निर्णय भी तो मनुष्य करता ही है।

व्यक्ति भी नदी होता है। जैसे समाप्त होती हुई नदी सम्पूर्ण प्राणमना होकर धावित होती है अपनी यात्रा को हमेशा के लिए सौंप देने को, वैसे ही श्रीधर बाबू की शिरा-उपशिराओं में से जैसे आकुलता घर की ओर, घर से, घर में मिल जाने को फूटी पड़ रही थी। वे जानते थे कि घर में प्रतीक्षा ही नहीं, चिरप्रतीक्षा है उनके लिए, लेकिन वे वह नहीं हैं जिसे ऐसी प्रतीक्षा का पात्र होना चाहिए। फिर भी घर की प्रतीक्षा तो थी ही। घर तो परमपद होता है।

शेष पथ

काशी छोड़ते हुए जाने कितनी स्मृतियाँ घिर आयीं। एक दिन यहाँ सम्पूर्ण अपरिचित के रूप में बिशन के साथ आये। वैसे जिस अनुत्सवी ढंग से आये थे आज इतने बरसों के बाद भी वे अनुत्सवी ढंग से ही 'पुनर्मूषकोभव' हो रहे थे। इतना संघर्ष व्यर्थ हो गया। रतना घिर आयी। काशी के साहित्यिक एक-एक करके याद आने लगे। शास्त्रीजी जाने कहाँ हैं। उनसे इन दिनों उनका सम्पर्क ही नहीं रहा। सुना शिवनाथ त्रिपाठी बहुत बीमार रहने लगे हैं।

ट्रेन चली जा रही थी। पुल से गंगा पार करते हुए प्रत्यंचवत् काशी, काशी के घाट, 'माधोदास का धरहरा', 'दशाश्वमेध'....सब, सब जाने कितनी-कितनी बार दुहरे-तिहरे। रतना जीवित रहती तो सम्भव था कि इतने न बिखर पाते, न टूट पाते। सबने उन्हें एक सीमा के बाद निरर्थक समझ फेंक दिया। अपना सम्पूर्ण जीवन, स्वास्थ्य, कर्मठता, काशी को सौंप वृद्ध, बीमार, असफल, निरवलम्बित बने मालवा की ओर लौट रहे थे। उस घर की ओर जिसके बनने-मिटने में उन्होंने यही सहयोग दिया था कि वे लोग मिट जायें। मन में अत्यन्त ग्लानि, असन्तोष, आशंका सभी थी। जब भी 'घर' शब्द आता वे सिहर जाते। पता नहीं वे कैसे घर पहुँचेंगे, वे लोग कैसे उन्हें लेंगे। क्या कहा जायेगा? बापू-माँ देखकर क्या सोचेंगे? सरो... और वे संकोच से क्षुब्ध हो जाते।

पूरा दिन, पूरी रात खुली आँखों में जलती हुई व्यतीत हुई। मालवी वायरे का पहला झोंका जब हुशंगाबाद के पास आया तो लगा जैसे वे एक अबोध शिशु हों और स्तनपान कर रहे हों। मालवा....और यह नाम जैसे मूर्त होता हुआ बजता ही चला गया। जैसे माँ को पुकारा हो....मालवा!!

काले पठारों और काली माटी को रौंधती ट्रेन विन्ध्या की अटवियों के बीच से चली जा रही थी। जब तक उज्जैन नहीं आ गया वे पथरीली आँखों तथा बन्द ओंठों में डाढ़ों तक दाँतों को भींचे मौन बने देखते रहे। कैसे संकोचवश उज्जैन स्टेशन पर उतरे। एक छोटा-सा बिस्तरा बगल में दबाये तथा झोला लटकाये वे कैसे डरे-डरे-से उतरे। पहला कदम धरती पर रखते जाने कैसा अपराधभाव घिर आया कि यह पृथ्वी क्या कहेगी? यह माँ क्या कहेगी कि तू तो मुझे ऐसे छोड़कर चला गया था रे, डर मत भाई, तुम लोग छोड़ जाओ लेकिन हम लोग तुम लोगों को छोड़कर कहाँ जा सकती हैं?

वे अपने कस्बे जानेवाली 'नैरोगेज' वाली ट्रेन के स्टेशन की तरफ बढ़े। श्रावण मास था। मालवी श्रावणी मेघ आकाश में भेड़ों के झुण्ड की भाँति भरे हुए थे।

रात वर्षा हुई तभी तो सब भीगा-गीला लग रहा था। ऐसे ही कभी श्रावणी मेघ थे, दीदी थी, रेल की ट्राली थी, खूब भीगे थे। मुँह, नाक, गले सब पर जैसे माँ के दूध की फुहारें-ही-फुहारें थीं।

सवेरे का समय था। कस्बे जानेवाली ट्रेन तैयार खड़ी थी। तीन-चार छोटे-छोटे डिब्बे, छोटा-छोटा-सा इंजिन तथा बड़ी कमसिनी रेल लाइन। डिब्बे में खासी भीड़ थी। घाघरा-लुगड़ा पहने मालवी औरतें। ऊँची-ऊँची धोती बाँधे साफे में मालवी देहाती समाज। तमाखू और पसीने की अजीब-सी गन्ध डिब्बे में भरी थी। उनकी नाक में पचीस बरस बाद मालवी-पसीना गन्धाने लगा कि कितनी भिन्न गन्ध है हमारी। बड़ी पहचानी-सी । ऐसे ही पसीनों तथा देहों से तो हमारा पसीना, देह बनती है। आप सब-कुछ अस्वीकार सकते हैं लेकिन अपने आदि-पसीने और देह को झुठला नहीं सकते। ये इतने बड़े स्वत्व हैं कि इससे मुक्ति नहीं।

ये एक तरफ बैठे हुए अपरिचित-से अपने में सिकुड़े हुए थे। आज से पचीस बरस पूर्व भी तो लोग ऐसे ही थे। केवल डिब्बे में कालेज में पढ़नेवाले दो-चार लड़के दिखलायी दिये जो सिगरेट पी रहे थे। खिड़की से गुजरते उज्जैन में अवश्य परिवर्तन लग रहा था। बहुत-सी नयी सड़कें, बँगले, कालोनियाँ दिख रही थीं।

दिल धक-धक करने लगा, जैसे-जैसे घर की ओर से आनेवाली हवा की विशेष गन्ध आने लगी। एक-एक स्टेशन पर देखते कि क्या परिवर्तन हुआ है। लगता था शहर का प्रभाव बढ़ गया है। जगह-जगह पनचक्कियों का खासा शोर सुनायी पड़ता। रेल के समानान्तर जानेवाली सड़क पर बेतहाश ट्रकों पर गल्ला, लकड़ियाँ लदी हुई दिखतीं। साइकिलों की भरमार हो गयी थी। भूषा में भी परिवर्तन आ गया था। लाल पगड़ियाँ अब कम ही दिख रही थीं। कभी कोई भूले-भटके से उनसे भी पूछ लेता,

—आप उज्जैन रहते हैं?

—जी नहीं।

—तो इन्दौर?

—जी नहीं।

और पता नहीं पूछनेवाला जाने क्या सोचकर उपेक्षा के भाव से अपने साथवाले के साथ फिर बातचीत में डूब जाता कि इस साल कपास का क्या भाव है। कस्बे के चारों ओर की छोटी-मोटी पहाड़ियाँ, ढाक का जंगल, अमराइयाँ, खेत और तालाब दिखने लगे थे जैसे माँ की देह हो। कैसे छोटे-छोटे मोड़ लेती ट्रेन घर की ओर बढ़ी जा रही थी। वो तालाब की बीचवाली छत्री दिख रही थी जहाँ वे चारों ओर बरसाती बूँदों में भीगते बैठे रहते थे। आज भी मेघाच्छन्न था। बादल एकदम लटके पड़ रहे थे। किसी भी क्षण पानी गिर सकता था। अरे ये तो सचमुच ही पेमेन का तारघर आ गया और यही तो छावनी की वह सड़क है जिस पर नारायण बाबू की घोड़ागाड़ी आया-जाया करती थी। सब, सब बिल्कुल वैसा ही है। छावनी बिल्कुल वैसी ही है। लेकिन ये तो देसी फौजी मालूम होते हैं। मालूम होता है अब

गोरे नहीं रहे यहाँ। कैसी झिरझिर हवा चल रही है। एकदम परिचित। एक-एक पेड़, पथ, मकान सब कितने अपने लगते हैं, जैसे बन्धु-बान्धव हैं। इनसे विलग होकर जाने कहाँ-कहाँ, कैसे-कैसे भटकते रहे लेकिन क्या पाया?

अरे, स्टेशन पर तो खासी भीड़ मालूम पड़ती है। स्कूली बच्चे, स्काउट के लड़के, बैण्ड के साथ खड़े हैं। कांग्रेस के वालण्टियर भी वर्दियाँ पहने खड़े हैं। फूलमालाएँ लिये कई कांग्रेसी तथा दूसरे लोग खड़े हैं। मालूम होता है इस ट्रेन से कोई नेता या बड़ा अफसर आया है।

कितना छोटा-सा घोंसले-जैसा स्टेशन है। पानी की टंकी का लाल रंग मालूम होता है नया है, '५००० गैलन' भी कितना साफ लिखा है। डिब्बा खाली हो रहा था, वे भी उतरे। वालण्टियर तथा बच्चे, कांग्रेसी-जन मालाएँ ट्रेन के एकमात्र फर्स्ट सेकेण्ड क्लास में किसी को खोज रहे थे। श्रीधर बाबू ने अपना बिस्तरा तथा झोला उठाया और गेट की तरफ बढ़े। प्लेटफार्म पर ढूँढ़ने की कोशिश की कि देखें कोई आया कि नहीं? अभी वे इसी असमंजस में थे कि कोई कह रहा था,

—मालूम होता है श्रीधर बाबू नहीं आये?

श्रीधर बाबू चौंके। ये लोग किसे खोज रहे हैं? क्या उन्हें खोजा जा रहा है? तभी उनकी दृष्टि एक व्यक्ति पर गयी जो काफी वृद्ध लग रहे थे लेकिन नारायण बाबू-जैसे थे। वे उस तरफ बढ़े और पास पहुँचकर धीमे से बोले,

—आप नारायण बाबू हैं?

नारायण बाबू ने आगन्तुक की ओर देखा और सहसा चीख पड़े,

—कौन श्रीधर?....लो भाइयो श्रीधर बाबू तो यह रहे।

सबने देखा कि यही श्रीधर बाबू हैं? वालण्टियरों ने उनका सामान ले लिया। लोगों ने बढ़कर उन्हें मालाएँ पहनायीं। और उनकी जयकार होने लगी। कुछ ही देर में लोगों ने उन्हें खासा बड़ा नेता बना दिया। वृष्टि की पूरी सम्भावना थी इसलिए स्वागत का प्रबन्ध वेटिंगरूप में किया गया था। उन्हें गद्दे पर बिठाया गया। उनके पास नारायण बाबू, त्तितले वकील, कांग्रेसी मन्त्री दुर्गादासजी नागर आदि बैठे। स्काउट का बैण्ड 'विजयी विश्व तिरंगा प्यारा!!' की धुन बजा रहा था। लड़कियों ने स्वागत-गान गाया। कांग्रेसी मन्त्री नागरजी ने श्रीधर बाबू की देश-सेवाओं की चर्चा की तथा बीस-पचीस वर्ष बाद कस्बे में लौटने पर स्वागत किया तथा आशा प्रकट की कि उनका नेतृत्व पाने का सौभाग्य अब इस कस्बे को भी मिलेगा जो कि उनकी मातृभूमि है। देवीसिंह डाकिये ने आगे बढ़कर उनके चरण छुए तथा बताया कि उनके आगमन की सूचना सबसे पहले कैसे उसे मिली। नारायण बाबू ने श्रीधर बाबू से बड़े होने के नाते उन्हें घर लौट आने पर स्वागत किया और यह भी कि आज पण्डित श्रीनाथ ठाकुर तथा माताजी जीवित होते तो उन्हें कितनी प्रसन्नता होती। लोगों ने 'शंखनाद' के प्रकाशन को भी याद किया कि कैसे उस पत्र ने इस कस्बे की खबरें छापकर जनवाणी को प्रोत्साहित किया। श्रीधर बाबू ने अपने

जीवन के उदाहरण से सिद्ध कर दिया कि यह कस्बा भी परम देशसेवक, महान् क्रान्तिकारी तथा विद्वान् पत्रकार उत्पन्न कर सकता है।

नारायण बाबू की घोड़ागाड़ी मौजूद थी। वे उस पर चढ़ने ही जा रहे थे कि फोटोग्राफर देर से आने के कारण भागता हुआ आया और क्षमा माँगकर, एक ग्रूप फोटो के लिए आग्रह करने लगा।

श्रीधर बाबू का सब लोगों के साथ ग्रूप लिया गया। नारायण बाबू के साथ वे उनकी घोड़ागाड़ी पर चढ़े। बैण्ड बज रहा था। भीड़ में सोत्साह फिर नारे लगाये जाने लगे,

—भारत माता की जय!!

—महात्मा गाँधी की जय!!

—श्रीधर बाबू जिन्दाबाद!!

श्रीधर बाबू ने देखा कि नारायण बाबू की वही परमात्मीय मुस्कान उनके वृद्ध मुख पर दिख रही थी।

— तो दुष्ट, तुम आखिरकार घर आ गये। बेचारी माँ और बापू तुम्हें देखने के लिए कैसे तरस गये। खैर।

श्रीधर बाबू काँप उठे। वे यह भी न पूछ सके कि यह कब हुआ? और सरो कैसी है? घर में कौन हैं? घोड़ागाड़ी घर की ओर दौड़ रही थी।

घोड़ागाड़ी घर के सामने रुकी।

नारायण बाबू, श्रीधर बाबू को लेकर भीतर चले गये। श्रीधर बाबू को देखकर बाहर के दूकानदार किरायेदारों ने पहले तो आश्चर्य से देखा और फिर नमस्कार किया। श्रीधर बाबू को लगा कि घर में किरायेदार रख दिये गये हैं। घर की रूपरेखा बदली-सी दिखी। पास में ही तिमंजिला कोठी देखकर सप्रश्न उन्होंने नारायण बाबू की ओर देखा। वे बोले,

— तुम्हारे भाइयों ने बँटवारा करवाकर अपना हिस्सा बेच दिया और यह मारवाड़ी सेठ की कोठी है।

श्रीधर बाबू घबरा उठे। माता-पिता नहीं रहे। भाई लोग अलग हो गये। तब घर में सिर्फ सरो और बच्चे ही हैं? बच्चों में सिवाय देवव्रत के और कौन होगा? लेकिन देवव्रत स्टेशन पर नहीं दिखा। क्या कहीं गया है?

नारायण बाबू 'गुनी' को पुकारते हुए अन्दर घुसे।

—गुनी! तुम्हारे बाबा आ गये।

श्रीधर बाबू जैसे ही घर के आँगन में घुसे पिता की बँगवई सूनी-सूनी-सी मौन थी जैसे बापू की प्रतीक्षा कर रही हो। बँगवई पर सितरंजी (दरी) बिछी थी तथा बापू का-सा ही गाव-तकिया रखा था। बँगवई के पासवाली कोठरी के दरवाजे के पास गुनी बैठी हुई हाथ का कुछ काम कर रही थी। उन्हें लगा कि गुनी बहुत बड़ी-

बड़ी-सी लग रही थी। पासवाली कोठरी के आधे खुले किंवाड़े के पीछे से किसी की सादी साड़ी का पल्ला दिखा कि जैसे वहाँ कोई खड़ा है। श्रीधर बाबू उमगकर गुनी की ओर बढ़े। साथ ही उन्हें आश्चर्य भी हो रहा था कि वह खड़ी होकर क्यों नहीं उन तक आ रही है बल्कि वहीं बैठे-ही-बैठे प्रणाम कर रही है। श्रीधर बाबू ने लपककर गुनी के दोनों हाथों को उठाया और भरी आँखों से उसकी ओर देखा। गुनी रो रही थी। दरवाजे के पीछे से भी सुबुकने की आवाज आ रही थी।

नारायण बाबू ने आँखें पोंछते कहा,

— देखो बहू! अब रोने की जरूरत नहीं। अच्छा बेटी गुनी! इस समय मैं जाऊँगा, शाम को आऊँगा।

— काकाजी, बैठिये, कुछ नाश्ता ही कर जाइये। बाबा को आप लाये तो मुँह ही मीठा कर लें।

गुनी की रोती हुई आँखों के सामने नारायण बाबू कुछ न बोल सके।

दरवाजे की ओट से ही सरो ने नाश्ता तश्तरियों में बढ़ा दिया। गुनी ने वैसे ही बैठे-बैठे आगे बढ़ा दिया। न श्रीधर बाबू, न नारायण बाबू किसी का मन कुछ भी खाने को नहीं कर रहा था। केवल गुनी की बात रखने के ख्याल से जरा-सा लिया और बोले,

—गुनी! शाम को आऊँगा। इस समय तुम लोग खाओ-पियो। अच्छा श्रीधर!

और नारायण बाबू गलियारे की तरफ बढ़े। श्रीधर बाबू उन्हें छोड़ने दरवाजे तक गये। नारायण बाबू ने घोड़ागाड़ी में बैठकर एक बार फीका-फीका-सा मुसकरा दिया और बढ़ गये। दरवाजा वही था। कल भी वही थी। वैसी ही आवाज उसे बन्द करते हुए हो रही थी। एक क्षण को मन हुआ कि क्या वापस आकर अच्छा किया? इसी कल को हौले से निःशब्द बन्द करके एक दिन कितनी सवेरे चुपचाप गये थे और आज अपनी आयु, उत्साह सब-कुछ बाहर को सौंपकर एक टूटे हुए पराजित व्यक्तित्व के साथ घर लौटकर फिर उसी घर का वही दरवाजा, वही कल, वही आवाज बन्द करते हुए सुन रहे हैं। उस दिन दरवाजे के उस पार एक कर्मठ संसार की आशा थी आँखों में, पैरों में, हाथों में, लेकिन आज दरवाजे के इस पार खड़े होकर टूटे हुए वृद्ध की भाँति बाहर की बाहर ही छोड़कर घर में हैं जहाँ जाने क्या-क्या बदल चुका है। गुनी के आँसू तो वे देख चुके हैं पता नहीं सरो..... जिसने कि उन्हें दरवाजे की आड़ से देख लिया होगा। जिसकी केवल सुबुक भर हौले से सुनायी पड़ी थी। कैसा घर है यह? क्या इसी हाहाकार के लिए घर होता है? लेकिन इस हाहाकार का दायित्व किस पर? हमारा पुरुषार्थ, आदर्श, कर्म सब जब झूठे पड़ जायें तो व्यक्ति क्या करे?

और वे लौटे। गुनी ने पिता को लौटा देखा तो पुकारते हुए कहा,

—जिजी! बाहर आ जाओ न? बाबा! बँगवई पर बैठिये।

श्रीधर बाबू बँगवई पर बैठ गये। कान, कोठरी की तरफ लगे थे। लेकिन ऐसा लग रहा था जैसे आधी रात में सोया हुआ सुनसान।

—कैसी हो बेटा?

गुनी 'बेटा' सुनकर फूट पड़ी। हाथ का काम छोड़कर उसने पल्लू में मुँह छुपा लिया। बड़ा दबा-दबा-सा रोना आने लगा। श्रीधर बाबू की समझ में कुछ नहीं आ रहा कि क्या करें? क्या कहें? साथ ही गुनी इस बीच बराबर बैठी हुई थी यह बात भी उनकी समझ में नहीं आ रही थी। श्रीधर बाबू ने कपड़े निकाले और वहीं बँगवई पर रख दिये तथा अनजाने ही अपने पिता की मुद्रा में दोनों हाथ सिर के पीछे ले जाकर गाव-तकिये पर टिकाकर झूलने लगे। मौन बँगवई ने बरसों बाद मौन तोड़ा।

कुछ देर उपरान्त गुनी ने स्वस्थ होते हुए पूछा,

— नहाइयेगा न?

— हाँ, देवव्रत कहाँ है?

नहाने के लिए उठते हुए पूछा।

— वो तो काफी बरसों से नानीजी के पास है। अब खूब पढ़ रहा है। चिट्ठी आयी थी नानाजी की, कि अब की साल उसे बी० एस-सी० में भर्ती करवाया है।

— सुशीला?

— अपने घर है।

— कब ब्याह हुआ उसका?

— लो, उसके तो दो लड़के और एक लड़की भी है। उज्जैन के पास पीपल्या में अवस्थी जमींदार हैं, वहीं हैं वह।

इस बीच दो-चार बड़ी बूँदें टिपटिपायीं। गुनी फिर बोली,

—तो आप पहले नहा लीजिये, जिजी! पानी रख दो।

श्रीधर बाबू को फिर आश्चर्य हुआ कि गुनी स्वयं न उठकर अपनी जिजी को आदेश दे रही है। बोली,

—असल में बाबा! मेरे पैरों में थोड़ी तकलीफ है इसलिए उठ नहीं पा रही हूँ।

—क्या हुआ पैरों में?

—आप पहले नहा तो लीजिये। जान लीजियेगा। ऐसी क्या जल्दी है।

—गुनी। मैं ही पानी ले लेता हूँ। ये गंगाल का पानी ही लेना है न?

—गंगाल में तो बरसाती पानी है बाबा! आप घड़े के पानी से नहा लें।

इस बीच पीठ पीछे से आकर उनके झोले में से धोती-बनियान निकालकर सरो नहाने की जगह ले जाकर रख आयी। श्रीधर बाबू ने देखा कि सरो अत्यन्त दुबली हो गयी है। हाथ-पैर एकदम सफेद तथा सूखी लकड़ी-से हो गये हैं। सिर पर हल्का घूँघट था। सरो ने जल्दी से बाल्टी, लोटा, तौलिया, साबुन, लकड़ी की चट्टियाँ आदि सब लाकर रख दिये।

—गुनी! तुम्हारी जिजी की तबीयत कैसी है?

इस प्रश्न पर किसी ने कोई उत्तर नहीं दिया। मात्र गुनी ने अपनी जिजी की ओर शून्य ताकना शुरू किया जो कि पूजन के लिए आसन बिछा रही थी। मँजा तरभाणा, पंचपात्र, ग्वाला आदि निकालकर रख रही थी। श्रीधर बाबू उत्तर की आशा न देख नहाने लगे।

श्रीधर बाबू ने बहुत कहा कि गुनी अपनी जिजी से कहो कि रोटियाँ बना लें, सब साथ ही खायेंगे लेकिन सरो ने गुनी को धीरे से बताया कि यह नहीं होगा, बेकार में देरी करने से क्या लाभ? और श्रीधर बाबू तथा गुनी ने साथ-साथ खाना खाया। गुनी इस बीच बाबा की आँख बचाकर रान्नीघर में पहुँच गयी थी। बाहर श्रावण झमाझम बरस रहा था। चूल्हा जलने में परेशान कर रहा था। गीली लकड़ियाँ थीं। सरो फुँकनी से फूँकती जाती और रोटियाँ सेंकती जाती। आज बरसों बाद मालवी गन्ध की रोटियाँ, दाल, भात, शाक-भाजी कैसी स्वादिष्ट लग रही थीं। रोटियाँ बेलती सरो की कलाइयों में अजीब दो-दो चूड़ियों का सूनापन खनक उठता था। अलंकारहीन कण्ठ झलक जाता। अभी तक वे सरो का मुँह ठीक से नहीं देख पाये थे। लेकिन सरो उन्हें रुग्ण लगी तथा लगा कि वह स्पष्टत: वृद्ध दिख रही थी। बर्तन तक कैसे परिचित आवाज में बोल जाते या झन्ना जाते। दबी हुई दृष्टि से देख समझ गये कि घर के बँटवारे के बाद से यही रान्नीघर बन गया है। सब परिचित था केवल दीवारें यहाँ के रहनेवालों की तरह झुकी हुई थीं। कैसा अजीब सन्नाटा था कि कौर चबाने तथा बेलन का रोटियों पर 'खस्स' चलने के और कोई नहीं बोल रहा था। जगह-जगह पानी चू रहा था। उन्हें याद आया कि पहले जब ऐसे चुआ करता था तो बर्तन रख दिया करते थे और उसमें कैसे पानी की बूँद जोरों से टपककर बूँदों में बिछल जाती थी। इस समय तो बूँदें टपककर धरती में छेद बना रही थीं। खाना अब समाप्त हुआ और हाथ-मुँह धोकर जब वे बँगवई पर बैठे तो गुनी रान्नीघर से बोली,

— बाबा! आप ऊपर चलिये आराम करिये। आपके लिए पान मैंने मँगवाकर रखे हैं। जिजी कह रही थी कि आप पान नहीं खाते। मैंने कहा कि बनारस में रहकर भला कोई पान नहीं खाये?

सब हँस पड़े। जैसे सारा घर औचक, जाने कितने दिनों की चुप्पी के बाद हँस पड़ा हो। लेकिन जैसे हँसना भूल गया हो तो एकदम छोटा-सा हँसकर फिर चुप हो गया। जिस जीने से उतरकर वे उस दिन गये थे अब वह काफी जीर्ण हो गया था। बाकी वैसा ही था। दीवार की तरफ से ऊँचे इस जीने पर चढ़ने-उतरने की रफ्त होनी चाहिए वर्ना कोई बाहरी आदमी गिर सकता है। ऊपर पहुँच उनका ध्यान खिड़की पर गया कि उसके सामने मारवाड़ी की दीवार खड़ी थी। घर में चीजें न कुछ के बराबर ही थीं लेकिन घर एकदम साफ-सुथरा था। बाँस की झूलती अलगनी पर सरो के दो-एक अबूट्ये, साड़ियाँ चुन्नट डाल बीच में से मोड़कर टँगी हुई थीं। एक चटाई और एक बिस्तर स्पष्ट था। बिस्तरे के सिरहाने

की तरफ दवाइयों की कुछ शीशियाँ, गीता-रामायण रखी थीं। वहीं एक लकड़ी के सिंहासन पर उनका स्कूल के दिनों का चित्र रखा था जिसके सामने दीप जल रहा था तथा रेशमी पवित्रा (माला) से मण्डित था। सहसा श्रीधर बाबू अत्यन्त विचलित हुए कि यही वह स्थान है जहाँ बैठ कोई उन्हें अहोरात्र पुकारता रहा है। अँधेरे में कहीं भटक न जाये इसलिए दीपालोक किये रहा। पता नहीं कहीं ठौर मिलता है कि नहीं इसलिए इस छोटे सिंहासन को विश्व बना दिया उस व्यक्ति ने। उनका मन हुआ कि इस समय सरो यहाँ होती तो चीख पड़ते कि सरो, तुम जिस पति को पूजती रही, बुलाती रही हो वह जीवन के सारे पासे हारकर क्षत-विक्षत होकर लौटा है। इस तरह लोटनेवाला व्यक्ति सरो! मात्र आहत ही नहीं होता कहीं-न-कहीं अपमानित अनुभव करता है। उपेक्षा उसे सालती है। उसे लगता है कि उसका पुरुषार्थ नपुंसक का पुरुषार्थ था। वह जिन आदर्शों को पुस्तक में पढ़कर बाहर लोगों के बीच गया था वे सड़े हुए थे। किसी को पुस्तकों के आदर्शों की कोई आवश्यकता नहीं होती सरो! जीवन पढ़नेवाला वह मारवाड़ी है जिसने तुम्हारे बगल में कोठी बनवायी है, तुम्हारे जेठ ने कोई किताब नहीं पढ़ी है इसलिए वे सब सफल हैं, सुखी हैं। चीजें उन्हें घेरे हुए चमक रही होती हैं! हमने-तुमने पुस्तक पढ़कर अपनी टपकती छतों को चूने से कैसे रोका जाये, यह तक नहीं सीखा। कटोरियाँ या थाली रखकर वृष्टि की इन टपकती बूँदों को कहाँ तक रोकोगी प्रिये? इसके लिए आदर्श, पुस्तकें सब बेकार हैं। न टपकनेवाली छत पुस्तकों से, ईमानदारी से, आदर्शों से नहीं बना करती इसलिए सरो! हमें इस टपकती छत के नीचे ही तब तक बैठना होगा जब तक कि यह छत ही नहीं रहती।

वे चौंके कि वे क्या सोचने लगे थे। यदि सरो ने इसे सुन लिया होता तो जाने क्या सोचती। अच्छा हुआ कि वे यह सब बोले नहीं थे। अपने कमरे की ओर निकल आये। दीवारें काफी आयु-विनम्र लगीं। एकदम झुक आयी थीं। दीवारों की सामूहिक विनम्रता में खम्भे अभी भी दर्पशील बने खड़े थे। उनकी किताबें यथावत् थीं। दीवारों पर अभी भी चित्र उसी तरह लगे हुए थे। केवल दो-तीन नये दिख रहे थे। गुनी शायद अपने पति के साथ इस फोटो में थी। गुनी कितनी सुन्दर लग रही थी न? इसका यह पति क़ौन है?—तब यह गुनी अपने घर न होकर यहाँ....इसके पैरों को क्या हुआ?..... कहीं....और श्रीधर बाबू को हल्का चक्कर ही आ जाता कि पासवाली फोटो उन्हें देख रही थी। इसमें सुशीला अपने पति के साथ मुसकुरा रही थी—अरे यह तो देवव्रत का चित्र है न? काफी बड़ा-बड़ा-सा लग रहा है—गुनी कह रही थी कि बी० एस-सी० में है। सौरों अपने नाना-नानी के पास। चलो ठीक है, यहाँ रहता तो सिवाय आवारा बनने के और क्या करता? बापू का वही चित्र है। धुँधला हो गया है काफी। उन्हें याद आ गया कि एक बार एक फोटोग्राफर महाशय आये थे और कितनी मुश्किल से घर के लोगों के चित्र खिंचवाये गये थे। बापू और माँ के अलग-अलग चित्र पूजा करवाते लिये गये थे। कैसे दिव्य लगते हैं दोनों।

और श्रीधर बाबू सहसा हँस पड़े। तभी कमरे में दूर उधर, सरो के पैरों की आहट हुई। श्रीधर बाबू एक फोटो देखकर हँस रहे थे। कितने मुश्किल से घर के सारे स्त्री-पुरुष को एक ग्रूप के लिए तैयार किया था। स्त्रियों के घूँघट का प्रश्न था इसलिए औरतें पीछे खड़ी थीं ताकि मर्द लोग उन्हें न देख सकें। लेकिन सबको कितना आश्चर्य हुआ कि फोटो में सिवाय माँ को छोड़कर सब औरतों ने घूंघट निकाल लिया था। यह सारी शैतानी सरो की थी, क्योंकि उसने फुसफुसाकर अपनी जेठानी तथा देवरानी को बताया कि माना कि इस समय मर्द लोग हम लोगों को नहीं देख रहे हैं लेकिन फोटो निकलने के बाद तो सब देखेंगे ही? और ऐन मौके पर, फोटोग्राफर-एक, दो, तीन कहकर जब लेन्स की टोपी निकालकर वापस चढ़ाने के लिए अपने कैमरे की ओर देखने लगा तो तीनों ने घूँघट ले लिया। जब फोटोग्राफ आया तो कितनी हँसी हुई थी। आज जबकि इस समय श्रीधर बाबू अकेले खड़े हँस रहे थे तब भी वही बरसों पूर्व की हँसी उनके कानों में गूँज रही थी। इस बीच सरो उन्हें अकेले हँसता देख देखने आयी। उसी चित्र के पास पति को हँसते खड़े देख सरो को भी जाने क्यों हँसी फूट आयी। सरो इस समय पति के सामने घूँघटहीन थी। वह बीमार थी लेकिन श्रीधर बाबू हँसती सरो में जाने कितने बरस पीछे विगत में खो गये।

सहसा श्रीधर बाबू ने सरो को क्षणान्त देखा और उसे कन्धों से थाम लिया। कैसे विद्युत्-वेग से सरो की आँखें छलछलायीं, भरीं, बरसीं और अब तो उनके सीने पर वे फूट पड़ीं। श्रीधर बाबू अन्तर तक भीग उठे। वे सरो से अधिक फूट पड़ना चाह रहे थे लेकिन बस वे भीतर-ही-भीतर, कहीं दूर अज्ञात अँधेरे में, आयुहीन जीवन में रो रहे थे। उनके वक्ष पर उनकी बीमार वृद्धप्रिया सिर रखे मेघ बनी हुई थी जबकि सिर के ऊपर श्रावण बरस रहा था तथा कभी कोई बूँद टपककर उनका अभिषेक कर जाती। खिड़कियों से श्रावण की फुहारें, नीली-नीली-सी हवा के संग मुलायम भरी आ जातीं।

श्रीधर बाबू, सरो और ऋतु सब मालवी श्रावण हो रहे थे।

शाम को नारायण बाबू सपरिवार आये। काफी रात तक बैठे रहे। श्रीधर बाबू ने थोड़ा-बहुत बताया कि वे किस प्रकार इन्दौर-बनारस रहे। बिशन, मालिनी दीदी, कुसुम, रतना आदि के बारे में बातें होती रहीं। नारायण बाबू ने बताया कि किस प्रकार उनके बड़े भाई की सहसा मृत्यु हो गयी फलस्वरूप सारा लेन-देन का कारोबार चौपट हो गया। इस बीच वे रिटायर्ड हो चुके हैं। परिवार काफी बड़ा है। खर्चे वैसे ही बढ़े हैं। उनका लड़का मदन बम्बई में एक मिल में सेल्स मैनेजर है। इस प्रकार वह अलग ही है। नारायण बाबू कोई खास अच्छी हालत में नहीं हैं। पेमेन मजूमदार नीमच में है। तरक्की हो गयी है उसकी। वह भी रिटायर होनेवाला है। यहीं मकान बनवाना चाहता है। नारायण बाबू ने श्रीधर बाबू को बहुत फटकारा कि इस प्रकार घर से चला जाना बिल्कुल ठीक नहीं था। रात जब वे लोग गये तब दस बज रहे थे।

पचीस वर्ष के बाद आज फिर वे उन्हीं शहतीरों के नीचे सो रहे थे जहाँ कि वे बच्चे से लेकर युवक हुए थे। आज से पचीस वर्ष पूर्व सरो उनके पास तब भी लेटी हुई थी, तब कितनी सुन्दर थी। कैसा भरा-भरा गोलमुख था लेकिन आज मात्र कंकाल रह गया था। कितनी जर्जर एवं वृद्ध लग रही थी। सारे बाल सफेद लग रहे थे। सरो की आँखों में बुझते दीप की-सी लौ थी। उन्हें लगा कि जैसे वे आँखें प्रतीक्षा करते-करते बस थीं, इससे अधिक कुछ नहीं था। उनमें न भर्त्सना, न शिकायत। प्रतीक्षा में एक ठण्डा स्वागत का भाव भी कहीं था, जैसे स्वयं को सौंपने का। सम्भवतः इसी दिन के लिए वे जाग रही थीं वर्ना जाने कब उस बीमारी में उन्हें बुझ जाना था। गुनी सो गयी थी केवल सरो, श्रीधर बाबू और मन्द दीपक-लौ मौन जाग रहे थे। श्रीधर बाबू की समझ में नहीं आ रहा था कि वे सरो से क्या कहें?

— सरो!

— जी।

श्रीधर बाबू ने 'सरो' ऐसे कहा जैसे आधी रात का अँधेरा हो और सरो ने भी 'जी' ऐसे कहा जैसे उस बड़े भारी अँधेरे को कोई दीपक समर्पित कर जाये।

— मैं समझता था कि तुम बहुत नाराज होगी।

सरो काँपना छोड़कर अँधेरा सुनती दीपक बनी थी।

— सच मानो सरो! अनुखन सालता था कि यह मेरी निर्ममता है जो एक दिन अनकहे घर से निकल पड़ा। उसके बाद दिन के बाद दिन और इस तरह बरसों बीतने लगे बस, विवश ही होता चला गया। सच, कहीं उपेक्षा जैसा कोई भाव नहीं था।

— मैं जानती हूँ कि जरूर हीं विवशता रही होगी। लेकिन आपने अपने को यह क्या कर लिया।

—क्या कर लिया?

— जेलों में क्या गये स्वास्थ्य चौपट कर आये?

— सच सरो! पचीस बरसों में तेरह-चौदह वर्ष तो जेलों में ही बीते। लेकिन तुम्हारा यह क्या हाल है?

— आप तो मुझे कोमल कहते थे लेकिन देखिये न कि इतनी लम्बी बीमारी भी मुझे नहीं तोड़ सकी।

— सरो! मैं कल ही सालिगरामजी वैद्य से कहूँगा कि वे ठीक से इलाज करें।

— एक बात पूछूँ नाथ!

श्रीधर बाबू क्षणान्त चौंके कि सरो क्या पूछनेवाली है।

— पूछो।

— आप लौट आये न?

— क्या मतलब?

— केवल आश्वस्त होना चाहती हूँ।

— हाँ सरो! मैं लौट आया हूँ। तुम्हारा मतलब कहीं यह तो नहीं है कि मैं वापस बनारस जाने की सोच रहा हूँ।

— मेरा ऐसा कोई मतलब नहीं है। मैं तो जानना चाहती थी कि आप अब लौट आये न?

— यह तुम बारम्बार क्यों ऐसा पूछ रही हो?

— इसलिए कि विश्वास नहीं आता।

— किस पर?

— अपने को विश्वास नहीं दिला पा रही हूँ कि जो एक रात अनायास ऐसे चले गये, लड़कियों का ब्याह हुआ, घर का बँटवारा हुआ, बापू-माँ चले गये लेकिन इन चरणों की आहट फिर न सुन सकी। क्या नहीं हुआ इस बीच? गुनी के लिए सासूमाँ ने क्या नहीं किया और वह बेचारी.....

सरो फूट आयी थी। श्रीधर बाबू को गुनी के ब्याह की, ससुराल की सारी बात सुनकर कैसी विवशता घिर आयी थी। इस समय भी वे फुँके से खून के आँसू पी रहे थे। गुनी को वे सबसे ज्यादा प्रेम करते थे और आज वही लुटी हुई, परित्यक्ता बनी घिसटती उनके सामने दिनभर रेंगती रही जैसे किसी भारी शिला के नीचे हाथ दब गया हो। वे कुछ नहीं कर सकते थे। यदि कुछ करने को होता तो बापू-माँ ने क्या नहीं किया होता?

— सरो! मेरी ओर देखो।

सरो ने, साँझ के बाद का कृष्णाता पहली रात का हल्का नीला आकाश हो ऐसे, दो नैनाकाश उघार दिये, जिनसे पति को देखा जा रहा था। बोली,

— मैं तो उस दिशा तक को पचीस वर्षों तक जोहती रही जिस ओर आप गये थे। बिना आपके यदि मुक्ति मुझे मिलनी होती तो कभी की चली गयी होती नाथ! अब नहीं सम्हलता आपका यह संसार। मुझे मुक्त करो।

— यह तुम क्या कह रही हो?

— मैंने बापू-माँ को वचन दिया था कि जैसे ही होगा, बिना आपके आये इस घर की देहरी नहीं लाघूँगी। अब मुझे अपने कन्धों से भगवान् को सौंप आइये न?

— सरो?

— सच कहती हूँ। आप आ गये, मेरे शत पुण्य आ गये। पुण्य पहनकर ही भगवान् के यहाँ प्रतीक्षा करूँगी नाथ!

— यह सब क्या प्रलाप रही हो। नहीं, तुम बिल्कुल ठीक हो जाओगी। सच मानो सरो! तुम्हारे बिना पूरा जीवन होम कर देने पर भी एक बूँद भी इस अंजुलि में नहीं अर्जित कर सका।

— मेरी प्रतीक्षा सार्थक हुई न? एक सुख के लिए कितना दुःख भोगना होता है। आप मुझे क्यों छोड़कर चले गये थे? आपने किसलिए मेरी इतनी परीक्षा ली? कभी यह नहीं सोचा कि मैं टूट जाऊँगी? इतना लांछन, इतनी प्रताड़ना, इतनी लौकिक-कालिमा....नाथ!....अब मुझे ठाकुरजी को सौंप दीजिये। मैं बापू-माँ को न रोक सकी, गुनी को खण्डित सौंप रही हूँ, पता नहीं मेरे किस पाप के कारण बेटी दुःख पा रही है। सुशीला सुखी है अपने घर। देवव्रत की मुझे चिन्ता थी लेकिन अब वह.....

— देखो सरो! अब मैं आ गया हूँ तुम्हें चिन्ता नहीं करनी होगी। तुम स्वस्थ होने की चेष्टा करो।

सरो, पति की बात पर ऐसे मुसकरा दी कि श्रीधर बाबू बड़े छोटे लगने लगे। बोली,

— मैं अब और अपने को नहीं छलना चाहती। ठाकुरजी ने मुझे लोकापवाद से बचा लिया, कितनी आभारी हूँ भगवान् की। मुझे अपने से सटा लो। मैं आपको छूना चाहती हूँ ताकि विश्वास आ जाये।

और सरो बिलकुल पागलों की तरह उन्हें देख रही थी, छू रही थी। आँखें प्रवाहित थीं।

— इसके लिए कितना तरसी हूँ। आप आ गये। आप आ गये न? अब तो नहीं जायेंगे न? आप जो कहेंगे करूँगी नाथ! लेकिन मुझे लोगों की दृष्टि में अब न गिराना? यदि और कोई परीक्षा शेष हो तो प्रभु! अपने हाथों से उसे ले लेना लेकिन अब छोड़कर न जाना।

— याद है सरो! मैंने कहा था न कि सीता को रावण ने प्रताड़ित नहीं किया था बल्कि.....

सरो ने पति के मुँह पर हाथ रख दिया और छलछलायी आँखों से बरजती रही। बोली,

— मुझे कोस लो जितना चाहो लेकिन मेरे सौभाग्य को नहीं। कितने वर्षों के बाद...यह सुख...

दोनों को ही नींद नहीं आ रही थी। सरो कुछ स्वस्थ हुई तो गुनी की शादी, सुशीला का ब्याह, घर का बँटवारा सब बताती रही। तथा उसने यह भी बताया कि कैसे उस बरस जब 'शंखनाद' आया तो माँ-बापू प्रसन्न थे। माँ खूब फूट-फूटकर रोयी थीं। उस बरस नवरात्र में नरसिंहगढ़ महाराज के यहाँ 'सप्ताहजी' में 'भागवतजी' बाँचने गये थे। राजमाता को तथा राज-परिवार को रोज भागवतजी सुनाते थे। आठवें दिन जब पूर्णाहुति हुई, लोगों ने चढ़ावा चढ़ाया, उन्हें दान-दक्षिणा मिली वे 'भागवतजी' की पोथी के सामने शान्ति पाठ कर रहे थे। जय-जयकार हुई और बापू ने, 'बोल भगवान् कृष्णचन्द्र की जय!!' कहकर 'भागवतजी' को प्रणाम करते हुए जो सिर झुकाया तो ठाकुरजी ने उन्हें अपने पास ही बुला लिया। जब बापू को काफी देर हो गयी कि 'भागवतजी' को प्रणाम ही कर रहे हैं और उठ नहीं रहे हैं तो लोगों को पहले तो आश्चर्य हुआ उपरान्त शक। लोगों ने उन्हें हिलाया लेकिन वे तो गोलोकवासी, वैकुण्ठप्रिय हो चुके थे। हाहाकार मच गया। चारों ओर शोर मच गया। वहाँ से मोटर दौड़ायी गयी और जेठजी को लेकर माँ वहाँ पहुँचीं। सोला पहनकर ब्राह्मणों ने अर्थी उठायी। स्वयं महाराज ने भी कन्धा दिया। शंख-घड़ियाल के साथ बापू ने अन्तिम यात्रा की। राजमाता ने सैकड़ों रुपये की रास्तेभर वर्षा करवायी और बापू का शवदाह एक राजा की भाँति हुआ। दूसरे दिन माँ लौट आयीं। माँ को न विषाद था, न दुःख था, वे तो बस चित्रलिखी हो गयी थीं। राजमाता की ओर से सन्देशा आया कि बापू की तेरहवीं का सारा खर्च वे करेंगी क्योंकि पण्डित श्रीनाथ ठाकुर गत पचास वर्षों से उन्हें 'भागवतजी' सुनाते आ रहे थे, वे उनके गुरु थे। तेरहवीं के दिन राजमाता आयी भी थीं। कस्बे के सारे ब्राह्मणों, अनाथों, गरीबों को भोज दिया गया। देवव्रत को राजमाता ने खूब सारी दक्षिणा दी। अभी तेरहवीं समाप्त भी नहीं हुई कि माँ ने स्नान किया, सोला पहना, ठाकुरजी की पूजा की और यही कहती रहीं—ठाकुरजी! मेरा भी पुण्य स्वीकारो। उनके बिना अब तो नहीं रह पाऊँगी—और दूसरे दिन सवेरे उनकी अर्थी ही उठी। कैसी पवित्र मृत्यु हुई दोनों की। देवव्रत ने माँ का दाह-संस्कार किया।

श्रीधर बाबू जड़वत् बैठे माता-पिता की गाथा सुनते हुए अँधेरे में देख रहे थे। माँ-बापू के लिए वे विह्वल हो गये। उनकी आँखों से आँसू बह रहे थे। कैसे यह घर, घर के लोग, बन्धु-बान्धव एक-एक करके घटनाओं में लिपटे उनके सामने से अँधेरे पट पर उभर रहे थे, विलीन हो रहे थे। एक यात्रा की भाँति सब क्रमागत आ-जा रहा था। रह-रहकर भाइयों का व्यवहार उन्हें अखर रहा था। अपने पर आत्मग्लानि होने लगी कि ऐसे माँ-बापू की सेवा तक न कर सके।

सरो के लिए अत्यन्त चिन्ता थी। उन्हें लग गया कि सरो देह और मन दोनों से ही टूट गयी थी। मकान भी खँडहर होने की स्थिति में था। पीछे की दीवार गिर गयी थी। इस साल पानी काफी गिर रहा था और किसी भी समय रान्नीघर का सारा हिस्सा ढह सकता है। बड़े पिता के जमाने में भले ही कुछ मरम्मत होती रही हो लेकिन गत चालीस बरस से घर की एक शहतीर तक नहीं बदली गयी थी। पिछली रात में, जब कड़ककर बिजली चमकी तब पूरा घर काँपकर आलोकित हुआ। उसके बाद काफी देर तक बादल गड़गड़ाते रहे। दीपक हवा में जाने कब बुझ गया था लेकिन सरो पति के वक्षःस्थल पर सिर रख बरसों बाद सुखी सो रही थी।

श्रीधर बाबू के सामने सबसे बड़ी समस्या थी सरो की। यद्यपि उसका रोग क्षय भी बिल्कुल अन्तिम अवस्था पर पहुँच चुका था लेकिन फिर भी वे चाहते थे कि किसी प्रकार कस्बे में खुले नये क्षय के अस्पताल में भर्ती करवा दें। नारायण बाबू के द्वारा यह काम कठिन नहीं था लेकिन सरो इसके लिए तैयार ही नहीं थी। उसका तर्क था कि जब वह इस घर को छोड़कर बाबूजी के साथ सौरों नहीं गयी जबकि माँ-बापू के बाद यहाँ कोई था भी नहीं, तब भला अब अस्पताल जाकर क्या करेगी? मरने के लिए वह वहाँ नहीं जायेगी। वह जानती है कि क्षय के रोगी को इस अवस्था के बाद मात्र मरना ही है। नारायण बाबू ने भी श्रीधर बाबू को समझाया कि अस्पताल में ले जाना बेकार है। सरो का रोग न केवल असाध्य है बल्कि अन्तिम सीमा पर है। श्रीधर बाबू उदास हो गये। अपने चारों ओर फिर उन्हें अँधेरा नजर आने लगा।

आज आठ महीने हो गये थे कांग्रेस में काम करते। कांग्रेस-मन्त्री दुर्गाशंकर नागर का बड़ा आग्रह था कि श्रीधर बाबू स्थानीय कांग्रेस में काम करें। आपसी झगड़े, पद-लोलुपता लोगों में काफी बढ़ गयी थी। जेलों से नेता लोग छूटने लगे थे। बड़ी जोरों पर राजनीतिक वार्त्तालाप की गरमा-गरमी शुरू होने लगी थी। इन आठ महीनों में वे समझ गये थे कि वे फिर दलदल में फँस गये हैं। लोगों ने जिस उत्साह के साथ स्टेशन पर स्वागत से लेकर उनके कांग्रेस में आने को लिया था उसमें दरार पड़ गयी थी। श्रीधर बाबू गाँधीजी के आदर्श को बारम्बार लोगों के सामने रखते लेकिन कांग्रेसियों का ध्यान अब इस बात पर लगा था कि निकट भविष्य में विश्व-युद्ध की समाप्ति के बाद क्या होगा? क्योंकि हिरोशिमा पर अणु बम गिराया जा चुका था और युद्ध स्थगन की बातें होने लगी थी। राजनीति में अब मात्र यही चर्चा थी कि अंग्रेज भारत को कब तक स्वाधीनता दे देंगे और यदि नहीं दी तो क्या गाँधीजी फिर 'भारत-छोड़ो' आन्दोलन छेड़ेंगे? अन्तर्राष्ट्रीय परिस्थिति यही हो रही थी कि भारत स्वाधीन होकर रहेगा। और जब स्वाधीनता मिल ही रही है—आज या कल, तो फिर मन्त्री कौन-कौन होंगे? चुनावों में सीट किसे मिलेगी? दिल्ली कौन जायेगा तथा प्रादेशिक विधान सभाओं में कौन जायेगा? और इस खींचातानी में कांग्रेस संस्था, कांग्रेस के रचनात्मक कार्यक्रमों पर भला किसका ध्यान रहता? लोगों का दबा असन्तोष यह भी था कि श्रीधर बाबू कहीं राजनीति में घुसकर कोई पद-वद की कोशिश तो नहीं कर रहे हैं?

गाँधीजी तथा देश के अन्य नेता छूट गये थे। अंग्रेजी ने भारतीय स्वाधीनता के स्वरूप पर चर्चाएँ आरम्भ कर दी थीं। देश के विभाजन को लेकर विभिन्न राजनीतिक दलों में मतभेद था। कांग्रेस संस्था का यह हाल हो चला था कि जैसे वह ग्रीनरूम हो जहाँ कि पात्र-पात्राएँ तेजी से आकर बिना किसी व्यवस्था का ख्याल किये अपने को सजाकर मञ्च की तरफ दौड़ जाने की तेजी में होते हैं। जबकि श्रीधर बाबू मञ्च और ग्रीनरूम दोनों में, ग्रीनरूम को आधारभूत महत्त्वपूर्ण मानकर काम करना चाहते थे इसलिए वे प्रत्येक व्यक्ति को बाधक दिखलायी देते क्योंकि उसकी अपनी उपयोगिता अब ग्रीनरूम की अपेक्षा मञ्च पर ही थी इसलिए ग्रीनरूम अब मात्र माध्यम रह गया था क्योंकि अन्तिम रूप से पर्दा उठने की तैयारी हो चुकी थी। लोगों में श्रीधर बाबू की अब धीरे-धीरे आलोचना होने लगी कि उन्हें राजनीति की कोई समझ नहीं है। ये जिस रचनात्मक कार्यक्रम पर जोर देना चाहते हैं अब वह कांग्रेस का काम नहीं है। कांग्रेस राजनीतिक संस्था है। गाँधीजी ने इसीलिए चर्खा-संघ आदि रचनात्मक कार्यक्रमों के लिए अलग संस्थाएँ खड़ी कर दी हैं। श्रीधर बाबू की राजनीति की समझ बड़ी पुरानी है। अन्त में कांग्रेस-संगठन का काम छोड़कर जब वे कांग्रेस से अलग होने लगे तो लोगों ने उन्हें खादी-भण्डार में काम करने के लिए बाध्य किया—लेकिन श्रीधर बाबू तैयार न हुए। वे अन्तिम रूप से समझ गये कि उनकी कोई सामाजिक उपयोगिता नहीं है। वे जिस पथ पर भी बढ़ते हैं वहाँ थोड़ी दूर चलने पर ही दो मार्ग फूटने लगते हैं। एक पथ पर जाने की आवश्यकता ही नहीं होती बल्कि उस पथ पर तो आप अनेकों के साथ पीढ़ियों से, पीढ़ियों तक के लिए खड़े हुए होते हैं। दूसरे पथ पर जाने के लिए जाने कितनी ही बातों की आवश्यकता पड़ती है। उस पथ पर गिनती के ही लोग चल रहे होते हैं। कुछ को यह पथ जन्म से प्राप्त हुआ रहता है। कुछ उसे अर्जित करते हैं। इसके लिए तब न आदर्श, न स्वत्व किसी भी विवेक का कोई प्रश्न नहीं रहता। वह पथ तो स्वतः सिद्ध होता है जिसे विवेक से प्राप्त नहीं किया जा सकता।

इस बीच श्रीधर बाबू जी-तोड़ परिश्रम करके महाभारत का हिन्दी अनुवाद करने में लगे थे। दो-एक छोटी-मोटी पुस्तकों के अनुवाद प्रकाशकों ने यह कहकर लौटा दिये थे कि भाषा आपकी थोड़ी पण्डिताऊ है; दूसरे ब्रह्मचर्य एवं धर्म सम्बन्धी पुस्तकों की अब कोई पूछ नहीं है।

जीवन में सम्पूर्ण रूप से घिरे, परास्त, एकान्त में ढह जाने के लिए वे बाध्य थे।

दिन-प्रतिदिन सरो की स्थिति बिगड़ती जा रही थी। अब सब-कुछ निश्चित भविष्य-सा लग रहा था, जिससे विद्रोह नहीं किया जा सकता था बल्कि जिसे स्वीकारने में ही गति थी। श्रीधर बाबू सवेरे चार बजे उठ जाते, स्नान-ध्यान के बाद अपने तथा गुनी के लिए भोजन बनाकर सरो के लिए पथ्य बनाकर वे दस बजे के आस-पास अपने लिखने-पढ़ने के काम में लग जाते। जिन दिनों कांग्रेस में जाते थे, गुनी को घिसट-घिसटकर घर का सारा काम करना पड़ता था। अब वे सभी दायित्वों से मुक्त थे। सरो उन्हें टोकती रही, गुनी लाख कहती रही लेकिन पता नहीं जाने कहाँ से सहसा वे इतने उत्साह में आ गये थे कि माँ-बेटी दोनों को चुप रह जाना पड़ा।

होली हो चुकी थी। चैत्र पूरा हो रहा था। पतझर ने सबको दिगम्बर कर दिया था। आठ-दस मास के परिश्रम से उन्होंने महाभारत के आदि पर्व, सभा पर्व एवं वन पर्व समाप्त कर लिये थे। बनारस के एक प्रकाशक ने उन अनुवादों को प्रकाशित करना स्वीकार लिया था। अब वे लगभग पूरी तरह से अपने को सारी सामाजिकताओं से काट बैठे थे। घण्टे-आध-घण्टे के लिए सरो के सिरहाने बैठ जाते। गुनी भी पास बैठी होती। श्रीधर बाबू कभी-कभी विचलित हो जाते कि पता नहीं कल क्या हो? सरो नहीं होगी तो....?
और प्रायः ऐसे ही समय सरो उन्हें टोकती होती।
— देखिये, आपने बाबूजी के पत्र का उत्तर भी नहीं दिया न?
— भूल गया था। कल जरूर दे दूँगा।
— देवव्रत की परीक्षाएँ कब समाप्त होंगी बाबूजी ने लिखा था न?
— यह तो उसका पहला साल है बी० एस-सी० का।
— तो उसे बुला लो।
— क्यों? आ जायेगा परेशान क्यों होती हो?
— मैं चाहती हूँ एक बार सुशीला भी और आ जाती।
— लो, होली पर तो आयी थी।
— लेकिन अब मेरा क्या ठीक है?
— फिर तुमने ऐसी-वैसी बातें शुरू कर दीं।
— कैसी? क्या मैं नहीं जानती हूँ? देखो छलने से क्या लाभ?
— ठीक है। लिख दिया जायेगा।
— मैं चाहती हूँ राखी पर बुला लो। कान्ता को भी एक बार देख लेती।
— लेकिन दादा-भाभी क्या सोचेंगे?
— एक तो वे लश्कर में रहते हैं अब, यहाँ हैं ही नहीं, सुनेंगे तो क्या कहेंगे? मैंने कभी कान्ता को गुनी और सुशीला से कम नहीं समझा। मैं एक बार सबको देख लेना चाहती हूँ।

श्रीधर बाबू ने सौरों पत्र डाल दिया कि आप लोग आ जायें। सरो की हालत अत्यन्त नाजुक हो गयी है। सुशीला और कान्ता को भी सूचना कर दी गयी कि एक बार आकर मिल जाओ।

रक्षाबन्धन पर सरो के माता-पिता, देवव्रत, सुशीला, कान्ता सब अपने बाल-बच्चों के साथ आ गये। कान्ता अपने 'काकाजी' से खूब लड़ी। श्रीधर बाबू ने देखा कि देवव्रत अब काफी बड़ा हो गया था। सुशीला और कान्ता के बच्चों ने आकर घर को वन की भाँति गुँजा डाला।

आज रातभर घर के सारे लोग सरो के सिरहाने बैठे रहे। निश्चित-सा हो गया था कि आज की रात सरो की अन्तिम रात है। सरो के पिताजी सिरहाने बैठे गीता का पाठ सुनाते रहे। सवेरे उधर सूर्योदय हो रहा था और इधर सरो की देह छूटी। घर में हाहाकार मच गया। आधी रात के पहले तक कभी-कभी मन्द आवाज और थकी पलकों से सरो कुछ बोलती रही, देखती रही। उसके मुख पर अत्यन्त शान्ति, सुख तथा सन्तोष आ गया था। ऐसा भोर का-सा सौन्दर्य भी आ गया था जैसे उसे किसी बात की कोई कामना नहीं रह गयी थी।

उसे धरती पर लिटा दिया गया था। गंगाजल तथा तुलसीदल मुँह में रख उसने यह भवलोक छोड़ ठाकुरधाम की यात्रा आरम्भ की।

किसी के पास किसी के लिए कोई शब्द नहीं थे। बच्चों को छोड़ सबके पास अपने भीतर ऐसा एकान्त लग रहा था जो अपने ही में बज रहा था। सरो का शवदाह कर सब शाम को लौटे। श्रीधर बाबू को लगा कि वे यहाँ क्या सरो के इस महान् अन्तिम कार्य को सम्पन्न करने के लिए ही लौटे थे?

तेरहवीं भी हुई। बिलखती सुशीला और कान्ता को उनके दूल्हे ले गये। सास ने बड़ा आग्रह किया कि वे भी सौरों चलें। श्रीधर बाबू मुश्किल से इस बात पर राजी हुए कि थोड़े दिनों बाद वे आयेंगे। सरो पहले ही अपनी माँ से कह गयी थी कि गुनी को भी अब अपने साथ ही ले जायें।

सरो की मृत्यु के बीस दिन बाद गुनी तथा देवव्रत अपने नाना-नानी के साथ सौरों के लिए चल दिये। स्टेशन पर जब वे बिखलती गुनी तथा उदास देवव्रत को विदा दे रहे थे तो उन्हें लगा कि जैसे भीतर का सब-कुछ बाहर आना चाहता है। कितनी तेजी से पत्नी, पुत्र, पुत्रियाँ सबने उनसे विदा ली थी।

क्या यह विगत ने उनसे विदा ली थी?

जब वे कल तक के भरे-पूरे घर में पहुँचे, साँझ घिर चुकी थी। सारा घर उदास था। कहीं से कोई शब्द नहीं आ रहा था और न आने की आशा ही थी। जो शब्द थे, वे भी पृष्ठभूमि के थे और पृष्ठभूमि में तो अनेकों स्वर हो सकते हैं। थोड़ी देर तक वे आँगन में खड़े रहे। उपरान्त वे बँगवई की ओर बढ़े, और पहला स्वर बँगवई का था जिसने उस घर का, उस ऐकान्तिक साँझ का कठोर मौन तोड़ा। यद्यपि उनके अन्दर अनेक स्वर थे। सास-ससुर के आदेश थे।

—देखिये, अपने स्वास्थ्य का ध्यान रखियेगा।

—क्यों नहीं आप भी कुछ दिनों सौरों चलकर रहते?

ये शब्द, ये वाक्य, ऐसे ही शब्द, ऐसे ही वाक्य कानों में बज रहे थे। भाद्रपद चल रहा था। वृष्टि थमने का नाम ही नहीं ले रही थी। तेज हवा के कारण पानी की बौछार से दीवारें, ओसारा, सब भीग रहे थे।

कान्ता ने सरो को कैसा अन्तिम यात्रा के लिए सजाया था। हाथ-पैरों में मेंहदी-महावर लगायी थी, बाल काढ़े थे। सरो जिस बनारसी साड़ी को पहनकर इस घर में बहू बनकर आयी थी उसी साड़ी में उसका अन्तिम श्रृंगार किया गया था। समस्त अलंकार पहनाये गये। पाँवों में पायल और बिछिया मैथी से रगड़कर चमकायी गयी थी और सरो के पैरों में कैसी सुन्दर हो उठी थीं जैसे सरो अभी चलने लगेगी और सारा घर पायल-बिछिया में मुखर हो जायेगा। माँग और टीका कैसे सुलगे पड़ रहे थे। लगता कि स्वप्न में है, सोयी भी नहीं है। कैसे धाड़ें मारकर सरो की माँ अर्थी पर गिरकर बेहोश हो गयी थीं। सुशीला और कान्ता को समझाना कठिन हो रहा था। देवव्रत और गुनी के तो आँसू तक पथरा चुके थे। और सरो जैसे इसी महायात्रा-सुख के लिए पचीस वर्षों तक उनकी प्रतीक्षा करती रही थी। जैसे ही अवसर आया एक दिन भी नहीं रुकी। रोग से अनवरत लड़ते-लड़ते वह खोखली हो गयी थी। रंग सफेद हो गया था। फिर भी अर्थी पर लेटी कैसी निश्चिन्त, सुखी, सन्तुष्ट लग रही थी। कोई परिताप नहीं था मुख पर। कोई कामना शेष नहीं लग रही थी। जैसे वह विराट् समापन हो। पूरा आकाश घेर लिया हो। सांगोपांग सन्ध्या हो रही हो। न ऊपर, न नीचे कोई भी इस सन्ध्यावतन से

वञ्चित न रहा हो। सम्पूर्ण आलाप, विस्तार तान के साथ राग का विलयन हुआ ही। वह निष्णात इतिश्री थी।

वृष्टि तेज हो गयी थी। तिरछे पानी में भीग रहे थे। वे ऊपर जाना चाहते थे लेकिन क्या करना था वहाँ? कौन था वहाँ, जिसके लिए जाना था? सब जा चुके थे। कुछ दिनों के लिए नाती-नातिनों ने घर को नये संगीत से गुंजित कर दिया था। इन नाती-नातिनों को यथावत् छोड़कर 'वह' श्मशानपथ से लौट गयी थी। बस्ती के इस एकमात्र पथ को साक्षी बना वह पालकी में बैठकर आयी थी, और आज अपनी देह से उत्पन्न प्रजा के बीच उसी पथ से सबको बन्धु बना लौट गयी है।

जिनके परिवार थे वे सब अपनी-अपनी दिशा में लौट गये थे। केवल वे ही इस भाद्रपद की आरम्भ होती हुई विलम्बित रात में भीगते बैठे हैं। पानी और तेज हो गया था। दीवारों से पानी चूने लगा था। पीछे की दीवार फोड़कर पानी परनाला बनकर फूट पड़ा था। अँधेरा काफी हो गया था। रान्नीघर में गये तो वहाँ देखा कि पानी काफी भर आया था। अन्दाज से चूल्हे के ऊपर दियासलाई खोजी। दियासलाई थी। लालटेन जलायी। अँधेरा जाग गया। वे लालटेन ले सीढ़ियों से ऊपर आये। घर काफी टपक रहा था। जहाँ बराबर सरो का बिस्तरा लगा करता था, गत बीस दिनों से खाली था। उन्होंने इस बीच घर की सारी चीजें बँधवाकर रखवा दी थीं। जगह-जगह पानी के टपकने की आवाज आ रही थी। सरो का ठाकुरजी का सिंहासन अँधेरे में दिख रहा था। तेज हवा में ठाकुरजी के चित्र की पवित्रा हिल रही थी।

उनके कमरे की सारी खिड़कियाँ बौछार और हवा से भीगती काँप-काँप पड़ रही थीं। पल्लों की दरारों से पानी धारियों में बहकर भीतर आ रहा था और फर्श गीला हो रहा था। श्रीधर बाबू लालटेन लिये पूरे घर में दो हाथ सूखी जमीन खोजने में लगे थे। हवा का एकाध झोंका लालटेन को भी भभका जाता। अपनी बैठक में आलमारियों की तरफ चटाई बिछाकर वे बैठ गये। आज वे सचमुच ही थक गये थे। अपने चारों ओर इतना एकान्त, ऐसा विषाद, इतनी विवशता पहले कभी नहीं लगी। बहुत देर सोचने पर घबराहट लगने लगी। लगता जैसे उधर के कमरे में सरो ने करवट बदली हो।

—पानी चाहिए गुनी!

और श्रीधर बाबू चौंकते! किसने पानी माँगा? सामने रखी फर्शीमेज पर लालटेन जलती उनकी ओर देख रही थी और वे सिर थामे रोने की चेष्टा कर रहे थे क्योंकि सरो की मृत्यु के बाद से अब तक वे रो न सके थे। हर बार प्रश्न उठता कि वे किस मुँह से रोयें? उन्हें दु:ख नहीं परिताप था, पश्चात्ताप था। अपने असफल होने पर नहीं, अपमानित होने पर। उन्होंने प्रत्येक बार समुद्र की रत्नाकरी सीमाओं में

प्रवेश करने की भरसक चेष्टा की लेकिन कोई-न-कोई ज्वार उनके सारे कर्म को नगण्य सिद्ध कह हर बार किनारे पर ला पटक देता।

पचीस वर्ष-एक सम्पूर्ण जीवन की आहुति!! उनकी आँखें सुलग रही थीं। अंग-अंग से थकान वैसे फूट रही थी जैसे कि इस समय दीवारों से वृष्टि-जल मनमाने ढंग से फूट निकल बह रहा था। अकेली लालटेन साक्षी थी कि उनकी पलकें भीगनी शुरू हुई थीं। बाहर की वृष्टि क्रमश: अन्तर में भी होने लगी थी। उनका पुरुषार्थ, दीमक खायी पुस्तक था। आज उसका कोई मूल्य नहीं था।

बड़े भाई ने उनके परिवार की अवमानना की। उनकी पत्नी को चरित्रहीन कहा क्योंकि वे किसी से कुछ भी बताकर नहीं गये थे। उस पर उन्होंने क्या अर्जित किया? यह टूटा घर? पानी उलीचतीं दीवारें? पत्नी की मृत्यु? गुनी की अपंगता? और....आज की यह असमाप्त लगनेवाली भाद्रपद की रात? वे चीख पड़े,

—सब व्यर्थ गया श्रीधर! सब व्यर्थ गया।

और धोती का खूँट आँखों पर रख बिसूरने लगे। लालटेन साक्षी नहीं रहना चाहती थी। हवा बारम्बार भभकाकर अगत्या बुझा गयी। बाहर गरज-लरज के साथ मूसलाधार बारिश हो रही थी। आकाश को कोड़े लगाये जा रहे थे और हवा टूट-टूट पड़ रही थी। श्रीधर बाबू जैसे सब-कुछ लौटा लाने को व्याकुल हो उठे। लेकिन वे क्या नहीं जानते थे कि जिन अस्त्रों को लेकर वे जीवन में लड़े थे, वे आदर्श थे। आदर्शों का मुलम्मा तो पहली ही चोट में उतर जाता है। युधिष्ठिर आदर्श थे इसीलिए मात्र निमित्त थे। महाभारत युधिष्ठिर ने नहीं जीता वह तो कृष्ण-अर्जुन थे जिन्होंने किसी भी नीति को पालन करनेवाली नीति अपनाकर युद्ध जीता था। सत्य जीता था कि नहीं यह वेदव्यास भी नहीं कह सके।

स्वस्थ हो लालटेन फिर जलायी और निर्णय लिया कि इस बार वे 'मनुष्य का इतिहास' लिखेंगे। लालटेन उठायी और किताबों की आलमारी में कागज ढूँढ़ने लगे। एक कपड़े में गोल लिपटी कोई चीज कड़ी-कड़ी-सी लगी। काफी मोटी और लम्बी थी। खोला। ढेर-सारे कागज थे। बड़े पुराने कागज थे। कागजों पर पुरानेपन के दाग पड़ गये थे। सहसा याद आया कि ये ही कागज वे हैं जो इन्दु दीदी ने एक बार बाला साहब की आलमारी में से चुराकर दिये थे। बाला साहब इन कागजों को ताले में बन्द रखते थे। खास तरह का यह कागज उनके अपने लिखने के लिए था। इन्दु दीदी ने कहा था कि जिस दिन तुम कोई महत्त्वपूर्ण पुस्तक इन कागजों पर लिखोगे तब तुम्हें दीदी की याद आयेगी। कागज लगभग उतने ही थे। उन्हें झाड़कर मेज पर रखा और उन्हें याद आया कि सम्भवत: इसी

कोने में बैठकर ही तो '....राज्य का इतिहास' लिखा था। तब वे युवक थे। राज्य की लघुपरिसीमा से निकलकर अब उनके सामने मनुष्य सारी सफलताओं, असफलताओं के साथ खड़ा था। युद्ध ही मानव जाति का इतिहास रहा है। युद्ध ही एक संस्कृति को नकारने के लिए आता है तथा दूसरे का बीजारोपण कर जाता है। युद्ध-कला के विकास को ही मानव का इतिहास या विकास कहा जाता है। इसीलिए यह युद्ध-भाव व्यक्तियों, जातियों, देशों, युगों, व्यवस्थाओं में निहित रहता है। और चूँकि युद्ध होता ही जीतने के लिए है इसीलिए नीति, आदर्श, संस्कृति, धर्म किसी का कोई महत्त्व नहीं। वे यह सब सोच रहे थे। अकेली लालटेन और भाद्रपद की मूसलाधार वृष्टि एवं तेज हवा साक्षी थी।

वे लिख रहे थे। अकेली लालटेन और भाद्रपद की मूसलाधार वृष्टि, तेज हवा, दीवारों से होकर बह आया हुआ चारों ओर का जल प्रतिश्रुत था—वे लिख रहे थे.....

मानव, युद्ध का पर्याय है। नीति, धर्म, अवतारी पुरुष, राजनीति, विज्ञान सब युद्धभाव को, युद्ध कौशल को विभिन्न नामों से विभिन्न युगों से संज्ञित करते आये हैं। इसीलिए युद्ध हमारे रक्त, मांस-मज्जा का अनिवार्य, अविभाज्य अंग है। लड़ना, प्राकृतिक है। न लड़ने के लिए प्रयास करना होता है। इसीलिए 'हिंसा' के लिए स्वीकारोक्त शब्द है, 'अहिंसा' तो अस्वीकारोक्त संज्ञा है।

मानव इतिहास का आरम्भ किस काल में हुआ इसका निर्णय करना कठिन है। विभिन्न मत हैं, हो सकते हैं। लेकिन हम देखते हैं कि अलौकिकता, धर्म, कला, राजनीति एवं विज्ञान, ये वे प्रमुख सोपान हैं जिन पर से होकर सभ्यता का सार्थ आया है। कोई नहीं जानता कि इस अलौकिकता की उपासना तक आने में सार्थ को कितनी हजार शतियों के हिमयुग, लावाओं के भूमण्डल एवं मरुस्थली विस्तार पार करने पड़े होंगे। उन दिनों की समाज रचना का तथा पारिवारिक संगठन का क्या स्वरूप रहा होगा इसका कोई पुरातत्त्वी प्रमाण उपलब्ध नहीं। प्राचीनतम जो लेखबद्ध सामग्री उपलब्ध है, वह वेद है। वेद इतिहास भी है इसकी शोध अभी हमारे लिये शेष है। फिर भी यह तो स्पष्ट ही है कि वेदकालीन श्लोकों-स्तोत्रों की भाषा, छन्द, अलंकार एवं भावों की प्रयोक्ता-जाति, बर्बर नहीं थी बल्कि काफी समुन्नत थी। और कला के इन शिखरों तक पहुँचने में उसे हजारों बरस की सामाजिक तपस्या करनी पड़ी होगी। इस प्रकार हम आज जिस मनुष्य के इतिहास को जानते हैं वह मात्र दो हजार वर्ष का है, नगण्य है।

वेदों एवं अन्य धर्मग्रन्थों में जिस प्लवन, देवासुर-संग्राम का वर्णन है उसे मात्र पुराण या धार्मिक उपाख्यान कह दिया जाता रहा है इसलिए हम आज तक इतिहास

के कितने बड़े परिवर्तन, संक्रमण से वञ्चित रहे हैं इसकी कल्पना नहीं की जा सकती। कदाचित् वह प्लवन, सृष्टि एवं जीव-जाति के इतिहास में महानतम घटना थी। प्लवन के उस पार जो मानव-यात्रा है उसके सन्दर्भ में हमारी वर्तमान प्रगति, विकास का आनुपातिक विश्लेषण करना होगा। क्योंकि यह भी सम्भव है कि वह प्लवन मानव नियोजित रहा हो। इसके नियोजक सुर भी हो सकते हैं असुर भी। ऐसी स्थिति में इतिहास को नयी व्यवस्था देनी होगी।

यदि प्लवन को आधार मान लें तो उस काल की संस्कृति एवं इतिहास को हम पूर्व-प्लवन संस्कृति तथा आज को उत्तर-प्लवन संस्कृति मान सकते हैं। इस प्रकार हम एक ऐतिहासिक रीढ़ प्राप्त कर लेते हैं जिसके दोनों ओर दो प्रकार की मानवीय संस्कृतियाँ विकसित हुई....और......

●●